Para:

Com votos de muita paz!

___/___/___

DIREITOS DE EDIÇÃO

EBM EDITORA
Rua Doutor Albuquerque Lins, 152
Centro - Santo André - SP
CEP: 09010-010

CONTATO COMERCIAL

(11) 2866-6000
ebm@ebmeditora.com.br
www.ebmeditora.com.br

facebook.com/ebmeditora

Dados Internacionais de Catalogação na Publicação (CIP)
(Câmara Brasileira do Livro, SP, Brasil)

```
Batista, Francisco Ferraz
   Nos temos de Paulo / Francisco Ferraz Batista. --
2. ed. -- Santo André, SP : Liberdade & Consciência,
2024.

   ISBN 978-65-86355-03-1

   1. Literatura espírita I. Título.

24-195625                                    CDD-133.93
```

Índices para catálogo sistemático:

1. Literatura espírita : Espiritismo   133.93

Aline Graziele Benitez - Bibliotecária - CRB-1/3129

EBM EDITORA
Rua Doutor Albuquerque Lins, 152 - Centro - Santo André - SP
CEP: 09010-010 | Tel. 11 2866-6000
ebm@ebmeditora.com.br | www.ebmeditora.com.br

TÍTULO:	Nos Tempos de Paulo
AUTOR:	Francisco Ferraz Batista
PREFÁCIO:	Suely Caldas Schubert
EDIÇÃO:	2ª
EDITORA:	EBM Editora
ISBN:	978-65-86355-03-1
PÁGINAS:	432
EDITOR:	*Manu Mira Rama*
COEDITOR:	Miguel de Jesus Sardano
CONSELHO EDITORIAL	Alex Sandro Pereira - Tiago Kamei
CAPA:	Ricardo Brito - Estúdio Design do Livro
REVISÃO:	Rosemarie Giudilli
DIAGRAMAÇÃO:	Tiago Minoru Kamei
PAPEL MIOLO:	Pólen Natural 70g - 1x1 cores
PAPEL CAPA:	Supremo 250g - 4x0 cores
GRÁFICA:	Rettec Artes Gráficas
TIRAGEM:	1.000 Exemplares

Sumário

Agradecimentos.....08

Notas do autor.....09

Prefácio.....11

I - O dilema pessoal e o encontro com Paulo de Tarso.....15

II - O convite de Paulo.....30

III - O retorno para Icônio.....34

IV - A chegada em Antioquia de Psídia.....42

V - O reencontro com os amigos e notícias das perseguições.....51

VI - O reencontro espiritual de Abiel com a esposa e a filha.....57

VII - O encontro com Tobias.....63

VIII - Reencontro com o passado.....70

IX - Confissões de Abiel.....93

X - A confissão de Reyna.....100

XI - O incidente com Abiel.....105

XII - Novo reencontro com o passado e a visita de Estêvão.....114

XIII - O socorro e o atendimento espiritual a Abiel.....119

XIV - NA CIDADE DA FÉ.....127

XV - A PARCIAL RECUPERAÇÃO DE ABIEL.....135

XVI - A MUDEZ DE ABIEL E OS NOVOS
    PLANOS DE PAULO.....146

XVII - A FUGA DE ABIEL.....154

XVIII - PAULO VISITA O PROCÔNSUL DA FRÍGIA
    E DA GALÁCIA E CURA SUA ESPOSA.....160

XIX - A LIÇÃO DA NOITE SOB A PROTEÇÃO DE ROMA.....171

XX - A CURA DO FILHO DO COMANDANTE ADRIANO.....176

XXI - A AUDIÊNCIA DO CHEFE DA SINAGOGA
    COM O PROCÔNSUL.....183

XXII - A VIAGEM PARA A ÁSIA CENTRAL E O
    DESVIO PARA TRÔADE.....187

XXIII - TRÔADE E AS NOVAS TAREFAS.....190

XXIV - REENCONTRO COM LUCAS E A SUGESTÃO
    DO MÉDICO AMIGO.....195

XXV - A REUNIÃO ESPIRITUAL COM O GOVERNADOR
    ACÁDIO.....199

XXVI - AS DESPEDIDAS DE TRÔADE.....207

XXVII - A VIAGEM MARÍTIMA DE PAULO A CAMINHO
    DE FILIPOS.....217

XXVIII - AS TAREFAS E A PRISÃO EM FILIPOS.....224

XXIX - Paulo funda um Núcleo em Filipos.....231

XXX - A viagem para Tessalônica.....238

XXXI - Paulo cura o chefe dos caravaneiros gregos.....247

XXXII - Primeiros contatos em Tessalônica e a cura de Acrísio.....255

XXXIII - Paulo anuncia Yeshua na Sinagoga de Tessalônica.....262

XXXIV - Paulo ensina no Areópago de Atenas.....271

XXXV - Paulo em Corinto.....278

XXXVI - Paulo visita o Procônsul da Acaia e cura seu filho.....285

XXXVII - Acusações contra Paulo e a decisão de Junnius Gálio.....294

XXXVIII - Paulo em Éfeso.....300

XXXIX - A missão de Abiel.....302

XL - Abiel cura a filha do Procônsul da Ásia Menor.....310

XLI - O Procônsul da Ásia Menor visita o Núcleo de Trôade.....320

XLII - A prisão de Jetro e de seus companheiros.....324

XLIII - O julgamento de Roma e a conversão
  de Jetro.....328

XLIV - O convite do Núcleo a Jetro e seus amigos.....341

XLV - A doença de Tércio e a cura por Abiel.....348

XLVI - Paulo tem notícias de Abiel e inicia sua
  terceira viagem.....359

XLVII - Paulo em Antioquia de Psídia –
  Reencontros.....365

XLVIII - Paulo prossegue sua terceira viagem.....374

XLIX - A cura de Abiel.....381

L - Novos planos de Yeshua para Abiel.....388

LI - Reencontro de Abiel com a ex-esposa
  e a filha. O perdão.....395

LII - A desencarnação de Abiel.....411

LIII - Paulo é preso e recebe a notícia da
  desencarnação de Abiel.....415

LIV - A segunda prisão de Paulo e sua
  desencarnação.....419

LV - O reencontro espiritual e as novas
  tarefas em favor da Boa Nova.....422

Glossário.....430

Agradecimentos

Muitos são os necessários agradecimentos, para as duas esferas da Vida.

Na Vida Espiritual, a verdadeira, em primeiro lugar a Yahweh, Pai Misericordioso, Justo e Bom e a Yeshua, o Mestre de Amor e Bondade; depois aos Espíritos Paulinos, aos quais manifesto meu eterno reconhecimento e gratidão pela inspiração e auxílio; aos demais Espíritos Amigos e àqueles que, pela bondade de seus corações, avalizaram minha reencarnação; ao meu Anjo da Guarda, que nunca me faltou, por certo, nos momentos de tristeza e dor, e igualmente nos momentos de alegria.

Na vida física atual, à amada esposa *Eleonor*, compreensiva, impulsionadora, inspiradora, companheira e colaboradora; aos filhos: *Sabrina, Fabrício, Gustavo, Flávia Emmanuela, Fernando Enrique e Fabio Eduardo*; aos netos: *Ketlyn, Cauã e Valentina* e aos demais que virão, todos eles frutos de uma verdadeira história de amor, deixando minha gratidão a Yahweh por ter reencontrado todos nesta reencarnação e poder estar com eles convivendo em clima de amor e fraternidade.

À bondosa e estimada amiga Suely Caldas Schubert, pelo carinho da amizade pura e sincera.

A todos os demais colaboradores da obra, que não mediram esforços para doar o seu contributo valioso para que a mesma pudesse transformar-se em realidade.

Notas do autor

Este livro é muito mais que uma pretensão. Jamais cogitado, veio surgindo aos poucos, em meio aos embates naturais da vida, que todos temos, e pela inspiração chegada, através do desejo íntimo de, pela mediunidade, caminhar no rumo das estrelas.

É produto da consumação das noites em que a oração e o livro espírita me têm sido as companhias inseparáveis, auxiliando-me no projeto de construção de uma visão nova e mais otimista possível da vida, descortinando-me a certeza de que nós somos os construtores do fio de nosso destino.

A sua materialização é fruto da mais completa inspiração, e ante as dúvidas naturais e até abençoadas, é também fruto do aconselhamento de um Grande Amigo da Alma, que me tem sido, nesta reencarnação, um exemplo de vida a seguir e de dedicação à Doutrina do Consolador Prometido.

Aprendi, e considero como um dos mais importantes e sérios avisos, no campo da mediunidade, o fato de o médium ser somente um instrumento, assemelhado a uma lira. Os Espíritos tocarão mais ou menos afinado, de acordo com a boa prática moral do médium.

Foram noites e noites em vigília de trabalho, sob a inspiração de Espíritos Paulinos e também sob o beneplácito de outros Espíritos Amigos, que me têm cuidado, orientado, aconselhado e socorrido nas horas difíceis das expiações e das provações.

Cogito que, se as reflexões transpostas nesta obra servirem para auxiliar uma criatura somente que seja, já terá valido a pena, e, mais ainda, se servir às demais criaturas que pela bondade de seus corações a folharem, que o contributo que nela encontrarem as auxilie no encontro consigo mesmas.

O autor

Um sábio da Humanidade já disse:
Conhece-te a ti mesmo!

Prefácio

Nos tempos de Paulo
Nos tempos de hoje

A mente é um viajor inquieto e destemido, propiciando a cada um escolher as rotas mentais de sua preferência.

O potencial do ser humano é o pensamento e todo o elenco de atributos que perfazem o conjunto da mente, esperando ser descoberto.

Façamos, pois, uma pausa no fluxo dos pensamentos habituais, para imaginarmos uma viagem muito especial, criando o cenário dos tempos de Paulo de Tarso.

Viajamos, então, pensamentos livres, singrando alturas incomuns e mentalizando os dias apostólicos, que se perdem ao longe, resgatados das brumas do esquecimento, e que agora surgem em nossa tela mental.

A viagem começa pelas estradas poeirentas, quase sempre cobertas de pedras e calhaus; os dias ensolarados e o calor causticante; os animais silvestres, que porventura cruzam o caminho dos viandantes, quando não outros, mais ameaçadores: os assaltantes; o desconforto completo; a carência de tudo o que se possa imaginar; as noites frias e de escuridão total, sob o teto das estrelas, e muito mais, quando vem a chuva e a lama que tudo encobre. Eis o percurso dos desbravadores que levavam a bandeira da Boa Nova com a mensagem de Jesus para a Humanidade.

Mas a viagem prossegue, percorrendo distâncias não apenas das estradas, mas sobretudo aquelas dos corações humanos, a fim de erigir as pontes do conhecimento da Verdade, para sinalizar um novo dia resplendente de luz e de amor.

Teríamos o poder mental de visualizar essas incríveis experiências? E mais, de pensar, por um segundo apenas, se teríamos capacidade e forças para realizar esse tipo de viagem, cuja única bagagem era a fé, uma fé inquebrantável em Jesus, em Sua mensagem luminosa, que ali está, viva, quente, pulsante, imorredoura, eterna?

A mente pragmática de nossos dias tem dificuldade em pensar em algo tão estranho e diferente.

Esta surpreendente viagem, rescendendo o perfume do Evangelho, permeia cada página desta obra do nosso estimado amigo Francisco Ferraz Batista, ao cruzar, com feliz percepção, os passos vigorosos do apóstolo dos gentios, remetendo o leitor e a leitora à beleza que ressuma dos emocionantes momentos do livro.

A figura de Paulo cresce ainda mais, seja porque todo o trabalho do autor se propõe a isso, seja porque as passagens retratadas podem ter sido reais, na dimensão em que foram criadas ou, quem sabe, captadas dos arquivos mnemônicos do passado e romanceadas para atender ao gosto do nosso tempo.

Ler é criar. A criação mental é o reflexo do que se absorve na leitura, que vai suscitando imagens próprias do enredo ou tema.

Assim, lendo as peripécias das viagens, ressalto aquela do encontro com um urso, na entrada de uma caverna onde Paulo, Silas e os assaltantes se abrigavam. Sim, naquele instante se uniram uns aos outros diante da figura enorme do animal, cujos contornos eram vistos pela claridade da pequena fogueira que não o impediria de entrar.

Paulo toma a frente da situação. Joga-lhe um pedaço de couro curtido, única coisa que poderia oferecer ao inesperado visitante e, em seguida, começa a dizer, em palavras firmes que emanavam energias de bondade e de paz, chamando-o de amigo e dizendo que lhe falava em nome de Jesus, pedindo que se afastasse.

O animal abocanhou o couro e se afastou vagarosamente.

A cena se desenrola na tela da mente.

Porém, o cenário dessa viagem é imenso. Estende-se aos planos invisíveis, visto que especialmente Paulo e Silas mantêm encontros espirituais, em desdobramentos, durante o sono físico, com Estêvão, Abigail e muitos outros amigos de elevada posição espiritual que assessoram a missão que exercem.

Personagens que surgem, caminhos que se cruzam com o convertido de Damasco, tecendo os suaves fios da amizade e de um sentimento verdadeiro que perduraria para sempre.

Entre seus seguidores, que se tornam amigos, sobressai Abiel, um homem cuja vida é retratada em toda a obra, compondo um enredo que se torna interessante e promissor a cada capítulo.

Conforme expressa Allan Kardec, em *O Evangelho segundo o Espiritismo*, Deus deu ao homem *"o desejo incessante do melhor"* (Cap. XXV, item 2). Essa é a busca de Abiel. A partir do momento que encontra Paulo e, aos poucos, ao conhecer Jesus, bebendo na linfa pura da mensagem do Mestre, que lhe dessedenta a sede interior, morre o "homem velho" e nasce um "novo Abiel", agora na plenitude de crescer para Deus.

O autor traz à cena várias curas realizadas pelo apóstolo, como também as perseguições, as ciladas, as dores provenientes das agressões e torturas que cobrem o corpo de cicatrizes, todavia, a alma exulta, pelo ensejo de testemunhar a fidelidade a Jesus Cristo.

Um aspecto que é importante destacar refere-se às belas preleções de Paulo, ao comunicar às criaturas as lições inolvidáveis de Jesus, anunciando ser Ele o Messias que veio para a redenção da Humanidade. Vejamos, por exemplo, o fragmento a seguir:

Os ensinamentos de Yeshua (Jesus), irmãos, longe de contrariar a Lei Antiga e os Profetas, na realidade, somente fazem confirmá-los. É certo que Yahweh (Deus), prometia o Reino dos Céus àquele que é justo e observa as suas leis, porém, esta verdade foi tomada ao pé da letra, e esse Reino foi estabelecido como sendo um Paraíso exclusivo de uma raça, deixando do lado de fora aqueles que, apesar de também serem Seus filhos, são considerados estrangeiros, porque incircuncisos, e também aqueles que inadvertidamente ainda agem no equívoco de suas leis.

(...) A evolução e o crescimento do homem, irmãos, mesmo que isso se possa dar pelas vias da dor e do sofrimento, atinge já um ponto em que os sofismas precisam ser postos à margem, para que ele compreenda que a mensagem da Boa Nova, imortalizada no Sermão das Bem-aventuranças, uma vez ouvida e praticada, lhe permite encontrar a serenidade da mente e do coração, eis que ela se traduz em otimismo e vida, esperança e paz, e na certeza da vida futura.

(...) Yeshua (Jesus) é o nosso Guia Infalível. Pelos seus caminhos iremos até Yahweh (Deus).

(...) De nada adianta termos tudo e não termos nada. Quando a alma entra em aflição, ela poderá até ter todo o conhecimento possível, mas se não tiver afeto e amor, vagueará na esperança de penetrar na Casa de Yahweh. O orgulho e o egoísmo a farão afastar-se da morada dos justos; da morada dos que lutam, amam e servem sem esperar retribuição alguma. Estes últimos, sem dúvidas, serão os herdeiros da Terra. (Capítulo XLVII)

"Nos tempos de Paulo" transporta mentalmente o (a) leitor (a) a um momento singular na história da divulgação da mensagem de Jesus, propiciando um sentimento de admiração e respeito pelo apóstolo que peregrinou pelas vias impérvias da ignorância humana, a fim de despertar a criatura do seu sono multimilenar para a claridade de uma nova era. Por outro lado, os ensinamentos exarados ao longo dos capítulos estão absolutamente acordes com os princípios básicos do Espiritismo, na sua feição de Consolador prometido por Jesus.

Agradeço ao querido amigo Francisco Ferraz Batista pelo convite para escrever o prefácio, dando-me o ensejo de "viajar pelos tempos de Paulo" e contar, antecipadamente, para o amável leitor ou leitora, que esta é uma importante obra, cujo atraente enredo cada um descobrirá, no seu próprio tempo.

Suely Caldas Schubert
Juiz de Fora (MG), 07 de julho de 2014

I
O dilema pessoal e o encontro com Paulo de Tarso

Avistei Listra, ao longe. A cidade ficava nas altas planícies da Licaônia. Era uma colônia romana da Galácia.

As energias do meu corpo já se tinham esvaído quase todas. Andava trôpego e um cajado me servia de apoio, mas já se fazia pesado. O sol escaldante queimava-me a pele, embora tivesse recebido água das caravanas que passavam pela estrada. Meus lábios doíam, mesclando-me na boca o gosto de suor e sangue, fruto de inúmeras rachaduras. Havia caminhado por um dia, vindo de Icônio, sob o sol escaldante, um descanso aqui ou ali, sob uma ou outra rara vegetação.

Mas, as rachaduras não eram somente nos lábios, pois parecia que me tinham tomado o coração.

Há vários anos perdera tudo: a esposa, que se me afigurara infiel e que se fora, levando consigo a alma da minha vida, minha pequena Shaina. É certo que a *via crucis* do abandono de Icônio também se refletia nos meus erros – e foram muitos: as noites de bebedeiras e os braços e abraços das ilusões femininas.

Percebia, depois de muito tempo, a dureza de minhas atitudes. Não que fosse extremamente mau. Acho que não era de todo mau mesmo, pois sempre me apiedei dos que sofriam o abandono, a fome, a dor, a viuvez; sempre busquei auxiliar quem precisasse, e no que podia, no entanto, hábil no ofício do artesanato em couro, tinha razoável condição econômica, que não soube manter.

Após Reyna ter me abandonado e levado com ela o meu tesouro, tudo desmoronou. Sem paradeiro, já não mais trabalhava; abandonei tudo; duvidei de Yahweh[1]; imprecava contra aquele Deus que me abandonara; mergulhei ainda mais na noite dos prazeres mundanos; perdi os amigos, que, aliás, nem eram mesmo amigos,

---
[1] Vide glossário

e me sobrou apenas a companhia de um cão. Zombei da Sinagoga; zombei da Lei; chorei o desespero que me atirou nas vias do desgosto e da solidão.

Quando estava a arquitetar plano de envenenar-me, de dar cabo à minha existência, que nada mais representava para qualquer pessoa, foi no mercado da cidade, alimentando-me dos restos das frutas atiradas à terra, que ouvi antigo conhecido, Asher – que aliás nem me reconheceu, pois eu estava escondido por trás de grande cabeleira desgrenhada e barba grande – falar a outra pessoa sobre um tal Nazareno que vivera e andara por várias cidades, dentre elas Belém, Betsaida, Jerusalém, Cafarnaum, Magdala, Nazaré, Naim, Cesareia de Felipe, Jericó, Jope, Samaria, Gadara, que era chamado Yeshua[2], e que alguns diziam que era o Messias esperado por nosso povo, mas que parecia ter sido desmascarado pelo Sanhedrin[3], em Jerusalém, e acabara por ser crucificado.

Escutei-o, também, narrar os últimos acontecimentos que se passaram com um ex-rabino em Jerusalém, de nome Saulo, que nascera em Tarso, e que, segundo dizia Asher, enlouquecera e se bandeara para a condição de defensor do tal Messias, e por isso desprezara Yahweh e saíra a dizer que o Messias era o caminho novo, a estrada nova da felicidade.

Ouvindo pacientemente, soube que o tal Saulo estaria em Listra na próxima dezena de dias, e que por onde ele passava, falava às pessoas sobre o Messias, operava milagres em Seu nome e trazia a consolação aos desesperados.

Aquele diálogo, sem que eu pudesse avaliar o motivo, atingiu minha mente e meu coração. Sem saber por que, abateu-se sobre mim uma vontade imensa de encontrar aquele homem. Assim, reorganizei minhas forças, fechei minha casa, já há tempo abandonada de vida e de limpeza, e, acompanhado do amigo mudo, me pus à estrada.

Dias depois, cansado da caminhada, me aproximei do pórtico sul de Listra e a passos lentos transpus o portal. Extensa rua, em meio a casario branco que a ladeava, terminava em cruzamento para

---

[2] Vide glossário
[3] Vide glossário

outras ruas. Mais à direita avistei a torre branca da Sinagoga. Mais adiante, cerca de dois estádios[4], um aglomerado de umas cinquenta pessoas, em círculo, sentadas sob uma árvore, na beira da rua, sobre flexão das pernas, constituíam uma roda, e ao centro, um homem falava e gesticulava, com calma.

Aproximei-me vagarosamente e com dificuldades, em razão do cansaço. Sentei-me atrás da roda e pus-me a ouvir:

— *Alegrai-vos, vós que trazeis os joelhos desconjuntados e o coração sob o peso das aflições da Alma. O Cordeiro Divino, que veio ao mundo para salvá-lo, me envia, na qualidade de seu embaixador. Venho, em nome d'Ele, vos trazer as palavras que levantam do pó e libertam das aflições e da amargura, seja qual for a cruz de vossos sacrifícios, para que possais rejubilar-vos na glória de Yahweh e Naquele que aponta o caminho do amor como a vereda segura ao encontro da paz interior.*

"Vinde e senti comigo que Yahweh é Nele, e Ele O serve, como um pastor às ovelhas. Ele é o anunciador da alva límpida, que veio à Terra para preparar o unguento divino que se derramará sobre as feridas de vossas almas, e que trouxe a água viva que dessedentará de justiça o mundo.

"A hora do arrependimento é chegada. A hora da confiança também. Todos os males serão podados quando extrairmos do coração o ódio, a intemperança, a mágoa. Não há sofrimento vão. Alevantemo-nos e peçamos perdão a quem devemos; clemência de quem precisamos e misericórdia para nós, e nossa alma se elevará e Ele habitará em nós.

Nunca mais esqueceria daquele homem nem daquelas palavras. Sentia o peito represado de angústias. Abaixei a cabeça e deixei abrirem-se as comportas do coração. Lágrimas abundantes rolaram.

Jamais tivera oportunidade de ouvir algo parecido. Olhei para os circunstantes e pude notar nos vários rostos que divisei, cansados quais o meu, as mesmas lágrimas que me brilharam ante o confronto dos raios solares.

Será Ele? — pensei, num misto da angústia e desejo de que meu pensamento estivesse certo.

---
[4] Antiga unidade de medida itinerária, equivalente a 125 passos, ou seja, 206,25m (Dicionário Aurélio).

Fitei mais profundamente aquele rosto, de feições firmes um pouco arredondadas, os cabelos cortados, com pontas díspares, o prenúncio de entradas nos lobos frontais, o rosto vincado já com algumas novas rugas e com pequenas manchas, o nariz bem formado e os olhos grandes, castanhos e profundos, que pareciam expelir jatos de luz, que, ao encontro dos meus, me puseram desconcertado, mas que me transmitiram, de forma instantânea, paz e serenidade.

Ele prosseguia a falar, a voz vibrante, e pela primeira vez em minha vida ouvi referências a Yahweh como sendo Pai dos homens, que enviara à Terra seu filho Yeshua, nosso Irmão e Libertador, desde os tempos em que nossos irmãos haviam testemunhado suas dores e esperanças na escravidão, no Egito e na Assíria.

Absorvido pela beleza e profundidade dos enunciados, comecei a experimentar ali, sobre o pó de Listra, depois de quinze anos, um pouco de paz, e entre o gosto levemente salgado das lágrimas, sentia-me refazer sob aquele bálsamo que era derramado sobre todos nós.

O orador silenciou. Todos os que ali estávamos, ainda sob o êxtase do momento, o fitamos, quando senti aqueles olhos grandes, firmes e resolutos novamente pousarem sobre mim. Desconcertei-me por completo e não consegui sustentar-lhe o olhar. Novamente abaixei a cabeça, num misto de vergonha, expectativa e apreensão, quando o que ouvi me pôs em sobressalto:

— Meu amigo e irmão Abiel, sê bem-vindo, em nome d'Aquele que é a palmatória do mundo. Já te esperava, para que pudesses juntar-te à Caravana da Nova Aurora que despontará na Terra.

Fiquei simplesmente aturdido. O que estava se passando? Como ele sabia meu nome? Ninguém, absolutamente ninguém, dentre os que ali estavam, poderia saber quem eu era, muito menos ele, que me via pela primeira vez. Eu era um desconhecido de todos. Que coisa extraordinária! Seria ele um adivinhador, pensei, daqueles condenados pelo profeta Moshe[5]?

A realidade é que não conseguia concatenar meu pensamento e muito menos uma resposta lógica qualquer me advinha. Quedei-me mudo, e ele repetiu:

---
[5] Vide glossário

— Sim, sim, meu caro Abiel! Já aguardava tua chegada. O Mestre apieda-Se de ti e pede que não recalcitres mais contra o que não podes vencer e que te juntes a nós, pois sabe que tens um coração bondoso que por hora se encontra um pouco desviado da luz.

"Precisas, meu irmão, em primeiro lugar, reconciliar-te com teu espírito, para depois dispor do espírito de serviço. Precisamos ampliar o contingente dos novos anunciadores da mensagem imortal, a fim de arregimentarmos novas ovelhas ao aprisco. Vem, meu velho amigo do passado, despojar-te da indumentária do mundo. Vem vestir a indumentária dos Céus.

Extraordinariamente surpreso, a energia e vibração daquelas palavras me puseram um pouco mais refeito. As dúvidas surgiram num átimo, e eram enormes. Quem sabe tenderiam a se dissipar. Estava ali – o que eu não sabia por certo ainda, mas que hoje sei – ante o gigante da divulgação dos ensinamentos de Yeshua na Terra.

Embora não conseguisse entender tudo o que se passava, senti um leve rubor, uma energia que me perpassou a alma dando-me uma força e um vigor inesperados e há muito não experimentados.

Atraído por aquele inesperado convite, percebi que se estava finalizando a fala daquele homem. Algumas pessoas foram se retirando, e como que imantado por algo que não sabia decifrar, caminhei em sua direção, mudo. Quis ajoelhar-me ante a imponência que via no pregador, quando senti seus braços fortes estendidos em minha direção e que me impediram de fazê-lo. Contudo, recebi dele um abraço extremamente refazedor.

Novamente assaltou-me o instantâneo impulso das lágrimas, que não pude disfarçar. Com a mão direita ainda sobre meu ombro, sem que nada eu falasse e sem que nada ele perguntasse, vi a aproximação de várias pessoas. O ilustre pregador adiantou-se em apontá-las, quando então, indicando duas pessoas mais próximas, entre elas um jovem sorridente, disse-me:

— Este é o nosso irmão Timóteo, filho na fé e morador desta cidade.

Apontando o outro:

— Este é nosso irmão Silas, dedicado servidor da nova causa, que me acompanha nas tarefas que assumi.

Indicando duas senhoras que também se aproximaram, continuou:

– Esta é nossa irmã Loide – que divisei ser uma senhora de idade madura – e esta é Eunice, sua filha e mãe de Timóteo.

O sorriso encantador daquelas quatro pessoas comoveu-me. Percebendo-me a impressão, o pregador disse:

– Tenho certeza que nossas irmãs e Timóteo, que muito gentilmente nos ofertam pouso e guarida, não se importarão, Abiel, que venhas conosco para pernoitar na casa deles.

Com leve sinal de contentamento, aquelas senhoras assentiram com um sorriso.

Intraduzível tudo o que se passava. Eu era um estranho àquelas pessoas, que jamais vira. Entretanto, recebiam-me com a mais absoluta irmandade, como se fôssemos velhos conhecidos, velhos amigos.

A conversa foi interrompida por Silas, que puxando o pregador pelo braço, sussurrou-lhe algo ao ouvido, ao que, consentindo com um gesto da cabeça, Paulo pôs-se a dar especial atenção às demais pessoas que esperavam para falar com ele, respondendo a elas sobre a anunciação que há pouco fizera e sobre o verdadeiro reino da felicidade e da paz.

Não ousei falar nada e nada indaguei às senhoras. Apenas aguardamos. Terminado o atendimento, ao sinal do pregador e aquiescência da senhora Loide, demandamos uma pequena ruela, onde casa simples, com seis cômodos, mas de agradável aparência, foi o nosso destino.

Entramos. Eunice apressou-se a nos servir água fresca, indicando-nos os lugares para que pudéssemos nos dispor confortavelmente. Após, juntando-se a Loide, se apressou em ir até a cozinha. Ficamos, os homens, no cômodo principal.

Timóteo, se aproximando, puxou conversa e disse que era uma alegria poder, com a avó e a mãe, receber-me por hóspede também.

Ao perceber meu olhar indagador, apressou-se a dizer que seu pai era grego, mas já havia morrido, e que vivia com a avó e a mãe, que eram judias. Disse que houvera se convertido à nova mensagem quando da primeira estada do Pregador em Listra, e que às vezes viajava para visitar os irmãos do Núcleo que o Pregador fundara em Icônio.

Ouvindo Timóteo, eu refletia, por instantes, sobre todos aqueles momentos imprevisíveis e inesperados.

Foi quando ouvi Silas falar:

– Meu bom Paulo...

Paulo? – pensei. – Então era esse o seu nome? Não seria Saulo?

Silas prosseguiu:

– É preciso que descanses um pouco das lides. Loide e Eunice, juntamente com Timóteo, lhe pedem uma conversa a esse respeito.

Tudo observava e escutava. Notei no semblante de Paulo, ante a fala de Silas, o reflexo da alegria.

– Sim... sim... – disse Paulo. – Conversaremos, com prazer.

Após a resposta, olhou-me de repente e falou:

– Então, meu amigo Abiel, queres contar-nos o motivo de teu semblante carregado? Não te impressiones que eu saiba teu nome. Os espíritos do Senhor anteciparam-me a tua chegada, e nada mais represento do que aquele que foi designado para receber-te e auxiliar-te no que puder, e tudo o que faço, faço em nome do Cordeiro Divino.

Sentindo a acolhida e amparo, com esforço, buscando a coragem que me parecia falsear, pela primeira vez narrei a Paulo, Silas e Timóteo, pequena parte de minha trajetória nos últimos dias em Icônio, sem muito me aprofundar, dizendo, por fim, que viera a Listra à procura de um tal Saulo, que saiu a pregar uma mensagem nova de um Nazareno, e que ao ouvir Paulo falar desse Messias, agora estava confuso ante os nomes, embora parecidos.

Silas, interrompendo-me, se apressou a esclarecer que eram a mesma pessoa, narrando o motivo da mudança do nome, mas que estávamos ali desfrutando da companhia de Saulo, agora Paulo, o Pregador da Boa Nova.

Após esse breve esclarecimento, ambos perceberam minha emoção. A conversa se demorara nesse mister, e os novos amigos me escutaram, sem nada interrogar, porém, fomos interrompidos por Loide, que se apressou em dizer que o jantar estava pronto e seria servido. Paulo aquiesceu com um sorriso de satisfação e olhando-me disse:

— Abiel, deixemos o restante de nosso diálogo para depois. Sejamos hóspedes reconhecidos ante a gentileza e presteza de nossas irmãs.

Acomodamo-nos sobre mantas de pele de camelo e nos servimos em tigelas pequenas de barro cozido, da saborosa comida que se traduzia em carne de cabra assada com molho de hortelã, arroz com lentilhas e queijo à base de coalhada, broa de trigo e leite. A um sinal de Paulo, a anfitriã iniciou comovida prece:

— *Senhor de nossas vidas, Criador Supremo, volvemos nossos olhos para o Alto a buscar-Te, reverenciando o que é maior do que todos nós, agradecendo pelo pão do corpo, desejando ardentemente que possamos alimentar-nos do pão espiritual que o Teu Sublime Enviado levedou para todos nós. Não temos, Senhor, é verdade, nenhum ouro ou prata para oferecer-Te, mas Te ofertamos nosso maior tesouro, o nosso coração limpo e a nossa alma, que, desanuviada das lides mundanas, ao influxo dos pensamentos que Te dirigimos, intenta voejar ao encontro de nosso Libertador e de Ti. Vela, Senhor da Vida, por todos nós, e alimenta nossos amados Paulo e Silas com as energias restauradoras e mantenedoras das forças físicas e espirituais, dando-lhes condições para que prossigam no serviço do espalhamento do amor incondicional que chegou para a Terra.*

"Rogamos-Te que nos conduzas os pensamentos ao Messias Amado, para que, perfilados no exército do amor por Ele destacado, estejamos em condições de ser seus ordenanças, e, nestas horas do repasto do corpo, também possamos alimentar o espírito com a seiva da amizade, da fraternidade que gera a união, abençoando-nos, uma vez mais.

"Assim seja.

O silêncio era a expectativa desejada, e senti que meu colo estava molhado ante o contato das lágrimas que além de umedecer-me o rosto, lavavam-me a alma por completo. A sensação de leveza pacificava-me o coração.

Sem que mais alguém ousasse balbuciar qualquer palavra, aqueles foram momentos mágicos em que pude perceber o pequeno cômodo todo iluminado a se expandir sem as represas das paredes. Parecia-me que o movimento ritmado das nossas mãos que nos conduziam ao alimento era acompanhado por muitas notas musicais que, espalhadas no ar, qual som de cítara, transformavam-se em pequenas faíscas brilhantes que, surgidas do teto, caíam sobre nós, desaparecendo ao contato com nossos corpos.

Embevecido e quase em êxtase, divisei-me, por instantes, a olhar uma longa estrada que me surgia à frente, de formato estranho, e que se me apresentava como que dividida ao meio, em duas pistas. De um lado o caminho era plano, com relva verde e macia, salpicado de flores almiscaradas de tonalidades variadas, que exalavam permanente e suave perfume, e de outro lado, acompanhando a mesma reta, era todo acidentado, cheio de buracos, pedras e poças d'água, e assim seguiam em paralelo, numa clara dicotomia. Foram momentos intraduzíveis, cujo encanto foi quebrado pela palavra de Paulo que, olhando-nos, falou:

– Meus irmãos, as horas que estamos passando na Terra são decisivas para todas as criaturas, eis que o convite para as Bodas está posto na ordem dos projetos humanos, e o Mestre aguarda a resposta. Ou nos alinhamos nas hostes do trabalho de semeadura da Boa Nova, sem recuos, ou seremos candidatos ao banquete da ilusão, que tem sido a companhia dos fariseus e dos déspotas. Cada um deve decidir que estrada vai escolher.

Que estranho! Senti leve arrepio. Será que Paulo tivera a mesma visão da estrada que eu tive?

Após o repasto e a amena conversação, já que as horas se faziam altas, recolhemo-nos ao leito. Eu, em acomodação gentil, propiciada pela matrona, pernoitei no mesmo cômodo de Silas, enquanto Paulo e o jovem Timóteo ficaram em outro.

Ainda antes da chegada do sono esperado e renovador, cogitava: Eu, que experimentara nos últimos tempos o abandono das pessoas, tendo um cão por companhia, que aliás acabara por doar ao vizinho de Loide; que perambulara sem rumo pelas vias, parecia agora reencontrar, mesmo que por aquelas horas e aquele dia, um lar doce e fraterno, cujo ambiente me infundia a serenidade perdida e me fazia experimentar uma paz há muito tempo não sentida e sequer suspeitada.

Entabulamos, Silas e eu, um pouco mais de conversação, voltada para a iluminada presença do Cireneu de Tarso, ocasião em que pude ouvir algumas narrativas sobre seu trabalho de divulgação da mensagem nova, tudo ouvindo e por tudo me fascinando, vindo a saber que essa era a segunda vez que Paulo passava por Listra.

Em dado momento, Silas estancou a fala, olhou-me e mudando o assunto de direção, perguntou:

— Então, Abiel, como te sentes aqui conosco? Se não queres conversar, não o faremos. Sinto que desejas dormir, pois estou te cansando, mas gostaria de ouvir-te.

— Não, não – respondi de pronto, – não estás me cansando, é que enquanto falavas das tarefas, dos trabalhos, eu exercitava minha mente na criação mental dos quadros das ações que me narravas.

Percebi que Silas era portador de um olhar devastador, que me desnudava o íntimo, e meu íntimo, embora as maravilhosas novidades do dia, ainda estava macerado, marcado pela angústia, pela dor e pela saudade da esposa e da filha amadas.

Silas pareceu adivinhar meu devaneio, e sem fazer mais qualquer pergunta ou estender a conversação, desejou-me bom sono e calou-se. Nada falei. Apenas emudeci, quedando-me por adormecer.

Parecia que dormia já há algum tempo, quando, de maneira estranha, ouvi uma voz a me chamar, quase num sussurro:

— Abiel, Abiel, vem comigo, dá-me tua mão.

Assustado e quase apavorado, vi-me, sem saber como nem por que, fora do meu corpo, que, aliás, dormia, e qual não foi a surpresa de ver que quem me chamava era Paulo, com uma túnica inteira de cor pérola azulada e semblante mais jovial, em companhia de Timóteo e Silas, cujo corpo vi que também dormia na cama ao lado.

Olhei-me também e percebi que minha vestimenta parecia ter sido mudada, pois trajava uma túnica inteiramente cinza.

Ainda atônito, dei a mão ao amigo, que me puxou para perto, abraçou-me pelos ombros e de forma estranha verifiquei que começamos a nos elevar do chão do pequeno quarto da casinha e nos vimos na vastidão do espaço, em companhia de outras pessoas. Contudo, umas pareciam se deslocar quase que presas ao chão, enquanto outras, como nós, pareciam voejar mais alto.

Sentia-me atônito, mas o Cireneu falou-me:

– Confia e tem calma. Estás seguro. Breve chegaremos ao local previsto.

Confuso demais, segui o conselho. Alguns instantes depois, chegamos a vasta alameda com árvores belíssimas, de um verde encorpado, com copas arredondadas e extensa ramagem, um pouco altas. Paramos em uma clareira relvada, acomodando-nos, e pude ver chegarem mais e mais pessoas, que iam nos saudando com sorrisos puros e francos e se acomodavam naquele campo que se estendia até o final da larga alameda, numa extensão de dois estádios[6] talvez.

Breves momentos de encontros, abraços, e Paulo apresentou-me a várias pessoas, misturando-se, depois, à pequena multidão já formada, deixando-me na companhia de Silas, Timóteo e outros.

Sem saber ao certo o que estava acontecendo e encontrando dificuldades para o diálogo com os demais, surpreendeu-me o som curto que me parecia de trombetas, ao que todos voltamos o olhar para a entrada da Alameda e divisamos ao longe, aproximando-se pouco a pouco, duas pessoas que vinham pelo ar, como que numa espécie de tapete que voava, mas era uma coisa bem larga, que tinha uma base bem grossa, não saberia traduzir.

Uma das pessoas era já um pouco idosa, com a cabeça aureolada, os cabelos brancos um pouco compridos que balançavam ao vento leve e pareciam faiscar de forma brilhante. Suas vestes eram de um azul suave, a barba espessa e um sorriso de uma brancura e brandura intraduzível, e o outro, jovem, altaneiro, belo, corpo de gladiador, os cabelos repartidos ao meio, de um castanho beirando o ruivo, os olhos que pareciam duas esmeraldas, a barba bem rala, assemelhando-se a um verdadeiro anjo.

---

[6] Antiga unidade de medida itinerária, equivalente a 125 passos, ou seja, 206,25m (Dicionário Aurélio).

As duas criaturas como que pousaram levemente, desceram daquele transporte e caminharam em nossa direção. Ao chegarem próximas a todos, traduziam indizível harmonia que eu jamais experimentara e irradiavam uma paz contagiante naquele ambiente em que podíamos ouvir claramente uma sublime melodia que parecia dedilhada no saltério[7].

A um sinal do mais jovem, todos os que ali estávamos nos aproximamos em silêncio e nos sentamos sobre aquela relva macia.

O jovem então disse:

– Queridos irmãos da alma, aqui estamos em nome d'Aquele que é o Enviado de Yahweh, para saudá-los. A saudação será ofertada pelo nosso venerável irmão Acádio, que nos acompanha nesta tarefa.

Fazendo um gesto de reverência com as mãos, passou a palavra para Acádio, que se me afigurava um pai bondoso, tal a tranquilidade que apresentava nos seus traços e a firmeza que emanava de seu olhar.

Acádio então falou:

– *Amados irmãos, apraz-nos em demasia poder estar convosco. Já com alguns de vós tenho estado mais vezes, por ocasião dos planos que temos estabelecido para o trabalho difícil de implantação do verdadeiro reino de Yahweh na Terra.*

"Experimentamos o júbilo inenarrável de poder ter sido convocado pelo Divino Messias, nosso Yeshua, para compor a sua caravana que um dia haverá de se estender por toda a Terra a fim de que possamos exercitar o desejo único de vivenciar o Amor Plenificado.

"Entretanto, para que esse planejamento seja colhido pelo êxito, é imperioso que aumentemos o contingente daqueles que se candidatam a operar pela Verdade.

"As escolhas que foram feitas pela imensa maioria dos que transitam pela Terra, antes e nesta etapa, não têm sido as mais felizes, em razão de que se tem dado importância ao que não tem valor moral para a alma, colocando-a nas derrocadas do desequilíbrio que atrai dor e sofrimento.

---

[7] Entre os gregos, designação comum aos instrumentos de cordas que se feriam com os dedos.

"O uso do poder pelo poder; da riqueza para a prática da avareza; a prática do orgulho, do egoísmo, da inveja, do ciúme em total descontrole e da vaidade têm sido os instrumentos desafinados escolhidos, tornando a caminhada humana, atualmente, de difícil prumo, permitindo o recrudescimento da brutalidade, da ira, da raiva e do ódio.

"As experiências que houveram até esta etapa da Terra, no campo da ligação com o Criador, foram de pouco êxito, o que exigiu, por parte de Yahweh, as providências para que nosso Messias Inesquecível, Seu Enviado, viesse andar pelas paisagens terrenas, cultivando o campo dos corações humanos e depositando neles a semente da caridade e da mais pura fraternidade, desejando que um dia, que não seja tão distante, essas sementes germinem e produzam frutos a cem por um, sessenta por um e trinta por um, como nos vaticinou Yeshua, na sua sublime pregação.

"A cada etapa, vamos convidando mais almas que se interessem em lutar pela mudança de suas escolhas e atitudes, para que se arregimentem nesse exército de bondade que precisamos sempre ampliar. Daí o motivo da presença de novas almas nesta reunião, às quais estendemos o convite para vestirem a túnica dos trabalhadores da primeira hora da Terra e arregaçarem as mangas para o trabalho impostergável de fazer frutificar a Boa Nova.

"Tendes todos, entretanto, os que ouvem o convite pela primeira vez, o direito de aceitá-lo ou não. Contudo, rogamos que ponderem em suas consciências, e seja qual for a resposta que ela apresente, lembrem-se de que o Messias não estenderia convites a quem não pudesse vir ao Festim, pois é dele a expressão de que o Pai não coloca fardos pesados em ombros fracos.

"Saúdo a todos, trazendo-vos as bênçãos de Yeshua."

Acádio calou-se, dando sua fala por encerrada.

Após a fala do Venerando Espírito, e a sua indicação, Paulo proferiu sentida e comovedora oração, que igualmente não conseguiria traduzir ante a profundidade e beleza.

Ainda guardando comigo o paradoxo do que vira e ouvira, em comparação com a estrada da minha vida, a visão do caminho dividido ao meio produzia-me certo desconforto e fiquei por alguns instantes absorto em meus pensamentos.

Não reparara que grande parte das pessoas reunidas naquele lugar maravilhoso, que exalava perfume de folhas de tâmara, já se havia retirado, quando senti leve toque no ombro. Voltei daquele repto momentâneo e vi Paulo e Silas, que sorrindo me apresentaram ao jovem que, em pleno vigor da juventude, de maneira curiosa, emitia luz pelas extremidades das mãos e pelos contornos da face.

– Abiel, bom amigo, quero que conheças Estêvão, nosso amigo e irmão em Yeshua.

Estêvão abriu os braços em minha direção e como se fosse um velho irmão há muito tempo não visto, estreitou-me num amplexo sadio que me infundiu energias revitalizantes.

– Meu amigo e irmão Abiel, – disse Estêvão, – não podes aquilatar o júbilo pela tua chegada até a nossa caravana, que visa, cada vez mais, arrebanhar novos trabalhadores em prol da divulgação da Boa Nova.

Sob o impacto da surpresa daquele abraço tão despretensioso e benfazejo, e ainda mais surpreso pelo que ele falara, pois não me sentia importante em nada, ia dizer que eu não tinha condições de ofertar nada, quando recebemos naquele pequeno grupo a presença do venerável Espírito que acompanhava Estêvão e que que há pouco nos brindara com a maravilhosa prédica.

Paulo, adiantando-se, fez as honras da apresentação:

– Venerável irmão Acádio, este é nosso irmão Abiel, de quem já lhe falei há pouco, e que agora está encontrando o caminho dos compromissos com a verdade.

Aquele homem, como tudo havia de estar acontecendo, provocou-me outra enorme surpresa, pois apesar dos cabelos brancos em sua totalidade, tinha o aspecto altaneiro, trazia o rosto com poucas rugas, como se fosse um moço velho ou um velho moço.

Mais uma vez fui abraçado, e dessa vez senti uma sensação de euforia nunca antes experimentada. Teimosas lágrimas brincaram com a retina dos meus olhos, agora sem dor alguma.

– Irmão Abiel, – disse-me Acádio, ainda segurando-me pelos ombros, – para todas as almas criadas pelo Pai Celeste, está traçado o caminho da felicidade. Contudo, Ele nos dá o poder de decidirmos conforme nossos pensamentos e vontade, pois não teme nem aguarda o tempo. Ele é o tempo, e seja qual for nossa decisão, seja no campo do necessário e imprescindível amor em ação, seja no da ausência do amor que precisa ser manifestado, sempre receberemos a atenção celeste, para nos esmerarmos cada vez mais na conquista das virtudes ou para encontrarmos o refúgio ideal para o tratamento de nossos desajustes.

"Esta noite, vieste ter conosco, trazido pelos nossos bons Paulo, Silas e Timóteo, porque é chegada para ti a etapa do socorro, a fim de que te consoles e te renoves, mas também é chegado o momento da semeadura outrora por ti prometida, permitindo-te a lembrança das responsabilidades assumidas antes que voltasses à matéria densa do corpo.

Nova surpresa! Do que efetivamente aquele bom homem estaria falando? Percebendo-me a indagação d´alma, continuou Acádio.

— Não, não te surpreendas em demasia. Tudo o que vês e sentes é real, bem como tudo o que te falamos levarás contigo como lembrança, sobre a qual assuntarás muitas vezes na vigília do corpo.

Após esse diálogo comigo, o Venerável Espírito conversou com Paulo e logo depois nos despedimos, com abraços e a promessa de novas conversas. Paulo, segurando-me, bem como Silas e Timóteo, elevamo-nos do chão na direção da Casa de Loide.

II

O CONVITE DE PAULO

Sentindo-me tocado no ombro direito, acordei, procurando descerrar os olhos, e divisei Silas, que já estava de pé a meu lado, sorrindo, e me disse:

– Vamos, meu amigo Abiel, apressa-te em recompor-te. Somos esperados para o repasto matinal.

Levantei-me, e divisando uma bilha e uma bacia grande sobre tosca mesa no canto do pequeno aposento, lavei o rosto e as mãos e com pequeno pente de chifre de carneiro busquei alinhar os cabelos. Enquanto assim agia, notei a expressão de Silas, como a querer me indagar algo, contudo, nada falou.

Juntei meus pequenos pertences – uma bolsa de couro cru e algumas dracmas, – ajustei o cordão que me empalava a cintura e assentindo com a cabeça no rumo da porta falei:

– Estou pronto, amigo. Vamos!

Chegamos ao outro cômodo, que era cozinha e sala ao mesmo tempo, e em volta da pequena mesa, que não tinha mais do que cinco palmos do chão, se acomodavam Loide, sua filha, Timóteo e Paulo. Recebidos com sorrisos e atenções otimistas, a um sinal de Paulo, pusemo-nos cabisbaixos, a fim de render graças a Yahweh e a Yeshua pelo alimento.

Passamos a nos alimentar com broa de trigo, leite de ovelha e geleia de damasco. Loide, interrompendo o silêncio disse:

– Paulo, meu doce amigo, sei que pretendes seguir adiante na estrada de teus compromissos, e sei que estás preocupado, pois armazenas a intenção de que Timóteo te acompanhe e a Silas. Ao mesmo tempo, preocupas-te comigo. Quero te dizer que não deves cultivar receios nem pedras de tropeço. Cada um deve seguir a estrada que escolher, e sei que a tua estrada, muito embora os buracos, as pedras e as armadilhas, é a estrada da tua libertação para Yeshua.

Ao ouvir as palavras da bondosa matrona, tive leve sobressalto e pus-me a lembrar do sonho que tive, vindo-me à mente, embora de maneira confusa, a estranha estrada dividida ao meio, e pessoas me falando, me aconselhando e me direcionando por qual caminho deveria seguir.

Saindo da absorção, continuei a ouvir a velha senhora, que acrescentou:

— Hoje, ainda pela manhã, antes que partas, nossos irmãos que se somam à jornada do Verbo Novo virão despedir-se e pretendem comunicar-te uma decisão que tomaram e creio que gostarás muito.

Paulo assentiu com a cabeça e disse:

— Loide, minha boa irmã, é certo que partirei. Tive a ordenação do Messias, esta noite, para que levemos conosco nosso amado Timóteo, isto se ele consentir em nos acompanhar. Preciso de força juvenil para os embates futuros, e pretendo convidar também o irmão Abiel a seguir-nos – disse, fitando-me com vigor.

Timóteo era nativo de Listra e por ele já soubera que era filho de um casamento misto. O pai era grego e mãe era judia. Ao que me pareceu, foi influenciado pela nova mensagem através de sua mãe Eunice, talvez daí a razão de Paulo tratá-lo com a expressão "filho na fé", pois falara a Timóteo sobre as novas verdades.

Voltando ao convite do Cireneu, confesso que para mim parecia já ter sido feito e já ter sido aceito, mas continuei calado. Senti leve contrariedade no semblante de Paulo, que parecia surpreso com minha reação. Quando olhei para ele novamente, ele me disse:

— Irmão Abiel, a estrada que sigo e seguirei não é atapetada e muito menos semelhante a relva macia e florida. Será mesmo a estrada de tropeços e solavancos e que me tem exigido redobrada luta e destemor ante os perigos, principalmente para reverter um passado que não é nobre. Aconselho-te, pois, a refletires sobre o meu convite. Poderás aceitá-lo, caso contrário nada impede que sigas por outros caminhos.

O sentimento de arrependimento pela minha mudez foi instantâneo e o olhar e as palavras de Paulo me desnudaram por completo. Senti-me totalmente impotente e, ainda mais grave, uma onda de solidão parecia engolfar-me a alma.

Balbuciei algumas palavras no sentido de escusas, entretanto, o amigo novo, olhando-me agora com complacência, deixava antever que compreendera o que me perpassava o interior: uma sensação de inutilidade e de desespero, ao que, ponderadamente, falou:

– Abiel, as dificuldades são as resistências que opomos frente à nossa ignorância, porque o homem ainda não consegue entender que sua existência tem combinação com as demais existências; que nós precisamos uns dos outros e que o futuro do déspota, do tirano e do ímpio demarcará um tempo de dor corretora, a fim de que um dia possa entender que somos apenas simples instrumentos de Elohim[8] e que haveremos também de nos transformar, um dia, em anjos.

A repreenda amorosa do varão de Tarso sulcou-me profundamente o íntimo, e um misto de rubor e vergonha assaltou-me.

Percebi, na ocasião, que o egoísmo houvera mais uma vez me tomado a mente, deixando transparecer uma réstia de ingratidão para com todas aquelas almas queridas que dedicaram-se em me acolher, sem nada perguntar, sem nada exigir, e senti, pela primeira vez, nos quarenta anos que me amorteciam o corpo, vergonha de mim mesmo.

Afastei-me um pouco do colóquio de Paulo, Loide, Timóteo e Silas e pus-me a olhar a rua pela pequena janela.

Lancei meu olhar a tudo, sem nada enxergar, momentos em que me pareceu poder assistir a história da minha existência. Revi, em instantes, no pensamento, os meus pais; os meus irmãos, em número de sete; os folguedos da dura infância nas pequenas estepes do deserto que se estendia em minha terra natal; a minha ordenação aos circuncisos; a frequência no templo; os ensinos de Abraão e de Moshe e a orientação dos profetas.

Lembrei-me das falas de Isaías e Jeremias, pelos quais tinha predileta atenção. Depois, minhas lutas no comércio de pequena cidade; o momento do namoro; meu casamento sob a cerimônia da

---

[8] Vide glossário

tradição; o nascimento da filha adorada; os desajustes no casamento, em razão de que me afastara de Yahweh, e a fuga da mulher e da filha.

Agora começava a compreender melhor os fatos da vida.

Lágrimas grossas molharam-me as faces e a barba, salpicando-me as vestes.

Olhei-me como se pudesse ver uma estátua e senti pena de mim. Debrucei-me à guia da janela e a represa transbordou como enxurrada, deixando que a angústia desatasse o seu nó.

Mão amiga pousou-me no ombro, e mais uma vez aquele sorriso que ofertava sempre brilho e vida enlevou-me novamente a alma, como se tivesse sido puxado para fora de fundo poço escuro.

– Então, amigo? – Breve silêncio. – Estamos ao teu lado e queremos que estejas do nosso. Permanece de pé o convite para que venhas ordenhar as novas ovelhas que breve chegarão ao aprisco. Ainda não podes, é claro, falar aos que encontrares, mas poderás ajudar-nos na administração das viagens e na coleta do necessário.

Ao lado de Paulo, a bondosa Loide estendeu-me ânfora salutar. Ao sorver a cristalina água, destravou-se-me a garganta do ardor da aflição em que havia mergulhado. Virei-me para Paulo e balbuciei, em voz um pouco fraca:

– Sim... sim... Agora, refeito de minha alusão sem sentido ou vida sem sentido, sinto que este é o caminho, a estrada que devo seguir. Conforta-me a tua presença e a certeza da presença d'Aquele que te enviou. Seguirei teus passos e serei teu escravo para servir-te nas pequenas e nas maiores necessidades.

Abraçamo-nos.

Como senti aquele abraço, que parecia me elevar do solo!

III

O RETORNO PARA ICÔNIO

Passamos, então, a entabular os preparativos para a viagem que para Paulo representava apenas uma sequência da que iniciara, contudo, eu sequer sabia para onde, mas o que importava naquele momento a não ser a possibilidade de me agasalhar com a presença do Arauto?

Enquanto procurava colocar em ordem o pequeno cômodo onde dormimos, pude ouvir da pequena sala e cozinha, Paulo falar a Silas e a Timóteo sobre a continuidade de sua viagem, propondo que iriam para Icônio, de lá para Antioquia de Psídia e depois pretendia pregar a mensagem do Messias na Ásia Central. Em seguida tinha intenção de ir até Trôade. Então, aguardaria a inspiração para saber para onde deveria ir.

Ouvi a chegada de várias pessoas que acorriam à casa de Loide para as despedidas de praxe.

Juntando-me ao grupo, apanhei a conversação de Loide, que comunicava a Paulo, em companhia dos amigos que ali estavam, em número de vinte e dois, que havia aumentado consideravelmente o fluxo de pessoas que buscavam o Núcleo de estudos da mensagem de Yeshua em Listra.

O Núcleo fora fundado sob a inspiração e direção de Paulo, quando de sua primeira passagem pela cidade.

A alegria que vi e senti naqueles olhos castanhos e firmes, compensaria todas as dores que pudesse estar sentindo. Paulo vibrava em seu íntimo e, elogiando os esforços de todos, prometeu que se Yahweh quisesse, ainda voltaria para ver a obra bem solidificada, rogando para ela e para todos, as bênçãos do Pai Celeste.

As conversações ainda perduraram por mais algum tempo, quando começaram as despedidas.

Ultimados os detalhes, despedimo-nos de todos, em especial de Loide e Eunice, e nos colocamos a caminho. Timóteo estava radiante com o convite e a oportunidade de viajar com Paulo, o mesmo se dando comigo. Uma boa quantidade de provisão pendia de nossas bolsas e cada qual levava um bornal de água. Duas pessoas estavam radiantes.

Saímos ainda com a fresca da manhã que lançara seus últimos vestígios ante o crestamento solar que se fazia presente. Até a saída da cidade, Paulo foi alvo de várias interrupções por irmãos que vinham despedir-se e nos desejar boa viagem e mais, desejavam que as bênçãos do Messias nos amparasse os propósitos.

Ganhamos a estrada. Paulo demonstrava contentamento, não só por ver que o grupo fundado por ele, Loide e os demais companheiros, caminhava a passos firmes na divulgação da Boa Nova, mas também pela presença, em nossa pequena caravana, do jovem Timóteo, a quem Paulo amava de coração; igualmente com a presença de Silas e, pude perceber, com alegria, também com a minha, fato que me fez muito bem.

Caminhamos a passos tranquilos. Ao longo do trajeto, fui despejando ao Cireneu um amontoado de perguntas sobre o Nazareno, que Paulo me respondia pacientemente e com indisfarçável satisfação, ante meu interesse sincero.

Já andáramos por quase meio dia, com algumas paradas, quando chegamos a pequena propriedade erguida em meio ao deserto, cuja casa era formada com pesadas vigas de madeira e sobre elas, varetas recobertas com massa de barro, misturada com palha picada.

Era uma estalagem com vários cômodos, em número de oito ou nove, sendo cinco deles para os viajantes repousarem e os demais para uso do senhorio, entre eles uma sala para as refeições, que eram ofertadas pela Casa, não sendo obrigatório o pedido. Um espaço externo, cercado, servia para os animais repousarem, fossem cabras, cavalos ou camelos.

Paulo, adentrando-se, aproximou-se do senhorio, identificou-se, nominando-nos, dizendo que éramos viajantes pregadores da palavra de Yahweh, e lhe indagou o nome, ao que este respondeu chamar-se Ésforo, emendando a seguir:

– Desejam alimento e pouso?

Paulo assentiu, dizendo que somente precisaríamos de pouso. Disse que não tínhamos moeda para pagar e que neste caso, se fosse possível, ficaríamos do lado de fora da casa para recostar-nos ao menos às paredes e descansar um pouco e, se ainda preciso, faríamos algum serviço de limpeza ou arrumação, em razão do alimento, se o senhorio aceitasse.

Ésforo consentiu, dizendo:

– Podem sim repousar, mas façam aqui dentro. Hoje, como ontem, nenhuma caravana por aqui passou. Elas passam de três em três dias, de modo que será uma alegria para mim e para minha esposa Salete dividirmos o alimento com vocês, em nome de Yahweh.

Sentimos imediata simpatia por aquele homem, que fora simples, bondoso e espontâneo.

Acomodamos nossas bolsas e nos sentamos para o descanso e boa conversa. Bebemos água fresca que nos foi servida por Salete.

Paulo perguntou a Ésforo:

– Teu nome não é judeu. Por acaso és grego? Vejo que se confirmares isto, o nome de Yahweh transcendeu nossa gente.

Ésforo respondeu:

– Sim, sim, meus antepassados, avós e pais, são gregos, porém meus pais vieram para estas terras após passarem por Jerusalém, onde tiveram emprego no mercado da cidade alta, porém, minha mãe morreu quando eu tinha dez anos e meu pai, desgostoso, dez anos depois, resolveu retirar-se de Jerusalém, buscando retornar à Grécia. Contudo, acometeu-o intensa febre e ele veio a falecer justamente neste local, e como me deixou algum dinheiro, comprei esta herdade e conheci Salete, a quem desposei.

Reunimo-nos, mais Ésforo e Salete, para a refeição que nos foi gentilmente servida.

A conversação estendeu-se, animada. Ésforo indagou a Paulo:

– De onde vens, e os demais? O que fazem efetivamente e para onde vão?

Paulo, de maneira pacienciosa, pois havia tempo, narrou-lhe, mesmo que resumidamente, muitas coisas, e então pude ouvir parte da história de sua vida até ali: todos os acontecimentos desde a infância em Tarso, os estudos, a família, a cidadania romana; seus estudos da lei de Moshe; seu périplo em Jerusalém e no Sanhedrin; a escola rabínica; os insucessos perante o Nazareno ante as perseguições que empreendeu; sua estada em Damasco e o encontro com o Messias e com Ananias.

Narrou sua tarefa e seu desejo de expandir a verdade luminar que lhe invadira a alma. Foram horas de deleite, de saborosas conversas e de revelações que nos invadiram a alma de paz e esperança.

Ésforo e Salete estavam encantados com tudo o que ouviam. Pareciam enlevados e se desdobraram no carinho e atenção para conosco, insistindo que ficássemos mais alguns dias por ali, pois adoraram nossa presença e tinham agora sede de conhecer melhor esse Messias declarado por Paulo. Eu também tinha.

Ficamos na hospedagem do casal durante cinco dias de oração e pregação de Paulo.

Ao cabo do quinto dia, ao anoitecer, Paulo, comovido e agradecido, disse a Ésforo:

— Meu bom amigo, nada tenho para lhe retribuir a hospitalidade, a não ser o desejo de dizer que o Cordeiro Divino penetrou nesta Casa. Amanhã, bem cedo, precisaremos partir. É tempo de nos pormos na estrada dos compromissos.

À noite, Paulo ainda nos reservou novos ensinamentos, desta feita sobre a bondade, que deve ser buscada como virtude pelos homens. Repousamos. Amanheceu. As despedidas foram calorosas. Salete nos presenteou com broas salgadas e doces e um bornal de couro com leite de cabra para as horas primeiras. Renovamos nossa reserva de água e ainda pela alva tomamos novamente a estrada.

A caminhada foi feita de maneira lenta, como era de se prever. O sol, sempre causticante, fustigava nossa resistência, mas viajávamos com a alegria presente no semblante de Timóteo, que pela vez primeira acompanhava o Cireneu, alegrando-nos a todos com seu jeito expansivo e seu riso juvenil.

Em nossas paradas para descanso, sob árvores da estrada, nos deliciávamos com as falas de Paulo, ao mesmo tempo que eu via, no semblante de Timóteo, a satisfação permanente e a atenção quase que desmedida que ele dava a todos os ensinamentos de Yeshua, que eram reprisados pelo amigo de Tarso.

Ao longo da jornada, Paulo narrou sobre sua primeira estada em Icônio, juntamente com um amigo de nome Barnabé. Contou que lá chegando, haviam começado o trabalho de pregação na Sinagoga. Relatou os fatos que haviam presenciado e sobre o poder do Yahweh. Confirmaram que as profecias da Lei Antiga estavam se realizando e que haviam convocado todos a tomarem a decisão de crer em Yeshua como sendo o Messias prometido, concitando-os a que confiassem Nele, pois Ele trazia a salvação.

Relatou que uma multidão de judeus e de gentios creu, mas que houveram muitos judeus que se recusavam a crer; que se tornaram inimigos deles, provocaram os gentios e os incitaram a agir contra Paulo e Barnabé. Os judeus, costumeiramente incrédulos, provocavam os habitantes nativos gentios para agirem contra os apóstolos que vinham anunciar a Boa Nova em sua localidade.

Narrou que ele e Barnabé, com destemor, continuaram por bastante tempo em Icônio, pregando sem medo. Houve confirmação da nova mensagem, através das maravilhas que ele e Barnabé realizaram, obtendo a cura de vários irmãos.

Narrou ainda que naquela cidade surgiram duas facções, uma das quais estava a favor dos judeus incrédulos e a outra a favor dos que apoiavam a ele e Barnabé; que os líderes da Sinagoga se opunham à Boa Nova e os judeus, inspirando alguns gentios, conspiraram para maltratar e apedrejar a ele e a Barnabé.

Informados pelos irmãos da comunidade, acabaram por seguir os conselhos destes e foram para Listra, depois para Derbe e outras cidades circunvizinhas, e que em cada localidade por onde passaram se dedicaram a pregar os novos ensinos. Assim, viajaram por toda a Província da Licaônia.

Armazenados com o relato, ouvimos Paulo dizer, também, que não temia ser mal recebido, pois precisava falar e orientar as almas que em Icônio tinham fundado o grupo que mantinha acesa a luz da Boa Nova.

Ao cabo de mais dois dias de caminhada, aproximamo-nos de Icônio. Senti meu coração pesar no meu peito, porque retornava à cidade onde realizara meus sonhos de infância e adolescência e do meu casamento, mas que também fora o palco da minha desdita. Lembrava do tempo em que fui feliz e do tempo em que, agora compreendia, com certeza absoluta, não soube manter a felicidade.

Agora, nada ali me despertava interesse. Não havia deixado quase nada. Amigos, nenhum; conhecidos, alguns poucos. Com certeza eles nem teriam se dado conta da minha ausência, até porque, no estado de desleixo a que me entregara, as pessoas passaram a me evitar, essa era a verdade.

Icônio era a capital da Província da Licaônia, a última cidade da Frígia, uma terra fria, que possuía planícies elevadas com extensos pastos para ovelhas, e que ficava situada no platô interior da Ásia Menor.

A planície é interrompida por pequenas cadeias montanhosas. O monte Kara Dagh, ao norte, ergue-se a 2.288 metros, enquanto o monte Karadja Dagh, mais a nordeste, mesmo não sendo tão alto, apresenta uma impressionante variedade de rastros vulcânicos.

As montanhas a noroeste, perto de Icônio, fazem parte do fim da cadeia de Sultam Dagh, que atravessa boa parte da Frígia. Adentramos Icônio, finalmente, e guiados por Paulo, dirigimo-nos à casa de seu amigo Onesíforo.

Onesíforo era um dos líderes do Núcleo local, outrora fundado por Paulo. Recebeu-nos a todos com efusivas demonstrações de alegria, sem disfarçar a gratidão a Paulo por estar retornando a Icônio. Após as apresentações, Onesíforo tratou de nos acomodar da melhor maneira possível em sua casa, pequena porém acolhedora.

Em Icônio, não me senti muito à vontade. Consultando Paulo, ele me disse que ficaríamos por ali talvez uns cinco dias, ao que lhe informei que precisaria mesmo de um tempo, pois trataria de vender minha residência, que estava fechada. Pensava que talvez ela tivesse sito alvo de salteadores, por não verem nela nenhuma movimentação. Dizendo isto, me dispus a visitar a casa que antigamente me servia de repouso e de ideário de minhas aspirações.

Ao chegar à propriedade, abri o portão da pequena cerca frontal. O quintal estava coberto de mato e tive a impressão de voltar no tempo. Percebi que a casa estava intacta, do jeito que a deixei. Sentei-me na soleira da porta, parecendo arregimentar forças para entrar. Dois vizinhos me olharam, agora com o cabelo mais aparado e asseado. Aparentemente me reconheceram, porque acenaram, ao que respondi da mesma forma.

Abri a porta e entrei. O parco mobiliário estava no mesmo lugar, mas a solidão demonstrava que um ar de angústia e tristeza tomava conta de tudo. Chequei todas as janelas e portas. Fiquei ali por quase uma hora. Mergulhado nas cogitações do ontem, via na tela da minha memória a convivência com Reyna; o nascimento de Shaina; os risos e também o choro de minha mulher. Aquilo tudo me era como que um pesadelo. Buscando renovar forças, levantei-me de onde estava e, após fechar a casa, me dirigi até o comércio pequeno da cidade, onde busquei localizar o judeu Shamar Ben Zaban, conhecido pelos negócios com casas.

A conversa com Shamar Ben Zaban foi boa. Vendi-lhe minha casa rapidamente, sem sentir qualquer espécie de remorso ou arrependimento.

Uma nesga de contentamento me invadiu a intimidade. Cogitava ajudar Paulo e os novos companheiros com os gastos das provisões para as viagens, em cuja ação empreguei todo o produto da venda. Definitivamente, nada mais me prendia a Icônio, a não ser as saudades que sentia da esposa e da filha amadas. Essa saudade eu tinha certeza que lá não ficaria, e sim me acompanharia por onde eu andasse ou onde estivesse.

Assim como houvera se dado em Listra, em Icônio, Paulo passou a se reunir com os companheiros da nova mensagem, exortando-os a perseverarem na fé. Disse que muitas tribulações seriam enfrentadas por todos aqueles que se empenhassem com decisão e amor à causa do Messias, mas que não deviam desistir da luta, visando um dia entrar no reino de Yahweh.

Os discípulos de Icônio já haviam visto o exemplo de Paulo e Barnabé, ao perseverarem, apesar da perseguição de que foram vítimas quando de sua primeira estada na cidade, e mesmo em Listra, onde tinham sido agredidos e quase mortos, quando da primeira passagem por aquela cidade. Após vários dias de estadia e vários diálogos com os representantes locais, Paulo confirmou que teríamos que partir. Reunidos no Núcleo local, na última noite em Icônio, lembrou a todos uma fala de Yeshua:

— Irmãos, *A luz veio ao mundo e os homens amaram antes as trevas que a luz*[9]. Exorto a todos a não se esquecerem de divulgar a todo custo a luz do novo conhecimento.

Os discípulos então compreenderam que mesmo à custa de muitos sacrifícios, precisavam continuar buscando essa luz e seguindo exemplo dos seus mestres; perseverar sempre no bem e prosseguir sem esmorecimentos no espalhamento dos ensinos do Messias, mesmo ante qualquer perseguição.

Após Paulo falar um pouco mais ao grupo de discípulos, despedimo-nos de todos com abraços efusivos e fomos pernoitar na casa de Onesíforo. Enquanto caminhávamos para a residência, ouvi Paulo falar a Silas e a Timóteo que pela manhã retomaríamos a caminhada para Antioquia de Psídia, onde o Cireneu também voltaria pela vez segunda e repetiu que dessa feita pretendia pregar a mensagem de Yeshua na Ásia Central.

Pernoitamos mais uma vez na casa de Onesíforo. Pela alva do dia seguinte, estávamos todos dispostos e alegres. Após breve repasto matinal, Paulo agradeceu profundamente ao anfitrião, o que também fizemos. Munidos de algumas provisões, ganhamos a estrada para Antioquia de Psídia.

Paulo estava alegre. Disse-nos que nos deteríamos um bom tempo naquela cidade e arrematou:

— Espero encontrar os amigos Doran e Dinah.

---

[9] Jo. 3:19

IV

A CHEGADA EM ANTIOQUIA DE PSÍDIA

Apressamos um pouco o passo.

Foram inúmeros dias de caminhada pelas estradas poeirentas, sob sol causticante e algumas chuvas que serviam como bálsamo refrescante, porém a temperatura, de dia, extremamente quente, nos fustigava a resistência, sendo que à noite, invariavelmente, despencava enormemente em relação ao dia, trazendo muito frio.

Muitas caravanas de beduínos, de mercadores de joias, tapetes e túnicas cruzaram nosso caminho. Pudemos dormir em algumas tendas, na maioria pertencentes aos serviçais dos chefes caravaneiros, onde Paulo sempre aproveitou para falar do Messias, de uma nova mensagem de luz, de esperança, de paz para os homens na Terra, ora sob olhares e expressões crédulas, ora incrédulas.

As armadilhas do caminho foram muitas. Sentíamos, às vezes, olhares que nos espreitavam, em meio ao vagido dos camelos e o bulício dos caravaneiros. De quando em quando, encontramos alguns grupos nômades que ameaçavam intimidar-nos; entretanto, parecia que Paulo e nós estávamos protegidos por um escudo invisível, pois os homens, os insetos e répteis peçonhentos que cruzavam nosso caminho pareciam presos e sem condições de qualquer ação contra nós.

Foram dias cansativos mas inesquecíveis, e a cada momento de parada para descanso, o Cireneu nos ia recitando versos da Lei Antiga e os revestia com a roupa da linguagem nova dos ensinos do Messias Nazareno.

Maravilhavam-nos as colocações e interpretações que ele fazia e que nos proporcionavam um novo sentido para a Divindade e para nossas vidas.

Ao cabo de sete dias de viagem, pelo entardecer, avistamos ao longe os tetos do casario de Antioquia de Psídia.

Antioquia de Psídia era uma colônia romana, com relevo montanhoso e muito embora não se encontrasse mesmo na Psídia, fazia fronteira com esta, sendo a sua localização no território da Frígia.

Existia na cidade uma Intendência, um Posto Militar avançado do Exército Romano, que visava proteger as fronteiras. Lá fora instalado provisoriamente o Proconsulado Romano da Ásia Menor, por isso a língua corrente era o latim, muito embora houvesse na cidade um grande núcleo de judeus.

Paulo disse que para ele representava uma oportunidade de retorno ao local de onde, na vez primeira, fora expulso, mas conseguira deixar estabelecido na cidade um pequeno Núcleo da Boa Nova, constituído por um grupo de pessoas que o haviam recebido e hospedado, apoiado e auxiliado a se evadir da cidade sem agressões, tendo à frente Doran Ben Gurion, seu hospedeiro, que o auxiliara a fundar o Núcleo dos Seguidores do Homem do Caminho.

Chegamos ao anoitecer. Os lampiões acesos nas casas e nas varandas refletiam pálida luz nas ruas. Já muito mal se conseguia reconhecer as pessoas que ainda por elas circulavam.

Resoluto, Paulo nos encaminhou a uma bela herdade, em rua sem saída, com acesso por pequeno portão que dava para dois lances de escada. Uma pequena área com duas torres de sustentação protegia o portão.

Não vendo animais, Paulo, à frente, postou-se ante a porta e deu duas leves batidas. Breve silêncio, e logo bela mulher, de olhos verdes e cabelos castanhos, demonstrando, quem sabe, o vigor de seus trinta e cinco anos, abriu-a e ao fazê-lo levou as mãos à boca, num misto de espanto e surpresa, mas traduzindo feliz expressão, murmurou:

– Paulo... Paulo... és tu mesmo? Oh! Que alegria!... – e acrescentou – Tínhamos notícias vagas de tua viagem, mas não imaginávamos que hoje estivesses aqui.

Olhando para Paulo, Silas, Timóteo e para mim, num gesto espontâneo, disse:

— Entrem, entrem. Doran vai se surpreender. Ele sempre fala do irmão ao grupo de aprendizes.

— Minha irmã Dinah, a alegria é nossa, e estar aqui nos renova o ânimo, – disse Paulo. — Tenho saudades de todos, em especial de você e Doran.

Num gesto de apresentação, empurrando-nos levemente à frente, disse:

— Este é Silas, velho companheiro das lutas de divulgação da mensagem; este jovem é Timóteo, que me acompanha pela vez primeira, e este é Abiel, a quem tivemos a alegria de encontrar em Listra e que se soma à nossa caravana e também já se tornou companheiro de trabalho.

Entramos todos. Ampla sala traduzia que Doran gozava de boas posses materiais. Inúmeros tapetes e ornamentos davam ao aposento um clima sofisticado. Dinah nos acomodou em mobiliário que eu ainda não conhecia, semelhante a uma cama, com pequeno recosto levantado em uma extremidade e elevada do solo por pequenas pernas... e como eram confortáveis.

O ambiente era bem iluminado por candeias alimentadas com cera de abelha.

Dinah bateu palmas duas vezes, e três mulheres serviçais entraram no recinto, tendo a jovem senhora lhes pedido que servissem água fresca e trouxessem bacia e toalhas para os visitantes. Voltando-se para Paulo, falou:

— Doran está para chegar. No início da semana, o mercado local fecha as portas um pouco mais cedo.

Após tirarmos a areia que impregnava nossas mãos e rostos, Dinah nos convidou a descansar, dizendo que tão logo Doran chegasse seria servido o jantar. Ela se ausentaria um pouco para tratar de aumentar a comida. Que ficássemos à vontade para o descanso.

Algum tempo depois, quando estávamos acomodados e conversando sobre a proteção que sentimos durante toda a viagem, Dinah retornou à sala onde estávamos e dirigindo-se a Paulo começou a narrar as novidades dos dois últimos anos por ali, dizendo que em razão da existência da Sinagoga, havia entre os judeus a predominância da lei de Moshe, a despeito da ação de Paulo em sua primeira passagem pela cidade. Acrescentou que a quantidade de seguidores da Comunidade do Caminho não havia crescido na mesma proporção dos obedientes crentes da Sinagoga.

A conversa estava animada, quando irrompeu na sala Doran Ben Gurion, figura alta, musculosa, os cabelos encaracolados, no tom escuro, os olhos muito grandes e acinzentados, o rosto quadrado, de uma beleza discreta. Ao ver Paulo, estampou largo sorriso e dirigindo-se ao amigo, abraçou-o efusivamente. Após sermos apresentados por Paulo, ele abraçou Silas, Timóteo e por último a mim.

Doran acomodou-se ao lado da esposa, que lhe narrou o conteúdo da conversa entabulada até ali.

Tomando a palavra e olhando firmemente na direção de Paulo, ele disse:

– Querido irmão e amigo, soubemos, há quase oito meses, do início de tua nova viagem para visitar novamente todos os núcleos que fundaste ou ajudaste a fundar e estávamos na grande expectativa de tua chegada.

"Nosso Núcleo, sem dúvida, necessita de novo impulso, a fim de que a brasa acesa da Boa Nova não se apague nas tarefas inadiáveis de se angariar novos gentios para a luz da nova fé libertadora.

"Por aqui, – continuou Doran, – os dias têm sido difíceis, eis que o grupo judaico admoesta os crentes que nos procuram e ameaça nosso grupo, com o julgamento de autoridade que, segundo eles, lhes é concedida pelo Sanhedrin de Jerusalém.

Paulo ouvia com profunda reflexão e após breve pausa de Doran, interrompeu-o, dizendo:

— Sim, meu irmão, pelo que vejo as lutas têm sido duras, como têm sido duras as andanças na pregação da verdade. A incompreensão tem sido enorme, e a vilania, a tirania e a imposição de crença têm desunido ainda mais as criaturas.

"A dúvida lançada aos quatro cantos quanto a ser Yeshua o Messias esperado ou não, tem proliferado, ainda mais sob a abusiva campanha de que um rei não se submeteria facilmente à morte na cruz infamante. E continuam O acusando de ser um embusteiro pretensioso. Entretanto, aqueles que o representam na Terra devem sempre lembrar que o Messias não tinha uma pedra para repousar a cabeça.

"Alguns discípulos têm feito prodígios e milagres em Seu nome, dando luz aos cegos, movimento aos paralíticos, som aos surdos e fala aos mudos, sem absolutamente nada requererem em troca.

"Nosso irmão Pedro tem sido o grande continuador da ação curadora do Nazareno Sublime e o baluarte agrupador do trabalho de divulgação, o que muito nos alegra a alma.

"Os servidores de Yeshua não têm tido vida fácil. Perseguições, prisões, surras, ataques vis, todos temos sentido e vivido, porém, nossa têmpera deve prevalecer no otimismo. Vamos sim conversar, e muito, para que possamos achar meios que nos ajudem a solidificar a mensagem do Cordeiro nesta cidade, com certeza.

A conversa prolongou-se nesse sentido, porém, fomos interrompidos por Dinah, que nos convidou ao repasto noturno, eis que a refeição estava servida. Após o jantar, novamente reunidos, o Gigante de Tarso continuou a desfilar sua fala entusiasmada sobre as excelências dos novos ensinamentos, descrevendo situações e fatos altamente comprovadores do messianato do Nazareno.

As cenas descritas, desde o Mar da Galileia até as plácidas regiões da Pereia, de Jericó, de Belém, de Nazareth, de Cafarnaum, de Betânia, de Dalmanuta e de Jope, entre outras, e o conjunto de obras e de curas, inclusive em Jerusalém, recheadas todas elas com o buril de suave, meiga e firme orientação, extasiaram-nos a todos.

O ponto culminante daquele diálogo noturno na casa de Doran, pelo menos para mim, que já dava mostras, pela convivência com o doutor da Lei Antiga e agora da Nova Lei, de ter noção e percepção um pouco mais ampliada para entender o que era dito, revelou-se-me quando Paulo discorreu sobre a orientação do Messias acerca das questões relativas à valorização de nossas vidas.

Nesse desiderato, narrou que o Messias ensinou que a valorização da vida se deve dar através de nossos atos dignos e através do amor a Yahweh e ao próximo, para que, assim agindo, nossas vidas sejam preenchidas com amor, com otimismo, com coragem e fé, oportunizando que nos tornemos os semeadores da boa semente. Pelo nosso esforço diário, ela germinará em árvore boa e dará bons frutos. Disse que a sabedoria é a combinação perfeita entre a inteligência e o amor; que somos todos filhos de Yahweh e que, de acordo com nossas boas ações, um dia teremos direito à nossa herança divina, na harmonia dos céus.

Ainda, nesse ponto, reprisou, para nossa admiração, três ocasiões nas quais o Cordeiro de Deus, como O chamou Paulo, orientou as pessoas quanto a um mesmo ensinamento, ou seja, a necessária procura que precisamos fazer da Casa do Pai Celeste, narrando-nos de forma eloquente os ensinos do Messias sobre *o Filho Pródigo*, que recebendo de seu pai o quinhão de sua herança, saiu pelo mundo sem se preocupar com nada; mergulhou nos prazeres da vida mundana; tudo gastou e nada semeou ou plantou e passou a ver-se em dificuldades; a passar fome e frio e sob o látego das intempéries cobradoras da vida, resolveu procurar a casa de seu pai, tendo sido recebido com festa.

Depois, narrou sobre a *dona de casa* que perdeu sua dracma e pôs-se a procurá-la, até achá-la, demarcando também, na ordem das coisas, a presença da mulher, mãe e esposa, falando-nos, por último, da narrativa sobre o *Pastor das Ovelhas* que ao cair da tarde tratou de prendê-las todas no redil e contando-as percebeu que faltava uma, ao que o pastor deixou todas as demais e saiu a procurar a ovelha que se houvera desgarrado, enaltecendo a preocupação do Senhor com todos os seus filhos, sem exceção.

Bebemos aqueles ensinamentos até o início de novo dia, quando Doran, a certa altura, interrompendo Silas, que aduzia comentários sobre a profundidade do que ouvíramos, nos propôs o recolhimento para o sono, não sem antes estabelecer, com o Cireneu, planos para visitação ao Grupo, na pessoa do irmão Asnar, pela oitava hora matinal.

Com a concordância geral, Paulo distendeu os braços na direção do teto e orou por todos, por aquela família e aquela casa que nos ofertava a hospitalidade do amor desinteressado e pelas tarefas passadas e futuras:

— *Divino Messias de nossas almas, eis-nos aqui, os antigos comensais das viúvas e dos justos, hoje sob o pálio da Tua misericórdia, como candidatos a depositários da Tua mensagem.*

"Bem sabemos que somos incipientes vasos, ainda crus, sujeitos ao quebramento ante leve contrariedade ou ao esfarelamento de nossos planos, se não reeducarmos nosso passo e não refizermos a caminhada outrora cheia de desencontros, mas sentimos na alma, de maneira acentuada, que apostas, Messias Amado, em nossos poucos recursos, enriquecendo-nos com as moedas da esperança, desejando que nos transmudemos de figuras opacas e sem vida, em luzes, a iluminar a própria estrada e a de outros tantos que virão pelo caminho.

"Que os que vierem possam ver o clarão que já divisamos, no qual deveremos albergar-nos através dos olhos da caridade.

"Abençoa a todos aqueles irmãos que se somam à Tua caravana que há de refrescar a Terra com os ventos do Teu Amor incondicional e que têm lutado destemidamente nos Núcleos de divulgação dos Teus ensinos.

"Orienta, cada vez mais, nossos passos vacilantes, Sublime Libertador, incutindo sempre em nossos desejos e corações a vontade firme de continuar a seguir-Te e servir-Te, sempre, o quanto mais. Abençoa esta casa e os amigos que nos recebem e vela por todos nós.

Terminada a prece de intraduzível vibração feita pelo ex-rabino, e ainda mergulhados no clima que nos enlevara a alma, o dono da casa apressou-se a dizer que já havia dado ordens às serviçais que nos preparassem os aposentos para o justo e necessário repouso.

Buscamos recolher-nos, eis que estávamos efetivamente muito cansados fisicamente, não sem antes Dinah servir-nos saboroso chá de folhas de romã, que nos aqueceu o corpo, pois os ventos gelados que carregavam nuvens de areia fustigavam as paredes daquela bela e acolhedora casa, e nós todos sentíamos os corpos um tanto quanto enrijecidos.

Acomodamo-nos, Paulo, Silas, Timóteo e eu, em aposento em que havia camas de junco. Deitamos e nos cobrimos com colchas que, muito embora finas, traduziam um material quase duro, com certa maleabilidade, que imaginei ser do couro de algum animal, sem que de fato soubesse qual era, mas que nos aquecia.

A pedido de Paulo, Silas evocou Yahweh e Yeshua e agradeceu pela hospitalidade, pelos amigos, pelo alimento, pela vida e pelo trabalho. Acompanhei a pequena prece, acomodamo-nos e procuramos dormir, contudo, sem que eu pudesse entender o motivo – eis que, a meu ver, não havia motivo algum – uma sensação um pouco estranha se instalou em minha alma, fazendo-me sentir que meu íntimo parecia pesar.

Novamente abateu-se sobre mim repentina angústia. Virei-me no leito e notei, pelo leve ressonar, que os três novos amigos já tinham entregue a alma nos braços do sono.

Ouvia o vento, que teimava em manifestar sua presença, e observava a penumbra, quebrada por pequena candeia fixada na parede, com braços de ferro, onde bruxuleava pequena chama do pavio mergulhado em óleo de oliveira, deixando no ambiente um aroma suave.

Comecei a viajar pelo pensamento, qual ser alado. Sentia um aperto no peito e lágrimas apareceram a dançar no palco de minhas retinas.

Olhando para uma das paredes do aposento, representou-me que ela desapareceu e vi a imagem da minha esposa e a seu lado a imagem da adorada filha, figuras que não esquecia, seres que agora, naquela cidade que me era estranha, pareciam estender-me os braços, chamando-me:

– Querido... Papai...

De repente a cena mudou e me vi suspenso às bordas de um poço cujo fundo não enxergava. Uma de minhas mãos agarrava na borda, como um verdadeiro gancho, e a outra se estendia na direção das duas almas amadas, mas a distância, ah! a distância entre nós parecia muito grande, e não lograva alcançá-las.

A visão desapareceu e depois de algum tempo e à minha maneira, procurei respirar profundamente e balbuciei uma oração, cujas palavras pareciam-me rasgar a garganta. Pedi a Yahweh por socorro, iluminação e paz, manifestando a vontade firme de que me fosse dada a condição, um dia, de reencontrar aquelas duas almas amadas que eu não soube preservar no cadinho da gentileza e do coração, perdendo-as pelos regalos do orgulho e pelos caminhos escuros da solidão que a elas impingi, agora compreendia. Chorei, chorei baixinho, ainda de quando em quando fixado nas imagens da parede, e acabei por adormecer.

Senti pousar com suavidade uma mão em minha testa. Abri os olhos e deparei-me com Paulo, que sorria e falou:

– Estás todo molhado de suor, amigo, e um pouco pálido. Percebi-te o sono agitado. Te sentes bem?

Procurando estabelecer uma maior vigília, respondi a Paulo que me sentia bem, sim, ocultando a lembrança da sensação de vazio da noite que se fora e que me colocara em quadro de certa debilidade.

V
O REENCONTRO COM OS AMIGOS E NOTÍCIAS DAS PERSEGUIÇÕES

Levantamos todos, lavamos os rostos, higienizamos a boca com lascas de hortelã e atendendo ao chamado de Doran, nos acercamos do local onde a mesa posta nos embriagava com o cheiro do chá e broas apetitosas feitas pelas serviçais de Dinah e nos acomodamos para o repasto matinal.

O ar da manhã estava frio, porém, o cômodo estava quente. Eu sentia um frio acentuado, de modo que segurei o recipiente com chá bem quente um tempo a mais com as duas mãos, a fim de me reconfortar.

Apesar de estarmos todos ali, em franca conversação, eu não podia explicar como, mas sentia-me fora daquele local, distante. As vozes dos amigos sequer eram ouvidas. A lembrança do sonho ou visão que tivera com minha esposa e filha de repente inundou-me o pensamento. Exercitando a mente, ainda conseguia rever o quadro em que as duas estendiam as mãos em minha direção.

Absorto, pouco ou quase nada pude entender do diálogo dos irmãos. Profundo desejo de deixar os meus amigos e sair à procura daqueles dois entes amados me invadiu.

Paulo, que demonstrava uma percepção espantosa dos ambientes e das pessoas, olhou-me e pôde detectar as lágrimas que bailavam nos cantos dos meus olhos, pondo-se a fitar-me de quando em quando, mais fixamente.

O magnetismo de seu olhar acabou quebrando a espécie de encantamento que eu experimentava. Então me disse:

– Abiel, irmão, onde estiveste nesses momentos em que tua alma voava como pomba fagueira?

Emudecido e dando-me conta dos demais olhares que pousaram sobre mim, apenas balbuciei:

— Tive um sonho esta noite e estava a lembrar, mas foi um sonho e nada mais.

A conversa continuou. O repasto chegou ao término. Doran, pousando as mãos sobre os ombros do varão de Tarso, falou:

— Apressemo-nos e peguemos a rua na direção da casa de Asnar, porque ele e inúmeros amigos nos esperam.

Despedimo-nos de Dinah e ganhamos a rua. O sol já se fazia presença marcante, dourando os tetos do casario, e os ventos que tinham diminuído de intensidade se haviam transformado em plácida aragem. Uma sensação refazedora nos inundou a alma.

No trajeto, percebemos ser alvos da atenção dos transeuntes, e igualmente de olhares desafiadores. Após andarmos aproximadamente cinco estádios[10], atingimos a casa de Asnar. Tendo Paulo e Doran à frente, adentramos a pequena propriedade. Doran bateu levemente à porta.

Em breve, a porta se abriu e um homem de mais ou menos quarenta anos, os olhos pequenos, apareceu, trazendo consigo enorme sorriso, que por ser de satisfação e de alegria, nos contagiou a todos.

A alegria do reencontro entre Paulo e Asnar demarcou o início da reunião.

Asnar era um homem de estatura acima da média e forma esguia, magro, com espessa barba, um tanto revolta, os cabelos penteados para trás, com o pente de ovelha que pendia de sua cintura acordoada; a tez de uma cor amendoada demonstrava a exposição ao sol causticante; o olhar brilhante e profundo traduzia flexibilidade e harmonia.

Após os abraços, fui-lhe apresentado na condição de mais um trabalhador que chegava ao aprisco da Boa Nova, e recebi daquele homem, atenção agradável que me infundiu alegria instantânea.

Naqueles regalos do momento, volvi o pensamento ao primeiro encontro que tivera com o ex-rabino, que de certa forma me

---

[10] Antiga unidade de medida itinerária, equivalente a 125 passos, ou seja, 206,25m (Dicionário Aurélio).

causara impressão semelhante ao encontro com Asnar, embora as energias de Paulo me parecessem mais intensas, ofertando-me, constantemente, magnetismo vitalizador.

Acomodados na casa de Asnar, aliás muito singela, com janelas amplas voltadas para as formações montanhosas que na face sul circundavam a cidade, observei que habitavam a casa duas serviçais e uma senhora, prontamente apresentada à guisa de sua mãe, notando eu que Asnar não houvera constituído consórcio conjugal.

A conversa teve como foco o exame de vários assuntos, iniciando-se, é claro, pela panorâmica que Asnar ofertou, desenhando um quadro de grande preocupação, dado que, passada a primeira estada de Paulo, as coisas se tinham modificado bastante, considerando-se o enorme crescimento no número de adeptos da Lei Antiga e a continuidade das inúmeras perseguições aos homens do caminho promovidas pelos representantes da Sinagoga.

Asnar relatou as dificuldades que ele e os pares do Núcleo local estavam encontrando para continuar pregando a mensagem do Galileu, que era alvo de reproche e deboche constantes por parte dos membros do Judaísmo e que inclusive ele próprio fora preso por trinta dias sob a acusação de estar pervertendo a Lei Antiga, mas que fora solto por influência de um romano, seu amigo, de nome Tércio.

Manifestou ainda a Paulo sua preocupação, pois já ouvira, por fonte segura, através de Tércio, que as autoridades romanas da cidade estavam sendo insufladas contra os seguidores do Galileu e que faziam denúncias sem sentido ao Procônsul Chefe do núcleo avançado do exército romano, o General Cneo Domicius Corbolo.

Explicou que Tércio vivia em Antioquia de Psídia já há algum tempo e que inclusive havia vindo da região de Trôade, tendo servido como oficial romano nas galés e após tendo-se estabelecido, ainda novo na cidade, na exploração do ramo de alimentos e temperos, e que agora, contando mais ou menos quarenta anos de idade, tinha se aproximado de Asnar ao ouvir suas pregações nas cercanias do mercado da cidade, ocasião em que dissera-lhe que ao ouvi-lo falar tão apaixonadamente sobre o Messias Nazareno, que auxiliava as pessoas nos caminhos do coração, curava e amparava muitos em nome de Yahweh, o Deus dos judeus, ficara impressionado e curioso, ele que nunca tivera uma fé robusta nas deidades romanas.

Paulo recebeu as informações, taciturno. Seu semblante revestiu-se de seriedade circunspecta e seu olhar procurou, pela janela da casa, a linha do horizonte, e, ao perpassá-la, subiu na direção da abóbada celeste, que àquela hora da manhã refletia o azul do mar em intensidade plena.

Reflexionando por alguns instantes, quebrando o silêncio que houvéramos feito, o Cireneu voltou-se para Asnar e disse:

— Meu bom Asnar, em primeiro lugar te falo das saudades que tua ausência me provocava, e agradeço ao Senhor da Vida a dádiva de mais uma vez abraçar-te pessoalmente.

"Já que não sei dizer-te a que caminho sou levado por esta vida afora. Quero dizer que tuas notas me põem em sobressalto, não que almeje desistir da luta e das responsabilidades que me foram traçadas por Yeshua, mas espero sinceramente ter mais tempo para recuperar tantos equilíbrios que rompi, e amar tanto quanto me possa a vida ainda permitir, almejando dela não partir sem cumprir meus compromissos.

"Nestas minhas andanças, bom amigo, apesar das pedras e dos barrancos, das quedas e das dores, das prisões e das ofensas inúmeras, tenho tido a oportunidade jamais esperada de olhar-me por dentro a cada dia e de procurar vencer passo a passo os azorragues da angústia que me causaram o egoísmo avassalador de tempos idos e o orgulho castrador do voo de minha alma aos páramos do infinito.

"Cogito sempre da continuidade da luta pelas verdades que revelam o Deus Bom, o Deus de Justiça, o Deus de Amor, e não dobrarei a cerviz sob o eco dos interesses mundanos e materiais.

Calou-se por alguns instantes e arrematou:

— Pretendo conversar com o romano Tércio o mais rápido possível. Gostaria de me inteirar mais sobre a situação, inclusive acerca da impressão dos romanos sobre tudo isto. Peço-lhe, por favor, que procure informá-lo de nossa presença e saber da disposição de nos receber em sua casa, se possível, para colóquio indispensável, tão logo assim se possa dar.

Repentino silêncio se fez no ambiente.

A manifestação de Paulo demonstrara o inegável vigor e a têmpera e firmeza daquela alma bela e lutadora; deixava transparecer a firme resolução que lhe emanava do ser, de jamais desistir da luta que abraçara com a dedicação integral de suas forças, como a de tudo fazer para aproveitar todo o tempo de que dispunha, refazendo caminhos e posturas e mergulhando profundamente no desejo único de servir à causa do Messias ainda incompreendido.

Asnar disse que ainda naquele dia procuraria Tércio para estabelecer os propósitos convencionados.

Por um pouco mais de tempo, a animada conversação inundou a humilde casa de Asnar. Embevecido, fiquei conhecendo outras nuanças do extraordinário trabalho evangélico de Paulo, bem como outras narrativas avivadas por sua mente, quando de sua primeira passagem por aquela cidade e outras mais, onde o Cireneu fundara diversos Núcleos de Divulgação da Boa Nova, que tinham por missão a plena divulgação da Doutrina do Sublime Nazareno.

Já próximo da marcação do sol a pique, Asnar nos convidou para que fôssemos fazer a refeição com ele e sua mãe, que antes adentrara o recinto e revelara ao anfitrião o motivo do cozimento mais ampliado.

Alegres, nos deslocamos a outro cômodo.

Pequena mesa redonda com pernas que mediam uns quatro palmos de altura, com confortáveis almofadas estendidas em derredor, deixava demonstrar boa quantidade de tigelas com alimentos variados.

A matrona postou-se diante de todos nós com uma bacia, um jarro d'água e pano secador para nossa higiene das mãos.

Sentamo-nos ao redor da mesa, com as pernas dobradas para fora, acomodados nas almofadas, ocasião em que Asnar, elevando os olhos para o teto, proferiu sentida prece de gratidão a Yahweh, pelo pão da alma, pelo teto acolhedor, pelo alimento e principalmente pela amizade construtiva.

Enquanto Asnar orava, não sei bem por que, meu pensamento divagava, e num repente surgiu-me à frente a imagem de Reyna, a esposa adorada que eu não soube amar; que eu não soube reter pelos fios do inquebrantável amor, quebrado pela paixão adoecida e pelos vícios perturbadores. Parecia mesmo vê-la naquele local.

Nesse momento, consultei o tempo. Já se haviam passado quinze longos anos, desde quando, vencida pelos maus-tratos morais que lhe impus, bem como à filhinha Shaina, que devia estar uma moça com vinte anos – disso somente agora me dava conta – haviam se evadido do lar.

As lágrimas, com amargor salino, molhavam-me os cantos da boca. A memória da esposa e da filha se me representava fixa demais ali em Antioquia de Psídia, tão viva como nunca havia antes se apresentado, e um sobressalto de angústia novamente me proporcionou arrepio repentino, além do que, a intranquilidade, sem que eu pudesse evitar, se instalou no meu íntimo. Procurei recompor-me e afastar aqueles pensamentos.

Paulo tocou-me no ombro. Seu olhar percuciente invadiu-me por dentro. Estendeu um recipiente com cozido cheiroso, ao que assenti e apanhei a tigela. Dissimulado, percebendo-me o sobressalto íntimo, olhou-me fixamente e sorriu, como a me dizer: "Depois conversaremos, meu amigo, depois."

VI

O REENCONTRO ESPIRITUAL DE ABIEL COM A ESPOSA E A FILHA

Após termos almoçado na casa de Asnar e fixado os planos para as tarefas futuras que o Cireneu deveria implementar na cidade, despedimo-nos com alegria e retornamos à casa de Doran.

No trajeto, eu continuava sentindo aquela mesma sensação de desconforto. Examinava minuciosamente a consciência e não conseguia identificar motivo para aquele sobressalto.

À tarde, na casa de Doran, entretivemos viva conversação sobre a situação provável dos Núcleos que Paulo houvera fundado quando de sua primeira viagem missionária. Paulo nos colocou a par de todas as dificuldades que encontrara pelo caminho, no que se destacava a intolerância total que o Sanhedrin nutria pela doutrina do Crucificado e pelo Cireneu.

Paulo informou que em Jerusalém, a Gerousia[11], Conselho do Sanhedrin, composto de setenta e um membros, tinha emitido ordem de prisão preventiva contra ele e despachara diversos emissários para localizá-lo e de alguma forma prendê-lo, para que fosse levado até a Gerousia, onde pretendiam julgar seus atos, que consideravam tresloucados. Com certeza absoluta o condenariam, talvez mesmo até à crucificação, como fizeram com o Messias.

A narrativa era por demais interessante e os embates que Paulo já tinha enfrentado somente nos faziam ver que estávamos mesmo ao lado de um gigante do destemor. As conversas animadas somente foram interrompidas para o jantar. Após a refeição noturna, nos recolhemos todos para as dependências do repouso que Dinah nos tinha destinado.

Ao deitar-me, ainda sob o impacto daquela sensação estranha e desagradável, busquei me recompor na oração, pedindo a Yahweh que me auxiliasse na eliminação daquela angústia íntima que se apossava de minha alma.

---

[11] Vide glossário

Não tardei a adormecer. Parecia que já estava há algum tempo em pleno torpor do sono, quando ouvi chamar meu nome:

– Abiel... Abiel!

Abri os olhos e deparei-me com aquele jovem belo que já tinha aberto os braços na minha direção e me abraçara como se fosse um velho irmão, Estêvão.

– Meu irmão Abiel, – disse Estêvão, – renovo minha alegria de reencontrar-te. Quando de tua chegada à nossa caravana, na reunião anterior que estivemos juntos, tinha certeza de que nos veríamos de novo. Aqui estou a pedido de amigos, para levar-te a uma rápida e necessária excursão, não sem antes te pedir que fiques muito tranquilo e que confies em Yahweh.

Dizendo isso, deu-me sua mão para segurar, o que fiz em ato instintivo, tendo tido novo choque, pois me vi novamente fora do meu corpo, e a confusão, como outrora, se instalou. Estêvão, com muita paciência, tudo me explicou novamente.

Mais tranquilo, acompanhei Estêvão. Observei que saímos porta afora da casa de Doran, e somente na viela dei-me conta de que Estêvão não abrira o portão, o que me assustou novamente. Parecendo ler-me a mente, o novo amigo me disse:

– Abiel, não te espantes. Não te intranquilizes. O que por ora não entendes se traduz em ação natural, de vez que o verdadeiro corpo que possuímos não é o corpo denso de carne, o qual é como se fora uma túnica para o corpo verdadeiro, que nosso caro amigo Paulo já designou como "carro sutil da alma". Aliás, já fizeste uma excursão destas com ele, Silas e Timóteo, lembras-te?

Vaga lembrança se me apossou quanto a estar seguindo Paulo, como que voejando. Estêvão continuou:

– Não te admires de novamente ter-se visto em noutro lugar, enquanto teu corpo dorme e tua alma está comigo, caminhando ainda, mas detendo condições certamente estranhas, como a de passar por dentro das paredes. Nada temas. Confia.

Não poderia negar o estado de aflição que novamente me assaltava, mas num esforço incontido, resolvi confiar-me a Estêvão, tal a intensa bondade que eu sentia exalar das palavras proferidas por aquele belo jovem, o que me incutia sentimento de confiança.

Fazendo considerações inúmeras sobre aquela situação nova para mim, notei que camináramos por várias ruas daquele local e notei também que quatro pessoas de semblante confiável, que eu não conhecia, iam à nossa frente e outras quatro caminhavam à nossa retaguarda, fazendo-me imaginar que eram escravos de Estêvão que lhe abriam o caminho e que vigiavam a retaguarda.

Estêvão leu-me o pensamento e apenas disse, rapidamente:

– São amigos que trabalham conosco, nos auxiliam e nos abrem os caminhos com segurança, garantindo tranquilidade e paz para nossa caminhada e serviços.

Não saberia dizer o tempo que levamos. Quando percebi, estávamos diante de uma casa ampla, com entradas semipalacianas; separação com troncos de árvores cortadas ao meio faziam o cerco da rua, denotando amplo quintal fronteiriço, com flores variadas e um jardim bem cuidado. Pequeníssima fonte de água refletia os galhos da tília. Na casa, uma pequena varanda cobria o pórtico de entrada, na qual duas pessoas estavam como que a nos esperar. Assim pude divisar da rua.

Antes de adentrarmos pelo portão, vi que seis acompanhantes se postaram em fila, em paralelo, na linha de frente da casa, como que a proteger a extensão da cerca que separava o jardim da rua. Dois deles, no entanto, foram ao encontro daquelas duas pessoas, e pude perceber, ainda olhando da rua, à nossa aproximação, que eram duas mulheres e que elas fizeram leve menear para baixo com suas cabeças.

Estêvão colocou sua mão direita sobre meu ombro esquerdo e disse:

– Irmão Abiel, hoje, neste instante, terás que conversar com aquelas duas almas que nos aguardam no pórtico.

Produzindo leve aperto no meu ombro, continuou:

– Seja qual for a conversa, e sob qualquer circunstância, confie em Yeshua e também em nós, que estaremos sempre contigo. Vamos!

Abrindo o portão, permitiu-me a passagem por primeiro.

Estávamos a umas dez jardas da casa, talvez, e sem saber por que, transpus essa distância com Estêvão, sem olhar para a frente.

Nos aproximamos das duas mulheres. Ao chegar diante delas, levantei a cabeça e o que vi turvou-me a vista. Senti leve tontura. Um gosto amargo desceu-me à boca e o coração disparou.

Pareceu-me que houvera mesmo desmaiado, pois, abrindo os olhos, deparei-me com Estêvão que me amparava. Naquele breve instante, pude ouvir que ele sussurrava sentida oração a Yahweh, em que pedia forças para mim. Isto tudo me trazia uma sensação misturada de aflição, angústia e medo.

Buscando me recompor, deparei-me com os olhares daqueles dois rostos femininos, misturando-se, no íntimo, vibração de tristeza, pois estava frente a frente com a inesquecível Reyna. Nunca deixaria de reconhecê-la, passasse o tempo que fosse, pois nunca deixara um segundo sequer de amá-la, apesar de tudo, e ao seu lado, linda como as flores das tamareiras, por certo, estava a minha adorada filha Shaina.

Reyna estendeu-me uma das mãos. Receei tocá-la. Seu rosto afilado; os cabelos pretos, mas já colhidos por alguns poucos fios brancos – a maturidade ainda mais a embelezava – seus dois olhos como amêndoas, grandes; os lábios finos; o mesmo sorriso cativante de sempre, muito embora poucas vezes a vira sorrir, e Shaina, tal qual a mãe, além dos mesmos traços, tinha um pequeno corte natural sobre o queixo, que eu também possuía, e os olhos escuros como os meus. Me parecia uma verdadeira deusa da beleza grega, que era tão apregoada por aqueles cantos.

Não sei como registrar isto. Após a ligeira troca de olhares, assenti e dei uma das mãos a ela que, segurando-a firmemente, falou:

– Oh Abiel, Abiel! Quanto tempo, quanta distância, quanto sofrimento, quanta luta! Eu ansiava por este reencontro. Muito tenho orado a Yahweh para que pudesse reencontrar-te.

Puxando Shaina também pelas mãos, convidou-me e a todos para entrarmos na casa. Num automatismo inexplicável, cedi, e todos nos vimos, de repente, em ampla sala, adornada ricamente com tapetes de peles. Móveis produzidos com certo esmero organizavam um recinto agradável. Nas paredes, quatro peças que pareciam folhadas em barro, em formato de moringa, traziam, dentro delas, luzes de lamparinas que clareavam bem o ambiente.

Sentamo-nos todos em um banco de madeira com encosto, e após isto, Reyna, percebendo que meus olhos não se desgrudavam dela, passou a narrar-me o que lhe ocorrera; por que me abandonara e levara a filha; quantas situações enfrentaram; quantas vezes pensou em procurar-me, narrando, ainda, além das agruras, a sua albergagem por um homem justo e probo que a acolheu como esposa e Shaina como filha.

Talvez fosse desnecessário dizer o que se passou comigo. Senti-me cambalear, subitamente atingido por um petardo. De repente, verdadeiro sentimento de destempero me assaltou. Como aceitar tudo o que ouvira? Como aceitar simplesmente o abandono, e agora, ainda mais, como aceitar a traição da mulher com outro homem? E minha filha? Sendo criada por outro homem! Era demais para minha alma tudo o que ouvia.

Sem pensar calmamente o que deveria fazer, tive vontade de gritar impropérios, mas a vontade maior foi de evadir-me daquele lugar. Contudo, parecia que estava amarrado por cordas invisíveis. O que pude fazer foi desaguar em choro convulsivo, esquecendo que nunca chorara na presença dela e da filha, mas a situação era por demais aflitiva. Como isso tudo estava acontecendo? Era real ou era um sonho? Como eu estava ali? Como cheguei ali?

Eram muitas perguntas, mas de que adiantaria tudo aquilo, agora?

Um sentimento implacável de perda, de vazio, invadiu-me a alma e olhei para Estêvão, como que a implorar-lhe que me retirasse dali, quando vi se aproximar um homem, talvez com a minha idade, ou um pouco mais, e que, chegando-se a nós, sentou-se ao lado de Reyna. Então percebi que era o meu rival, que me tinha tirado a esposa e a filha. Chispas de quase incontida raiva repentina saíram do meu coração e do meu olhar na sua direção.

Percebendo-me o quadro de dificuldades, Estêvão se aproximou. Sentou-se em banco à frente e pedindo-nos atenção, iniciou uma prece:

— *Amado Yahweh, Pai de nossas almas. Grande é a glória do Teu reino de amor, pois permites que as Tuas criaturas, mesmo em razão* das escolhas infelizes que fazem, ao caminhar pelo terreno lodoso dos equívocos, possam refazer suas vidas sem que as condenes ou as recrimines de alguma forma.

"Sob o amparo da Tua augusta misericórdia, aqui estamos, buscando auxiliar nosso irmão, que nos é companheiro do ontem e que, caminhando pelas estradas dos desavisos, perpetrou erros que prendem sua alma aos desequilíbrios.

"Oramos por ele, e desejamos que ele consiga superar as expiações que porventura lhe forem necessárias.

Acompanhei a oração, cabisbaixo, porque não ousava olhar na direção dos três.

Quando percebi que Estêvão se aproximara e me tocara levemente a cabeça, pareceu que perdi os sentidos e fui como que puxado para meu corpo físico.

VII

O encontro com Tobias

Acordei. Já o sol se fazia sentir sobre a cidade. Vi que estava sozinho no cômodo. Meus amigos já tinham se levantado. Apressei-me em me compor, fiz a higiene das mãos e da boca e dirigi-me para a sala da casa de Doran. Lá encontrei meus amigos, ao que Paulo se adiantou, falando:

– Amigo Abiel, não quisemos acordar-te porque te ouvimos falar à noite enquanto dormias. Estávamos esperando mais um pouco para chamar-te, pois o sentíamos cansado.

– Sim, – disse-lhe, – realmente eu estava um pouco cansado. Até que adormeci rápido, mas tive um sonho com várias pessoas e com um jovem que se mostra em meus sonhos, como sendo um velho amigo.

Paulo apenas sorriu. Dinah entrou e nos convidou para o desjejum, que já estava servido, com pães variados, frutas e vegetais frescos, queijos, coalhada, creme de leite, geleias e mel.

Fiz o repasto matinal.

Ausentando-me do ambiente, alternava, no meu mundo íntimo, pensamentos de desconforto, ante as lembranças um tanto incompletas do sonho que tivera e no qual parecia-me ter estado com minhas queridas esposa e filha, não sabia como, e que pareciam estar acompanhadas da estranha presença de um homem, de cuja imagem não conseguia lembrar ou definir qualquer vestígio, mas lembrava também dos ecos de uma bela oração que, apesar de não vir completa à minha recordação, acabara por produzir-me na alma uma vibração de paz.

Vez ou outra aflorava a minha casa mental a imagem daquele belo jovem com o qual já sonhara outras vezes, e que me induzia, também, paz e alegria.

Perdido em meus devaneios, percebi que o grande Cireneu havia pousado sua mão em meu ombro e me fitando falou:

— Oh, meu bom Abiel, o que tens? Vejo que estás absorto e não acompanhaste nossa conversação.

— Ah! Desculpe-me, irmão Paulo, é que tenho tido vários sonhos que não consigo bem decifrar. Lembrava do último, e de fato não os acompanhei na fala. Estava só, com meus pensamentos, refletindo sobre eles, mas afirmo que agora consegui definir meu rumo, que é de seguir-te a orientação e os passos.

Paulo, então, retrucou:

— Falava, Abiel, com Doran, Silas e Timóteo a respeito da entrevista que Asnar ajustou com o romano Tércio, para que possamos ficar a par da possibilidade de nossa preleção para os próximos dias, com o objetivo de estimularmos nossa comunidade ao fortalecimento das forças para que o Núcleo de servidores de nosso Yeshua esteja mais firme e coeso e possa enfrentar com galhardia as dificuldades e apresentar crescimento nesta boa cidade.

Não saberia dizer por que, mas ao ouvir pronunciar novamente o nome do cidadão romano, ligeiro tremor desconfortável varreu-me a alma. Contudo, controlando-me, não dei mostras daquela estranha sensação e respondi:

— Sim, sim, meu bom amigo e orientador, estou à sua disposição. O que desejares fazer, para mim representa o imperativo da minha obrigação em ajudar no que for possível, pois estarei auxiliando àquele que me salvou das veredas da perdição.

— Não, não, bom amigo — retrucou Paulo — eu nada fiz e nada faço que não seja a vontade d'Aquele que me conduz pela verdade e pelo amor.

"A salvação, Abiel, é um processo individual, muito embora precisemos da coletividade e de caminharmos todos juntos como irmãos na direção da Casa do Pai Celestial.

"Assim, amigo, o mérito é teu. Faço votos que prossigas no teu novo caminho, sem recuos e como te falei, Abiel, hoje, pela terceira parte da tarde, iremos à casa de Tércio, e contamos com tua presença em nosso humilde grupo.

A confirmação da reunião e da hora produziram-me intranquilidade que não consegui compreender. Lembrando-me dos conselhos sábios do Cireneu, pus-me a orar a meu modo, pedindo a Yeshua paz, equilíbrio, serenidade e forças para compreender o incompreendido, ao que pareceu-me ouvir naquele instante a seguinte frase: "Abiel, nada temas. Estamos contigo e sempre estaremos. Não cultives pensamentos que te aprisionem na melancolia ou na tristeza. Confia no Pai. Confia no Filho. Confia em Paulo."

Ligeiramente reconfortado, aquiesci ao convite dos amigos para nos deslocarmos ao mercado da cidade, onde Paulo desejava ver velhos companheiros. Despedindo-nos de Dinah, saímos porta afora. Respirei o ar frio, porém puro, da manhã, e pus-me a andar com os demais. Já me sentia melhor.

Em breve, após termos caminhado oito estádios[12] pela vereda à direita da Casa de Doran, acercamo-nos do sítio onde se erguia o mercado de Antioquia de Psídia.

Construções pequenas se amontoavam lado a lado, na viela. Diversas bancas ou barracas com frutas, verduras e iguarias locais, frutos do mar, adornos, panelas de barro, roupas, mantas, colchas e tapetes, além de cozidos davam o ar da presença de grande contingente de pessoas que se acotovelavam nas visitas.

Fomos caminhando devagar, de banca em banca, examinando aqui e acolá o que se vendia e vendo o bulício do local. De quando em quando parávamos. Paulo era reconhecido e os abraços se faziam presentes e também as apresentações.

Mais à frente, de determinada banca saiu uma pessoa que se dirigiu a Paulo com os braços abertos. O abraço foi efusivo, ao que Paulo, puxando-me pela manga da túnica, apresentou-me ao ancião, dizendo-me:

— Abiel, este é nosso Tobias, o velho asmoneu, um dos nossos líderes do Núcleo aqui fundado. Tobias, este é nosso amigo e irmão Abiel.

---

[12] Antiga unidade de medida itinerária, equivalente a 125 passos, ou seja, 206,25m (Dicionário Aurélio).

Depois das apresentações, fomos convidados por Tobias a entrar na pequena construção em que ele morava, atrás da banca. Sentamo-nos todos em bancos de troncos de árvore revestidos com pele de ovelha.

Tobias pediu de longe a uma jovem que se aproximasse e nos desse água fresca, ao que ela prontamente se acercou. Quando a jovem retornou com uma bilha de água e cabaças, senti um impacto forte. Olhei-a fixamente e ela não me pareceu estranha. Parecia-me já conhecê-la. Era de estatura mediana, o rosto comprido, os traços suaves, os cabelos pretos partidos ao meio e caídos nos ombros, olhos castanhos e grandes, a boca e nariz perfeitos, o corpo longilíneo. Aparentava dezoito a vinte anos. A figura da moça impressionou-me e seus traços me lembraram minha amada Reyna.

Ao perceber que eu depositara meus olhos sobre ela, abaixou o rosto e após deixar a bilha com a água, com um sinal de reverência, retirou-se.

Depois de nos dessedentarmos, Paulo iniciou animada conversação sobre as atividades do novo Núcleo, enquanto Tobias ia lhe pondo a par das conquistas e das dificuldades, falando, por final, dos mesmos problemas já citados por Asnar, que surgiram em face da perseguição das autoridades judias.

Ainda vivamente impressionado pela presença e pelos traços da bela jovem que nos servira, pus-me a prestar atenção mais detidamente no diálogo entre Paulo e Tobias.

Tobias narrou que estava, de quando em quando, comparecendo às cerimônias na Sinagoga, e que quando lá comparecia era para averiguar a quantas andavam as notícias sobre o ex-rabino transviado, como Paulo era conhecido em Jerusalém, e sobre as impressões que lá eram trocadas relativamente aos seguidores do Galileu.

Informou que as falas eram carregadas de indignação em relação a Paulo, e que comentavam, inclusive, que ele houvera mudado o próprio nome, tão desequilibrado se encontrava, e que talvez fosse melhor mesmo que assim fosse, para não se ver manchada a reputação dos judeus.

Quanto aos seguidores do jovem dementado – assim faziam alusão – cultivavam esperança de que tudo em breve não passasse de arroubos irrefletidos de uma loucura que deveria ter-se apossado das pessoas, e que logo mais elas deveriam ficar desorientadas, retornando ao convívio e aos serviços da Sinagoga.

Disse, em tom de alerta, que certa feita pôde ouvir colocações que, se o dementado ex-rabino retornasse a Antioquia de Psídia, entreteriam conversação e tratativas para que ele fosse preso pela Intendência Romana e fosse relegado a uma cela para sempre, acrescentando:

— A esta hora, Paulo, já sabem da tua presença em nossa cidade.

Ouvimos calados. Paulo, num gesto estudado, voltou as vistas para o alarido do mercado, parecendo totalmente alheio àquela faina toda. Seus olhos pareciam visualizar tudo e não enxergar nada. Depois, cofiou a barba já marcante, e olhando bondosamente para Tobias, disse:

— Meu bom irmão Tobias, tudo o que me relatas é interessante e intrigante. Voltei a estes sítios por amor ao Filho de Yahweh, e me sinto também crucificado, não no madeiro infamante, mas no íntimo da minha alma, por haver-me entregue em espírito e corpo à verdade, porém, bom amigo, sob o estandarte da verdade, nada devo temer. Caminho, mas à minha frente vai Aquele que me antecede na caminhada.

"Somente o que devo fazer é seguir-lhe os passos, e se para segui-lo tenha que passar pela *via crucis* das torturas, das pedras e da prisão, como já passei, então nada temerei, pois já encontrei a principal razão da minha existência; já pacifiquei minha alma. Poderão, sim, aqueles que não aceitam a luz da caridade acesa pelo Messias que chegou, tudo fazer para apagá-la. Poderão macerar-me o corpo ou matar-me, mas jamais atingirão minha alma. É certo que objetivam lograr o tentame. Entretanto, bom Tobias, não se pode trocar o dia pela noite e vice-versa, pois os astros conservam as virtudes de Yahweh e a Ele estão submetidos, e nós, pequenos instrumentos de sua vontade eterna, não conseguiremos fugir nem subverter a Luz do Mundo, até porque o Messias nos disse que somos, também nós próprios, Luz do Mundo.

Foram observações profundas, que ouvimos extasiados, pela maneira simples e sentida com que foram pronunciadas pelo Cireneu.

Continuando, Paulo revelou a Tobias o plano de inteirar-se também sobre o que as autoridades romanas locais pensavam sobre a doutrina do Crucificado, convidando-o e aos demais irmãos a compor a pequena caravana que logo mais à tarde se deslocaria até a herdade de Tércio, o romano.

Tobias aquiesceu de bom grado, dizendo que seria uma satisfação muito grande, porque a moça que lhe prestava serviços e nos servira a água era filha de Tércio. Aquela notícia agradou a Paulo, mas, sem saber por que, me trouxe certa agitação e um pressentimento ruim.

Tudo combinado, o encontro se daria na própria casa do romano. Levantamo-nos, despedimo-nos e retornamos à casa de Doran, para o almoço.

A ótima hospitalidade com que fomos recebidos na casa de Doran e Dinah repetiu-se no almoço carinhosamente preparado, com cozido de ovelha e verduras. Após, nos foi servido chá de amora como complemento da refeição.

À mesa, as conversações tomaram o rumo das memórias traduzidas por Paulo, que nos descortinou as peripécias de sua viagem anterior por aquela e outras paragens.

De maneira sentida, nos relatou seu encontro com o Filho de Yahweh, próximo a Damasco, e o entendimento posterior de que seu destino estava traçado. Lá se iam vários anos daquele dia, glorioso para ele, o que não se cansava de repetir.

Em meio à narrativa, percebemos, em dado momento, que os olhos do profeta da Boa Nova foram inundados pelas lágrimas. Parecia-nos que ele estava enxergando algo que não víamos.

Ligeiro silêncio, e sentimos a sala de refeições inundar-se com intenso perfume de nardo. Alguma magia transparecia no ambiente. Estávamos inebriados pelos acontecimentos.

Após breve pausa, Paulo continuou a se referir a suas lembranças, e sem que perguntássemos qualquer coisa, narrou as agruras das primeiras viagens, os apedrejamentos que sofreu e seu quase desfalecimento total, acabando por referir-se às saudades da jovem

Abigail, que havia partido para o Paraíso, e ao drama relativo a Estêvão, fatos que lhe afetaram os mais íntimos sentimentos e dos quais guardava vivas recordações, algumas tristes e outras amorosas.

A magia do ambiente parecia não querer se esvair, contudo, foi quebrada por Doran, que falou sobre o repouso pós-refeição.

Agradecemos a Dinah e nos retiramos, como de hábito, para a sesta vespertina, não sem antes Paulo nos dizer que a duas quebradas da metade do dia deveríamos estar prontos para comparecer ao compromisso assumido.

No aposento, com Paulo, deitamo-nos em nossas camas. Ele pôs-se a orar em voz média, agradecendo a Yeshua pela hospitalidade dos amigos e principalmente pela oportunidade da continuidade no trabalho de divulgação dos novos ensinos.

Acompanhei a prece e o vi, logo após, ressonar. Entretanto, não consegui conciliar o sono, como de hábito, pois minha mente convulsionava pensamentos desencontrados, lembranças incompletas, sensação de angústia, novamente. Notei que verdadeira apreensão me tomava por completo. Tentei traduzi-la, mas não consegui.

VIII
REENCONTRO COM O PASSADO

Uma penosa hora se passou em que, respeitando o sono do amigo, aprisionei-me naquelas sensações de desconforto. Enfim, Paulo acordou, espreguiçou-se e olhando-me fixamente disse:

— Meu amigo, qual o motivo da aflição? Gostarias de contar-me?

Impressionei-me mais uma vez com aquele homem que ao olhar para mim parecia enxergar por dentro e adivinhar meus pensamentos. Respondi:

— Não sei ao certo. Não conseguiria dizer fielmente o que me passa intimamente. Apenas o que posso dizer é que pressinto que alguma coisa me intranquiliza a alma. Parece que me acontecerá algum fato que me põe em aflição.

Ao assim falar a Paulo, constatei intimamente que deixava transparecer que minha aflição tinha ligação com nossa próxima visita, uma vez que, quando me lembrava dela, me punha alterado e parecia sentir crescer muda repulsa ao programa já combinado.

Paulo calou-se e nada mais perguntou. Levantamos, refrescamos o rosto com água pura e apresentamo-nos à sala, onde Doran, Silas e Timóteo já nos esperavam.

Trocamos saudações naturais, juntamo-nos e saímos porta afora, rumo ao compromisso. Caminhando, lembrava dos instantes passados, que foram portadores da morbidez da angústia que me tomava a alma de assalto. Não conseguia traduzir aquele estado de ânimo que me invadia qual céu borrascoso no prenúncio de violenta tempestade.

Fomos conversando. A conversa entre Paulo, Silas e Doran versava sobre as propostas renovadoras do Galileu para a transformação do temperamento das criaturas e a anunciação de um reino celestial na intimidade das pessoas. Eu somente fazia ouvir aquelas lições que, carregadas de encantamento para meus ouvidos, traziam um pouco de paz para aquele estado d'alma convulsivo.

Descemos a via central. As casas enfeitadas com plantas e pequenos vasos de flores nas janelas, tradição local, ofertavam cena bucólica e reconfortante.

Apanhamos Asnar à porta de sua casa e, ao passarmos pelo mercado, Tobias se juntou a nossa pequena caravana. Logo mais passávamos ao lado da Intendência Romana, que estava sob a jurisdição do Procônsul da Ásia Menor, Cneo Domicius Corbolo, recém chegado, que fora nomeado pelo Imperador Romano Tiberius Claudius. A Intendência detinha um quartel com vinte centúrias para a imposição do comando e da ordem, na defesa das fronteiras da Frígia e da Galácia.

Pequeno grupo de aproximadamente vinte soldados estabelecia a guarda fronteiriça, e não foi sem a curiosidade dos seus olhares que cruzamos rua abaixo, na direção da saída sul.

Naquela direção, pequenos altiplanos davam ensejo à visualização de grandes casas, algumas com colunatas nos pórticos, ao estilo grego, e outras com pequenas torres laterais, dando-nos a certeza de que as pessoas que ali residiam detinham boa ou ótima condição material.

À medida que avançávamos, alguns transeuntes esbarravam conosco, a maioria deles com a roupagem judia, poucos com vestimentas que lembravam romanos ou gregos, e ficavam a nos fitar furtivamente com significativo interesse.

Cruzamos a via transversal, ao final da rua central, que tinha uma extensão de três a quatro estádios[13]. Ganhamos rua adornada de árvores nas laterais, pequenas e bem cuidadas.

Doran diminuiu o passo, no que o seguimos, e parou diante de grande casa, com um portão que dava acesso a pequeno jardim. Ante a porta da frente, o telhado em forma de um vê estava submetido a duas colunas brancas. Pequena área protegida, que albergaria umas cinco ou talvez até dez pessoas, fazia o anteparo da soleira da porta.

Ao olhar para a construção, não pude evitar um arrepio que me perpassou o corpo por completo. Tinha a sensação de já haver estado naquele lugar, naquele pórtico de entrada que – não saberia explicar o motivo – me era familiar.

---

[13] Antiga unidade de medida itinerária, equivalente a 125 passos, ou seja, 206,25m (Dicionário Aurélio).

Doran abriu a tranca do portão de acesso ao jardim fronteiriço, muito bem cuidado, e nos alojamos sob o telhado que protegia o pórtico. Deu então três leves pancadas na porta, com o punho cerrado. O eco das batidas ressoou, dando a impressão que além daquela porta havia extenso cômodo.

Poucos minutos depois, a porta se abriu e uma senhora de aparência ainda jovem, vestida sob a indumentária de serviçal, sorriu e saudou-nos dizendo:

— Senhores, sejam bem-vindos! Entrem. O senhorio já vai atendê-los.

Adentramos a sala, que era muito bonita. Amplo espaço, com almofadas enormes dispostas sobre tapetes ricamente adornados. Vasos e cântaros de barro reluziam em espaços medidos. Floreiras as mais variadas e pequenas estátuas de barro eram dispostas aqui e ali.

Reparei um estranho móvel que se semelhava a uma cama, mas que continha pés numa elevação de três a quatro palmos do chão e, nas extremidades, elevações para descanso dos braços, aparentemente confortável.

No cômodo seguinte, pequenos bancos de madeira bruta, revestidos com pele de cabra, em número de dez, se dispunham em quadrados, e foi lá que a serviçal pediu que nos acomodássemos, enquanto nos anunciaria ao senhorio. Dizendo isto, retirou-se por porta lateral.

Havia se passado pouco tempo quando entrou na sala um homem alto para os padrões de nossa raça, de aspecto viril, corpo com músculos rijos, ombros largos, fácies quadradas, o rosto muito bem delineado, cabelo castanho algo desalinhado e um pouco encaracolado, que se aproximou de Doran e o saudou efusivamente, e logo após a Asnar, dando-lhes um abraço.

Asnar, adiantando-se, lhe disse:

— Meu amigo Tércio, quero lhe apresentar nosso orientador Paulo, de quem já lhe falei bastante, e igualmente nossos amigos Silas, Timóteo e Abiel. Tobias, é claro, dispensa apresentação, pois sei que já é da casa.

Num gesto reverencial, Tércio meneou a cabeça para baixo e disse:

– Salve, amigos! Sede bem-vindos em minha casa e sintam-se bem à vontade, eis que os amigos dos meus amigos também são meus amigos.

Dizendo isto sorriu, um sorriso largo e cativante. Paulo e eu respondemos ao cumprimento, sendo que não me senti muito à vontade para fazê-lo, pois estranha sensação me acometia.

Tércio acomodou-se ao nosso lado, não sem antes dizer que tinha deixado a esposa cuidando do seu comércio e que a filha estava trabalhando na banca de Tobias, e a seguir falou:

– Enfim, caros amigos, a que vindes e em que posso auxiliar-vos?

Doran, tomando a frente, disse:

– Bem sabes, Tércio, que nossa luta é a luta pelos ensinos do Cordeiro de Yahweh, nosso Deus, de espalhamento desses ensinos, da anunciação do Messias que, contrariamente ao que pensamos, ainda é esperado pela casa de Israel, mas já veio no seio de sua gente e foi altamente incompreendido.

"O Messias convocou vários continuadores para sua obra e escolheu Paulo para que o auxiliasse no ministério de novas ações, em novos lugares e caminhos, possibilitando espalhar o quanto possível os novos conhecimentos que legou para a Terra e que visam melhorar o homem e libertá-lo da escravidão material e principalmente da escravidão moral a que tem sido submetido pelo interesse dos poderosos e dos falsos profetas.

"Quero te dizer que o irmão Paulo representa-nos o indicador do caminho, e um dos continuadores da obra de regeneração da Terra, iniciada pelo Messias.

Tércio ouviu calado e de maneira enigmática olhou para Paulo como a esperar a interveniência dele, que não se fez esperar.

– Amigo Tércio, – peço permissão para chamar-te de amigo, – ao que Tércio aquiesceu com gesto afirmativo da cabeça, – manifesto a vibração de alegria que sinto ao conhecer-te e rogo que a paz do Cordeiro de Yahweh esteja em tua casa.

"De fato, aqui estamos em tarefa de angariar informações de a quantas anda o relacionamento dos membros da Sinagoga com as autoridades romanas e com a comunidade dos homens do caminho.

"Como fui informado da tua simpatia pela Causa nova, gostaríamos de ouvir o teu relato, primeiramente em face das autoridades que regem os destinos desta cidade, a fim de que possamos estabelecer plano de trabalho para os próximos dias que almejamos aqui ficar, com a finalidade de fortalecer o Núcleo de Yeshua nesta cidade.

Tércio, que escutara atentamente a tudo, olhou fixamente para Paulo, como a querer estudá-lo e respondeu:

– Sim, sim, posso te dizer várias coisas, a começar por dizer-te que há um bom relacionamento entre o Procônsul e Intendente romano com o rabino chefe da Sinagoga, Jetro.

"Também posso dizer-te que Jetro tem, de maneira insistente, tentado obter junto à autoridade romana, ordem para fechar o Núcleo dos Seguidores do Homem do Caminho, mas até o momento não logrou o êxito almejado, e não saberia eu agora dizer o porquê.

Ao ouvir aquele comentário, Paulo calou-se por alguns instantes. Refletia sobre a dúvida quanto aos motivos pelos quais as autoridades romanas ainda não tinham decretado o fechamento do Núcleo, e se tal ainda não acontecera, nutria a certeza íntima que o Messias haveria de estar monitorando, acompanhando e cuidando para que assim não se desse.

A conversa estendeu-se por um bom tempo, no qual o Cireneu revelou os planos de reforçar com sua fala o núcleo de trabalho e projetar crescimento, em cujos planos Asnar e Tobias assumiam papéis de destaque. Disse que pretendia ter uma entrevista com o Procônsul e Intendente, indagando a todos o que achavam da sua ideia.

Tércio disse que se essa fosse mesmo a vontade de Paulo, ele se avistaria com o Procônsul romano Cneo Domicius Corbolo para que ele assentisse em receber Paulo.

Percebia-se, por duas amplas janelas da Casa, que a claridade do dia despedia-se, dando lugar ao crepúsculo vespertino, quando fomos interrompidos por bela jovem que irrompeu na sala onde estávamos e que de pronto reconheci como sendo a moça que atendia na banca de Tobias.

Tércio levantou-se e abriu os braços na direção da jovem. Após aconchegá-la e ainda segurando-a pelos ombros falou:

— Amigos, esta é minha filha da alma, que chega do trabalho que desempenha com nosso bondoso Tobias.

Ao dizer isso, apontou na direção do velho asmoneu, que aquiesceu, mudo, com leve menear da cabeça. Olhando para a filha acrescentou:

— Filha, cumprimente nossos convidados.

De maneira gentil e garbosa, a jovem dirigiu-se a cada um de nós fazendo gestos de reverência.

Quando parou à minha frente, me ocorreu novamente a mesma sensação de conhecê-la, não só do encontro na banca de Tobias. Percebi um forte magnetismo no seu olhar, uma simpatia repentina e uma sensação de bem-estar que não pude sopitar.

Ia lhe perguntar o nome, quando nova interrupção se fez no ambiente e porta adentro caminhou uma senhora, na direção de Tércio, que, ao vê-la, como já estava em pé, caminhou alguns passos na sua direção e abraçando-a depositou-lhe um beijo na testa. Depois, puxando-a levemente pelo ombro, trouxe-a em nossa direção e ao mesmo tempo falou:

— Amigos, esta é minha amada esposa.

Outra interrupção. Levantei os olhos para a senhora e senti como se um soco duro e pesado me batesse de encontro ao cérebro. Meus olhos escureceram. Senti forte tontura e desmaiei.

Não saberia dizer quanto tempo se passou. Somente me senti deitado sobre um leito com roupas alvas e tendo ao meu lado os olhares dos amigos, de Tércio, de sua filha e de sua esposa. Fechei os olhos novamente. Terrível angústia se me apossou a alma, porém, fui inquirido por Paulo sobre minha saúde.

— Sentes-te bem, Abiel? Achas que devemos chamar um médico?

Ao pronunciar meu nome, pude notar, ainda com os olhos semicerrados, o espanto que transparecia na face da esposa de Tércio. Contudo, estava quieta, pois ali estava, ao meu lado, na sua casa, sem qualquer dúvida, a minha inesquecível e amada esposa Reyna.

Os amigos, ao lado do leito, desdobravam-se em atenção. Paulo voltou a indagar-me o que sentia. Disfarçando minha angústia e clara aflição, disse-lhe com voz fraca:

— Não sei o que houve. Senti uma tontura forte, mas aos poucos estou me sentindo melhor. Acho que foi o calor escaldante da caminhada que fizemos logo após a refeição. Gostaria de repousar um pouco mais no leito, se nossos hospedeiros não se importarem.

Tércio emendou:

— Ora, caro amigo, esta casa também é tua. Fazemos questão que repouses, até sugiro, se não se importar, que voltemos à sala para a continuidade da nossa conversação e Reyna e Shaina ficarão a tua disposição para te desvelar os cuidados necessários. Pode ser assim, meu amor? – disse olhando na direção de Reyna.

Percebi leve rubor na face de Reyna, que falou em tom baixo:

— Sim... sim, meu bom Tércio. Ficaremos observando as necessidades do nosso hóspede. Fiquem tranquilos. Podem retirar-se, que eu e Shaina iremos preparar um chá refrescante para o nosso irmão. Vamos, vamos! – E fez um gesto com as duas mãos, significando que todos poderiam sair do aposento.

Todos atenderam à solicitação e fiquei só. Sentia, muito embora deitado, ardência no peito e ainda a sensação de tontura. Parecia que alguma força estranha esmagava-me lentamente o cérebro, num misto de dor e prostração. Senti, de repente, formar-se na minha mente pensamentos de revolta intensa contra Tércio. A muito custo, controlei-me. Procurei afastar aquela sensação, pois lembrei-me das orientações do Cireneu e busquei sustentar-me na oração que me surgiu na forma seguinte:

"Oh Yahweh, que tanto neguei e amaldiçoei! Oh Messias aclamado, que encontrei nas palavras do bondoso amigo! Preciso de ajuda. Preciso de paz. Eis-me aqui, no aconchego da casa que recebeu minhas adoradas esposa e filha. Por qual razão do destino isto foi acontecer? Por que, Yahweh? Por que fui aquinhoado com o reencontro nessas condições? Sinto-me em brasa e ao mesmo tempo desfaleço. Tenho consciência da minha covardia do pretérito, mas sempre anelei que um dia pudesse encontrá-las e planejei pedir-lhes perdão, ser perdoado e recomeçar. Contudo,

recomeçar como, se elas pertencem agora a outra pessoa? Será que tudo isto é uma punição de tuas mãos? Oh Yahweh, ajuda-me, ajuda-me!"

Senti que pela primeira vez impusera à oração as sublimes forças da alma, porque ao olhar na direção da porta, como que por encanto que eu não saberia explicar, vi, com os olhos da vigília, o jovem Estêvão, que levantando a mão direita, num gesto de saudação, disse-me:

– Amigo Abiel, não te assustes, sou eu sim. Yahweh ouviu tua prece e me enviou para auxiliar-te.

Aproximando-se do leito, distendeu suas mãos na altura da minha testa. Senti como que um leve calor perpassar-me a cabeça, um leve tremor no corpo e instantaneamente adormeci.

Adormeci e vi-me deixando o corpo sobre o leito. Estava em pé ao lado da cama. Olhava-me assustado, como já tinha acontecido outras vezes, novamente com o mesmo pensamento e sensação: Como podia ser aquilo? Eu ser duas pessoas ao mesmo tempo, pois ao passo que meu corpo estava horizontalmente posto na cama e eu podia ver meu próprio peito arfar no movimento de minha respiração, e com o mesmo corpo estava em pé, ao lado? Nova confusão se me estabeleceu. Seria um sonho, apenas?

Fazia essas cogitações quando senti leve toque no ombro. Olhei e vi Estêvão, que sorrindo, um sorriso belo e cativante de confiança, falou-me:

– Amigo! Repito novamente, não te assustes, coloca-te em tranquilidade para que possas compreender a situação. Ouve-me com atenção. Explico de novo até que consigas entender calmamente o que já te disse. O corpo que está sobre a cama é mesmo teu corpo, e isto significa que tens também outro corpo, que é como se fosse o corpo principal, pois é nesse teu corpo pelo qual te manifestas que está encerrada a tua alma, o teu espírito. Podes tentar de novo compreender?

Não sabia o que falar, mas olhando fixamente para aquele jovem respondi em forma de indagação:

– Quer dizer, então, que temos mesmo vários corpos e podemos dispor de um ou de outro?

Estêvão respondeu-me:

— É quase isto, porém, terás tempo de ir instruindo-te, pois tua proximidade com nosso Paulo te facilitará colher novos ensinamentos que te auxiliarão a melhor tudo compreender. Por hora, basta que tenhas a consciência de que podes deixar o corpo momentaneamente, pelo processo do sono físico.

Um pouco refeito da enorme surpresa, dei a mão a Estêvão, que como que me puxou lentamente, e, outra nova surpresa, parecia que eu não andava mas sim deslizava pelo chão. Quis perguntar o motivo, porém Estêvão, fazendo gesto de silêncio, puxou-me pela porta que estava somente entreaberta e vi-me transpondo de um ambiente para o outro, sem qualquer dificuldade e sem que alguém abrisse a porta.

Vi que estávamos no cômodo em que Reyna e Shaina conversavam. A um gesto de Estêvão, colocamo-nos quietos, como ouvintes e observadores. Curiosamente, não éramos vistos nem notados por elas. Então colocamo-nos a ouvir a conversação, que assim se deu:

Sentadas no móvel que eu tinha achado interessante, Reyna segurava entre as suas as mãos de Shaina, e lhe dizia:

— Filha da alma, quero lhe falar sobre o nosso hóspede que está repousando. Percebeste alguma coisa nele?

— Como assim, mamãe? – respondeu a filha.

— Percebeste algo familiar? Por acaso foste afetada com alguma lembrança diferente, alguma visão momentânea?

Shaina refletiu por alguns segundos e olhando fixamente para sua mãe, disse-lhe:

— O que falas? Eu já o tinha visto na banca do Sr. Tobias e quando me olhou, senti que parecia estudar-me de cima abaixo, mas não senti nele olhares de interesse ou cobiça. Pareceu-me apenas curioso. Na verdade, mamãe, quando o vi pela primeira vez, tive sim a sensação de já tê-lo visto ou conhecido de algum lugar. O modo como sorri me parece lembrar alguma coisa, alguma pessoa, porém, confesso que não dediquei tempo maior a essa análise.

Reyna continuava segurando as mãos da filha e falou:

— Minha boa Shaina, vejo que teu coração demonstra pureza e beleza e não sentes malícia nas coisas ou fatos. Escuta bem, filha. A vida é para nós um enigma que vamos decifrando pouco a pouco na estrada soberana do tempo e o tempo é o transportador da angústia ou da paz, da dor ou da alegria. Há momentos em que o viandante não encontra o rumo para o equilíbrio e a felicidade; então, ele mergulha nos despenhadeiros das viciações, esquecendo-se dos compromissos a que se atrelou pelo exercício de suas escolhas.

Os conceitos emitidos por Reyna me impressionaram sobremaneira. Jamais houvera suspeitado que aquela alma tinha tanto conhecimento, firmeza e doçura como apresentava naquele instante, e isto me punha mais infeliz, por perceber o tesouro que perdera.

Antes de continuar, Reyna fez uma pausa e olhando longamente para a filha, indagou:

– Lembras de teu pai? Lembras de seu nome? Trazes contigo alguma lembrança do lar que compúnhamos?

Shaina respondeu:

– Lembro sim, mamãe, mas lembro de pouca coisa. E não é sempre. Quando lembro, as lembranças parecem vagas. Vejo meu pai como se fosse envolto numa cerração. O seu rosto não é bem definido e de seu nome não me recordo sempre. Mas agora, ao me perguntar, me lembro. É Abiel.

Disse isso com naturalidade, sem de nada aperceber-se, aduzindo:

– Além disto, só me lembro de ver a senhora cansada dos maus-tratos. Guardo algumas desagradáveis lembranças de brigas da senhora com ele. Lembro também que nessas ocasiões eu chorava e esse era o único meio de fazê-lo se conter repentinamente.

Shaina, olhando serenamente para a mãe, perguntou:

– Mamãe, por que razão me perguntas essas coisas agora? São lembranças que te chegam? Temes alguma coisa? Tens sonhado com ele?

Reyna apertou a mão da filha e enchendo os pulmões, de maneira lenta, disse-lhe:

– Oh meu amor, admiro a tua candura e a tua simplicidade e percebo que não conseguiste ligar às tuas lembranças o nome de nosso hóspede – e dizendo isto aquietou-se.

Shaina teve um sobressalto. Retirou as mãos das mãos de sua mãe e disse:

— Abiel! Abiel é o nome de nosso hóspede, por Yahweh — disse com sentida aflição — Será ele mamãe? O meu pai? É isso que me queres falar? Isso é possível? Responde-me, mamãe, é possível?

Reyna, com os olhos marejados, fixou a filha, dizendo:

— Sim, boa e meiga Shaina, isto é possível sim. Aquele homem que está repousando no quarto de hóspedes é sim Abiel, o teu pai. Eu o reconheci desde que pôs os pés em nossa casa.

Reyna acariciou levemente as mãos de Shaina e acrescentou:

— Querida filha, o destino sempre nos reserva situações inesperadas e confesso que estou confusa. Temo pela reação de nosso hóspede. Percebi que ele reconheceu-me de pronto e que está fazendo enorme esforço para esconder de seus amigos e de nosso amado Tércio qualquer situação que signifique uma simples troca de olhar entre nós.

Shaina então disse:

— Oh sim, mamãe! Vejo mesmo a situação como delicada, porém não acho que devamos atropelar as coisas. Aguardemos os acontecimentos.

Ao assim falar, deixou transparecer uma ponta de ansiedade indisfarçável, muito embora a mãe se houvesse surpreendido com a manifesta maturidade da filha.

No cômodo ao lado, o vozerio denunciava animada conversação, e as duas mulheres, como que magnetizadas pelo momento e pelas observações, sentiam-se presas ao local onde estavam sentadas, sem qualquer reação imediata.

De repente, vimos Tércio entrar no ambiente e talvez captando a tensão no semblante das duas, falou:

— Boa Reyna, o que há? Nosso hóspede não está bem? Teve piora em seu estado?

— Não, não — respondeu a esposa, — apenas conversava com nossa filha sobre os ilustres visitantes. Você deseja alguma coisa?

— Sim, gostaríamos de mais água fresca para os convidados.

— Deixa, papai — adiantou-se Shaina — já providenciarei. Pode voltar para a reunião com os amigos.

Dizendo isto, locomoveu-se em direção à cozinha.

Tércio ficou alguns instantes parado, pensativo, como a observar de esguelha a esposa e arrematou:

— Certo, estou voltando à nossa reunião, mas antes, não seria bom ver nosso hóspede, querida? — E dizendo isto retirou-se.

Sobressaltada, Reyna dirigiu-se à cozinha e lá encontrando a filha falou-lhe:

— Enquanto levas a água fresca aos nossos visitantes, não busca interromper-me na visitação a Abiel. Preciso ver como ele está e sinto que terei que conversar um pouco com ele a sós e rápido.

Shaina consentiu com leve menear de cabeça e pôs-se ao serviço.

Olhei, então para o Benfeitor que me conduzira a presenciar e ouvir os diálogos e acontecimentos, e como que puxado por forte magnetismo, vi-me sendo levado lentamente na direção do aposento em que estava acomodado meu corpo. Transpondo novamente a porta fechada, percebi-me como que penetrando no interior do meu corpo, sob o olhar afetuoso de Estêvão.

Abri os olhos e deparei-me com Reyna, que me olhava e vigiava o sono. Ao notar meu despertamento, ela estendeu-me um copo com água fresca, e para meu espanto, disse:

— Olá, Abiel! Sentes-te melhor? Toma a água. Vai te fazer bem.

Senti um arrepio a percorrer-me todo o corpo. Não havia dúvidas que ela havia me reconhecido de imediato.

Tentei falar alguma coisa, mas a voz não saiu. Estendi a mão trêmula e peguei o copo. Sorvi o líquido sem olhar para Reyna. Sentia como que uma espécie de profunda vergonha.

Ao beber, pareceu-me que a água penetrava os mínimos detalhes dos órgãos de meu corpo. Senti um pouco de reconforto, respirei fundo, e buscando todas as forças que se me apresentavam olhei para Reyna. Continuava bela como sempre, o rosto marcado por algumas rugas, alguns fios de cabelo que já prenunciavam brancura, mas a idade parecia que a tinha ainda mais embelezado, de uma beleza madura que eu não saberia naquela hora decifrar. Ao encontro de seus olhos firmes e brilhantes, consegui balbuciar:

– Olá, boa Reyna! Há quanto tempo! Faz muitos e muitos anos que tenho buscado encontrar-te. Nunca tive notícias tuas e de nossa filha, e quanto tempo se passou, por Yahweh!

"Tenho andado muito à procura de vocês, às vezes sem rumo, sem norte, e cheguei a cogitar que poderiam estar mortas, quem sabe, e isto para mim era sempre uma lembrança dolorosa.

Interrompi a fala. Reyna estava muda. Buscando ainda mais coragem, olhei-a novamente com profundidade, em silêncio. Como ainda estava bonita! Possuía uma galhardia de rainha.

Reyna sustentou-me o olhar e disse delicadamente:

– Abiel, eu te reconheci desde o primeiro instante, e vejo que o tempo te vincou o rosto e embranqueceu-te as têmporas, mas percebo em teu olhar que ele não demonstra revolta ou maldade, que aliás há muito tempo retratavam, e isto é muito bom, afinal, a realidade nos bate à porta, e sem dúvidas Yahweh permitiu que nos reencontrássemos, muito embora a minha condição atual você já saiba qual é, não é mesmo?

Dizendo isso silenciou. O silêncio pareceu-me uma eternidade. Ante a colocação firme de Reyna, respondi:

– Sim, sim, tenho consciência de que refizeste tua vida e de nossa filha em outro lar, muito embora não possa deixar de dizer-te que tuas observações me causam profundo impacto. Confesso que me sinto invadido pela mágoa, não de ti nem de Shaina, mas com certeza dos acontecimentos, e, por mim mesmo, gostaria que de alguma forma pudesses me perdoar, senão hoje, um dia, quem sabe.

"Não pretendo trazer-te problemas de qualquer natureza, mas gostaria de poder te falar muitas coisas dos tempos que se foram, mas não és nem serás obrigada a ouvir-me, e percebo não ser tua casa o local adequado para tal.

Calei-me por alguns instantes, depois continuei:

– Esperarei por tua resposta, mas até que a tenhas, gostaria de ver nossa filha; de poder olhar e dirigir algumas palavras a ela, se assim ela consentir.

Reyna olhou-me com olhar que transparecia compreensão, dizendo:

– Sim, vais estar com Shaina. Já volto.

Dizendo isto, pegou o copo vazio das minhas mãos e saiu do recinto.

Ao Reyna retirar-se, fiquei pensativo, recolhido em minhas cogitações. Sentia o coração sob constrição aflitiva. Cogitava sobre a peça que o destino me descortinava ali naquela cidade. O sentimento de que Reyna continuava senhora de um coração bondoso me reconfortava um pouco, predicados esses que eu não soubera ver, anotar e respeitar.

Lembrei dos primeiros anos de nosso casamento; do conhecimento mais íntimo; das descobertas de nossos gênios e dos idílios puros e sadios, e com a culminância da felicidade com o nascimento de nossa pequena Shaina.

Cogitando essas lembranças, por instantes pensei: "Será mesmo que Reyna, apesar de tudo, esqueceu-me por completo? E Shaina, oh! como pude permitir que me apartasse desses dois seres amados! Grossas e doridas lágrimas correram pelos sulcos de minha face e penetraram-me a barba, molhando-me o peito. Ainda absorto nesses pesares, vi a porta do aposento se abrir e Reyna, juntamente com Shaina, entraram, a mãe segurando a filha levemente pelos ombros. Caminharam em minha direção e chegando próximas à cama, encurtaram o passo.

Senti um misto de felicidade e novamente de vergonha. Fazendo enorme esforço, levantei os olhos na direção de Shaina, que com os olhos bem atentos e arregalados encarou-me. Pude percebê-la um pouco confusa. Ficamos ali, magnetizados, por alguns minutos, sem nada dizer um ao outro.

O silêncio foi quebrado por minha ação, pois levei as mãos na sua direção e ela, talvez por instinto, imitou-me e consegui segurar aquela mão de um verdadeiro anjo. Não pude conter as lágrimas que saltaram sobre meu rosto e balbuciei:

– Minha filha! Oh minha filha! Posso chamá-la deste modo? – consegui indagar.

Não houve resposta, mas ela não retirou sua mão da minha, o que para mim significou um sinal de concordância. Tomei coragem e puxando sua mão para minha boca, molhei-a com as lágrimas de meu arrependimento.

Ante o impacto de meu gesto, vi que o semblante de Shaina se alterou num misto de espanto e pequena aflição. Contudo, percebi também uma ponta de alegria, porém contida. Ficamo-nos olhando por alguns segundos, que mais pareceram para mim uma eternidade, e viajei.

Meu pensamento viajou para longe, até os meus dezoito anos, quando papai Hillel, numa noite de inverno, após jantarmos em família, chamou-me e à mamãe e disse: "Eliora, minha boa esposa, hoje estive com Abner, o mercador, e conversamos muito sobre várias coisas, e dentre elas sobre o pedido de casamento que fiz ao amigo, em nome de Abiel, para que ele desposasse sua filha Reyna. Quero te dizer que meu pedido foi consentido e tu, Abiel, irás casar-te com a filha de Abner. Já a conheci na loja do amigo e gostei muito dela. Tem quatorze anos e auxilia a mãe nos cuidados da casa, com esmero."

Dizendo isto calou-se. Então lembrei-me de mamãe, que, demonstrando satisfação, enlaçou-me pelo ombro e pôs-se a dizer que fazia muito gosto no casamento proposto e que pelo que podia perceber, eu também parecia enamorado de Reyna, pois às vezes estava a andar e conversar com ela.

Lembrei-me do casamento, feito sob a tradição; dos primeiros dias de convivência e da felicidade que sentia e que Reyna também manifestava. O casamento, no início, foi mesmo um aprendizado um com o outro. Papai, apesar de rezar a tradição que o lugar das mulheres era sempre nos serviços domésticos e na atenção ao marido, sempre demonstrou respeito pela mamãe. Admirava o carinho com que ele a tratava, em qualquer hora, e aquilo se me incutiu na alma. Por minha vez, sentia necessidade de agir da mesma maneira com Reyna.

O tempo foi ditando as regras e a felicidade ainda mais se avolumou quando da notícia da gravidez, tornando-se quase por completa, diria eu, com o nascimento da pequena Shaina, como se um anjo do Senhor houvesse visitado minha casa.

Depois, as lembranças turvas e incômodas me assaltaram a mente, confesso. Não saberia dizer ainda naquele instante crucial da minha vida, por qual razão meu casamento houvera desabado, e por que eu me tinha transformado em uma pessoa dura, com os sentimentos embotados, cruel com as palavras, pois Reyna nunca houvera dado motivos para a mudança do meu temperamento.

Talvez, lembrava, fosse o fato de que meu primo Leon elogiava sempre a beleza de Reyna e às vezes conversava com ela. Aquilo foi me proporcionando um certo ciúme, e sem saber explicar o motivo, mudei meu comportamento com a esposa e igualmente com a filha. Parecia que forças invisíveis me direcionavam na rota da desconfiança.

Não que Reyna pudesse ter-me dado motivos para que a desconfiança se materializasse, mas a verdade é que passei a ficar horas a embebedar-me com amigos, eu que não era afeito a esse hábito, e a chegar em casa, fora de meu completo juízo. Então passei a tratá-las com azedume, que descambou para a intolerância, dado que meu vício se avolumava.

Lembrava que nunca cheguei a agredi-las, mas a verdade é que existem agressões com palavras que doem muito mais do que agressões físicas, porque vamos minando a autoestima das pessoas, que passam da dor para o desencanto, e quando acaba o encanto numa relação a dois, tudo cai por terra. Agora compreendia muito bem.

Shaina retirou sua mão da minha e olhando-me fixamente, falou com uma segurança jamais esperada:

– Não, não chore. Mamãe já me havia falado da sua presença e confesso que quando o vi na tenda do Sr. Tobias, o senhor me pareceu conhecido.

"Não posso dizer nada dos meus sentimentos neste instante. Sinto-me um tanto quanto alheia. Só sei dizer que o senhor povoou a minha infância com a lembrança das canções que fazia para eu dormir. Muitas e muitas noites chorei, mesmo escondida da mamãe. Chorava baixinho e o chamava pelo nome. Mamãe, contudo, foi me mostrando a necessidade de nos evadirmos do lar. Foram três anos de uma tortura interminável. Ela o via se acabando na bebida, e por mais que ela falasse, não conseguia êxito. As coisas foram ficando difíceis em casa. O senhor já nem falava mais comigo e muito menos com mamãe. Os seus negócios estavam indo de mal a pior e começava a faltar-nos o alimento, mas lembro que mamãe a tudo suportava e de certa forma resignada.

Respirou profundamente, e continuou:

— Certo dia, mamãe não mais suportou suas insinuações de que ela teria estado com Leon, seu primo, insinuações que se tornaram contumazes e que a prostravam por completo. Vendo que não havia saída, apesar das orações constantes a Yahweh, muniu-se de alguma reserva de poucos dracmas, de algumas roupas dela e minhas, e um dia, quando você chegou tarde da noite e embriagado, atirando-se ao leito sob sono profundo, ela acordou-me e disse para segui-la sem fazer barulho. Abriu a porta da casa para nunca mais voltarmos.

"Oh! Por quase incontáveis vezes mamãe me via chorando. A sua lembrança me doía no coração e quantas e quantas vezes surpreendi mamãe sob lágrimas intensas, e nesses instantes nos abraçávamos, nos consolávamos e orávamos pedindo a Yahweh pelo senhor, pela sua saúde, e que ele mostrasse um caminho para essas duas mulheres sozinhas e sem destino.

"Mamãe queria ir o mais longe possível, mas ao chegar nesta cidade, empregou-se como serviçal do Sr. Tércio, que houvera enviuvado muito jovem, e tempos depois, quando eu já era adolescente, conseguiu um emprego para mim com o Sr. Tobias.

De repente, Shaina calou-se. Percebia que estava entrando na intimidade da mãe e recusou-se a continuar, porém, com os olhos firmes, continuava a me fitar como que a esperar alguma palavra ou resposta.

Engoli em seco novamente, e como isto me ocorria ultimamente, novo sentimento de vergonha moral se apossou dos meus pensamentos. Nada falei. Apenas deixei as lágrimas rolarem.

Um silêncio instantâneo e profundo dominou o cômodo, mas que foi providencialmente quebrado com a entrada de Tércio, que chegando-se próximo ao leito disse:

— Vim ver como está o amigo Abiel – disse, olhando-me sem demonstrar que percebera minha palidez e minhas lágrimas.

Ajuntando forças, não sei de onde, olhei para aquele homem que tinha me substituído nas cogitações íntimas de Reyna e da filha e lhe disse:

— Ah, senhor Tércio, estou melhor. Ainda me sinto um pouco enfraquecido e as lágrimas são em razão de algumas lembranças que me assomaram à mente, somente isto, mas pretendo levantar-me para acompanhá-los nas conversações.

Dizendo isto, com esforço, sentei-me na cama e após alguns instantes me pus em pé. Percebia que a fraqueza parecia ainda me dominar, mas não podia trair a confiança e os cuidados de Reyna e Shaina. Dei alguns passos na direção da porta, não sem antes agradecer às anfitriãs pelo desvelo comigo. Tércio me acompanhou, pensativo, e logo ganhávamos o cômodo onde estavam Paulo, Silas, Timóteo e os demais.

Ao ver-me, o Cireneu abriu um largo sorriso, exclamando:

— Abiel! Bom amigo! Como estás? Sentes-te melhor? Folgo em ver-te aqui conosco. Senta-te, que ainda temos alguns assuntos para definir com nosso Tércio.

Procurei sorrir, um sorriso canhestro que Paulo percebeu, mas disfarçou, e acomodando-me, pus-me na posição de ouvinte do resto da conversação. Ouvia sem nada compreender, sendo certo que o que mais queria naquele instante era me evadir daquela casa o quanto antes. Precisava recompor minhas ideias, meu pensamento. Sentia-me ainda muito abalado com tudo.

Pelo final da tarde, quando prenunciava-se o escurecimento do dia, Paulo levantou-se com os demais, ao que o imitei, e iniciou as despedidas que para mim foram muito difíceis. Disfarcei o quanto pude a contrariedade em me despedir de Tércio. As mulheres não vieram ao cômodo para fazer o mesmo e logo ganhamos a rua na direção da casa de Doran.

Chegamos quando caía a noite. Dinah nos aguardava, e inteirada por Doran, apressou-se com as serviçais a providenciar o jantar, enquanto na sala da casa do amigo estabeleceu-se animada conversação.

Paulo confirmou o projeto de avistar-se com o Procônsul Romano e traçou novos planos de divulgação da mensagem da Boa Nova junto aos irmãos do Núcleo daquela cidade. A certa altura, interrompendo-o, Doran indagou ao Apóstolo:

— Meu amigo, quanto tempo pretendes ficar por aqui? Tens algum novo projeto além da pregação na cidade? Não que eu deseje ver-te partir, ao contrário, para nós seria uma alegria imensa se ficasses por aqui e até mesmo em nossa casa, que se ilumina permanentemente com tua presença, pois temos certeza que Yeshua o marcou como apóstolo da nova fé.

Paulo sorriu, refletiu por alguns instantes e disse a Doran:

– Meu bom amigo, em primeiro lugar agradeço a extremada gentileza tua e de Dinah. Tenho-vos como irmãos caros ao meu coração. Devo ficar por aqui, desfrutando da vossa bondosa hospitalidade, até que possa ter certeza de que o Núcleo estará solidificado. Armazeno o sonho de pregar a palavra do Messias por toda a Ásia, contudo, ainda não pressinto a confirmação desse plano.

"É que os Anjos do Senhor sempre têm comparecido em sonhos, pelo direcionamento de um recado ou pelo encontro com alguma alma que me oferte a certeza do que anseio. Penso que minhas orações poderão ser respondidas em breve, ao menos é o que desejo, certo de que nada comando e sim sou comandado.

Confesso que as palavras de Paulo, ao invés de me trazerem alegria, foram portadoras de tristeza, pois somente eu, ali, sabia do imenso drama que estava vivendo ao encontrar a esposa e filha, que até imaginava mortas. Quinze anos se haviam passado e elas estavam em outros braços e sob outro teto, o que me representava não somente a confirmação do meu fracasso familiar, como também a continuidade da minha desdita agora acentuada pelo ciúme devorador que já se apossava do meu ser.

Apesar do turbilhão de pensamentos, alguns desencontrados, que me invadiam, fiz um esforço enorme para prestar atenção na conversação e de quando em quando, também me esforçando para dar uma opinião aqui ou ali. Vendo-me participar do colóquio, Silas me perguntou baixinho se eu já estava bem; se ainda sentia o mal-estar que tivera na casa do romano Tércio e afirmou que achava que sim, por não me ver participativo.

Respondi a ele que sim, que já estava bem melhor, e que com certeza fora o calor excessivo que me tinha colocado naquela situação, mas que já passara. Dinah, retornando à sala, comunicou a Doran que o jantar estava servido, ao que o bondoso anfitrião convidou-nos a todos para cearmos.

O jantar transcorreu em clima de conversação sobre a cidade, sobre a economia local, também se falou sobre os impostos que os romanos impunham e por fim sobre a perseguição que os judeus locais sempre levavam a cabo contra os seguidores da Boa Nova, comentando-se uma desdita aqui, outra ali.

Após encerrarmos o delicioso jantar, – cozido de carneiro com molho hortelã, arroz, lentilhas e broa deliciosa – Doran convidou-nos a todos para retornarmos à sala, eis que Dinah serviria um chá para a boa digestão.

Acomodados novamente, foi Paulo que tomou da palavra e narrou sobre um ensinamento de Yeshua que ele considerava intrigante e que, no seu entender, exigia que as pessoas analisassem mais detidamente, para poderem, quem sabe, penetrar no entendimento da alta significação do que dissera o Messias.

Revelou-nos – ao menos para mim era uma revelação – que Yeshua dissera a um jovem que o procurara e manifestara o desejo de segui-lo, que ele podia, sim segui-lo e aos seus amigos, ao que o jovem disse a Yeshua: *"Permita antes, Mestre, que eu vá enterrar o meu pai que morreu"*, ao que Yeshua, olhando firmemente para o jovem, falou: *"Meu amigo, deixa aos mortos o cuidado de enterrar seus mortos!"* (Mt. 8:21 e 22)

Paulo narrou que estava sempre a pensar sobre o significado desse ensinamento, e que para ele, o Messias não objetivava que as pessoas não enterrassem seus mortos, pois era a tradição. Então, o que pretendia ele ao afirmar isso? Disse que no entender dele, temos dentro de nós muitas vidas, além daquelas que o Messias já tinha ensinado quando falou aos seus apóstolos que João Batista era Elias que havia de vir e veio, destacando que por certo havia a ressurreição da alma, e não do corpo físico, ressurreição que se dá em outros corpos.

Mas entendia também que se poderia utilizar o conceito de ressurreição, no sentido de que muitas vidas se podem dar numa mesma existência, porque ele, Paulo, por exemplo, percebia que já tinha vivido na atual existência pelo menos quatro vidas dentro da mesma.

Disse que uma foi a da sua infância e adolescência, sempre fiel à família e às tradições do povo, obediente aos pais e aprendiz da lei antiga.

A segunda, a da sua aplicação junto ao Sanhedrin, em Jerusalém, fazendo surgir o jovem idealista e até certo ponto irascível e que não aceitava de forma alguma o que ele entendia por ofensas a Yahweh, ensejando o surgimento do perseguidor implacável para quem ousasse duvidar de Abraão, de Moshe ou dos Profetas.

A terceira vida, na disposição de servir ao Mestre Galileu, atendendo ao chamado que Ele lhe fizera, muito embora sem compreender muito bem ainda a extensão e a profundidade do convite.

A quarta vida era a do presente, diante da maturidade a que chegara, sob as marcas das agressões morais e físicas, das ofensas de toda sorte, das prisões, sulcando-lhe profundamente a alma, mas que também trazia as belezas dos encontros e reencontros com aqueles que como ele se inebriavam com a lucidez magnífica da maravilhosa vida e mensagem do Messias alcandorado, que sempre demonstrou que é melhor servir do que ser servido, amar do que ser amado.

— Assim — continuou — me sustentando na fé robusta e na certeza de que sou feliz por amar o Messias e por já sentir amor pela Humanidade, entendo que o Messias nos ensinou que precisamos nos esforçar sempre para abafar os desconfortos de nosso mundo íntimo, para que o espírito vivo de Yahweh habite em nós.

"Para isso — aduziu — será necessário que possamos provocar a morte interior, já na atual vida, da vida de revolta, do ciúme incontrolado, do orgulho, do egoísmo e da vaidade, pois, se não lutarmos contra os nossos defeitos objetivando extirpá-los, teremos dificuldades para encontrar o Reino de Deus, e seremos tais quais mortos vivos, portanto necessitados ainda de viver com os da mesma natureza.

"Na minha visão, é a esses mortos que se deve deixar o cuidado de enterrar outros mortos, ou seja, conviver com espíritos da mesma natureza, que ainda não saíram do escuro para o claro.

A interpretação do Cireneu encantou-nos a todos, e todos ficamos pensativos. Tocava-me profundamente a alusão à necessidade de provocar a morte do ciúme, sim, porque ele surgia no meu coração e na minha mente, como um gigante filisteu, a conduzir os meus pensamentos para um único ponto: Ficar em Antioquia de Psídia e tentar conseguir Reyna e Shaina de volta. Mas ao mesmo tempo pensava: Como e a que custo?

Sensação taciturna e desconfortável assomou do meu espírito, pois o semblante se me carregou, e Paulo, que havia concluído a maravilhosa prédica doméstica, percebeu-me o íntimo e me lançou um olhar preocupado, sem nada falar.

O aroma agradabilíssimo do chá de amora tomou conta do ambiente, pois a bondosa Dinah pôs-se a servir-nos. Sorvi o chá como quem precisasse não só facilitar a digestão, mas ordenar os pensamentos.

Os comentários sobre a interpretação de Paulo foram vários. Doran estava estuante com os ângulos alcançados pelo Cireneu. O diálogo, que trazia vibrações superiores àquela casa que nos recebera com amor e carinho, era agradável.

Os momentos foram passando, até que o anfitrião convidou-nos a nos prepararmos para o repouso, não sem antes Paulo pedir a Silas que orasse por todos nós O amigo operoso aduziu:

– *Oh Sublime Yahweh, Senhor de tudo o que cerca a existência, aqui estamos, na casa dos irmãos queridos, não somente recebendo o pouso e o alimento do corpo, mas sim os cuidados com a nossa alma.*

"Somos os viandantes que deixaram para trás caminhos pedregosos e espinhosos esculpidos na insânia dos tempos em que, além dos embates físicos, agimos na noite dos erros e matamos sonhos e ilusões das criaturas que precisavam de nosso apoio.

"Outrora senhores do poder ilusório e da força do engano, fomos acusadores e juízes que espalharam represálias e dor. Agora, porém, em razão da Tua misericórdia infinita, recebemos nova oportunidade, na qual mergulhamos nosso espírito na certeza de que enviaste Teu Filho amado e nosso Irmão Maior Yeshua, para despertar-nos da intensa letargia moral, nos proporcionando acordarmos para a ação inadiável de amar-Te com toda a intensidade de nosso ser e de amar e servir ao próximo.

"Permite-nos, Pai Bondoso, trabalhar todos os dias pela edificação de uma nova estrada, que deverá mesmo ser construída com a base insculpida pelo nosso suor, nossas lutas e nossos sofrimentos, permitindo-nos retificar a conduta moral, alicerçada pelas pedras, que, muito embora possam sangrar nossos pés, são imprescindíveis para fazer surgir o raiar de um novo tempo, em que haveremos de caminhar, se cumprirmos

com os Teus desideratos e leis, sobre a cobertura atapetada de flores e relva macia.

"Sabemos, sim, que muito temos que progredir, e para isso apresentamo-nos aos serviços de espalhamento do Teu amor infinito, que nos foi apresentado pelo Sublime Arauto de Nazaré.

"Dispõe de nossas mentes e mãos, para toda e qualquer ação na qual predomine sempre o bem e o Teu nome.

"Rogamos que não esqueças destes Teus seguidores, que almejam estar sempre contigo, abençoando-nos hoje e sempre, uma vez mais!

A prece de Silas foi acompanhada de intensa vibração de alegria em todos os corações e, apesar de meus pensamentos desencontrados, tocou-me profundamente e novamente lembrei do sonho que há muitos e muitos dias tivera, sobre a estrada dividida ao meio.

Após esse instante maravilhoso, saudamo-nos todos e nos dirigimos ao repouso. Já deitado, procurei orar, porém, os pensamentos eram fugidios e não consegui deslocá-los da casa do romano Tércio, e muito menos de Reyna e Shaina. Pus-me a pensar sobre o que fazer e logo se estabeleceram duas propostas mentais:

A primeira: Deveria ignorar o encontro; não mais estabelecer contato com elas, ou ao menos me despedir e após seguir o Cireneu como prometera.

A segunda: Deveria me estabelecer por ali, pois era hábil no manejo do artesanato em couro e poderia oferecer meus serviços no mercado local; talvez conseguir com Asnar ou Tobias, um cômodo qualquer para moradia, desistindo assim de acompanhar Paulo, Silas e Timóteo, pretextando me juntar ao Núcleo dos Seguidores de Yeshua, para ficar perto da esposa e filha.

A dúvida se tornava cada vez mais avolumada. Fiquei nessas cogitações um bom tempo, sendo vencido pelo sono já no começo do dia seguinte.

IX

Confissões de Abiel

Silas me chacoalhava levemente o corpo, com delicadeza.

– Acorda, acorda, amigo! O sol já se faz alto, acorda!

Acordei um pouco sobressaltado, e ainda meio sonolento assenti com um leve sorriso e levantei-me. Silas então disse:

– Amigo Abiel, eu e Paulo observamos que estavas aflito e que te revolvias no leito, sem dormir, e também após dormires, escutamos de vez em quando proferires palavras desencontradas. Paulo, que já está no repasto matinal, pediu-me que te deixasse dormir um pouco mais, e ainda há pouco pediu-me para vir acordar-te. Vamos, compõe-te para o desjejum, que estamos te esperando.

Dizendo isso, sem tirar-me o olhar, saiu do aposento.

Por instantes fiquei pensativo. Os pensamentos já faziam revoada nova e culminei por lembrar das autopropostas que me fizera, o que me colocou inquieto.

Fiz a higiene matinal e apressei-me em ir ao encontro dos anfitriões, de Paulo, Silas e Timóteo. Ao me juntar aos demais, fui recebido com sorrisos francos e olhares bondosos. Doran me saudou com bom-dia, no que foi seguido por Dinah. Paulo, olhando-me fixamente, sorriu e disse:

– Espero que o irmão Abiel tenha estado com os Espíritos do Senhor, porque conversou dormindo quase a noite toda.

A conversa tomou outro rumo. Timóteo, sempre no arroubo juvenil, disse que no entender dele os irmãos do Núcleo da cidade não deviam atemorizar-se tanto com os membros da Sinagoga local e que deveriam responder na mesma moeda as eventuais agressões morais e até mesmo físicas, se houvessem. Percebi que Paulo divertia-se um pouco com o ímpeto do "filho na fé", como sempre chamava Timóteo.

Foi Doran que, tomando a palavra, disse ao jovem de Listra que no seu entender esse não era o melhor caminho, relembrando ensinamentos do Messias, nos quais Ele instruía os seguidores da nova fé a não odiar os inimigos e que Ele tinha sido enviado para ensinar e exemplificar o contrário, ou seja, que nós devemos amar os inimigos e que se agredirem uma nossa face, devemos dar a outra; que se nos pedirem a capa, devemos dar também a túnica e se pedirem para caminhar com eles mil passos, devemos caminhar dois mil. (Mt. 5:39 a 41)

Amar os inimigos. Aquela proposta me era por demais inovadora e não conseguia entendê-la bem. Ante tudo o que ocorrera comigo, já voltava o pensamento para a negação do ensino, isto em razão da simples lembrança da imagem de Tércio, embora tivesse sido muito bem tratado por ele.

Terminado o repasto matinal, um pensamento repentino assomou-me ao espírito: Por que não conversar com Paulo e Silas e expor o meu drama? Afastei o pensamento, na certeza de que deveria buscar um momento propício e consumar a entrevista. Então, como que de repente, falei:

— Amigos Paulo e Silas, gostaria de ter um colóquio pessoal e íntimo com os irmãos, ainda hoje.

Vendo que Timóteo me olhava indagador, acrescentei:

— Se meu irmão Timóteo também quiser participar, não me oponho — ao que este assentiu positivamente com um gesto de cabeça.

Paulo pensou alguns instantes e falou:

— Se nossos irmãos anfitriões concordarem, poderemos, ao invés de fazer a sesta após o almoço, conversar em separado.

Doran e Dinah disseram que não havia oposição alguma e sorriram para que o ambiente ficasse desanuviado. Assim ficou então combinado.

Após termos visitado o mercado local novamente, em companhia de Doran, fomos até a banca de Tobias. Percebi, na visita ao asmoneu, que minha filha Shaina não estava presente, porém não quis perguntar dela, para não levantar indagações desnecessárias.

Foram várias as conversações, e alguns irmãos do Núcleo visitaram também a banca, tendo girado a conversa em torno da reunião da noite, para a qual Paulo, Silas e Timóteo eram esperados.

Terminada a conversação, ganhamos o rumo da casa de Doran e lá chegando já o almoço estava servido, o que ocorreu em clima de alegria, e para mim, de alta expectativa. Após nos alimentarmos, tão logo Dinah nos servira novamente um chá de amora, falando do seu poder digestivo, o casal de anfitriões nos informou do breve repouso que fariam, deixando-nos muito à vontade.

Paulo agradeceu e convidando-me, a Silas e Timóteo, disse:

— Vamos para o quintal. Podemos sentar-nos à sombra da amoreira para conversarmos e ouvirmos o que nosso amigo Abiel tem para nos falar.

Acomodamo-nos sobre pequenos bancos feitos de troncos de árvores, ao que o Cireneu disse:

— Pois bem, Abiel, aqui estamos para ouvi-lo.

Fiquei alguns instantes pensativo. Buscava forças para poder ser fiel aos novos amigos, e olhando-os e percebendo seus olhares de ternura, comecei a narrar a história da minha vida, desde o lar paterno; os estudos da Lei; o conhecimento e casamento com Reyna; a felicidade; o nascimento da filha Shaina; os trabalhos na profissão; a boa situação econômica que atingira e os pensamentos desencontrados que em determinado momento me assaltaram o espírito; meu comportamento, a partir dali: a entrega às bebedeiras; aos braços do prazer feminino; minha mudança de comportamento no lar; os ciúmes que se me apareciam, imaginando que a esposa me traía com o primo Leon; as ofensas verbais; os maus-tratos à esposa e à filha e a noite fatídica em que elas haviam me abandonado.

A partir desse momento, a minha queda; meus desejos íntimos de dar cabo da própria existência; a informação no mercado de Icônio, pelo judeu Asher, da presença em Listra de um ex-rabino, membro do Sanhedrin de Jerusalém e minha última e desesperada tentativa de ir até Listra para ouvi-lo.

Fazendo breve pausa e percebendo a atenção com que os amigos me distinguiam, falei que aqueles últimos dias, após quinze anos, foram dias maravilhosos, em que fui distinguido como uma pessoa querida, situação que me tocou profundamente a alma, e que me achava acolhido, benquisto e sentia que me davam uma importância que eu não tinha.

Calei-me por alguns instantes e quando tentei retomar a fala, fui interrompido por Paulo, que olhando-me com a ternura de um pai, disse:

— Abiel, bom amigo, acaso pensaste que quando chegaste até nós não sabíamos de tuas lutas íntimas? De tuas tristezas? Do desejo de te evadires da vida, o que seria um grave crime?

"Pois saiba, querido amigo, que fui informado, em espírito, não somente da tua chegada, mas também das tuas dificuldades. Fica tranquilo. Aqui estamos a ouvir-te na condição, não de julgadores, mas sim daqueles que querem servir-te em nome do Messias, pois também tenho a informação de que possuis um coração muito bondoso e que tens méritos espirituais, apesar de teres estado temporariamente desviado da rota que conduz à Casa do Pai Celestial.

"Assim, caro Abiel, aceitei de bom grado auxiliar-te no que puder, para que pacifiques tua alma e produzas na vinha do Senhor, possibilitando o retorno de tua alma por inteiro ao círculo do Sublime Pastor.

A fala de Paulo desconcertou-me. Silas e Timóteo nada falaram, apenas também me olhavam com ternura. Tomando, então, novo fôlego, prossegui:

— Bom amigo e irmão Paulo, ao receber teu honroso convite para acompanhar tua caravana, para mim foi um verdadeiro renascimento, e embora as dores da alma, com absoluta certeza foi com inusitada alegria que resolvi seguir-te e servir-te. Os pensamentos que foram palco das minhas angústias, que conseguira desmontar ao ouvir-te, acabam por ressurgir-me aqui em Antioquia da Psídia, e de uma maneira cruel e dolorosa.

Fiz novamente uma pausa.

Paulo estava impassível, sem denotar espanto qualquer. Parecia que já sabia o que eu ia dizer. Silas e Timóteo, ao contrário, estavam com olhares indagadores. Então prossegui:

— Ocorre, bondosos amigos, que jamais imaginava que o destino me apresentaria, aqui nesta cidade, a situação que me apresentou. Tudo começou quando fomos pela primeira vez ao mercado da cidade e à banca de Tobias, principalmente quando ele pediu à linda moça que trabalha com ele que nos servisse água fresca, pois, ao ver aquela menina moça, fiquei impressionadíssimo e parecia que já a conhecia, mas não conseguia explicar o porquê daquela sensação.

"Depois, quando, em reunião na casa de Asnar, ouvi pela primeira vez referência ao romano Tércio, e não sabia, também, por que aquele nome me trouxe um certo sobressalto.

"Depois, bem depois, tudo desmoronou quando fomos à casa do romano, e ali, bem ali... – fiz uma pausa não desejada; o ar me faltava aos pulmões, porém olhando para os céus, esforcei-me para completar, repetindo: – Ali, bem ali, reencontrei, depois de quinze anos, a ex-esposa Reyna, que me havia abandonado, e tive a confirmação de que a jovem que trabalha com Tobias é minha filha Shaina, ambas, agora, na condição de esposa e enteada do romano Tércio.

Dizendo isto, as lágrimas se me tornaram abundantes. Coloquei as duas mãos espalmadas sobre minha fronte e emudeci.

Chorei, de maneira abundante. O silêncio se fizera e nem Paulo nem Silas ou Timóteo me interromperam as lágrimas.

Após breve tempo, em que estava ainda com o rosto coberto pelas mãos, senti a mão de Paulo pousar em meu ombro e puxar-me para encostar a cabeça em suas pernas. Era como fazia minha mãe.

O Cireneu ficou a afagar meus cabelos, sem nada falar, como se eu fosse um filho querido que há muito estava distante. Mais algum tempo, e quando minhas lágrimas diminuíam, ouvi a voz do amigo, que olhava para os céus, a dizer:

– *Oh Senhor! Já pudemos aprender com o Teu Enviado, que no Teu reino de amor somente se penetra pela porta estreita e que cada passo dado na direção desse reino, significa a mudança de nossa consciência na construção de um homem melhor.*

"*Nesta hora em que este Teu filho é confrontado pelo passado, que se lhe apresenta como um cobrador de impostos duro e cruel, bem sabemos que a razão do sofrimento está nos erros incontáveis a que ainda todos damos causa, porém, hoje, buscamos aninhar-nos sob o pensamento vivo do Messias, que Te representa os interesses no progresso das almas na Terra.*

"*Também sabemos, oh Yahweh! que não és um Deus tirano e cruel, tantas vezes assim apresentado, por isto temos certeza que Te apiedas de todos e deste amigo e irmão.*

"*Que ele possa estar sob o Teu amparo infinito, nestas horas das expiações, e sob o amparo do Sublime Nazareno, que nos deu esperanças renovadas, sobretudo quando disse: 'Quando atravessares as águas, Eu estarei contigo. Quando fores cruzar os rios, mesmo os da amargura, eles não te imergirão. Quando caminhares sobre o fogo, não serás queimado e muito menos as chamas se inflamarão contra ti. Vinde a mim, vós que labutais e suportais o fardo, e Eu vos aliviarei e vos darei descanso.'*

"*Abençoa e ilumina os passos de nosso querido Abiel, para que ele seja forte e sábio, nestes momentos em que a vida lhe cobra posição.*

Não há como narrar o alívio que senti ante aquele carinho de pai e aquela prece tão sentida, que me comoveu ainda mais. Refeito do instante aflitivo, disse aos amigos:

— Quero lhes dizer que ainda não sei bem o que fazer. Eu nunca deixei de amá-las e nunca perdi a esperança de encontrá-las, e quis Yahweh, como que a me castigar, que as encontrasse sob a tutela e proteção de outro homem, um romano. Se de momento não aceitei ou compreendi esse fato como natural, aos poucos vou me conscientizando que não tenho mesmo qualquer direito sobre a vida delas e, ao que pude perceber, pelos olhares delas, elas amam o romano.

"Embora isto me cause profunda dor, penso que ao menos deva conversar com elas. Talvez tentar esclarecer minha conduta irracional de outrora. Porém, faz tanto tempo...

Ao dizer isto, calei-me. Paulo não se fez esperar, dizendo:

— Abiel, bom amigo, com esforço tenho conseguido avançar um pouco mais no aprendizado quanto a ler e entender o que se passa na alma das pessoas, e não tenho dúvidas da singeleza da tua alma. Entretanto, nós somos os tecelões de nossos dias na Terra, e conforme a direção que imprimimos a eles, ou serão tristes, tormentosos, ou serão venturosos, sendo certo que todos, indistintamente, temos contas a ajustar, dívidas a saldar junto à Lei Divina. Ninguém, absolutamente ninguém, saldará nossas contas por nós, porquanto o fardo é intransferível.

"Nesta hora decisiva – continuou Paulo – somente tu poderás aquilatar qual o caminho a tomar. O que podemos fazer é apoiar-te, e seja qual for a atitude que vieres a tomar, pensa antes no bem do próximo, como ensinou-nos o Messias. Poderemos orar pelo irmão, e é o que estamos fazendo, pedindo que Yahweh e ao Sublime Nazareno lhe enviem os Anjos do Auxílio. Assim, tens nossa solidariedade. Aguardaremos tua decisão.

Já lá se ia bom tempo de conversação, acompanhada pelo trinado dos pássaros que iam e vinham a pousar nos galhos da amoreira, quando vimos a chegada de Doran e Dinah, que nos convidavam a entrar na residência para tomarmos saboroso suco de frutas.

X

A CONFISSÃO DE REYNA[14]

Após a estada de Abiel em sua casa, Reyna, muito embora consciente de sua justeza em face dos compromissos familiares e do lar que assumira, ficara um pouco aflita. Percebera, quando da última incursão de Tércio para ver Abiel, que ele pareceu ter sentido ou captado alguma coisa, pois conhecia o olhar do marido e ao cruzar seus olhos com os dele, pôde ver que havia indagações, mudas, porém havia.

Depois que os visitantes saíram de sua casa, Reyna cogitava acerca da necessidade de contar a Tércio o que estava acontecendo. Temia que ele viesse a saber de forma equivocada, o que traria para ambos desconfortos que ela pretendia evitar a todo custo. Ensaiou, à noite, antes de deitar, conversar com o marido, mas julgou que não seria um bom momento. Preparou-se para o recolhimento, não sem antes orar:

— *Oh! Yahweh todo poderoso, Vós que escutastes o meu lamento nos dias da solidão e da dor, em que, junto de Shaina, buscamos o abrigo de Vosso coração amoroso, eis-me, novamente, necessitando de Vosso amparo imediato.*

"Bem sei que o exercício de Vossa Soberana Vontade trouxe Abiel a esta casa, e se assim aconteceu é porque talvez eu tenha interrompido os deveres que assumi quando o desposei, porém, sobre todas as coisas, precisamos preservar a paz e o direito dos outros. Permiti-me estar atenta às vossas orientações, para que não me torne infelicitadora do querido e bom Tércio. Velai por todos nós.

Após a prece, adormeceu.

O dia seguinte raiava e Reyna não conseguira conciliar bem o sono. Acordava muitas vezes, e muito antes que de costume, resolveu levantar-se, sem fazer qualquer movimento brusco para não acordar Tércio, que dormia tranquilamente.

---

[14] A partir do capítulo X, o personagem Abiel, que narrou a história na primeira pessoa até o capítulo IX, deixa de ser o narrador. A narração passa à terceira pessoa, na voz do autor. O leitor encontrará novamente Abiel como narrador nos capítulos XXIII e XXV. (Nota do autor.)

Foi para a cozinha e preparou o repasto matinal com esmero e daí a pouco tempo penetrava na alcova, trazendo o desjejum em duas bandejas de barro. Ao entrar, viu que Tércio estava deitado, porém acordado, e que trazia um olhar de espanto e até curiosidade, eis que era ele que se levantava antes e preparava o repasto matinal para a esposa.

Tércio fez menção de levantar-se, no que foi impedido pela esposa.

Reyna depositou as bandejas na cama e sentando-se ao lado de Tércio, resoluta, começou a relembrar desde os primeiros dias em que comparecera àquela herdade em busca de emprego, junto com a filha; depois, os cuidados que praticava em zelar pela casa e pelas coisas de Tércio. Em seguida falou de seu enamoramento por Tércio, culminando com as lembranças do namoro e a decisão de se unirem como marido e mulher, pela legislação romana; o aconchego do lar; a proteção de Shaina.

Tércio ouvia, com fisionomia agradável, embora ensimesmado.

Então, Reyna, fazendo uma pausa um pouco acentuada, serviu o marido com leite de cabra, um pedaço de broa e mel, e continuou:

– É certo, meu querido e bom Tércio, que descobri contigo o que é mesmo amar: o sentido do verdadeiro amor, o amor sadio, o amor responsável, o amor companheiro, o amor prazeroso da companhia, o amor tolerante e compreensivo, de modo que não há em meu íntimo a mínima dúvida quanto à importância que tens na minha vida.

Breve pausa, respirou profundamente e prosseguiu:

– Preciso dizer-te, querido, primeiro, que nunca me perguntaste sobre o meu passado, sabedor que eu tinha uma filha quando o conheci e todas as vezes que tentei tocar no assunto, gentilmente me dizias que o que importava era a minha vida após conhecer-te, e fosse qual fosse meu passado, isto não te importava, a não ser a minha saúde e segurança e a saúde e a segurança de Shaina, sempre confirmando que nada te trazia medo ou desconforto.

"Pois é, meu querido Tércio, ontem, o meu passado bateu na porta de nossa casa, e adentrou-a, pois devo dizer-te que o homem que socorremos em razão do desmaio que teve, Abiel, querido, é o meu primeiro marido e pai de Shaina, que já não víamos há quinze anos e que fora sepultado no terreno do passado.

O silêncio se fez mais acentuado.

Reyna sentiu que Tércio parecia ter sofrido um baque com a notícia, mas não ousou interromper aquele instante. Precisava ouvir qual era a impressão de seu marido.

Tércio, após o relato de sua esposa, pareceu mergulhar em si mesmo, ensimesmado com o que ouvira e após ter desviado o olhar de Reyna, por alguns instantes, quebrou o silêncio, dizendo:

– Querida esposa, estes dois dias, confesso, me foram portadores de novidades e surpresas muito grandes. Muito me satisfez conhecer Paulo, porque sinto que me apaixonei pelo Messias apresentado por Doran, o que se tornou mais acentuado ante as novas revelações que Paulo fez.

"Eu, que nasci sob o apanágio da adoração a vários deuses, pude conhecer uma face do Deus de Israel, apresentada por esse Nazareno, totalmente desconhecida, como sendo um Deus Justo e Amoroso, e confesso que me encantei pelos dois.

Fazendo uma breve pausa continuou:

– Bondosa Reyna, percebi o certo embaraço que ocorreu quando te apresentei aos nobres visitantes e tive a percepção da existência de algo desconhecido, após o repentino desmaio de Abiel, quanto ao olhar espantado que ele te lançou, quando te apresentei a todos.

"Confesso que o fato me produziu certa contrariedade que não soube traduzir, e sem que esperasse por isso, os pensamentos que me assaltaram trouxerem com eles, de maneira instantânea, o sopro agitado do ciúme, que nunca experimentara. Contudo, controlei-me, porque nunca tive e não tenho o direito de recriminar-te a conduta, pois sempre foste esposa fiel, amiga e companheira.

Nova pausa, que encontrou Reyna apreensiva. Tércio prosseguiu:

– Após os nossos visitantes se retirarem, não pude deixar de perceber os olhares furtivos que você e Shaina trocaram, por várias vezes, como a expressar cumplicidade em algo que eu não consegui decifrar.

"Após nossas conversações em torno dos visitantes, ao nos recolhermos ao leito, percebi tua reserva. Não ousei quebrar a certa distância que nos impuseste e procurei conciliar o sono, no que também demorei e percebi ocorrer o mesmo contigo.

"Não saberia traduzir-te agora, mas, sentindo certa aflição, experimentei orar ao Messias e ao Deus de teu povo, o que fiz com sentimento, e pedi a Eles que me auxiliassem a ter serenidade. Pedi por ti e por nossa filha, acabando por adormecer.

"Ao adormecer, tive um sonho inusitado, pois vi-me conduzido por um jovem de aspecto e porte belos, que me sorria e me abraçou como se fôssemos velhos companheiros, dizendo vir a pedido do Messias Nazareno. Tranquilizou meu coração e aconselhou-me a desfazer qualquer sinal de desconfiança que pudesse ter a teu respeito.

"Após isto, não mais me lembro do que conversamos. Porém, antes de nos despedirmos, apareceste sorrindo, abraçaste aquele jovem e a mim, dizendo-me: 'Vamos, querido. Retornemos ao nosso lar, sob as bênçãos de Yahweh.'

"Então, acordei, objetivando aviar o repasto matinal, como sempre faço, mas não te vi no leito, e teria todos os motivos para ficar com certo aborrecimento. Contudo, antes que meu pensamento divagasse, te vi adentrando nosso aposento íntimo, trazendo as bandejas com a refeição matinal, o que me surpreendeu agradavelmente.

Reyna quis falar, porém Tércio, colocando a mão espalmada sobre a sua boca, como a pedir silêncio, continuou:

– O que me narraste, amada esposa, parece até que eu já sabia, e não sinto insegurança. Porém, e é natural, sinto um pouco de apreensão, não pela nossa união, porque ela foi construída sob o esteio do amor puro e desinteressado, mas por ti e por nossa filha, que deve estar um pouco abalada.

"Então, quero dizer-te que estou ao lado de vocês para enfrentar qualquer dificuldade que porventura possa ocorrer. Tu tens, e Shaina, o testemunho do meu amor e do meu infinito afeto, e gostaria que não te sentisses culpada por nada. Admiro tua coragem em me informar quase que prontamente os fatos novos que o destino trouxe a ti em nossa casa.

Tércio silenciou e pôde ver duas grossas lágrimas rolarem da face de Reyna, que nada falou, preferindo enlaçar-se ao pescoço do marido e depositar-lhe apaixonado beijo.

Naquele instante, em outra esfera da vida, um jovem bondoso olhava-os com enlevada ternura.

Após o beijo, ainda em silêncio, Reyna continuou a servir a refeição, amorosamente, e Tércio ia dizer-lhe algo quando leve pancada na porta quebrou o encanto do momento e a voz de Shaina se fez ouvir:

— Mamãe, papai, posso entrar?

Tércio levantou-se e ao abrir a porta quase caiu para trás, porque Shaina arremessou-se a ele, abraçando-o firmemente, com ternura, falando-lhe:

— Oh papai! Eu soube por mamãe que ela ia te contar hoje bem cedo o que ocorreu. Quero que saibas, apesar da notícia, que nada mudou no profundo amor que tenho por ti e que para mim, serás sempre meu amado papai.

Tércio quedou-se agradavelmente surpreso e depositou beijo terno na face de Shaina, puxando-a pela mão para fazê-la sentar-se na cama, não sem antes dizer que estava preocupado com ela, por ter encontrado, em situação inesperada, o seu pai carnal.

Mais uma vez Shaina o surpreendeu dizendo:

— Tudo na vida é possível, papai, e se assim ocorreu, foi por vontade de Yahweh. Não posso negar que não fiquei abalada, e que não esteja um pouco aflita, mas também não posso negar que teu amor é a linfa preciosa em que eu e mamãe alimentamos o espírito, e de teu ninho não pretendemos jamais sair.

A conversa se estendeu a três.

Discutiram as perspectivas futuras, e Tércio garantiu-lhes que entendia a necessidade das duas conversarem com Abiel e que se ele comparecesse à casa deles para esse fim, elas deveriam recebê-lo.

— Apenas — acrescentou — na ocasião não gostaria de estar presente, até para deixá-las à vontade para o colóquio que entendo indispensável.

XI

O INCIDENTE COM ABIEL

Ao cair da noite, o grupo deixou a casa de Doran e se dirigiu até pequena casa que ficava nas proximidades do portal da cidade. Doran lhes falou, no caminho, que era uma casa simples e pequena, com dois cômodos apenas, parecendo feita para fins de comércio.

Ao chegarem próximo, perceberam-na fechada. Um vigia, que estava do lado de fora, ao ver o grupo, adiantou-se, sorrindo, e olhando para todos os lados da rua, falou em tom baixo:

— Salve, irmãos! Eu os esperava. Por favor, entrem rápido, pois temos sido alvo de espreita constante pelos judeus, que não nos aceitam. São os vigias da Sinagoga.

Paulo sentiu leve contrariedade com o fato, porém, todos obedeceram.

Ao entrar na casa, instalaram-se logo no primeiro e maior cômodo. Contando com eles, estavam em vinte e cinco pessoas apenas. Entre as pessoas que aguardavam estava o romano Tércio.

Abiel não conseguiu esconder certo desconcerto, mas buscou controlar-se. Retribuíram os cumprimentos que lhes foram endereçados e perceberam que Tércio fizera questão de postar-se próximo a Abiel, o que foi observado por Paulo.

A sala era iluminada por quatro candeeiros fixados nas paredes laterais. Tobias, que tinha iniciado a saudação, usou da palavra para falar, desta feita oficialmente, em nome do Núcleo dos Seguidores do Homem do Caminho de Antioquia de Psídia. Manifestou a enorme alegria que todos sentiam com a presença de Paulo e seus acompanhantes e pedindo licença a Paulo, solicitou a Silas que conduzisse o grupo em oração.

Silas, agradecendo com um leve gesto com a cabeça, cerrou os olhos e orou:

— Oh Divino Criador! Senhor Absoluto de nossas vidas, aqui, neste pequeno núcleo dos seguidores do Teu Filho Amado e de Ti, estamos com o coração ávido pela mensagem iluminadora do Messias que nos enviaste, para adorar-Te em Espírito e Verdade.

"Precisamos, nestas horas em que unidos sentimos a alegria e as vibrações de almas amigas, pedir que nos orientes a mente na direção do amor e da justiça, para que sejamos portadores da paz que promove o espírito para melhor.

"Somos, sim, e isto já compreendemos, os teus filhos rebeldes de outrora, doravante aquinhoados com a certeza da imortalidade vivida pelo Messias Amado, e com a sabedoria de que Teu Reino está ao nosso alcance.

"Auxilia-nos a não nos desviarmos da rota dos deveres. Que nossas ações estejam sempre revestidas do império da responsabilidade pelos atos praticados, e que esses atos sejam os da construção do bem comum, sob todos os aspectos, pois temos consciência que prevalecerá sempre, em tudo, a Tua Soberana Vontade.

"Vela por este grupo de trabalhadores da Boa Nova, para que tenhamos forças de evitar os caminhos pedregosos do orgulho e do egoísmo. Abençoa o teu emissário sublime e, por nossa vez, nos abençoa, Senhor, estando conosco hoje e sempre.

A prece de Silas foi portadora de energias restauradoras que se espalharam pelo ambiente, que parecia ter sido colhido por leve luz prateada. Todos ficaram algum tempo em silêncio aproveitando a intensidade do momento.

Após, Tobias, adiantando-se, tomou a palavra e fez um resumo das dificuldades que enfrentavam na disseminação da Verdade, dizendo, por fim, temer sempre pela segurança do Núcleo, ainda mais naqueles instantes em que, com certeza, os adversários do Cordeiro Divino sabiam que Paulo estaria ali presente, ante a rede de informantes que haviam constituído.

Tobias calou-se e Paulo iniciou a preleção para o grupo, trazendo a mensagem que havia preparado para a noite:

— Bondosos e queridos irmãos da nova fé que há de mudar o mundo! Muito tenho me preocupado com as possibilidades de ampliação da nova luz que foi espalhada pelo Messias Sublime. Bem sei que para ser cumprida essa missão, todos os que a abraçamos não teremos vida fácil e de contemplação, pois a Doutrina de Yeshua é de libertação pela luta constante contra nossas imperfeições.

"Antes que possamos entreter conversações sobre este Núcleo e sua atual situação, reservo-me o empenho de trazer para todos um pouco dos ensinamentos do nosso Libertador.

Abrindo ele próprio o pergaminho que trazia consigo, das anotações de Mateus Levi, leu:

– *Não cuideis que Eu tenha vindo destruir a Lei ou mesmo os Profetas, não, não vim descumpri-la, mas dar-lhe fiel cumprimento.*

"Em verdade vos digo que, até que o céu e a terra passem, nem um jota ou til se omitirá da lei, sem que tudo esteja cumprido.

"Qualquer de vós que violar um destes mais pequenos mandamentos e assim ensinar aos homens, será o menor no Reino de Yahweh. Aquele, porém, que os cumprir e ensinar, será grande nesse Reino.

"Digo-vos que se a vossa justiça não for maior que a dos escribas e fariseus, de modo algum entrareis no Reino dos Céus!

Fez breve pausa, enrolou o pergaminho, aduzindo a seguir:

– Caros irmãos, se compreendermos e aceitarmos os ensinamentos de Yeshua, envidando esforços para colocá-los em prática em nosso cotidiano; se buscarmos destruir em nós, tudo o que já sabemos não dever existir, coisas como o orgulho, o egoísmo, a vaidade, a sensualidade, a dureza de coração, o ciúme e o ressentimento, não cedendo a esses impulsos malsãos; se buscarmos ter os pensamentos retos e bons para com todas as pessoas, mesmo para com aquelas das quais não gostamos, não importará quais sejam as circunstâncias ou dificuldades que a vida nos apresente, porquanto triunfaremos sobre elas todas e estaremos sem dúvida dando fiel cumprimento à Lei Divina.

"Sabedores disto, nunca procuremos forçar outras pessoas a aceitarem a verdade espiritual que emana dos ensinos do Amado Messias. Ao invés disso, façamos nós a aceitação e aplicação em nossas vidas, desses sublimes ensinos, buscando tudo fazer da melhor maneira, com amor, com gentileza, com justiça, com paz, para que elas fiquem tão favoravelmente impressionadas por nossa conduta, nossa alegria de viver, eis que assim agindo irradiaremos automático convite para que elas venham até nós, pedindo-nos que possamos dar-lhes um pouco da luz que enxergam projetada em nosso interior.

"Precisamos agir sempre de maneira que nossa alma seja a cidade edificada no monte e que não pode ser escondida. Façamos resplandecer a nossa luz para a glória do Pai e do Filho, que estão nos Céus.

"Neste maravilhoso ensinamento, o Inesquecível Messias dirige forte apelo à compreensão e à consciência de que todos temos deveres, principalmente o de combater o mal em nós mesmos e ao nosso derredor, oportunizando sermos uma influência benfazeja e iluminadora para todos aqueles com os quais convivermos por uma razão ou outra.

"Não sejamos insensatos a ponto de supor que o conhecimento da Verdade que Ele descortinou possa nos colocar acima da lei de Elohim e autorizados a transgredi-la, pois logo descobriríamos que estaríamos cometendo um erro trágico.

"Quanto mais conhecimento espiritual adquirirmos, mais severo será o juízo que a lei fará incidir sobre nossas cabeças. Assim, não nos podemos permitir sermos menos cuidadosos que os outros na observação do verdadeiro código moral que o Nazareno Amado nos legou.

"Toda compreensão espiritual tem que ser acompanhada pelo progresso moral, pois é completamente impossível divorciar o verdadeiro conhecimento espiritual de uma conduta reta.

"Não se deve observar superficialmente a Lei, mas todos os seus pormenores e detalhes, para exemplificar não somente uma moral comum, mas a moral de Yeshua, por isto, queridos irmãos, nosso progresso espiritual e os mais altos padrões de conduta devem sempre andar de braços dados.

"Se ambos não estiverem presentes, é porque nenhum dos dois está.

Após a interpretação belíssima que o Cireneu fez do trecho que leu do pergaminho anotado por Mateus Levi, fez breve pausa. Os ouvintes achavam-se simplesmente maravilhados. Jamais tinham ouvido algo sequer parecido com tais conceitos.

O silêncio era benéfico, porquanto reflexionavam sobre tudo o que havia sido dito.

Paulo, retomando a palavra, exortou todos a emitirem impressões sobre a lição da noite, e antes que alguém ousasse falar ou perguntar algo, duas ligeiras batidas na porta se fizeram ouvir. Surpresos, aguardaram. A porta abriu-se e o vigia entrou rapidamente. Depois de fechá-la com a tranca, falou em tom baixo:

— Irmãos, sugiro que vos aquieteis. Ouvi um tropel de cavalos e vozes ao longe. Temo que estejam vindo em nossa direção.

Sob o impacto da notícia, todos ficaram mudos.

Esperaram, quietos, e logo o som dos galopes fizeram-se ouvir mais forte e também audíveis as vozes. Os cavaleiros aproximavam-se, não lhes deixando dúvidas de que vinham em sua direção. Logo o barulho que era alto cessou de repente. Estavam em frente à casa.

Mais alguns instantes e uma voz forte, do lado de fora, quase gritando, falou:

— Ei, vocês aí, adoradores do embuste! Sabemos que estão aí dentro. Venham para fora, ou colocaremos a porta abaixo. Queremos o dementado de Jerusalém. Sabemos que ele aí está. Temos uma ordem de prisão contra ele e as autoridades romanas nos acompanham para prendê-lo. Vamos dar-lhes algum tempo para saírem, senão, vamos entrar.

Silêncio. Olharam-se uns aos outros e Tobias, adiantando-se, também respondeu em voz alta:

— Não! Não! Não vamos sair!

Olhando para todos, falou em voz baixa:

— São os serviçais da Sinagoga e o seu Chefe. É a voz de Jetro, aquele rato do deserto, dissimulado.

Emendando, disse:

— Sugiro, amigo Paulo, que saias com Silas e Timóteo pela porta dos fundos, se esgueirem pelo muro e saiam da cidade, eis que estamos próximos ao portal, e se escondam sob alguns ciprestes. Tão logo possamos, iremos ao encalço dos amigos.

Paulo nada falou. Estava pensativo. Doran aproximou-se da porta e por ligeira fresta na madeira, avaliou a situação.

– São em torno de trinta ou trinta e cinco cavaleiros – disse – na maioria soldados romanos da Intendência, armados com lanças e espadas. Carregam vários archotes e estão de prontidão.

O momento era tenso. Paulo, então falou:

– Meus amigos do coração! Quando ocorreu comigo a maior mudança da minha vida, eu disse ao Messias que tudo o que Ele desejasse de mim eu faria, e para o bem da verdade, sempre farei. Não, não vou mais fugir e esconder-me novamente, como já fiz um dia, num cesto.

"Se aquela vez concordei em me esconder, foi porque um amoroso irmão, Ananias, me disse que não era hora de enfrentar os lobos, porém, passou-se muito tempo e de lá para cá, o que vivi e sofri por amor a Yeshua marcou-me a resistência com ferro e com fogo.

"Não tenho mais medo de lobos. Não há vítimas sem luta. Yahweh e Yeshua haverão de dispor da minha vida como desejarem. Nada temo.

Fazendo uma pausa, dirigiu-se à porta e falou alto:

– Vamos sair.

Naquele instante, Tércio, postando-se na frente dele, disse:

– Bom Paulo, não permitirei que te exponhas. Eu vou na frente. Conheço o Procônsul Romano, com quem tenho boas relações, e intercederei por todos nós junto a quem comanda o destacamento.

Abriu a porta e saiu na frente. Todos saíram com ele e se postaram a uns vinte passos dos cavaleiros.

Silêncio. Ninguém ousava falar, mas, repentinamente, o líder judeu, que estava à frente daqueles homens, confrontado pela coragem de Tércio, avançou a toda, jogando o cavalo na direção dele.

Num ato instintivo, percebendo que o cavalo atingiria Tércio, Abiel correu de onde estava e arrojou-se entre ele o cavalo.

Como o agressor tinha puxado as rédeas com força, o cavalo havia levantado as patas dianteiras e ao descê-las desferiu violento impacto na têmpora e orelha direita de Abiel. Uma das patas do cavalo o atingiu em cheio.

Abiel girou em torno de si mesmo e sentiu um líquido quente escorrendo nos olhos e na face, e nada mais viu, caindo no chão, sem sentidos.

O ocorrido assustou todos.

Tércio, Paulo, Silas e Doran rapidamente abaixaram-se sobre o corpo de Abiel, que vertia sangue pela cabeça.

Num gesto rápido, Tércio rasgou um pedaço da sua túnica e fez um tampão sobre o ferimento, pedindo a Silas que o segurasse, prensando levemente.

Levantou-se e com a voz firme, gritou:

– Quem são vocês e quem comanda o pelotão de soldados?

O judeu agressor respondeu:

– Somos membros da Sinagoga e temos ordem de prisão enviada por Jerusalém para prendermos o pária judeu.

Mais atrás, outra voz se fez ouvir:

– Sou Adriano Justus Lius, centurião que comanda o pelotão. O Procônsul Cneo Domicius Corbolo acatou o pedido dos judeus locais e nos enviou para auxiliar na prisão de quem dizem ser um impostor.

Tércio respondeu:

– Comandante Adriano, sou um cidadão romano e exijo que nos trates como tal. Acaso tens ordem de prisão romana?

–Não! – respondeu o comandante do destacamento. – Apenas damos cobertura para que o mandado de Jerusalém se cumpra. Não podemos prender um cidadão romano sem ordem legal. Então, rogo que se afaste e nos permita cumprir com a prisão.

Antes de Tércio retroceder, Paulo, dando um passo à frente, falou:

– Não podem me prender, porque também sou cidadão romano. Tenho comigo como comprovar.

Ante a fala inesperada, Adriano Justus Lius desceu do cavalo e dirigiu-se até Paulo, que retirou de seu dedo um anel de bronze com o selo imperial. O romano aproximou-se do archote de um seu cavaleiro, conferiu o anel e o selo do Império no documento próprio de reconhecimento da cidadania romana, devolveu-os a Paulo e voltando-se para o líder judeu disse:

— Não podemos prender qualquer cidadão romano sem ordem de Roma. Não faremos o que nos pede. A pessoa que buscam também é cidadão romano. Estou ordenando a meus soldados que se retirem.

Dirigiu-se para seu cavalo e sem esperar qualquer palavra de Jetro, montou-o e com um sinal indicou aos soldados que se retirassem, o que fizeram pronta e apressadamente.

Percebia-se que Jetro, muito embora a luz pálida dos archotes dos judeus que o acompanhavam, emitia como que raios raivosos na direção de nosso grupo e cuspindo no chão em que Abiel jazia ensanguentado e ainda desmaiado, olhou fixamente para Paulo e exclamou:

— Miserável! Vergonha da raça! Escapaste por hora. Mas dia virá em que darão fim às tuas loucuras.

Olhando os demais, arrematou:

— E tu, Doran; tu, Asnar; tu, Tobias, também fostes tomados pelo surto da loucura? Miseráveis!

Dizendo isto, acenou para os outros cinco judeus e colocaram-se em retirada gritando outros impropérios.

As vozes e o tropel sumiram ao longe.

Paulo, Silas e Doran, na companhia de Tércio, amparavam Abiel, que voltara do desmaio, porém, num estado de semiconsciência, mostrava-se sonolento e debilitado e emitia gemidos baixos em razão da dor que o ferimento devia provocar. Os pedaços de túnica que também outros integrantes do grupo providenciaram, estavam empapados de sangue. O ferimento era profundo e Abiel requeria cuidados urgentes e especiais.

Tércio estava penalizado com o ocorrido. Em sua mente, sob velocidade vertiginosa, passavam todos os últimos acontecimentos e ao final traduzia a coragem de Abiel e seu desprendimento, pois colocara-se entre o cavalo do agressor e ele, para salvá-lo da agressão, e talvez até da morte. Ele, o ex-marido de Reyna e pai de Shaina, pensava, mesmo assim não titubeou em protegê-lo.

Entabulou-se rápida conversação. O vigia disse que viera antes, a cavalo, para inspecionar a casa, abri-la e esperar todos, e que o animal estava amarrado nos fundos da casa, sob pequeno arvoredo, oferecendo-o para o socorro de Abiel.

Tércio percebia o risco que a vida de Abiel corria e apressando-se agradeceu, dizendo que temia colocar Abiel sobre o cavalo, sem apoio, e então, por essa razão, sugeriu que ele próprio cavalgasse com Abiel, segurando-o, dizendo que o levaria para ser cuidado em sua casa. Todos concordaram.

A cabeça de Abiel foi enfaixada com uma sobretúnica, com várias voltas.

XII

Novo reencontro com o passado e a visita de Estêvão

Aquela era uma noite especial para os frequentadores do Núcleo dos Seguidores do Homem do Caminho, pois Paulo se reuniria com os membros do Núcleo e além de fazer os comentários dos estudos, teria com eles um colóquio especial no sentido de tratarem das dificuldades enfrentadas na divulgação a Boa Nova. Tércio, que já estava frequentando o Núcleo há um certo tempo, compareceu aos estudos da noite.

Reyna e Shaina às vezes acompanhavam Tércio nas reuniões, contudo, naquela noite não o fizeram. Quando não o acompanhavam, tinham por hábito não se recolher antes da chegada de Tércio, porque, ao chegar, ele sempre tomava um chá com elas e conversavam sobre os ensinamentos que tinham sido propalados no Núcleo.

Conversavam as duas sobre os últimos acontecimentos em razão do reencontro com Abiel, quando leve pancada na porta de entrada se fez ouvir.

Quando Tércio chegava, ele não precisava bater na porta, então por que a batida? Quem estaria batendo naquele momento?

O medo tomou conta das duas, e com cuidado se aproximaram da porta. Reyna falou:

– Quem é? O que deseja?

Foi a voz de Tércio que se fez ouvir:

– Sou eu, querida. Preciso que abra a porta devagar e não se assuste. Houve uma agressão a um irmão nosso após a reunião e eu o trouxe para casa, para o ajudarmos.

Elas abriram a porta. Ao fazê-lo, soltaram um grito uníssono, ambas levando as mãos à boca, eis que, na soleira da porta, Tércio segurava Abiel, que estava todo ensanguentado e jogado sobre seu ombro, com os olhos fechados.

Ficaram petrificadas e não se mexiam.

Tércio disse:

– Vamos, vamos, a surpresa já passou. Ajudem-me a levá-lo para o leito de hóspedes. Precisamos cuidar dele, e urgente. Acho que teremos que ir atrás do médico Neomedes, o mais depressa possível.

Passado o espanto, mãe e filha ajudaram Tércio a carregar Abiel e deitaram-no. Reyna, a pedido de Tércio, correu a providenciar bacia com água e panos vários, enquanto Shaina e Tércio retiravam a sobretúnica enrolada na cabeça de Abiel, com muito cuidado. À medida que assim faziam, mais sangue se mostrava, até que tiraram a última volta.

Abiel estava extenuado e fraco. Reyna, Tércio e Shaina desdobraram-se em limpar-lhe a ferida na cabeça, em silêncio. Nada falaram.

Tércio percebeu os olhares de interrogação das duas. O ferimento era mesmo muito grave. Deixara à mostra um pouco do osso atrás da orelha direita. Então, correu a providenciar pasta de figo. Espalhou uma boa quantidade, levemente, sobre toda a ferida e com panos limpos enrolaram novamente a cabeça de Abiel, com cuidado, acomodando-a suavemente sobre uma almofada.

Shaina cobriu-o com uma manta. A seguir, Tércio pediu a Reyna que providenciasse um chá de alecrim, dizendo:

– Precisamos dar líquido a Abiel, e depressa, para fortificá-lo.

Reyna e Shaina se retiraram e Tércio ficou ao lado de Abiel, que mal conseguia atinar sobre o acontecido e estava fraco e com uma dor intermitente. De repente, Abiel colocou-se a ressonar, o que pôs Tércio sob angústia. Ele pensava: "Será que ele vai piorar?"

Sentia-se cansado e enquanto esperava a volta de Reyna, apoiando-se na parede, sentado ao pé da cama, cochilou. Instantaneamente, abriu os olhos e ficou espantado. Viu-se fora do seu corpo, que cochilava ao pé do leito onde estava Abiel. Apavorou-se, pois aquilo nunca tinha ocorrido com ele, nem se lembrava de ter ocorrido algo parecido, e não saberia dizer o que era.

Força inexplicável fê-lo olhar para o lado, e a poucos passos viu um belo jovem com um sorriso cativante. A confusão aumentou ainda mais. Estava sonhando, é certo.

O jovem aproximou-se e de maneira gentil o saudou:

— Olá, caro Tércio! Não te assustes. Nada há para temer. De fato, estás aqui e o teu corpo carnal está ali. Isto é perfeitamente possível. Não intentes fazer perguntas. Apenas te peço que me ouças.

Ainda aturdido e sem compreender, Tércio nada conseguiu responder, ao que o jovem prosseguiu:

— Se queres falar comigo, podes me chamar de Estêvão.

Fazendo um gesto de silêncio com as mãos, Estêvão aproximou-se do leito e impôs as mãos na altura da região frontal de Abiel.

Ficou ali um tempo, em prece. Após, dirigiu-se novamente a Tércio:

— Quero te dizer, caro amigo, que nós já somos conhecidos de outras vidas. Todos já tivemos várias vidas e teremos outras ainda incontáveis. Todos temos muitas existências no corpo físico. Assim, em vida anterior à atual, já jornadeamos juntos. Tua atual existência na Terra, Tércio, não é a primeira nem será a última.

Fez breve pausa. O espanto e a confusão mental de Tércio se acentuaram. Estêvão continuou:

— Porém, este é assunto que pode esperar. O que importa, de imediato, é que ajudemos Abiel o quanto for possível. Contamos com teus préstimos. Conheço as manifestações de teu coração bondoso. Abiel, embora alguns desacertos, é alma que tem predicados, mas deixou-se levar por influências negativas que acabaram por lhe açular o orgulho e o egoísmo, que todos ainda temos, em certa quantidade. Ele recebeu a dádiva da reencarnação em um lar modesto, porém seguro e honrado. Recebeu boa educação, carinho e afeto dos pais e tinha todas as ferramentas para prosseguir a sua caminhada evolutiva em clima de segurança.

Nova pausa.

Tércio tomou coragem. Não sabia ao certo o que lhe ocorreria, mas se escutava aquele jovem, por certo poderia falar a ele também, pensou, e esforçando-se para articular a voz, falou:

— Disseste que Abiel tinha tudo. Então não tem mais? Vai morrer?

— Ainda não, retrucou Estêvão.

— Então não entendi tua manifestação e temi que houvesses dito que ele ia morrer, até porque o ferimento é grave e requer cuidados intensos. Disseste o nome, mas não disseste de onde vens. Por acaso és um anjo a mando de Yahweh, o Deus dos judeus? Tens poderes sobre a vida e a morte das pessoas?

— Não, não sou anjo nem tenho tais poderes – retrucou Estêvão. – Sou apenas um mensageiro, e para que te tranquilizes mais, acompanho Paulo, que já conheces, e à tarefa que ele desempenha na pregação dos novos ensinos de Yeshua. Procuro ajudá-lo nesse mister.

"Mas voltemos a Abiel. O ferimento físico é de grande extensão, muito embora preveja que ele venha a se recuperar e a raciocinar com lucidez. Também prevejo que talvez chegue a ter dificuldades para exprimir suas emoções, impedimento que pode se dar por algum tempo, que não sei dizer qual será. Somente Yeshua e Yahweh o sabem.

"O ferimento provocou-lhe grave ofensa na cabeça e o afetou em demasia. Pelo que estou informando, perderá a fala, mas não sei dizer por quanto tempo.

Tércio olhou para Estêvão, pensativo!

— Caro Tércio, tua preocupação é justa. Porém, o que tenho a dizer é que a Lei do Pai da Vida se cumpre. Abiel, na vida atual, poderia ter eliminado muitos equívocos do passado. Quando foi abandonado pela esposa e a filha, que ora lhe retornam à presença, foi por sua própria imprevidência.

"Os dramas da vida, Tércio, remontam nossas existências atuais e passadas, eis que, em relação a Abiel, Reyna era sua filha em existência física anterior e aceitou o encargo de reaproximar Abiel da ex-esposa nesta vida. Tudo fez para cumprir o compromisso que assumiu com Abiel.

"Ocorre, porém, que antigo desafeto de Abiel, de nome Nathan, de quem Abiel, na outra vida, tomou a quase noiva e a desposou, jamais o perdoou e estabeleceu projeto de vingança, vindo a consumá-lo nas induções que fez a Abiel para que se tornasse um ébrio, sentisse desconfiança e descumprisse todos os dignos compromissos familiares assumidos.

Estêvão prosseguiu:

– Da união de Abiel, na outra vida, com a esposa por ele abandonada, e que agora vem a ser sua filha Shaina, adveio uma filha, que foi o arrimo da mãe, sendo que essa filha, nesta vida, vem ser Reyna, sua ex-esposa e agora mãe de Shaina. Os papéis das duas se inverteram.

Tércio teve um choque! Não lhe foi difícil captar a informação.

Estêvão, não querendo deixar que reminiscências atrapalhassem o diálogo, prosseguiu:

– Caro Tércio! Deixa as tuas cogitações e indagações para depois. Apenas te peço, em nome de Yahweh, que não abandones Abiel, pois, apesar dos erros, é alma boa e companheira.

"Ele tinha mesmo condições de encontrar Paulo e servi-lo no seu trabalho nobre, que já conheceste, pois é um meio eficaz de fazer o bem que anula os males.

Dizendo isto, sorriu, aproximou-se e tocou a fronte de Tércio com uma das mãos, levemente.

XIII

O SOCORRO E O ATENDIMENTO ESPIRITUAL A ABIEL

Tércio acordou do cochilo um pouco assustado. Reyna trouxera o chá, já esfriado, e lhe disse:

— Amado marido, sei que estás cansado por ter de carregar Abiel até aqui, o que lhe exigiu forças em demasia, mas precisamos tratar nosso ferido.

Tércio concordou, e sem bem entender como e por que, lembrava do sonho que imaginava ter tido, dizendo:

— Sim, Reyna. Cochilei e tive um sonho com algumas visões e conversas que depois te contarei. Vamos, apressemo-nos em dar o chá para Abiel.

Tércio levantou suavemente a cabeça de Abiel, que não abriu os olhos. Parecia um peso sem vida. Reyna aproximou da boca de Abiel o copo de barro contendo o chá, e fê-lo beber, o que foi feito com muita dificuldade, às vezes entornando chá sobre a túnica.

Após Abiel ter bebido mais ou menos meio copo, Tércio o acomodou novamente, aquecendo-o com uma manta. Nesse momento, indagou sobre Shaina.

Reyna disse que despachara a filha em companhia de Adalberon, serviçal de origem grega que trabalhava para Tércio, para irem à casa do médico Neomedes, para ver se ele poderia vir rápido a fim de atender o ferido.

Abiel dormia e de quando em quando, leve tremor ou espasmo lhe tomava o corpo.

Ficaram a esperar o médico, mantendo Abiel sob cuidado vigilante.

Tércio lembrou do sonho.

Estranhamente, lembrava de tudo o que ocorrera. Pensou: Não será produto da minha mente, da minha imaginação, em razão do cansaço? Refletia, mas nada quis dizer a Reyna. Por enquanto não, pensava.

Já se havia passado um bom tempo, quando viram a porta do aposento se abrir e avançar Shaina e o médico Neomedes. Tércio rapidamente se adiantou e o inteirou dos fatos, deixando-o à vontade para examinar o ferido.

O doutor pediu que desenrolassem a cabeça de Abiel, o que foi feito com cuidado; após, examinou detidamente o ferimento.

– A situação é delicada, – exclamou. – Houve um pequeno afundamento na cabeça, onde há sangue coagulado. Precisamos fazer, além do corte sofrido, dois pequenos furos, pois a cabeça dele está muito inchada, e isto não é bom. Pequenos furos ajudarão a tirar o ar que está pressionando interiormente o cérebro.

– Mas como? – Falou Tércio. – O doutor vai levá-lo para sua casa para o procedimento?

– Não, não – retrucou o médico. – Terá que ser feito aqui e rápido.

Dizendo isto, retirou uma espécie de lança pequeníssima de seu embornal e pediu que fosse colocado um pedaço de pano entre os dentes de Abiel, não sem antes ministrar ao paciente algumas gotas de um líquido azulado.

Depois, com auxílio de outro objeto, fez dois pequenos buracos, um quase no centro da cabeça e outro quase na altura da nuca. A ação foi muito forte, porque Abiel, apesar do líquido recebido, contorceu-se a cada batida e escorreram lágrimas de seus olhos, mas resistiu.

Curioso que dos orifícios abertos saíam filetes de sangue escurecido. O doutor pediu que fosse colocado novamente o tampão na região ferida. O paciente foi acomodado, um pouco virado do lado esquerdo.

O médico disse que até o dia seguinte, pelo almoço, seria um tempo decisivo para Abiel, e que realmente ele corria risco de vida, mas por enquanto não havia mais nada a fazer. Voltaria para ver o ferido.

Deixando alguns chás para serem ministrados ao ferido de oito a dez vezes até seu retorno, lavou as mãos, cumprimentou todos e se foi. Já era o prenúncio do fim da madrugada. A manhã ensaiava seus primeiros passos, quando o médico saiu.

Tércio e Reyna estavam exaustos e Shaina acabara por dormir no chão sobre um tapete. Não admitiam dormir, e Reyna de quando em quando olhava para Abiel, com olhar de bondade. Então o marido lhe pediu que fosse repousar, que ele ficaria ali com Abiel. Ajudou-a a carregar Shaina para a cama e após acomodar carinhosamente a esposa no leito conjugal, retornou ao aposento onde estava Abiel, colocando-se em vigília.

Quando Reyna acordou, o dia já estava ensolarado. Levantou apressada, vestiu-se, preparou o repasto matinal e levou para o marido. Adentrando o cômodo onde estava Abiel, encontrou Tércio deitado sobre uma manta, no chão, mas acordado.

Ao ver a esposa, Tércio levantou-se, disse que Abiel estava dormindo e que de quando em quando emitia alguns sons desconexos e pequenos ais. Falou que Shaina tinha acordado, tinha ali estado, mas se recolhera a seu aposento para dormir novamente.

Reyna, sem saber por que, disse a Tércio:

– Querido, parece que Shaina não está tão preocupada com Abiel.

Tércio imediatamente lembrou do sonho. Fazendo ligação com o abandono, compreendeu o que poderia estar se passando.

– Ora, meu amor, – disse a Reyna, – deve ser em razão da longa separação dela e do pai, porque os laços entre eles quase se romperam por completo.

– É, deve ser, – retrucou Reyna, pensativa.

***

Paulo, Silas, Timóteo, Doran, Tobias, Asnar e os demais companheiros retornaram cabisbaixos e pensativos. Pouco ousavam falar. Chegando à casa de Doran, após as despedidas dos demais amigos e acertos de conversas no dia seguinte, Paulo atendeu ao convite de Dinah, que se achava aflita, porém, após o relato de seu marido, havia se acalmado.

Acomodaram-se para higienizar as mãos e tomar um chá com doces.

Sorviam o chá quente, que lhes refazia um pouco as energias, em silêncio, quando Dinah disse:

— Como estará Abiel? Como é trágico tudo isto e estranho também. Jamais imaginei comportamento tão agressivo por parte dos conselheiros judeus. E agora, o que vai ser feito? O que nos espera quanto ao nosso Núcleo?

— Ainda não sabemos, – respondeu Duran. – Aliás, não sabemos como está Abiel neste momento, mas nutro a certeza de que Tércio esteja cuidando bem dele. Amanhã bem cedo buscaremos informações a respeito.

O silêncio novamente se apossou do ambiente e foi quebrado por Paulo:

— Queridos irmãos na fé! Estou muito comovido e, confesso, preocupado com o que ocorreu com Abiel. Pressinto que o ferimento por ele recebido é grave, embora tenhamos sido informados, no trajeto, quando encontramos a filha de Tércio, que se deslocava até a casa do médico, para buscá-lo, que Abiel ainda não havia se recobrado; que estava sonolento e com dores. Então temos que aguardar para sabermos do real estado de saúde dele. Espero que ele reaja. Iremos vê-lo, com certeza, amanhã, ainda pela manhã.

E prosseguiu:

— Estamos todos incapacitados no momento para o socorro direto ao amigo, mas podemos orar. É o que proponho fazermos. Convidando todos para que o acompanhassem pelo pensamento, orou:

— *Sublime Yahweh, neste instante grave em que permites sejamos testados em nossa resistência e fidelidade aos teus propósitos de semeadura do Teu Reino de Amor na Terra, reunidos, pedimos que Te apiedes de nosso Abiel. Sabemos que nada permites acontecer que seja injusto ao espírito e ao nosso corpo, e que necessitamos compreender que os males que porventura nos ocorrem, sem que tenhamos dado causa nesta vida, são a justa manifestação do processo corretivo que se estabelece, a fim de guinarmos o rumo para o serviço do bem sempre.*

"*Abiel, a quem nos afeiçoamos pelos laços do espírito, bebe nesta noite o líquido amargo extraído do poço dos erros e dos equívocos, embora o seu ato heroico de defesa de um irmão. Em razão disso, auxilia-o, bondoso Pai e Senhor, a ter forças para resistir e saldar dívidas que possa ter, impressas no carro sutil de sua alma.*

"*Nós, teus servidores ainda imperfeitos, queremos ofertar o testemunho de nosso afeto pelo irmão. Estaremos ao lado dele, seja qual for a marca que a roda do destino lhe imponha. Abençoa nosso Abiel; abençoa nosso irmão Tércio e a família; nossos amados hospedeiros e também a nós, para que tenhamos a conciliação do sono e disposição para servir com nossos espíritos. Assim seja.*

Após a prece, todos se recolheram ao leito.

Logo que adormeceu, Paulo ausentou-se do corpo, em companhia de Silas, e dirigiram-se, em espírito, à casa do romano Tércio. Lá chegando, penetraram sem dificuldades no cômodo onde Abiel estava deitado.

Paulo pediu a Silas, que parecia acostumado a essas excursões fora do corpo, que impusesse as mãos sobre Tércio e Reyna e igualmente sobre Shaina, que dormia.

Aproximando-se do leito onde estava Abiel, Paulo viu a gravidade do quadro e orou profunda e intensamente, impondo as mãos também sobre o corpo de Abiel.

Aos movimentos leves e cuidadosos das mãos de Paulo, Abiel, muito lentamente, saiu do próprio corpo e reconhecendo Paulo, aturdido e fraco, foi amparado pelo Cireneu, que o fez sentar-se ao pé da cama. Enquanto Abiel olhava para seu próprio corpo, muito confuso, Paulo falou-lhe com suavidade:

– Irmão e amigo Abiel, tem calma e confiança. Se puderes, faze um pequeno esforço para recordar o que já ouviste um dia: que temos três corpos, o físico, o espiritual e o que liga os dois.

"Nada temas. Podes ver o que aconteceu com teu corpo. Foste vítima de uma agressão provocada pela pata de um cavalo que foi arremessado contra Tércio, e corajosamente o protegeste, vindo a sofrer o impacto de uma pata do animal.

Abiel parecia não compreender por que sentia, além de fraqueza, dor aguda na cabeça.

Paulo ministrou-lhe a imposição das mãos, novamente, no local da ferida, no carro sutil da alma, ao tempo em que orava em silêncio, porém, com contrição.

Em breve, Abiel sentiu-se um pouco melhor, embora nada falasse, em razão da pancada que sofrera. Paulo disse-lhe que se quisesse poderia falar pelo pensamento e que confiasse no auxílio que Yeshua lhe mandava.

Ao ouvir o nome de Yeshua, Abiel sentiu-se melhor. Fez menção de querer abraçar o amigo, porém não conseguiu, acabando por retornar a seu corpo.

Tércio, que dormia ao lado, no chão, sobre uma manta, teve no espírito um ligeiro sobressalto e acordou. Sentia e percebia presenças no ambiente. Lembrou-se vagamente da figura de um jovem belo, com o qual sonhara, e ao mesmo tempo lembrava-se de Paulo, Silas e Timóteo.

Não sabendo orar como os seguidores do Homem do Caminho, exclamou baixinho:

– Oh! Grande Deus dos judeus, ajuda a este teu filho a suportar a agressão de que foi vítima. Que ele possa recuperar-se, para a continuidade de sua vida.

Paulo captou a oração de Tércio. Aproximou-se e o abraçou. Tércio sentiu o abraço, que lhe trouxe novas energias e uma sensação de paz.

De repente, Paulo viu intensa luz no ambiente. Estêvão, juntamente com Acádio e mais um Espírito, se aproximaram. Ao chegarem, saudaram e abraçaram Paulo, depois Silas.

Acádio falou:

– Caros amigos e irmãos! Yeshua determinou que viéssemos trazer a Abiel, forças que o revitalizem, embora também tenhamos sido informados que é hora dos duros testemunhos que ele deve ofertar à Yahweh.

"A Lei da Vida é plena e completa, e ao feri-la, mesmo aqueles já advertidos pela certeza da imortalidade ou ainda mesmo ignorando-a candidatam-se a refregas libertadoras, pelos grilhões produzidos em razão dos erros.

"Temos Abiel na conta de membro antigo de clã asmoneu, embora tenha falhado na penúltima vida, abandonando a esposa. É certo que mesmo assim ele detém méritos conquistados, também, a lhe permitir o socorro.

"O socorro lhe chega, mas a necessidade do ajuste também. Abiel, na angústia que lhe assomou, ao ter reencontrado a atual esposa e filha, tencionava, de alguma forma, aproximar-se, objetivando tomá-las para si novamente, desconhecendo que Reyna e a filha não aceitariam seu intento.

"Já estávamos acompanhando seu drama íntimo e o ocorrido na noite passada, apesar de injustificável, da parte dos fariseus da cidade, foi oportunidade bendita para lhe falarmos à consciência espiritual, sobre o agravamento que ele ia dar a sua situação, se de alguma forma investisse contra Tércio a fim de arrebatar-lhe Reyna e Shaina.

Olhando para Paulo, falou:

– Enquanto explicavas a página das anotações de Mateus Levi, nós e mais alguns amigos espirituais expendíamos, na direção de Abiel, energias boas, e ante o ocorrido fora da casa em que se reuniam, não que lhe tivéssemos sugerido jogar-se sob o animal para proteger a Tércio, mas o espírito de bondade que traz na alma o fez agir rapidamente e receber a agressão, protegendo Tércio, embora já tivesse o romano na conta de rival.

Fazendo breve pausa, continuou:

– Vamos induzi-lo a sono profundo e controlado. O amigo Jonas, que nos acompanha, e que foi médico na sua última estada no corpo físico, na Terra, enquanto retirarmos o espírito de Abiel do corpo para atendimento e conversação indispensável, ficará aqui, atento, cuidando do funcionamento do corpo físico de Abiel, para evitar qualquer ruptura indesejada.

"Levaremos Abiel, por algum tempo, para a Cidade da Fé. Convidamo-vos, Paulo e Silas, a nos acompanharem.

"Há do lado de fora da casa de Tércio um cordão de isolamento feito por um grupo de vinte Espíritos que fazem a guarda, impedindo a aproximação ou penetração de Espíritos que não querem a vitória do bem, e daqueles que estão em desequilíbrio momentâneo, notadamente Nathan, que não perdoou Abiel o que este lhe fez no pretérito.

Acádio e Estêvão voltaram a impor as mãos sobre Abiel. Jonas parecia aplicar no braço direito de Abiel, por uma espécie de pequeno tubo com uma ponta muito fina, um líquido amarelado.

De repente, Abiel foi se desprendendo novamente do corpo, assustado, embora já tivesse tido contato com Estêvão e Acádio, há algum tempo, e disso tivesse remotíssimas lembranças, não conseguindo pensar detidamente de onde os conhecia e o que estava acontecendo.

Estêvão amparou-o, ofertando seu braço. Abiel apoiou-se, olhou à volta, viu todos e seu corpo espiritual sentiu leve tremor. Estêvão o tranquilizou:

– Amigo Abiel, confia em nós. Logo estarás um pouco melhor. É preciso que nos acompanhes. Vem conosco. Procuraremos levar-te sem esforços de tua parte.

Ao dizer isto, com leve toque na fronte de Abiel, fez adormecer o espírito.

Ajeitando-o numa espécie de cama, foram se elevando do local. Singraram rapidamente os ares. Dali a pouco chegaram à cidade onde residiam Acádio e Estêvão, a Cidade da Fé.

XIV

Na Cidade da Fé

A Cidade da Fé era um lugar como nunca antes Paulo e Silas tinham visto nem sequer imaginado. Um cortejo de dez Espíritos, todos joviais e alegres, vestidos à moda essênia, os recebeu, com sorrisos de bondade. Ouviam no ar uma música de indefinível beleza. Os sons lhes eram desconhecidos.

As construções da cidade lembravam algumas casas de Jerusalém, mas os traços das colunas de sustentação lembravam o modo de construção dos gregos e dos romanos.

As casas eram inúmeras. As ruas eram largas e tinham um colorido que lembrava o cinza. Havia seis templos com torres altas, construídos em círculo, como se fossem anéis sobrepostos. Eram de um colorido belo, azulado.

O local onde chegaram era uma casa de construção horizontal que possuía amplo jardim fronteiriço, com extensão que comportava aproximadamente vinte cômodos e um pórtico na entrada, em estilo que não conhecíamos, mas que demonstrava extraordinário bom gosto.

Amparando Abiel, que ainda se achava adormecido no transporte em que fora trazido, três recepcionistas prontamente o atenderam e trataram de levá-lo para um cômodo onde havia um leito mais duas peças com assento e apoio para as costas, um móvel parecendo uma mesa e sobre esse móvel vários componentes desconhecidos na Terra. Um deles parecia uma pequena roda ligada por uma corda fina, que dava origem a duas outras cordas, em cujas pontas havia pequeníssimas espécies de sementes. Era tudo muito curioso.

Estêvão, voltando-se para Paulo, disse:

– Bom Paulo! Nosso irmão Abiel passará por uma análise do quadro real de sua situação. Logo chegará aqui o médico, irmão Jamil.

Nem bem terminara a frase e a porta do cômodo se abriu, entrando o médico, que além da vestimenta normal de judeu e de uma túnica branca, trazia a cabeça enrolada numa espécie de turbante, também branco.

Era de uma simpatia a toda prova. Os olhos eram pequenos, movimentando-se rapidamente, e o rosto, redondo.

Jamil aproximou-se, cumprimentou todos com movimentos de cabeça, e tomando aquele objeto há pouco mencionado, colocou as duas pontas da corda nos próprios ouvidos e a ponta única, com a roda, foi colocada no corpo espiritual de Abiel, que dormia. Primeiro colocou na região do peito, depois nos braços e nos pulsos. Então, retirando o equipamento, examinou as marcas da ferida na têmpora de Abiel.

Colocou as mãos sob a sua túnica e retirando uma espécie de vara pequena de cuja ponta saía uma luz pequena, abriu os olhos de Abiel, iluminando-os. Depois guardou esse objeto, virou-se para um dos atendentes de Abiel e falou:

— Caro irmão Zacarias, peço o favor de providenciar o remédio para a limpeza interna da cabeça de nosso paciente.

Voltando-se para os demais, disse que deveriam ausentar-se do cômodo por alguns instantes, pois precisava tratar do paciente em silêncio, e quando estivesse pronto, mandaria chamá-los.

Estêvão, Paulo e Silas apressaram-se a sair do local.

Logo estavam todos em extenso corredor.

Ante o olhar de Paulo e Silas, Estêvão falou que ali era um local de atendimento das almas sofredoras e adoentadas.

Ali estavam internadas as almas que haviam vindo da Terra e que ainda estavam ligadas ao corpo carnal e que recebiam internamento esporádico, e também almas que, pelo processo da morte, já tinham deixado a Terra.

A um novo sinal de Estêvão, adentraram uma sala onde estavam aproximadamente duzentas pessoas. Parecia um pequeno teatro. Na parte da frente estava alguém falando, que ao ver o grupo, interrompeu a fala, sorriu e fez um gesto amável para que se sentassem.

O orador, que aparentava aproximadamente quarenta anos, alto, cabelos longos à moda nazarena, pretos, extensa barba preta onde se podiam notar alguns poucos fios brancos, os dentes muito brancos, como não se via comumente, e um sorriso de orelha a orelha. Olhando com ternura para o grupo que chegara, continuou a falar:

— *Amados irmãos, falamos da grandeza do Criador e da perfeição de tudo o que Ele criou, elevando sempre os pensamentos a esse Ser que não vemos, mas que temos certeza de Sua existência e de Seu comando sobre toda a Natureza. Esse Senhor, que tudo organiza e administra, tem permitido ao homem travar as lutas intensas para o seu próprio e o progresso do mundo onde habita.*

"Assim, desde antes do Pai Abraão, acompanha e interage nas lutas humanas, cuja ação se estabelece pelas leis que Ele criou, sendo os Dez Mandamentos levados à Terra pelo profeta Moshe, a síntese de suas leis.

"Acompanha, por incontáveis trabalhadores seus, a evolução da raça humana, em todos os cantos. Controla os passos de cada alma, alegrando-se com aquelas que, ao conhecerem suas leis, buscam viver sob o império delas, aplicando-as na sua vida, em primeiro lugar, com equidade e justiça, e agindo dessa forma na direção dos outros com os quais se relaciona. Se entristece, de certa forma, com aqueles outros que se desviam ou se afastam desse cumprimento, tendo estabelecido leis que por si sós traçam os deveres de retificação, para permitir que exista a concórdia entre todos os Seus filhos.

"Esse Senhor, caros irmãos, estabeleceu o predicado da misericórdia para os que sofrem as dores do mundo, colhidas na árvore dos frutos azedos que foram regrados pelos líquidos corrosivos da traição, do ciúme, do orgulho, da vaidade, do egoísmo, da hipocrisia, da inveja, misericórdia essa extensiva também aos que se julgam senhores e donos da verdade absoluta e sob esse império buscam impor sanções e penalidades equivocadas a outrem, pelo simples fato de não pensarem como eles.

O orador fez breve pausa, e Paulo, como que atingido pela fala, abaixou a cabeça por alguns instantes e quando volveu-a, tinha os olhos molhados.

As últimas palavras do orador atingiram-no como uma flecha envenenada. Sentiu o peito arder e os olhos se turvarem. Respirou profundamente e pôs-se a ouvir a continuação da prédica.

– *Embora muitos de nós tenhamos cometido erros, agressões, maldades, atentados morais ou físicos, como saber o que nos reserva a vida, sem as experiências do viver?*

"Cada costura que fizermos na nossa existência de forma perfeita e irretocável representará compreensão, atos de bondade e ternura na direção do próximo, mesmo que para essa costura não tenhamos gostado da agulha, do seu formato e apresentação.

"Entretanto, se descuidarmos dos detalhes da composição das coisas; se nos tornamos exigentes em demasia na busca da satisfação única de nossa vontade, desprezando ou colocando defeitos nos instrumentos de serviço que a vida oferta, preferindo reclamar e ofender, satisfazer o egoísmo e a vaidade, colocando-nos na condição de mestres sem sê-lo, aí sim, cumularemos necessidades de ajustes com a Lei Divina, o que é inevitável.

"Desse modo, lembremos o que ensinou nosso Venerando Yeshua: 'A semeadura é livre, porém a colheita será sempre obrigatória, e Yahweh dará a retribuição a cada ser segundo as obras por ele praticadas'.

"Compreendendo a possibilidade de bem usar o livre-arbítrio que Elohim nos concedeu, muitas vezes claudicamos e violamos o direito do próximo, transformando-nos em verdugos de outras almas e em criaturas infelizes e sofredoras, mesmo assim ainda candidatas a ser atendidas pelas bem-aventuranças, que foram cantadas, de forma inigualável, pelo Mestre de todos nós.

"Nos momentos em que estivermos aflitos e sobrecarregados, precisaremos do consolo divino; precisaremos confiar na justiça infalível dos Céus e bater o pó das sandálias para retirar delas o barro impregnado pelo lodaçal dos equívocos, aprumando-nos para caminhar, céleres, na direção desse Pai Amoroso, Justo e Bom, eis que Ele nos espera, na certeza de que, mais dia menos dia, conseguiremos alcançá-lo.

Paulo não podia ter ouvido conceitos tão justos e sábios. Estava maravilhado com o que ouvira. Guardava, no íntimo, a certeza de que nunca poderia admitir sequer voltar atrás e falhar na difusão da Boa Nova. Ali, naquele instante, confessara mais uma vez a si próprio, em espírito, que jamais recuaria, custasse o que custasse.

O orador terminou sua fala, com sentida prece:

– *Senhor Amoroso e Bom, tens aqui o testemunho de nossa vontade em seguir-Te os passos na direção de Yahweh.*

"*Auxilia-nos no aprimoramento de nossas ferramentas de trabalho e nos propósitos, para que consigamos vir a ser teus fiéis trabalhadores da primeira hora da Boa Nova. Abençoa-nos.*

Paulo e Silas olharam instintivamente para o teto e viram cair uma espécie de chuva fina, de prata, que, ao contato de todos, desaparecia, infundindo energias novas e um estado de euforia indizível em cada um deles.

Estêvão, em companhia de Paulo e Silas, dirigiu-se à tribuna onde estava o orador e apressou-se a fazer as apresentações.

O orador abraçou-os um a um e falou de sua gratidão por estarem ali:

– É sempre bom e útil que almas encarnadas estejam por aqui para um intercâmbio necessário.

Paulo adiantou-se:

– Irmão Alfeu, confesso que ouvi com atenção vossa excelente prédica e fui profundamente tocado pelos conceitos emitidos. Preciso, e acredito que os demais companheiros também, estar sempre retroalimentando minha fé em Elohim e no Messias por Ele enviado.

As pessoas iam se retirando e faziam pequena fila para cumprimentar o orador da noite. Alfeu, verificando essa necessidade, disse:

– Sim, caros amigos, deve ser nossa ação diária fortalecer nossa fé e sermos portadores do equilíbrio, servindo ao próximo desinteressadamente, o que propiciará nos agasalharmos sob o sol da liberdade a nos permitir continuarmos sempre servindo.

"Gostaria de entretê-los em conversação, porém, tenho que atender aos irmãos que desejam cumprimentar-nos. Fiquem à vontade, e quem sabe logo nos reuniremos para novas conversas.

Dizendo isso, buscou atender os que o procuravam.

O Grupo agradeceu e saiu da sala, quando se encontrou com uma enfermeira que ao vê-los falou que vinha chamá-los, pois o Irmão Jamil tinha concluído os exames em Abiel e gostaria de falar sobre o assunto.

Ligeiramente apreensivos, acompanharam a gentil senhora e se deslocaram para o local onde Abiel estava sendo atendido. Lá chegando, cumprimentaram novamente o médico Jamil, que antes de ser questionado sobre o paciente, adiantou-se, dizendo:

– Caros irmãos, concluímos a análise do estado de saúde de nosso paciente. Pudemos detectar no seu corpo espiritual que a pressão havida foi grave, pois ele tem um afundamento do lado direito da cabeça.

"Em razão da pancada, teve os órgãos da audição afetados, cuja extensão não dá para prever no momento. Entendemos ser melhor para a saúde dele induzir-lhe sono profundo, possibilitando que seja levado de regresso à integração com o corpo físico sem dificuldades.

"Aplicamos no paciente alguns remédios que surtirão efeito no corpo físico, logo mais.

Dizendo isso, despediu-se de todos, prometendo que dentro das possibilidades visitaria Abiel na Terra, se lhe fosse permitido.

Estêvão apressou-se em agradecer a atenção do nobre médico e, rogando apoio, colocou-se em prece, pedindo as bênçãos de Yahweh para Abiel. Depois, apressou-se em providenciar os preparativos para que o retorno do grupo se desse em clima de paz e tranquilidade.

Embevecido pela prece de Estêvão, Paulo não havia notado que Acádio se ausentara do grupo. Quando se deu conta da ausência do amigo, indagou a Estêvão onde ele estaria. Estêvão respondeu-lhe que Acádio era na realidade o Governador da Cidade da Fé, e que já estava administrando a cidade por mais de cem anos, razão pela qual tinha muitas ocupações a cuidar.

Mal tinha acabado de falar, adentrou o recinto o Governador Acádio, acompanhado de cinco trabalhadores, que vinha agradecer a todos. Dirigindo-se a Paulo, informou que trazia-lhe um especial abraço, afetuoso e carinhoso, da irmã Abigail, que se radicava também na Cidade, mas que se achava ausente, em missão em outra cidade espiritual. Ela lhe pedira que fosse portador de sua amorosa lembrança.

Paulo quedou-se surpreso e não conseguiu disfarçar a emoção.

Acádio ainda disse a Paulo que todos ali naquela cidade acompanhavam o seu atual périplo na Terra e estavam jubilosos, em razão das lutas e das conquistas atingidas por ele na direção da divulgação dos ensinamentos da Boa Nova, e que também trazia ao grupo, e em especial a Paulo, um recado direto do Messias.

Fazendo breve pausa, Acádio notou as lágrimas que bailavam nos olhos de Paulo. O Cireneu sentia movimentar-se no seu coração as ondas das saudades de Abigail e as dulcíssimas vibrações amorosas do Mestre Yeshua.

O Governador Acádio, então prosseguiu:

— Eis o recado que nosso Amado Messias enviou, do qual procurarei ser o intérprete mais fiel possível:

"A verdadeira estrada da vida é a que se penetra pela porta estreita. Quem trilhar essa estrada não terá recompensas temporárias, mas permanentes. Quem não expressa a vontade de Yahweh, vive em desarmonia.

"O Pai enviou-me como Seu Embaixador para que se dê a salvação dos que estão caminhando pelas esquinas dos erros. Não exige que lhe entreguem a alma em holocausto, embora Seu Enviado tenha sido crucificado, pois assim procedeu para ser o menor entre todos, elevando a humildade ao trono sagrado da renúncia e sacrificando-se à vontade de Yahweh.

"Não se deve permitir que as coisas do mundo se coloquem como obstáculos ao encontro com o Senhor da Vida, mas prosseguir sempre na busca e compreensão da verdade, é a direção segura.

"A verdade de nossas existências diz respeito ao infinito, e todo aquele que escutar as minhas palavras e as praticar, será como o homem prudente que edificou sua casa sobre a rocha.

"Se o homem compreender a natureza de Yahweh, compreenderá a sua própria, porque, sendo filho de Yahweh, compartilha da mesma natureza do Pai, já que a natureza do filho é semelhante à do Pai.

"Querido amigo, – porque amigo é maior do que irmão – é preciso trabalhar incansavelmente para que em breve se estabeleça o Reino de Amor e Justiça na Terra, manifestando-se sempre em ti a vontade de Yahweh.

"O Pai tem para seus filhos planos maravilhosos, dias repletos de vida abundante e alegria. Se há vidas ainda mergulhadas no sofrimento, não será por culpa do Criador.

"Se descobrirmos o que Yahweh pretende que nós façamos e nos dedicarmos a fazê-lo, todos os obstáculos desaparecerão e seremos completamente felizes.

"Trabalhemos incessantemente para que nossa natureza esteja de acordo com a vontade do Pai, através da oração e da vigilância dos pensamentos, cultivando a alegria de fazer o bem a todos.

"Nossa atitude para com Yahweh, que governa nossa existência, deve ser a do servo que cumpre fielmente os desejos de seu amo.

"Olhai, que agora é o tempo da semeadura. Olhai, que é chegado o dia da salvação.

Ao terminar o amoroso recado que trazia ao grupo, Acádio igualmente estava sensibilizado, enxugando furtiva lágrima.

Após os efusivos abraços e promessas de retorno, despediram-se, embevecidos. Estavam ali para atender Abiel e saíam embalados pelo imenso carinho de Yeshua, de retorno à Terra.

A caravana seguiu em silêncio e dentro em pouco entrava na casa de Tércio.

O espírito de Abiel foi conduzido à integração com seu corpo físico, o que foi feito também com o auxílio de Jonas, que ficara na retaguarda, zelando para que não houvesse a menor possibilidade de desprendimento do espírito de Abiel de seu corpo.

Após esses acontecimentos, Paulo, Silas, Estêvão e Jonas, genuflexos, oraram ao Messias, agradecendo a oportunidade do serviço na Sua Seara.

Despedindo-se, com abraços, cada um retornou aos seus compromissos.

XV

A PARCIAL RECUPERAÇÃO DE ABIEL

Paulo foi o primeiro a acordar. Trazia na alma uma sensação de confiança na recuperação de Abiel. Levantou-se com cuidado e chamou Silas pelo nome, ao que este também acordou.

Silas tinha a mesma sensação de Paulo.

Após a higiene do rosto e das mãos, puseram-se em agradável conversação e trocaram confidências sobre os acontecimentos da noite. As lembranças se completavam, ressaltando que não nutriam dúvidas quanto a terem participado de bela reunião no Mundo Celeste, em companhia de Estêvão e Acádio.

Apressaram-se até a cozinha da casa, onde já os aguardavam Dinah e Doran, com bolachas e tortas doces, leite de cabra fresco, geleias e chá, para o repasto matinal. Sentaram-se todos, ao que Dinah proferiu sentida prece de gratidão pelo alimento do corpo físico, pedindo que pudessem servir também de energias para o Espírito.

Enquanto comiam, Doran falou:

— Irmão Paulo, despachei, bem cedo, um mensageiro à casa de Tércio para que nos traga notícias sobre o estado de saúde de Abiel. Logo mais ele retornará.

Paulo aquiesceu, dizendo:

— Sim caro amigo. Fizeste muito bem. Oramos todos por Abiel. Esperamos que as notícias sejam boas.

Um pouco mais de conversação e logo chegou o mensageiro de Doran. Prontamente recebido, trazia informações de que Abiel não havia acordado desde o momento que chegou à casa de Tércio, mas, segundo o médico que o atendeu, sua respiração era normal e o ferimento não sangrava mais. O médico dissera que o sono poderia recuperar as forças de Abiel, e agora, pela manhã, o paciente apresentava uma sensível melhora no quadro de suas reações, mas ainda eram reações acanhadas, entretanto, não tinha febre, o que era sinal positivo.

Doran agradeceu ao mensageiro e voltando-se para Paulo falou:

— Amigo Paulo, penso que podemos, juntamente com Silas e Timóteo, ir à casa de Tércio para ver nosso amigo Abiel, tão logo terminemos a refeição matinal.

Paulo concordou. Dali a pouco já se achavam na rua, na direção da casa de Tércio.

Lá chegando, foram recebidos por Reyna, esposa do romano, que de maneira jovial e atenciosa convidou-os a entrar e esperar um pouco, que ia chamar Tércio, e acrescentou:

— Esta noite não dormimos e após a saída do médico, Tércio resolveu descansar um pouco. Embora esteja no aposento em que está Abiel, deve ter adormecido. Vou chamá-lo.

Algum tempo depois, Tércio chegou, sorridente, mas era um sorriso nervoso, que parecia querer disfarçar a preocupação. Demonstrava na fisionomia certo abatimento, talvez devido ao cansaço.

Paulo se adiantou:

— Caro amigo Tércio, em primeiro lugar, agradeço a honra de estarmos novamente na sua casa. Sua acolhida fraterna muito me comove, e ainda mais o atendimento ao nosso amigo Abiel. Em segundo lugar, viemos disponibilizar nossos serviços de atendimento ao amigo que está acamado. Louvamos seu gesto de desprendimento e de exposição às autoridades romanas locais, pois, de maneira decisiva, defendeste todos nós.

Tércio agradeceu e lamentou o ocorrido. Manifestou que poderia ter levado com o grupo, na noite anterior, mais alguns empregados, os quais com certeza não permitiriam a agressão sofrida por Abiel.

Reyna retornou à sala. Ambos manifestaram preocupação com Abiel, complementando que se sentiam felizes pela presença dos amigos. Após breve pausa, Reyna convidou os amigos a se dirigirem ao aposento onde Abiel se achava deitado.

Adentraram o cômodo e viram que o paciente dormia, manifestando certa agitação, pois de quando em quando movia levemente o tronco e os braços.

Paulo e Silas aproximaram-se do leito e a um sinal de Paulo, ambos impuseram as mãos sobre Abiel, na altura da cabeça. Os demais se mantiveram em silêncio. Depois, Paulo, em voz baixa, convidou a todos para que buscassem, pelo pensamento, pedir o auxílio divino para Abiel e a seguir orou:

—*Oh Sublime Yeshua, luz orientadora de nossas vidas, ajuntamo-nos em pensamentos para pedir-te pela saúde do amigo e irmão necessitado, a Ti, que bendisseste a dor dos justos e o sofrimento daqueles que ainda estão apartados do teu redil de amor, exaltando a misericórdia do Pai de todos nós; que deixaste claro que o Pai não quer a morte do pecador, mas sim a eliminação do pecado. Rogamos-te que intercedas a Yahweh pela saúde espiritual e física de nosso irmão querido, que num gesto de desprendimento agiu com caridade, não importando a quem buscava defender, embora com o coração martirizado pelos dramas dos dias de sua existência, que não escapam à Tua Augusta Sabedoria, o que lhe candidata à recuperação.*

"*Faze ainda, Messias, que as energias reconfortadoras auxiliem em seu restabelecimento, mas que seja feita a vontade de nosso Pai que está nos Céus.*

Terminada a prece, todos se sentiram mais leves, ante os acontecimentos dos últimos dias. Como Abiel continuava dormindo, Paulo sugeriu que todos se retirassem, o que fizeram em completo silêncio. Chegados à sala de visitas, acomodaram-se. Reyna anunciou que iria providenciar um chá de alecrim para todos, e saiu.

Tércio, então, iniciou a conversação:

—Amigos, sinto-me penalizado pelo que aconteceu. Confesso mesmo que sob a luz pálida dos archotes não percebi o golpe que Jetro deu no animal em minha direção. Se não fosse a pronta intervenção de Abiel, com absoluta certeza eu teria recebido o golpe em cheio, não podendo prever quais seriam as consequências.

"Isto tudo, caros amigos, tem-me colocado disposto a mais admirar os ensinos e exemplos do Messias, porque sei que foi por Ele que Abiel arriscou sua vida, buscando salvar-me da agressão, pois ele parecia estar incomodado comigo.

Foram interrompidos por Reyna, que retornava com delicioso chá que foi por ela servido. Após isto, ela fez menção de se retirar, contudo, Tércio lhe pediu que ficasse e continuou:

— Explico melhor o incômodo que percebi anteriormente em Abiel. Reyna é protagonista e testemunha dos acontecimentos recentes.

"Ocorre, amigos, que quando a conheci, ela já tinha Shaina como filha, ainda pequena, com cinco para seis anos. Eis que havia nessa época me tornado viúvo e me achava em situação pessoal e mental muito delicada, pois amava a esposa que faleceu e o sentimento de desgosto da vida era companheiro constante.

"Reyna apresentou-se em minha casa, sabedora da procura que eu fazia de uma pessoa para cuidar da mesma, pois além de estar desanimado com os negócios, não tinha vontade de organizar nada, eis que as lembranças de Eleodora me torturavam a alma.

"Aquiesci em dar o emprego e admiti Reyna como serviçal.

Fez uma pausa.

— Eu, como bom cidadão romano, seguia a tradição de família de meu pai, Lúcio Gaio Tácito, que já retornou aos Campos Elíseos. Ele iniciou-me no culto dos deuses lares[15] e a manter o fogo das divindades sempre aceso em pequeno altar doméstico.

"Assim, eu era fiel a Apolo e Minerva e cresci sob o estigma de responsabilidade de manter o bom nome dos Gaio Tácito.

"Porém, nas horas mais difíceis da minha vida, quando mais precisei, após a partida de Eleodora, busquei evocar forças e coragem nos meus deuses, mas não obtive resposta. Eles me pareceram muito distantes dos meus dias de tormento, e minhas buscas de conforto e consolo se me apresentaram inatingíveis. Chegara ao ponto de cogitar tirar-me a própria vida.

"Os dias foram passando e eu arrastava a minha existência, mas, com a admissão de Reyna, passei a ser alvo de atendimento gentil, prestimoso e carinhoso, e Reyna, além de arrumar a casa e minhas roupas, sempre tinha para comigo um sorriso franco e bondoso.

"A pequena Shaina revelava-se uma criança adorável. Sempre me sorria, embora tímida, e certo dia em que eu estava no meu gabinete de trabalho, a pequena entrou e com as duas mãos escondidas nas costas, venho em minha direção, estacou os passos à minha frente e disse: 'Senhor Tércio, eu quero lhe dizer que és uma pessoa muita boa, que tratas muito bem à minha mamãe e às outras pessoas. Eu

---

[15] Deuses domésticos, entre os etruscos e os romanos.

gostaria de lhe dar um presente.' Dizendo isso, estendeu a pequena mão na minha direção, ofertando-me um pequeno lírio do vale, dizendo-me: 'O senhor é muito importante para nós. Não fique triste.'

Nova pausa. Todos ouviam interessados.

– Confesso-lhes que a surpresa foi sem tamanho, e uma sensação de bem-estar que há muito não sentia invadiu-me a alma.

"Recolhi a flor, senti seu perfume, e como Shaina permanecera ali a me olhar, instintivamente a abracei. Um abraço que me pareceu já ter ocorrido. Afagando seus cabelos, disse-lhe que agradecia o presente e que eu gostava dela e de sua mãe; que tinha respeito e carinho por elas.

"Antes que continuasse, Shaina, em breve pulo, enlaçou-me pelo pescoço e depositou-me um beijo na face. Depois, desprendeu-se e saiu a correr. Após alguns anos, era a primeira vez que eu me sentia vivo.

"Os dias foram passando, e eu fui mudando de conduta. Organizei melhor meus negócios e passei a dar mais atenção a Shaina e a sua mãe.

"Meses depois desse abraço de Shaina, comecei a perceber que Reyna me olhava diferente, às vezes furtivamente, às vezes sustentando meu olhar, e eu gostava quando isso acontecia.

"Percebi então que a chama devoradora dos meus sentimentos de perda estava se apagando e dando lugar ao rio do esquecimento.

"Mais algum tempo se escoou e os nossos destinos se cruzaram definitivamente. Percebi-me enamorado de Reyna e que os laços com Shaina se fortaleciam a cada dia.

"Certo dia em que não conseguira levantar cedo como de costume, pois sentia uma espécie de febre, que felizmente foi passageira, Reyna, pedindo licença, serviu-me a refeição matinal em meus aposentos de dormir, e quando foi sair, eu a chamei dizendo que queria agradecer-lhe pelo zelo. Ela sentou-se na beirada do leito, com ouvidos de ouvir. Num gesto instintivo, sentei-me no leito e abracei-a, depositando-lhe apaixonado beijo, no que fui correspondido.

"A partir daquele instante, o destino nos transportou até estes dias, em união de almas afins, junto com Shaina, que para mim representa ser mesmo filha carnal, embora não seja.

Breve pausa novamente, e Tércio verificou a expressão de apreensão de Doran, enquanto as expressões fisionômicas de Paulo e Silas eram muito serenas.

Continuou:

— Mas, esse mesmo destino compareceu às portas de nossa felicidade, trazendo com ele o mensageiro do passado.

"Os amigos já sabem, por minha fala, que Shaina não é minha filha pelos laços da carne, embora eu saiba, no íntimo, que me é filha pelos laços da alma. Assim, Reyna já teve outro companheiro, que há quinze anos não vive mais com ela.

Nova pausa.

— Desse modo, de maneira inusitada e incompreensível, esse mensageiro chegou, pois Reyna e Shaina reencontraram o ex-companheiro e pai.

Paulo e Silas continuavam serenos. Doran, apreensivo, foi tomado pelo sentimento de curiosidade, e num impulso perguntou a Tércio:

— Oh! Que narrativa interessante que nos faz. Podemos saber quem é esse personagem do passado?

Silêncio. Reyna estava cabisbaixa, mas segurava a mão do marido, sem olhar para os demais. Tércio então falou:

— Podem saber, sim. Esse homem desfruta da amizade dos irmãos.

Silenciando, sem nada acrescentar, Tércio esperou a reação dos ouvintes.

— Pois quê, amigo Tércio, — falou Doran, com ar de surpresa, — será que... será que... esse homem é Abiel?

— Sim, caros senhores, — interveio Reyna, depois de um momento de silêncio, — esse homem é Abiel, que está ali no leito. Foi com ele que ainda muito jovem me casei e cujo casamento ofertou-me a amorosa Shaina.

Paulo e Silas, que já tinham conhecimento, por Abiel, da situação, estavam serenos, e Doran mostrava-se mesmo surpreendido.

Tércio, retomando a palavra, narrou aos amigos que Reyna fora extremamente correta e sincera e lhe contara tudo quando do pequeno incômodo de saúde que Abiel sentira, quando todos tinham ido à casa dele pela vez primeira.

E continuou.

— Contei-lhes tudo isto em razão da ação bondosa de Abiel para comigo, pois ele reconheceu Reyna e eu já tinha percebido que ele já me endereçava olhares carregados e densos.

"Assim, entendo que, como já falei, somente mesmo um Deus diferente, sensível, presente e bondoso, poderia ter incutido na mente de Abiel o desejo de auxiliar-me, a mim, que na conta dele posso estar me afigurando como um rival.

"Então, amigos, esta é a pequena história de nossas vidas. Temos nas mãos o dever de lutar para que um dos personagens consiga a sua recuperação, colocando os acontecimentos futuros nas mãos de vosso Deus, a que já me afeiçoei.

"Quanto a Reyna e nossa união, nada está arranhado, embora lhe sinta o coração sofrido com a situação e talvez uma ponta de mágoa em sua alma.

Paulo adiantou-se, dizendo:

— Queridos irmãos, o perdão de nossos erros ou pecados é o problema central de nossa vida passada e atual. O pecado nos separa de Yahweh e é a tragédia que surge da fraqueza humana, por isto o pecado é filho do orgulho e do egoísmo. O pecado e o mal provocam a queda do homem, e são, no fundo, tentativas de se negar a verdade em nossos pensamentos.

"Quando vivemos apartados de Yahweh, significa que estamos separados de nosso próximo e assim injuriamos, caluniamos, machucamos a intimidade e até mesmo cogitamos destruir o próximo mergulhando na defesa de nossos próprios interesses, que nos fazem brotar o sentimento de indiferença pelo bem-estar dos outros.

"Temos que estender o perdão a todos aqueles que pensamos nos tenham machucado de alguma maneira.

"Yeshua não ensinou a pedir a Yahweh: 'Perdoa as minhas ofensas e eu tentarei perdoar a dos outros", ao contrário, nos exortou a declarar e viver o perdão, e se assim não fizermos, seremos insensatos a ponto de buscarmos o Reino de Deus sem que nos aliviemos primeiro dos nossos sentimentos de culpa. Não podemos esquecer que não encontraremos libertação sem que primeiro tenhamos libertado nossos inimigos.

"Precisamos perdoar todos aqueles que nos feriram e que possam ainda nos ferir; limar nosso coração dos ressentimentos e do remorso.

"Só lograremos perdoar a nós próprios, se tivermos perdoado os outros.

"Neste mundo, quase todos sofremos decepções, enganos e ilusões que causam feridas profundas, e para extirpá-las, há uma única maneira: viver o perdão.

"A lei da existência exige que perdoemos todas as ofensas, porque o perdão é libertação da alma.

"Lembremos que não nos é imposta a obrigação de gostar de quem quer que seja, mas temos obrigação de amar a todos. Assim agindo, vamos na direção da vivência do amor e da caridade, que envolverão nossas vidas no maravilhoso sentimento de paz e felicidade.

Paulo silenciou.

Reyna percebeu que a fala de Paulo tinha o seu endereço, pois sentiu que a situação que se apresentava trazia consigo a impressão que às vezes cogitamos existir fatalidades em nossas vidas, mas que no fundo nada ocorre sem que seja feita a vontade de Yahweh.

É certo que no começo, quando abandonara a casa de Abiel ganhando o mundo junto com a filha, o sofrimento, a fome e o abandono foram os protagonistas do seu desespero, pois, além de si, tinha uma filha de quem deveria cuidar com todo o carinho e esmero possíveis.

Os dias após a fuga do primeiro lar foram extremamente difíceis. Os costumes e a tradição de seu povo não tolerariam jamais sua atitude, por isso, nas paragens por onde andaram, teve que ocultar sua situação por detrás do anúncio que fazia, quando provocada, de que era viúva.

Trabalhou como serviçal em várias casas, culminando por apresentar-se na casa de Tércio, depois de ficar sabendo, no mercado da cidade, por Tobias, que Tércio procurava uma pessoa que lhe limpasse a casa e tomasse conta da vida cotidiana do lar.

Compreendia agora, de maneira muito mais acentuada, a importância de Tércio em sua e na vida de Shaina.

Embora surpresa, não se mostrava contrariada com os últimos acontecimentos, preferindo depositar suas expectativas aos cuidados de Yahweh, pois esse, por certo, era o desejo d'Ele.

Consultando seu íntimo, percebeu que, embora as mágoas iniciais, acostumara-se à solidão e à companhia da filha.

Muitas vezes foi tentada por outros homens, pois era jovem, quando da evasão do primeiro lar, contudo, sempre apegada ao Deus de Israel, conseguiu proteger-se e à filha.

Lembrava-se que entre a fuga de casa e o encontro com Tércio, haviam se passado em torno de cinco anos e que já há dez anos era feliz ao lado de Tércio.

Nas suas memórias, no começo, de quando em quando a imagem de Abiel lhe visitava o sono e os sonhos, mas, com o passar dos dias e dos anos, ela foi desaparecendo, como uma nevoa que se desfaz lentamente, até chegar ao esquecimento.

A vida é cheia de surpresas, eis que ali, no seu novo lar, aparecera de repente Abiel. Agora, naquele instante, Abiel se achava novamente em seu lar, desta feita, entretanto, ferido e requerendo cuidados especiais.

Voltou o pensamento para as palavras do Cireneu e cogitou: Será que perdoei Abiel? Tenho ainda mágoas por ele ter destruído o lar onde inicialmente éramos felizes? Se não perdoei no começo, perdoarei agora? Eram perguntas para as quais, embora desejasse, não tinha respostas.

Interrompendo sua divagação, apareceu um serviçal de Tércio que vinha anunciar a visita do médico Neomedes. Em alguns instantes, com a aquiescência de Tércio, o médico adentrou o aposento onde estava Abiel.

O médico manifestou o desejo de ver o paciente a sós, porém, pediu que Reyna o auxiliasse com água morna e panos limpos, pois pretendia descobrir a cabeça de Abiel para averiguação do estado do ferimento, e ela poderia auxiliar nesse ponto.

Ligeiro contragosto foi experimentado por Reyna, que no entanto aquiesceu, dirigindo-se para a cozinha a fim de providenciar o pedido do médico.

Neomedes encontrou Abiel com os olhos semiabertos, o que pareceu, para o esculápio, um bom sinal, principalmente porque o paciente estava calmo.

Ao olhar de surpresa de Abiel, o médico falou:

— Bom amigo, não se assuste, sou médico e aqui estou para tratar do ferimento que recebeu em sua cabeça. Se estiver me entendendo, peço que pisque um olho.

Abiel piscou o olho direito, levemente, porém nada falou.

Então o médico lhe disse:

— Peço que fique bem tranquilo. Vou tirar os panos enrolados em sua cabeça, bem devagar. Se nesse processo tiver dor, levante uma mão, está bem? Pode também responder falando, se quiser.

Silêncio. Abiel já agora olhava para o médico com os olhos bem abertos, mas não dizia nada.

Neomedes notou que Abiel fizera um grande esforço para falar, pois as veias de seu pescoço se inflaram e ficaram avermelhadas, mas o paciente não conseguiu emitir nenhum som. Então o doutor lhe falou:

— Não se agite. Pode responder-me com os olhos ou braços, combinado? Se sim, levante sua mão.

Abiel levantou a mão direita e esperou.

Nesse instante, a porta foi aberta e Abiel viu Reyna aproximar-se. Trazia nas mãos pequena bacia de barro, com água morna, e presos à sua cintura, panos limpos e alvos. A troca de olhares foi desconcertante para ambos. Abiel se sentiu incomodado, o mesmo se dando com Reyna, que orava, em silêncio.

Reyna acomodou a bacia em pequeno móvel próximo à cama e tirando da cintura os panos, entregou-os ao médico, que os colocou aos pés da cama.

Após isto, o esculápio tirou de seu bolso um pequeno vidro, onde estava acondicionada uma erva bem verde, e ante o olhar inquiridor de Reyna, o doutor falou:

— Trata-se de alecrim moído. Vamos lavar o ferimento do paciente com esta erva em infusão na água e, após, enrolaremos a cabeça novamente.

A seguir, começou a desenrolar os panos que cobriam a cabeça de Abiel, aos poucos e com habilidade. Abiel já tinha aberto os olhos e manifestava, pelo olhar, certo desconforto, mas a voz não lhe saía, isto o médico já havia percebido.

A cada volta tirada do pano, aparecia sangue seco, até que a última volta foi tirada.

O médico examinou o ferimento, que, apesar de profundo e feio, dava mostras de melhoras, dizendo:

— Vejamos isto. Parece que a pasta de figo que o senhor Tércio espalhou no ferimento fez bem e igualmente os pequenos furos que fizemos. Vejo que o inchaço da cabeça diminuiu.

Dizendo isto, pediu a Reyna que lhe estendesse um pedaço de pano.

O médico mergulhou o pano na erva que havia espalhado sobre um pouco de água, na bacia; mexeu a água com o pano e começou a limpar o sangue seco do ferimento de Abiel. Este suportava pacientemente, mas de vez em quando se agitava em movimentos contidos.

Feita a limpeza, o médico achou por bem espalhar novamente a pasta de figo que Tércio tinha deixado à mão, para o caso de ser necessário usá-la novamente. Após essa ação, a cabeça de Abiel foi enrolada, desta vez por Reyna. Enquanto Reyna assim fazia, Abiel, que não conseguia traduzir o pensamento em fala, resolveu fechar os olhos para não constranger a ex-mulher.

Terminada a operação, o médico pediu a Reyna que fosse preparar um chá, também de alecrim, para dar a Abiel, e pediu que fizesse uma sopa de cereais, pois Abiel precisava alimentar-se para conseguir recuperar-se fisicamente.

Abiel sentiu-se mais confortado com o atendimento do médico. Ante seu silêncio, de maneira quase mecânica, levantou a mão e apontou para sua própria boca, fazendo um sinal de não com a mão.

O doutor entendeu e falou-lhe:

— Meu amigo, a pancada que recebeu da pata do cavalo foi muito forte e lhe afetou a fala. Não sei dizer se isto será permanente ou não. É preciso esperar e confiar.

XVI

A MUDEZ DE ABIEL E OS NOVOS PLANOS DE PAULO

Do lado de fora, Paulo, Silas, Timóteo e Doran continuavam a conversação.

Paulo manifestou que era preciso confiar na Divindade, que com certeza estava socorrendo o companheiro, na quadra do merecimento dele. Acentuou que ante o acontecido, daria mais um tempo para Abiel e permaneceria na cidade, na expectativa que ele se recuperasse, pois tinha intenção de seguir viagem. Tencionava pregar o Evangelho na Ásia Central e, após isto, pretendia ir até Trôade, e seguir adiante, assim que fosse possível.

A porta do aposento em que estava Abiel se abriu e o doutor, juntamente com Reyna, saíram. Do lado de fora, o médico fechou a porta com cuidado e olhando para todos começou a falar:

— Amigos, examinei o ferido e fiz, com o auxílio da senhora, um curativo. A cabeça está bem mais desinchada e sinto que não há mais o excesso de pressão interna. O ferimento recupera-se bem. Louvo a ideia do senhor Tércio em espalhar a pasta de figo no ferimento. Repeti essa ação, porque foi muito boa.

"Achei o paciente muito mais calmo, mas nos seus olhos vi muita aflição. Apesar de esforçar-se, não conseguiu falar e temo que a fala dele tenha sido afetada definitivamente.

"De minha parte, com os recursos que temos, não será possível dizer se ele voltará a falar ou não. O mais certo é que por enquanto ele se achará mudo.

Todos se olharam, mas nada falaram.

O médico fez novas recomendações a Reyna quanto à necessidade de continuar dando ao paciente o chá de alecrim e depois dar-lhe o alimento indicado, recomendando, ainda, que Abiel fosse mantido em repouso absoluto, porque era importante que se recuperasse da melhor forma possível.

Após esses esclarecimentos, cumprimentou todos com um gesto gentil, manifestando que voltaria no dia seguinte, por volta do almoço, para olhar novamente o paciente, acrescentando que em surgindo qualquer necessidade poderiam chamá-lo.

O doutor dispunha-se a sair, quando Tércio o interpelou dizendo:

— Caro doutor, preciso pagar-lhe pelo atendimento. Vamos ao cômodo ao lado.

Fazendo sinal ao médico, ambos demandaram o outro aposento.

Reyna saiu para providenciar o chá e o alimento receitado para Abiel.

Quando Tércio voltou, Paulo lhe disse:

— Bom amigo, seu gesto de humanidade significa a compreensão de um ensinamento do Messias sobre um homem que havia sido vítima de salteadores e se achava desfalecido e ferido no caminho; que por ele passaram um religioso e um levita e nada fizeram, e foi socorrido por um samaritano que por ali passava.

"Sem dúvida — acrescentou o Cireneu — os homens precisam ainda aprender a amar-se e deixar as diferenças, os ressentimentos, a crueldade, o egoísmo e o orgulho de lado; riscar de suas ações os sentimentos negativos como a mágoa, a vingança, o ódio, que nada constroem e somente espalham mortificação e dor, angústia e desespero. Isto lhes falo com a vivência de quem já foi algoz e portador desses desequilíbrios da alma, mas que, graças ao Amado Messias, recebeu a oportunidade de beber da água viva do Evangelho, que ressuscita da morte a alma equivocada.

Todos ouviram e ficaram a refletir sobre os ensinamentos que eram muito significativos.

Tércio disse que o médico permitira visitas a Abiel, porém, tomando o cuidado de não agitar e cansar o paciente.

Entraram todos no aposento. Abiel achava-se recostado, com a cabeça mais elevada. Reyna estava lhe dando o alimento. Ao vê-los, Abiel esboçou leve sorriso, que era seguido de um olhar indagativo e triste.

Paulo disse:

– Oh bom amigo! Estamos felizes por ver que te recuperas. Temos pedido a Yahweh que te conceda a vitória sobre os tristes acontecimentos.

Abiel sorriu levemente. O que ouvira lhe fazia muito bem.

De repente olhou para Tércio, um olhar tímido como a pedir aprovação para o gesto caridoso de Reyna, que lhe levava o alimento à boca. Tércio percebeu a indagação muda e então falou:

– Caro amigo, não te preocupes com nada. Precisas de ajuda e nosso dever é ajudar-te. Queremos que te recuperes.

"Agora que estás um pouquinho melhor, quero dizer-te da minha gratidão por defender-me da agressão. Se não fosse teu gesto de coragem, não sei dizer o que poderia ter-me ocorrido.

Abiel novamente sorriu com o canto da boca e levantando um braço saudou Tércio, em mudo agradecimento pelo carinho do socorro em seu próprio lar. Silas, Doran e Timóteo, por sua vez, também agradeceram a Abiel.

***

Já se haviam passado três meses de atendimento a Abiel, que se recuperava a olhos vistos. Havia se recuperado da palidez. A visita do médico, a princípio diária, se compassara para a semana, depois para quinze dias.

A dedicação de Reyna era irretocável. Eles trocavam olhares que eram de solicitude apenas. Tércio observava a dedicação da esposa e sentia que ela se desvelava em atender o hóspede, porém, não deixava de ofertar-lhe, como sempre, o respeito e o amor puro que sempre lhe ofertou, de modo que a figura doentia do ciúme não lhe visitava a alma.

A dura realidade, para Abiel, é que a voz não lhe voltava. Mesmo assim, prestava muita atenção nas conversas de Tércio com ele, ora concordando com gestos e sorriso, ora se aquietando.

De tudo o que ocorria naquela casa, o que era um tanto quanto incompreensível, era a frieza com que Shaina enfrentava a situação. Ela pouco visitava o pai carnal; pouco lhe falava e parecia ter certo desinteresse por sua recuperação.

Abiel percebeu isto, o que lhe afetou profundamente o coração. Algumas vezes foi surpreendido em choro, por Tércio e Reyna, mas, como não falava, nada explicava. Apenas enxugava as lágrimas e procurava simular cansaço ou sono.

Certo dia, como combinado, Tércio, Reyna e Shaina convidaram Abiel e foram, ao cair da tarde, para o Núcleo de fé. Abiel caminhava ainda com certo cuidado, com o auxílio de um serviçal.

Naquele dia iam ouvir Paulo, novamente.

O Cireneu provara o seu destemor, porque mesmo recebendo ameaças dos membros da Sinagoga local, não esmoreceu e continuou a pregar, instigando os membros do Núcleo a convidarem, sempre mais, um ou outro que se interessasse por ouvir uma nova mensagem.

Todos se achavam acomodados na casa. Tobias fez a saudação inicial, manifestando a Yahweh a alegria que todos ali sentiam por ver o amigo Abiel presente e se recuperando. Após sentida prece proferida pelo jovem Timóteo, Paulo iniciou a prédica da noite.

— *Irmãos e amigos, o mundo não vê com os olhos de Yahweh nem pensa como Yahweh. O que é preciso aos olhos do Divino, muitas vezes é desprezível para este mundo. O que Yahweh considera como importante, fundamento de bênçãos, o mundo tem desprezado.*

"Na Terra, aqueles que demonstram mansidão são confundidos com fracos e covardes. Lembremos que o profeta Moshe foi identificado como muito manso, mais do que todos os homens que havia sobre a Terra, mas foi Yahweh que encontrou a mansidão identificada na vida do profeta, que era na realidade um homem resoluto, firme, intrépido e muito ousado e que nunca se acovardou diante das situações que usavam para ofender o Criador.

"Lembremos que o profeta, que outrora fugira da presença do Faraó, retornou ante ele para apresentar-se como o poderoso chefe de seu povo.

"Sobre seu povo, Moshe não teve medo de assumir a responsabilidade por tudo. Em razão da coragem com que o profeta invocou o juízo de Yahweh sobre o Faraó, Moshe haveria de conquistar respeito maior do que a autoridade do Faraó.

"*O Profeta era firme e justo, mas nem por isso deixava de ser manso e brando.*

"*Assim, amados irmãos, a mansuetude está na intimidade do ser, dentro da pessoa que lutou e luta, perseverando todos os dias para ser sempre bom e amoroso.*

"*Quando a multidão se aglomerava em torno de Yeshua, buscando conhecer qual o tipo de justiça seria necessária para se entrar no Reino dos Céus e qual o caráter que daria à criatura o direito de receber essa dádiva, Ele disse: 'Vocês precisam ser como Moshe, não confiando na carne, mas depositando total confiança em Yahweh, tornando-se sempre dóceis ao Pai.'*

"*Foi isso que levou o Messias a dizer aos que procuram entrar no Reino de Deus: 'Bem-aventurados os brandos e pacíficos.' Porém, amigos, essa submissão não será aquela do temor ou de um interesse qualquer, mas sim a dos deveres para com a família, para com o próximo e principalmente para com Yahweh.*

"*O Messias sempre permaneceu destemido diante do povo, dos fariseus, que procuravam ignorá-lo, e dos governantes fracos e acovardados.*

"*Quando, no Getsêmani, cai sobre Ele a sombra do madeiro infamante e Ele prevê Sua separação temporária daqueles a quem deixava a incumbência de divulgar seus feitos e seus ensinamentos, sacrificando-se para exemplificar o imenso amor pela Terra, tombou temporariamente, demonstrando mansidão, mesmo ao suar gotas de sangue, dizendo: '– Pai, não se faça a minha vontade, e sim a Tua, eis que aqui estou, oh Yahweh! para que se faça a Tua vontade.'*

'*Quem reconhece a autoridade divina deve submeter-se às suas manifestações; está sujeito à autoridade do Lar, à autoridade da Assembleia dos crentes, à autoridade do Amor. A criatura rebelde não será mansa, porque a mansidão significa submissão e confiança na Lei de Yahweh.*

"*A ilegalidade nunca produzirá frutos de justiça em nossas vidas; já a submissão às leis de Yahweh e aos ensinos de Yeshua nos trará bênçãos em abundância.*

"*Bem-aventurados os mansos, porque herdarão a Terra.*

Paulo silenciou. Lágrimas rolavam pelas vestes dos presentes, que ouviam no ar a voz canora do vento, que parecia acompanhada de um coro de vozes ao longe, cantando as glórias da vida.

Passaram todos a entreter inúmeras considerações felizes; a se alimentarem com o ensinamento maravilhoso do Messias, relembrado e interpretado pelo Cireneu dos Gentios.

A hora já se fazia adiantada, quando Tobias pediu a Silas que orasse por todos. Silas orou:

– *Oh Yahweh, Yahweh! Compadece-te de nós! Oh Yahweh! Pela Tua benignidade e segundo a amplidão da Tua misericórdia, auxilia-nos a apagar nossas transgressões à Tua Lei. Lava completamente as nossas iniquidades e purifica nossos pecados. Conhecemos nossas transgressões e o nosso pecado está sempre diante de nós. Cria em nós, oh Elohim, um coração puro, e renova dentro de todos o espírito inabalável. Não nos repulses da Tua presença, nem nos retires do Teu Santo Espírito. Restitui--nos a alegria de Tua salvação, e sustenta-nos com o espírito voluntário. Ama-nos sempre. Assim seja".*

Abraçaram-se todos e se retiraram em enlevada conversação, para o repouso, naquela memorável noite.

Tércio, esposa e filha, juntamente com Abiel, ao chegarem em casa, acomodaram-se para um chá, antes do repouso. Enquanto Reyna despachou-se à cozinha para a preparação, Tércio retirou-se por algum tempo, deixando na sala, acomodados em pequenas poltronas, Abiel e Shaina.

Abiel estava sob a ação da afazia, mas seu olhar percuciente procurou o da filha. Shaina sustentou-lhe o olhar e de maneira calma falou-lhe:

– Quero que saibas que estou contente por tua recuperação e que apesar do tempo da separação, não guardo mágoas de ti. Sei que és meu pai carnal e que de certa forma devo-te a vida, mas o que construímos pelo caminho nos servirá de ponto de sustentação da alma ou de ponto de desequilíbrio.

"Jamais julgarei teu comportamento para comigo e mamãe, mas a sinceridade de meu coração me faz sentir que, se uma vez abandonaste os deveres sagrados da família e do lar, poderás, a qualquer momento, repetir a ação.

"Assim, embora não seja um pedido para que vás embora, na realidade não desejo que fiques para sempre nesta casa. Assim falo pelo amor filial que devoto a mamãe e a Tércio, que merecem a felicidade de que desfrutam. Julgo ser de bom alvitre que recuperes a fala, para seguir teu caminho, consciente de que nada temos a recriminar-te e que te consideres liberto das amarras que te prendem ao passado.

Shaina calou-se.

Abiel sentiu as palavras como sendo um misto de compreensão para com ele e de desilusão, pelo comportamento que há quinze anos atrás dera causa à infelicidade das duas. Não conseguiu disfarçar as lágrimas. Nada podia falar.

O momento foi interrompido pela chegada de Reyna, com chá e doces e logo em seguida pelo retorno de Tércio, que percebeu a tristeza do momento. Dirigindo-se a Abiel, Tércio falou:

— Caro amigo, agora que estás mais forte e disposto, apesar de tua mudez, preciso falar-te que conheço toda a história e o passado de Reyna e Shaina e também sei quem és.

Dizendo isto, fez propositada pausa.

Abiel não pôde conter o olhar de espanto. Tércio continuou:

— Sim, Abiel, sei que és pai de Shaina e ex-esposo de Reyna. Reyna narrou-me todo o passado, que não recrimino nem muito me interessa. A vida procurou juntar-nos em momento no qual eu muito sofria também, e aprendemos a nos conhecer, respeitar e amar.

Abiel, ao ouvir a última frase, sentiu como que uma agulhada no peito, mas disfarçou.

Tércio continuou:

— Apesar de todas as circunstâncias nas quais viemos a nos conhecer, e de ter ciência do passado, quero te dizer, Abiel, que não nutro a menor contrariedade com tua presença nesta casa, pois já aprendi a valorizar a atitude das pessoas que se dedicam em nosso favor e jamais esquecerei teu gesto para comigo, por isto quero tranquilizar-te. Podes ficar por aqui até que te recuperes completamente, em clima de paz, segurança e carinho de todos nós.

A última frase de Tércio abriu as comportas da alma de Abiel e ele chorou na presença de todos. Os anfitriões, ante o choro de Abiel, nada fizeram. Ficaram em silêncio. Reyna levantou-se e se apressou em servir o chá com doces.

Sorveram o chá. Abiel apenas olhava para todos os lados, sem fixar o olhar num ponto qualquer. Após beber o chá, levantou-se, acenou com a mão para todos e lentamente dirigiu-se a seus aposentos, fechando a porta com cuidado.

A sós no quarto, sentou-se na cama e novamente chorou. Trazia o coração pejado pelas dores da alma. Percebia claramente que as havia reencontrado para perdê-las novamente, mas, curiosamente, experimentava uma certa sensação de conforto. Não sentia revolta. Achava-se em paz, apesar de tudo e apesar de não conseguir mais falar desde o acidente.

Refletindo, notou que não nutria mais animosidade para com Tércio. É bem verdade que no começo ela existia, mas agora desaparecera e um sentimento de gratidão aflorava-lhe à mente. Quanto a Shaina, sentiu a amargura com que ela lhe dirigia a fala. Aquilo sim o deixava muito triste.

Um pouco cansado, preparou-se para o repouso, e ao deitar-se orou mentalmente: "Oh! Senhor de nossas vidas, aqui me encontro prisioneiro do amor, da dor e da solidão. Um viajante sem lar e sem destino! Não sei o que será de mim amanhã, mas peço, pelo Teu amor, que já aprendi a conhecer, que me auxilies a bem organizar minhas ideias e se possível me devolvas a fala. Desejo seguir viagem com Paulo. Já encontrei o meu passado e este, ao deparar-se comigo, deixou-me a marca viva dos erros, em razão dos quais terei agora que caminhar pela estrada dos acertos. Quero seguir-te sempre, mesmo que desfaleça nas forças, pois em Ti me encontro e me plenifico. Apieda-te de mim".

Após a prece, adormeceu.

XVII

A FUGA DE ABIEL

O dia resplandeceu, e quente, em Antioquia de Psídia.

Na casa de Doran, todos já estavam de pé, pela alva, e sorviam o delicioso desjejum preparado por Dinah, quando ouviram bater à porta. Doran apressou-se a abri-la e deparou-se com Abiel que, com um gesto de mão, cumprimentou-o e aguardou convite para entrar.

Doran abraçou o amigo, puxando-o para dentro, e dirigiram-se ao local da refeição matinal. Todos se alegraram. Paulo também abraçou Abiel dizendo:

– Viva! meu amigo! Que bom já ver-te recuperado, e bem cedo, bem disposto. Senta-te e toma o desjejum conosco.

Todos os demais abraçaram Abiel. Ele sorriu, e era um sorriso de felicidade. Se habituara ao carinho e à amizade de Paulo, Silas e Timóteo e sentia muita falta daqueles companheiros amorosos.

Abiel, acomodado, pôs-se a fazer a refeição e a ouvir a conversação.

Paulo estava expondo a todos os seus planos futuros e invocando também a atenção de Abiel, continuou:

– Amigos, a entrevista com o Procônsul Romano será hoje à tarde. Segundo nosso Tércio, houve a demora de alguns meses na marcação da mesma porque o Procônsul estava em viagem de fiscalização nas fronteiras.

"Ele me confidenciou que Cneo Domicius Corbolo, apesar de recém nomeado Procônsul da Ásia Menor, é General de carreira do Exército Romano; que é legalista e não tolera desobediência ou insubordinação.

"Disse-me também que apesar de se dar em boas tratativas com os judeus, não os aprecia muito, pois tem o conceito de que eles têm um comportamento volúvel.

"Ele confidenciou a Tércio, na última conversa que tiveram, estar sendo muito pressionado por Jetro, o chefe da Sinagoga local, para prender os seguidores de Yeshua, mas não demonstrava vontade de fazê-lo, embora, quando da chegada da ordem de prisão de Jerusalém, esta lhe foi encaminhada pelos judeus, e para manter o clima de cordialidade, aquiesceu em despachar soldados para auxiliar na prisão, fato que se deu naquele fatídico dia em que nosso Abiel foi atingido pela pata do animal.

"Ainda contou a Tércio que no retorno do Comandante com os soldados, inteirando-se dos fatos, despachara nota dura para a Sinagoga, dizendo que eles jamais poderiam prender um romano sem ordem do Imperador.

"Enfim, me parece que é uma pessoa firme e sensata. Nossa pretensão é pedir a ele proteção para o nosso Núcleo.

"Pressinto que na ocasião da entrevista, de alguma forma, devo-lhe falar sobre Yeshua.

Após isto, disse que havia conseguido um sinal positivo da parte dos Anjos que assessoram o Messias, incutindo-lhe certeza quanto ao projeto. Após breve pausa, continuou:

– Pretendo seguir viagem. Há muito por fazer, e a doutrina do Messias corre sérios riscos. Precisa ser anunciada a outras gentes o quanto antes.

Fez nova pausa.

– Pretendo ir para a Ásia Central e depois de levar a Boa Nova para esse território, pretendo também ir a Trôade, e ali aguardar novas orientações de Yeshua.

Aduziu mais considerações, porquanto o plano de trabalho era vasto e ousado. Nova pausa e o Cireneu, percebendo o olhar de angústia de Abiel, como que adivinhando o que ele pensava, ponderou:

– Amigo Abiel, leio os teus pensamentos e vejo que queres seguir conosco, entretanto, o receio por tua saúde impõe-me o dever de recusar que assim faças. Estás com a cabeça ainda não de todo cicatrizada e tua exposição ao tempo, ao relento, ao frio, ao sol causticante, à chuva, poderão trazer consequências graves, que não desejamos para o amigo.

Paulo percebeu os olhos marejados de Abiel, que sem poder falar, pediu a Dinah por gestos lhe ajudasse com material para escrever. Dinah providenciou o necessário e Abiel escreveu a Paulo:

– Bom amigo, não posso mais ficar na casa de Tércio. Quero ir contigo, e tu sabes a razão!

Paulo entendeu. Foi Dinah que prontamente disse:

– Bom Paulo, penso contigo. Abiel não tem ainda saúde para acompanhar-te. Sugiro e oferto ao nosso amigo que até o seu total restabelecimento, fique aqui em nossa casa. Nós não temos filhos, somos somente os dois. A casa tem amplas condições de recepcionar o amigo, além do que, Abiel poderá frequentar nosso Núcleo de oração e trabalho.

Olhando para Abiel, perguntou-lhe:

– Que tal? Aceitas, Abiel?

Abiel ouvira tudo com apreensão. Agradeceu com um sorriso e um gesto afirmativo com a cabeça.

– Pois bem, falou Doran! Abiel nem precisará voltar para a casa de Tércio. Irei pessoalmente falar com nosso amigo romano e pegarei todos os pertences dele. Concordam com isto?

Todos concordaram.

Abiel, embora sem falar, pensava que parecia estar saindo da casa de Tércio como um fugitivo, mas ele não tinha mesmo como explicar nada, porque a afasia era total e talvez fosse melhor assim mesmo, pois não desejava perturbar a felicidade de Reyna, de Shaina nem de Tércio.

Aceitara a oferta de Dinah, de pronto, porém cogitava, sim, seguir Paulo a todo custo. Terminada a refeição matinal, Dinah pediu providências aos serviçais para que encaminhassem Abiel ao aposento selecionado para ele, e disse a Abiel que ele poderia repousar. Doran saíra apressadamente na direção da casa de Tércio.

Paulo, Silas e Timóteo, como haviam combinado, saíram ao encontro de Asnar e Tobias, pois desejavam a presença deles na reunião com o Procônsul Romano, mais à tarde.

Doran aproximou-se do sítio de Tércio, curiosamente no mesmo instante em que este saía portão afora. Ao ver Doran, foi na sua direção, saudando-o:

– Amigo Doran, que alegria. A que vens tão cedo a minha casa?

Doran retribuiu o cumprimento, dizendo:

– Amigo Tércio, venho nas primeiras horas do dia, para tratar de assunto um tanto delicado.

E narrou a Tércio o ocorrido há pouco em sua casa. Tércio coçou a cabeça e disse:

– Interessante. Abiel é acostumado a levantar-se cedo e fazer caminhadas, depois retorna para o desjejum, e nesta manhã estranhamos a sua ausência mais demorada e o que eu almejava fazer, neste instante, era procurá-lo.

"Bom, se assim quer nosso Abiel, nada se pode fazer em contrário.

Olhando firmemente para Doran, convidou-o a entrar. Iria aviar os pertences de Abiel para Doran levá-los.

Reyna e Shaina estavam a postos para o desjejum e igualmente surpreenderam-se com a presença de Doran logo cedo. Tércio adiantou-se e narrou os acontecimentos. Reyna nada falou, o mesmo acontecendo com Shaina. Tércio pediu licença e dali a instantes trazia um embornal com algumas túnicas dobradas e uma sandália envelhecida pelo tempo, entregando tudo a Doran. Este agradeceu a Tércio, Reyna e Shaina e dirigindo-se à porta abriu-a, voltou as costas, acenou e fechou a porta do passado de Abiel.

Após a saída de Doran, Tércio sentou-se novamente para terminar a refeição matinal. Estranhara a atitude de Abiel, em que pesasse a dificuldade física que este apresentava, por estar completamente mudo. Pareceu-lhe que Abiel não queria mais contato com eles.

Como Tércio mantinha-se em silêncio, a esposa, que também via tudo com estranheza, declinou:

— Querido marido, também estou surpresa com o acontecido. Procuramos de todas as maneiras tratar bem e auxiliar Abiel. Tivemos, é claro, forte vínculo, porém esse vínculo rompeu-se e ficou no passado. Entretanto, penso que devamos sempre valorizar os fatos positivos da nossa existência. Em relação a Abiel, entendo que o legado único da trajetória que tivemos chama-se Shaina.

Ao dizer isto, olhou para a filha, que se achava cabisbaixa, com o olhar perdido na distância do tempo.

Reyna prosseguiu:

— Desse modo, bondoso Tércio, cogito que somente tentamos auxiliar, contudo, a mão do destino nos afasta pela segunda vez, e entendo que tudo está sob a ação de Yahweh. Temos que dar tempo ao tempo, pois tudo em nossa vida obedece a um fim útil.

Reyna calou-se.

Tércio, admirado com a sensibilidade e firmeza da esposa, falou:

— Bondosa Reyna, tens razão. Tudo fizemos para que Abiel estivesse bem aqui conosco. Entendo que o problema da fala é um quadro duro que ele atravessa na existência, mas vamos dar tempo ao tempo.

Shaina nada falara. Apenas continuava com o olhar perdido, porém, após Tércio calar-se, disse:

— Mamãe e papai, eu nada fiz que pudesse ser levado na conta de ofensa a Abiel. Se lhe pedi que quando estivesse melhor deixasse nossa casa, não foi para ofendê-lo, mas para que se conscientizasse que apesar de nada termos reclamado, ainda sentimos na alma um pouco das agruras que passamos, e não seria justo que ele viesse, agora, depois de tanto tempo, estragar a felicidade de nossa família. Daí porque, talvez eu tenha sido mesmo um pouco dura. Não queria que os fatos tomassem o rumo que tomaram.

E como querendo encerrar a conversa, arrematou:

— Pois bem, todos somos responsáveis pelas escolhas que fazemos. Coloquemo-lo em nossas orações e pensamentos a Yahweh, que o resto será sempre com o Senhor da Vida.

Sensibilizados com a demonstração de maturidade por parte

de Shaina, Tércio e Reyna concordaram e resolveram que se Abiel precisasse, estariam sempre dispostos a auxiliá-lo. Respeitariam a decisão que ele tomou.

Doran retornou da casa de Tércio e entregou a Abiel seus poucos pertences, que ele havia lá deixado. Abiel, com gesto indagativo no olhar, esperou que Doran relatasse o desdobramento da visita. Doran compreendeu, dizendo-lhe:

– Caro Abiel, tudo transcorreu em clima de paz, embora Tércio tenha manifestado não entender tua vontade, mas respeitou-a. Ele, a esposa e a filha desejaram que continues te recuperando e se colocaram sempre a teu dispor.

Abiel ouviu a narrativa, mais calmo, e embora um sentimento de decepção lhe aflorasse à mente, pensou: Sim, era muito melhor que as coisas terminassem dessa maneira. Não pudera conversar com Reyna como pretendia. A afazia lhe tinha tirado essa oportunidade e sentia que Shaina nunca o havia perdoado, uma vez que ela demonstrava sentimentos contraditórios, ora manifestando amor por ele, ora o evitando.

Abiel respirou fundo e pensou: Deve mesmo ser feita a vontade de Yahweh, e se Ele não permite o restabelecimento da relação, que seja assim. Que cada um siga rumo de suas vidas.

Duas lágrimas grossas banharam-lhe a face.

Olhando para Doran, agradeceu com um gesto de reverência.

XVIII

Paulo visita o Procônsul da Frígia e da Galácia e cura sua esposa

Abiel se retirou para o aposento cedido. Precisava ficar um pouco sozinho. Paulo, Silas e Timóteo, na companhia de Doran, saíram na direção da banca de Tobias. Lá chegando, foram saudados em clima de alegria.

Tobias abraçou todos e disse que o romano Tércio marcara a entrevista com Cneo Domicius Corbolo para a terceira virada do sol, à tarde. Entreteceram animada conversação. Estavam tão absortos que não notaram a presença de Jetro e mais três judeus em banca próxima. Os membros da Sinagoga se achavam em clima de revolta interior. Jetro cogitava, no seu meio, que por pouco, muito pouco, não conseguira prender o tresloucado de Jerusalém.

Em dado momento, Asnar chegou ao grupo, saudou a todos e puxando-os em um círculo, falou em tom baixo:

— Irmãos, se ainda não perceberam, estão sendo vigiados por Jetro. Peço que continuem a conversação, mas não relaxem a vigilância.

— Sim, meu caro Asnar, — disse Paulo, — vamos vigiar, mas não vamos perder nossa autenticidade em Yeshua.

Após a conversação e os ajustes para a tarde, combinaram que todos os que ali estavam iriam juntos à entrevista.

O almoço foi servido na casa de Doran. Dinah tinha mandado fazer um assado de cordeiro, com molho à base de tomilho, e broa apetitosa.

Todos estavam juntos, inclusive Abiel, que saíra do seu aposento tão logo percebera o retorno de Paulo e dos demais.

Sentaram-se para a refeição.

Paulo pediu para Timóteo fazer a prece de agradecimento pelo pão do corpo. Após a prece, iniciaram o almoço. Paulo então perguntou a Abiel:

– Amigo, estás bem?

Abiel fez um gesto afirmativo com a cabeça.

O Cireneu continuou:

– Pretendo, amigos, após a entrevista com o Procônsul Romano, deixar aviadas as providências e garantias necessárias para que nosso Núcleo não ressinta a sanha perversa dos judeus membros da Sinagoga local.

"Como em outros lugares por onde passei, e principalmente Jerusalém, não querem compreender o que me ocorreu e não me perdoam, colocando-me na conta de desertor e, o que é pior, de traidor.

"Nutro a convicção plena de que jamais desertei de Yahweh e de Suas leis e muito menos de que traí a Lei Divina. Tenho que respeitar o que pensam, no entanto, dia virá, no futuro, em que a verdade triunfará sobre as iniquidades humanas. Após nosso contato da tarde, faremos, à noite, em nosso Núcleo, nosso último estudo da minha estada nesta cidade.

"Tenho sonhado com a tarefa de pregação dos ensinos do Messias por toda a Ásia, daí porque deveremos seguir para lá, amanhã, sem tardança. Fez breve pausa e olhando para todos, percebeu uma nesga de tristeza nos olhos de Doran e Dinah e um olhar misto de angústia e até desespero de Abiel.

Paulo prosseguiu:

– Quero desde já deixar registrada ao casal amigo a minha gratidão eterna por tudo o que fizeram por mim e por meus amigos, eis que reconheço ser um grande devedor que luta para constituir créditos na balança Divina. Vós também tendes a difícil tarefa de sempre buscar aglutinar o grupo de seguidores de Yeshua. Pedirei a Yahweh que nunca vos falte ânimo, coragem e perseverança.

Olhando na direção de Abiel, continuou:

– Quanto a ti, amigo Abiel, penso que, em razão de tua dificuldade, deverás ficar em Antioquia de Psídia mais um tempo.

161

Paulo fez breve pausa.

Abiel, que tudo ouvira, sentiu uma dor profunda no seu íntimo. Apesar de reencontrar a esposa e a filha, não tinha mesmo direito algum sobre elas e os acontecimentos, ao invés de uni-los, os afastara novamente.

Também não desejava apartar-se de Paulo e da companhia de Silas e Timóteo. Não, não ficaria ali. Iria com Paulo e o grupo.

Após a continuação da conversação e o encerramento da refeição, retiraram-se aos seus aposentos para o descanso tradicional.

Todos reunidos, inclusive Abiel, que fazia questão de acompanhar o grupo, dirigiram-se ao encalço de Tobias e Asnar. Chegando na banca do velho asmoneu, lá se depararam com o romano Tércio.

Abiel cumprimentou Tércio com gesto gentil. Tércio correspondeu.

A caravana tomou a rua na direção da Intendência Romana. Conversavam animadamente, seguidos à distância por Jetro e sua comitiva. Chegaram à frente da cerca que dividia a rua do local que era guardado por uns trinta soldados romanos. O chefe da guarda alertou:

– Quem vem lá e o que desejam?

Tércio adiantou-se, apresentando o grupo, dizendo que tinham uma entrevista com o Procônsul. O chefe da guarda pediu que esperassem e adentrou em pequeno pórtico. Depois de alguns instantes, retornou dizendo:

– Sim! Temos a anotação aqui.

Chamando dois soldados, falou para um deles:

– Lucius, acompanha o grupo até a sala das entrevistas.

Atravessamos, em silêncio, enorme pátio. Vimos diversos grupo de soldados, os aposentos dos militares, as cavalariças, e ouvimos o tinir de espadas e escudos que provinham de grupos de soldados se exercitando, até que tivemos acesso à casa central.

Eram instalações imponentes. Um pátio com duas colunas enormes e no alto das colunas, duas águias grandes incrustadas, em barro cozido. Pareciam olhar para baixo, como que a vigiar quem chegasse.

No pórtico, fomos recebidos por três soldados. Dois ficaram com o grupo e um, após rápido colóquio com Tércio, deixou o local.

Esperamos, e logo o soldado voltou, acenando para entrarmos.

Penetramos ampla sala, com piso em mármore branco, as paredes em pedra, e nos quatro cantos da sala, também em mármore, a representação de quatro leões em posição de ataque.

Lindos vasos de figuração desconhecida, grandes e pequenos, traziam flores diversas. Tapetes ricamente adornados e, quase ao fundo, numa pequena elevação da sala, havia um trono com dois lugares, com braços altos.

Bem se via ali a presença do luxo e do poder.

Logo a seguir, escutamos a batida de três palmas e o anúncio do soldado:

– Saúdem, em nome do Imperador Tiberius Claudius, o Procônsul Romano da Ásia Menor, Cneo Domicius Corbolo, Comandante das Tropas Romanas do Norte.

O Procônsul entrou na sala, e rapidamente se dirigiu para o trono, sentou-se e esperou.

Paulo e os demais continuaram em pé. O soldado insistiu:

– Saúdem o Procônsul, reverenciando-o.

Tércio tomou a iniciativa.

Ave César! Ave Nobre Procônsul! Saudamos sua presença e falamos da nossa gratidão por atender ao nosso pedido para a audiência.

Este consentiu com um gesto de mão, respondendo:

– Ave César! Gostaria que fossem breves. O tempo me é escasso; os afazeres de Estado e a preocupação com a unidade do Império tomam-me muita atenção. Digam-me a que vieram e o que desejam!

Paulo, dando um passo à frente, falou:

— Nobre Procônsul, pedimos esta entrevista para vos falar a respeito dos objetivos de pequeno Núcleo fundado nesta cidade, constituído de pessoas, dentre elas alguns cidadãos romanos, que se dedicam a uma nova causa.

— Nova causa? — Indagou, surpreso o Procônsul;

— Sim, sim, — respondeu Paulo, — o Procônsul bem sabe que Roma permite aos judeus que professem sua crença livremente e buscam não se imiscuir na tradição do povo, e sabe também da existência de antagonismo no próprio terreno destes.

Fez breve pausa, acompanhada pelo olhar inquiridor da autoridade romana, e então continuou:

— Já deve também ter chegado a vossos ouvidos o que se comenta por aí a meu respeito. Entretanto, não é sobre minha pessoa que está centrado o objetivo desta entrevista. Eu apenas sou um instrumento de que Yahweh, o nosso Deus, dispõe, segundo a vontade d'Ele. O que nos leva a estar diante de Roma é o desejo de poder praticar livremente nossa crença nova, que se baseia nos ensinamentos de um nazareno nascido em Belém, sob a casa do Rei Davi, de Israel.

"Tem ocorrido, nobre Procônsul, que os seguidores do que chamamos Boa Nova têm-se ressentido das campanhas de ofensas morais e até físicas perpetradas pelos membros da Sinagoga local.

"Ainda há pouco tempo, sob vossa chancela, destacamento militar quase nos prendeu, mesmo sem saber antes quais eram as acusações formuladas para que lograssem êxito no tentame.

Paulo propositadamente calou-se, fez um instante de silêncio e prosseguiu:

— Eu mesmo, embora judeu de nascimento, sou filho da cidade de Tarso e tenho cidadania romana, razão pela qual o oficial da vossa intendência não me prendeu. Então, é desse modo, na condição de cidadão romano, que venho pedir-vos proteção para nosso Núcleo, pois Roma é tolerante com as crenças dos povos conquistados.

Paulo silenciou.

O Procônsul Cneo Domicius Corbolo era um homem portador de um espírito guerreiro. Era duro e enérgico, mas também era reconhecido como um homem hábil e justo. De seus olhos, Paulo pôde colher uma forte energia que parecia atravessar seus próprios olhos.

Era mesmo um homem afeto a desafios e nutria a satisfação de nunca ter-se afastado ou virado as costas ao perigo. Julgava que os homens de Estado romanos, na sua grande maioria, faziam-se prevalecer pelas armas, mas ele pensava um tanto quanto diferente, pois fazia parte de um seleto grupo de autoridades romanas que possuíam habilidade com a palavra e no trato com os comandados. Assim, era muito benquisto pela tropa romana que estava sob seu comando, bem como na corte do Imperador Tiberius Claudius, que o nomeara para a função.

Ouviu a fala de Paulo e refletiu um instante. Invadira-lhe certa curiosidade, ante a coragem e até mesmo insolência daquele interlocutor, que parecia ter vindo ao seu palácio para fazer exigências. Coçou a cabeça, em gesto automático, passou a mão pelo rosto e olhando nos olhos de Paulo, disse:

— Ora, ora! Vejo que a fama que te precede é justa. Falam-me de um judeu que tem o dom da palavra e que abandonou suas raízes para velejar nos mares revoltos de uma nova doutrina, chegando também aos meus ouvidos que és portador de clara demência.

O Procônsul fez pausa propositada.

— Mas, pelo que vejo e me relatas, e pela forma com que me diriges a palavra, não consigo localizar demência alguma e sou obrigado a reconhecer, pelo que leio nos teus olhos, que és um homem corajoso. Que bom que és cidadão romano, pois, caso não tivesses a cidadania de Roma, já pela tua fala de há pouco, mandaria atirar-te no calabouço.

Calou-se e a seguir, continuou:

— Os judeus de fato têm me pressionado para prender-te, porém, até este momento não vi necessidade disso. Até mandei espionar-te, e os relatos que me trouxeram não me deixam ver alguém que coloque Roma em risco algum e não me forneceram indícios para prender-te. Então determinei que tolerassem tua presença, mas que monitorassem tuas falas para ver se não há incitação a alguma revolta contra Roma. Por isto é que estás livre e estás aqui pedindo proteção para o teu grupo que segue esse novo Deus judeu. Não é assim que chamam aquele que foi condenado na cruz do sacrifício?

Ao dizer isto, o Procônsul não conseguiu disfarçar uma ponta de curiosidade ante a reação que Paulo poderia ter.

Paulo, como que atingido por um petardo, não gostou da ofensa da autoridade romana e pretendia revidar o acinte à altura, quando, de repente, viu, pelos olhos da alma, ao lado do Procônsul, Estêvão, que olhava para ele compassivamente, pedindo-lhe mentalmente compreensão para com o momento e para com aquela autoridade.

Paulo então continuou calado.

O Procônsul, mais uma vez olhando para Paulo, disse:

— Aliás, tenho também sabido que fazes milagres em nome desse Messias. Não é assim que o chamam?

E continuou:

— Meu caro cidadão romano, mas que é judeu, Paulo, eu te proponho um desafio, neste instante. Antes, porém, relato que não conheço teu Deus, que é, como dizes, o mesmo dos judeus da Sinagoga. Assim, não posso fazer juízo de valor sobre Ele.

"Desde pequeno, meu pai direcionou-me na tradição dos deuses lares, e reverencio Júpiter, nosso *Optimus Maximus*, Juno e Minerva. Faço os sacrifícios, porém não tenho obtido respostas para um drama pessoal que te exponho no momento.

"Ocorre que minha esposa, Cássia, tem sofrido com uma doença que lhe marca toda a pele com pontos vermelhos e feridas pequenas, de onde sai pus malcheiroso. Já faz três anos que ela sofre, e mal e mal sai de seus aposentos.

"Então, o desafio é o seguinte: Demonstra-me a força de teu Deus, e cura a minha esposa. Aceitas o desafio?

Paulo sentiu a proposta e percebeu que se se negasse a aceitar o desafio, muito embora romano, poderia ser preso pelo Procônsul, por desobediência à autoridade. Se aceitasse, não poderia temer falhar. Olhou firmemente para o Procônsul, divisou Estêvão, que ainda estava ao lado dele e agora sorria, e então respondeu:

— O Deus que reverencio é o Deus de todas as coisas e tudo para Ele é possível. O mesmo se dá com Yeshua, que é o enviado. Sob a inspiração d'Eles e sob a proteção dos anjos, aceito o desafio. Levai-me até ela.

A um sinal do Procônsul, o ordenança pediu aos demais que aguardassem naquela sala e acercando-se de Paulo o intimou a segui-lo. Acompanhados pelo Procônsul, deixaram o salão.

Ato instintivo, Silas reuniu os demais e pediu que ficassem a orar, pedindo a Yahweh e a Yeshua, iluminação para Paulo.

Passaram por dois corredores que davam em outra grande sala, cruzaram-na e logo a seguir estavam nos aposentos do Procônsul. Cássia achava-se deitada e coberta até o pescoço. Sentia frio. Ao olhar o marido e vendo o ordenança e aquele estranho, ficou sobressaltada.

Cneo Domicius Corbolo sentou-se ao lado da esposa e disse calmamente:

— Minha querida, não te assustes. Trago comigo um romano, mas que é judeu. Seu nome é Paulo. Dizem que opera prodígios em nome do Deus dos judeus, e em nome de um nazareno conhecido pelo nome de Yeshua. Ele se dispõe a ajudar-te em possível cura. Fica tranquila.

O olhar de Cássia era de aflição. Paulo acercou-se do leito e olhando para ela viu seu rosto marcado pelas pústulas, mas procurando tranquilizá-la, sorriu. O sorriso do Cireneu estava carregado de amor e bondade e Cássia sentiu um leve bem-estar. Nada falara e nada falou.

Paulo pediu ao Procônsul que se afastasse, ao mesmo tempo que pediu que todos fechassem os olhos, inclusive a doente, e imediatamente pôs-se a orar.

A fé era para Paulo o que a vara de Deus era para Moshe.

– *Oh Yahweh! Os que com lágrimas semeiam, com júbilo ceifarão. Quem sai andando e chorando enquanto semeia, voltará com júbilo.*

"Como suspira a corça pelas correntes das águas, assim, por Ti, oh Elohim, suspira minha alma. As minhas lágrimas têm sido o meu alimento dia e noite.

"Bendizemos o Teu Filho amado, que nos ensinou que são bem-aventurados os que choram, pois serão consolados.

"Eis que Tu, Mestre Yeshua, nos ensinaste que tudo é possível ao que crê. Eu creio e peço ajuda para que esta pobre alma recupere seu vigor, em honra ao Teu nome e do nome do nosso Criador.

Calou-se e impôs as mãos, inicialmente sobre a cabeça da doente e após, em movimentos horizontais, por sobre toda a extensão do corpo de Cássia. Assim fez por algum tempo, já agora sob o olhar curioso do Procônsul e do soldado.

Paulo, no instante do atendimento, com os olhos da alma, viu espiritualmente que Estêvão, Acádio e o médico Jamil, que ali compareciam naquele momento, tinham se juntado a ele na imposição das mãos sobre a doente.

Mais alguns instantes e Paulo abaixou as mãos, afastou-se um pouco da cama e a cena que ocorreu a seguir foi extraordinária e comovedora. Como se o corpo de Cássia estivesse sendo coberto por uma fina camada de pele rejuvenescida, os vermelhos e as pústulas foram lentamente desaparecendo.

A doente percebeu que algo ocorria em seu organismo e instintivamente levou as mãos à face e elas deslizavam suave e maciamente. Quis falar. Quis gritar. As lágrimas molharam seu rosto e o sentimento de alegria e mesmo de gratidão brotou de seus olhos. A muito custo pronunciou:

– Oh bondoso anjo! Não sei o que te dizer!

O Procônsul, aquele homem forte e decidido, chorava, e o soldado que acompanhou a cena estava também sob forte impacto.

Cássia descobriu os braços e viu que estavam sem as feridas. Ainda num misto de choro e sorriso, levantou-se e foi na direção do Procônsul. Seus pés, ah! seus pés estavam também lisos e macios. Abraçou o marido e estendeu uma mão na direção de Paulo, falando:

— Dize-me quem és, pois já sou testemunha da força e da vitória de teu Deus!

Paulo pegou a mão de Cássia, beijou o dorso delicadamente, disse ao Procônsul que aguardaria na sala de entrevistas e retirou-se com o soldado.

Ao chegar diante dos amigos, o sorriso de Paulo lhes foi a confidência. Paulo disse:

— Yahweh compareceu neste palácio, e também Yeshua, pois Ele nunca distinguiu os ricos dos pobres, os poderosos dos fracos e disse que veio para aliviar e curar, principalmente os doentes da alma.

Abraçaram-se. Algum tempo depois, a porta da sala de entrevistas se abriu e o Procônsul, acompanhado de Cássia, sem necessitar que fosse anunciado, retornou. Fez a esposa sentar-se a seu lado e olhando para Paulo falou:

— Bondoso Paulo, a minha vida, a minha posição e o meu cargo estão para servir-te. O que posso fazer para retribuir o milagre que acabas de perpetrar?

Paulo retrucou:

— Não sou bondoso nem milagroso. Estas são as qualidades do meu Mestre Yeshua. Não vim fazer qualquer troca. Se o Mestre curou vossa esposa é porque ela assim o merecia. Eu apenas vim pedir-vos que enquanto esta cidade estiver sob vossa jurisdição e comando, possais ofertar proteção aos nossos amigos do Núcleo dos Seguidores do Homem do Caminho, nosso Yeshua.

O Procônsul ouviu e falou:

— Dizes bem. Também não sou homem afeto a trocas para a tutela do poder. Entretanto, fui eu que o desafiei e o que fizeste hoje traz-me de volta a felicidade que já imaginava distante.

Cneo Domicius Corbolo, então, levantou-se do trono, caminhou na direção do Cireneu e, surpreendendo, o abraçou e disse:

– Quero que possas ir em paz e confiante, mensageiro divino. Aqui estaremos para de algum modo servir à tua causa. Quanto a esta cidade e eventual outra região que esteja sob minha jurisdição, esteja certo de que os Núcleos dos Seguidores do Homem do Caminho, como os chamas, não serão molestados.

Paulo, então, num gesto de reverência, disse ao Procônsul:

– Agradeço-vos, em nome de nossa comunidade. Tenho certeza que Yeshua esteve em vossa casa, porque sois também um homem justo. Almejo que assim prossigais, para que a felicidade seja a companheira que de vós não se aparte.

Abraçaram-se novamente. Paulo agradeceu, e a pedido do Procônsul, o soldado ordenança encaminhou o grupo para fora.

Ao saírem na rua, todos comentavam sobre a inspiração de Yeshua. O romano Tércio estava simplesmente impactado, e Abiel, no íntimo, vibrava. Um pensamento o tomou de inopino: Será que Paulo não poderia curá-lo?

XIX

A LIÇÃO DA NOITE SOB A PROTEÇÃO DE ROMA

Todos estavam reunidos no Núcleo, inclusive Tércio, que levara com ele Reyna e Shaina. Também estavam presentes os familiares de Asnar e de Tobias, Doran e Dinah. Quanto a Abiel, este sentia um certo desconforto, mas preferindo ficar distante de Reyna e Shaina, afastava os pensamentos desalinhados que tentavam penetrar em sua casa mental.

A saudação inicial foi de Tobias:

O velho asmoneu, rendendo graças a Yahweh, falou a todos da alegria daquele momento, com a certeza de que o grupo poderia reunir-se em paz e sem perseguição, dali por diante, exaltando a cura que Paulo fizera.

Após, pediu a Silas que desenrolasse o pergaminho e lesse o trecho da lição da noite.

Antes que Silas iniciasse a leitura, um tropel de cavalos começou a fazer-se audível. Todos se sobressaltaram. Tércio, porém, usando da palavra, disse:

— Tenham calma, irmãos. Após o que se deu no Proconsulado Romano, fui chamado pelo Comandante Adriano e ele me disse que tinha recebido ordens do Procônsul para verificar quais os dias em que nos reunimos aqui. Disse que hoje à noite teríamos encontro, ocasião em que Paulo falaria novamente ao grupo. Então ele me disse que enviaria um destacamento para proteção do Núcleo e que isso se repetiria todos os dias em que houvesse reunião.

Os cavaleiros chegaram. Leve batida na porta. Tércio apressou-se em abri-la e todos ouvimos a saudação:

— Ave César! Senhor Tércio, apresento-me novamente: Comandante Adriano, em missão de salvaguarda deste vosso Núcleo. Prossigam a reunião com tranquilidade. Ficaremos aqui fora até o término. Apenas faremos um fogo para nos aquecermos. Nada temam.

Tércio agradeceu, pediu licença e fechou a porta. Então, Silas iniciou a leitura da lição extraída das anotações de Levi:

— Bem-aventurados os que são misericordiosos, porque obterão misericórdia.

"Se perdoardes aos homens as faltas que cometerem contra vós, também Vosso Pai Celestial vos perdoará os pecados, mas, se não perdoardes aos homens quando vos tenham ofendido, Vosso Pai Celestial também não vos perdoará os pecados.

Paulo, olhando para todos, iniciou o comentário:

— Irmãos, a alegria em meu coração é pujante. Estar com todos nesta noite, apenas reafirma a certeza de que servir na vinha do Senhor é recompensa intraduzível.

"Antes que viesse a nova fé, estávamos sob a tutela da lei traduzida por Moshe e nela encerrados.

"No entanto, para essa nova fé, que de futuro haveria de revelar o amor de Yahweh, tínhamos necessidade da Lei Antiga, que serviu para nos conduzir até o momento da vinda de Yeshua. Tendo vindo a nova fé, já não permanecemos subordinados ao passado, pois todos somos filhos de Elohim, mediante a fé em Yeshua.

"Sob o vínculo da nova fé, aprendemos que o amor não prescinde da misericórdia, antes lhe é o bastão ou a bengala, por isto, no mundo não há mais lugar para a ausência do perdão.

"Yeshua sofreu em nosso lugar, deixando-nos o exemplo para seguirmos seus passos. Ele não cometeu pecado, nem dolo se achou em sua boca. Quando ultrajado, não revidou o ultraje. Quando maltratado, nunca ameaçou a quem o maltratava.

"Deu à misericórdia o destaque necessário, concitando-nos a perdoar e agir com magnanimidade para com o próximo. Assim, pois, quem quiser compreender toda a plenitude das palavras de Yeshua, deve esforçar-se em conformar com Ele toda a sua própria vida.

"Não são as palavras sublimes que tornam o homem misericordioso e justo. É a vida virtuosa que o torna agradável a Yahweh.

"Precisamos agir na direção do bem de todos, sob o estigma da caridade. Se eu soubesse quanto há no mundo e não tivesse caridade, de que serviria isso perante Yahweh, que me há de julgar segundo a minha obra?

"Muitas palavras não formam a satisfação da alma, mas uma palavra justa confortará e nos ofertará uma consciência pura e nos candidatará a receber a confiança de Yahweh.

"Quanto mais a criatura recolher-se em si mesma, buscando tornar-se simples de coração, mais luz sempre receberá, e entenderá o Pai Celestial. Não se deve, pois, dar crédito a qualquer palavra nem obedecer a todo impulso, antes, analisar e pesar as coisas na presença de Yahweh, com vigor e prudência.

"O homem prudente não crê livremente em tudo o que lhe é narrado, porque busca compreender as fraquezas humanas. Grande sabedoria é não agir com precipitação, nem tampouco se prender ao próprio parecer.

"Antes de julgares, aconselha-te com varão sábio da consciência e procura antes instruir-te com o melhor que possuis, utilizando-te dos sentimentos do amor e da piedade.

"Quando a dúvida te assalte, em relação a teu próximo, a um teu companheiro qualquer, não confies somente em ti mesmo, mas põe em Yahweh o juízo, e agirás sempre com misericórdia.

"Quisera eu ter calado mil vezes e não ter falado com os homens. Por que razão gostamos tanto de falar e conversar, quando, raras vezes, escolhemos o silêncio, sem apresentar a alma magoada? Voltemos os olhos para nós mesmos, e guardemo-nos de julgar as ações alheias.

"Se teu irmão pecou contra ti, exercita sem demora o perdão. O perdão é caridade, e sem caridade, de nada vale a obra exterior, tudo porém, a quem com caridade procede, por mais desprezível e insignificante que seja, produz frutos em abundância, porque Yahweh se compraz tanto na obra quando na intenção com que a fazemos.

"Aquilo que o homem não consegue emendar em si mesmo, conseguirá mantendo paciência e tolerância, até que Yahweh disponha de outra maneira. Por isto, não contendas com o agressor. Encomenda-o a Yahweh, para que seja feita a vontade d'Ele e seja Ele honrado por todos os seus servos, pois a sua Divina Sabedoria tira o bem do mal.

"Se ainda não podes modificar-te, como pretendes aprumar os outros à medida dos teus desejos? Muitos queremos que os outros tenham perfeição, mas, ao invés disso, não procuramos emendar as nossas faltas.

"*Bem-aventurado é aquele que perdoa, porquanto esse não será nunca desterrado e será sempre peregrino sobre a Terra.*

"*Perdoa, ama, sê misericordioso, e terás semeado no campo da alegria, que não pode haver maior sem o testemunho da consciência reta.*

"*Foi o que nos disse Yeshua: 'O Reino de Yahweh está dentro de vós'. Converte, pois, o teu coração. Aprende a entregar-te ao amor e à caridade e prepara para Yeshua, no teu interior, digna morada.*

"*Ele virá sempre a ti e manifestará a tua consolação, e isto fará aos que são misericordiosos.*

"*Se possuíres Yeshua, serás portador da riqueza eterna e terás o quanto é preciso para a felicidade da consciência tranquila. Age, pois, em qualquer circunstância, com a palmatória do amor.*"

O grande Cireneu calou-se.

O silêncio parecia dedilhar notas de sublime melodia. As lágrimas, quais dançarinas, saltavam em nossos olhos, e sentimos que uma paz extraordinária e otimismo contagiante varria toda a assembleia.

Passados os instantes que queríamos fazer perdurar, o velho asmoneu foi quem primeiro falou:

– Amado amigo de Yeshua! Não temos como agradecer-te por esta lição; por este ensinamento tão profundo, tão tocante e que trouxe o alimento necessário à nossa alma e coração. Não temos mais dúvidas sobre a manifestação amorosa de Yahweh, quando providenciou que Yeshua viesse para nós.

"Nossos propósitos devem ser maiores do que nossas simples reflexões. Precisamos agir. Sentimos claramente que Yeshua veio trazer grande mudança para nossa Terra, ensinando o amor sobre todas as coisas, como sendo o sentimento necessário para crescermos em espírito e verdade.

"Deste modo, tomara que seja a nossa trajetória a que vai influenciar na grande transformação de nossa casa íntima, derrubando, lá dentro, o templo da ignomínia, da dureza dos corações, da rebeldia, da calúnia, da maledicência e do perjúrio, para que, mesmo sob o peso dos testemunhos difíceis, possamos auxiliar na fixação do Reino de Amor e Justiça.

"Nós não somos fracos. Apenas, ainda não descobrimos a extensão de nossa fortaleza. Amanhã, oh Amado Cireneu, não teremos a tua presença física, mas todos estaremos empenhados na vivência desses ensinamentos que modificarão toda a paisagem humana. Vibramos para que em breve possas aqui retornar.

"Seguirás com a nossa gratidão eterna, e onde fores ou estiveres, lembra-te de nós, os que já bendisseste como os trabalhadores dos primeiros momentos. Que nunca te falte e também a todos nós, o amparo e as bênçãos de Yeshua.

Novo silêncio, que ninguém queria quebrar.

Asnar, a seu turno, convidou todos para orar a oração do Pai Nosso, ensinada por Yeshua. Todos o acompanharam em pensamento.

Após, Tobias deu a reunião por encerrada. Todos buscaram abraçar-se, e naquele momento, Reyna e Shaina aproximaram-se de Abiel. Este, olhando-as, surpreso, ficou imóvel. Paulo, percebendo o momento, aproximou-se deles e puxando os três ao seu abraço, permitiu que todos se abraçassem, sem nada falarem. Então falou ao pequeno grupo:

– Amigos queridos. Tudo na vida nos é um grande ensinamento e as oportunidades do perdão e da misericórdia sempre se apresentarão. Não guardem ressentimentos. Cada um deve seguir seu caminho sem a mácula da mágoa. Rogo, pois, que Yeshua os abençoe.

A chegada de Paulo e sua fala quebraram o mal-estar que pairava entre eles. Com os olhos marejados, Abiel abraçou Reyna e Shaina, com o devido respeito, sob o olhar compreensivo de Tércio, que logo a seguir chegou até Abiel. Nada lhe falou. Apenas abraçou-o com franqueza d'alma.

XX

A CURA DO FILHO DO COMANDANTE ADRIANO

Após a confraternização, todos saíram. Os soldados romanos tinham feito um cerco na pequena casa. O Comandante aproximou-se do grupo, dizendo que não tinha havido qualquer percalço, exceto terem visto um grupo de três ou quatro pessoas que dirigiam-se até ali e que à distância, quando viram os soldados, recuaram.

Paulo, dirigindo-se ao Comandante Adriano, agradeceu a atitude dele e dos soldados, pedindo-lhe que fosse portador ao Procônsul de sua gratidão, acrescentando que sempre pediria a Yeshua e Yahweh que abençoassem a ele e à esposa, ao Comandante e a todos os soldados que se apresentassem no auxílio ao Núcleo. Dizendo isto, num gesto repentino, abraçou o Comandante, que, surpreso, correspondeu ao abraço.

Ato contínuo, saudou todos os soldados que ali estavam.

Tércio também fez seus agradecimentos e ia se despedindo do pelotão, quando o Comandante falou:

— Senhores, ainda não é hora de despedidas. Nossa missão será completa somente após termos escoltado todos até suas casas.

A um sinal de comando, dividiram-se. O Comandante cavalgava lentamente, acompanhando o grupo que estava a pé. Metade dos soldados seguia à frente e a outra metade na retaguarda.

Paulo, pelo caminho, ia refletindo no poder de Yeshua, que de certa forma, ali naquela cidade, naquele instante, submetia o poderoso Império a seus serviços. O cortejo caminhava em animada conversação. Os soldados se mantinham em firme espreita. O Comandante Adriano, porém, estava vivamente impressionado com o abraço que recebera de Paulo. Não sabia o motivo, mas desde aquela ocorrência sentia dentro de si um sentimento de euforia e paz, como há muito não sentia.

Ele também tinha seu drama. Era casado, e sua esposa Lacínia lhe tinha dado um varão, que agora tinha seis anos, mas a alegria do filho foi conturbada por misteriosa doença. Desde a idade de dois anos, a criança apresentava-se lunática; sofria repetidos ataques físicos e se punha a contorcer-se, quase sempre enrolando a língua, a tremer. Eram ataques não muito demorados, mas que o colocava, e à esposa, em verdadeiro desespero.

Os melhores médicos do Império foram consultados, inclusive já tinham levado o filho a Roma para esse fim, porém, de nada adiantara.

A convivência com a doença já os tinha acostumado ao sofrimento. Apenas temiam que de um momento para outro a morte viesse surpreender o pequeno Cícero.

Invariavelmente, o filho tinha um ataque daqueles pela manhã e outro à noite, todos os dias. O casal já tinha mapeado essas circunstâncias e então ficavam à espera, para o socorro necessário.

Adriano, enquanto cavalgava ao lado daquele homem, que todos no quartel já sabiam que curara a esposa do Procônsul, pensava se ele poderia atender a seu pedido para que fosse à sua casa e curasse seu filho, mas temia pedir isso, porque sequer trocara alguma confidência com o Procônsul no sentido de pedir-lhe autorização para levar seu caso àquele homem. Logo, não tinha ordens para assim proceder.

Chegaram à residência de Doran. Era a primeira no roteiro. A pequena tropa parou. Os soldados ficaram contemplando os abraços. Paulo abraçou todos, sempre agradecendo por todo o trabalho e acolhida, e disse:

— Se Yeshua permitir, voltarei para estas paragens. Precisarei partir, porque apenas sigo quem vai à minha frente.

Gostava de repetir essa frase, que se coadunava com a verdade.

Após abraçar Tércio, Reyna e Shaina, Paulo, olhando para o Comandante Adriano, que se achava a cavalo, disse:

— Comandante Adriano, gostaria de lhe dar outro abraço. Poderias descer do animal?

Surpreso, Adriano desceu do cavalo e foi na direção de Paulo, que o abraçou e falou baixo no seu ouvido:

– Meu caro Comandante e amigo Adriano, esta noite Yahweh e Yeshua penetraram em tua casa. Eles iluminaram tua vida e a dos teus. Vai em paz.

Adriano, mais uma vez ficou surpreendido, quis falar, mas nada saiu de sua boca. O que será que ele quis dizer com aquilo? Após receber o abraço do Cireneu, num impulso, abraçou-o de novo. Paulo retribuiu e entreviu as lágrimas que molharam os olhos do soldado romano.

Abiel já havia se despedido de todos, apenas com um gesto geral e já tinha entrado na casa de Doran. O grupo se desfez em parte. Os soldados continuaram a escolta dos demais até suas residências. Cumprida a tarefa determinada pelo Procônsul, o pelotão ganhou o quartel-general da Intendência, uma propriedade muito grande, que continha os alojamentos dos soldados e as casas dos oficiais, uma delas a do Comandante Adriano.

Dispersa a tropa, Adriano dirigiu-se a sua moradia. Já era noite alta, perto do prenúncio de novo dia. Olhou para o céu estrelado. Ainda conservava em si as energias benéficas dos abraços de Paulo. O que ele dissera não lhe saía da mente.

Ao aproximar-se de casa, viu que havia luz no interior. Estranhou um pouco, porque sua esposa, quando ele saía em missão noturna, depois de atender à problemática do filho, que invariavelmente se dava pela segunda vez quase ao escurecer, buscava o leito para dormir e recuperar-se do desgaste, que era diário. Era mesmo uma via dolorosa.

Um pouco aflito, abriu a porta, que ficava sempre apenas encostada, entrou sem procurar fazer barulho e viu que Lacínia estava acordada.

A esposa, ao vê-lo, apressou-se em ir na sua direção, e antes que Adriano pudesse indagar algo, deu-lhe um abraço carinhoso, puxou-o pela mão, fê-lo sentar-se, sentando ao seu lado. Adriano, apesar do sobressalto, não viu preocupação na fisionomia da esposa, ao contrário, ela estava com o semblante leve e sorria para o marido.

Sem esperar que ele perguntasse qualquer coisa, Lacínia pôs-se a falar:

– Meu querido marido, não se preocupe, nada há de ruim, apenas aconteceu um fato novo e muito, muito bom, que espero se repita sempre daqui para a frente.

"Quando vieste, antes de escurecer, me avisar que o Procônsul lhe tinha determinado a missão noturna de fazer a guarda do Núcleo chamado de Seguidores do Homem do Caminho; que jantarias no quartel e de lá, com os soldados, cumpririas a missão determinada pelo Procônsul, lembrei-me naquele instante em que aquele homem chamado Paulo de Tarso havia curado a senhora Cássia. Então, após tua saída, depois que me beijaste e a nosso filho, retirei-me para as orações em nosso fogo sagrado, na companhia do menino. Orei com toda a minha alma, dizendo a Júpiter que, fosse ele o Deus verdadeiro ou não, que ele intercedesse, se necessário, ao Deus dos judeus, e que este ordenasse a Paulo de Tarso que curasse também nosso filho.

"Precisavas ver a devoção do pequeno Cícero a orar comigo. Seus olhinhos traduziam vontade e obediência. Ficamos juntos, orando, um bom tempo. Terminada a oração, já escurecia. Como sempre, preparei-me para a segunda ocorrência do dia. Pegando Cícero em meu colo, sentei-me e pus-me a cantarolar uma canção de ninar.

"Acontece, querido, que ambos dormimos quase que instantaneamente, e somente há pouco tempo acordei, abri os olhos, aflita, e percebi que Cícero dormia tranquilamente, um sono só. Pensei: Será que ele teve o ataque e não percebi? Mas logo afastei esse pensamento, pois se assim fosse, em razão do seu tremor, ele ter-me-ia acordado.

"Então levantei-me devagar, levei-o ao leito, deitei-o, cobri-o e fiquei ali um bom tempo, sentada aos pés do leito, observando seu sono. Nenhuma reação ruim, apenas o sono profundo.

"Levantei-me e ia me dirigir à sala para aguardar-te, o que fiz há não muito tempo, quando vi, muito repentinamente e de maneira muito passageira, o vulto de uma pessoa que trajava uma túnica branca; logo, não sei como nem por que, o que entendo até assustador, pude ver um jovem muito belo, que ao olhar-me, sorriu. Um sorriso belíssimo que jamais esquecerei.

"O medo inicial passou e pensei: Só pode ser um anjo ou um deus, não sei, só sei que chorei ao vê-lo, mas foram lágrimas de uma alegria nunca experimentada. Saudando-me com a mão, esse ser desapareceu de repente, e até chegares, tenho ido verificar o sono de nosso filho. Ele dorme profundamente e com um sorriso nos lábios.

Não esperou que o marido falasse e puxando-o, entraram no quarto do filho. À luz da lamparina, Adriano pôde ver o semblante leve e descontraído do filho e o sorriso em seus lábios. Em silêncio, pôs-se a chorar. Qual o pai que ama e que não chora pela felicidade de um filho? Lembrou-se de Paulo; lembrou-se do abraço e do que ele dissera: "*Meu caro Comandante e amigo Adriano, esta noite Yahweh e Yeshua penetraram em tua casa. Eles iluminaram tua vida e a dos teus. Vai em paz*".

Abaixou-se, procurando não fazer barulho e beijou suavemente a testa do filho. Após, levantou-se e abraçou a esposa. Ficaram um pequeno lapso de tempo ali, imóveis, depois se retiraram de mansinho.

Voltando à sala, Adriano contou para a esposa como fora a noite e em especial os abraços que trocara com Paulo de Tarso, dizendo-lhe que ainda há pouco, quando o deixaram na casa do judeu Doran, ele pedira que descesse do cavalo, pois queria abraçá-lo e repetiu a Lacínia o que Paulo lhe falara no ouvido: "*Meu caro Comandante e amigo Adriano, esta noite Yahweh e Yeshua penetraram em tua casa. Eles iluminaram tua vida e a dos teus. Vai em paz*".

Adriano ainda confidenciou que esse abraço se deu no momento em que ele cogitava nos pensamentos que teve pelo caminho, de pedir ao Cireneu que visitasse sua casa e curasse seu filho.

Lacínia também chorava. Ambos dirigiram-se ao altar do fogo sagrado e lá oraram, mas desta feita, por impulso de Adriano, as orações foram dirigidas a Yahweh e a Yeshua e também a Paulo de Tarso. Terminada a oração, recolheram-se, não sem antes se demorarem um pouco na vigília ao filho.

Apesar de tudo, ainda estavam numa expectativa angustiosa em relação ao amanhecer do dia. Será que os ataques voltariam?

Porém, não tardaram a adormecer. Ambos sonharam que estavam em um local muito bonito. Havia uma casa diferente, porém bela e acolhedora. Chegaram à porta e bateram. A porta se abriu e viram um homem, que Adriano reconheceu ser Paulo de Tarso. Entraram na sala e viram que o filho Cícero estava lá, sentado e conversando com um jovem. O jovem olhou para eles, e desta feita foi Lacínia que reconheceu o anjo ou o deus que havia visto em sua casa.

A um sinal dele, sentaram-se ao lado do filho. O jovem então falou:

– Amigos queridos, a partir de hoje a doença de nosso Cícero desaparecerá, pois o Espírito que lhe perturbava o corpo e a alma não mais estará com ele. Era um cobrador de imposto moral, contudo, o débito que não era só dele, mas em grande parte de vocês, já foi quitado pelo desvelo, pelo carinho, pelo amor que vocês deram ao pequeno Cícero, que na verdade, em outra vida, foi pai do Espírito que o perturbava e que foi retirado de sua presença e socorrido.

"Voltem em paz e levem com vocês o produto do vosso amor. Nunca esqueçam de fazer o bem, sempre, não importa a quem.

O dia amanheceu. Lacínia, que primeiro acordou, a seguir acordou o marido, e perceberam que tinham acordado para além do tempo de costume. Um pouco sobressaltados, dirigiram-se ao quarto de Cícero e abriram a porta vagarosamente. Cícero dormia, como que a recuperar-se dos anos de dores e sofrimento, com o mesmo sorriso nos lábios.

Retiraram-se em silêncio. Lacínia apressou-se a compor o repasto matinal. Adriano empertigou-se na farda. Logo estavam à mesa. Nada falaram. Eram momentos de expectativa. De repente viram Cícero chegar. Ao ver o pai, correu na sua direção, abraçou-o e o beijou. Após, fez o mesmo com a mãe. Depois disse:

– Papai, mamãe, estou com uma fome muito grande.

A mãe ajeitou-o para o desjejum e o serviu. Cícero irradiava tranquilidade. Todos começaram a alimentar-se em silêncio. Adriano e Lacínia choravam furtivamente, quando Cícero disse:

– Papai, mamãe onde está ele? Cadê aquele homem que veio a nossa casa ontem à noite? Ele foi embora?

Silêncio. Os pais se entreolharam.

– Que homem, filhinho? – perguntou Lacínia.

— A mamãe não se recorda? – respondeu Cícero. – Aquele homem, mamãe. Ele tinha uma roupa branca e me disse que tinha vindo para me levar a uma outra casa, mas que não ficasse com medo, porque você e o papai também iriam lá.

A magia do momento não podia ser descrita pelos olhos do mundo, eis que naquele instante, na outra esfera da vida, o jovem Estêvão, o Governador Acádio e Abigail estavam presentes naquela casa. Aproximaram-se do casal e do filho e transmitiram a suas almas as bênçãos de Yeshua.

Adriano, que sequer havia conversado antes com a esposa, disse:

— Sim, meu filho. Eu sonhei que junto com a mamãe, fomos levados até essa casa. Você já estava lá, e quando entramos, um amigo do papai abriu a porta e você estava conversando com aquele homem que você viu.

Lacínia teve pequeno sobressalto e disse ao filho:

— Muito interessante. A mamãe também teve o mesmo sonho. Que maravilhoso, não é, filhinho?

Cícero ficou em silêncio. Olhava à sua volta um pouco assustado. De repente falou:

— É, vocês estavam lá comigo e agora vi uma senhora aqui. Ela já foi embora, mas pediu para eu dizer que estou curado. Que a doença foi embora.

Não havia como segurar as lágrimas. Adriano e Lacínia levantaram-se, abraçaram o filho e choraram o choro da libertação. Refeitos, após o desjejum, retiraram-se para os quefazeres.

O dia transcorreu sem novidades. Cícero não tivera o ataque noturno nem o matinal. A noite caiu. Cearam juntos e novamente juntos dirigiram-se ao altar do fogo sagrado e foi Adriano que agradeceu a Yahweh e a Yeshua, dispondo-se a servi-Los onde fosse necessário. A doença da alma de Cícero se foi, para nunca mais voltar.

XXI

A AUDIÊNCIA DO CHEFE DA SINAGOGA COM O PROCÔNSUL

Passado um dia da ocorrência da entrevista com Paulo, Adriano pediu audiência com o Procônsul e relatou todo o acontecido. Cneo Domicius Corbolo, novamente ficou muito impressionado, ainda mais que Cássia estava completamente curada. Além disto, o Procônsul disse que eles planejavam ter filhos, e se tivessem e um deles fosse varão, chamá-lo-iam de Paulus, isto já estava decidido.

O Procônsul, então, repetiu a ordem anteriormente dada: proteção absoluta a Paulo e a seus amigos que residiam na cidade.

Estavam finalizando o colóquio, quando o soldado ordenança bateu palmas para entrar, pedindo ao Procônsul que o atendesse, ao que ele fez um gesto com a mão que entrasse. Pedindo desculpas pela interrupção, o ordenança anunciou que o judeu Jetro, chefe da Sinagoga local, e mais duas pessoas, compareciam para a entrevista que haviam previamente requerido.

Adriano fez menção de retirar-se, fazendo reverência com a cabeça, mas o Procônsul disse:

– Comandante, fique. Não se vá.

Olhando para o ordenança, disse que mandasse entrarem os visitantes, que breve os atenderia na sala das audiências. O ordenança saiu e o Procônsul falou:

– Com certeza, Comandante, sabemos a que vêm os pretendentes. Por certo incomodar-nos com o assunto que eles não resolveram por si mesmos, ou seja, conseguir a prisão de nosso bondoso homem.

Ficaram mais alguns instantes em animada conversação, depois resolveram dirigir-se à sala de audiências.

Ao entrarem, sob o anúncio do soldado ordenança, todos colocaram-se em posição de respeito. O Procônsul dirigiu-se ao trono. O Comandante Adriano ficou em pé a seu lado. A um sinal do Procônsul, Jetro e mais dois judeus se aproximaram e foi Jetro que falou:

— Nobre Procônsul Cneo Domicius Corbolo e nobre Comandante Adriano! Estamos aqui em missão de paz e de amizade, o que sempre temos demonstrado às autoridades de Roma, onde também temos muitos amigos.

Ao dizer isto, deu ênfase ao final da frase, esperando causar impacto no Procônsul. Contudo, este se mostrava impassível. Então Jetro prosseguiu:

— Estivemos reunidos em Conselho ontem à noite, para deliberação sobre que ações poderíamos desenvolver para prender aquele dementado que está em nossa cidade e que se chama Paulo de Tarso.

"Curiosamente, quase ao final de nossa reunião, alguns membros que não estavam chegaram e nos trouxeram a desagradável notícia de que aquele homem, junto com outros da cidade, certamente influenciados por ele, estavam reunidos na casa em que professam uma crença doida e tresloucada, e, o que é pior – e não conseguimos entender o motivo – informaram que o nobre Comandante Adriano e vários soldados deviam estar fazendo guarda para que a reunião não fosse perturbada.

Disse isso olhando para o Comandante, depois continuou:

— Naturalmente, eu os acalmei e disse que deveria haver outro motivo para os soldados lá estarem, e que talvez estivessem aguardando o término da reunião para prendê-lo, já que conhecem a ordem de prisão emitida pelo Sanhedrin de Jerusalém.

"Também disse a eles que deveria haver um engano, por isto afirmei que pediria esta entrevista, na qual me faço exatamente acompanhado pelos dois membros que viram o Comandante e os soldados lá, para que minha fala não seja tomada na conta de invenção.

Jetro fez breve pausa e assuntou a reação do Procônsul e do Comandante, ante as palavras que usara. Ligeiro desconforto o assaltou, pois via que os dois estavam calmos e não se mostravam surpresos. Então prosseguiu:

— De fato, Roma e Jerusalém vivem em concórdia e em processo de cooperação, entretanto, não temos logrado êxito na prisão desse indivíduo, e ante a notícia que nos chegou, é preciso que ajustemos nossa cooperação. Assim, venho perguntar-lhe se a notícia dessa alegada proteção é verdadeira, embora nutra a certeza que não, pois, caso contrário, seria proteger a ilegalidade, e Roma e Jerusalém precisam ser informados disso.

Silenciou e esperou.

O golpe de Jetro foi direto. Domicius Corbolo não era um homem que tolerava passivamente provocações e ofensas diretas ou mesmo indiretas. Embora exercendo o Proconsulado era acostumado às lutas. Era um General do Império. A tradição de sua família no Império era respeitada. Fora recém nomeado diretamente pelo Imperador Tiberius Claudius e era, embora a posição que ocupava, um homem probo e justo, fosse com os patrícios, fosse com outras raças. Tinha, é certo, um temperamento forte, mas tinha também habilidade diplomática, o que lhe granjeara rápida carreira em Roma. Tinha muitos amigos influentes por lá e tinha também, ninguém o sabia, acesso direto a César.

O Procônsul mediu Jetro de cima abaixo, e tirando a mão do espaldar da cadeira passou-a sobre o queixo, olhou novamente para o interlocutor e falou:

– Senhor Jetro, tenho que reconhecer que és um homem corajoso, mas és também petulante e insolente. Acaso já pensaste quem detém poderes nesta cidade? Já pensaste que Roma absolutamente nada tem a ver com os conflitos internos de tua gente?

"Por acaso pensas que Roma está a teu serviço e a serviço dos teus pares? De qual medida retiraste essas palavras que carregam em si o domínio da sórdida ofensa e da verdadeira hipocrisia?

Fez propositada pausa.

Jetro estava rubro, mas os falsos são ardilosos e não demonstram medo. Demonstram, na verdade, irritação.

O Procônsul, calmamente, prosseguiu:

– Eu já fui há um bom tempo informado de tua postura. Aliás, com o devido respeito, me falaram que tu, como Chefe da Sinagoga, és conhecido sob a alcunha de 'rato do deserto'.

"Não, falando isto eu não tenho a intenção de ofender-te, mas é como te retrataram a mim, muito embora eu sempre pense que um homem deve ter as oportunidades para demonstrar o seu valor pelo bem que faz e não pelo mal que engendra e alimenta.

"Assim, quero que saibas que tuas ameaças em nada me preocupam e sinto crescer-me uma vontade de mandar prender-te por ofensa a Roma. Entretanto, entendo que seja melhor para ti que te retires daqui imediatamente. Antes porém, deixo-te e aos que te acompanham e também aos que te seguem, a seguinte decisão, que tomei e já informei ao Comandante Adriano:

"Primeiro: O romano e judeu Paulo de Tarso, enquanto se movimentar sob minha jurisdição, terá a proteção de Roma.

"Segundo: O Núcleo dos que se denominam Seguidores do Homem do Caminho, que igualmente estiverem sob minha jurisdição, seja o Núcleo, sejam todos os seus membros, terão igual proteção integral de Roma.

"Terceiro: Aquele ou aqueles que ousarem persegui-los ou atentarem de alguma forma contra eles, serão presos por Roma e julgados por insubordinação à autoridade.

A seguir, olhando para o soldado ordenança, disse:

– Fique o libelo lançado oficialmente no livro de audiências; se dê carta à Sinagoga e seja enviada notícia desta decisão a todos os cantos da minha jurisdição e a Roma, diretamente ao Imperador.

Ao terminar a fala, chamou outro soldado ordenança e determinou:

– Retire por favor estes homens para fora da Intendência.

E sem olhar para Jetro, abraçou Adriano e foram ambos para cômodo contíguo.

Jetro estava atônito. Tinha vontade de berrar os impropérios a que já estava acostumado, mas temeu ser preso. Junto com os outros dois, foi levado porta afora. Saíram do local rapidamente, trocando manifestação de contrariedade, mas Jetro nutria sempre o desejo de vingança e prometeu a si e aos demais, o que prometeria, logo mais à noite, na Sinagoga, que comunicaria o ocorrido a Jerusalém e a Roma.

XXII

A VIAGEM PARA A ÁSIA CENTRAL E O DESVIO PARA TRÔADE

No dia anterior à entrevista do judeu Jetro com o Procônsul, ao amanhecer, na casa de Doran, o clima era de paz; contudo, uma certa tristeza havia no ar, pois Paulo, Silas e Timóteo seguiriam viagem.

Dinah já havia preparado o repasto matinal e também várias broas, doces e leite de cabra para que o grupo pudesse utilizar pelo caminho. Estava absorta nos afazeres da cozinha, auxiliada pelas serviçais. Era ainda bem cedo, quando viu Abiel chegar à cozinha.

Ao vê-lo, Dinah se assustou um pouco, pois ele trazia consigo o embornal com suas roupas e pertences. Imaginava que Abiel ficaria em Antioquia de Psídia, pois ainda não tinha recuperado a fala, e o ferimento na cabeça, embora curado, tinha deixado uma grande cicatriz. Temia pelo novo amigo.

Dinah o convidou a sentar-se e lhe falou:

— Amigo Abiel, acaso tencionas seguir com Paulo?

Abiel respondeu afirmativamente com a cabeça. Dinah voltou a perguntar:

— Não achas arriscado para tua saúde enfrentar o sol demasiado quente, o frio da noite e eventuais chuvas pelo caminho?

Abiel respondeu, do mesmo modo, que não.

Dinah nada mais falou. Comandou as serviçais. O repasto matinal foi servido e em poucos momentos chegaram Doran, Paulo, Silas e Timóteo, ficando todos surpreendidos com a presença antecipada de Abiel e com os pertences dele.

Todos esperaram Paulo falar, mas o Cireneu ficou quieto. Então Doran insistiu nas mesmas perguntas que há pouco Dinah tinha feito a Abiel e este respondeu do mesmo modo. A seguir Abiel tirou as anotações que fizera à noite e gentilmente, com gesto manual, pediu para Timóteo ler.

Todos estavam sentados. Timóteo iniciou a leitura: *"Quem me segue não anda em trevas*, disse Yeshua. *Anda por onde quiseres, porém, não acharás descanso senão na humilde sujeição e obediência ao superior. Os lugares e as mudanças há muito têm iludido, entretanto Yahweh está conosco. Cumpre-nos, então, renunciar à nossa vontade, por amor à paz em nossos espíritos. Para servir vieste, não para mandar. Lembra-te que foste chamado para trabalhar e sofrer e não para folgar e conversar."*

Timóteo encerrou a leitura.

O silêncio foi quebrado por Paulo, que disse:

– Abiel, bom amigo, apesar de que a prudência determina outra tomada de posição, coloco as coisas nas mãos de Yeshua e se for da vontade d'Ele, poderás seguir conosco.

Os olhos de Abiel brilharam. Todos se alegraram e se puseram a orar. Abiel era o mais alegre deles, embora sem poder falar.

Terminado o desjejum, o momento das despedidas era chegado. Logo apareceram Tobias e Asnar, juntamente com Tércio. Ainda um bom tempo de conversação edificante e enfim os abraços de despedidas.

Tobias, Asnar, Tércio e Doran acompanharam o grupo, que seguia a pé. Ao chegarem no portal da cidade, novos abraços. Paulo prometeu voltar, pedindo que sempre mandassem notícias por mensageiros.

O grupo seguia animado. Abiel, apesar de nada falar, era a alegria viva. Sentia que em seu coração estavam pacificadas as presenças de Reyna e Shaina, embora não tivesse voz para dizer a elas do seu arrependimento. Pensava que elas talvez o houvessem perdoado, embora Shaina tivesse sido mesmo muito dura com ele.

Cogitava, também, que não nutria mais qualquer sentimento de aversão por Tércio, até, ao contrário, percebera que se afeiçoara ao romano, e agora, no íntimo de seu ser, estava satisfeito por saber que Reyna e Shaina eram bem cuidadas e amadas.

A viagem seguiu-se em clima de harmonia. Paulo pretendia adentrar na Ásia Central a fim de espalhar a Boa Nova naquele território.

Ao final do dia, Abiel sentia a cabeça latejar, apesar de tê-la enrolado em panos, por sugestão de Paulo. Interromperam a caminhada inúmeras vezes para que Abiel pudesse repousar. Nessas ocasiões, Paulo e Silas impunham-lhe as mãos sobre a cabeça e então Abiel sentia melhoras e prosseguiam.

Após alguns dias de viagem, ao amanhecer de um dia em que dormiram em tendas de uma caravana de mercadores de tapetes e joias, já na fronteira com a Ásia, depois de terem atravessado a região da Frígia e a Galácia, Paulo confidenciou ao grupo que Estêvão lhe aparecera em sonho e o aconselhara a não ir para a Ásia Central, porque Yeshua tinha uma missão diferente para ele.

Paulo fez essa confidência quando já estavam às portas da cidade de Mísia, pois seu plano era ir por Bitínia. O plano foi refeito, ante a não concordância do Mestre. O grupo fez uma curva e logo tomaram o rumo de Trôade.

XXIII

TRÔADE E AS NOVAS TAREFAS[16]

A viagem já demorava muitos dias e eu me sentia fisicamente esgotado. As condições do clima afetavam sobremaneira minha resistência. Os incômodos na cabeça eram permanentes. Ora sentia frio em demasia, ora a presença de febre, ora calores fortes. A ausência da fala era um incômodo. Depois desses muitos dias de viagem, sacrifícios, frio, fome e calor causticante, avistamos ao longe o casario de Trôade.

Trôade era uma cidade portuária da Ásia Menor. Ficava ao sul do Helesponto e da antiga Troia. Fora construída por Alexandre, o Grande, por volta do ano cento e trinta e três, antes da chegada do Messias. Era o principal porto de embarque e desembarque de passageiros entre a Ásia Ocidental – posteriormente Turquia – e a Macedônia, pelo Mar Egeu. A Oeste, era separada do resto da Anatólia por uma cadeia montanhosa.

Apressamos o passo. Paulo disse que esperava ver o irmão Tito e que iríamos direto à casa do irmão Carpo.

Na Frígia e na Galácia, desde a primeira viagem de Paulo, o nome do Messias era pronunciado com mais respeito.

Chegamos ao entardecer, rumando direto para a casa de Carpo, onde fomos recebidos pelo distinto hospedeiro, com vivas demonstrações de júbilo.

Era uma casa modesta, como eram modestos os seus moradores, dentre eles Adena, a mãe, e Yoná a irmã.

Após as apresentações, Paulo disse a Carpo:

– Gostaria de reservar, se possível, um cômodo para o nosso Abiel, a fim de que ele possa restabelecer-se, eis que possui um grave ferimento na cabeça e se ressente muito da viagem.

---
[16] Episódio narrado na primeira pessoa pelo personagem Abiel

Eu me sentia realmente muito cansado. A viagem fora longa e no trajeto cheguei mesmo a pensar se não teria sido melhor ter ficado em Antioquia de Psídia. Percebi, ao longo da caminhada, que fora movido pelo orgulho ferido, mas, apesar da viagem ter minado minha saúde e minha resistência, não estava arrependido.

Carpo apressou-se a convidar-nos para a higiene das mãos e rostos, e a descansarmos da grande viagem que havíamos empreendido.

Ao me recolher ao aposento, senti que meu coração, apesar de pacificado, ainda produzia imensas saudades de Reyna e Shaina. Não sentia mais amargura, mas continuava a amá-las. Estava tão cansado, que ao deitar-me dormi rápido, mas logo acordei.

Abri os olhos e vi Estêvão a meu lado. Ele orava ao Sublime Nazareno e percebi que de seus braços e peito desprendiam-se gotas de luz, como que brancas, na minha direção.

Após alguns instantes, olhando-me compassivamente, falou:

– Irmão Abiel, aqui estou a pedido de nosso Yeshua para propor-te que não prossigas a viagem com Paulo e os demais, pois o esforço que fizeste neste último deslocamento foi muito grande e não dispões no momento de saúde para enfrentar as agruras dos caminhos que nosso Paulo terá que percorrer, por isto venho propor-te que fiques em Trôade, até que te recuperes bem. Já conversamos com nosso irmão Carpo, em espírito, e ele assentiu em ofertar-te estadia.

Sem me aperceber direito, assenti com a cabeça e notei, para meu enorme espanto e surpresa, que não me havia retirado do corpo e estava mesmo acordado, porém, podia ver Estêvão assim mesmo. Fiquei um pouco assustado, mas muito curioso com o ocorrido.

Estêvão sorriu-me, e como que num estalar de dedos, desapareceu.

Fiquei ensimesmado. Não podia ser um sonho? Estava acordado? Seria uma alucinação causada pelo cansaço e pelas dores na cabeça? Meditei algum tempo e concluí que não houvera dormido. Eu tinha visto mesmo, com os olhos do corpo. Tinha visto Estêvão e falado com ele. Era por demais estranho, mas creditei à fraqueza que sentia, a possibilidade de ter visto Estêvão, pois meus sentidos espirituais naquele momento me invadiam de sensibilidade como um todo.

Adormeci e acordei com leve toque de Silas em meu ombro. Silas estava sentando na cama, a meu lado.

– Abiel, Abiel amigo, como estás? Estamos todos preocupados contigo. Paulo mais ainda. Tens condição de fazer a refeição? Achamos que precisas alimentar-te melhor. Nosso anfitrião providenciou-nos suculenta sopa, broas, doces, leite e mel.

Olhei para Silas e esbocei leve sorriso, indicando, por gestos, que estava bem.

Levantei-me e acompanhado de Silas chegamos ao cômodo onde estava servida a refeição.

O anfitrião, esbanjando simpatia, saudou-me:

– Olá, Abiel! Estávamos aguardando por ti para a refeição. Quero que saibas que esta casa está a tua disposição.

Paulo também saudou-me. Sentamos. A refeição estava apetitosa. Ao longo do almoço, Carpo foi narrando a Paulo a quantas andava o trabalho de divulgação dos ensinos de Yeshua em Trôade. Disse que a frequência ao Núcleo havia aumentado.

Paulo mostrava-se feliz e a certa altura indagou a Carpo sobre seu amigo, o jovem Tito, que conhecera em Jerusalém, na Casa do Caminho, pois gostava muito dele. Carpo informou que Tito estava em viagem e que demoraria um pouco. Paulo não disfarçou certa contrariedade.

Em meio à conversação, Carpo disse a Paulo que à noite a comunidade se reuniria e que ele já havia despachado mensageiro para que todos os membros soubessem da presença dele e de seu grupo em sua casa.

Terminada a refeição, Carpo sugeriu, quase que exigindo, que todos fôssemos para nossos aposentos para descansarmos a tarde toda, e que antes de escurecer nos chamaria para fazermos leve ceia e nos dirigirmos ao Núcleo para a reunião da noite, dizendo a Paulo que ele teria agradável surpresa por lá.

O descanso foi providencial. Já restabelecidos, reunimo-nos a Carpo e família e fizemos uma boa ceia.

Logo depois, estávamos a caminho do Núcleo. Lá chegando, vimos que o local onde se reuniam era uma casa com três pisos, cuja sala de prédicas ficava no terceiro piso. A sala estava completamente cheia de pessoas. Mais de cem companheiros se achavam ali sentados.

Vendo-nos, a maioria dos que ali estavam queria abraçar Paulo. Após nos acomodarmos, sentei-me ao lado do Cireneu, que me sorriu dizendo:

— Veja, amigo Abiel, a maravilha que é a doutrina de Yeshua. Veja quanta gente ávida pela mensagem.

Carpo usou da palavra fazendo as saudações iniciais da noite. Apresentou Paulo a quem o desconhecia e também os integrantes de sua caravana, e logo após chamou o irmão Sedécias para que ele orasse por todos. Após sentida prece a Yeshua, Sedécias também saudou Paulo e os amigos, conclamando Paulo a falar, porque todos ali estavam para ouvi-lo.

Paulo levantou-se, saudou os membros dirigentes do grupo e todos os presentes e falou:

— *Irmãos em Yeshua! Tenho meditado e perguntado sobre os fatos que ditam nosso destino. Sabeis que aqui fala o antigo verdugo da nova fé.*

"*Conforme anotou nosso Levi, quando Yeshua dirigiu-se à multidão, em certa ocasião, um mancebo rico indagou: 'Qual o tipo de justiça que é necessária para que a alma possa entrar no Reino de Yahweh e qual deveria ser o caráter daqueles que desejassem receber as bênçãos da Divindade?'*

"*Foi então que Yeshua, respondendo, indicou Moshe e sua Lei. Esse filho não confiava na carne, mas sim depositava confiança em Yahweh, porque nutria a certeza de que vivendo conforme a lei, receberia por herança o Reino que Seu Filho viria estabelecer na Terra.*

"*Eu segui Moshe,* — continuou Paulo, — *mas confiei mais na carne do que em Yahweh. Entretanto, para aqueles mesmos que injuriaram o nome de Yahweh e cometeram pecados, veio o socorro por Yeshua, que lhes falou na intimidade do coração: 'Bem-aventurados os que choram, porque serão consolados.'*

"*Tomado pela cegueira, que era em verdade o expurgo da cegueira da minha alma, lutei com todas as forças para enfrentar os gigantes do equívoco que se haviam apoderado do meu espírito.*

"Então, lançado num vale de lágrimas, vesti-me de escravo, por escravo ser de minhas vaidades, quimeras ao vento, e após, a tormenta não cessou de admoestar-me com as lágrimas do arrependimento.

"As lágrimas que lavam nossa alma são sinais de devoção a Yahweh, eis que elas não indicam fraquezas e sim são a prova de um profundo sentimento que apraz ao Pai.

"Desse modo, irmãos, nós, os que abraçamos a nova fé viva traduzida por Yeshua desde Belém até ao Gólgota, não temermos nada, porque já não mais choramos os mortos, mas lutamos pelos vivos.

"Mas, não espereis que o mundo nos receba com aplausos; ao contrário, porfiai, sabendo que o combate será duro, pois é muito o tempo que ficamos no desvio. Precisamos acelerar o passo na direção segura do amor a Yahweh e ao próximo, como vaticinou Yeshua.

"Dou graças a Yahweh, a quem, desde os meus antepassados, sirvo com consciência pura, porque sem cessar me lembro d'Ele nas minhas orações.

"Oh Yeshua! Noite e dia vejo Tua presença. Estou ansioso por rever-Te, para que eu transborde de alegria!

"Bem disse Jeremias: 'Oxalá a minha cabeça se tornasse em águas e os meus olhos em fonte de lágrimas para que eu chorasse de dia e de noite os mortos da filha do meu povo!'[17]

"Alevantemo-nos, irmãos da nova fé que abraça a Terra, e mesmo que o testemunho nos exija lágrimas, a felicidade espera o justo. Vivamos Yeshua, e o tempo edificará a renovação em nós.

"Sujeitemo-nos à lei por causa do Senhor, quer seja ao rei como soberano, quer às autoridades enviadas por ele, em louvor dos que praticam o bem, porque assim é a vontade de Yahweh: que pela prática do bem, façais emudecer a ignorância dos insensatos.

Paulo falou por mais tempo, até que, finalizando, calou-se.

A magia do ambiente era indescritível. Parecia mesmo que todos nós estávamos em êxtase espiritual. Ouvíamos no ar uma melodia de indefinível beleza, e naquele momento, o aroma maravilhoso de suave perfume inundou o ambiente.

---

[17] Jeremias 9:1

XXIV

Reencontro com Lucas e a sugestão do médico amigo

Sedécias levantou-se, pediu a todos os ouvintes que acompanhassem a prece que finalizaria os trabalhos da noite e, para surpresa de Paulo, disse:

— A alegria em nossos corações é enorme, não somente pela presença de nosso bom Paulo, mas principalmente pelo amor que Yeshua estende em nossa direção.

"Em homenagem ao nosso Paulo, gostaria de pedir a um amigo de Yeshua e dele, que chegou logo após ter sido iniciada sua prédica e sentou-se bem lá atrás dos demais, que venha até à frente e faça a prece por todos nós. É com alegria que chamo nosso irmão Lucas, que irá nos conduzir na oração.

Lucas levantou-se e se dirigiu à frente de todos. Paulo sorriu, surpreso e alegre, por ver o amigo ali. Conhecera-o em Jerusalém, e trocaram, por muitas vezes, confidências sobre a doutrina de Yeshua.

Antes que Lucas iniciasse a oração, Paulo se levantou e o abraçou, dando profundo testemunho de simpatia e amizade para com o nobre médico.

Lucas, sem tardança, iniciou a orar:

— *Amado Yeshua, os segredos de nossa existência, passo a passo, vão sendo desvendados diante de nós e passamos a conhecer a estrada de nossas vidas.*

"Aqueles que ainda não Te conhecem, nem por isso deixarão de reverenciar-Te como o Messias de que necessitamos, sobretudo para nos indicar novo rumo a nossos espíritos, que ainda estão marcados pelos erros do passado.

"Intentamos voejar, qual pomba fagueira a bater as asas para o voo ao infinito de nós mesmos, onde com certeza Te encontraremos para o abraço necessário e a acolhida indispensável.

"Alimenta nossos espíritos com o vigor da juventude perene, para que nunca desfaleçamos em servir-Te.

"Abençoa nossos irmãos que se comprometem contigo e abençoa nosso Paulo e sua equipe, para que ele possa honrar-Te hoje e sempre. Assim seja.

Terminado o ofício da noite, os abraços foram efusivos e a conversação não menos animada. Paulo, solícito, atendia a todos os irmãos que o procuravam, com uma palavra de concordância e alegria ou com respostas às perguntas que o Cireneu prontamente respondia.

No momento em que todos se retiravam, Carpo convidou Paulo e os demais componentes de seu grupo, e também Lucas, além de Sedécias, Judite, Damos e Eliade, trabalhadores valorosos do Núcleo, a se dirigirem a sua casa.

Na casa de Carpo, onde Paulo e o grupo estavam hospedados, a conversação foi ainda mais animada.

Paulo fez a todos um breve resumo das conquistas para Yeshua, durante a primeira viagem que empreendera junto com o amigo Barnabé.

Lucas, a seu passo, narrou que após sair de Jerusalém, seguira para Antioquia da Síria, mas que antes tivera oportunidade de conversar com os apóstolos sobre a vida de Yeshua, Suas andanças, Seus feitos, e para êxtase de todos os presentes, principalmente de Paulo e nosso grupo, narrou as conversas que teve com Maria, mãe de Yeshua, que lhe contou diversas coisas sobre a personalidade do Filho Amado, e que se emocionara até as lágrimas quando Maria de Nazareth lhe falou sobre a intensidade do amor de Yeshua para com ela, que, pela narrativa, entendia ser um amor incomparável na Terra.

Lucas confidenciou, naquela maravilhosa noite, em Trôade, que estava pensando e mesmo até iniciando um projeto de escrever, de anotar os ensinamentos de Yeshua, para que ficassem imortalizados. Embora já conhecesse as anotações de Levi, pretendia talvez entretecer outros ângulos do maravilhoso ensinamento e de Sua maravilhosa trajetória na Terra.

Disse aos presentes, ainda, que ao fazer diversas anotações sobre a tarefa de Yeshua, teve um sonho, tão nítido que parecia mesmo realidade, onde ele se via de pé, sobre um campo amplo, e no local onde estava, a alguns passos, sobre a relva verde, havia um pergaminho, de cujo centro saíam raios de luz, onde se via uma anotação que não conseguia lembrar e só lembrava que seu nome estava embaixo, quase no final do pergaminho.

— Meu querido amigo Lucas! — disse Paulo — Pressinto mesmo que Yeshua já te indicou uma missão grandiosa, para a qual deves preparar-te noite e dia, pois entendo que serás um daqueles que deixará marcada na Terra, em ricos detalhes, a presença maravilhosa do Messias.

Carpo, embevecido pelos fatos que ouvia, confessou que a cada dia mais deslumbrado ficava com a Boa Nova; que o Núcleo dos Seguidores do Homem do Caminho estava crescendo a olhos vistos e entendia que a presença de Paulo ainda mais aumentava o número de adeptos.

Em meio à conversação, já quase próxima à virada do dia, Lucas, que estava atento, pediu a palavra e manifestou um pensamento que vinha trabalhando mentalmente e achava oportuno dividir com os amigos. Disse que já havia falado sobre sua ideia em Antioquia da Síria.

Todos ficaram curiosos.

Então Lucas prosseguiu:

— Meus irmãos, desde as minhas entrevistas em Jerusalém, tenho pensado que precisamos criar uma identidade para a crença nova que abraçamos. Assim, imaginei que por ser o Messias o Enviado e que para definir-se alma de tão grande porte, uma alma ungida, utiliza-se a palavra grega 'Khristós', penso, conforme já tive oportunidade de falar aos irmãos de Antioquia da Síria, que poderemos denominar Yeshua como sendo o 'Cristo', o Ungido, o Enviado; nós, seus seguidores, como sendo 'Cristãos' e Seus ensinamentos como sendo o "Cristianismo". O que acham da minha proposta?

Todos se entreolharam, com ares de boa surpresa. Paulo, adiantando-se, falou que as palavras soavam muito bem ao seu coração e que Lucas havia sido inspirado na proposição.

Conversou-se então sobre outras possíveis sugestões, entretanto, como se isto já estivesse escrito, todos concordaram, e naquela noite, em Trôade, surgiam as definições para os seguidores do Messias, a quem passariam a chamar de "Yeshua, o Cristo."

Terminada a reunião, com prece feita por Carpo, os que estavam hospedados na casa de Carpo ficaram surpresos por saber que Lucas também estava hospedado lá.

Sedécias, Judite, Damos e Eliade se despediram, com promessas de reencontro nos dias seguintes, enquanto os demais se retiraram para os aposentos de repouso.

XXV

A REUNIÃO ESPIRITUAL COM O GOVERNADOR ACÁDIO[18]

Preparei-me para o recolhimento noturno. Ainda me sentia muito cansado e minha cabeça de quando em quando doía. Havia tomado o chá de alecrim que a mãe de Carpo gentilmente me fizera. Era o remédio que eu passaria a usar até o fim dos meus dias na Terra, com certeza, porque além de me trazer novas forças, tinha o condão de acalmar-me.

Ajeitei-me no leito, apaguei o candeeiro, e mergulhado nas sombras da noite, fiquei a pensar em toda minha trajetória, após ter ouvido o nome de Saulo de Tarso, em Icônio, pela vez primeira, pronunciado por Asher.

Lembrei de nosso encontro em Listra; do chamamento repentino e do convite amoroso do Cireneu para acompanhá-lo.

Nas telas de minha memória, revi o reencontro com Reyna e Shaina, quinze anos depois de nossa separação, e dos meus conflitos. Lembrei de Tércio, de Asnar, de Tobias, da hospedagem bondosa de Doran e Dinah, do acidente, e agora estava ali em Trôade, hospedado em outra casa, ainda sentindo debilidade física e também sentindo uma saudade quase que incontida da ex-mulher e da filha.

Em minhas cogitações, uma pergunta íntima assomou:

– Por que razão eu ficara mudo? Será que somente em razão do acidente que me vitimara, ou estava patente e clara, no episódio, a vontade de Yahweh, para que me fossem evitados novos equívocos? Talvez agisse novamente de maneira errada em relação a Reyna e a Shaina.

Fui vencido pela última autossugestão, pois não havia dúvidas que a mudez me fora provocada por vontade do Pai dos Céus, e que isso me impediria, pelo menos, de ser ingrato. Se fosse assim, e assim era, pensava que talvez Yeshua tivesse uma tarefa futura qualquer para mim, mas o que poderia ser?

---

[18] Episódio narrado na primeira pessoa pelo personagem Abiel

Mergulhado nesse ponto, comecei a orar para que o sono reparador, de que muito precisava, me tomasse nos braços. E foi o que rapidamente aconteceu.

Nem bem adormeci, vi-me levantando do leito. Olhei-me com aquela túnica cinza e escutei um chamado:

— Abiel, Abiel, venha. Não tardes.

Olhei na direção da porta do cômodo e vi Estêvão, que sorrindo me aguardava.

Agora já não me espantei tanto com o ocorrido. Experimentei caminhar na sua direção e logrei fazê-lo quase que deslizando sobre o piso.

Estêvão abraçou-me e puxando-me por uma das mãos, começamos a voejar na direção do céu. A noite estava fria. Sentia o vento fustigar-me a face.

Logo chegamos a um lugar que eu ainda não conhecia. Era uma espécie de construção que lembrava os quartéis romanos da Terra. Amplo muro alto na entrada, um pátio bem grande e ao fundo várias construções, em semicírculo.

Já na entrada fomos saudados por um grupo de Espíritos, e um deles, que tinha a tez bem branca, de porte esguio e cabelos encaracolados e claros, adiantou-se e nos cumprimentou:

— Olá, irmãos! Sou Cleodoro e fui destacado para receber nossos visitantes. Peço que me acompanhem, pois o salão já está quase todo tomado.

Acompanhamos Cleodoro. Caminhávamos pelo pátio e logo entramos na construção central. Pequeno corredor ladeado por colunatas, com o piso em mármore, nos levou a grande salão que já estava quase cheio.

Passamos por várias pessoas que eu não conhecia, mas que sorriam à nossa vista, e logo ganhamos um grupo que estava mais à frente e à direita. Reconheci Paulo, Silas, Timóteo, Lucas, Carpo, Sedécias, Damos e mais algumas pessoas, e, para minha grande surpresa, ali estavam também Reyna e Tércio.

Paulo adiantou-se e falando em voz alta ao grupo, disse:

— Olha que alegria! Lá vem nosso amigo Abiel. Seja bem-vindo, irmão!

Cumprimentei a todos com um gesto, porque a voz ainda não me havia retornado e disfarçando meu olhar sobre Reyna e Tércio, pus-me, quase sem querer, a observar os dois, e vi, pelos olhares que trocavam, que de fato estavam apaixonados um pelo outro.

Lágrima furtiva dançou em minha retina. Estêvão, que estava a meu lado, parecendo tudo ver e entender, me disse baixinho:

— Amigo Abiel, a renúncia em favor da felicidade de outrem é atitude dos corajosos e vencedores. Sei que amas Reyna. Lembra-te que o Mestre nos disse que devemos amar sem esperar retribuição.

Ouvi a reprimenda e concordei com ela.

De repente, o som de inúmeras trombetas anunciava a chegada de outras pessoas. Olhamos na direção da entrada e vimos três pessoas que como que deslizaram até o meio do salão, onde havia uma mesa em meia-lua e quatro assentos.

À frente do grupo vinha um Espírito que tinha os cabelos brancos caídos aos ombros, o rosto grande, o queixo quadrado e dois olhos azuis penetrantes. Logo reconheci ser o irmão Acádio. A seu lado, uma jovem belíssima, com os cabelos castanhos, o semblante de uma meiguice intraduzível e porte ereto, que lembrava mesmo uma deusa. Ao lado dela vinha outro jovem, também belo, mas que eu não conhecia.

Todos estávamos em silêncio, e para minha surpresa, após os três se sentarem, Estêvão se juntou a eles.

Paulo adiantou-se, cumprimentou-os com rápida reverência, olhou para todos os presentes e disse:

— Amigos e irmãos em Yeshua, sede todos muito bem-vindos. Fostes trazidos de várias partes da Terra para participardes desta assembleia convocada por Yeshua, com o objetivo de vos conhecer ou reconhecer e para podermos ouvir as recomendações e as orientações do Messias, traduzidas por nossos alcandorados irmãos que visitam este Núcleo espiritual.

Antes de apresentá-los, convido nosso amigo Estêvão a nos conduzir o pensamento a Yeshua.

Estêvão levantou-se do lugar onde estava e parece que a seu pedido, suave música inundou o ambiente, em tom baixo, ao que ele iniciou a orar:

— *Amado Yahweh e amado Yeshua, eis-nos aqui, aqueles a quem chamastes, reunidos sob vossos beneplácitos.*

"O que pedimos é que possamos unir-nos inteiramente a Vós, de modo que somente Vós nos faleis. Pedimos desvieis nosso coração do erro e nos considereis como vossos amados.

"Buscamos ter o coração puro, por isto, Amado Pai, Amado Mestre, purificai-nos do fermento velho e limpai a nossa morada. Auxiliai-nos a desterrar tudo o que é mundano e o túmulo dos vícios.

"Eis-nos aqui, diante de Vós, pobres, despidos e pedindo pelas Vossas graças, implorando misericórdia. Que se faça em nós segundo a vossa palavra. Assim seja.

Após a oração, Estêvão sentou-se e Paulo então continuou:

— Hoje, queridos irmãos, temos a alegria incontida de receber a honrosa presença de nossos irmãos Acádio, Estêvão, Abigail e Joel, que comparecem sob a determinação de Yeshua, para nos trazer as orientações de que necessitamos.

Fez breve pausa e sinalizou estar com a palavra o irmão Acádio.

Acádio levantou-se. Apesar dos cabelos brancos, no porte parecia mesmo um gladiador, e tinha uma altivez própria de quem domina todo o ambiente. Então, iniciou a fala:

— *Queridos irmãos, saudamos todos em nome d'Aquele que é a Luz do Mundo, e que nos ensinou: 'Quem comigo anda, não anda em trevas'.*

"Não será difícil desprezarmos as consolações humanas, quando já podemos gozar das consolações divinas.

"Mas o verdadeiro amigo de Yeshua é imitador de suas virtudes; não se inclina às consolações supérfluas nem busca tais doçuras sensíveis, sem trabalho útil, antes, porém, procura os serviços austeros pelo bem do

próximo e da Humanidade e sofre por Yeshua os trabalhos penosos de sua melhora e progresso.

"Não devemos buscar o repouso sem objetivo sadio, pois precisamos lançar mão da edificação de nossos Espíritos e do progresso nosso e da Terra, tornando nossa vida ornada de virtudes, eis que mais perfeito deve ser o interior do que por fora parece. É no interior que se perscruta o olhar de Yahweh, em cuja ação e presença ensinou-nos a andar com pureza angélica.

"A cada dia devemos renovar nossos propósitos e nos exercitarmos com maior fervor nas boas ações. Observemos a necessidade de viver uma vida piedosa, sob obediência às Leis, como se houvéssemos de receber em breve o galardão do nosso trabalho.

"Fostes, todos os que aqui estais, escolhidos por Yeshua para atender ao chamado dos primeiros momentos na Vinha do Senhor.

"Desse modo, dedicai-vos a servir com denodo e perseverança à Causa de Yeshua. Cuidai de continuar a viver uma vida de entrega total ao bem, não esquecendo jamais que sem caridade, de nada vale a obra exterior. Tudo, porém, que da caridade procede, produz abundantes frutos, porque Yahweh pondera a intenção com que tudo fazemos.

"Muito deve fazer aquele que muito ama, e muito faz quem faz o bem. Lembrai-vos de que enquanto viverdes no mundo, não estareis sem trabalho e tentação, por isto, já nos questionou o profeta: 'Não tem o homem uma tarefa sobre a Terra?'

"Estai alertas, sempre, às tentações que possam assaltar-vos. É preciso vigiar e orar, para que o mal não vos surpreenda.

"As tentações, ainda que molestas e graves, muitas vezes são de grande utilidade para o homem, porque, ao vencê-las, ele adquire humildade, pureza e experiência. Daí o alerta e a prudência concorrerem para que se atinja o êxito.

"'Bem-aventurados aqueles que amam Yahweh sobre todas as coisas', ensinou Yeshua.

"Abençoai e santificai a todos, e que seja grande a vossa bondade e a vossa misericórdia.

"A partir deste encontro, outros haveremos de ter, sob o estigma do amor inolvidável de Yeshua, para que sempre alimentemos a alma para o trabalho.

"*Todos vós estais sendo preparados para disseminar os sublimes ensinamentos de Yeshua, que permitirá a chegada à Terra, dos ventos da paz e da alegria que no futuro a elevarão na categoria das moradas da Casa do Pai.*

"*Que o Príncipe da Paz nos abençoe a todos!*

O silêncio ali experimentado era como um oásis onde se chega com a necessidade de se dessedentar.

Do teto, como se fossem gotas de chuva fina, uma névoa esbranquiçada caía sobre todos nós, produzindo conforto e euforia. Ninguém ousava falar. O silêncio foi quebrado por Abigail, que atendendo a aceno de Acádio, em voz suave e maviosa, pôs-se a orar:

– *Oh Yahweh! divino dispensador de nossas vidas, nossas almas se rejubilam em Tuas glórias e sentem as energias amorosas que nos encaminhas. Um dia, que não vai longe, já choramos e sofremos por Teu amor infinito, mas nada nos prejudicou, e sim nos elevou o espírito para perto de Ti.*

"*Queremos sempre estar aninhados em Teu coração e no coração do Teu Filho Amado Yeshua, para podermos sentir Vossos suaves amores; nos entregarmos a eles; sermos Teus verdadeiros amigos e podermos de Ti dispor a qualquer tempo. Ordena nossas vidas conforme os Teus desejos, hoje e sempre. Assim seja.*

Todos chorávamos lágrimas de alegria, sob intensa euforia interior, inundados de sentimentos benignos.

Paulo dirigiu-se à mesa central, abraçou efusivamente Acádio e Joel e pude testemunhar o abraço carinhoso que deu em Abigail e recebeu dela. Curiosamente, observei que ficaram alguns instantes a mais, de mãos dadas.

Aproximamo-nos, eu, Silas, Timóteo e Lucas e cumprimentamos primeiramente Acádio, embevecidos pelas suas palavras, depois os demais.

Para minha enorme surpresa, Abigail dirigiu-se a mim:

– Olá, Abiel, tenho seguido tua luta interior. Prossegue, caro irmão, sem esmorecer e sem olhar para a retaguarda. O futuro te sorri. Fica atento, pois penso que Yeshua em breve te chamará.

Confesso que fiquei por demais impressionado. Jamais imaginava que Abigail pudesse, de alguma forma, ter comigo um diálogo daqueles. Queria perguntar-lhe muitas coisas, mas a afazia também se apresentava em meu espírito, cuja causa eu não saberia dizer.

Então, como os meus cumprimentos foram somente com os abraços, sorri à observação de Abigail e fiz reverência gentil. Ela sorriu-me e voltou-se para Paulo. Saíram os dois do salão, e como também saí, pude vê-los caminhando pelo pátio, a conversar, como duas almas afins.

Passado algum tempo, Silas apareceu, e vendo Paulo com Abigail, dirigiu-se aos dois. Tinha um chamado para Paulo. A um sinal de Silas, Paulo despediu-se de Abigail, com terno abraço, e como Silas estava próximo, o ouvi a dizer:

— Amigo Paulo, apressa-te. Nosso irmão Joel, que nos visita, tem um recado especial para ti. Pede a tua presença antes que partamos todos para os nossos afazeres.

Paulo acercou-se de nós e nos dirigimos para o salão, onde Acádio, Estêvão e Joel aguardavam, recebendo ainda cumprimentos, bem como Abigail, que já havia retornado e se aproximado deles.

Então, Joel fez um sinal para Paulo acompanhá-lo e separaram-se para conversar a sós. Observei de longe que Joel gesticulava e dava a Paulo alguma informação que julguei ser importante, porque o diálogo era particular.

Terminada a conversa, todos nos despedimos.

***

Acordei, dei-me conta de onde estava, espreguicei-me e me senti bem melhor. O cansaço como que desaparecera. Orei a Yeshua à minha maneira. Levantei-me, higienizei as mãos e o rosto, aprumei-me e me dirigi à sala principal da casa de Carpo. Lá chegando, vi que eu era o último. Todos ali já estavam em animada conversação. Cumprimentei-os gestualmente, e logo fomos para outro cômodo para o repasto matinal.

Conversavam sobre a frequência ao Núcleo de Trôade, que Paulo elogiava, quando o Cireneu silenciou por alguns instantes e depois, pedindo a atenção do grupo, disse:

— Meus amigos, esta noite tive um sonho. Guardo dele várias lembranças, e tenho vivo na minha memória o momento em que um jovem se acercou de mim e me disse: *'Amigo Paulo, passe para a Macedônia. Precisamos de tua ajuda lá. Este é o desejo de Yeshua, que te envia o recado.'*

"Então, não me resta dúvida que nossa estada em Trôade será curta.

"Pretendo viajar para a Macedônia no dia seguinte ao Sabá. Tomaremos um navio para lá, e gostaria de convidar nosso bom Lucas para que nos acompanhe.

Como não houvera falado meu nome, olhou-me e percebeu minha repentina decepção. Então falou:

— Amigo Abiel! Neste meu sonho, também lembro que alguém me falou que, ao que parece — o que precisa ainda ser confirmado — Yeshua tem outros planos para você, mas aqui em Trôade. Ademais, penso que ainda tens debilidades físicas e não suportarias uma viagem de navio, por isto, pediria que ficasses com nossos irmãos do Núcleo, aqui de Trôade, trabalhando para Yeshua.

Ante essa fala do Cireneu, refleti por alguns instantes e pareceu-me lembrar de algo mais ou menos igual ao que Paulo dissera e pensei: 'Será que também sonhei com algum recado desse teor?'

Carpo apressou-se a me abraçar, dizendo:

— Abiel, és para nós um novo irmão. Fica, sim, conosco. Poderás auxiliar-nos na administração do Núcleo. Que tal?

Antes que eu concordasse gestualmente, Paulo aduziu:

— Abiel, colherei sempre notícias tuas e pretendo retornar a esta cidade. Faço votos que fiques bem. Levarei sempre comigo o carinho de tua amizade sincera.

Olhei para todos, e embora triste pela separação dos amigos, assenti positivamente com a cabeça.

XXVI

AS DESPEDIDAS DE TRÔADE

Era o Sabá, à noite. Conforme previra Carpo, o Núcleo estava abarrotado. Paulo faria nova pregação e se despediria dos irmãos, pois ao amanhecer do outro dia, ele, Silas, Timóteo e Lucas zarpariam para a Macedônia, o que já estava definido.

Após as saudações iniciais, normalmente feitas por Sedécias e desta feita por Eliade, a prece foi feita por Judite, que de maneira simples, mas com elevado sentimento, exorou as bênçãos de Yeshua.

Depois, passou a palavra ao Cireneu.

Paulo, então, fez a prédica da noite, novamente.

– *Amados irmãos da nova fé que há de modificar a paisagem do mundo, auguro que sejais fortes em Yeshua, para que vossas boas ações iluminem o vosso interior e também as trevas eventuais que existem em muitos corações.*

"Desejo que vos torneis irrepreensíveis e sinceros filhos de Yahweh, inculpáveis em meio à geração pervertida e corrupta, na qual devereis resplandecer como luzeiros da verdade.

"Devemos sempre amar Yahweh com todo nosso coração e priorizar a aplicação de suas leis em toda nossa existência, para que lhe ofertemos o testemunho de nosso amor para com Ele, sob a exortação de Yeshua, e para com nosso próximo, compreendendo-nos como irmãos.

"O dia já chegou, em que o Pai será adorado em espírito e verdade, porque são estes os adoradores que o Pai procura.

"Foi para dissipar as dificuldades de compreensão de suas Soberanas Leis que Ele nos enviou o Messias, Yeshua, o Ungido, o Cristo, e Ele resplandeceu e dignificou a glória do Pai, ensinando e exemplificando o amor incondicional, demonstrando, a todos nós, que somos filhos amados e herdeiros dos dotes dos Céus.

"Precisamos fazer por merecer a salvação que não pode ser conquistada sob o estigma do erro.

"Todos somos marcados para a glória, por Yahweh, a fim de, por nossa parte, glorificá-lo, mesmo que essa glorificação seja feita sob a dor, para que Ele seja sempre exaltado.

"Mas o trabalho de adoração não é nem será fácil. O mundo pretende exaltá-lo de forma mesquinha e cruel, pois há os que se ajoelham carregados de futilidades e dizem: 'Senhor! Senhor!' mas, a seu passo, assaltam as casas das viúvas.

"Há os que teimam em colocar vinho novo em odres velhos. Há os que trocam a fé por moedas. Há os que são adoradores do poder temporal do orgulho e revestem-se de pele de cordeiro, mas, como nos disse Yeshua, por dentro são lobos vorazes, que mordem à menor contrariedade, porque conservam o coração maculado pelo interesse em dominar e massacrar a fé.

"É ao meio destes que fostes chamados a servir à nova causa, e tereis com certeza tristezas e decepções, pois amigo é coisa rara, porquanto somente o são aqueles que se aproximam de nós sem interesses escusos.

"Porfiai na luta, resolutos e apegados ao bem, e os adversários de Yahweh nada conseguirão contra vós, porque a verdadeira fé não se aprisiona, pois ela está no Pai e no Filho.

"Yeshua, o Cristo, bem disse: 'Eu e o Pai somos um.' Assim falou para que aprendêssemos que ser em Yeshua é ser em Yahweh; não há diferença.

"Que sempre sejamos obedientes e pacificadores, para que nos tornemos instrumentos afinados na execução individual e coletiva da boa divulgação dos ensinos do Messias.

"Ele será por nós, e mesmo que possamos às vezes cair, nunca esqueçamos que Ele sempre nos levantará, pois sempre estará conosco, por toda a eternidade.

Após essa manifestação, que trouxe otimismo e confiança a todos os presentes, o Cireneu fez considerações no tocante à união dos trabalhadores do Núcleo.

— Amados irmãos, por trazermos, no espírito, muitos equívocos, poderemos, no conjunto de nossas atividades, enfrentar divergências; diferenças de interpretação, contudo, urgente é aprender a aceitar o desejo da maioria do Núcleo, nunca nos afastando, mesmo se nossa opinião não for acolhida. Jamais agir contra o Núcleo ou mesmo contra os irmãos, pois se assim fizermos, estaremos pecando contra o Espírito Santo.

Paulo calou-se novamente. O silêncio era a companhia desejada, pois trazia sempre com ele o carro da meditação.

Lucas estava radiante e comentou baixinho que Paulo tinha denominado Yeshua como o Cristo, o que era para ele uma grande alegria.

Dirigindo-se a Abiel, lhe disse:

– Abiel, não sei se já sabes que sou médico, então, antes de partir, se quiseres, gostaria de examinar-te quanto ao ferimento que cicatrizou; ao pequeno afundamento que tens sobre sua orelha direita e quanto à tua afazia. Consentes que o faça tão logo cheguemos à casa de Carpo?

Abiel olhou-o firmemente, e com leve sorriso, sinalizou que sim.

As conversas e os abraços foram efusivos. Paulo atendia a todos, obtendo de vários a promessa de estarem no porto no dia seguinte, para abraçá-lo na partida para a Macedônia.

Após tudo finalizado, retornaram à casa de Carpo, como da vez anterior, juntamente com Sedécias e a esposa Judite, Damos e Eliade, além de Lucas, que também estava lá hospedado.

Acresceu-se à pequena caravana mais um irmão do Núcleo, de nome Faustulo, um comerciante nascido na Acádia, portanto um gentio, que se filiara ao Núcleo, apaixonado pela nova mensagem, e que dava contributo valioso, inclusive material.

Na casa de Carpo, a conversação continuou. Paulo pediu a Faustulo informações sobre o conhecimento que ele dizia ter das cidades de Atenas, Corinto e de Tessalônica, ao que Faustulo, com clara alegria, posicionou o Cireneu com as informações que poderiam, quem sabe, ser-lhe de grande utilidade.

Lucas, interrompendo a conversação, pediu licença para ausentar-se um pouco, na companhia de Abiel. Notificou que faria um exame médico o mais apurado possível sobre seu estado de saúde.

Foram para o aposento de Abiel. Lá chegando, Lucas o fez sentar-se sobre a cama e pôs-se a examinar sua cicatriz. Apalpou a área e perguntou se ele sentia dor. Abiel respondeu, com a cabeça, que não. Pediu-lhe que abrisse bem a boca e colocasse a língua para fora. Com uma lamparina, examinou por alguns segundos. Perguntou se Abiel dormia bem. Ele assentiu novamente, com a cabeça. Após, pedindo licença, fê-lo deitar-se e colocou seu ouvido sobre peito do paciente, na altura do coração. Ficou ouvindo por alguns instantes.

Terminado o exame, Lucas disse:

– Olha, Abiel, não enxerguei problemas na sua boca e garganta. Quanto à cicatriz, apalpando na área, vejo que você está com um pouco de afundamento sobre a orelha direita. Sentes dor na orelha ou no ouvido direitos?

– Abiel respondeu, com a cabeça, que não.

– Abiel, o ferimento provocou uma leve pressão em tua cabeça, que se transformou numa espécie de represamento de alguma secreção, daí porque essa pode ser uma forte razão para estares mudo. Penso que com o tempo e com uma melhor solidificação do ferimento internamente, possas voltar a falar. Quanto ao teu coração, notei, pela escuta, que és portador de um pequeno aceleramento nos batimentos cardíacos, mas entendo que não seja nada grave. Considerando tudo o que te disse, desaconselharia que viajasses conosco.

"Sugiro que continues a tomar o chá de alecrim e que faças gargarejo com chá de maçã, todas as manhãs, ao levantares, e todas as noites, ao deitares.

Retornaram à sala da reunião. Os amigos e irmãos do Núcleo já estavam se despedindo, prometendo estarem na partida de Paulo e seus amigos, no porto. Sorveram delicioso chá de romã, providenciado pela mãe de Carpo e se retiraram para o repouso noturno.

Abiel se preparou para o sono, e como já adquirira o feliz hábito, orou sentidamente a Yeshua, pedindo iluminação e força para compreender o incompreendido; ajuda para seus dias futuros em Trôade e proteção para Paulo, Silas, Timóteo e Lucas. Acomodou-se melhor e adormeceu.

***

Logo se viu saindo do corpo e estranhamente não era Estêvão que olhava para ele. Reconheceu ser o irmão Joel, que sorrindo, convidou-o a acompanhá-lo.

Em breve, saíram da casa de Carpo e logo estavam numa cidade diferente. Era uma cidade muito grande, com as casas construídas em círculos, como que sobrepostas. Curiosamente, não parecia ser estranha para Abiel.

Dirigiram-se à construção central, com colunatas na entrada, que pareciam gregas, e adentraram ampla sala. Duas pessoas vieram na direção deles, apresentando-se como irmãos Isadora e Valerius. Cumprimentaram gentilmente Joel e Abiel e disseram que o Governador Acádio os esperava.

Seguiram em silêncio e Isadora, adiantando-se, deu leve batida na porta, abrindo-a. Penetraram, então, em ampla sala. Sentado em móvel estranho e com as mãos sobre outro móvel também estranho estava o Governador Acádio. Ao ver Abiel e Joel, Acádio levantou-se, circulou por trás do móvel e os abraçou dizendo:

– Olá, irmãos, que alegria. Sede bem-vindos. Irmão Joel, agradeço a colaboração em trazer até aqui nosso Abiel. Mas sentemo-nos – disse, apontando outros móveis, que tinham acentos e encostos confortáveis.

– Irmão Abiel, – continuou Acádio, – pedimos que fosses trazido aqui para uma entrevista, e vamos diretamente ao assunto. Então, peço que me ouças, sem medo e sem preocupação.

"Temos aqui e em outros lugares, anotações de todas as criaturas que circulam pela Terra. Não te espantes com isso! No teu caso, as anotações demonstram, é claro, todas as dificuldades pelas quais já passaste, teus erros, teus acertos, e como são as atuais vibrações de tua alma.

"Desse modo, quero dizer-te que já estiveste atuando no Projeto Divino, para a chegada do conhecimento da verdade à Terra.

"Numa das etapas anteriores, viveste no território da Pérsia, onde foste auxiliar de um digno servidor de Yeshua, de nome Dariavus, e aprendeste com ele, no santuário de trabalho, que há um só Pai Criador.

"Foste colaborador dele em outra pátria, na Assíria, em favor do Imperador Teglat-Phalasar III, incutindo-lhe, junto com Dariavus, na intimidade, em Nínive, a crença no único Senhor da Vida.

"Serviste com denodo e afinco. Construíste conhecimentos na manipulação de ervas curadoras. Tudo isto está registrado em nossos arcanos e nos da tua memória. A par disso, quando vencido pela idade física, retornaste aos Céus e estagiaste aqui em nossa cidade, por longos anos.

"Tiveste autorização para retornares na raça judia, e foste operoso trabalhador do templo do Reino de Judá, sob a tutela do Rei Zedequias. Nesse tempo, desposaste Séfora, mas como tinhas um coração voltado às impressões do serviço de curas com ervas, deste pouca atenção a Séfora, abandonando-a para te entregares às andanças aqui ou acolá, fazendo tuas experiências, mas não sabias que Séfora esperava uma filha tua. Ela acabou por não te perdoar. Além disto, já havias infelicitado um jovem seu pretendente antes de ti, de nome Natham.

"Pois bem, o retorno aos Céus surpreendeu-te quando entravas na senectude, e apesar de teus erros, tiveste oportunidade de ofertar curas a muitas criaturas e passaste a ser chamado de "Curador de Judá".

"Avaliando teus créditos e sopesando os débitos, novamente tiveste a oportunidade de retornar à Terra, agora em Icônio, sob o nome de Abiel, não sem antes receberes de Yeshua a permissão para que teu nome fosse lançado no rol daqueles que deveriam servir à nova doutrina, o que recebeste em razão de possuíres um coração amoroso.

"Está escrito no grande pergaminho das anotações sobre a nova era da Terra, sob a mensagem renovadora que Yeshua trouxe, o rol das tarefas nobilitantes que deverás fazer, no mesmo campo do atendimento aos necessitados do corpo e da alma.

"Bem, já sabes, pelas falas de nosso Paulo, que Yeshua anunciou que a cada um será dado conforme as suas obras. Assim, não porque representasse punição, mas sim devolução do débito que cumulaste com Séfora e a filha, tiveste a presença das duas novamente em tua vida, a filha de Séfora agora na condição de tua esposa e Séfora, a quem abandonaste, agora na condição de tua filha Shaina.

"Sob o impacto do amor, tinhas a oportunidade de refazeres o equilíbrio quebrado, contudo, pela ação dos cobradores de ontem e por tua própria ação, não conseguiste reter o ninho de refazimento para tua alma, e somente então é que a expiação chegou à consumação e foste, de certa forma – porque a isso deste causa – abandonado por elas.

"Recebemos, então, determinação de Yeshua para que pudéssemos fazer chegar a ti o socorro, quando já pensavas em anular tua vida. Planejamos daqui a chegada da ajuda, nos comentários do judeu Asher, na feira de Icônio, onde te achavas, uma vez que monitorávamos a presença de Saulo – ou Paulo, como quiseres, – ali próximo, em Listra.

"Alegramo-nos sobremaneira com tua decisão quando, naquele dia, sentaste no chão, na roda de pessoas que ouviam nosso amigo. Foi nosso bondoso Joel, que hoje te acompanha, que inspirou Paulo a chamar-te pelo nome.

"O resto dos acontecimentos já sabes. A ocorrência do acidente foi um ato de coragem e desprendimento próprio do teu coração amoroso. Com isto alegraste muito Yeshua.

Acádio fez breve pausa.

Apesar da enorme surpresa e interrogação sobre tudo o que ouvia, Abiel sentia-me bem amparado. Tentou falar, mas não conseguiu. Sua afazia estava presente também ali. Acádio, percebendo sua agitação, acalmou-o:

– Irmão Abiel, fica tranquilo. Ainda não temos informação se tua afazia será permanente ou não. Nada nos foi revelado a respeito, nem que sim nem que não, o que pode granjear a teu favor a possibilidade de conseguires solução para essa dificuldade que te aflige a alma.

"A informação que temos, e que estamos autorizados a te passar, é que Yeshua permitirá que voltes a atuar no campo de teus conhecimentos curativos, cujas lembranças pouco a pouco te voltarão à mente, e auxilies no Núcleo de ensinamentos dele, em Trôade, atendendo a todas as pessoas, sejam judias, sejam gentios de todas as raças, mas que o faças sempre em nome de Yeshua e de Yahweh.

"Estou autorizado a te dizer isto, contudo, na realidade, como se trata de um convite, pois Yeshua nada impõe, precisas responder-nos se aceitas a tarefa. Então, o que achas?

Olhou para Abiel, profunda e demoradamente. Abiel pediu material para escrever a resposta.

Em pequeno pergaminho, ele escreveu: "Tudo o que me disseste, bondoso Acádio, transporta minha alma ainda para mais perto de Yeshua. Se esse é o desejo d'Ele e de Yahweh, seja feita a vontade d'Eles e não a minha. Infeliz que fui, peço forças para fazer felizes as pessoas que magoei e também as outras pessoas. Podem dispor deste servo, sempre".

Acádio leu, sorriu e estendeu a anotação a Joel, que também leu.

Então, Acádio levantou-se, foi na direção de Abiel e o abraçou dizendo:

— Pois bem, irmão e amigo Abiel, estou feliz por tua decisão. Yeshua já sabe dela. Em momento oportuno, que ainda há de vir, aviaremos as condições de apoio ao irmão. Quero que saibas que quando precisares de ajuda, basta nos pedir pelo pensamento.

"Agora, desejo que acompanhes Joel e que vás em paz, e ao abraçares Paulo e os amigos, estarás abraçando todos por mim.

Despediram-se e em breve estavam na casa de Carpo. Adentraram o aposento e antes que Abiel voltasse a seu corpo, Joel lhe disse:

— Amigo, quero que saibas que estivemos juntos na Pérsia e na Assíria e que prezo muito por tua amizade. Estarei sempre por perto. Yeshua te abençoe.

Ao dizer isto, tocou levemente na testa de Abiel, que imediatamente viu-se puxado para o corpo.

***

Abiel acordou com os rumores da casa. Abriu a janela e olhou para fora. A manhã estava radiosa. Dois pássaros, em árvore próxima, cantavam divinamente, como a dar-lhe bom-dia, ao que ele retribuiu mentalmente. Elevou o pensamento aos céus e apenas disse intimamente:

— Obrigado, Yeshua!

Ao falar isto, o fez com tamanha vibração que parecia ter articulado a fala, o que de fato não havia acontecido.

Arrumou-se, saiu do quarto e se dirigiu à sala. Lá estavam Carpo, Paulo, Silas, Timóteo, Lucas, a mãe e a irmã de Carpo. O repasto matinal estava servido, e foi Carpo quem saudou Abiel, secundado por todos.

Lucas acenou para que Abiel se sentasse próximo a ele. Paulo o olhava com certa curiosidade. Como Abiel já tinha providenciado os apetrechos para a escrita, carregava-os sempre consigo, então escreveu e levantou a escrita para que todos lessem:

"Amados irmãos! Estou muito bem e estou feliz na casa do amigo Carpo e família. Yeshua abençoe Paulo e os amigos que seguirão viagem. Ficarei aqui com os irmãos, na retaguarda, buscando servir da melhor maneira e no que for preciso. Que nosso Cireneu siga sob as bênçãos d'Ele e nunca se esqueça de nós".

Todos ficaram impactados com o recado e Paulo enxugou os olhos com a barra da túnica. Aquilo comoveu Abiel sobremaneira.

A conversação retornou animada.

***

O tempo correu célere, e em breve estavam todos a caminho do porto de Trôade. Lá chegando, pequena multidão esperava o Cireneu e os amigos. O navio estava ancorado e já recebia outras pessoas. Muitos irmãos traziam mimos: broas, doces, embornal em couro com leite de cabra, distribuindo essas provisões a Paulo e aos amigos que o acompanhariam.

Paulo, então, subiu em pequena escada de madeira que dava acesso ao navio e olhando para todos falou:

– *Meus amados irmãos, a partida de um ente querido é sempre dolorosa, mas a dor da saudade é bem compreendida quando sabemos que os que partem vão para lugares onde poderão ser úteis e vão servir à causa do Cristo Yeshua, e que os que ficam não se apartarão d'Ele.*

"*Sigo o caminho que Ele traçou. Sigo para o alvo. Buscarei com todas as fibras do meu coração atingi-lo. O mesmo desejo a todos. Agradecido por todo o carinho e atendimento, todos irão comigo, no coração.*

Desceu da pequena escada e pôs-se a abraçar todos, um por um.

Ao chegar diante de Abiel, olhou-o fixamente. Lágrimas rolaram dos olhos de ambos. Abraçou Abiel, que correspondeu ao abraço, como que numa magia indizível. Paulo soltou-se, olhou para Abiel novamente e sorriu, o sorriso da compreensão.

Os que ficavam abraçaram Silas, Timóteo e Lucas, e ainda sob forte emoção, todos ficaram ali, parados, acenando para o Gigante da divulgação do Cristianismo, que também acenava, até o navio desaparecer na linha do horizonte.

Carpo, vendo um certo abatimento em Abiel, aproximou-se, juntamente com Sedécias, e ambos o abraçaram e com as mãos sobre seus ombros, como a demonstrar que teria sempre o apoio deles, retornaram para casa.

Abiel não poderia dizer que a tristeza não tinha tomado sua alma, pois a convivência com o Cireneu representava para ele uma nova vida, mas sentia o calor daqueles novos amigos e tinha certeza que seriam verdadeiros irmãos.

Paulo, com os demais amigos, seguia para a Macedônia.

Abiel ficava em Trôade.

Ambos, porém, estavam a serviço de Yeshua. Esta certeza, embora repentina, confortava Abiel, que sabia, no íntimo, que ali se iniciava nova etapa para seu dorido coração, e que um dia haveria de reencontrar o Grande Amigo de Yeshua.

XXVII

A VIAGEM MARÍTIMA DE PAULO A CAMINHO DE FILIPOS

A viagem durante o dia transcorreu com alguma agitação.

Os amigos de Yeshua iniciavam a travessia do Mar Egeu, saindo do continente Asiático para mais ou menos em três a quatro dias de navegação chegarem à Macedônia.

As condições de navegação no dia da partida estavam propícias, pela manhã, mas após a virada do meio do dia o mar agitou-se. Pequena formação de chuva se fez, obrigando os passageiros a se recolherem no porão do navio. Paulo, Silas, Timóteo e Lucas aproveitaram o período da tarde para descansar em redes improvisadas. Quando se pronunciava o crepúsculo, serviram-se de algumas provisões que traziam e se alimentaram.

Surpreendentemente, ao escurecer, o tempo borrascoso se abriu e o mar entrou em calmaria. Paulo e os amigos subiram para o convés. O luar se fazia reluzente, permitindo que se enxergasse do navio, de vez em quando, as margens e as luzes bruxuleantes das grandes lamparinas ou dos inúmeros archotes nos faróis que orientavam a navegação.

O interior do navio era iluminado por grandes lamparinas a óleo de oliveira, cujo fogo era sempre alimentado pelos marinheiros.

O capitão do navio era de origem grega. Georges era um homem alto, a tez queimada pelo sol, fruto das inúmeras viagens pelo mar. Musculoso, de fisionomia simpática e barba grande. Tinha uma voz grossa e grave. Comandava os marinheiros com maestria própria de quem já possuía larga experiência na navegação. Devia ter uns trinta e cinco anos, mais ou menos. Apesar de aparentemente grosseiro, era educado e gentil.

Paulo afastou-se um pouco do grupo e debruçando-se na amurada da proa pôs-se a admirar as águas plácidas que refletiam a luz do luar, no que via a obra maravilhosa de Yahweh, plenamente demonstrada naquela imensidão do mar.

Em dado momento, olhou para o céu, totalmente estrelado. A cena o deixou extasiado e pensativo. Tentava obter respostas para si, sobre a infinita quantidade de estrelas e o que elas representavam de fato. Seriam mundos iguais à Terra? Muitas vezes havia pensado nisso. Estava absorto. O pensamento viajava pela amplidão. Um sentimento de incontida saudade varreu-lhe a alma. Lembrou-se de seu pai, de sua mãe e de sua irmã. Lembrou de sua vida em Tarso, depois em Jerusalém, e principalmente da visão que tivera de Yeshua às portas da cidade de Damasco, e depois dos amigos da Casa do Caminho.

Também lembrava do poder que desfrutara no Sanhedrin e do respeito e admiração que tinha e recebia dos mestres. Lembrou-se do amigo Gamaliel. Por onde será que ele andaria, de vez que lhe confidenciara que estava se retirando da vida pública de Jerusalém e da Gerousia? Lembrou-se das conversas que teve com ele sobre Yeshua; das perguntas que fizera ao mestre judaico e dos conselhos que este lhe deu, principalmente para que temporariamente se afastasse de Jerusalém, porque os pares do Sanhedrin com certeza não aceitariam passivamente a mudança repentina que acontecera com ele.

Cogitava da lembrança de seu regresso a Jerusalém; do desprezo de que fora vítima, principalmente por parte daqueles que se diziam seus amigos; do retorno à casa paterna e do desconfortante diálogo que mantivera com seu pai, que não aceitara a sua mudança e o deserdara. Pareceu rever a face crespada do pai e as lágrimas que dançavam nos seus olhos, no dia em que o pai o convidou a retirar-se do lar.

Por momentos, pareceu sentir alguém lhe afagar os cabelos e lembrou-se de sua mãe, que sempre lhe dissera: "Meu filho, onde estiver o teu coração, nunca esqueças que também estará o meu." Essa lembrança alimentava a certeza de que a morte dela não havia sido por desgosto com a sua situação, como aventara seu pai, pois ele não devia ter entendido. Não podia ser verdade, porque a mãe o amava, e muito, e por certo continuaria a amá-lo.

Duas lembranças assomaram a sua casa mental. Pareceu rever por instantes o olhar compreensivo de Estêvão, no momento mesmo da sua agonia pela lapidação e por último pareceu-lhe ver em pé, a sua frente, aquela que povoou seus sonhos de juventude e que seu coração nunca esqueceria: sua doce e meiga Abigail. Então orou baixinho, o rosto banhado pelas lágrimas da saudade:

– *"Oh Yeshua! A dor e a saudade que experimento me confrangem a alma. Espero poder um dia retribuir aos que fiz sofrer, com uma pequena parte do carinho com que me distingues. Ontem não entendi, depois compreendi, e agora, quando a estrada que busco seguir tem se mostrado dividida ao meio, um lado com os buracos e pedras e os acidentes de caminho e outro com relva macia, não te peço que me isentes de escolher o caminho pedregoso. Antes te peço que encaminhes os amores de minha saudade pela estrada relvada. Eles são merecedores de créditos que eu não soube cumular. Alimenta-me o espírito, oh Messias, para que eu não recue jamais diante dos embates que virão, e dispõe, oh Yeshua amado, deste teu servo, como te aprouver.*

Olhou novamente para o céu. Sentiu alguém lhe tocar no ombro, virou-se e viu Lucas, que sorridente disse:

– Querido amigo, observei de longe estares em reflexão. Espero que sejam as boas lembranças a te impulsionarem sempre para a frente. Não gostaria de incomodar-te neste instante. Se quiseres, conversaremos depois.

Paulo disfarçou as lágrimas que ainda bailavam na sua retina, suspirou e disse:

– Não, não, meu amigo, não me incomodas, apenas cogitava nas lembranças de minha vida; dos momentos decisivos pelos quais já passei, alimentando-me na oração para que possa vencer os que vierem pela frente.

Lucas continuou:

– Estive conversando com Silas, que neste instante, junto com Timóteo, conversa animadamente com o Capitão Georges e o contramestre Ítalo. Eles perguntaram sobre ti. Silas estava falando com eles sobre teu trabalho, tua viagem com Barnabé, teus testemunhos, prisões, agressões, e sobre a quantidade de Núcleos que fundaste em tua primeira viagem e até aqui, nesta segunda, e que objetivam a divulgação dos ensinamentos do Messias. Estão interessados em conhecer esses ensinos.

Paulo sorriu. Era um sorriso franco, de satisfação.

De repente, como a não querer falar do assunto que Lucas trazia, mudando o curso da conversa, Paulo perguntou-lhe:

— Amado amigo, quando nos conhecemos na Casa de Caminho, em Jerusalém, já havias confessado o propósito de escrever sobre os ensinos de Yeshua, o Cristo, como o denominas. Como anda esse teu objetivo?

E continuou.

— O amigo também confidenciou-me que esteve convivendo com os irmãos que trabalharam diretamente com Yeshua, anotando fatos sobre a convivência deles com o Mestre e do Mestre com eles, e também que esteve conversando a propósito com Maria de Nazareth, a mãe do Mestre. Então, gostaria de saber sobre teu diálogo com nossa amada Maria. O que poderias confidenciar-me sobre esse encontro?

Lucas respirou fundo e disse:

— Sim, amigo Paulo. Posso fornecer-te alguns detalhes do meu projeto e da minha conversa com Maria de Nazareth.

"Sobre o meu projeto, posso te adiantar que está em curso. Tenho inúmeras anotações que fiz, entrevistando os apóstolos que Ele escolheu e vou coletando outras mais, para que em breve possa reuni-las todas e dar a conhecer às pessoas.

"Quanto à entrevista com a Mãe do Cristo Yeshua, conversando com João, que é o mais jovem dentre os que O acompanhavam, descobri que Maria de Nazareth estava vivendo na casa da família dele, uma família que tinha posses materiais, numa casa grande com piso superior. Ela havia deixado para os demais filhos, todos maiores e independentes, a pequena casa onde morava. João a trata como se ela fosse sua própria mãe, e Maria tem adoração por João. Diz para todos que João é como se fora seu filho espiritual e que ele a socorre sempre nas suas necessidades, com dedicação.

"Ajustada a visita, juntamente com João, cheguei à casa dele, em Jerusalém, por volta da virada do dia. Ainda de longe vimos que Maria estava sentada na pequena escada de dois degraus que dava acesso à porta de entrada e, com um cesto ao lado, dobrava as roupas que deveria ter secado no varal, que podíamos ver. Ao ver-nos, levantou-se, esperando nossa aproximação e olhando para João, sorriu para ele e olhou também para mim.

"Meu bom amigo Paulo, confesso-te que, apesar da madureza da idade, não vi em qualquer paragem que já andei, mulher mais bela. A sua beleza é mesmo dupla. A beleza física é impressionante: o porte altivo, o olhar profundo, que traduz uma paz e meiguice que jamais suspeitava existir. O sorriso espalha bondade. Não tive dúvidas de estar diante de um Anjo enviado por Yahweh à Terra.

"João a abraçou e olhando na minha direção, falou: 'Este, mãe Maria, é um amigo. Chama-se Lucas. É amigo também de Pedro, de Tiago e de Tadeu. Ele é médico e veio da Síria para Jerusalém atraído pelo desejo de conhecer os ensinamentos e os amigos de Yeshua e manifestou a vontade de conhecê-la, ao que não me opus. Ele disse que quer escrever sobre o trabalho de seu Filho Amado, e pediu-me sobre a possibilidade de se entrevistar contigo para colher informações sobre a vida d'Ele.'

"Maria de Nazareth olhou-me, caro amigo, com um olhar que, tenho certeza, nunca mais esquecerei, tal a profundidade e a energia que emanava, e sorrindo disse: 'Amigo Lucas – acho que posso chamar-te assim. Os amigos de meu filho Yeshua são muito caros ao meu coração. Com certeza tu também já o és.'

"Confesso que quando ela falava eu me sentia como que invadido por alegria intraduzível. A voz dela era carregada de ternura.

"Agradeci-lhe a deferência, dizendo que era muito grato por ela ter-me recebido de forma tão amável e confidenciei que pretendia mesmo ter a possibilidade de conversar sobre Yeshua, e, se fosse possível, me entrevistaria com ela por uns dias, já que tinha planos de ficar um bom tempo em Jerusalém.

"Incontinênti à minha fala, nada respondeu, mas convidou-me a entrar na casa.

"Acomodados em pequena sala, ela mesma nos serviu água fresca e sentando-se, convidou-nos a também nos sentarmos, eis que João nos fazia companhia na conversa. Então, ela lançou um olhar para a porta que ficara aberta, e, como a estar pensativa, falou-me: '– Sim, podemos combinar suas visitas que, se possível, gostaria que fossem pela manhã, quando estamos mais ativos, não?'

"Esperou minha resposta. Prontamente concordei, e sem que nada efetivamente lhe perguntasse naquela primeira e inesquecível entrevista, continuou a falar: 'Quero lhe dizer que me considero a pessoa mais feliz da Terra, e, portanto, muito agradecida a Elohim, por ter tido um filho como tive, com alma e coração incomuns, com sabedoria inigualável, amoroso, meigo e carinhoso. Jamais tive notícias ou encontrei, ou mesmo o mundo encontrará criatura mais bondosa.

" 'Ele sabia antecipadamente ler-me a alma, a alma de José e de seus irmãos. Nunca o vi, em família, triste por alguma coisa. O carinho com que me distinguia, ao pai e aos irmãos, não se pode traduzir em palavras.

" 'Desde Sua infância, eu tinha plena convicção que Ele era o Anjo esperado por nossa gente, o Libertador, como se apregoava na Lei. Tudo fiz ao meu alcance para, de alguma forma, auxiliar na missão d'Ele, e quando pensava que O estava ajudando, via que quem era ajudada era eu.

" 'Eu O vi chorar por duas vezes apenas. A primeira quando meu saudoso marido e seu pai, José, entregou-se, no desprendimento da alma, aos Céus. Nessa ocasião, vi nos seus olhos, não dor ou desespero, mas um sentimento tal que não saberia definir, porque era um misto de compreensão, de paz e de antecipada saudade. A outra vez, foi quando olhou-me da cruz infamante em que O colocaram. Nessa ocasião, Ele me falou: 'Mulher, não choro por mim, mas choro por todos os homens que ainda teimam em ficar afastados da Casa de Meu Pai'.

" 'Confesso-te, amigo Lucas, que o que Ele disse tocou-me de tal modo as fibras da alma, que, naquele instante, não conseguindo reprimir minhas lágrimas, lhe falei: 'Amado, bondoso e querido filho, dispõe de tua mãe quando e como quiseres. Eu também sinto muita pena de todos esses que voltaram-se contra Yahweh e contra Ti, pois mergulham nos desequilíbrios da alma. Confio em Ti. Sei que estarás no Céu, com Yahweh, e que voltarás. Continuarei aqui para servir-Te e ao nosso Pai. Quando chegar o dia, Te esperarei, para que me venhas buscar.'

Lucas fez uma pausa no relato. Paulo, sob o impacto daquelas revelações, havia voltado a chorar, desta vez copiosamente, porém em silêncio. A narrativa do amigo estava carregada de energia intraduzível que emanava das falas de Maria de Nazareth, e que lhe causavam um sentimento tal que não conseguia traduzir, no momento.

O médico respeitou o sentimento do Cireneu. Esperou um pouco e a seguir concluiu:

— Dessa maneira, amigo, após ouvi-la, agradeci-lhe a deferência e ajustamos as nossas entrevistas, das quais carrego comigo momentos inesquecíveis e as anotações. Posso lhe dizer que fui tratado como um filho por ela, tal a perene bondade de que é portadora.

Lucas deu por encerrada a narrativa, dizendo a Paulo que em breve ele poderia ter acesso ao relato dessas entrevistas.

Paulo, que já havia se recomposto da forte emoção de que fora tomado, agradeceu ao amigo:

— Bondoso Lucas, não sabes aquilatar o que essa pequena narrativa produziu em meu interior. Parece mesmo que enquanto falavas, Maria de Nazareth estava aqui conosco, no navio. Quero dizer-te que no meu próximo retorno a Jerusalém pretendo vê-la e falar com ela. Até lá, tenho certeza que nossos irmãos e amigos da Casa do Caminho já não devam mais nutrir desconfiança sobre meus objetivos e desejos, pois sou um soldado a serviço de Yeshua. Agradeço-te por esta singela narrativa que fez muito bem ao meu coração necessitado.

Ficaram ali, os dois, mais alguns instantes, no balanço do navio, contemplando as águas, mergulhados nas lembranças e memórias que traziam. A Lua continuava esplêndida e o vento, fustigando-lhes as faces, parecia cantar a canção da esperança.

Após alguns dias no mar, passaram pela ilha da Samotrácia e numa tarde quente chegaram ao porto de Neápolis.

Desembarcaram, não sem antes Paulo ter reunido a tripulação do navio, a pedido do Capitão Georges, e ter-lhes falado sobre a nova fé e sobre Yeshua, seu trabalho, suas obras, seus ensinos e as curas que produzira.

XXVIII

As tarefas e a prisão em Filipos

Após os abraços, já em terra firme, Paulo sugeriu a Silas, Timóteo e Lucas, providências quanto à aquisição de novas provisões, para o que arrecadaram algumas dracmas entre eles. Timóteo foi encarregado de providenciá-las. Em breve, o grupo estava a caminho de Filipos, pela via Egnatia.

A Via Egnatiana era uma estrada construída pelos romanos e ligava Neápolis, na praia do Mar Egeu, à cidade de Tessalônica, e a partir dela continuava até o Mar Adriático.

Pelo caminho, o grupo seguia animado. A conversação, como sempre, era verdadeiro oásis, constituído pelas lembranças dos ensinamentos de Yeshua. Após um dia e meio de viagem, avistaram Filipos.

A cidade de Filipos havia sido conquistada no quarto século antes da presença de Yeshua na Terra, pelo rei Felipe da Macedônia, pai de Alexandre, o Grande, e recebeu o seu nome em homenagem ao conquistador.

Por volta do ano dez antes de Yeshua, época em que vigia o segundo triunvirato romano, quando Roma era governada por Otaviano, Marco Antônio e Lépido, estes derrotaram Brutus e Cassio em Filipos. Em comemoração a essa conquista, a cidade foi transformada em colônia romana e foi embelezada a tal ponto que se parecia com Roma, a capital do Império.

Mais algum tempo, e o Cireneu e seu grupo de amigos chegaram à cidade. Adentraram pela via principal e caminharam até formosa praça, na qual o bulício das pessoas era intenso. Ao redor da praça havia várias casas de comércio. A praça ficava à beira de um rio que cortava a cidade.

Dirigiram-se a uma estalagem e se refrescaram com água e leite de ovelha. Após algum tempo utilizado na recuperação das forças, ao sair da estalagem, Paulo convidou os irmãos do pequeno grupo a formarem um semicírculo, na praça, e começou a pregar os ensinos de Yeshua em voz alta. Algumas pessoas que passavam foram parando e juntando-se ao pequeno grupo de ouvintes. Paulo clamava, dizendo:

— *Irmãos, é chegado um tempo novo na Terra, em que todas as nações irão conhecer o Messias enviado por Yahweh, por isso, tenhamos fé e esperança na salvação de nossas almas.*

"Há no mundo muitas dores, abusos e vilania, mas o Salvador já veio para rebater o pecado.

"Veio também para alegrar o coração dos justos e mesmo dos injustos; para anunciar que o Pai que está nos Céus faz cair a chuva e sair o sol para todos, sem distinção.

"Para Ele, todos somos seus filhos bem-aventurados, por isso nos ama e considera bem-aventurados os homens a quem o Senhor não atribui iniquidades e em cujo espírito não há dolo, e também aqueles que lutam contra seus defeitos, como aqueles em que o mal ainda se demora.

Então, repetiu o Salmo trinta e dois de Davi:

— *Tudo posso naquele que me fortalece.*

O grupo de ouvintes aumentara. Curiosamente, naquele dia, era composto quase só de mulheres. Se aproximara do grupo uma comerciante de púrpura, por nome Lídia, nascida em Tiatira, na Ásia Menor, gentia, portanto, mas que já tinha tido acesso à informação do Deus de Israel, ao qual passara a se afeiçoar.

Quando Paulo terminou sua prédica, Lídia se aproximou dele e falou:

— Caro amigo. Penso que Yahweh está contigo, porque nunca ouvi ninguém falar sobre Ele com tamanha propriedade. És um emissário d'Ele?

— Eu sou aquele que vem em nome Yahweh e de Seu Filho Yeshua, — respondeu Paulo.

Lídia disse:

— O que ouvi acaba de abrir meu coração.

E olhando para o grupo falou:

— Se vocês julgarem que eu possa ser fiel a Yahweh, venham à minha casa e fiquem lá.

Certamente o convite era uma bênção para Paulo e os amigos, pois teriam um lugar para ficar, enquanto Paulo ensinaria a palavra de Yeshua.

Paulo prontamente aceitou o convite e para a casa de Lídia se dirigiram.

No caminho, Lídia foi lhes falando que havia poucos judeus em Filipos e que não havia Sinagoga, até porque naquele tempo eram necessários dez judeus homens para organizar uma Sinagoga.

O fato de não haver tantos judeus em Filipos era porque o Imperador Claudius tinha expulsado os judeus de Roma e sabendo disto, as autoridades romanas em Filipos também de lá os expulsaram.

Chegaram ao destino. A casa de Lídia era confortável. Não era casada e tinha à disposição diversos serviçais.

Bem acomodados, após higiene e breve descanso, Lídia determinou que fosse servido o jantar.

Após a refeição, deixou-os à vontade, manifestando, contudo, que pretendia ouvir o que mais Paulo tinha para dizer, confidenciando-lhe que havia organizado um grupo de mulheres que estudavam a Lei Antiga.

Acomodados na sala da casa de Lídia, o Cireneu começou a falar, primeiramente sobre Moshe e os profetas. Traçou linhas interessantes sobre os Dez Mandamentos, interpretou-os um a um de forma magistral, manifestando que amar a Yahweh sobre todas as coisas e com toda as fibras da alma e do coração era o mandamento primeiro, sem dúvida alguma.

Disse que sob esse conhecimento ele nascera e sob esse conhecimento havia pautado sua vida, mas que, apesar de não tergiversar na aplicação da Lei, no seu íntimo questionava, às vezes, sobre o dever de vingar-se da ofensa.

Lídia e seus amigos acompanhavam a fala, atentos.

Confidenciou a Lídia sua posição no Sanhedrin de Jerusalém e também os fatos que lhe proporcionaram o conhecimento de uma nova mensagem que, segundo relatavam, estaria sendo trazida à Terra por quem diziam ser o Messias esperado, que já chegara, e de quem diziam-se maravilhas.

Falou da sua indignação inicial com esse alarde e que não tolerou essas conversas. Que, empenhado em defender Yahweh, não admitiu o que ele chamou, de início, de embuste, porque visava enfraquecer seu povo e sua crença.

Narrou, com a fala carregada de emoção, as perseguições aos seguidores do Carpinteiro de Nazareth, a que deu causa, acabando por confidenciar os fatos graves que ocorreram com sua noiva Abigail e o irmão dela, Estêvão, e a perseguição a Ananias, em Damasco. Contou sobre a visão que teve, de Yeshua, às portas da cidade de Damasco; o que Yeshua lhe falara e sobre o que dissera a Ele.

Falou sobre a cegueira que tomou seus olhos; sobre a cura da cegueira, por Ananias e sobre os grandes conflitos íntimos a que se viu submetido.

Também falou sobre seu exílio de três anos, em que pôde refletir sobre tudo o que lhe acontecera; de seu encontro com Gamaliel, seu professor e membro da Gerousia, em Jerusalém e sobre os pergaminhos com os quais Gamaliel o presenteou, contendo ensinamentos de Yeshua.

Disse também sobre sua primeira defesa dos ensinos de Yeshua na Sinagoga de Damasco; sobre seu retorno a Jerusalém; sua procura da Casa do Caminho e a desconfiança dos membros dela em relação a sua nova conduta.

Também disse do desprezo dos amigos, da incompreensão de seu pai e da morte de sua mãe.

Estabeleceu narrativa resumida sobre os ensinamentos de Yeshua.

Disse que aprendera com Yeshua que devemos, sim, observar a lei e amar Yahweh sobre todas as coisas e com todas as forças de nossa a alma e coração, mas que, além disso, devemos amar o próximo como a nós mesmos.

Narrou um pouco mais sobre as bem-aventuranças que o Mestre trouxe à Terra.

Terminada a narrativa, Lídia sequer se mexia. Silas, Timóteo e Lucas estavam maravilhados.

Paulo, que fizera breve pausa, continuou:

— Esse, irmã Lídia, é o Messias que Yahweh prometeu ao povo, não tenho qualquer dúvida, o que me provoca esperanças de dias melhores.

Lídia, com os olhos marejados de lágrimas, endereçou o olhar ao Cireneu, dizendo:

— Se julgas que sou fiel à Yahweh, que Yeshua possa entrar em minha casa e ficar. E que assim seja.

O tempo caminhava célere e se aproximava a dobra da noite. Lídia, levantando, providenciou, com as auxiliares, delicioso chá de amora, que serviu a todos. Depois, os hóspedes buscaram o repouso, muito bem acomodados.

A manhã trazia a presença marcante do sol, naquelas paragens. Paulo acordou sentindo uma felicidade intraduzível. Tinha pressa em falar sobre Yeshua naquela cidade. Todos se encontraram no repasto matinal.

Lídia, que havia cumprimentado todos, disse que na sua opinião, Paulo poderia ir pregar no mesmo local, à beira do rio. Assim fizeram.

Paulo então passou a pregar ali por muitos dias. A coletividade que o ouvia falar sobre Yeshua aumentava a olhos vistos.

Certo dia em que estava pregando, ainda cedo, apareceu em meio aos ouvintes uma jovem que parecia estar tomada por um Espírito e que dizia, em voz alta, sobrepondo-se a Paulo, que ele, Paulo, era servo do Deus Altíssimo e que anunciava um caminho da salvação. Como se houvessem outros caminhos.

Paulo, quando isto aconteceu, encerrou sua fala e o grupo dispersou-se.

Entretanto, a cena se repetia todos os dias em que Paulo iniciava sua pregação.

Certo dia, quando a jovem se manifestava, Paulo se aproximou, impôs as mãos sobre ela disse:

— Espírito imundo! Em nome de Yeshua, deixa imediatamente esta nossa irmã.

O Espírito que a obsidiava deixou-a instantaneamente, tal a força moral do pregador.

Como a jovem era utilizada por um grupo de judeus para enganação e engodo de muitos, uma vez que havia pessoas que a manipulavam em razão do Espírito obsessor que a tomava e que se punha a fazer adivinhações para quem a procurava, os exploradores se sentiram prejudicados e procurando prejudicar Paulo, deram parte dele às autoridades romanas.

Ardilosamente, como inimigos que queriam abafar os ensinos de Yeshua, utilizando-se de falso testemunho e perseguição para silenciar os mensageiros, acusaram Paulo e Silas de estarem perturbando a ordem da cidade e de pregarem costumes ilegais contra os romanos. Uma verdadeira calúnia.

É claro que os romanos toleravam os costumes religiosos dos povos conquistados, desde que não ousassem tentar converter os romanos. Assim, perturbar a ordem, pregando uma nova religião aos romanos, era considerado crime.

Instigada, a multidão presente na pregação ajuntou-se contra Paulo e Silas e os prendeu, levando-os à presença dos magistrados romanos, sob essa falsa acusação.

Lídia nada pôde fazer.

Os magistrados lhes rasgaram as vestes, mandaram açoitá-los e em seguida os colocaram na prisão.

O carcereiro, por segurança, prendeu-os pelos pés, no tronco que havia no interior do cárcere, que naquele tempo era uma masmorra, onde a luz somente penetrava quando a porta estava aberta.

Paulo e Silas não reclamaram. Suportaram com estoicismo a dor das ofensas e dos açoites. Quando na prisão, oravam a Yeshua e cantavam hinos a Yahweh, o que os demais presos ouviam com satisfação.

Ao redor da virada do dia, houve um pequeno terremoto na cidade, suficiente para abalar os alicerces da prisão, sendo que as correntes de todos se soltaram e as portas se abriram.

O carcereiro, que acordou com o terremoto e viu as portas da prisão abertas, imaginou que os presos houvessem fugido. Então, com medo das autoridades pensarem que a fuga tinha acontecido por sua causa, desembainhou a espada para se suicidar, sem coragem para enfrentar uma possível condenação.

Paulo, que de onde estava viu o carcereiro e percebeu sua intenção, gritou bem forte para que ele não fizesse aquilo, porque todos os presos estavam ali.

O carcereiro, confirmando o que Paulo dissera, se convenceu que alguma coisa extraordinária havia acontecido. Então temeu a justiça de Yahweh. Ele já ouvira falar de Paulo e Silas e da mensagem que eles pregavam. Dirigiu-se a eles e perguntou:

– Senhores, o que é preciso que eu faça para me salvar?

– Meu amigo, – respondeu Paulo – todo pecador precisa estar convencido do seu pecado e temer a justiça de Yahweh. Crê em Yahweh e crê em Yeshua, Seu Filho; vive conforme os seus ensinos e serás salvo, tu e tua casa.

Ali, naquela prisão, o carcereiro converteu-se, bem como os demais presos, que tudo viram e ouviram.

Quando o dia amanheceu, Paulo revelou ao carcereiro que ele e Silas eram cidadãos romanos e que sem serem julgados por um tribunal romano competente, foram ultrajados, açoitados e presos. Pediu ao carcereiro que fosse comunicar tal fato aos magistrados.

Quando os magistrados foram comunicados de que os presos eram cidadãos romanos, temeram as prováveis consequências que poderiam sofrer, em razão do ato ilegal e arbitrário a que deram causa. Mais do que depressa foram até à prisão, ocasião em que se desculparam e determinaram que os dois fossem soltos imediatamente.

Temendo a ocorrência de algum ato de vingança por parte da população, fizeram ponderações várias e pediram a Paulo e Silas que o mais depressa possível deixassem a cidade.

XXIX

Paulo funda um Núcleo em Filipos

Após serem libertados, Paulo e Silas dirigiram-se para a casa de Lídia, onde estavam Timóteo e Lucas, aflitos e temerosos ante os acontecimentos. Todos se alegraram. Lídia tratou de mandar servir uma refeição, enquanto dispunha condições para que Paulo e Silas se refizessem um pouco, eis que portavam hematomas e inchaços pelo corpo, fruto das inúmeras agressões que haviam sofrido.

À noite, após os dois servidores de Yeshua terem descansado, Lídia mandou servir o jantar. Durante a refeição, Lídia perguntou a Paulo se ele não se importava de receber um grupo de pessoas que desejavam falar com ele naquela noite.

Paulo, respondeu:

— Bondosa irmã, não, não me oponho, e prezo poder atender os irmãos, até porque desde nossa libertação tenho pensado muito, e principalmente sobre o fato de que os juízes da cidade temem um levante por causa da nossa soltura e nos pediram que deixássemos a cidade o mais breve possível.

"Quero dizer-te, e aos amigos da alma, que não temo nada. Entretanto, tenho refletido muito nas circunstâncias, eis que tinha um primeiro objetivo de pregar os ensinamentos do Messias por toda a Ásia, mas Ele me sinalizou de outra forma e por intermédio de seus Anjos, me pediu para vir à Macedônia, e se assim pediu, eu nutria certeza de que a tarefa não seria fácil e o que nos ocorreu já demonstra isso. Mas, apesar das agressões, dos açoites, da prisão, eu, e com certeza nosso bom Silas, nos rejubilamos em Yeshua e adquirimos ainda mais vigor para servi-lo.

Lídia, Lucas e Timóteo, e também Silas, puderam ter ali uma pequena prova da força inquebrantável daquele espírito que se entregara a Yeshua com todas as fibras do seu ser.

Após esse momento, as pessoas começaram a chegar na casa. Primeiro um grupo de mulheres, que Lídia já havia organizado em Filipos, mesmo antes de Paulo e seus amigos lá chegarem. Compunha-se de vinte e cinco mulheres que já estudavam há algum tempo as Leis de Abraão e de Moshe.

Logo depois, chegaram mais dez pessoas. Eram todos homens gentios, que, como o grupo de mulheres, sempre tinham ouvido as diversas pregações que Paulo e às vezes Silas tinham feito em Filipos, quando falaram sobre a chegada do Messias tão esperado, de seus feitos, sua vida exemplar, seus ensinamentos.

Iniciada a reunião, Lídia falou a todos os presentes, direcionando-se principalmente a Paulo, sobre as atividades que já eram desenvolvidas pelo grupo de mulheres.

Disse que havia sido procurada por elas e por aquelas outras pessoas que ali estavam, com a finalidade de conseguir a entrevista com Paulo. Acrescentou que o grupo falaria, através de duas pessoas, sobre o objetivo da reunião. Fazendo uma pausa, sinalizou para uma das mulheres.

Levantando-se do lugar onde estava sentada, Evódia se apresentou, informando ser de origem macedônica. Era da cidade de Stobi e viera com o marido para estabelecer-se no comércio de iguarias em Filipos. Ali estava, juntamente com as demais amigas, para testemunhar, relativamente aos ensinamentos trazidos por Paulo e Silas, que eram profundos e que ainda não se tinha ouvido nada igual. Disse que se sentia amparada pelo amor dispendido pelos amigos e pela beleza das orientações dadas por aquele Yeshua que Paulo apresentou. Julgava, então, que todo o grupo deveria se dedicar, doravante, a esses ensinamentos. Depois complementou:

– Agora, gostaria que nosso irmão Aulus, a quem conhecemos durante as pregações, pudesse falar, inclusive sobre uma proposta que trazemos para expor esta noite.

Aulus levantou-se, saudou a todos, agradeceu a Lídia e a Evódia e narrou que era cidadão romano e também ali tinha comércio; que embora as tradições familiares e a crença nos deuses de sua gente, nos últimos tempos estava passando por duras batalhas pessoais: Perdera a mãe, que há pouco tempo morrera, e quase na mesma época, a esposa também falecera, deixando-o viúvo e com dois filhos varões.

Manifestou que não conseguira encontrar na religião que praticava, o consolo de que precisava e a renovação das forças, que começavam a lhe faltar naqueles momentos difíceis.

Foi quando, certo dia, à beira do rio, parara para escutar Paulo e o que ouviu penetrou-lhe o ser de forma vigorosa e lhe deu novo ânimo. Repetiu, a seguir, parte do que Paulo falara e que lhe tocara a alma:

"Quando porventura te forem tiradas as benquerenças, não te desesperes, ao contrário, aguarda com humildade e paciência a visita divina, pois Yahweh é bastante poderoso para restituir-te maior graça e consolo. Foi para a consolação e a esperança que Ele nos enviou Yeshua, o Messias. Ele ensinou que sem seguir nossos caminhos, não seremos cumpridores da perseverança, e que principalmente para os que sofrem, Ele veio ao mundo, pois trazia a salvação".

Aulus calou-se, tomou fôlego e continuou:

— Então, valoroso profeta, nossa presença neste momento em casa de nossa amada irmã Lídia é para dizer-te e ofertar-te nossa disposição para fundarmos contigo, em Filipos, um Núcleo de aprendizado dos ensinamentos que trazes, pois queremos conhecer Yeshua muito melhor.

Silenciou. Paulo, Silas, Timóteo e Lucas estavam emocionados. Havia como que uma energia tonificante no ar.

Paulo refletiu por alguns instantes. Passou a mão esquerda suavemente sobre seu cotovelo direito, que lhe doía muito, por causa de um grande hematoma, resultado de uma pancada que ali recebera, em meio às agressões, e ao fazê-lo, seu pensamento recuou no tempo e reviu a cena da lapidação de Estêvão. Então, as comportas de sua alma se abriram. O grande Cireneu chorou e lágrimas lhe caiam abundantemente. Levantou-se e com a fala embargada, sob o impacto de forte emoção, orou em voz alta a Yeshua:

— *Oh! Sublime Messias! Tu nos disseste: Se queres entrar na vida, guarda os meus mandamentos; se queres possuir a verdade, crê em*

Mim; se queres possuir uma vida bem-aventurada, carrega a tua cruz e Me segue; se queres ser exaltado nos Céus, humilha-te na Terra.

"Manifestamos nossa alegria, quase que incontida, pelo que produzem as Tuas sábias palavras, principalmente pelo que produziste sob Teu amor divino e infinito.

"Abençoa-nos, os algozes do ontem. Não nos isentes das dores, mas antes, ampara nossa disposição de serviço nas lutas redentoras que nos permitem a vivência do bem incondicional.

"Ajuda-nos a ajudar estes fiéis, teus servidores, que procuram o caminho das bem-aventuranças e da luz verdadeira.

Ainda compungido pelas dores físicas, porém feliz, calou-se por alguns instantes e depois prosseguiu:

– Amados irmãos e irmãs, já vos amo em Yeshua. Nossos corações se rejubilam por tão bela notícia. É certo que sob as ordens do Messias, teria que partir ainda amanhã, mas penso que poderemos protelar por mais um dia para, quem sabe, podermos fazer a primeira reunião do novo Núcleo. Então pergunto: Onde ele ficará instalado?

Lídia se apressou a dizer:

– Por enquanto, amado amigo, até que o solidifiquemos um pouco mais, já está instalado a partir de hoje, se assim quiseres, neste momento e em minha casa mesmo.

Paulo aquiesceu, com um sorriso, no qual a satisfação e a alegria se misturavam.

– Sim, boa Lídia, assim Yeshua quer. Em razão do adiantado do tempo, gostaria de pedir que o amigo Lucas nos elevasse pela oração.

Lucas então levantou-se e orou:

– "Oh Senhor! Queremos abrir-Te nossos corações e nos unirmos inteiramente a Ti. Sentimos quão suave é Teu Espírito e a manifestação de Tua doçura para com Teus irmãos. Tu, que Te dignaste a nos alimentar com o pão da vida, digna-Te permanecer conosco, para que nossa fé, verdadeira e ardente, prove sempre da Tua presença, oh Amado Messias! Despede-nos sob Tuas augustas bênçãos!

A pequena reunião terminou. Todos se abraçaram e o grupo de pessoas foi se retirando lentamente. Após todos os visitantes saírem, Lídia pediu às serviçais que servissem delicioso chá. A seguir, todos se retiraram para o repouso merecido.

Como sempre se dava em quase toda a Macedônia, o dia iniciava-se ensolarado. Lídia já estava bem cedo de pé, e com o auxílio das serviçais já servira o repasto matinal. Um a um, todos foram chegando ao local da refeição. Curiosamente, contrariando o hábito que possuía, Paulo foi o último a chegar. Apesar das contusões pelo corpo, o que Silas também mostrava, estava feliz. No semblante, a serenidade que não perdera, mesmo em face dos agressores e das violências que sofrera.

Lídia o abraçou como fizera com os demais. Todos se sentaram, a pedido de Paulo. Timóteo orou em agradecimento.

Em meio à refeição, amoroso colóquio se deu. Paulo disse a Lídia da profunda gratidão pela acolhida sua e de seus amigos.

A seguir falou:

— Minha boa amiga, preciso lhe dizer da minha euforia com a fundação do Núcleo. Olhando na direção do futuro, vejo que haveremos de criar uma rede de Núcleos em honra a Yeshua. Imagino esses Núcleos se comunicando e se unindo para cada vez mais se fortalecerem, e digo isto porque sei que os inimigos da Boa Nova estão sempre à espreita para atentarem contra a Nova Causa. Além disto, precisamos fortalecer a convivência e a comunicação entre os Núcleos. Ela será o elo da cooperação. Yeshua conta com essa ação, que julgo fundamental para a afirmação dos Seus ensinamentos sobre a Terra.

"Cogito que nossa Nova Causa e nossas Casas não podem estar divididas. O único interesse que deve prevalecer entre os irmãos deve ser a união de propósitos em servir e nunca em ser servido; de amar, ao invés de procurar ser amado, porque aquele que atentar contra o Espírito Santo, falecerá em pecado.

Silas ficou vivamente impressionado. Nunca tinha ouvido considerações de Paulo sobre o trabalho, a importância, o objetivo e a convivência entre os Núcleos fundados, o mesmo se dando com Timóteo e Lucas.

Paulo continuou:

— Desse modo, bondosa Lídia, recomendo que sejas a líder segura e forte; não esqueças que nossos sentimentos ainda precisam crescer, e que muitas vezes poderemos enganar-nos.

Lídia assentiu com o olhar.

Paulo continuou:

— Em minhas cogitações, antes de dormir, imaginei pedir a nosso amado médico Lucas e a nosso amado filho na fé, Timóteo, que ficassem em Filipos ainda por algum tempo para apoiar a solidificação do Núcleo. Juntamente com nosso amado Silas, pretendo ir para Tessalônica. O que acham?

Silas falou:

— Bondoso Paulo, sem a pretensão de repetir sua sugestão, quero dizer que esta noite sonhei com essa mesma disposição que o amigo revela. Eu também não temo as agressões, por amor a Yeshua e à Verdade que Ele trouxe, mas pressinto também que precisamos caminhar para frente.

"Nossos queridos Timóteo e Lucas, a quem conheci e aprendi a admirar, com certeza farão, na companhia de nossa Lídia e dos demais, um belo trabalho de fortalecimento do Núcleo. Disto tenho plena certeza, pois Yeshua está também com eles nesta casa.

Sensibilizados, fizeram as demais tratativas. Partiriam na manhã seguinte. À noite se reuniriam com os outros amigos.

Chegou a noite. Todos, após o jantar e na companhia dos visitantes, iniciaram oficialmente, na casa de Lídia, a primeira reunião do novo Núcleo fundado em Filipos.

Após as considerações iniciais de Evódia e de Aulus, Lídia orou sentidamente. A seguir passou a palavra ao Cireneu.

Paulo pediu a Timóteo que desdobrasse o pergaminho com as anotações de Levi, e Timóteo leu: *"Bem-aventurados os que têm puro o coração, porquanto verão a Deus"*.

O Cireneu iniciou o comentário do texto:

— *Amigos e irmãos, não se envaideça o homem de qualquer conquista. Antes saiba agradecer a Yahweh as boas alegrias, porque é feliz aquele a quem a própria verdade ensina, não por meio de palavras somente, mas na adoração do serviço da caridade.*

"Quando vires alguém pecar contra ti ou contra o próximo, ou cometer faltas graves, nem por isto te julgues melhor, pois ainda não sabes se terás a firmeza plena de permaneceres no bem.

"Quem se conhece bem, não se compraz no erro. Insensato será aquele que não se ocupar com a sua salvação. Mas, para consegui-la, não bastam palavras.

"Uma palavra santa conforta o coração, contudo, o amor exercido, vivido, é que sugere uma consciência pura que obterá grande confiança de Yeshua e de Yahweh.

"Quem melhor souber, tanto mais rigorosamente será julgado. Não te ensoberbeças, pois, antes confessa-te ao Altíssimo e ama sempre, a fim de viveres santamente.

Após mais um tempo de comentários, Paulo encerrou a sua fala.

Por entre a pequena assembleia, e por toda a sala, fez-se sentir suave perfume. Verdadeiramente, Anjos do Senhor, que secundavam a reunião, estavam presentes, derramando sobre todos, energias renovadoras e benfazejas.

Ninguém ousava falar.

Lídia, usando da palavra, a seu modo e de forma certa e simples, orou:

– Querido Yahweh! Não temos dúvidas sobre a presença de Teu Filho, que nos foi revelado pelo amigo que nos visita, o que agora está claro para nós. Então pedimos-Te: Alimenta e sustenta este novo Núcleo e também nossos amigos, principalmente este que, como diz, estava perdido e se achou, e que dedica sua vida pela Causa Nova do amor incondicional trazido por Yeshua até nós. Sê com todos nós.

Ainda antes do encerramento da reunião, novos colóquios e abraços. Os convidados se foram, radiantes e confiantes. Todos se encaminharam ao repouso. O dia seguinte reservaria nova partida na vida de Paulo.

XXX

A VIAGEM PARA TESSALÔNICA

Amanhecera, e como de costume o primeiro encontro era no repasto matinal. Todos estavam felizes pela reunião da noite anterior. Lucas e Timóteo, embora um pouco tristes pela iminente separação do Cireneu e de Silas, procuraram aconselhar-se com Paulo, enquanto Silas tecia animada conversação com Lídia sobre o futuro do Núcleo.

O tempo, enquanto se está em meio às pessoas que se ama, escoa rapidamente. Foi o que ocorreu.

Chegou o momento de novas despedidas. Lídia e as serviçais muniram Paulo e Silas de provisões para a viagem. Abraçaram-se. Lucas e Timóteo acompanharam os dois amigos até a saída da cidade, prometendo notícias.

A Macedônia era a primeira região da Europa a ser visitada por Paulo. Macedônia foi o nome dado àquela região que se estendia desde o Mar Adriático, no Oeste, até o Mar Egeu, no Leste. É uma região montanhosa. Estava anexada ao Império Romano.

Paulo e Silas seguiram pela Via Egnatia. Após um dia e meio de viagem, deveriam chegar a Anfípolis. Depois, por tempo igual, deveriam chegar à cidade de Apolônia. Segundo lhes disseram, ainda caminhariam mais ou menos o mesmo tempo para chegar a Tessalônica.

Em meio aos acidentes do terreno e às inúmeras caravanas de mercadores que encontraram pelo caminho, repousaram ao relento.

Próximo a Anfípolis, Paulo e Silas, ao cair da tarde, foram surpreendidos por quatro salteadores que, armados com espadas, renderam os dois para assaltá-los. Justo no momento em que um deles foi na direção de Paulo para tomar-lhe o embornal e algumas dracmas, foi acometido por violento ataque e caiu no chão a se contorcer. Começou a arroxear-se e enrolar a língua.

Paulo imediatamente socorreu o agressor, sob o olhar espantadíssimo dos outros três. Segurando a cabeça do homem, procurou encostar o queixo dele ao peito. Após, orou profundamente a Yeshua pedindo ajuda para aquela criatura. Aos poucos o homem foi se endireitando, foi se acalmando, a cor natural foi voltando. Então Silas apressou-se a sentar o homem, que os fitava com os olhos esbugalhados, sem entender o ocorrido.

Silas o colocou em pé. Os demais continuavam a certa distância, estáticos.

Paulo, chamando-os de amigos, disse:

— O que aconteceu com este irmão não vai mais acontecer, pois em nome do meu Senhor Yeshua, o Espírito imundo que o habitava evadiu-se dele. Ele estará bem daqui por diante.

O homem estava mesmo melhor e falou:

— Bom homem, eu não sei o que me acontece já há muitos anos. Sinto perder os sentidos e quando dou por mim, às vezes estou todo sujo, enlameado, por me atirar ao solo. Os meus amigos, nesses momentos, temem por minha vida, mas não sabem o que fazer. Eu sou Jared, e estes são meus amigos Camel, Bensabat e Zared.

"Sinto-me bem, e veja só, nós íamos assaltá-los. Não compreendo bem o que se passou, mas o que sei, ao menos, é que me sinto ótimo como há muito tempo não me sentia. Então, quero perguntar aos meus amigos — e falando isto olhou para os demais três comparsas — se eles concordam em que possamos servi-los de alguma forma, para recompensá-los. Sei que estão sós. Estas regiões por aqui são muito perigosas. Vão para onde?

— Pretendemos ir até Tessalônica, — respondeu Paulo.

— A distância é muito longa, — disse Jared, — e os perigos são mesmo graves. Então, convido os meus parceiros para seguirmos viagem com vocês. Nós os protegeremos. Tenho conhecidos e familiares em Tessalônica e, apesar do que fazemos, não nos vangloriamos disso. Somente roubamos para comer e vestir. Nunca molestamos fisicamente quem quer que seja.

Silas, ouvindo aquilo, antecipou-se na resposta:

— Não vejo problemas, não é amigo Paulo?

Paulo assentiu com o olhar e falou:

– Pois bem, podeis sim seguir conosco. Dividiremos nossas provisões.

Os quatro salteadores sorriram e passaram a caminhar na retaguarda de Paulo e Silas, guardando curta distância.

Caminharam por mais algum tempo e logo estavam entrando na cidade de Anfípolis. A pedido de Jared, Paulo e Silas pararam. Jared disse:

– Eu conheço uma pessoa na cidade que possui um comércio de alimentos. Se desejarem, eu os levo até lá, depois sugiro atravessarmos a cidade. Na saída para Apolônia há uma estalagem, onde também poderão repousar. Nós temos algumas dracmas conosco, que darão para nossa viagem, os acompanhando. Não se preocupem.

Paulo concordou e em breve adentravam a casa de comércio indicada por Jared. Adquiriram o que precisavam; colocaram nos seus embornais e logo estavam a caminho da saída sul da cidade. Mais um pouco e chegaram à estalagem anunciada. O dia escurecia.

Paulo falou a Silas que precisavam repousar. Ambos sentiam cansaço e dores pelo corpo, ainda macerados pelas contusões, fruto das agressões sofridas em Filipos.

Entraram na estalagem e o dono os recebeu. Disse chamar-se Dídimo. Ante o olhar indagador, Paulo falou:

– Caro Dídimo, somos viajantes, eu e meu amigo e irmão Silas, e no caminho encontramos estes quatro novos amigos e estabelecemos uma pequena caravana cujo destino é Tessalônica. Queremos pouso até amanhã. Todos temos recursos para pagar.

O estalajadeiro sorriu e providenciou dois cômodos, um para Paulo e Silas e outro para os demais quatro. Instalados, Paulo e Silas deitaram-se um pouco. Estavam com fome, e o estalajadeiro anunciara que dali a pouco tempo seria servido o jantar. Repousaram o tempo suficiente para esperar pelo jantar.

Paulo e Silas levantaram e se dirigiram ao salão da estalagem. Lá já se encontravam os quatro acompanhantes que, em uma mesa, bebiam vinho e começavam a comer cordeiro assado ao molho de cominho, salada de cebola e broa de trigo. Cumprimentaram Paulo e Silas que, por insistência de Jared, sentaram-se juntos com eles e se puseram a alimentar-se. Nem Paulo nem Silas beberam vinho. Então o estalajadeiro lhes serviu leite de cabra.

Não havia mais hóspedes na estalagem naquele dia. Após o jantar, o estalajadeiro e sua mulher, que era a serviçal, de nome Thabita, sentaram-se à mesa para animada conversa. A curiosidade estava no ar, seja da parte dos novos acompanhantes, seja por parte do estalajadeiro e sua mulher, porque Paulo e Silas traziam um semblante sereno, que transmitia paz, mas os hematomas pelos braços, mãos e rosto ainda eram visíveis e suscitavam curiosidade, quando não uma ligeira preocupação no estalajadeiro.

— Nobres senhores, — disse Dídimo, — vejo pelas suas fisionomias e modos que são pessoas amáveis e boas. Posso então lhes perguntar o motivo desses machucados todos que trazem? Por acaso foram assaltados? Nestas regiões por aqui tem havido muitos assaltos a viajantes.

Ao falar isto, olhou para os outros quatro, como a adivinhar quem eram. Eles se entreolharam, mas ficaram quietos.

— Não, caro amigo, — respondeu Paulo, — não fomos assaltados, e as machucaduras não foram feitas em nenhuma contenda. Somos pregadores de uma nova mensagem que vai modificar o mundo. Somos versados nas tradições judaicas e conhecedores da Lei Antiga. Trabalhamos para alguém que nos foi enviado pelo nosso Deus, Yahweh, e por isto, quando estávamos pregando essa Nova Doutrina, em Filipos, fomos agredidos e presos. Mas, após terem verificados o equívoco, nos soltaram.

Os demais ficaram curiosos e um pouco espantados. O estalajadeiro falou:

— Ora, eu e minha esposa também somos judeus e conhecemos um pouco a tradição, mas nunca ouvimos falar sobre a presença de alguém enviado por Yahweh. É certo que esperamos o Messias, mas Ele ainda não veio.

Paulo, retomando a palavra, de forma resumida, narrou sua trajetória: Jerusalém; o Sanhedrin; as perseguições; a morte de Estêvão, que ele não se cansava de repetir; a busca e a presença de Ananias; a visão do Messias às portas de Damasco; sua conversão; aspectos da mensagem de Yeshua; seu trabalho; a primeira viagem para a fundação de Núcleos de fiéis da nova fé; a segunda viagem, que estava em pleno andamento, discorrendo, também, resumidamente, sobre o Sermão da Montanha.

Dídimo, a esposa e os quatro novos amigos de Paulo não despregavam os olhos e a atenção era total. Ante a pausa de Paulo, iniciaram a fazer inúmeras perguntas ao Cireneu que de forma amável as respondia todas.

Vivamente impressionados, o colóquio seguiu bastante tempo, até que era o momento de se retirarem para o repouso, não sem antes Dídimo e os demais comentarem que estavam vivamente impressionados com o que ouviram.

A noite trouxe o sono reparador. Paulo e Silas às vezes gemiam ante as dores físicas. Paulo conseguiu aprofundar-se no sono e logo deixou o corpo. Não chamou Silas, que dormia profundamente. Olhando na direção da porta do cômodo, viu Estêvão e Abigail, que pareciam esperá-lo.

Caminhou até eles. Abraçaram-se e Estêvão falou:

— Bom amigo, ouvimos tuas reflexões e teus apelos e viemos até aqui para dizer-te que não te mortifiques com as lembranças doloridas. Sei muito bem que as circunstâncias que de certa forma escaparam à tua intervenção, hoje te produzem desconforto, mas já aprendeste que não há nada que escape às Leis Soberanas da Vida. Não há sofrimento vão. O Pai Celestial não determina que haja uma continuidade das penas para quem erra, pois, se assim fosse, não haveria descanso, paz e otimismo, três coisas que permitem sempre o recomeço, bastando que a alma se digne a recomeçar.

"Nada tenho a perdoar-te, e sim a agradecer pela tua coragem e decisão firmes que hoje empregas em favor da Verdade. Nosso amado Yeshua nos envia, esta noite, para dizer-te que deves sempre lembrar do Seu conselho divino. *Não recalcitres contra os aguilhões*. Notamos a tua angústia, mas nós estamos contigo.

— Meu querido, — acrescentou Abigail, — o que representa a vida para nós? Aquela única, na qual damos preferência à satisfação de nossas necessidades a todo custo e salvaguardamos apenas nossos interesses? Não! Por certo que não. Isto não é a vida verdadeira, e dessa maneira, nunca será. A vida é ato maravilhoso do Criador Yahweh, que tudo faz e nos fez com inteligência e instinto, força e sabedoria, permitindo-nos as escolhas que nos tornam prisioneiros dos desequilíbrios ou livres condutores da luz.

"É certo que para atingir a liberdade, a alma precisa esforçar-se por identificar as circunstâncias que envolvem sua vida; qual o melhor caminho, e nisto reside o segredo da felicidade: Saber escolher para bem viver.

"Não te amargures pelo que não podes controlar. Prossegue lutando e divulgando a mensagem de nosso Amado Yeshua. Já sabes que nunca estarás só nessa tarefa, e também poderás contar sempre com o meu apoio e todo o meu amor.

Paulo ouvia em silêncio. As lágrimas abundavam e Abigail carinhosamente o abraçou, afagou seus cabelos e depositou suave beijo em sua face.

Paulo acordou. Trazia com ele as vibrações do feliz encontro. Passou as mãos pela face direita. Ainda parecia sentir o beijo de Abigail, que lhe povoava a lembrança. Lembrou-se do olhar carinhoso de Estêvão, esboçou leve sorriso, levantou-se e, com carinho de pai, acordou Silas, que ressonava.

Ambos oraram. Arrumaram-se, e logo estavam no repasto matinal, onde já se achavam os novos amigos. Após a refeição da manhã, pagaram pelos serviços da hospedagem e colocaram-se no caminho para Apolônia.

Desta feita, a viagem levaria mais três dias. Então, nas paradas para descanso e nas duas noites que dormiram sob ciprestes, acendendo fogueiras com gravetos, a pedido dos quatro acompanhantes, Paulo e às vezes Silas, lhes falaram sobre os ensinos de Yeshua.

Os novos amigos estavam cada vez mais impressionados e na última noite antes de chegarem a Apolônia, Jared disse a Paulo:

– Bondoso amigo, conversamos, eu e meus companheiros, e tomamos a resolução de segui-los o quanto possível, para ajudá-los no que for necessário. Não saberia ao certo lhe dizer, mas nós sentimos necessidade de acompanhá-los. Queremos mudar nossas vidas. Percebemos, ouvindo-o, que não devemos ferir nosso próximo, seja por qual modo for.

Paulo alegrou-se ao ouvir aquilo e disse:

– Podeis, sim, nos seguir até Tessalônica. Para onde vou depois, não sei bem ao certo, só sei que Yeshua, pelos seus anjos, sempre me aponta o caminho a seguir. Então, sigo.

No terceiro dia de caminhada, chegaram próximo a Apolônia. Enquanto descansavam um pouco, próximo à entrada, Jared aproximou-se de Paulo e Silas e disse que também conheciam bem aquela cidade; que havia nela muitos aventureiros. Sugeriu uma estalagem conhecida e também que Paulo ali não se demorasse, em razão de ser a fortificação romana muito grande, e que quase não havia judeus por lá.

Os caravaneiros entraram na cidade, repetiram o procedimento de aquisição de provisões e dirigiram-se à Estalagem da Montanha e lá se hospedaram.

O movimento na estalagem era considerável, eis que várias pessoas lá se achavam hospedadas e o estalajadeiro muito pouca atenção pôde dar ao grupo.

Pela manhã, descansados, reuniram-se no repasto matinal, saldaram as despesas e se puseram a caminho de Tessalônica.

Já haviam caminhado mais da metade do dia. O sol era impiedoso. Paulo e Silas sentiram, desde que haviam chegado a Filipos, que as noites na Macedônia eram muito mais frias. Em Filipos tinham sido presenteados por Lídia com casacos compridos para sobrepor à túnica, feitos com pelo de camelo, e que vestiam à noite, o que lhes garantia relativo conforto. Invariavelmente, quando não cruzavam com caravanas de comerciantes, buscavam aquecer-se improvisando fogueiras para poderem dormir e que também serviam para espantar os animais.

Mas no continente que haviam desembarcado, quando a tarde-noite descia sobre a Terra, o frio se fazia anunciar e às vezes de forma severa.

A noite se prenunciava, quando Jared e seus amigos iniciaram a busca por um bom lugar para pernoitar. Haviam subido uma grande escarpa de um monte consideravelmente elevado, onde havia várias grutas que tinham vestígios de terem sido sempre utilizadas pelos viajantes que por ali passavam, até que Jared, que tinha se adiantado, chamou-os em voz alta, quase gritando e acenando:

— Ei, amigos, achei uma caverna que é muito boa e está limpa. Podemos acender um fogo na entrada e pernoitar aquecidos, protegidos do vento frio.

Paulo, Silas e os demais se juntaram a Jared. Penetraram na caverna. Jared pediu a Bensabat e Zared que buscassem galhos de árvores nas redondezas, o quanto pudessem, para fazer a fogueira, enquanto ele e Camel improvisavam a remoção de gravetos e pedras no interior da gruta, propiciando cada um ajeitar seu espaço e improvisar seus leitos, com as roupas que traziam no embornal.

Em breve já haviam acumulado galhos para a noite toda.

Jared, com a habilidade de quem tinha vida nômade, acendeu o fogo a aproximadamente dois passos da entrada da caverna, primeiro para que o vento não fizesse o fogo sucumbir e segundo, para que não fosse queimado todo o ar do interior da caverna. Jared disse a Paulo e Silas:

— Bondosos amigos, eu e meu grupo nos revezaremos na vigília. Cada um vigiará um pouco. Podeis dormir despreocupados.

Sob a luz tremeluzente do fogo, que trazia pálida iluminação à caverna, todos se puseram a alimentar-se com broas e leite de cabra que traziam em pequenos cantis de couro. Conversavam sobre a beleza da região.

Zared seria o primeiro a fazer a vigília. Os outros três, junto com Paulo e Silas, estavam sentados e recostados à parede da caverna. De repente, ouviram barulho de galhos quebrados e ao olharem para a entrada da caverna viram um grande urso, próprio daquelas regiões da Acádia. O enorme animal se aproximava de Zared, que já tinha na mão uma pequena espada e procurava não se mexer. Estava imóvel. O animal olhava para ele e de vez em quando para os demais, balançando lentamente a cabeça. Em dado momento, parecia que ia atacar Zared.

O silêncio mortal foi quebrado por Paulo, que falou calmamente para que o animal ouvisse:

— Olá, meu amigo! Que surpresa a tua visita. Vejo que estás com fome.

Ao dizer isto, atirou próximo ao animal um pedaço de couro de cordeiro curtido, que trazia para a alimentação, e a seguir continuou:

– Podes comer, mas te falo em nome de Yeshua, que nada mais temos. Pega esse alimento e podes ir embora em paz. Ninguém te molestará.

O animal deu dois passos para o lado, abocanhou o couro e virando-se, caminhou lentamente para fora da caverna e se foi.

Silas estava orando. Os demais nem se mexiam. Paulo, então, falou:

– Amigos, o animal sente as vibrações da nossa fala. Sentiu que não faríamos mal a ele e não voltará. Tenho fé em Yeshua que achará outro alimento.

Para Silas não era surpresa, mas para os demais a surpresa foi imensa. Perceberam que a voz de Paulo, quando ele se dirigiu ao animal, era carregada de uma energia impressionante. Os acompanhantes não sabiam o que falar e passaram a ter ainda muito mais respeito por aquele homem, que além de já estar provocando neles uma profunda transformação, ainda falava e era obedecido pelos animais.

O resto da noite transcorreu sem maiores percalços. Os novos amigos se revezaram na vigília, embora desconfiados e inseguros.

Quando amanheceu, todos se ajeitaram para prosseguir a viagem. Ao saírem da caverna, tiveram uma surpresa, descoberta por Bensabat, que mais à frente estava acenando para os demais e indicava com a mão o lugar onde uma grande serpente estava estraçalhada, sobrando poucos pedaços, junto aos quais havia várias pegadas do urso que os visitara à noite.

Ao ver a cena, Paulo olhou para os céus em gratidão pelo auxílio divino que lhes adveio através do animal que os visitara na caverna. Uma lágrima furtiva rolou por sua face.

Silas tudo compreendeu e também orou em gratidão a Yeshua.

Seguiram viagem.

Jared, Bensabat, Zared e Camel, pelo caminho, iam comentando entre eles o poder que Paulo possuía e igualmente não tinham dúvidas que o urso lhes protegera a vida.

XXXI

PAULO CURA O CHEFE DOS CARAVANEIROS GREGOS

Mais um dia de caminhada. Ao anoitecer, viram, em extensa planície, luzes de lamparinas em grande quantidade. Era um acampamento de comerciantes caravaneiros. As tendas, montadas em círculos, deixavam espaço para animais, e não eram somente camelos; havia, em maior número, cavalos. Foram se aproximando. O bulício do acampamento se fazia mais audível.

Já estava quase que totalmente escuro e a uma distância de aproximadamente cinquenta passos do acampamento, ouviram um grito:

– Ei, vocês, quem vem lá? O que querem? É melhor que não parem e sigam seu caminho.

Era um homem alto para os padrões da raça judia. Dava para notar, mesmo de longe e com a pouca luz do dia, ter um porte físico avantajado. Trazia com ele uma espada comprida em uma das mãos.

Foi Jared que também gritou:

– Viemos em paz. Somos viajantes e não salteadores.

Ao dizer isto, olhou para os seus amigos e para Paulo e Silas, refletindo no que falara. Instantes depois, voltou a gritar:

– É, não somos salteadores. Gostaríamos de nos aproximar para o pouso. Amanhã cedo seguimos nosso caminho. Pernoitar numa tenda nos fará muito bem. Estamos vindo de Anfípolis e depois de Apolônia e pretendemos ir a Tessalônica.

Dizendo isto, calou-se.

Mais pessoas se juntaram ao vigia, que respondeu:

– É uma longa caminhada. Aproximem-se devagar. Se estiverem armados, depositem as espadas mais à frente, no chão.

O grupo caminhou um pouco mais. Jared e seus amigos retiraram da cintura as espadas pequenas que traziam e as jogaram mais à frente.

O vigia perguntou em voz alta:

– Por que possuís espadas?

– É para nos defendermos dos animais perigosos e dos salteadores que existem nesta região – respondeu Jared. – Acompanhamos dois bondosos homens que pregam a mensagem do Deus deles.

Ao ouvir a resposta, o vigia do acampamento deu um comando a outro componente que lhe dava cobertura.

– Agápio, recolha as espadas. Podemos devolvê-las amanhã, quem sabe.

Agápio recolheu as espadas rapidamente. Então o vigia disse:

– Aproximem-se, mas alerto que a qualquer movimento suspeito, por nada nos custará matá-los.

O grupo se aproximou e sob a luminosidade de três archotes, o vigia olhou-os com extrema curiosidade, detendo-se a olhar mais para Paulo. Percebeu o semblante sereno e o olhar penetrante do Cireneu. Olhou para Silas, que também irradiava paz, e quanto aos demais, o olhar do vigia não pareceu muito tranquilo.

Então disse:

– Apresento-me. Sou Antímolo, serviçal do patrão Dácio, chefe da caravana. Peço que me acompanhem até a tenda dele para pedirmos autorização para o pouso de vocês.

A um sinal, acompanhamos o vigia. Logo atrás, um grupo de uns dez caravaneiros nos seguia. Estavam quietos, mas com os olhares de curiosidade, de prontidão para alguma eventual surpresa desagradável.

Evidente que o diálogo se deu em grego, língua que Paulo e Silas dominavam fluentemente. Para surpresa de Paulo, os amigos salteadores também dominavam a língua grega. A caravana era de comerciantes gregos.

Ao passarem por várias tendas, todas iluminadas por archotes, os olhares dos demais caravaneiros na direção do grupo eram de curiosidade. Logo depois, chegaram à tenda central, maior que as demais e mais iluminada. Tinha seis cantos e em cada canto um archote com fogo alimentado por azeite. Era forrada com tapetes ricamente adornados e espécies de bancos pequenos dispostos sobre os tapetes grossos e macios, que eles nunca tinham visto.

À entrada do grupo, três pessoas que falavam fizeram silêncio e curiosas olharam para os visitantes. Antímolo, saudando-as com a mão direita, rapidamente disse:

— Honrado Chefe Dácio, estes que trazemos surgiram do nada, na planície, e nos pedem pouso até amanhã. Dizem que seguirão para Tessalônica, bem cedo. Estamos sob suas ordens, para que consintais ao pedido ou não. Quereis antes interrogá-los?

Silêncio. O Chefe começou a tossir. Era uma tosse forte e repetida, de uma crise respiratória que o acometia naquele instante. Ninguém ousava falar nada. O chefe continuava a tossir. Um serviçal, mais do que depressa, estendeu o cantil com água. O chefe pegou-o, tomou um gole, mas a tosse continuava. Levantou-se, foi para a abertura da tenda, olhou para fora e procurou respirar mais profundamente. Puxava o ar, mas parecia que não conseguia. Todos os caravaneiros já conheciam as crises que seu chefe ultimamente sofria. Já estavam quase acostumados ao barulho da tosse. Muitas vezes o acampamento todo acordava em meio à noite, com as tosses quase infindáveis do chefe.

A crise continuava.

Paulo, tomando da coragem que lhe era peculiar, disse em voz alta:

— Oh senhor, vejo que está sofrendo com essa tosse e com a respiração. Se consentir, peço que se sente onde estava e me permita aproximar-me para ajudá-lo.

Ainda tossindo muito, já estando quase com as faces roxas, o chefe atendeu a Paulo. Voltou para o lugar onde estava e sentou-se. Paulo aproximou-se depressa, levantou as mãos na direção dele e começou a orar.

— *Oh bondoso Yeshua, luz que espanta as trevas, Tu que foste e serás sempre a presença das virtudes na Terra; Tu que curaste a enfermidade de sangue de uma nossa irmã, apenas pela tua presença, comparece, pela tua misericórdia e de Yahweh, e traz o bálsamo de que este irmão necessita, oh Yeshua, Yeshua!*

Silas foi o único que viu desprender-se das mãos do Cireneu uma espécie de luz azulada, que não era de lamparina ou lampiões e penetrava na cabeça e no peito do chefe da caravana.

O chefe foi se acalmando, a tosse em instantes foi se compassando, até que desapareceu e o chefe começou a respirar calmamente.

Todos na tenda estavam estupefatos, surpresos demais e mais surpreso estava Dácio, que apesar da violenta crise, começava a respirar melhor e a se sentir bem.

Paulo baixara as mãos e dera dois passos para trás. Dácio então olhou-o com profundidade, dizendo:

– Caro senhor, não sei de onde vens nem sei quem és, mas o que me fizeste, neste momento, sinto que muito me ajudou. Tens permissão, tu e teus amigos, de pouso em nossa caravana.

"Antímolo, vai providenciar-lhes tenda própria.

Olhando para o serviçal, Dácio disse:

– Apressa-te com eles e depois de estarem instalados, pede a Agápio que lhes sirva o jantar. Depois espero o amigo e aquele ali – curiosamente apontara Silas – que venham novamente à minha tenda para conversarmos.

Tudo se deu conforme as ordens do chefe.

A caravana era muito grande, talvez umas oitenta pessoas ao todo. Paulo, Silas e os demais acomodaram seus pertences na tenda para eles reservada. Após, seguindo Agápio, foram para a tenda das refeições, onde, depois de muitos dias, jantaram cozido de carne com legumes. Paulo e Silas tomaram delicioso chá de uva, enquanto os demais amigos tomaram vinho.

Satisfeitos, Jared, Camel, Bensabat e Zared voltaram para a tenda. Paulo e Silas acompanharam Agápio até a tenda central. Lá chegando, foram saudados por Dácio, que se fazia acompanhar das duas mesmas pessoas que com ele estavam no momento da crise de tosse que tivera.

Dácio pediu que Paulo e Silas se acomodassem. A seguir apresentou os dois:

– Este é meu amigo Ágabo, um primo distante, e este outro é Eliano, nosso médico, que acompanha nossa caravana como membro, já por cinco anos.

Prosseguiu:

– A vida no comércio de viagens não é fácil, amigos. Muitas pessoas pensam que cumulamos riqueza facilmente, entretanto, não avaliam as durezas que se precisa enfrentar: Viagens longas pelas estradas, os perigos de toda sorte, animais ferozes, salteadores, e o tempo que nos castiga a saúde. Eliano é o membro ativo que tem sido de uma utilidade a toda prova.

Rápido silêncio.

– Mas, apesar de seus esforços, não tem conseguido auxiliar-me nestas crises que me têm debilitado a saúde. Nos últimos tempos, não tenho tido sossego. Nem alimentar-me direito consigo, apesar dos cuidados e atenção que ele gentilmente me oferta. Nos momentos das crises, sinto que meu peito vai explodir. Falta-me o ar. Penso que vou morrer e a muito custo consigo controlar a respiração e ir me acalmando. O bom Eliano já me forneceu tanta beberagem, mas nada resolveu.

"Quando os trouxeram a minha tenda eu já tinha tido, após o almoço, outra crise. Vem muito mais forte à noite.

"Então, quando tu me atendeste em plena crise – disse olhando para Paulo – senti um calor muito forte sobre minha cabeça e sobre meu peito e a respiração foi ficando mais suave e mais profunda e a tosse foi me deixando.

"Desde a hora que se acomodaram e cearam, até agora, me sinto cada vez melhor. Comentei com Ágabo e com Eliano. Eles não sabem dizer o que ocorreu. Eliano me examinou após os senhores saírem e escutando o meu peito, disse que um forte chiado que eu tinha na respiração parecia ter sumido.

Olhou fixamente para Paulo e completou:

– Ouvi a tua evocação aos teus deuses e vejo que eles são poderosos. Quem és, afinal? És um anjo enviado por esses deuses?

Paulo falou:

— Caro senhor, não sou anjo, sou apenas um homem, mas se quiseres, sou sim um mensageiro desses deuses. O meu Deus é o Deus único e se chama Yahweh. Sou judeu por nascimento e romano por cidadania. Sou de Tarso, na Cilícia, e sou versado na Lei do meu povo e também nas leis dos homens. Já fui autoridade na Lei Antiga, que não abandonei, e agora sou aprendiz da Nova Mensagem que vai modificar o mundo, e que foi trazida até nós por aquele a quem chamamos Yeshua, a mando de Yahweh, para dizer a toda a Humanidade que há um só rebanho e um só pastor.

"Bem sei que os gregos têm em Zeus, Apolo e Atena os seus principais deuses, e de fato eles são deuses, se me permites, enviados pelo Deus único, Yahweh, pois todas as nações são irmãs e, assim sendo, todos somos irmãos, independente da raça.

"Nobre chefe, eu nada fiz. Foi Yeshua que o atendeu. Eu sou apenas um instrumento, ainda um tanto defeituoso, mas que se entrega à vontade d'Ele. É Ele que neste momento, através de um amigo, me fala aos ouvidos da minha alma, que Dicéa, a senhora sua mãe, apesar de ter atravessado o rio da morte na Barca de Caronte, como diz sua gente, pede neste instante para lhe dizer que está preocupada com seu pai Acrísio, que lamenta a ausência dela a todo instante, e ela se ressente muito com isso.

Dácio teve um choque enorme. Ficou lívido. Empalideceu. Levantou-se rapidamente, como que catapultado. Seus olhos pareciam querer saltar para fora. Como, como aquele estranho sabia o nome de sua mãe e que ela tinha morrido? Como sabia o nome de seu pai? Quem era aquele homem? Era um adivinhador? Era um curandeiro?

Atônito, Dácio não conseguia falar.

Paulo continuou:

— Eu sou nascido Saulo, conhecido como de Tarso e após encontrar um grande amigo romano, em sua homenagem, mudei meu nome para Paulo de Tarso, e este que me acompanha é Silvano, conhecido por Silas, amigo da alma e de jornada. Encetamos longa viagem que se iniciou em Antioquia da Síria e há muito tempo andamos pelas cidades, criando Núcleos para estudarmos a Boa Nova que nosso Messias Yeshua trouxe à Terra. Assim, seguimos as orientações d'Ele, que nos permitiu estarmos aqui, neste momento, para que a glória d'Ele e de Yahweh se estabeleçam também na sua e nas demais vidas.

Paulo calou-se.

Dácio continuava perplexo e sem falar. Ágabo e Eliano estavam profundamente tocados com a fala do Cireneu.

Reunindo forças interiores, Dácio falou:

– Não sei dizer por qual mágica sabes o nome de meus familiares, nem sei qual a mágica que usaste para abrandar-me a crise. Só sei que sinto sinceramente paz em tua fala e sinceridade em teus olhos. Gostaria imensamente que nos falasses mais sobre esses teus deuses.

Então, acomodados na tenda principal, Paulo e Silas falaram sobre diversos ensinamentos de Yeshua, no tempo que lhes era possível, e quando terminaram, perceberam as fisionomias de contentamento dos gregos ali presentes. Eram os gentios que começavam a somar-se para a efetivação do trabalho incansável de Paulo para implantar a Nova Mensagem. Já estava próxima a virada do dia. Dácio, então, disse:

– Bondosos amigos, agradecido, comunico que minha caravana vai justamente para Tessalônica. Então, serão, bem como seus outros amigos, meus convidados para seguirem conosco. Terão alimento e provisões, sem nada faltar. E teremos a alegria de mais conversações.

"Pelo tempo fechado que se avizinha, teremos chuva amanhã, o que vai nos atrasar a marcha. Penso que ao invés de um dia ou um dia e meio, talvez possamos demorar ainda de dois a três dias para lá chegar. Então, aceitam o convite?

Paulo respondeu:

– Aceitamos, sim, – respondeu Paulo. – Será uma alegria viajar com os senhores.

Veio a chuva, que atrasou um pouco a caminhada. Durante o descanso noturno, Paulo e Silas foram requisitados por Dácio, que cada vez mais se encantava com os ensinamentos reportados por Paulo.

Na última noite da viagem, mandou reunir todos os caravaneiros e pediu a Paulo que lhes falasse sobre Yeshua, o que o Cireneu fez, embora resumidamente, de forma magistral, encantando diversos corações.

Ainda na manhã do terceiro dia em que estavam acompanhando a caravana, que movimentava-se pela via Egnatia, começaram a ver, ao longe, as torres e as edificações do casario e os muros da cidade de Tessalônica.

Tessalônica se situava do lado da Península Calcídica, no Golfo Termaico. Ficava na junção entre a estrada ao norte, que ia para o Danúbio, e a estrada principal, a Via Egnatia, que fora construída pelos romanos. Quando a Macedônia passou a ser província romana, Tessalônica passou a ser a sede do governo provincial romano.

Era o principal porto natural do norte da Grécia, no Mar Egeu. Era uma cidade livre, onde havia relativo exercício de liberdade; um típico centro cultural. Havia pessoas de várias partes, entre elas uma grande comunidade judia e uma colônia romana ainda maior. A maior parte da população, por óbvio, era macedônica ou grega. Contudo, mais ou menos dois terços da população era de escravos e serviçais.

A cidade atraía ricos comerciantes; donos de grandes propriedades; militares que estavam na ativa romana e outros que já não estavam mais no quartel.

Havia desigualdade nas classes sociais.

A religião na cidade tinha amplos espaços. Havia cultos populares, locais ao lado das divindades herdadas do Panteon dos Deuses, o Olimpo Grego, e também cultos a deuses asiáticos e às divindades egípcias, como Osíris e Ísis.

Os cultos romanos à Capital Roma e ao Imperador eram obrigatórios.

O judaísmo, que era reconhecido como uma religião lícita dentro do Império, também o era em Tessalônica, e por isso os judeus gozavam de certa liberdade de culto: Celebravam o Sabá, liam e comentavam a Lei Antiga. A Sinagoga era o ponto de reunião e referência.

XXXII

Primeiros contatos em Tessalônica e a cura de Acrísio

A grande caravana chegou a Tessalônica próximo ao horário de almoço. A alegria do chefe da caravana era quase incontida. Além de retornar a sua casa, retornava são, porquanto desde o atendimento que Paulo lhe fizera, não mais tivera crises respiratórias e tosse. Dormiu e se alimentou bem nos dois dias restantes. Ficou cada vez mais maravilhado pelas revelações que Paulo e Silas lhe fizeram pelo caminho, sobre o Messias enviado por Yahweh.

Ao chegarem, Dácio mandou que trouxessem Paulo e Silas e lhes disse:

— Amigos, gostaria que fossem até minha casa e se hospedassem lá, ao menos para conhecer meu pai.

"Eu conheço um dos líderes da Sinagoga dos judeus, de nome Jasão. Falarei com ele e o levarei até minha casa e poderão conversar. Pode ser assim?

Paulo e Silas concordaram. Foram interrompidos por Jared, Camel, Bensabat e Zared, que agradeceram primeiro a Dácio, por ter permitido que eles pudessem acompanhar a caravana e depois Jared disse a Paulo:

— Bondoso amigo, queremos agradecer-te. Nada nos fará esquecer tudo o que nos fizeste de bom; tudo o que ouvimos e o que passamos contigo e com Silas. Nós temos familiares aqui. Iremos até nossas casas e gostaríamos de voltar a ver-te. Queremos aprender mais sobre Yeshua.

Paulo sorriu e disse:

— Nós é que agradecemos a vigília constante de vocês. Somos e continuaremos a ser seus amigos. Abracem seus familiares em nome do Messias, e, se possível, poderemos sim nos reencontrar. Tenciono ir até a Sinagoga local.

Os novos amigos se retiraram.

Paulo e Silas, na companhia de Dácio, assim como todos os caravaneiros já se haviam despedido e seguido para suas casas.

Logo chegaram a uma rua, como quase todas as de Tessalônica, com chão de pedras, onde havia lindas casas construídas. Eram grandes, demonstrando que os moradores tinham boa situação econômica. Quase no fim da rua, do lado direito, erguia-se linda residência, com dois pisos, com pórtico formado por duas colunas de mármore, ao estilo grego, e um jardim bem cuidado.

Dácio trazia três serviçais com ele. Os outros serviçais que tinha, já havia despachado com os lotes das mercadorias que trazia na viagem, para que eles levassem à sua casa de comércio, que ficava na via central da cidade.

Ante o barulho natural, a porta se abriu e bela moça, alta, com os cabelos da cor da pele dos camelos, os olhos esverdeados, correu e abraçou Dácio. Ficaram ali alguns instantes. Após ela beijá-lo demoradamente, Dácio, tomando-a pela mão, aproximou-se de Paulo e Silas e a apresentou:

— Amigos, esta é Líbia, minha adorada esposa. Já fazia quase doze meses que eu estava em viagem. Ela ficou, como sempre, esperando meu retorno. Ela cuida de papai. Ainda não temos filhos. Os deuses parecem não querer que os tenhamos.

Líbia, de maneira graciosa, deu boas-vindas, acrescentando:

— Se são amigos do meu querido Dácio, são meus novos amigos também.

Convidou-os a entrar. A descrição do conforto da residência seria desnecessária. Havia bancos que desconhecíamos, vestidos com tecidos coloridos, muitos em vários cômodos; mesas diferentes; pequenas colunatas nos cantos, com vasos de flores variadas; vasos de porcelana. Era um convite aos olhos e ao descanso.

Líbia pediu que nos sentássemos. Ajudou-nos com nossas pequenas tralhas pessoais, bateu palmas e duas serviçais moças a atenderam. Pediu a elas que levassem nossos pertences para o cômodo reservado aos hóspedes. Antes de nos acomodarmos, Paulo pediu da possibilidade de lavarmos rostos e mãos, no que fomos atendidos, sendo informados que em breve seria servido o almoço.

Dácio entrou na residência e pediu licença aos convidados para dirigir-se a seus aposentos pessoais, dizendo que antes visitaria Acrísio, seu pai, no quarto dele, pois já fazia três anos – desde que a esposa falecera – que ele havia entrado em estado de choque e não andava mais. Suas pernas pareciam estar atrofiadas.

Na hora apropriada, as serviçais já tinham servido a refeição. Paulo e Silas foram chamados por Dácio e a esposa, dirigindo-se para onde a mesa estava servida. Durante o almoço, Dácio contou para a esposa como tinha conhecido os dois hóspedes e principalmente, com riqueza de detalhes, a cura que Paulo processara nele, ao que Líbia disse:

– Incrível, de fato, meu marido. Que bela notícia trazes. Acho mesmo que agitada e feliz com tua chegada, não reparei que até agora não tiveste uma tosse sequer. É mesmo um presente dos deuses. Foram com certeza eles que te enviaram esses novos amigos.

Após a refeição, todos foram para seus aposentos. Líbia já se havia retirado. Fora com uma serviçal levar o almoço para seu sogro, no quarto dele.

Paulo e Silas fizeram breve cochilo, o suficiente para Paulo sair de seu corpo e ver Estêvão, que veio na sua direção, o abraçou e disse:

– É de interesse de Yeshua que saibas que a doença do pai de Dácio é causada pela presença da esposa, que se liga ele, atraída que é por suas lamentações. Ela se vê impedida de libertar-se dos vínculos. Assim, seu Espírito não consegue seguir seu caminho. Tu poderás ajudar os dois, libertando-a. Fala com ele e ora. Estaremos contigo.

Novo abraço e Estêvão se retirou.

Paulo acordou do cochilo com toda a memória do diálogo. Acordou Silas, contou-lhe o ocorrido, aprumaram-se e foram para a sala da casa. Lá chegando, encontraram Dácio e a esposa. Conversavam de mãos dadas. Paulo percebeu a ternura de um pelo outro. Eram almas afins.

Convidados a se sentarem, Paulo disse a Dácio:

– Caro amigo, se fosse possível, gostaria de ver teu pai, junto com Silas.

— Sim, — respondeu Dácio, — eu estava apenas esperando que acordassem do repouso para levá-los até ele. Vamos até lá.

Paulo e Silas seguiram Dácio e a esposa. Adentraram o quarto de Acrísio

O homem estava deitado com o tórax e a cabeça levantados por uma espécie de almofadas. Não era ainda tão velho, pois Dácio aparentava ter uns trinta anos. Ele deveria ter pouco mais de cinquenta. Tinha as feições próprias dos gregos: tez bem branca, embora a aparência decaída demonstrasse certa fraqueza. Era portador de certa beleza. Os cabelos já estavam mesclados pelos fios brancos, os olhos grandes. Estava acordado. Ao vê-los, ensaiou um tímido sorriso.

— Papai, — disse Dácio, — vim trazer os amigos Paulo e Silas, dos quais já te falei, para que os conheças. E apontou para cada um, identificando-os.

Paulo aproximou-se, e enquanto Acrísio o saudava e a Silas, apurou os olhos e viu, com os olhos da alma, ao lado do leito de Acrísio, a senhora que havia falecido. Ela estava com o rosto do sofrimento e chorava. De sua cabeça parecia que saía uma corda muito fina, quase invisível, que se ligava à cabeça de Acrísio.

Paulo então falou ao homem:

— Caro Acrísio, nosso Dácio já me contou o seu drama familiar. Comungamos com sua dor pela perda da esposa, mas, em nome do meu Deus, a quem chamamos de Yahweh e em nome do Filho d'Ele, a quem chamamos Yeshua, lhe digo que aquele que se apartar dos seus parentes e amigos e buscar aproximar-se dos deuses — fez essa referência para se fazer entendido — e dos seus anjos, tanto mais e maiores coisas entenderá, porque deles receberá a luz da compreensão. A glória do mundo passa depressa, mas a alma não passa. Dicéa vive, porque para Yahweh não existe a morte.

Enquanto Paulo falava, Silas, por impulso, impunha as mãos sobre o corpo de Acrísio.

Acrísio sentiu um calor forte lhe perpassar todo o corpo. Enquanto tinha prestado atenção na fala de Paulo, se desligara, pelo pensamento, da esposa, e foi nesse momento crucial que Estêvão conseguiu desligar os laços mentais de Acrísio, que aprisionavam Dicéa e a levou para os campos da verdadeira vida. Terminada a imposição de mãos de Silas, Paulo fez sentida prece a Yeshua, pedindo as bênçãos d'Ele sobre Acrísio e os demais membros daquela casa.

Acrísio experimentou, depois de três anos, novas energias lentamente tomarem seu corpo e teve vontade quase que imediata de alimentar-se, até porque o fazia muito pouco, ao que Líbia retirou-se para pedir às serviçais providências quanto a um chá, broa e doces.

Paulo e Silas acharam melhor deixar o doente sob os cuidados de Líbia. Cumprimentaram-no, retiraram-se do aposento, na companhia de Dácio e retornaram à sala.

Nem bem tinham se sentado, leves pancadas na porta de entrada se fizeram ouvir. Uma serviçal fora atender e logo retornava. Interrompendo com educação nossa conversa, disse ao patrão:

— Senhor, está aí um seu amigo, atendendo a um chamado de um serviçal que levou-lhe o recado de que deseja falar com ele. Pede para dizer que seu nome é Jasão.

Dácio agradeceu e pediu que fizesse o visitante entrar. Logo Jasão se achava na presença deles. Dácio o abraçou e apresentou os demais:

— Amigo Jasão, este é Paulo de Tarso, de quem gostaria de te falar, juntamente com seu amigo Silas.

Jasão cumprimentou-os dizendo:

— Ah, sim, caro Paulo de Tarso! É um prazer conhecer-te. Já sabia de ti pelas notícias que chegam à Sinagoga. Tenho me inteirado de tuas ações, dos teus feitos e da mensagem que passaste a adotar. É que apregoas que o Messias já veio. Confesso-te que as notícias da ação daquele a quem defendes, e que se chama Yeshua, e as tuas ações, têm me levado a profundas reflexões sobre ser Ele o Messias ou não. Às vezes sinto-me tocado pelo pouco que ouvi dizer.

Paulo, ao ouvir aquelas impressões, sentiu que Jasão, apesar de judeu e membro da Sinagoga, não era vítima do fanatismo, o que muito o alegrou.

— Pois bem, caro Jasão, — falou Dácio — eu havia confidenciado a Paulo e Silas que talvez tu pudesses ofertar-lhes hospedagem, já que são judeus, portanto da mesma raça, e tratam da mesma coisa, ou seja, da pregação da religião.

– Ora, sem dúvida, – respondeu Jasão. – Posso sim. Minha casa é grande, lá vivo com meus pais e duas irmãs. Não sou casado. Os meus pais não são conservadores, nem minhas irmãs. Faço questão de hospedá-los.

Tudo então combinaram para que Paulo e Silas, na manhã seguinte, se transferissem para a casa de Jasão. Despedindo-se, Jasão falou que viria buscá-los, abraçou-os e saiu.

Paulo e Silas agradeceram a Dácio e foram para seus aposentos.

A tarde caíra rapidamente, dando lugar ao crepúsculo. No momento do jantar, um serviçal chamou os visitantes, e quando estes chegaram ao local da refeição, Dácio e Líbia já os esperavam.

Em meio à refeição, animada era a conversação. Paulo, a pedido de Dácio, falava a Líbia sobre Yeshua, quando leve barulho fê-los se voltarem para o ponto que dava para a entrada do cômodo e viram Acrísio em pé a caminhar lentamente na direção deles, embora ainda um pouco trôpego, eis que ainda se sentia um tanto fraco fisicamente, afinal, tinham sido três anos acamado. Líbia não conteve o ar de espanto. Dácio começou a chorar. Acrísio aproximou-se, sentou-se e falou:

– Oh bondoso homem! Quão grande é a força do teu Deus. Após terem saído e eu me ter alimentado, senti energias novas correrem pelas minhas pernas e braços; comecei a mexê-los, primeiro os braços, depois as pernas, e uma fortaleza me adveio. A fraqueza total foi desaparecendo, até que movimentei as pernas para fora do leito e tive o impulso de levantar-me. Consegui, ainda sentindo as pernas tremerem, é claro, mas à medida que o tempo foi passando, consegui sentar, levantar e andar. Experimentei os passos e eles vieram. Então comecei a andar até a porta e da porta para o leito. Repeti isso, nem sei quantas vezes.

O júbilo e a alegria naquela casa eram imensos. Dácio disse:

– Bondoso Paulo, sou de novo seu devedor. Dize do que precisas e eu tudo farei para atender.

– Eu nada fiz – respondeu Paulo. – Lembra-te sempre de Yeshua, porque foi Ele que trouxe a teu pai a cura. Tudo o que fizerem de bem, façam em honra d'Ele.

A felicidade se apresentou naquela casa e quase toda a noite, Dácio, Líbia e Acrísio ficaram ouvindo as narrativas sobre Yeshua e a Boa Nova.

A noite trouxe o sono reparador.

Amanheceu. O repasto matinal foi servido. Paulo, Silas, Dácio e Líbia agora comiam na companhia de Acrísio, que se sentia mais forte. Alimentaram-se e conversaram bastante, até que a chegada de Jasão foi anunciada.

As despedidas da casa de Dácio foram feitas sob intensa emoção e sob promessas de retornar a se encontrarem.

A breve tempo, adentraram a casa de Jasão e foram apresentados a seus familiares. Logo se acomodaram e se reuniram todos novamente, por ocasião do almoço.

A tarde e a noite foram consumidas nas narrativas de Paulo sobre sua vida; a escola rabínica; o Sanhedrin; as perseguições aos seguidores de Yeshua; os fatos de Damasco; a Casa do Caminho, em Jerusalém; as tarefas que Paulo abraçara no serviço de divulgação da Boa Nova. Como a noite já ia alta, despediram-se para o sono reparador, não sem antes Jasão traçar para os dois todo um resumo das ações da comunidade judaica de Tessalônica e da Sinagoga.

XXXIII

PAULO ANUNCIA YESHUA NA SINAGOGA DE TESSALÔNICA

No dia seguinte, Jasão foi entrevistar-se com o chefe da Sinagoga e combinou com ele que no Sabá, Paulo falaria.

Chegou o Sabá. No momento marcado, a Sinagoga estava repleta. As notícias da chegada de Paulo e Silas em Tessalônica varreram a comunidade judaica. Uns sabiam estarem hospedados na casa de Jasão e aceitaram o fato, mas a grande maioria criticava. As notícias que procediam de Jerusalém, do Sanhedrin, eram todas acusatórias contra Paulo. Davam conta de que ele teria enlouquecido. Já fazia muito tempo que haviam chegado essas informações, depois, nada mais viera.

Os frequentadores mais velhos, no entanto, comentavam, nas rodas que se formavam, que para eles aquele era Saulo de Tarso, que houvera mudado o nome para Paulo e que assim fizera para dissimular suas estripulias religiosas. Que ele jamais os enganaria, pois não se pode modificar tão repentinamente e voltar as costas para a verdadeira lei. Não se pode desprezar Abraão e Moshe, nem ofender Yahweh impunemente. Mas o fato é que, de uma maneira ou de outra, todos queriam ouvi-lo, naquela tarde previamente definida.

Paulo e Silas haviam se levantado cedo, como de costume, e junto com Jasão e sua família, tomaram a refeição matinal. Jasão bombardeou Paulo com perguntas sobre o que ele dizia ser a "Nova Fé". Até aconselhou Paulo a não utilizar esse termo na sua prédica, pois temia a reação dos membros e frequentadores.

Paulo, pacientemente, respondeu a todas as perguntas de Jasão. Terminada a refeição, falou da necessidade de preparação, e juntamente com Silas, retiraram-se para seus aposentos, dizendo que agradeceria sobremaneira se o chamassem para o almoço.

A sós com Silas, Paulo concitou o amigo à conversação, dizendo:

— Bom Silas, tens servido com denodo à causa que abraçamos, às vezes sob o peso do silêncio. Observo e me alimento nas tuas orações, mas gostaria de fazer-te uma pergunta.

Calou-se por um momento e continuou:

— Desde o que ocorreu comigo em Damasco, nunca mais passou por meu pensamento qualquer dúvida a respeito de Yeshua ser o Messias que aguardávamos. Entretanto, passados vários anos do maravilhoso encontro, tenho, ultimamente, armazenado um conflito.

Nova pausa.

— Ocorre, querido amigo e irmão, que ainda não consegui muito bem definir o principal objetivo, o ponto principal do trabalho que amorosamente Yeshua me distendeu pela frente.

"Bem, já sei que se não nos dedicarmos a espalhar os seus ensinamentos o máximo possível, eles correm o risco de desaparecer; de serem como que engolidos pelos adoradores superficiais e por aqueles que são conservadores fanáticos da Lei Antiga. Então, tenho feito a mim mesmo duas perguntas.

"A primeira: Será que tenho que falar de Yeshua aos varões de Israel; de insistir nas prédicas nas Sinagogas? Conseguirei atingir o objetivo, que a mim me parece inalcançável, de convencer os judeus sobre ser Yeshua o Messias?

"A outra pergunta, bom Silas, traz-me o desafio de entender o claro objetivo de Yeshua, que me parece ser o de pregar sua mensagem aos corações ainda imaturos, sem plantação de fé segura; aos corações de vários deuses, onde ainda não brota a erva daninha do fanatismo. Então, me pergunto: Será isto? E se sim, como poderei unir todos aqueles aos quais já levei e poderei levar a Boa Nova? Como os Núcleos sobreviverão sem orientações continuadas?

O Cireneu calou-se e olhando indagativamente para Silas, esperou. Silas não se fez esperar e respondeu:

— Amigo do coração! Confesso-te que tuas perguntas se revestem de alto significado e importância. Eu mesmo, em te acompanhando, tenho mais podido observar do que auxiliar, mas posso te dizer das impressões que tenho colhido por nossas andanças.

"Quando falas e pregas os ensinos renovadores de Yeshua a nossos irmãos de raça, estes, com poucas exceções, torcem o nariz e se colocam em posição de desconfiança. Pouco ou quase nada aproveitam, seja nas ruas, seja nas estradas ou nas Sinagogas. Já aqueles que nos cruzam o caminho e que não são judeus, seja lá qual for a raça a que pertençam, ouvem-te com outros ouvidos. Analisam-te sem temor, e chego até a perceber, em muitos, um ardoroso fervor em relação ao que falas, apresentas e fazes, que os leva ao entusiasmo.

"Por esse prisma, amigo Paulo, tenho certeza que o teu trabalho não será para os filhos de Israel, mas para os filhos de Yahweh em geral, pois sei que Ele é o Deus Único.

"Então, entendo que a presença de Yeshua na Terra foi para que, além de tantas outras coisas, se quebrasse a corrente do fanatismo; se fizesse conhecer o amor de Yahweh, e que somente o amor será o caminho seguro para adentrar o Seu Reino. Claro que falar para os nossos irmãos de raça também tem sua importância, mas julgo que devas dedicar-te aos gentios. Quanto aos Núcleos que já fundaste, confesso que à primeira vista não saberia dizer por qual mecanismo poderás alimentá-los.

Paulo, vivamente impressionado pela erudição de Silas, concordou com ele. Agradeceu a visão que lhe trazia e que o auxiliava a tirar do caminho as dúvidas quanto ao rumo a seguir. Então disse:

– Entendi plenamente, bom amigo. Sei que neste instante és portador da inspiração dos anjos do Senhor. Já pensava mesmo na continuidade da dedicação aos gentios, mas aproveitarei as oportunidades que surgirem para falar à nossa gente.

Convidados para o almoço, esse transcorreu em clima de otimismo, embora Jasão alertasse Paulo que a assembleia seria numerosa, mas que ele não temesse. Que fosse em frente.

Após o descanso depois da refeição, Jasão, o pai e irmãos acompanharam Paulo e Silas a caminho da Sinagoga. Pelo caminho, cruzaram com judeus que lhes lançavam olhares de curiosidade. Chegando próximo à Sinagoga, tiveram duas surpresas. A primeira foi o encontro com Jared, Camel, Bensabat e Zared, que trouxeram outras pessoas de suas famílias, e mais adiante um contingente de gregos, tendo à frente Dácio e seu pai Acrísio, Eliano e Ágabo. Todos fizeram questão de abraçar Paulo e Silas e desejar uma boa prédica, um bom trabalho.

Adentraram a Sinagoga pelo corredor central. Estava toda tomada pela comunidade dos varões de Israel. Alguns oravam em voz audível, outros lançavam palavras de desafio, outros apenas os olhavam com curiosidade.

O chefe da Sinagoga, Barzelai, pediu silêncio a todos. Disse que daria a palavra àquele que não há muito tempo havia sido membro do Sanhedrin; que, muito embora as notícias que chegaram, ele não deixava de ser judeu, e que somente por isto já poderia, por direito, utilizar a tribuna. Então pediu o respeito de todos para ouvi-lo.

A seguir, chamou Paulo.

Paulo assomou à tribuna. O silêncio caiu pesado. Então, o Cireneu iniciou sua prédica.

– *Varões de Israel.*

"*O Reino de Yahweh é de paz e alegria, mas não é dado aos ímpios. Para que possamos penetrá-lo, é necessário converter-nos de todo o coração. Para que o Reino de Yahweh venha até nós, é preciso aprender a desprezar as coisas exteriores e entregar-se às coisas interiores.*

"*Toda a glória e a beleza vêm de dentro. Para o homem interior, o Reino tem visitas constantes e suaves consolações, mas os homens ainda são volúveis e com facilidade não correspondem à confiança de Yahweh. Então, é preciso fortalecer-se na crença; pôr toda a nossa confiança em seu Reino e fazer com que seja Yahweh o nosso temor, mas também o nosso amor, e Ele responderá por ti e fará do melhor modo para a tua felicidade.*

"*Olha ao redor de ti. Não é este o lugar do teu repouso. No céu deve estar a tua habitação e de passagem é que olhas as coisas da Terra. Todas as coisas passam e tu igualmente passas por elas. Toma cuidado para não te apegares às coisas passageiras, para que não te escravizem e te façam perder.*

"*Yahweh, pelo teu devotamento, cura as tuas chagas e modifica teus estigmas, se insistires na renovação.*

"Lembra sempre dos conselhos de Moshe: 'Os que hoje estão contigo, amanhã talvez sejam contra ti', pois os homens mudam como o vento. Não tens na Terra morada permanente e onde quer que estejas, serás estranho e peregrino. Não haverá descanso se não estiveres intimamente unido a Elohim.

"Aquele que avalia as coisas pelo que elas realmente são e não pelo juízo dos outros, este é verdadeiramente sábio e ensina mais por Yahweh do que pelos homens. Quem procura andar em si e ter em pequena conta as coisas externas, não necessita escolher lugar nem tempo para exercer a piedade. Se fores reto e puro, tudo correrá em teu proveito. Assim, não te importes muito de saber quem seja por ti ou contra ti. Trata e busca que Yahweh esteja contigo em tudo o que fizeres.

"Precisamos alevantar-nos das iniquidades. Com duas asas se levanta o homem acima das coisas deste mundo: simplicidade e pureza. A simplicidade está na intenção e na ação; a pureza, no afeto, no amor. A simplicidade nos permite ir até Yahweh; a pureza nos permite abraçá-lo. Se queres agradar a Yahweh, seja o teu coração reto.

"Se há alegria neste mundo, somente o coração poderá gozá-la, eis que a tribulação e a angústia, é a má consciência que as prova. Quando o homem começa a vencer-se e ter ânimo para o caminho de Yahweh, leves lhe serão as coisas sob as quais e a cujo peso tropeçava. É certo que a glória do homem virtuoso é o testemunho da boa consciência. Conserva-a pura em Yahweh, e somente terás alegria.

Fez uma pausa.

Os ouvintes estavam quietos. O silêncio continuava. Os mais exaltados na chegada de Paulo pareciam não compreender bem o que se passava. Não era ele o traidor da Lei? Mas até ali o que falara somente afirmava Yahweh. Estavam confusos.

Paulo respirou profundamente, olhou para sua direita e viu os espíritos Acádio, Estêvão e Abigail, que o olhavam e sorriam. O sorriso da concordância e do estímulo.

Retornou o olhar para o centro da plateia e continuou:

— *É certo, então, irmãos, que as lutas sempre estão presentes naqueles que testemunham Yahweh, mas também não é menos certo que o Seu Reino tem-se apresentado distante.*

"*Nem todas as escravidões de nosso povo foram suficientes para mostrar a verdade. Os profetas se mostraram nos seus sacrifícios e nas suas enunciações. Moshe nos instruiu na Justiça, mas nos perdemos sob o império do poder e da riqueza. As viúvas choram e o humilde sofre.*

Algumas poucas tosses se fizeram ouvir na plateia.

Paulo continuou:

— *Como contemplar as coisas celestiais e habitar no erro? Por que nosso coração vestiu a armadura do desprezo, elevando o ódio ao trono das misérias humanas?*

"*Nossos antepassados, sob a glória de Isaías e de Elias, já anunciaram os tempos do Libertador, mas perdemo-nos nos vãos da discórdia e da interpretação, e o Reino de Yahweh se distanciou.*

"*Mas o que está demarcado na lei se cumprirá. Dia viria em que Elohim, sob o reflexo de suas leis, haveria de enviar-nos o Messias, para que o despertamento de nossa alma se fizesse.*

"*Mesmo que as verdades eternas ainda não fossem enviadas ao mesmo tempo nem escritas num só lugar, Yahweh ordenou que ela chegasse entre os homens. Na Lei, Noé, o justo, trabalhou por cem anos na construção da arca, visando a salvação. Como nós podemos preparar-nos em tão pouco tempo para salvar nossas almas?*

"*Moshe trabalhou duro para construir a arca da aliança e nela encerrar as tábuas da Lei.*

"*Salomão precisou de sete anos para a edificação do templo, e nós, miseráveis homens, como poderemos receber Yahweh em nossa casa, quando sequer alguns instantes empregamos na verdadeira devoção?*

"*Os homens continuaram suas construções e oferendas ao bezerro de ouro e a dureza mandou matar.*

"*Oh Yahweh! Yahweh! Quantos vossos servos se esforçaram dignamente para agradar-Vos! Quão pouco, então, o que fazemos! Como poderemos retornar a vossos braços?*

"*Alma, sê fiel! As verdades eternas, como já dito, não são escritas no mesmo lugar, e Yahweh nos diz: 'Sejam vossas palavras verdadeiras para recebê-las com gratidão e fé, eis que vos enviei meu Filho, o anunciador do mundo novo, que como um dispensador do meu Amor, vos indicará o caminho da redenção'.*

Breve pausa provocada por murmúrios, uns de atenção, outros de contrariedade.

Paulo, intimorato, prosseguiu:

— Recebeis Yeshua, o meu Messias. Aprecatai-vos Nele e escutai-O. Ele vos chega na minha confiança e traz o alimento da imortalidade e o segredo vos revelará da vida nova e da glória eterna.

"O Sublime Construtor veio na mansuetude e na simplicidade, sem alarido e sem armas; sem o fastígio dos poderosos, sem a arrogância dos letrados, mas anunciou a face amorosa e justa de Elohim. Ninguém antes deu conta dessa revelação.

"Anunciou a misericórdia infinita de Yahweh. Transformou-se na esperança e no Consolador. Ensinou a não odiar os inimigos, porém a amá-los.

"O amante da verdade encontrou Nele o Messias, a bondade como riqueza maior e Ele ensinou que se possuirmos a confiança em Yahweh e a consciência pura, habitaremos o Reino dos Céus, que não está nas coisas exteriores e sim no interior de cada alma.

"Ama Yahweh em primeiro lugar e a teu próximo como a ti mesmo, em segundo. Aí está o caminho para a verdadeira vida. Assim Ele disse: 'Se alguém me ama, guardará as minhas palavras e fará morada na Casa do Pai.'

"Ele veio, curou os doentes, amou os pobres de espírito, exortou os poderosos ao amor puro de Yahweh e nos ensinou a colocarmos toda nossa esperança e refúgio em amar sem esperar retribuição alguma.

"Como o Enviado, não se evadiu do santo compromisso e disse: 'Vinde a mim, todos os que estais cansados e sobrecarregados e Eu vos aliviarei. O pão que lhes dou é o do meu amor, que hei de dar para dar vida e vida em abundância. As palavras que vos digo são espírito e vida.'

"Na singeleza de seu coração, ofereceu-se em holocausto pela verdade, como servo perpétuo, em homenagem e louvor perene a Yahweh.

"É verdade que entregou-se a Yahweh, de todo o coração, para o cumprimento das profecias de Isaías: 'Oh! raça incrédula, que me adora de boca, sem a presença do coração'. Mas confirmou a imortalidade na ressurreição. Venceu a morte e nos libertou a vida.

"*Eis, irmãos, que o Messias já é chegado. Tremor e corrupção se ressentem. O livro sagrado da vida abre as suas páginas. O tempo é outro. Clemência e perdão, foi o que Ele trouxe, além de abrigo aos deserdados do mundo, para glória eterna de Yahweh. Vibre nossa alma em Yeshua, por amor a Elohim, pois também Ele disse: 'Eu sou a fonte da água viva. Quem beber da minha água nunca terá sede'.*

Paulo calou-se. Terminara. O vozerio tomou conta da assembleia que se dividia ao meio. Metade aplaudia e a outra metade, com gestos bruscos, com mãos e braços, imprecava contra o valoroso Cireneu.

Barzelai subiu à tribuna e pediu silêncio, o que conseguiu a muito custo. Falou que a manifestação na tribuna era livre e representava a opinião do pregador e não da Sinagoga. Que todos poderiam conversar com o pregador em apartado, se assim desejassem, e sob os rituais da tradição deu a reunião por encerrada.

Inspirados por Acádio, Estêvão e Abigail, os ouvintes que foram tocados pela fala do Cireneu e ficaram favoráveis ao que tinham ouvido, cercaram Paulo, que já estava com Silas. A maioria eram convidados gregos, dentre eles os amigos "salteadores", Dácio e seu pai, os amigos de Dácio e alguns judeus, que acabaram por fazer como que um cordão de isolamento, impedindo a chegada de judeus exaltados que mesmo dentro da Sinagoga continuavam a gritar impropérios: traidor, víbora, mancha da raça, o verdadeiro Yahweh guarda para ti o fogo do inferno, salteador da verdade.

O cortejo saiu da Sinagoga, e embora protegido pelos amigos, por sugestão de Jasão, ainda por algumas ruas, os judeus conservadores seguiam com as admoestações. Havia, porém, outros judeus que saíram do templo cabisbaixos, quietos e pensativos.

Paulo repetiu essa experiência, ainda por mais dois Sabás. Em todos eles exaltou as glórias de Yahweh e a maravilhosa mensagem e vida de Yeshua. Ponto alto na última pregação, foi a lembrança das bem-aventuranças trazidas pelo Messias.

Paulo ficou um bom tempo em Tessalônica. Conseguiu reunir um considerável grupo de participantes, alguns judeus, dentre eles Jasão e a família; uma boa quantidade de gregos, comandados por Dácio e seu pai; os quatro amigos da estrada e familiares, e fundou em Tessalônica o Núcleo dos Seguidores de Yeshua.

Após mais ou menos cinco meses que ali estava, ele e Silas se alegraram com a chegada de Timóteo, que trazia alvissareiras notícias de Filipos, abraços de Lucas, de Lídia e de Evódia. Falou-lhes do crescimento do Núcleo. Paulo sentiu-se mais estimulado ainda e não disfarçou o contentamento pelo reencontro com o jovem Timóteo, por quem nutria afeição e amor de pai.

Entretanto, ventos contrários começaram a surgir em Tessalônica. Paulo, nas duas últimas pregações na Sinagoga, chamou Yeshua de Rei. Os conservadores então foram às autoridades romanas e espalharam veneno, dizendo que Paulo pregava a presença de um novo rei, um novo Imperador, levantando as suspeitas dos romanos e dos poderosos da cidade. Tudo isso foi transformado numa grande agitação, sob a alegação de que Paulo pregava a insurgência política.

Jasão e os demais amigos aconselharam Paulo e a Silas a se retirarem e irem para a cidade de Bereia, até que as coisas se acalmassem. O Cireneu concordou.

XXXIV

Paulo ensina no Areópago de Atenas

Depois de se reunir com todos os membros fundadores do Núcleo de Tessalônica, na casa de Jasão, no dia seguinte, Paulo, Silas e Timóteo partiram bem cedo, munidos de provisões, para Bereia.

Enquanto isso, no decorrer do dia, por volta da virada da manhã para a tarde, alguns judeus conservadores se reuniram no mercado da cidade e resolveram ir à casa de Jasão, para atacá-lo e dar voz de prisão da Sinagoga a Paulo, eis que Jasão hospedava Paulo e Silas.

Lá chegando, foram informados pelo próprio Jasão que os dois pregadores tinham ido embora muito cedo. Os revoltosos então prenderam Jasão e o levaram às autoridades da cidade, sob a alegação de que ele acobertara Paulo e Silas e que os dois haviam violado os decretos de César e queriam perverter o mundo com sua doutrina.

As autoridades prenderam Jasão e mais um grupo de seguidores de Yeshua, mas, após pagarem fiança, eles foram soltos; porém os judeus conservadores continuaram agitados contra Paulo.

Em Bereia, Paulo, Silas e Timóteo, como sempre, começaram a falar de Yeshua na rua principal, sempre aglomerando-se pessoas para ouvi-los. Muitos que ouviram Paulo se converteram à Doutrina de Yeshua. Hospedaram-se na casa de Caleb, que gentilmente abrigou o Cireneu e os dois amigos.

Os judeus conservadores de Tessalônica organizaram uma caravana para ir até Bereia, pois souberam da estada de Paulo e seus amigos naquela cidade, e para lá se dirigiram, com o objetivo de prendê-los.

Paulo foi preso e surrado.

Depois de muitas intervenções de amigos admiradores de Yeshua que tinham certa influência na sociedade local, o Cireneu acabou por ser libertado.

Então, guiados por Estêvão, que os inspirou, vários irmãos de Bereia resolveram levar Paulo para Atenas, o que fizeram à noite, apressadamente.

Silas e Timóteo retornaram a Tessalônica, onde se reencontraram com Lucas.

Paulo chegou a Atenas, desembarcou e hospedou-se numa estalagem. Descansou um pouco, refrescou-se e depois pôs-se a andar pelas ruas. Percebeu que muito do fausto da cidade de Sócrates, Platão e Péricles já havia sucumbido. Os romanos a dominavam. Havia se tornado um centro de atenção da classe política e intelectual, inclusive do Império Romano.

Já havia, àquele tempo, na cidade, sinais de decadência, de abandono. Paulo buscou a única Sinagoga que lá existia e fez várias pregações, sob aquiescência de Eliezer, chefe da Sinagoga, mas não fez prosélitos. Pouca importância os próprios judeus de Atenas deram às falas de Paulo.

A notícia da chegada de Paulo a Atenas foi alardeada pelos judeus, e os filósofos da cidade demonstraram o desejo de conhecê-lo e saber qual era seu pensamento em relação às coisas da criação. Então, Paulo foi convidado por Arionte, que era responsável pela administração da Areópago, para falar à população, em dia aprazado.

O nome Areópago fora dado pelos gregos, em homenagem a Ares, o deus da guerra ateniense. Era um local situado em uma colina, ao norte de Atenas, separada por um vale não muito profundo. Era um outeiro, formado por pedra calcária, com uma elevação de um estádio mais ou menos. Era uma colina, também tomada por templos, altares, santuários e inúmeras estátuas gregas. Ali ficava o Supremo Tribunal do Areópago, que era praticado ao ar livre.

O dia chegou. O grupo de ouvintes que acorreu ao local era formado por gregos epicuristas, totalmente descrentes; por gregos estoicos, que criam num grande todo universal e professavam o estoicismo, ou seja: deve-se lutar para suprimir o mal por esforços próprios; pequeno grupo de judeus; alguns juízes do Tribunal, dentre eles Dionísio e sua esposa Damaris.

Conhecendo antecipadamente a fama e a glória daquela cidade, Paulo procurou centrar seu objetivo na pregação da Boa Nova.

Precisava falar àqueles gentios sobre a verdade, porém, sabia que tinha de usar toda a habilidade que lhe era peculiar no trato com as palavras.

Paulo adentrou o venerável recinto. Não viera para ali arrastado como um réu. O Areópago lhe era uma tribuna e não um tribunal.

Sabia que aqueles que ali estavam para ouvi-lo tinham interesses intelectuais e não pretendiam fazer julgamento do orador. O que queriam era ouvir a mensagem.

Inicialmente, rendeu homenagem ao "Deus Desconhecido", embora não tivesse encontrado qualquer altar a esse Deus. Tinha visto, no seu passeio inicial por Atenas, inscrições com essas simples palavras.

Foi a partir desse ponto que Paulo iniciou sua fala e conseguiu captar a atenção da plateia:

— *Povo de Atenas, bem conheço que vós sois muito religiosos, mas será que vossa religiosidade é perfeita? Deus, como o chamamos, sempre se manifestou aos homens, porém, o conhecimento que o homem tem de Deus é obscuro e débil, portanto, a criatura deve esforçar-se nessa busca. Eu experimentei o propósito de Deus e fui salvo.*

"Tendes crença e tradição em vossos deuses. São eles, de fato, apóstolos de Elohim, para disseminar na Terra as verdades da criação? Venho entre vós, em nome d'Aquele que é o enviado do Deus Único, do Deus Desconhecido para vós.

"Falo do Messias Yeshua e em nome d'Ele. Ele denunciou aqueles que amam as primeiras cadeiras e atam em si fardos pesados, difíceis de suportar, incitando-nos a servirmos ao próximo ao invés de sermos servidos.

"Os pensamentos moldam nosso destino para o bem ou para o mal.

"Podemos escolher como haveremos de pensar, porque, na verdade, nossas vidas são apenas o resultado do tipo de pensamentos que resolvemos abrigar; assim, é inegável que nós determinamos nosso próprio destino.

"Se quisermos realmente mudar a nossa vida para melhor, como disse o sublime arauto de vosso augusto povo, é preciso nos conhecermos e, se necessário, modificar em nós mesmos o que precisa ser melhorado; tornarmo-nos criaturas melhores aos olhos dos homens e, por conseguinte, de Elohim.

"Se desejamos ter saúde e paz de espírito, precisamos pagar o preço, que é o cumprimento das leis soberanas da vida, dispostas pelo Deus Único, Yahweh, aquele que nos enviou o Messias Yeshua para que, ouvindo o recado do Pai Celestial, ressuscitemos de nossos erros e iniquidades.

"Para isso, Ele demarcou o seu sacrifício na cruz da ignomínia humana, cantando o hino da imortalidade, eis que Ele vive e desvendou para todos a madrugada da ressurreição, superando a morte.

"Ele disse que os pobres de espírito serão bem-aventurados, afirmando ser deles o Reino dos Céus, isto é, daqueles que são despojados de todo desejo malsão e dos interesses escusos.

"Não devemos confundir as coisas. Os pobres de espírito são aqueles que, através da sua compreensão espiritual, libertaram-se do apego ao poder e à riqueza material e transformaram suas vidas no exemplo da simplicidade e da humildade.

"Asseverou Yeshua que a vontade de Elohim é que todos experimentemos a felicidade, por isso disse: 'Vim a este mundo para que todos tenham vida, e vida em abundância'.

"O sofrimento e a tristeza são sentimentos que acompanham aqueles que se mostram rebeldes à Lei do Senhor da Vida, contudo, não há um só ser que tenha nascido do Pai e que tenha que sofrer indefinidamente. Ele ama a todos da mesma maneira.

"Aquele que empregar sua vida na justiça das ações e for paciente e resignado, comporá a caravana dos que herdarão a Canaã Prometida na Lei Judaica, que é a Terra que habitamos.

"Exultemos, pois, porquanto para quem tem sede e fome de justiça, eis que o dia chegará em que compreenderá que a Lei Divina disciplina para o bem todas as nossas ações, e que a justiça é a sanção aplicada ao erro, visando a recuperação do pecador e não a retribuição ao pecado.

"Nas anotações das Leis de Elohim, muito significa que o espírito seja misericordioso, portanto, indulgente e compreensivo para com as *faltas alheias. Quando o erro do próximo lhe chegar aos ouvidos, use ele de complacência, e estará espalhando misericórdia. Quem assim procede, é bem-aventurado.*

"Dia chegará, irmãos, que as nações não mais se dividirão, e que o povo de Elohim será um só rebanho e terá por guia um só pastor.

"Vivemos no mundo criado pelo Deus desconhecido de vós outros. É bem verdade que ainda não o conhecemos como Ele é, mas o Céu está à nossa volta e não é um lugar distante e perdido. Está em nosso derredor. O Céu é o Reino, e o Espírito, a substância do Reino.

"Não nos é dado ver Elohim, no sentido físico, como se vê um irmão, um ser humano, um objeto qualquer. Se fosse possível enxergar Deus dessa maneira, Ele seria um ser limitado. O que precisamos é cuidar de adquirir a capacidade de compreender a verdadeira natureza da Divindade, que se expressa em tudo o que Ela criou.

"Bem-aventurados os que reconhecem em Elohim a causa única e real, a única presença verdadeira, o único poder verdadeiro. Esse reconhecimento não deve ser teórico ou formal, mas adquirido na prática diária, por pensamentos, palavras e atos construtivos e nobres, harmonizando-nos com Suas soberanas Leis.

"Assim agindo, seremos puros de coração. Venceremos todas as limitações do tempo, do espaço e do corpo, e gozaremos da presença de Elohim em nós.

"Para que tenhamos uma vida equilibrada e gozemos de paz, necessitamos ser crentes na grande lei da vida e agir sempre com amor.

"A serenidade é o caminho para percebermos a presença de Elohim em nós. Podemos alcançar a serenidade por meio da oração, mas ela somente logrará habitar nosso coração permanentemente se estivermos desapegados da prática das iniquidades de toda sorte e tivermos vencido o orgulho e o egoísmo.

"A serenidade é o canal por onde navega o sentimento da paz. Os pacíficos são aqueles que tornam possível a paz verdadeira, pois vencem suas limitações e se tornam instrumentos de Elohim na disseminação da verdade. É dela que emerge a tarefa extraordinária de Yeshua, que afirmou serem bem-aventurados os pacificadores, porque serão reconhecidos como filhos de Elohim.

"Aos que sofrem injustiças, traduzidas na calúnia, na injúria, na perseguição, na mentira, o Deus desconhecido de vós traz a esperança na aquisição do galardão que permitirá vos alceis ao Reino dos Céus, confeccionado pelo exercício da compreensão, da indulgência e, por conseguinte, do perdão que cobre a multidão dos pecados. Os que buscam amar e servir a Elohim e ao próximo, não importa a refrega, serão os vencedores da iniquidade e do mal e obterão a iluminação interior.

"A questão principal, irmãos de Atenas, não é apenas compreender e aceitar os ensinamentos que Yeshua trouxe sob a outorga de Elohim, mas sim a de envidar esforços para colocar em prática, em toda nossa vida, a vivência do amor pleno, procurando destruir em nós o que já sabemos que não deve existir, como o egoísmo, o orgulho, a vaidade, a sensualidade, o ciúme, o ressentimento e a condenação do próximo, não demonstrando esses sentimentos malsãos, não cedendo a eles, mas fazendo com que pereçam em nós.

"Assim agindo, seremos dignos de ser chamados de sal da Terra.

"Precisamos viver de acordo com os princípios que estão na grande lei da Vida, que nos impele a crermos na imortalidade e na continuidade da vida através do tempo, eis que a ressurreição é a marca viva de Yeshua para toda a Terra.

"Não nos esqueçamos, por fim, que o estado de nossas almas é sempre expresso nas condições exteriores e na influência clara que irradiamos. Desse modo, não podemos negar nossa natureza.

"Não nos preocupemos em impor nossa verdade espiritual. Distribuamos compreensão e tolerância. Sejamos sempre autênticos no bem, por amar a Elohim.

"Irmãos atenienses! Yeshua ensinou que quem auxilia, promove. Quem promove o bem, ama. Devemos transformar nossas vidas no triunfo dos justos, seguindo os mandamentos de Elohim, para que nossa alma represente a cidade edificada no monte, que não poderá ser escondida.

"Yeshua ressuscitou dentre os mortos e nos garante a salvação da alma além dos limites da morte.

Paulo encerrou o discurso, porque, quando os ouvintes o ouviram falar sobre a ressurreição dos mortos, houve zombaria e descrédito.

Terminada a fala, formaram-se, na plateia, três grupos de ouvintes: um grupo que zombava; um segundo que ouviria a mensagem de Paulo uma vez mais e um terceiro que se converteu. Deste último grupo faziam parte Dionísio e sua esposa, ele que era juiz do Tribunal do Areópago.

Entretanto, os gregos acharam a nova religião materialista, daí o sucesso parcial de Paulo, que o fez partir de Atenas um pouco desolado.

Em Atenas, ele fizera seu apelo. Usara o método socrático, falando ao nível da cultura dos atenienses. No entanto, não se pode deixar de ver resultados positivos, conforme consideraria Silas, mais tarde, em Corinto, ocasião em que Paulo retrucou:

— Apresentei-me como servo de Yahweh e de Yeshua. Fiz-me fraco para os fracos, para ganhar os fracos. Fiz de tudo para, por todos os meios, chegar a salvar alguns.

Paulo conservava no íntimo certo desânimo, porquanto não obtivera os resultados que almejava. É bem verdade que conseguira a conversão de alguns, notadamente do juiz Dionísio e sua esposa.

Além da inspiração constante que recebia, era também um excelente estrategista.

Escolhia as cidades por onde iria, com muito critério e cuidado.

Então resolveu ir para Corinto.

XXXV

PAULO EM CORINTO

Corinto era uma cidade de grande porte, vitalidade e importância, perto de Atenas. Era banhada por dois mares, o Mar Jônico e o Mar Egeu. Tinha dois portos, os maiores da época. Era mesmo uma cidade cosmopolita, com farta população estrangeira.

Evangelizar em Corinto, Paulo entendia como um ponto estratégico, pois a Boa Nova, a partir de Corinto, poderia se espalhar e alcançar o mundo inteiro. A maior parte do comércio entre o Oriente e o Ocidente, através do Mar Mediterrâneo, passava por Corinto.

A cultura ali floresceu. A cidade tinha sido arrasada pelos romanos no ano 146 a.C. e somente por volta do ano 46 a.C. César Augusto Otaviano a reconstruiu.

Quando Paulo, Silas e Timóteo lá chegaram, já era uma cidade nova, bem organizada, florida e convidativa. O grande Cireneu entendia que o florescimento da cidade facilitaria a pregação.

Antes de chegar a Corinto, Paulo, em sono, teve um desdobramento. Encontrou-se com o governador Acádio, que lhe disse, relativamente a seu projeto de ir para aquela cidade: "Não tenhas medo. Segue adiante. Continua a falar e não te cales, pois Yeshua está contigo. Ninguém te porá a mão para te fazer mal. Nessa cidade há um povo numeroso que pertence a Yeshua".

Para chegar a Corinto, caminhou a pé por um dia e meio, margeando o litoral. Chegou ao cair da tarde do segundo dia. Inicialmente se dirigiu a uma estalagem e lá se hospedou.

No dia seguinte, com alegria, recebeu Silas e Timóteo, que tinham vindo de Tessalônica. Após atualização das notícias do Núcleo de Tessalônica, começaram o serviço de pregação. Escolheram a zona portuária, devido ao maior acúmulo de pessoas.

Falou com grande entusiasmo sobre Yahweh e sobre o Messias esperado. Declamou o mais belo ensinamento da história humana, o Sermão das Bem-aventuranças.

O povo ia se aglomerando em torno dele e as pessoas se encantavam ante as colocações simples e objetivas do Cireneu, de que todos os homens eram amados filhos de Deus e para todos estava reservada a felicidade, e que isto era uma meta que os homens poderiam conquistar.

Mais do que Tessalônica, Corinto abrigava uma comunidade maior de estrangeiros, devido aos dois portos que possuía. O comércio era muito forte e havia também uma comunidade de judeus.

Ainda no primeiro dia de pregação, Paulo teve a alegria do reencontro com um casal de amigos que vibrava com o raciocínio e a propriedade incomum com que ele falava sobre a Lei de seu povo e incursionava pelos ensinamentos de Yeshua, demonstrando perfeito sincronismo nas ideias, deixando antever que, como sugerira Lucas, o Cristianismo vinha completar os ensinos de Yahweh.

Desse modo, Áquila e Priscila, um casal de judeus, após a fala do pregador, o procurou. Abraçaram-no e aos seus amigos e disseram que estavam residindo em Corinto, indagando onde os três estavam hospedados e se pretendiam ficar.

Paulo informou que haviam se hospedado em uma estalagem; que pretendiam ficar em Corinto para pregar a Boa Nova, mas que lhes faltariam recursos para o sustento, no entanto, tinham a intenção de procurar trabalho, tanto ele como Silas e Timóteo, dizendo que quanto a ele, por assim dizer, era um bom tecelão.

Áquila e Priscila imediatamente convidaram os três para se hospedarem em sua casa. Os viajantes aceitaram de bom grado, porém, Paulo insistiu em arrumar trabalho, pedindo ao casal que os ajudasse nesse sentido. Feitos os ajustes, seguiram para a casa do casal.

Instalados na casa de Áquila e Priscila, após descansarem e se refazerem, foram chamados para o jantar e prontamente aquiesceram.

Estabelecida a conversação – como sempre, as conversações com Paulo eram muito prazerosas e instrutivas – o casal fez uma série de perguntas mais aprofundadas sobre o Messias.

Foi o bastante para Paulo incursionar pelos escritos de Levi, relembrando a trajetória do Messias, seus feitos, suas curas, seus ensinos, sua pureza de alma.

Além disto, como sempre fazia questão de não esquecer, aproveitou o momento para falar de sua posição no Sanhedrin, em Jerusalém, e narrou as perseguições a que dera curso, contra os seguidores do Homem do Caminho: Sua visão, ao entrar em Damasco, na Síria; sua cegueira; a presença de Ananias e a cura; seu retiro de três anos; sua incursão na nova mensagem, nas Sinagogas; a presença da intolerância e da incompreensão; as perseguições; as fugas; as ofensas; as agressões físicas; as prisões que sofrera até ali, por amor incondicional a essa Causa Nova, que é conduzida pelo carro da verdade.

Após um bom tempo no resumo, calou-se.

Silas e Timóteo já haviam ouvido muitas vezes a narrativa do Cireneu, mas sempre se emocionavam, porque, quando Paulo repetia a história, ele sempre acrescentava uma ocorrência a mais, que não dissera da vez anterior, e naquele momento traziam os olhos úmidos. Já seus anfitriões, muito embora já terem conhecido Paulo, na época em que o Cireneu ainda não tinha começado seu trabalho de pregação da Boa Nova, choravam copiosamente, altamente sensibilizados.

Paulo, de certa forma, já conhecida os sentimentos daqueles dois corações jovens e sabia estar neles a presença marcante do amor apregoado por Yeshua. Nutria, naquele instante, a certeza de que eram dois corações puros, terra preparada, onde a semente do bem brotava a olhos vistos.

A conversa continuou. A noite se fazia adiantada. Planejando novas conversações para o dia seguinte, todos foram para o repouso.

Paulo e Silas compartilhavam o mesmo cômodo. Timóteo ficara em outro. Tomadas as providências, deitaram-se. Paulo pediu a Silas que conduzisse os pensamentos a Yahweh e a Yeshua.

Silas fez sentida oração em agradecimento por aquele lar, pela hospedagem e pelos amigos e companheiros que lutam para que a Boa Nova se instale na Terra.

Acomodaram o corpo e em breve dormiram.

O quarto se inundou de uma luz branquíssima. Paulo e Silas foram deixando seus corpos e divisaram Acádio, Estêvão e Abigail. A um sinal de Acádio, aproximaram-se.

Acádio então pediu que todos fossem para a zona do primeiro porto da cidade. Logo, numa fração rápida de tempo, chegaram à via principal do porto. Então, ele orientou:

– Cuidemos para não nos afastarmos uns dos outros. Neste local há irmãos infelizes dos dois planos da vida, que para cá vêm, ao cair a noite, para o comércio desenfreado e abusivo das forças sexuais. Então, peço que me acompanhem em silêncio e em oração. Precisamos ir a um local.

Caminharam por entre inúmeras pessoas totalmente embriagadas e outras dispendendo energias pesadas que mais se assemelhavam a nuvens negras, que pareciam sair-lhes do corpo. Paulo e Silas estavam impressionados, porquanto nunca tinham visto aquilo. Estêvão se apressou a dizer que aquilo era produzido pelos pensamentos desequilibrados e doentios das pessoas.

Viraram em uma esquina, já agora bem próximo ao porto, e viram uma casa com aspecto lúgubre. As paredes externas eram sujas, demonstrando a impregnação das aragens do mar.

A casa tinha duas portas que davam diretamente para a rua. Estavam abertas. Por dentro, tinha a aparência de uma estalagem. Havia muitos homens e mulheres sentados em bancos pequenos, de madeira tosca. Uma única lamparina acesa deixava o ambiente quase que totalmente escuro.

Os homens e mulheres se abraçavam em completa lascívia. Mais para o canto direito da sala, diversas pessoas aspiravam numa espécie de corda ligada a um aparelho que parecia conter uma substância líquida. Depois de aspirar, soltavam uma fumaça branca com forte odor. Rente à parede havia um jovem aparentando uns vinte anos, que jazia estirado no chão, desmaiado, sem que os demais se preocupassem com ele.

O grupo, sem ser notado, aproximou-se do jovem. Acádio debruçou-se sobre ele, auscultou-lhe a respiração e falou:

– Nossa missão é socorrer este jovem, que sucumbe ao desmaio, em razão do efeito de bebidas nocivas misturadas com ópio, que aspirou em profundidade. Façamos o socorro impondo-lhe as mãos. Estêvão e Paulo, procurem inspirar o socorro físico, mais do que depressa.

Estêvão e Paulo começaram a examinar a reação das pessoas que ali estavam e perceberam que uma das mulheres estava quieta e sem companhia masculina. Parecia ensimesmada.

Aproximaram-se dela. Estêvão pediu a Paulo que levantasse as duas mãos na direção da mulher e orasse. A ato contínuo, aproximou-se dela e falou no seu ouvido:

– Olhe para aquele rapaz caído no chão. Ele precisa de socorro. Dê o alarme. Ajude-o.

De repente, a mulher, que era também ainda jovem, olhou na direção do local onde Acádio e Abigail impunham as mãos sobre o rapaz e soltou um grito lancinante, que assustou todos, mesmo os que pareciam meio hebetados. Ao fazer isso, correu na direção do rapaz, no que foi seguida por alguns homens. Ajoelhando-se, levantou a cabeça do jovem, que ainda estava inerte, pondo-se a chorar e gritar:

– Domitius, Domitius, acorde por favor. Oh! Por Apolo, o que aconteceu, Domitius? – E chacoalhava o rapaz.

Um homem que acorrera ao local, alertado pelo grito da jovem mulher, a afastou, levantou o rapaz nos braços e rapidamente saiu porta afora, para o ar da noite. Na rua, sentou o rapaz ao pé de uma árvore.

Ao receber a aragem noturna, o jovem aos poucos foi voltando a si, abriu os olhos e balbuciou frases desconexas. Mais alguns instantes, foi se afirmando e olhou para o homem que o levara para fora e para a jovem mulher que os seguia. Com alguma dificuldade falou:

– Eu... Euterpe... Nilma, o que aconteceu?

O homem que o levara para fora disse:

– Meu amo, o senhor desmaiou e eu desgraçadamente nem notei. Não fossem os gritos de Nilma e poderia estar morto, e minha vida ficaria muito complicada. Como explicarei a seu pai o ocorrido, pois o Procônsul me incumbiu de vigiá-lo e cuidar de sua integridade? O patrãozinho não tem ouvido meus conselhos de deixar de aspirar ópio. Isto ainda poderá causar-lhe a morte.

A jovem mulher, ao lado, nada dizia.

Nilma era uma jovem grega que nascera na cidade de Bereia.

Era a quinta filha de um marinheiro que trabalhava nas galés e que fazia longas viagens. Sua mãe ficava muito tempo sozinha com as demais filhas e às vezes faltava-lhes o sustento; fazia tortas e doces e os vendia no mercado e nos portos de Corinto, mas nem sempre dava para o sustento da família. A situação somente melhorava um pouco com o retorno do pai, porém, após algum tempo, ele partia de novo.

Premida pela necessidade, Nilma trabalhou como auxiliar em várias casas de nobres de Corinto. Ela era uma moça relativamente bonita, bem apresentável. Encetara um namoro, às escondidas, com um dos filhos do último senhor a que servira. Fora ludibriada pelo jovem, que se aproveitou de seus encantos femininos e a seguir a desprezou completamente.

Desiludida, evadiu-se do emprego, vindo a perambular pela zona portuária, até que entregou-se à luxúria e passou a fazer do sexo seu meio de vida. Conheceu Domitius das visitas que ele fazia à casa em que era explorada tal atividade, vindo a ser sua parceira preferida.

Já Euterpe, era empregado do Procônsul Romano Junnius Gálio, e recebera do Procônsul a incumbência de vigiar e cuidar da integridade de Domitius Gálio. O Procônsul estava tendo enormes dificuldades com o filho, que parecia, nos últimos tempos, tomado por algum demônio.

Domitius foi recobrando as forças e pediu para Euterpe:

– Por favor, leve-me para casa.

A cena era acompanhada pelos socorristas. Acádio, olhando para Paulo e Silas, falou:

– Amigo Paulo, o socorro nos foi designado, em razão de haver um plano para que compareças perante o Procônsul e possas auxiliar seu filho a livrar-se da indesejável companhia espiritual que o atormenta. Isto é tudo, por enquanto. O resto lhe será inspirado. Vamos. Temos que retornar.

O dia amanheceu. Paulo e Silas, ao acordar, trocaram confidências. Ambos se lembravam do sonho que tiveram e curiosamente, Paulo lembrava de uma parte e Silas da parte seguinte. Juntaram as duas lembranças e planejaram ajustar uma entrevista com o Procônsul Romano, assim que fosse possível, para falar a ele sobre a intenção de fundar em Corinto um Núcleo dos Seguidores de Yeshua.

Reunidos para a refeição matinal, Áquila disse a Paulo que se ele quisesse, poderia trabalhar com ele e a esposa na fabricação de tendas. Paulo agradeceu. O convite foi estendido também a Silas e Timóteo, que prontamente se dispuseram e também agradeceram.

Estabelecidos em Corinto, trabalhando na fabricação de tendas, Paulo, Silas e Timóteo iniciaram, na casa de Áquila e Priscila, a formação de um Núcleo de divulgação e estudos da Boa Nova.

Paulo pregou por vários Sabás na Sinagoga local, e conseguiu converter um bom número de judeus.

Os esforços, em Corinto, na pregação de Paulo, colhiam frutos edificantes, apesar da maior parte da comunidade judaica, que ali era considerável, não aceitar a presença dele.

XXXVI

PAULO VISITA O PROCÔNSUL DA ACAIA E CURA SEU FILHO

Passados cinco meses da criação do Núcleo de Corinto, que inicialmente fora instalado na casa de Áquila, Paulo lhe falou que deveriam arrumar um local próprio para a instalação oficial do Núcleo. Foi então providenciada uma pequena casa, ao sul de Corinto, cedida gratuitamente pelo grego Dragon, frequentador do Núcleo, comerciante de frutas secas e temperos que gozava de boa condição econômica.

Enquanto as pregações e estudos eram feitos na casa de Áquila e Priscila, os judeus conservadores nada ou pouco podiam ou queriam fazer contra essas pregações. Entretanto, bastou a organização do Núcleo em local independente, e eis que começaram as perseguições.

Foi então que certa noite, após a reunião, Paulo lembrou-se do sonho que havia tido tempos atrás e manifestou o desejo de pedir entrevista com o Procônsul Romano da Acaia, para o que invocaria sua condição de cidadão romano.

Assim fez. Compareceu à sede do Consulado Romano e requisitou a entrevista. Recebeu a resposta para comparecer dali a dois dias, na parte da tarde.

Dois dias depois, no momento combinado, Paulo, na companhia de Silas, Áquila, Priscila e Dragon, compareceu na Intendência.

Foram recebidos e conduzidos à sala das audiências.

Esperaram um pouco. Logo ouviram a voz do ordenança, que anunciou:

– Ave César! Saúdem o Procônsul da Província da Acaia, Lucius Junnius Gálio.

O Procônsul entrou rapidamente no recinto, acompanhado do soldado chefe da guarda. Era um homem de estatura média; tinha falhas nos lobos temporais; quase calvo, olhos pequenos, porém, o olhar duro e frio. Transparecia carregar muitos problemas e conflitos íntimos, mas era também conhecido como um homem muito justo. Sentou-se no trono e olhou para o grupo. A um sinal do soldado ordenança, Paulo aproximou-se e o saudou:

– Ave, nobre Procônsul. Eu o saúdo, na condição de cidadão romano.

– Que tens, homem? – questionou o Procônsul – Não te ouvi saudar primeiro a César. Acaso não te submetes à autoridade dele?

– Nobre Procônsul, – retrucou Paulo, – mesmo eu sendo um cidadão romano, não quer dizer que eu tenha que saudar César. Conheço as leis de Roma e elas não impõem essa saudação como necessária quando se requisita uma entrevista ao poder romano.

O Procônsul se surpreendeu. A sua frente estava um homem de coragem e que dava mostras de conhecer as leis romanas. Então perguntou:

– Porventura és versado nas leis de Roma?

Paulo respondeu:

– Sim, e também na lei dos judeus, e simples aprendiz das leis divinas. É em nome das regras legais de Roma que compareço ante vós para pedir-vos uma concessão legal.

Paulo ia continuar, mas se viu obrigado a calar porque a audiência foi interrompida pela mulher do Procônsul, Júlia Víbia, que entrou no recinto correndo e falando em voz alta, quase gritando:

– Socorro, socorro, marido! Domitius está passando mal. Parece morrer. – E as lágrimas pulavam de sua face.

Foi uma comoção geral. O Procônsul desceu correndo do trono e junto com a esposa e um soldado auxiliar evadiu-se da sala.

Paulo quis segui-lo, mas foi impedido por outro soldado.

Então, ali ficaram esperando por um bom tempo.

Já estavam pensando em retirar-se e marcar nova entrevista, quando veio novo anúncio do soldado ordenança, para nova saudação ao Procônsul.

Junnius Gálio retornou à sala de audiências e dessa vez trazia consigo o filho Domitius. Fê-lo sentar-se no trono a seu lado. O rapaz obedeceu e olhou para os visitantes.

Paulo examinou o rapaz detidamente e seu olhar encontrou uma pessoa que estava sem energia. A tez muito pálida e os olhos um pouco inchados pareciam querer saltar da órbita. Tinha um olhar vago, como que perdido. Suas expressões eram o retrato da fraqueza e do desânimo.

O Procônsul fez um gesto com as mãos para que Paulo se aproximasse.

Paulo aproximou-se, olhou novamente para o jovem e lhe pareceu conhecê-lo. Como era profundo conhecedor das reações humanas, viu no jovem que as energias vitais dele estavam sendo sugadas.

O Procônsul então falou:

– Prossegue. Diga o que queres.

A fala era carregada de sofrimento.

Paulo retornou os olhos para o rapaz e viu, com os olhos da alma, Acádio e Estêvão a seu lado. Então ousou falar:

– Nobre Procônsul, se me permitis, vejo que vosso filho está acometido de sério mal. Se consentirdes, acredito que possa ajudar de alguma forma.

Surpreendido, Gálio falou:

– Não acredito que isto seja possível. Na verdade, o mal que lhe acomete é preguiça e vício. Agora deu para desmaiar a qualquer tempo. Também pudera, vive nas noites do prazer e deu, para nossa extrema infelicidade, de aspirar ópio.

A seguir o Procônsul calou-se. Deu-se conta que abrira a porta de sua intimidade familiar a um estranho. A seguir acrescentou:

– Mas, vamos, deixa isto para lá. Dize logo o que desejas.

A tensão tomava conta do ambiente. Paulo ficara sem argumentos ante a última intervenção. Percebeu o drama familiar e o desgosto estampado na face do pai. Temeu insistir. Ia retornar ao assunto da audiência, quando o jovem Domitius deu um grito e caiu desmaiado no chão.

O Procônsul assustou-se. Nesse momento, Paulo viu um Espírito de horrenda aparência debruçado sobre o jovem sugando suas energias pela boca.

Paulo encheu-se de coragem. Recomendou aos demais amigos:

— Por favor, orem a Yeshua.

Rapidamente se dirigiu para onde estava o jovem, ajoelhou-se, tomou-lhe a cabeça e encostou o queixo do rapaz no próprio peito e ficou segurando. Seus amigos oravam, contritos. O Procônsul e o ordenança, ante a reação de Paulo, estavam imóveis. Paulo, sintonizando com a oração dos amigos, falou em voz alta:

— Bendito é aquele que vem em nome de Yahweh e de Yeshua, para que o amor prevaleça. Em nome d'Eles, eu te ordeno, oh alma equivocada, que deixes imediatamente este filho de Yahweh. A Ele cabe a justiça e não a ti.

Falou com tanta firmeza e convicção da alma, que viu o Espírito que se atrelara ao jovem em simbiose parasitária, lançar gritos e dar três passos para trás, fazendo gesto de escudo com as mãos na direção de Paulo, ao tempo que gritava:

— Maldito! Quem és? Por que interrompes minha vingança? Este celerado me deve a vida. Tenho direitos sobre ele.

A força moral do Cireneu era tão potente que o obsessor não conseguia retornar ao corpo do jovem, muito embora tentasse fazê-lo.

Paulo mentalmente falou-lhe:

— Oh, pobre homem! Não temos o direito de fazer justiça com as próprias mãos. Ante as agressões que sofremos, os que agem semeando dor e tristeza colherão na medida da semeadura. É a Lei Divina que assim determina. A reação sempre se dará em razão da ação. Esta alma, se errou contra ti, terá que restaurar o erro, mas essa cobrança não pertence a ti e sim a Yahweh. Por isto te ordeno: Vai em paz. A justiça se fará.

Ainda revoltado, o Espírito foi se distanciando e logo mais desapareceu.

Paulo soltou suavemente a cabeça de Domitius. Ele abriu os olhos e deparando-se com aquele olhar penetrante, perguntou:

— Quem sois? Sois mensageiro de Júpiter?

Paulo nada lhe respondeu.

Silas acorreu para o local, auxiliou o jovem a levantar-se e o auxiliou a sentar-se ao lado de seu pai. O Procônsul estava imóvel no trono.

Domitius sentou-se, recostou-se mais no trono e olhando para o pai, sorriu.

O Procônsul estava surpreso e mais do que espantado. Não se lembrava do último momento em que o filho sorrira, porque já por dois anos ele só apresentava e aparentava sofrimento, angústia e rebeldia.

Tocado pelas energias que Paulo lhe transmitira, Domitius falou:

— Meu pai, estou bem, não se preocupe.

"Meu pai!" O Procônsul quase não conseguia acreditar, pois o jovem, nos últimos tempos, só o chamava por você, o ofendia, o repelia, chegando a amaldiçoá-lo.

Não tinha dúvidas que alguma coisa estranha tinha ocorrido naquele momento. O filho continuava a olhá-lo e sorria para ele. Percebeu que ele estava mais corado. A palidez se esvaíra. Viu um brilho novo em seus olhos, como há muito não via. Aquilo lhe tocou o coração, entretanto nada demonstrou.

Paulo se compusera ao lado dos demais. O Procônsul, olhando para ele, disse:

— Nobre romano, não tenho dúvidas do teu auxílio a meu filho. Não sei o que fizeste por ele. O que sei e vejo é que após tua intervenção ele melhorou sobremaneira. Peço-te que exponhas logo o que pretendes.

Paulo, retomando o objeto de sua visita, em rápido resumo narrou a tarefa que vinha desempenhando por muitas cidades. Falou das dificuldades de aceitação pelos judeus da Mensagem Nova que vinha pregando. Declinou que apesar da cidadania romana, era também judeu por nascimento. Narrou o surgimento do Messias, sua presença e alguns de seus feitos. Falou do seu desejo de estender a divulgação dos ensinamentos d'Ele na Acádia. Mencionou os Núcleos que já fundara, inclusive o último, em Corinto. Falou da ação perseguidora do Sanhedrin de Jerusalém e dos líderes das Sinagogas contra ele, aduzindo, por fim, que o objetivo da entrevista não era outro senão o de pedir proteção do Estado Romano para o novo Núcleo de Corinto.

Junnius Gálio era um homem bom e justo. Era um primor na habilidade política, mas não tomava decisões apressadas. Nunca decidia pedidos de maneira repentina. Então falou a Paulo:

— Nobre cidadão romano. Acolho teu pleito, que vou analisar com acuidade.

Chamou o soldado ordenança e determinou:

— Ajusta nova entrevista com o interessado para daqui a cinco dias.

Dizendo isto, deu a entrevista por encerrada. Carregava no íntimo as cenas há pouco protagonizadas por Paulo em favor de seu filho.

Quanto ao filho, apesar dos continuados problemas que lhe causava, o amava com sinceridade e muitas vezes se sentia impotente e desesperado.

Paulo agradeceu. O grupo se retirou.

A sós com o filho, o Procônsul olhou novamente para ele.

— Meu pai, – disse o rapaz, – estou com fome. Gostarias de comer algumas frutas comigo?

O Procônsul estava desconcertado. O filho ultimamente quase nada comia. Nem mesmo comparecia às refeições com ele e a esposa.

— Sim, sim, eu o acompanho – respondeu o Procônsul. – Então vamos.

Saíram da sala de audiências e adentraram as dependências da casa. Ao chegarem à cozinha encontraram-se com Júlia Víbia. Então o jovem falou:

— Olá, mamãe! Estamos com fome. Poderias fazer a gentileza de nos servir algumas frutas e um suco?

Júlia Víbia não acreditava no que ouvia. Nos últimos tempos, o filho sequer conversava com eles, e quando o fazia era para maltratar, espezinhar e gritar que o deixassem viver a vida e não se intrometessem. Mas de repente estava ali chamando de mamãe e lhe pedindo, com gentileza. Não entendeu. Olhou para o esposo, mas este nada falou, apenas piscou um olho, como a dizer: Depois conversaremos.

Surpreendida, respondeu:

— Sim, meu filho. Já vou pedir para nossas atendentes providenciarem, mas sabe, acho que eu mesma farei isso. Sentem-se.

A seguir, providenciou maçãs, uvas, tâmaras e algumas amêndoas. Serviu os dois. Trouxe vinho para o marido e ofereceu ao jovem. Outra enorme surpresa. Ele respondeu:

— Não, mamãe. Não quero vinho. Podes providenciar leite?

A mãe atendeu prontamente. Puseram-se a comer. De repente, Domitius falou:

— Papai, quem é aquele homem que me socorreu? Parece que já o tinha visto lá pela zona do primeiro porto. Ele é estrangeiro?

Gálio respondeu:

— Meu filho, não sei muito bem ao certo, mas a informação que já possuía antes de atendê-lo é que se trata de um pregador de uma nova crença, que é muito culto e inteligente. É doutor da Lei. É judeu, mas tem cidadania romana. É da cidade de Tarso. Mandei investigá-lo junto a outras Intendências, por mensageiros. Recebi do colega Cneo Domicius Corbolo, Procônsul da Frígia e da Galácia, que está instalado provisoriamente em Antioquia de Psídia, uma vez que a Intendência e Consulado deve mudar de lá talvez para Éfeso, as melhores informações possíveis e recomendação para atender os pedidos que porventura ele me fizesse.

"Sei também que não é bem aceito pelos da sua raça, principalmente os mais conservadores; que era um deles e com boa graduação em Jerusalém, mas abandonou o posto para pregar os ensinamentos de um Nazareno que dizem ser um tal Messias; que os judeus acreditam que esse Messias, quando viesse, os libertaria da submissão ao nosso Império, mas que a maior parte, na verdade, quase a totalidade dos judeus, não aceitam e não acreditam nesse Messias. Inclusive o processaram e obtiveram a chancela de Roma para crucificá-lo. São as notícias que tenho.

Júlia Víbia ouvia com atenção. Não sabia o que tinha ocorrido na sala de audiências, mas fosse o que fosse, era algo muito bom, pois já fazia mais de um ano que não havia uma conversa familiar entre ela o marido e o filho.

Domitius então disse:

– Papai, depois que esse homem me segurou a cabeça, quando caí ao chão, ao acordar não mais senti as dores que não me abandonavam há muito e me senti leve. Não sei bem dizer como, o que sei é que pareço estar acordando de um longo pesadelo.

Júlia Víbia chorava furtivamente, o que o Procônsul percebeu.

Domitius comeu como há muito não comia. Depois levantou-se e falou:

—Mamãe, papai, vou retirar-me para um banho e repousar um pouco. Não esqueçam de me chamar para o jantar.

E para maior surpresa ainda, abraçou a mãe e o pai, beijando os dois na face e se retirou.

Os pais nem reação tinham. Estavam imóveis como estátuas.

Gálio colocou a mão nos ombros da esposa, convidando-a para caminharem um pouco no pátio da Intendência, onde mandara construir mais ao fundo um belo jardim, com bancos de pedra. Para lá foram e se sentaram. Gálio contou para a esposa o que ocorrera na sala das audiências e sobre o pedido de Paulo.

A esposa ainda chorava, mas agora de alegria. Não ousou sugerir nada ao marido. Ele não gostava que ela se intrometesse nos negócios do Estado. Após, retornaram à casa e foram também banhar-se.

As serviçais comunicaram à senhora que o jantar estava servido. Ela pediu que chamassem Domitius. As serviçais estranharam um pouco, porque o rapaz já há tempo não comparecia para cear com os pais. Gálio e Júlia Víbia já estavam à mesa, quando ouviram o cantarolar de uma música. Ficaram perplexos. Domitius entrou no ambiente cantando e beijou o pai e a mãe. Novamente eles se olharam com leve sorriso de satisfação.

Puseram-se a jantar. Tinham iniciado a comer, quando Domitius falou:

— Papai, por onde anda o professor que contrataste para minha instrução? Como é mesmo o nome dele?

— Fedro, — disse Gálio. — Ele ainda me serve nas coisas do Estado. Por que perguntas?

— Porque quero retomar as aulas, — respondeu Domitius. — Quero me preparar para ajudá-lo na administração das coisas.

Os pais cada vez mais surpresos estavam. Terminaram o jantar em clima de alegria. A sobremesa foi servida. Após, tomaram delicioso chá. A seguir, Júlia Víbia perguntou ao filho:

— Filho, vais sair esta noite?

Era o que ele fazia todas as noites. Nova surpresa.

— Não, mamãe, não estou com nenhuma vontade. Vou para os meus aposentos. Quero dormir cedo. Preciso recuperar bem minha saúde.

Os cinco dias de prazo que foram dados por Gálio transcorreram. Domitius não mais saíra à noite e a cada dia mais se aproximava dos pais. Até passou a acompanhar todas as audiências públicas do pai; a dar sugestões; a anotar situações e pedidos de Gálio.

A vida era outra na casa do Procônsul Junnius Gálio.

XXXVII

ACUSAÇÕES CONTRA PAULO E A DECISÃO DE JUNNIUS GÁLIO

As pregações de Paulo na Sinagoga de Corinto foram interrompidas. Em outros lugares, o grupo de judeus conservadores não estava concordando com essas pregações e como haviam ocorrido muitas conversões, dentre elas a do chefe principal da Sinagoga na Macedônia, o judeu Crispo, os conservadores insurgiram-se contra Paulo e pediram uma audiência ao Procônsul que tinha jurisdição sobre toda a Acaia, o que lhes foi concedido para o mesmo dia da nova audiência concedida a Paulo.

Chegado o dia da audiência, comandado por Sóstenes, que assumira a Chefia da Sinagoga de Corinto, os judeus conservadores foram a ela. Lá chegando, foram conduzidos à presença do Procônsul.

Gálio os recebeu e perguntou a que vinham. Sóstenes disse que viera para apresentar denúncia ao Tribunal Romano contra Paulo de Tarso, tendo em vista que ele estava persuadindo as pessoas a servirem a Deus contra a Lei de Israel, cometendo assim um atentado contra o Estado Judeu.

O Procônsul, ouvindo a acusação, respondeu:

— Nobre senhor, eu não entendi muito bem o que pretendem. Há alguma insurgência do acusado contra o Estado Romano? Porventura está ele atentando contra a ordem social e política de Corinto ou de alguma cidade da Acaia?

Os interessados responderam que não se tratava disso, mas que o acusado estava provocando divisões dentro da crença dos judeus.

O Procônsul percebeu que a denúncia que formulavam se revestia de caráter interno do próprio povo judeu e se vinculava às questões religiosas daquela Nação. Sendo assim, tratava-se de uma acusação de caráter religioso e feita de maneira inconsistente. Como o povo judeu estava submetido à autoridade de Roma, tinha que instalar o processo. Logo, marcou novo dia para julgamento, determinando ser necessária a presença do acusado, o que foi fixado para dali dois dias.

Depois que eles se retiraram, Gálio recebeu Paulo para a entrevista marcada. Paulo e seus companheiros adentraram a sala de audiências e logo Gálio pediu que se aproximassem, dizendo:

– Antes de responder-te sobre o pedido formulado a Roma, quero comunicar-te que os judeus que acabam de sair daqui vieram pedir para Roma instalar um processo contra ti, porque estás trazendo divisão nas Sinagogas e dentre o povo judeu. Pelas leis de Roma, tive que instalar o processo para averiguações, então te comunico que daqui a dois dias, à tarde, estás convocado para essa audiência. Pelas leis de Roma, o acusado deve estar presente ao julgamento.

"Quanto a teu pedido, em razão de solicitação do Procônsul da Ásia Menor e de teus dotes pessoais, que me são conhecidos, e em razão da mensagem que pregas não ser uma mensagem reacionária contra qualquer coisa, mas também em razão de meu auxiliar Erasto ter dado ótimas referências a teu respeito e ter-me colocado a par de tuas obras, comunico-te que quanto ao Núcleo que fundaste em Corinto, terás a proteção e o apoio de Roma, contudo, nada posso antecipar quanto ao processo que fui obrigado a instalar contra ti.

Dizendo isto, deu a reunião por encerrada.

Paulo, Silas e Timóteo estavam felizes com o resultado do pedido.

Passaram-se os dois dias e, no momento marcado, com a presença dos acusadores e de Paulo, o Procônsul instalou a sessão de julgamento.

Mandou que fosse lida a acusação e a seguir deu a palavra aos acusadores. Estes apenas repetiram que Paulo de Tarso estava persuadindo as pessoas a servirem a Deus contra a Lei Antiga e que estava provocando divisões indevidas dentro das Sinagogas e dentre as pessoas de sua própria raça, pregando a divisão de crença e a presença de um Messias que não é aceito pelos judeus.

Como era natural, pelas leis de Roma, o próprio acusado poderia apresentar sua defesa. Então, Paulo, dirigindo-se ao Procônsul, pediu a palavra para se defender, mas foi interrompido por ele, que usando da palavra disse:

— Se houvesse algum agravo ou crime grave na denúncia formulada contra a tua pessoa, sofrerias talvez uma condenação, mas o que vejo na acusação é que são questões de palavras; de uso de nomes, e sobre a lei que entre vós há. Logo, não será preciso que te defendas, pois não vejo crime algum.

Então, olhando para Sóstenes, disse:

— Resolvam por vós mesmos a questão, porque Roma não se interessa e não quer ser juiz dessas coisas, razão pela qual não dou recebimento à denúncia e decreto que o acusado não cometeu crime algum e pode sair livre deste Tribunal.

Na realidade, embora tivesse autoridade para julgar qualquer questão em nome de Roma, Gálio se negava a julgar o caso. Em primeiro lugar porque se tratava de uma questão de fundo religioso interno dos judeus. Em segundo lugar, porque era reconhecido a Paulo, em razão dos cuidados que ele dispensara a seu filho, que era completamente outra pessoa, muito diferente e muito melhor do que antes.

Ninguém lhe tiraria a certeza de que fora Paulo que o curara, além do que, as informações que tinha sobre o caráter de Paulo se constituíam em ótimos atenuantes. Em terceiro lugar, porque seu auxiliar Erasto lhe tinha dado as melhores referências sobre Paulo, o mesmo acontecendo com o Procônsul da Ásia Menor.

Quanto a Erasto, este já era conhecido de Paulo, pois também nascera em Tarso e sua família e a família de Paulo eram conhecidas e tinham laços de amizade, tanto que Erasto também fora enviado para Jerusalém para receber formação na escola rabínica e tivera o mesmo Mestre de Paulo, Gamaliel.

Ocorreu que compromissos familiares levaram Erasto a ir para a cidade de Éfeso. Por volta do ano 32 a.C., falando perfeitamente o grego, Erasto deslocou-se para Corinto. Ali conheceu e manteve amizade com a família de Jeziel e Abigail.

Quando Marcus Annaeus Novarus, que era o irmão mais velho de Sêneca[19] assumiu o governo da Acaia, no verão do ano 51 d.C., nomeado pelo Imperador Tiberius Claudius, adotou o nome de Lucius Junnius Gálio, em homenagem a seu pai adotivo Lucius Junius Galion e nomeou Erasto como Administrador do Erário de Corinto.

Ainda jovem, Erasto tomara conhecimento das pregações de Yeshua. Depois, na maturidade, ao passar por Jerusalém, no curso do ano de 49 d.C., teve a oportunidade de rever Paulo, seu conhecido de anos passados. Voltava agora a encontrar-se com ele em Corinto.

Nos meandros da influência política, Erasto colocara o ilustre Procônsul Gálio a par das tarefas religiosas de Paulo, que naquela época estava em Corinto exercendo a profissão de tecelão e fundara na cidade o Núcleo dos Seguidores do Homem do Caminho.

Terminado o julgamento, e vendo que os judeus que ofertaram a denúncia ameaçavam tumultuar o Tribunal, o Procônsul pediu aos soldados que expulsassem dali os acusadores. Houve um certo tumulto, uma vez que a seção era pública e a maior parte da assembleia que assistia ao julgamento era de origem grega. Estes agarraram o líder da Sinagoga, Sóstenes, e lhe aplicaram uma boa surra.

Paulo e os amigos estavam já na rua, quando foram chamados por um soldado, que vinha dizer a Paulo que o Procônsul queria lhe falar em particular e que seria uma entrevista rápida, aguardando que Paulo o seguisse.

O Cireneu pediu aos amigos que o aguardassem e acompanhou o soldado. Adentraram o prédio do Proconsulado de novo; passaram pela sala do Tribunal e adentraram a Sala de Audiências. Ao lá chegarem, Paulo viu que o Procônsul Junnius Gálio estava sentado, juntamente com a esposa Júlia Víbia, e fez sinal para Paulo se aproximar. Então falou-lhe:

— Nobre cidadão romano Paulo de Tarso, pedi que retornasses um pouco à minha presença, porque, a pedido de minha esposa, com a qual concordo, temos uma dívida de reconhecimento e gratidão para com o amigo. Penso que assim posso chamá-lo, não?

---
[19] Preceptor de Nero

— Sim, sim — respondeu Paulo. — Também o considero um amigo.

— Pois muito bem, — continuou o Procônsul. — Queremos te dizer que desde aquele momento em que atendeste nosso filho Domitius, ele é outra pessoa. Não mais quer saber da vida pervertida e sem objetivos que levava; voltou a ser o filho amoroso que fora há muito tempo atrás; está se dedicando aos estudos; se interessa pelos negócios do Estado e, o que é talvez mais importante, abandonou aos vícios e a preguiça. Ele tem sido para mim um auxiliar valioso, e tem se dedicado a mim e à mãe com desvelo e carinho.

O Procônsul fez uma pausa, ao que a esposa Júlia Víbia disse:

— Sim, bondoso mensageiro. Para mim, sei que só podes ser um mensageiro dos deuses. Tudo o que tem acontecido com nosso filho, somente tem explicação em razão da atenção e da cura que provocaste nele. É certo que não temos como recompensar-te, a não ser dizendo que serás credor de nossa eterna gratidão.

O Procônsul Gálio então reafirmou a Paulo o que se comprometera antes, dizendo:

— Meu caro Paulo de Tarso, penso que podes seguir teus projetos em paz, enquanto Corinto estiver sob minha jurisdição e também por toda a Província da Acaia. Os Núcleos que fundaste em Corinto e na Província terão a proteção total de Roma. Queremos, antes que partas, abraçar-te.

Dizendo isto, o Procônsul Gálio foi na direção de Paulo e o abraçou, e sua esposa beijou a mão do Cireneu. Paulo estava emocionado com o gesto. Então disse:

— Nobre Procônsul, não esquecerei jamais vosso gesto de bondade e de fraternidade, próprios do alto senso de justiça de que dizem serdes portador, e quanto a vós, senhora, também sou agradecido. Peço que deem a seu filho a presença, afeto e carinho, pois todos necessitamos ser tratados com amor. Nada me devem, e peço a Yahweh, o Deus único, que abençoe vossa família.

Dizendo isto, acenou para os dois e retirou-se, acompanhado pelo soldado.

Paulo e os amigos ficaram em Corinto por dezoito meses, mais ou menos.

A primavera do ano cinquenta e dois se apresentava. Corinto estava com seus jardins e suas vias engalanados de flores. O Cireneu entendia que após aquele longo tempo, o Núcleo de Corinto estava consolidado. Nutria o desejo de voltar a Jerusalém, confidência que fez, certa noite, ao casal amigo e a Silas e Timóteo. Na ocasião, Paulo foi surpreendido por Áquila e Priscila, que manifestaram o desejo de acompanhá-lo e a seus amigos, na viagem.

XXXVIII

Paulo em Éfeso

Após várias tratativas, a caravana do Cireneu agora estava aumentada. Depois de alguns dias de preparação e despedidas dos amigos, o novo Núcleo de Corinto ficava sob a responsabilidade dos amigos Diócles, que era grego, e Urias, judeu, ambos convertidos. Paulo, seus amigos e o casal, dirigiram-se ao porto Cencreia, o porto oriental da cidade, e de lá zarparam de navio, mais uma vez atravessando o Mar Egeu, na direção estabelecida por Paulo.

Após vários dias de viagem pelo Mar Egeu, a caravana desembarcou em Éfeso. Paulo pretendia pregar rapidamente a Boa Nova nessa cidade. Traçou planos de estabelecer também ali, se possível fosse, um Núcleo novo.

No dia em que desembarcaram, Paulo começou a pregar publicamente a Nova Mensagem nas proximidades do porto.

Os estrangeiros paravam para ouvi-lo e viram que ele falavam com autoridade sobre Yahweh e sobre o Messias que Yahweh enviara à Terra.

Curiosamente, ouviu sua primeira prédica um dos membros da Sinagoga da cidade, que ficou impressionado com a erudição de Paulo.

Após a prédica, em que Paulo reafirmava Yahweh e exortava a plateia a conhecer o Enviado, o Messias, falando da excelência da Boa Nova à aglomeração de pessoas que se fazia, Paulo foi convidado a pregar na Sinagoga e estabeleceu com seus patrícios judeus vários debates sobre a vida e obra do Nazareno, mas não tardou muito para que os judeus lhe fechassem as portas.

Passaram-se alguns meses, e então Tício Justo, um romano que ouvira Paulo e abrira as portas de sua casa para hospedá-lo, passou a permitir que o Cireneu fizesse as pregações em sua residência. Ali, muitos efésios, ouvindo-o, se converteram.

Paulo, após um dia de grande atividade, ao recolher-se para o repouso em casa de Tício, adormeceu, e nesse instante viu-se fora do corpo e foi ao encontro de Acádio e Estêvão, que o visitavam. Acádio lhe falou:

— Meu amigo da alma! Yeshua vem dizer-te que deves retornar a Jerusalém e de lá seguir para Antioquia da Síria. O mais que for necessário ser-te-á objeto de inspiração.

Revelando a seus amigos o sonho que tivera, Paulo tomou a resolução de partir. Ajustada a situação, o casal Áquila e Priscila ficaria em Éfeso para trabalhar na solidificação de um novo Núcleo.

Paulo, Silas e Timóteo tomaram o rumo de Mileto, por onde deveriam iniciar a viagem de navio, cruzando o Mediterrâneo na direção do Porto de Cesareia e dali seguiriam para Jerusalém.

A intenção de Paulo era mesmo a de ficar pouco tempo em Éfeso. Insistiram com ele para que ali se demorasse mais, contudo, recusou-se, dizendo que precisava ir rápido para Jerusalém, mas que voltaria a Éfeso, se assim fosse a vontade de Yahweh. Após as despedidas, Paulo e os amigos velejaram para Cesareia e de lá subiram para Jerusalém.

XXXIX

A MISSÃO DE ABIEL

Já fazia vários meses que os amigos do coração haviam partido. Abiel conservava na memória o período em que estivera com Paulo, Silas e Timóteo. Sentia muita falta dos diálogos amigos e dos ensinamentos do Messias.

Estava muito bem acomodado na casa de Carpo. Recebia sempre a melhor atenção e carinho e fora convidado a participar das tarefas do Núcleo. Ouvia as prédicas de Carpo, que parecia também tomado da orientação divina, apresentando a todos um Yeshua amoroso, justo e bom, que ofertava a todos a esperança de se atingir em breve o verdadeiro reino de Yahweh.

Todas as noites, antes de dormir, orava sentidamente por Paulo e os amigos, e também por Reyna e Shaina, sem esquecer de Tércio, o rival.

Já haviam passado seis meses que Abiel frequentava o Núcleo todos os dias de atividade, e de maneira inexplicável para ele, continuava sem poder falar. Isto o fez desenvolver uma forma de se comunicar com todos por gestos e pela escrita, para informações ou para perguntas.

A manhã de inverno chegara muito fria, como era de se esperar. A noite fora condutora dos ventos gelados que varriam as províncias da Frígia e da Galácia. Era um dia de repouso e Abiel se encontrava ainda no leito, quando de repente ouviu um grito e um barulho, como se algo tivesse caído no chão. Logo a seguir ouviu vozes altas.

Apressou-se, vestiu-se e abrindo a porta de seus aposentos dirigiu-se para o ponto do grito. Lá chegando, viu Carpo debruçado sobre sua mãe, que estava caída, desmaiada.

Abiel apressou-se em ajudar Carpo a levantar a mãe. Acomodaram-na no leito, nos aposentos dela. Carpo estava inquieto e aflito. Não sabia o que fazer e o que dizer.

Ao acomodarem a mãe de Carpo, instintivamente Abiel debruçou-se sobre ela e colocou o ouvido direito na altura de seu peito e pôs-se a ouvir o coração. Percebeu que as batidas eram fracas. Então, com gestual, pediu a Carpo material para escrever, o que Carpo prontamente providenciou. Abiel escreveu o seguinte:

"Caro Carpo, providenciar urgente: água, vinagre e alho, uma caneca e uma colher. Sua mãe teve um desmaio e o coração dela está fraco. A temperatura do corpo está baixa. Faça isso com urgência. Ficarei aqui abanando-a para que tenha bastante ar.

Em breve, Carpo retornou com o que foi pedido e viu que sua mãe tinha recobrado os sentidos, abrira os olhos, mas nada falava. Abiel colocou um pouco de vinagre na caneca de barro, misturou um pouco de água e socou o alho com a colher de pau, fazendo com que Adena bebesse. Após, instantaneamente, esfregou o líquido nos pulsos, na testa e um pouco abaixo do pescoço de Adena.

A situação era interessante. Carpo estava maravilhado com a ação e a agilidade de Abiel no atendimento que ele fazia, e estava por demais surpreso. Perguntava-se: Será que Abiel é médico e não contou a ninguém?

A paciente foi aos poucos se recuperando. A palidez foi desaparecendo e a cor natural voltou. Então Abiel pediu a Carpo, por gestos, que ele falasse com a mãe, ao que este prontamente atendeu:

– O que houve mamãe? Estás me ouvindo? O que sentes, o que sentiste?

Ainda com alguma dificuldade, Adena disse:

– Meu filho, faz algum tempo que tenho sentido um pouco de fraqueza. Achei que era uma indisposição passageira e hoje senti uma forte tontura e acabei por cair. Mas agora me sinto um pouco melhor.

Abiel estava quieto. Escreveu a Carpo que precisavam deixar Adena repousar; que viriam sempre olhá-la, para ver como estava. Carpo falou:

– Mamãe, vamos deixar-te para que repouses. Se precisares, chama-nos. Procura dormir um pouco para te recuperares.

Abiel e Carpo saíram dos aposentos de Adena. Quando estavam na sala da casa, Carpo perguntou a Abiel de onde ele havia tirado o conhecimento que o levou a atender prontamente sua mãe. Abiel escreveu:

"Eu não sei, só sei que agi como que por instinto. Fui pedindo as coisas e atendendo sua mãe.

Impressionado com o que ocorreu, Carpo ficou ainda mais positivamente ensimesmado com Abiel, principalmente ao ver que sua mãe já no dia seguinte estava bem.

No dia seguinte, à noite, na reunião do Núcleo, após a atividade junto com Sedécias, a quem Carpo tinha narrado o ocorrido, chamaram Abiel para conversar e lhe perguntaram se ele não gostaria de se dedicar a esse tipo de atendimento, ou seja, o atendimento que fizera a Adena, e se poderia ser feito no Núcleo.

Abiel respondeu por escrito que não sabia se sim ou não. Pediu mais alguns dias para responder, até porque nem ele sabia ao certo o que tinha ocorrido.

Retornaram do Núcleo. Adena estava bem disposta e serviu-lhes deliciosa sopa de legumes. Após, foi servido o tradicional chá de romã, indo todos para o repouso.

Abiel, como todos os dias, orou a Yeshua pedindo por Paulo e os amigos, pela ex-esposa e a filha e por todos ali naquela casa acolhedora. A seguir, adormeceu e logo se viu saindo do corpo. Espantou-se um pouco, mas viu e reconheceu Joel, o novo amigo, que lhe disse:

– Amigo Abiel, vim buscar-te. Nosso Governador o aguarda para que tenhas com ele uma entrevista.

Ato contínuo, viu-se como que voando ao lado de Joel. Logo chegaram na Cidade da Fé e se dirigiram ao Prédio da Administração Central. Entraram por uma série de corredores até uma grande porta, que Abiel reconheceu. Joel deu duas leves batidas. Graciosa jovem abriu a porta e deparando-se com os dois anunciou:

– Podem entrar. Nosso Governador os aguarda.

Abiel reconheceu a sala, com os móveis estranhos e confortáveis. A um pedido da jovem, sentaram. Desta feita o Governador não se achava na sala, contudo, a seguir chegou. Com um sorriso largo, demonstrando contentamento, olhou para eles e disse:

— Olá, meu amigo Abiel. É muito bom revê-lo.

Ato seguinte, cumprimentou Joel.

Antes de sentar-se, o Governador foi até um móvel onde havia muitos pergaminhos enfileirados. Retirando um deles, o entregou a Joel, pedindo que ele anotasse o conteúdo e que logo após terminar a anotação o entregasse para Abiel.

Sentou-se e olhou longamente para Abiel, em silêncio, depois falou:

— Abiel, há um grande contingente de pessoas que foram destacadas para servir a Yeshua, nesta fase de grandes mudanças que a mensagem d'Ele proporcionará à Terra e a seus habitantes.

"Em muitos lugares e muitas civilizações se operará o curso de decisivas mudanças. É preciso que o Amor seja descoberto, apropriado e vivido pelos homens. Assim, muitos são chamados para que suas ações despertem na Humanidade o interesse e a consciência de servir ao próximo. Amar Yahweh em primeiro lugar e amar o próximo em segundo lugar.

"Deste modo, Abiel, chegou o momento em que Yeshua requisita teu trabalho, para que te somes às fileiras do bem e do amor, a dos trabalhadores da primeira hora. Tuas atitudes, tuas ações deverão configurar, na Terra, a certeza de que Yeshua está e estará contigo.

"Foi sob rígida observação dos teus passos, nos últimos dois anos e meio, que concluímos que tens condição de auxiliar na implantação da Boa Nova, ajudando as criaturas na área do conhecimento e nas atividades que desempenhaste há muito tempo na Assíria, quando te dedicaste, como já sabes, no campo das curas que afetam o corpo e o espírito. Além de socorrer as pessoas, tu as encaminhavas ao encontro de mensagens edificantes e à certeza do Deus Único, Yahweh.

"Este é o desejo do Messias. Para isto, terás a oportunidade de levar contigo as anotações feitas por nosso Joel, que além de terem sido retiradas dos pergaminhos que possuem o anotário de tuas vidas passadas, notadamente da tua existência em Nínive, na Assíria, também te será inspirado o uso de outras plantas ou ervas, que poderás receitar a quem te procurar, analisando, é claro, cada pessoa e cada caso. Carpo e Sedécias, já sensibilizados, dar-te-ão a cobertura indispensável e terás em Adena uma auxiliar valorosa.

Após estes esclarecimentos, calou-se, aguardando a reação de Abiel. É fato que ele estava surpreso com tudo, mas como não conseguia falar, tomou de um pergaminho em branco e escreveu ao Governador:

"Bondoso irmão Acádio, tudo me é uma grande novidade. Sei que aqui estou em espírito, pois já fui trazido para cá pelo irmão Joel anteriormente. Quanto ao que me falas e me propões, é claro que aceito. Preciso servir a Yeshua de alguma forma, porquanto, na minha atual existência, já pensava em atos que representariam o meu fracasso. No entanto, o Divino Amigo me enviou para perto de Paulo de Tarso. Tive então a oportunidade de me reencontrar. Estou pronto, sempre estarei e tudo farei ao meu alcance para servir ao Messias."

Terminada a notação, entregou ao Governador, que a leu com o semblante traduzindo satisfação e alegria.

Percebendo que Joel tinha terminado de copiar o conteúdo do pergaminho que lhe havia entregue, Acádio recebeu as anotações, deu uma conferida no conteúdo e depois entregou a Abiel, dizendo:

– Abiel, levarás contigo estas anotações, que na verdade ficarão incrustadas em tua mente, e providenciaremos para que o irmão, ao acordar no corpo, possa levantar-se e se lembrar delas. Deverás gravá-las em pergaminhos, na casa de Carpo. Deverás conservar contigo estas anotações pelo resto de tua atual existência, porquanto te servirão de valiosíssimo auxílio no trabalho.

Levantando-se, o Governador concluiu:

– Retornarás agora com nosso Joel, e quando acordares no corpo, repito, não esquece, escreve as anotações. Que Yeshua te abençoe.

Abraçou Abiel e Joel, e ato contínuo sinalizou a Joel que retornassem.

Logo Abiel se viu adentrando no recinto onde seu corpo dormia. Joel, então, falou-lhe:

— Caro amigo Abiel, em nome de Yeshua, falarei à tua alma, logo que acordares.

Depois que Abiel voltou a seu corpo, Joel tocou levemente em sua cabeça e ele acordou. Ainda no leito, lembrou-se do sonho que tivera, com todos os detalhes e pormenores. Levantou-se e de posse de um pergaminho em branco, foi anotando o que lhe vinha à mente. Demorou um pouco, porque lhe vinha o nome de várias ervas e plantas; para que elas serviam; qual o tipo de males físicos que elas poderiam ajudar a debelar. Depois, passou a ler tudo com calma e percebeu que poderia sim atuar no atendimento às pessoas portadoras dos diversos males do corpo e da alma.

Ainda naquele dia, organizou tudo e se preparou para falar com Carpo. Já havia perguntado a Adena, por escrito, onde ele estava, dizendo que precisava lhe falar. Adena informou que ele retornaria para o almoço.

Abiel e Carpo chegaram quase no mesmo instante para o almoço. Saudaram-se gestualmente. Sob o impulso de suas lembranças, Abiel não esperou e lhe entregou as anotações do sonho que tivera. Carpo leu com calma, vivamente impressionado e interessado, e falou:

— Amigo Abiel, pelo que vejo, o irmão tem conhecimentos na área de curas. Então, aceitas nosso convite para trabalhar nessa área junto ao nosso Núcleo?

Abiel assentiu com a cabeça.

— Podes contar com meu apoio, — disse Carpo. — Falarei com Sedécias e arrumaremos no Núcleo uma sala para que possas atender os doentes que procurarem auxílio.

A alegria de Abiel foi imensa. Sentaram para o almoço, com satisfação.

Em dado momento, Carpo disse a sua mãe:

— Nosso irmão Abiel desenvolverá um trabalho espiritual de atendimento aos doentes no Núcleo, então te pergunto: Poderias ser auxiliar dele nessa tarefa? Receberias as pessoas; farias as anotações; observarias a ordem. O que achas?

Adena olhou para Abiel e leu em seu olhar o vivo interesse que ela respondesse positivamente.

Então, ela aquiesceu.

Já se haviam passado seis para sete meses em que, invariavelmente, todo Sabá à tarde, antes da reunião de estudos da noite, Abiel recebia pessoas que procuravam o Núcleo, movidas pelas suas necessidades físicas, para que ele pudesse ouvi-las e de certa forma receitar-lhes os chás à base de ervas e plantas que auxiliassem no combate aos males que eram narrados, o que ele fazia com alegria, sempre escrevendo as recomendações.

Depois de cada atendimento, fazia questão que fosse dito ao atendido que ele deveria assistir à reunião da noite, no Núcleo, sobre a pregação da Boa Nova de Yeshua, o que era feito por Adena.

A realidade é que sempre, além do atendimento com os chás receitados, Abiel escrevia para o atendido uma frase de consolo, em nome de Yahweh e Yeshua.

Após um ano de atendimento, começaram a chegar as primeiras caravanas de outras cidades, que eram informadas que em Trôade existia um homem que praticava curas, e que curiosamente não falava.

Haviam mesmo surgido várias versões sobre o fato do "Curador de Trôade", como passara Abiel a ser conhecido, não falar.

Algumas notícias davam conta de que ele não falava para que as pessoas não interferissem no seu atendimento, por isso ele somente escrevia as recomendações e prescrevia os chás curativos. Outra versão dava conta de que ele havia contrariado as autoridades romanas em Antioquia de Psídia, de onde viera, e que fora preso injustamente e tivera a língua cortada. Eram boatos que o povo inventava.

Mas o fato é que Abiel se dedicava de corpo e alma à nova tarefa.

De maneira impressionante, nem ele se reconhecia na facilidade com que se lembrava ou sabia quais plantas, ervas ou chás deveria recomendar a quem o procurava. Quando ele escutava o coração; quando tocava a cabeça ou quando apalpava a região do estômago das pessoas, via os órgãos adoentados e já lhe vinha à mente o que recomendar.

Além dos chás que indicava, praticava a imposição de mãos nos necessitados. Lembrava que quem lhe ensinara isto fora Paulo.

O movimento do Núcleo dos Seguidores de Yeshua aumentava a olhos vistos, em razão de que as pessoas, na sua maioria, para lá acorriam porque queriam ser atendidas pelo curador e, por óbvio, isso passou a incomodar a comunidade judia, principalmente os mais conservadores.

Também chegara a notícia em Antioquia de Psídia, onde muito se falava do curador de Trôade. Muitas pessoas dali já tinham viajado para Trôade em busca da cura para os seus males, e muitos tinham logrado consegui-la.

Abiel tinha modificado visivelmente as suas feições físicas e sua aparência. Deixara o cabelo crescer e não mais cortava a barba. A cabeleira cobria as orelhas, não deixando ver o pequeno afundamento que tinha um pouco acima da orelha direita, fruto da agressão que sofrera em Antioquia de Psídia. A sua barba apenas deixava à mostra a região do nariz e dos olhos, que continuavam espertos e até certo ponto inquietos.

Adena lhe era valiosa ajudante. Carpo e Sedécias e os demais amigos do Núcleo estavam contentes pelo trabalho desenvolvido por ele, pois mesmo que não curasse todos, alguns tinham-se convertido à nova fé, sendo que o Núcleo já alcançava o número considerável de quase trezentas pessoas com frequência regular nas atividades.

Abiel somente iniciava seu trabalho após orar a Yahweh e a Yeshua, e terminava também com uma oração, e o mais importante, nada recebia ou cobrava por seu atendimento. As coisas que o povo lhe doava, transferia todas para o Núcleo.

XL

ABIEL CURA A FILHA DO PROCÔNSUL DA ÁSIA MENOR

Trôade estava sob a jurisdição do Procônsul Cneo Domicius Corbolo, cujo Proconsulado ficava em Antioquia de Psídia.

Já fazia quase dois anos que Paulo partira da cidade.

O Núcleo dos Seguidores do Homem do Caminho continuava a receber proteção das autoridades romanas.

Na Intendência Romana, a alegria penetrara quando Paulo curou Cássia, a mulher do Procônsul, e Cícero, o filho do Comandante Adriano Justus Lius. Após um ano da partida do Cireneu, a mulher do Procônsul engravidou e nove meses depois nascia uma menina, a quem deram o nome de Domícia.

Entretanto, o que era para ser uma grande alegria acabou por trazer uma terrível notícia aos pais, eis que, apesar de ter os olhos visualmente perfeitos, a criança parecia ser cega. O olhar ficava perdido num ponto e os globos oculares não acompanhavam qualquer gesto ou movimento. O casal estava por demais aflito. Os médicos romanos nada puderam fazer. Nada diagnosticaram de errado e diziam que todos os indícios eram mesmo de cegueira.

Certo dia, o Procônsul chamou o comandante Adriano e o despachou até a casa de Tércio, solicitando que ele viesse até o Proconsulado, eis que o Procônsul queria saber sobre o paradeiro de Paulo e onde quer que Paulo estivesse, levaria a filha para ele ver e curar. Tinha certeza, no íntimo, que conseguiria.

No dia seguinte, na parte da tarde, o Procônsul recebeu Tércio na sala das audiências.

Quando Tércio entrou, o Procônsul já estava na sala. Tércio o saudou:

– Ave César! Ave Nobre Procônsul! Roma honra-me com o convite. Estou aqui a sua disposição.

Tércio, ao fazer a saudação, viu no semblante do Procônsul angústia e dor.

O Procônsul, respondeu:

– Ave César! Ave concidadão Tércio! Pedi que te chamassem, pois nutro a certeza de que talvez possas saber do paradeiro de Paulo de Tarso. Como já sabes, pois presenciaste, em parte, esse homem curou minha esposa. Ocorreu que ela engravidou e tivemos uma filha, porém, para nossa tristeza, a criança parece ser cega de nascença, embora tenha os olhos perfeitos. Estamos desesperados. Será que nosso amigo comum não poderia curá-la? Por isso o convoquei. Eu soube que ultimamente ele estava em Corinto, uma vez que respondi a consulta feita pelo colega Procônsul Junnius Gálio, de lá, sobre quem é Paulo de Tarso, se o conhecia e podia dar informações dele. Naturalmente dei as melhores informações possíveis, mas ao que parece ele não está mais em Corinto. Poderias dizer-me onde ele está?

Tércio apressou-se em dizer:

– A última notícia que tivemos é que ele saiu de Corinto e de lá ia para Éfeso e pretendia retornar a Jerusalém, mas não saberia dizer onde efetivamente ele se encontra no momento. O mesmo que lhe relatei é o que sabem os integrantes de nosso Núcleo.

O Procônsul não disfarçou a contrariedade.

Tércio viu a angústia e a dor nos olhos do Procônsul, então falou:

– Nobre Procônsul, acredito que ir ao encontro de Paulo será dispendioso no tempo, mas tenho uma informação que poderá ser-lhe de grande valia.

O Procônsul, em tom desanimado, pediu que Tércio lhe desse a informação.

Tércio disse-lhe que no Núcleo dos Seguidores do Homem do Caminho que ele frequentava, haviam chegado notícias de que no Núcleo de Trôade existia um curador, e que esse homem, tal qual Paulo, fazia curas em nome do Messias que Paulo apresenta, e que sua fama já transpunha as fronteiras da Frígia. Se o Procônsul desejasse, poderia ir até lá e levar a filha para que o curador pudesse vê-la.

Tércio viu como que uma luz brilhar nos olhos do Procônsul, que prontamente falou:

– Caro concidadão, agradeço as informações. Falarei com minha mulher. Organizarei a viagem e breve iremos a Trôade. Leva minhas lembranças a seus amigos do Núcleo.

Dizendo isto, levantou-se, agradeceu a Tércio e deu a entrevista por encerrada.

A par dessa nova dificuldade pessoal, o Procônsul Domicius Corbolo estava muito aborrecido com os fatos que se passaram após a partida de Paulo, eis que Jetro, o chefe da Sinagoga, tinha enviado denúncias contra ele, diretamente para Roma. Em consequência, o Procônsul tinha recebido uma sindicância no Proconsulado, a mando do Imperador Claudius, para que fosse apurado o fato de ele ter usado o aparato do Estado Romano contra a Sinagoga e favorecido um judeu que tinha ordem de prisão emitida por Jerusalém.

Feita a sindicância, os sindicantes relataram ao Imperador Claudius não ter se confirmado a denúncia e que o Procônsul somente fizera proteger um cidadão romano e dar a ele proteção posterior. Roma ficou satisfeita com o resultado da sindicância e o Imperador enviou pedido de reconsideração e homenagens a Cneo Domicius Corbolo.

Corbolo, por ser um homem probo e justo, dispôs-se a dar mais uma chance de convivência pacífica com a Sinagoga, mas decidiu que ao menor deslize de Jetro e sua turma, mandaria prendê-los e julgá-los sob as leis de Roma.

Inteirado do nome e endereço do Núcleo dos Cristãos em Trôade, e tendo à frente o comandante Adriano e duas centúrias, em um carro puxado por cavalos, o Procônsul, sua esposa e filha partiram numa manhã radiosa rumo a Trôade. Era uma viagem para mais de quinze dias, acampando aqui ou acolá. Ao final do décimo quinto dia, a comitiva avistava Trôade.

As autoridades romanas que administravam a cidade, avisadas por mensageiro enviado pelo comandante Adriano, organizaram os soldados lotados lá, e um regimento veio ao encontro do Procônsul e sua tropa.

Recebido e hospedado na casa de Galeso, administrador romano de Trôade, o Procônsul Cneo Domicius inteirou-o acerca do objetivo de sua viagem e intimou que este fizesse averiguações e trouxesse para ser entrevistado por ele, aquele que é conhecido na cidade como o curador de Trôade, para que ele examinasse sua filha.

O que dissera seria feito no dia seguinte, pois utilizariam o dia da chegada para descanso.

A presença do Procônsul e de duas centúrias romanas na cidade aguçou a curiosidade da população, e se cogitava muitas coisas a respeito, sem saberem ao certo o motivo de tão ilustre visita.

No dia seguinte, pela manhã, Galeso despachava quatro soldados para irem até a residência do curador, com a missão de trazê-lo até a Administração romana. No momento em que os soldados iam se retirando, apareceu na sala o Procônsul, que tinha ouvido a parte final da conversa. Então, em voz alta, chamou os soldados, dizendo para esperarem. A seguir perguntou:

– Quem chefia o pelotão?

Um soldado se adiantou dizendo:

– Sou eu, soldado Pontius, nobre Procônsul.

Com um sinal, o Procônsul pediu que Pontius se aproximasse e lhe falou:

– Quando fizeres a convocação do curador, diga-lhe que sou amigo de Paulo de Tarso, pois tenho a intuição que eles se conhecem.

Nem Galeso nem Pontius entenderam, mas ordens não se discutem, principalmente as de Roma.

Com gestos de reverência, os soldados se retiraram e partiram no cumprimento das ordens.

Abiel, Adena, Carpo e Yoná estavam fazendo a refeição matinal juntos, quando bateram à porta de entrada. Carpo apressou-se em atender e ao abrir a porta ficou inicialmente assustado, mas vendo que o semblante dos soldados traduzia serenidade, acalmou-se. O soldado que estava à frente se apresentou.

– Nobre senhor, sou Pontius Servilius, oficial do exército romano da Ásia Menor. Venho em missão oficial da parte do Administrador Galeso e da parte do Imperador Claudius, na pessoa do Procônsul da Frígia e da Galácia, Cneo Domicius Corbolo, que nos visita em Trôade e requisita a presença do chamado "Curador de Trôade", que, segundo informação, vive nesta casa. Pede para dizer que ele é amigo de Paulo de Tarso. Porventura será o senhor?

Carpo, que ouviu atentamente, respondeu:

— Não, não sou eu. Trata-se de outra pessoa. Peço que aguardem porque irei chamá-lo. Fiquem à vontade.

Dirigindo-se ao local da refeição, Carpo informou quem eram os visitantes e o motivo da visita. Abiel olhou-o, assustado, mas Carpo fez um gesto com a mão para que ele se acalmasse. Acrescentou que o soldado Pontius, que liderava o pelotão, dissera que o Procônsul tinha pedido que transmitisse um recado ao curador: que ele é amigo pessoal de Paulo de Tarso.

A informação tranquilizou Abiel, que sabia sobre a cura que Paulo fizera da esposa do Procônsul, mas muito tempo já se passara e ele não poderia saber, é claro, se o Procônsul era ainda reconhecido.

Abiel, que já havia terminado a refeição, levantou-se e fez um gesto para seguirem até a sala. Carpo acompanhou-o. Lá chegando, Pontius ficou vivamente impressionado com a figura de Abiel, sua cabeleira, sua barba. Carpo adiantou-se e disse:

— Nobre oficial Pontius, este é o nosso homem, o curador. Ele não gosta de declinar seu nome e também nada fala. Consentiu em acompanhá-lo e eu também irei, porque serei a sua voz.

Pontius agradeceu e logo puseram-se a caminho.

Após chegarem à casa da Administração Romana, adentraram ampla sala, a famosa sala das audiências. Acomodaram-se, enquanto Pontius se dirigia para o interior para anunciar a visita do curador.

Abiel estava visivelmente agitado. Carpo estava calmo.

Mais alguns instantes e irromperam na sala o Administrador Galeso e o Procônsul Domicius Corbolo. Abiel o reconheceu. Lembrou-se da entrevista entre ele e Paulo. Notou que estava magro e abatido, sinal de sofrimento. O Procônsul, porém, não reconheceu Abiel. O certo é que atrás da cabeleira e da barba, somente os mais chegados o reconheceriam.

Galeso convidou todos a se sentarem. Disse que o Procônsul estava em Trôade para conversar com o curador e que os deixaria à vontade para o diálogo. Pedindo licença, retirou-se. Carpo, então, adiantou-se e disse ao Procônsul que o curador nada falava e que ele seria o tradutor de suas decisões, ao que o Procônsul consentiu com gesto afirmativo.

Carpo pediu material para escrita. O Procônsul bateu duas palmas e logo um ordenança da Administração local apareceu e recebeu ordens para trazer o material solicitado. Poucos instantes depois, o ordenança retornou. O Procônsul, com um gesto, determinou que fosse entregue a Carpo, e este repassou ao curador.

O Procônsul estava impressionado com a figura do curador e com seus olhos penetrantes. Indagou a Carpo se o curador conhecia Paulo de Tarso. Carpo respondeu que sim, e então o Procônsul disse que Paulo tinha estado em Antioquia de Psídia e que tivera a oportunidade de conhecê-lo, acrescentando que Paulo curara sua mulher de uma doença terrível, e também curara o filho do Comandante das Centúrias, Adriano, que por sinal deveria chegar à sala a qualquer momento, pois mandara avisá-lo da presença do curador.

Carpo então falou ao Procônsul que eles eram amigos de Paulo de Tarso e que tinham, ali em Trôade, um Núcleo que havia sido fundado por Paulo e que há quase dois anos Paulo lá estivera e o curador viera com ele. Paulo seguiu viagem, mas o curador ficou para trabalhar no Núcleo.

O Procônsul demonstrou viva satisfação pela informação. Abiel acompanhava o diálogo, agora com tranquilidade.

O Procônsul ia continuar a falar quando o Comandante Adriano entrou na sala.

Domicius Corbolo aproveitou para a apresentação. Ao final, acrescentou:

– Comandante Adriano, estes dois homens são amigos de Paulo de Tarso.

Adriano fez gentil reverência e falou que ele e o nobre Procônsul eram profundamente agradecidos a Paulo.

Feita a apresentação, o Procônsul narrou sobre o nascimento da filha e sobre sua cegueira de nascença. Falou da tristeza que ele e sua mulher sentiam; do desejo de irem ao encontro de Paulo de Tarso; da conversa com o romano Tércio, em Antioquia de Psídia e da notícia do curador, portanto, ali estavam. Tinha trazido a mulher e a filha, para ver se ela não poderia ser tratada por ele.

Abiel, que tudo ouvia, ficou um pouco apreensivo com o relato, principalmente quando o Procônsul se referiu a Tércio. Será que sabiam quem ele era? Afastou aquele pensamento e fez um gesto a Carpo, que lhe entregou o material para escrita, e escreveu:

"Nobre Procônsul, leve-me até a menina".

Carpo leu o recado para o Procônsul, que imediatamente disse:

– Por favor, me acompanhem.

Determinou a uma serviçal que avisasse sua esposa e logo mais entraram nos aposentos onde estava a criança, naquele momento nos braços da mãe.

Cássia já os esperava. O Procônsul apresentou o curador à esposa, acrescentando que ele era amigo de Paulo de Tarso e gostaria de examinar a menina. Cássia sorriu. Era muito simpática e de uma beleza forte. Abiel, com gestos, pediu que ela colocasse a criança sobre o leito, o que foi feito. A criança estava calma.

Abiel aproximou-se, fixou seus olhos nos da criança e percebeu, após algum tempo, ligeiro tremor nos olhos da menina, que parecia querer mexê-los, mas algo impedia.

Enquanto prosseguia no exame, Abiel registrou pela segunda vez em sua vida, com os olhos físicos, a presença de Estêvão, que, próximo ao leito, lhe sorriu e falou:

– Abiel, a recém-nascida possui uma proteção muito fina na parte branca dos olhos, que visa protegê-los contra a excessiva claridade; a tendência é isso desaparecer com o tempo, no entanto, podes ajudar provocando a cura mais de pressa, com panos limpos, úmidos e aquecidos sobre os olhos. Ela não é cega.

Abiel, refeito da surpresa, escreveu pedindo um pouco de água ligeiramente aquecida, em um copo, e um pano limpo. Enquanto aguardava, agradeceu mentalmente a Estêvão. Logo lhe chegaram às mãos a água morna e o pano.

Rasgou dois pedaços do pano e umedeceu-os na água morna. Fez dois tampões nos olhos da criança e enquanto os segurava levemente, orou mentalmente a Yahweh e a Yeshua, pedindo providências para que a menina pudesse logo mexer os olhos e enxergar normalmente. Terminada a oração, Estêvão disse a Abiel que recomendasse à mãe repetir o processo que ele tinha feito, de três a quatro vezes ao dia e informasse que ele voltaria a ver a criança dentro de três dias.

Enquanto os tampões estavam sobre os olhos da criança, Abiel escreveu as recomendações à mãe, para que repetisse o que ele havia feito, de três a quatro vezes ao dia, acrescentando que no terceiro dia ele voltaria, pela manhã, para ver a criança.

Após, tocou a cabeça da menina e ficou alguns instantes com os olhos fechados. Terminado o atendimento, olhou para Carpo, que entendeu ser o momento de retornarem. Carpo falou ao Procônsul que estavam de saída. O Procônsul agradeceu a visita do curador, dizendo que confiava que o atendimento traria a cura para sua filha. Depois, acompanhou Carpo e Abiel até a sala da Administração e determinou a um ordenança que acompanhasse os visitantes até a saída.

Dois dias se passaram. A mãe da menina seguia as instruções do curador.

No terceiro dia, pela manhã, bem cedo, Carpo e Abiel voltaram à Administração Romana. Foram atendidos prontamente e após serem identificados pelo ordenança que os recebeu, foram anunciados e levados até a sala onde estavam conversando Galeso e o Procônsul Domicius Corbolo.

Quando viu Carpo e o curador, o Procônsul se adiantou, cumprimentou-os e disse a Galeso que depois continuariam a conversa e que iria levá-los até a esposa e a filha.

Ao se aproximarem dos aposentos íntimos onde estavam Cássia e a menina, ouviram um grito, que o Procônsul identificou como sendo de sua esposa. Seu coração disparou e ele correu na direção do aposento.

Cássia segurava a menina, que olhava para ela e parecia sorrir. A criança, percebendo a chegada de alguém, virou os olhos, que se moveram naturalmente na direção do pai.

Cneo Domicius Corbolo nada conseguia falar. Começou a chorar e sorrir ao mesmo tempo, o que a esposa também fazia. A cena era mesmo comovedora.

Abiel e Carpo, que haviam alcançado a alcova do casal, também estavam emocionados. Viram o Procônsul Romano das Províncias da Frígia e da Galácia – Ásia Menor – parecer uma criança, mudando de posição, às costas da esposa, que segurava a menina, ora para o lado esquerdo ora para o lado direito, conferindo o movimento dos olhos da criança, que acompanhava os movimentos, movendo os olhos e sorrindo, demonstrando claramente estar enxergando os movimentos.

De repente, o Procônsul lembrou-se do curador e de Carpo. Num impulso, correu e abraçou Abiel e lhe disse:

– Bondoso amigo, de quem não sei sequer o nome, como poderei agradecer o que fizeste, o que nos proporcionaste? Só podia mesmo ser amigo de Paulo de Tarso. Devo tanto a vocês que não sei como pagar. Pede, meu amigo, o que desejares. Tudo farei para atender, pois minha filha está curada e mais uma vez a cura vem por vosso Deus e, como me disse Paulo doutra vez, por vosso Messias.

Cássia aproximou-se do curador e ofertou-lhe a criança para ele segurar. Um tanto desajeitado, Abiel a pegou em seus braços, olhou para ela e não viu o sorriso, mas apenas sentiu o olhar da menina direto em seus olhos. Ficou sem entender e no mesmo instante ouviu a voz de Estêvão, que lhe disse:

– Abiel, esta alma é uma amiga sua que retorna. Já compareceste no quadro da vida dela. Fazendo-lhe este ato de caridade, quitas um compromisso do passado.

Ante o impacto do que ouvira, o curador começou a chorar. Os demais imaginaram ser também pela emoção da cura.

Abiel devolveu a criança à mãe. Ela pegou uma das mãos de Abiel e a beijou. Embora incomodado com o ato da esposa do Procônsul, Abiel pediu o pergaminho para escrever, no que foi atendido. Então escreveu ao Procônsul:

"Nobre senhor, nada há para pedir, a não ser que talvez possa procurar saber sobre os ensinamentos de Yeshua, e que continue protegendo seus Núcleos".

Após, entregou a escrita diretamente ao Procônsul.

O Procônsul leu e sorriu, dizendo:

— Bondoso curador, já cogitava no meu íntimo buscar saber sobre essa chamada Nova Mensagem. Quanto à proteção, reafirmo o que disse a Paulo: Sob minha jurisdição, os seguidores de Yeshua a terão, sempre, de forma total.

O comandante Adriano chegou nos últimos momentos e pôde ver a cena emocionante. Estava também profundamente sensibilizado.

Entendendo o olhar de Abiel, Carpo apressou-se em encerrar a conversa e pediu que os acompanhassem até a saída. Cumprindo ordens do Procônsul, o comandante Adriano os acompanhou até a casa de Carpo.

XLI

O Procônsul da Ásia Menor visita o Núcleo de Trôade

A noite caíra fria sobre Trôade. No Núcleo dos Seguidores de Yeshua, iniciavam-se os trabalhos. Carpo cumprimentou todos e pediu para sua irmã Yoná fazer a oração inicial. A seguir, solicitou que sua mãe Adena fizesse a leitura da noite, que seria comentada por Sedécias. Nem bem havia terminado essas observações, quando intenso tropel de cavalos se fez ouvir.

Era mesmo um tropel alto, indicando muitos cavaleiros, cujo barulho repentinamente cessou. Começaram a ouvir um vozerio. De repente, a porta para a rua, que se achava levemente encostada, abriu-se, adentrando por ela o comandante Adriano mais cinco soldados. Atrás dele, em traje oficial, estava o Procônsul Cneo Domicius Corbolo e mais atrás, outros cinco soldados.

Perplexos, os dirigentes do Núcleo aguardaram. O Comandante Adriano anunciou:

— Senhores, o Procônsul manifesta sua vontade de assistir o *officium* deste Núcleo. É possível?

Breve silêncio. Carpo respondeu:

— Sim, nossa humilde casa sente-se honrada em receber o ilustre representante de Roma. Há lugares. Podeis acomodar-vos.

A cena era inusitada. Roma ia até a Casa de Yeshua, e queria ouvi-lo. Devidamente acomodados, eram observados com muita curiosidade, o que era perfeitamente normal.

Carpo refez os pedidos. Então Yoná pôs-se a orar:

— *Querido e amado Yeshua. Nossos pensamentos caminham na tua direção e nossos olhos brilham de contentamento ao ver a materialização da fraternidade que ensinaste, aqui, nesta noite, em nosso Núcleo de orações.*

"*Tu que disseste que somos filhos do Pai Yahweh e que ele vela por todos, recebe em Teu coração nossa profunda gratidão, pois bem sabemos que este momento em Trôade repercute nos Céus, nas moradas divinas e sobre esta Terra de todos nós, demonstrando que há uma só nação, um só rebanho e um só pastor. Abençoa-nos a todos e que estejas no coração de cada um. Assim seja".*

A seguir, Adena abriu o pergaminho. Os romanos acompanhavam tudo, com visível respeito e interesse. Então leu:

– *Bem-aventurados os misericordiosos, pois obterão misericórdia.*

Sedécias levantou-se e iniciou o comentário, do que assim se resume:

"Amigos e irmãos, o que Yeshua quer dizer-nos, realmente, é que sejamos misericordiosos em nossa maneira de pensar e de agir.

"Não há boas ações atadas a maus pensamentos, pois se alguém assim pretende agir, será o manifesto vivo da hipocrisia, porque a ação não será verdadeiramente boa. Poderá ter simulado a roupagem da bondade, que no entanto será ilusória, pois o que se visava era somente o interesse pessoal, quando não, enganar o favorecido.

"Quando atitudes infelizes de teus semelhantes chegarem aos teus ouvidos, lembra-te que eles são necessitados de ajuda, porque estão em desequilíbrio momentâneo. Aja pois, para com eles, com misericórdia.

"O Mestre Yeshua nos ensinou que sob a lei Divina, a cada um será dado segundo as obras que ele fizer; logo, fazer sempre o bem, resultará na colheita do bem sempre. Agir com misericórdia para com as imperfeições do outro atrairá para nós a misericórdia de Yahweh e de Yeshua.

"O homem sensato é aquele que cumpre os seus deveres para consigo mesmo e para com o próximo. Assim fazendo, será também misericordioso consigo próprio e com os demais, pois sabe que todos somos passíveis do erro, mas não queremos mais nos locupletar no pecado.

"Age com amor. Age com compreensão. Age com tolerância e a misericórdia se apresentará em tua alma.

Sedécias deu o comentário por encerrado. Abiel estava na primeira fileira, ouvindo.

Carpo agradeceu a presença de todos e a presença do Procônsul Romano e por dever de honrar a governança romana, indagou ao Procônsul se este desejava fazer uso da palavra. O Procônsul acenou com a cabeça que não. Então Carpo orou, dando a reunião por encerrada.

As pessoas não se levantavam. A curiosidade era enorme. Carpo dirigiu-se ao local onde estava o Procônsul e gentilmente o cumprimentou e ao Comandante Adriano. Abiel se aproximou do grupo. O Procônsul, vendo-o, o abraçou sem nada falar e após disse a Carpo:

– Vim até aqui sob o peso da minha autoridade, não para intimidar ou exigir, mas apenas para ver e saber como são as atividades nos Núcleos, como chamam, pois tendes como inimigos os judeus em geral, e sempre que nos procuram, vos chamam de adoradores do embuste. Então eu quis conferir pessoalmente o que é esse chamado embuste.

Calou-se. Carpo lhe perguntou:

E então, o que pudestes ver? O que achastes?

O Procônsul respondeu:

– O que vi e ouvi oferta-me ainda mais certeza de que vossas comunidades somente ajudam a quem precisa, e mais, que nada falam contra os judeus, e ainda mais importante, nada falam contra Roma. Agradeço-vos a acolhida e sempre que precisarem, estarei para vos servir.

Dizendo isto se adiantou para sair, no que foi acompanhado por Adriano e os soldados. Na porta, virou-se, acenou para todos e montados em seus cavalos, se foram.

Os comentários após a saída do Procônsul foram inúmeros e todos sentiam a grandeza e o poder de Yeshua.

No dia seguinte, o Procônsul, a esposa e filha, o Comandante Adriano e as duas centúrias ganharam a estrada de retorno a Antioquia de Psídia.

Abiel prosseguiu seu trabalho de curar as pessoas, sempre orientando-as, através de Adena, a conhecer Yeshua. Assim prosseguiu, dedicado. Com o passar do tempo, até se acostumou a nada falar. Já não cogitava de sua própria cura.

A realidade é que o trabalho de Abiel atravessou as fronteiras da cidade e passou a ser conhecido em toda a Frígia e a Galácia, e sua alcunha, o "Curador de Trôade", era muito conhecida.

Também era sabido que ele curava em nome de Yeshua.

XLII

A PRISÃO DE JETRO E DE SEUS COMPANHEIROS

Os judeus de Trôade se reportaram aos judeus de Antioquia de Psídia. As notícias sobre o curador já haviam chegado à Sinagoga de lá.

Os relatos enviados, como já se sabia, davam conta de que muitos judeus se tinham convertido, em Trôade, e também judeus de outras localidades, inclusive da própria Antioquia de Psídia.

Jetro, ante os fatos, não disfarçou sua contrariedade. Reuniu o Conselho da Sinagoga para discutirem a questão. Em meio aos debates inflamados, Jetro disse:

— Irmãos, não tenho dúvidas que foi aquele dementado de Jerusalém que instruiu esses loucos miseráveis e deve ter treinado esse tal curador nas suas magias. O fato é que não podemos ficar imóveis e ver nossa crença ser atacada. Corremos sérios riscos de nos dispersar.

"Proponho que procuremos Roma e façamos nosso protesto e nosso pedido para que Roma determine o quanto antes a interdição do Núcleo de Trôade, já que quanto ao daqui parece não terem vontade de fazê-lo, e também determinar a prisão dos dementados de lá, por insurgência contra Israel.

Foi constituída uma equipe que solicitaria nova entrevista com o Procônsul, para exigir providências de Roma. Assim foi feito.

No dia aprazado, Jetro e mais três irmãos judeus aguardavam na antessala das audiências, para serem atendidos.

Convidados a entrar, escutaram o ordenança falar em voz alta:

— Saúdem, em nome de César, O Procônsul Romano da Frígia e da Galácia e da Ásia Menor, Cneo Domicius Corbolo e sua esposa Cássia. Saúdem o Comandante Chefe das Centúrias da Frígia e da Galácia, Adriano Justus Lius.

Os anunciados entraram no recinto a passos firmes. O Procônsul sentou-se no trono. A seu lado sentou-se sua mulher que, para espanto dos judeus, trazia no colo uma criança pequena. O Comandante Adriano ficou em pé ao lado do trono.

Jetro, porém, era muito dissimulado. Aproximou-se e fez sua saudação:

— Salve, Nobre Procônsul Romano. Salve, Nobre Comandante Adriano. Aqui estamos em missão oficial da Sinagoga, para tratar de assunto de interesse de Israel e de Roma.

O Procônsul nada falou. Seu olhar era duro e frio.

Jetro recebeu o impacto, porém continuou:

— Sim, o interesse é comum, e muito embora da última vez não tenhamos logrado êxito em prender o tal Paulo de Tarso, que se foi, na verdade agora ele fez prosélitos. Em Trôade há um que se diz seu servidor. Até fundaram outro Núcleo lá, e o que é pior, este se diz amigo do dementado de Jerusalém, e dizem que desandou a fazer curas, que sabemos ser um engodo.

"Falam mesmo que o Messias aparece por lá, numa verdadeira demência, e que esse tal curador não fala, não tem voz, logo, sequer pode curar-se a si mesmo. Nossos patrícios de lá nos pedem socorro, informando que há irmãos se convertendo a essa mensagem maluca.

"Invocamos, então, as relações de Estado, e pedimos a vós, que possais destacar soldados para fechar aquele Núcleo e prender seus dirigentes e o curador e entregá-los a nós, aqui em Antioquia de Psídia, para que possamos julgá-los por perverterem a Lei de Israel.

Calou-se.

O Procônsul, durante a fala de Jetro, não movia sequer os olhos, e quando Jetro terminou, esperou propositadamente um tempo e então lhe disse:

— Senhor Jetro, lhe pergunto: Com que autoridade pedes isto a Roma? Aliás, recém foi concluída uma sindicância nesta Intendência e Proconsulado, fruto de uma denúncia sua a Roma. Sabe por acaso o resultado dela?

Calou-se e esperou.

Jetro sentiu o golpe. Mal conseguiu falar, porém acabou por dizer:

— Quanto à autoridade, é a do Sanhedrin de Jerusalém, que é transferida para as Sinagogas. Quanto à sindicância, nada sei do resultado, mas aguardo que sua decisão seja favorável à denúncia.

— Favorável? — disse o Procônsul, demonstrando certo desprezo pelo interlocutor. — Afinal, vejo que não sabe de nada. Acaso sabe ao certo o que fazem internamente nesses Núcleos que Paulo de Tarso fundou aqui e em Trôade?

— Sim — respondeu Jetro. — Fazem adoração ao embuste; pregam uma mensagem falsa; iludem as pessoas; atentam contra a Lei Antiga de Israel.

O Procônsul olhou para a esposa e para a filha que trazia o sorriso impregnado no rostinho. Lembrou-se de Paulo de Tarso; lembrou-se do curador de Trôade; passou a mão pelo rosto, gesto que lhe era habitual, olhou para Jetro e falou calmamente:

— Quero dizer que você e seus pares não sabem de nada. Primeiro, não sabem sequer que sua denúncia foi amplamente rejeitada e de forma veemente por Roma. Quanto ao que fazem os Núcleos fundados por Paulo de Tarso, também nada sabem. Sequer colocaram alguém para ver e ouvir o *officium* deles.

"Falam por falar. Falam por inveja. Falam por raiva. Falam por ódio até, e sobretudo por clara incompetência.

"Pois saibam que Roma tem pleno conhecimento do que se passa no interior desses Núcleos. Não é nada do que vocês dizem. Para sua ciência e dos demais, o que ocorre é totalmente o contrário.

Calou-se e olhou firme para Jetro e seus companheiros.

Jetro estava num misto de perplexidade e raiva, e nesse momento cometeu um grande equívoco, que não poderia cometer, pois disse:

— Vejo que Roma está a serviço desses Núcleos, portanto, está também tresloucada.

Era o que Cneo Domicius Corbolo esperava. Levantou-se, interrompeu o judeu e falou em voz alta e firme:

– Comandante Adriano, prenda esse homem e os que o acompanham, imediatamente, por ofensa direta a Roma.

Dizendo isto, fez sinal à esposa e rapidamente saíram da sala.

Adriano deu voz de comando aos soldados que faziam guarda na porta e disse a Jetro e seus comparsas:

– Estão presos em nome de Roma. Soldados, levai-os para a prisão.

Os soldados cumpriram a ordem e Jetro e os demais foram recolhidos à prisão da Intendência.

XLIII

O julgamento de Roma e a conversão de Jetro

A notícia da prisão de Jetro e de outros três membros da Sinagoga colocou a comunidade judia de Antioquia de Psídia em polvorosa.

Por meio de um interlocutor nomeado pelo Conselho que visitou Jetro e os demais na prisão, a pedido dos Conselheiros, ficaram sabendo que o Procônsul se negara terminantemente a atender aos pedidos que haviam sido deliberados pelo Conselho da Sinagoga, porém, o interlocutor, ao fazer o relato, como não gostava de Jetro, propositadamente omitiu o que Jetro tinha dito, que também tinha ofendido Roma e que a prisão por este fato não lhe parecia injusta.

O Conselho dos judeus foi convocado novamente e deliberou-se que outro membro pediria nova audiência ao Procônsul, para dizer da contrariedade de toda a comunidade com a prisão de seus compatriotas. Pediriam que os mesmos fossem soltos porque não haviam cometido crime algum.

Solicitada a audiência, esta foi deferida. No dia marcado, compareceram os membros conselheiros da Sinagoga Ilan e Zelai. Recebidos pelo Procônsul, manifestaram a inconformação da comunidade pela prisão de seus companheiros, dizendo que a prisão, no entender deles, era ilegal, pois eles não haviam cometido crime algum. Quem falou foi Ilan, o mais velho.

O Procônsul Domicius Corbolo ouviu pacientemente o pedido e calmamente respondeu:

— Senhores, recebo-vos por dever de solidariedade, e em razão das tarefas do Estado. Vejo, porém, que continuais equivocados, pois em vossas observações há uma grave omissão.

"Quero dizer-vos que não distingo os homens por raça, mas sim pelo caráter que demonstram ter, seja quem for, mesmo os que politicamente estão submetidos ao Império, como está vossa Nação.

"Sempre tive das lideranças judias, em que pese nossas diferenças políticas, culturais, econômicas e religiosas, a demonstração de correção nas posturas, mas vejo que não posso afirmar que essa atitude seja geral em vossa gente. Não falo como juiz, mas como conhecedor, pelo menos um pouco, do dever de lealdade para com a verdade.

"Infelizmente, vosso líder ou alguém outro faltou com a verdade e foi omitida por vossos pares a grave ofensa que ele fez diretamente a Roma, chamando-a de uma nação tresloucada, razão pela qual ofendestes o Império e as suas Leis. Logo, a prisão é legal e justa.

"Já relatei o ocorrido ao Império. A mensagem em breve deverá lá chegar, e pelas minhas atribuições, terei que julgar a atitude, para o que fornecerei aos presos e acusados a oportunidade de defesa em audiência específica que marcarei para esse fim. Até lá, poupai-me com vossas insistências, pois, se requisitardes nova audiência com essa finalidade, não concederei.

O Procônsul calou-se e até de forma divertida, olhou para os interlocutores.

Ilan desconcertou-se. Viva decepção se apoderou dos dois, naquele instante. Não sabiam o que dizer, então Ilan mudou o curso da conversa e antes que pedisse permissão para se retirarem, achou oportuno fazer outro questionamento.

— Nobre Procônsul, o que nos dissestes nos causa certo espanto. Iremos apurar o que efetivamente se deu, porém, ainda nos assalta dúvida atroz: Afinal, Roma protege Paulo de Tarso e os Núcleos que ele fundou e poderá fundar?

O Procônsul agora viu-se surpreendido com a coragem de Ilan. De fato, os judeus, para ele, além de insolentes, quando queriam afrontar não mediam consequências.

Como estava muito tranquilo, Cneo Domicius Corbolo falou:

— Admira-me sobremaneira vossa coragem. Oxalá usásseis dessa coragem para acertar vossos conflitos domésticos entre vós, sem perturbar Roma. O que tem ocorrido é que, sem forças e argumentos sólidos para rebater qualquer ideia contrária a vossos interesses religiosos e surpreendidos pelas dúvidas que não quereis esclarecer, têm transferido vossas insatisfações para Roma e aqui compareceis na mais completa desfaçatez, a exigir de Roma que ela abrande os vossos conflitos e elimine o risco da cura de vossas obtusas visões e interpretações.

"Não percais tempo. Até pode ser que em algum lugar, como, aliás, ocorreu em Jerusalém, encontreis romanos que não querendo se envolver em vossas questiúnculas, mas, contrariando a verdade, acabam por envolver-se nas tricas de vossa gente, assim condenando cidadãos judeus justos, probos, honestos e bons. Entretanto, na minha jurisdição – e adianto mais – na jurisdição romana da Acaia, pelo que já sei, não encontrareis quem falseará a aplicação da justiça, porque não daremos favor ao erro.

Calou-se. Os interlocutores estavam por demais corados. Prosseguiu:

– Espero que tenhais entendido, mas, se quiserdes referência direta para satisfazer vossa curiosidade, digo-vos que Roma, no que toca à minha atribuição – e não posso responder por outras regiões – protege e protegerá sim Paulo de Tarso, como também protegerá os amigos dele, os que com ele convivem e os Núcleos que ele fundou.

Cneo Domicius Corbolo levantou-se e arrematou:

– Agora, peço que vos retireis e aguardeis a marcação da audiência de julgamento, ocasião em que sereis notificados.

Saiu da sala de audiências apressadamente. Ilan e Zelai estavam atônitos. Sequer disseram qualquer palavra e obedeceram ao soldado ordenança que os levou porta afora da Intendência Romana.

Os interlocutores reuniram à noite o Conselho da Sinagoga. Após o relato de Ilan, inclusive sobre as falas do Procônsul, muitos debates ocorreram e Ilan, por vivo interesse, ao invés de determinar a convocação do interlocutor que visitara Jetro na prisão e tomar contas do relato dele, acabou por encaminhar a proposta de destituição de Jetro como Chefe da Sinagoga, igualmente sem que houvesse sido de alguma forma ofertado a Jetro qualquer direito de defesa. Entenderam que a omissão indevida fora praticada por ele e que isso envergonhava a comunidade. No mesmo ato, elegeram Ilan como o novo Chefe.

Passaram-se cinquenta dias e a audiência de julgamento foi marcada para dali a dez dias. Tratava-se de uma audiência pública.

Chegou o dia do julgamento. A sala contígua à das audiências estava repleta, sendo que a maioria dos presentes eram membros da Sinagoga.

Por ordem do Procônsul, que era o Juiz da audiência, segundo as leis romanas, os prisioneiros foram trazidos ao recinto. Havia um pouco de alarido na sala. Lá estavam também os familiares dos acusados.

Jetro já fora informado, nos dias anteriores, por alguns membros do Conselho da Sinagoga que ainda mantinham fidelidade e simpatia por ele, sobre as últimas resoluções que determinaram sua destituição e a eleição de Ilan como o novo Chefe.

O Procônsul, batendo sobre a mesa com um martelo de madeira, pediu silêncio no ambiente, iniciando o julgamento:

— Em nome de Roma e do Imperador Tiberius Claudius e na condição de Juiz deste Tribunal, que a legislação romana me outorga, declaro aberta esta sessão de julgamento. De acordo com as regras legais, pergunto se neste ambiente há alguém dentre vós membros do Conselho da Sinagoga que fará a defesa dos acusados.

Falou olhando para todos os judeus da assembleia.

Silêncio total. Para surpresa geral, nenhuma pessoa se candidatou, nem mesmo Ilan, que ali estava, ou Zelai, que sempre o acompanhava.

Aquilo foi um choque profundo para Jetro, que pensava na grande decepção que lhe invadia a alma, já por tudo o que lhe haviam informado.

Ele refletira muito naqueles sessenta dias em que ficou preso. Dedicara toda sua vida a Yahweh, até tornar-se um líder religioso de sua gente e exercer o cargo de chefe da Sinagoga. Imaginava conhecer a alma de seus pares, mas que grande engano! Que decepção! Nenhum deles sequer se dignava a fazer sua defesa e dos companheiros, ao menos para simplesmente relatar a coragem que ele tivera para enfrentar Roma. Ninguém! Absolutamente ninguém!

Profunda modificação interior se operava em Jetro. Um pensamento assomou em suas cogitações, naquele instante, e permitiu-lhe traçar um paralelo, mesmo que momentâneo, sobre a diferença de caráter daquele homem que ele, Jetro, instado pelos seus pares e por Jerusalém, e mesmo por sua interpretação própria, pretendera prender, e a pergunta lhe assomou na alma: Quem era mais corajoso, aquele homem ou seus pares da Sinagoga? Quem era mais leal a uma Causa? Quem, por amor a uma Causa Nova, não ofendia nem desprezava, até tudo tolerava? Quem era mais fiel?

Seu coração de homem duro e enérgico amolecia ante a covardia de seus pares. Via-se desprezado e ignorado. Eles ali estavam, não para ajudá-lo e aos outros três, mas sim para ver sua completa ruína.

Duas lágrimas lhe rolaram pela face. Olhou para os outros três que foram presos com ele. Estavam cabisbaixos e também choravam. Teve pena deles, mas teve mais pena de todos os judeus da Sinagoga presentes naquela sala.

Em seu íntimo assomou completo sentimento de arrependimento e lhe brotou uma ideia repentina: Se Paulo de Tarso estivesse ali no recinto, ele se apresentaria para fazer a sua defesa e dos demais? Ao mesmo tempo respondia a si próprio que sim. Lembrou-se também que Paulo uma vez lhe dissera que o tal Messias dera a vida por seus amigos, seus afetos, seus amores e pela Humanidade. Aquilo mexeu fundo na sua alma.

Ante o silêncio covarde, Jetro, que era conhecedor das leis romanas – e assim tinha que ser, em razão de sua posição e das relações com o Império Romano – sabia que não havendo quem defendesse os acusados, eles poderiam invocar o direito de apresentar sua própria defesa.

Então, levantou-se e lentamente caminhou até próximo à mesa do Tribunal, correu o olhar pela assistência e fixando o olhar no Procônsul, disse-lhe:

– Nobre Procônsul Romano Cneo Domicius Corbolo, com base no direito e leis romanas, declaro que farei minha própria defesa e a dos demais acusados.

Silêncio total. O Procônsul disse que pelas leis de Roma os acusados tinham aquele direito e que naquele momento estava nomeando Jetro Ben Zion como defensor dele mesmo e dos demais acusados.

Dando continuidade à sessão, determinou ao comandante das Centúrias da Frígia e da Galácia, Adriano, que lesse a acusação, o que este fez em seguida:

– Senhores, aqui, nesta sala do Tribunal de Roma instalado no Proconsulado da Ásia Menor, se acham quatro prisioneiros, os quais, sob a liderança de Jetro Ben Zion, em audiência realizada com o Procônsul Cneo Domicius Corbolo, houveram por ofender o Estado Romano, afirmando que Roma e o Império estavam tresloucados.

"Em razão dessa agressão vil e desproposital, receberam ordem de prisão, colhendo a oportunidade deste julgamento, cuja pena, uma vez confirmada a acusação, se constituirá na deportação para a prisão na sede do Império, na cidade de Roma, pelo período de dez anos.

Silêncio.

Cneo Domicius Corbolo declarou:

– Senhores, pelas leis de Roma, o Procônsul tem o poder de utilizar o papel da acusação, e tem o poder de dar a decisão final, pela condenação ou pela absolvição. Como o libelo de acusação foi lido e o entendo claro, declino da fala acusatória e convoco o acusado Jetro a proceder à sua defesa e dos demais acusados. Após, bateu com o martelo sobre a mesa.

Novo silêncio. Os ouvintes e até os auxiliares romanos e também o comandante Adriano não entenderam por que o Procônsul não utilizou a palavra de acusação.

Jetro, que havia se sentado, levantou-se novamente, dirigiu-se próximo à mesa do Procônsul, olhou-o, voltou-se e olhou para os convidados. Seus olhos cruzaram com os de Ilan e Zelai. Novamente voltou-se para Domicius Corbolo e iniciou sua fala:

– Ave César! Ave Nobre Procônsul Cneo Domicius Corbolo! Ave Nobre Juiz deste Tribunal!

A surpresa foi geral, porquanto jamais um judeu saudava César. Estaria Jetro sob confusão mental?

— Demais autoridades romanas.

"Uso da prerrogativa que vossas leis permitem. Agradeço a medida de justiça, que vós, Nobre Procônsul, aplicais neste Tribunal Romano.

"Caros convidados. – Ao dizer isto, olhou para toda a assembleia.

"Neste momento muito difícil para mim – e quero crer, para os outros acusados – me permito confessar que cheguei, nestes últimos dias, à conclusão quanto à mais completa falência de minha visão de vida até aqui.

"De fato, os últimos dias que tenho vivido me têm representado um repositório de lições novas que nunca antes imaginaria que passaria a ter.

"Está aqui, diante de Roma e de vós, um cidadão judeu que sempre viveu sob o império da Lei de Moshe e sob absoluta fidelidade, a meu ver, ao Yahweh que me foi dado conhecer e interpretado pelos meus antepassados. Sob essa crença e estigma, jamais tergiversei em face daqueles que entendia serem adversários da Lei Antiga, que visaram provocar a subversão das coisas de Yahweh. Nunca dei a eles uma trégua sequer.

"Bem sei que cumulei fama de insolente, autoritário, ditador de normas, déspota, a ponto de receber a alcunha outrora divertida de 'rato do deserto'. Ouvi de Roma, aqui nesta cidade, que minha audácia não tinha limites, e confesso, nunca morri de amores pelo Império e seus líderes, pois somos criaturas escravizadas sob o tacão político e a exploração econômica dessa Nação.

Fez breve pausa. Cneo Domicius Corbolo acompanhava a defesa entre surpreso e divertido. Os judeus estavam mais surpresos e apreensivos.

"Sim, sim, senhores, dou razão a Roma. Disse, sim, que ela e o Império estavam tresloucados. Não nego isto, aliás, nunca neguei, e muito menos àqueles que a mando do Conselho da Sinagoga que eu integrava foram ouvir-me o relato na prisão, até porque sempre defendi meus princípios, e disto ninguém pode negar-me a sinceridade, nem Roma nem vós, judeus que aqui vos achais neste Tribunal.

Ao dizer isto, olhou para toda a plateia judia.

— Como já disse, tenho refletido nestes últimos dias e tenho insistentemente me perguntado: De que vale um homem falecer nos seus princípios? Não discuto se os princípios são certos ou errados, mas discuto a firmeza do caráter, porque a falsidade nunca fez morada em meu coração. Eu sou o que sou. Sempre lutei em defesa das verdades que assim entendia, e sob esse passo, jamais me alinhei na companhia dos covardes.

Novamente olhou para os judeus e prosseguiu:

— Entendo que o homem perde sua alma quando lhe falece a coragem de lutar pelo que acredita ser correto. Sempre agi e lutei todos os combates contra os que ousaram ir de encontro às minhas convicções. Nunca me acumpliciei aos falsos, aos interesseiros, aos que nunca perderam a oportunidade do perjúrio, da maledicência, da calúnia e da crítica mordaz contra os ausentes, para galgarem posições de destaque e de mando.

"Então, o que vejo aqui, neste dia de triste memória para minha alma, é a mais clara manifestação de que todos podemos equivocar-nos e conviver longo tempo com aqueles que imaginamos fiéis a uma ideia e leais para com os companheiros.

"Apesar de muitos anos, bastaram-me os poucos quase sessenta e um dias de prisão para que se me apoderasse o mais completo desencanto com tudo o que tenho vivido em matéria de fé.

"Nobres julgadores!

"Persegui o Cireneu da chamada Boa Nova, que por aqui passou. Não acho que tenha errado. No exercício do meu cargo, era o que eu e a coletividade judia que está nesta sala entendíamos como certo. Afrontei a ele e a seus amigos. Imprequei contra eles. Feri um de seus membros. Amaldiçoei-os e afrontei Roma em razão deles. O que me sobrou? Respondo eu mesmo: Falsidade, traição, desconfiança e desilusão perpetrados por todos aqueles a quem defendi, com quem trabalhei, com quem sorri, com quem convivi.

Fez uma pausa. Cneo Domicius Corbolo, o Comandante Adriano e as demais autoridades romanas estavam perplexos. O Procônsul, profundamente admirado com o conhecimento e erudição de Jetro; já os judeus, simplesmente atônitos.

Jetro prosseguiu:

"Foram longas noites de vigília na prisão, que me oportunizaram analisar um confronto entre o Yahweh que eu conhecia e o Messias decantado por Paulo de Tarso, de nome Yeshua.

"As dúvidas, que não existiam, começaram a me aparecer. Seria possível já ter-se dado o cumprimento da profecia do Gênesis dos Profetas Moshe, Daniel e Isaías? Teria o Messias já vindo?

"Confesso que ainda não colimei certeza, mas cresceu-me muito a expectativa de que essa possibilidade seja concreta e surgiu-me uma dúvida mais atroz, ou seja, a dúvida sobre o Yahweh que me foi ensinado e apresentado.

"Em muitas ocasiões fiquei a me perguntar: O verdadeiro Yahweh ensinou, durante todo esse tempo, irmão trair irmão? Irmão apunhalar pelas costas outro irmão? Irmão minar pela maledicência e maldade outro irmão? Irmão desprezar outro irmão? Irmão caluniar outro irmão pelo mais deslavado interesse pessoal?

"São perguntas, senhores, para as quais, na prisão, dissipei as minhas dúvidas e obtive respostas que me confrangeram a alma e me fizeram acreditar e aceitar que Yeshua é mesmo o Messias esperado, eis que, inegavelmente, o Yahweh que Ele disse tê-lo enviado é a representação pura do amor na Terra, porque, pelo que sei, o Messias viveu esse amor, e esse amor não pode açambarcar a falsidade nem os falsos, pelos quais me vi envolvido esse tempo todo.

"Sim, senhores! Ouvi Paulo de Tarso dizer-me diretamente, que Yeshua ensinou que Yahweh não quer a morte do pecador e sim a eliminação do pecado. Então me pergunto: Quem nesta sala agiu com justiça e com amor dentre os que compõem a assembleia judia?

Silêncio. Ilan e seus pares estavam estupefatos e nas suas consciências não tinham argumentos contrários à verdade que ouviam.

Jetro continuou:

— Nobre Procônsul! Nutro, pois, a absoluta certeza de que se Paulo de Tarso estivesse nesta assembleia, ele teria se apresentado para defender-nos.

"Se suas ideias são outras que não as do Sanhedrin e as que imperam nas Sinagogas, ideias que outrora ele e eu defendíamos, o seu caráter, pelo que pude conferir, é o mesmo de antes.

"O amor à verdade que ele abraça, as circunstâncias, a vida, tudo me fez crer no que ele prega, e serei daqui para a frente, aconteça o que acontecer, um novo defensor de Paulo e de Yeshua.

"Quanto a Roma, Nobre Procônsul, confesso meu erro, que foi feito mais pelas ideias que defendia do que por mim. Mas, absolutamente sei que isto não abalará o Império, por isto, conforme suas próprias leis, é lícito aos acusados pedirem clemência a Roma. Então, é o que peço, em meu nome e dos demais acusados. Clemência a Roma.

Calou-se e transparecendo um gigante, tomou assento em seu lugar.

O silêncio era total.

A assembleia judia estava lívida. Alguns demonstravam estar envergonhados. De repente, foram saindo, um a um, do recinto, ficando somente os familiares dos acusados, Ilan, Zelai e mais dez conselheiros da Sinagoga.

O Procônsul estava profundamente impactado. A admiração pela coragem que Jetro sempre demonstrava, como que triplicara. A ousadia dele o deixou contente. E ver a fisionomia dos judeus que se omitiram na defesa do irmão da raça, em pleno abatimento, lá no íntimo fazia bem ao Procônsul.

Cneo Domicius Corbolo, levantando-se, começou a julgar o processo:

– Senhores membros e assistentes deste julgamento. Tivestes a oportunidade de ouvir o libelo acusatório e de presenciar a ausência de representante que fosse nomeado por parte da Sinagoga para ofertar a defesa legal dos acusados.

"De acordo com as leis de Roma, é lícito aos acusados, na ausência de defensor, produzirem suas próprias defesas, o que foi feito, sob a permissão deste Juízo, pelo acusado Jetro Ben Zion, em seu nome e em nome dos demais acusados.

"Os acusados não negaram as ofensas perpetradas por eles contra Roma, antes até mesmo confessaram-nas. Entretanto, o defensor não se limitou a isso. Produziu, neste Tribunal, uma das mais brilhantes peças de defesa que este Juízo já pôde assistir ao longo do seu Oficialato Romano, e isto é dito por duas razões claras, que se sobressaltaram neste Tribunal.

"A primeira restou evidente quando o acusado defensor fundamentou o motivo da ofensa que produziu contra Roma, ao dizer que assim agiu sustentado em princípios que outrora entendia corretos, princípios esses que defendeu durante toda sua vida, demonstrando ser uma pessoa que pode sim errar pelo exagero, mas nunca pela omissão, o que ficou claramente evidenciado por suas manifestações.

"A segunda foi a de manifestar, também evidenciando grandeza de alma, que todos podemos nos equivocar e que a vida possui a magia de desmistificar fatos e situações, manifestando com galhardia, até, o desencanto que se apossou dele, e falava também em nome dos demais acusados, com um ideário que julgava correto, mas que em momento crucial de sua existência lhe produziu desprezo e abandono.

"Declinou também, neste Tribunal, sua completa mudança de atitude em relação aos propósitos que praticava e defendia, passando a deixar claro, ao Tribunal, que os acusados representavam um ideal que não mais abraçam e que a acusação a Roma se fez pela ideia e não pelas próprias pessoas dos acusados.

"Diante das demais colocações do defensor, vê-se claramente que a acusação se esfacela ante a nova postura humana do mesmo.

"Roma, senhores, tem cometido excessos, é certo. Mas Roma também tem cometido acertos, que se não são generalizados, não deixarão de ofertar legado de aplicação da vera justiça que particularmente entendo refletirá um dia no futuro da Humanidade.

"A Lei é dura, mas o aplicador da lei deve ser humano. E como aprendi há pouco tempo em Trôade, no Núcleo dos Seguidores do Homem do Caminho, que tive a honra de visitar: *Os que agem com amor e magnanimidade na justiça, agem com misericórdia.*

"É, pois, sustentado na prerrogativa legal de julgador, de que estou investido, que declaro que, pelos textos legais de Roma, para minha decisão não cabe recurso. Diante disto tudo, proclamo o dispositivo final, que é o seguinte:

"Tendo em vista que a ofensa perpetrada contra Roma foi feita no exercício, pelos acusados, do cargo de Conselheiros e de Chefe da Sinagoga Judia de Antioquia de Psídia.

"Tendo em vista que o acusado defensor demonstrou a este Tribunal, não mais defender as ideias patronas da acusação e, ao contrário, passa a defender ideias outras onde se destaca a necessidade de afeto, de amor e por que não dizer de verdadeira convivência fraternal, por evidente que desaparece, a meu ver, a acusação, tendo desaparecido as ideias que a sustentavam.

"Desta forma, investido dos poderes concedidos pelo Imperador Tiberius Claudius Caesar Augustus Germanicus, como Procônsul das Províncias da Frígia e da Galácia ou da Ásia Menor, e como Juiz deste Tribunal, declaro insubsistentes as acusações contra Jetro Ben Zion e os demais acusados, e absolvo-os da acusação de ofensa direta a Roma e ao seu Império. Decreto o alvará para suas solturas imediatas. Que saiam livres deste Tribunal.

Levantou-se e disse:

– Ave César! Ave Roma!

Retirou-se do Tribunal, olhando ainda surpreso para Jetro e dirigindo um certo olhar de desprezo na direção de Ilan e Zelai.

O semblante dos familiares dos acusados era uma alegria só, ao passo que Ilan e Zelai saíram rápido porta afora. Jetro suspirou aliviado. Sentia-se bem. Na sua memória, apresentou-se a figura de Paulo de Tarso.

A repercussão do que ocorreu no julgamento foi estrondosa perante a comunidade judaica. Vários conservadores não entendiam como Jetro tivera a coragem de negar a tradição, reverenciar Roma e César e voltar as costas para a Lei Antiga. Logo ele, que era exímio conhecedor dos textos sagrados. Inquinavam-no como traidor e espalharam ainda mais cizânia, alegando que ele ficara também demente; que fora sugestionado pelo traidor de Jerusalém. Capitaneavam essas maledicências os próprios Ilan e Zelai, temerosos de serem descobertos na trama de que haviam participado para depor Jetro.

Contudo, houve um bom número de frequentadores da Sinagoga que tinham assistido ao julgamento, que perceberam com clareza de raciocínio, o que Ilan, Zelai e os demais conselheiros tinham feito. Entenderam que Jetro fora traído principalmente por aqueles em quem depositava maior confiança. Perceberam que Ilan e os demais não perderam a oportunidade de assacar contra Jetro as mais terríveis desconfianças com o único objetivo de tomar o poder dentro da Sinagoga, depondo, dessa maneira, contra a própria Instituição Israelita.

Com o passar dos dias, a debandada de frequentadores da Sinagoga foi muito grande. Quase a metade deles não mais foi para as prédicas, reuniões e debates.

Após o ocorrido no julgamento, Jetro passou a ser hostilizado nas ruas, pelos judeus conservadores. Não mais compareceu à Sinagoga, como também seus familiares. O mesmo se deu com os outros três absolvidos e também seus familiares.

Jetro tinha uma boa casa de comércio. Comprava e revendia tecidos, tapetes e joias que eram trazidas pelas caravanas. Como os judeus, quase todos, prestigiavam o seu negócio, o movimento caiu pela metade, mas isto não lhe tirou o ânimo.

XLIV

O CONVITE DO NÚCLEO A JETRO E SEUS AMIGOS

No Núcleo dos Seguidores do Homem do Caminho, os comentários sobre os acontecimentos últimos eram inúmeros. Asnar, que ouvira o relato das ocorrências havidas no Tribunal, por um judeu que se tornara dissidente da Sinagoga, relatou ao Núcleo, com riqueza de detalhes, o que tinha ouvido, e as conversações se deram sobre a curiosidade do que iria acontecer nos dias seguintes. Foi destaque, nos debates, e causou enorme surpresa, terem sabido que Jetro defendera e reconhecera as ideias anunciadas por Paulo de Tarso.

Já se haviam passado dois meses, quando, certa noite, abrindo os trabalhos no Núcleo, Tércio, que já era membro ativo, leu a lição da noite, extraída do texto de Levi:

"Se alguém escandalizar a um destes pequenos que creem em mim, melhor fora que lhe atassem ao pescoço uma dessas mós que um asno faz girar e que o lançassem ao fundo do mar. Ai do mundo por causa dos escândalos, pois é necessário que venham os escândalos, mas ai do homem por quem o escândalo venha.

"Tende muito cuidado em não desprezar um destes pequenos. Declaro-vos que seus anjos no céu veem incessantemente a face do meu Pai que está nos céus, porquanto o Filho do Homem veio para salvar o que estava perdido."

Terminada a leitura, levantou-se o velho asmoneu Tobias e iniciou inspiradamente o comentário:

– Caros Irmãos em Yeshua!

"A lei de Moshe acentua que devemos temer a Yahweh e que aqueles que o contrariam se sujeitam ao castigo. Também aprendemos, outrora, ser lícito julgar por qualquer forma ou título os que contrariam a Lei.

"Sob essa visão, nós não admitíamos, e ainda hoje os nossos irmãos que seguem as direções impostas pelos Varões do Povo ditadas pelo Sanhedrin não admitem a possibilidade do perdão das ofensas, sobretudo porque esse é um sentimento desconhecido das tradições, que define como fracos aqueles que não promovem a justiça pelas próprias mãos; que tal postura está na lei que manda ferir o próximo com a mesma intensidade e modo com que este possa nos ter ferido.

"Éramos os causadores dos escândalos, sem imaginar que aqueles que assim procedem terão que colher seus ais, experimentar a compulsão da dor, em razão de estarem ausentes de seus corações a indulgência, a tolerância e o perdão das ofensas. Mas há outra situação, que implica em grave descuido por parte dos provocadores do escândalo, que é promover escândalos onde não os há, simplesmente porque queremos eliminar aqueles que colocamos no quadro de nossos contendores ou desafetos. Quando assim agimos, estamos pecando contra o Espírito Santo.

"Podemos, irmãos, usar dos artifícios da bondade a todo instante em nossas vidas, e o que temos às vezes feito, a não ser ignorar esta verdade e utilizar da calúnia e da injúria? Quem efetivamente é o escandaloso?

"Não devemos esquecer o que já aprendemos. Yeshua disse que não veio para curar os sãos e sim os doentes, contudo, precisamos lutar para sermos bons e não ficarmos doentes.

"Se já compreendemos isto, não nos cabe julgar e sim tudo fazer para auxiliar na salvação do que está perdido. É assim que deixaremos de estar perdidos também.

"Todos deste Núcleo já julgamos que Jetro era promotor do escândalo inexistente, e ante os acontecimentos últimos, podemos aquilatar o quanto foi difícil a reflexão que ele fez, deixando para trás anos e anos de incompreensão sobre a verdadeira face de Yahweh.

"Logo, podemos perguntar-nos: Nesta situação, o que faremos? Desprezá-lo-emos? Ora, se o Filho do Homem veio para salvar a todos, o que devemos fazer? Ficarmos inertes ou irmos até o irmão outrora equivocado em relação a Yeshua e estender nossas mãos?

Calou-se e sentou.

Asnar era o encarregado do encerramento da reunião. Então, falou:

— Irmãos, antes que nos retiremos, em razão da lição da noite e dos sensibilizados comentários feitos por nosso irmão Tobias, proponho uma questão: Todos estão de acordo que destaquemos um grupo para ir conversar com Jetro e os outros três acusados a fim de convidá-los a frequentarem nosso Núcleo? Se estiverem de acordo, proponho que o irmão Tobias, o irmão Doran, e me incluirei no grupo, fiquemos encarregados de conversar com eles.

"Se todos estiverem de acordo, proponho levantem uma das mãos.

Por unanimidade, as proposições de Asnar foram aceitas. A seguir, Reyna fez sentida prece e a reunião foi encerrada.

O grupo escolhido reuniu-se logo após e combinaram que no dia seguinte, à tarde, encontrar-se-iam na banca de Tobias e de lá iriam até o comércio de Jetro, para entrevistarem-se com ele.

Assim ocorreu. No outro dia, quando a tarde se iniciava, reuniram-se e foram para a loja de Jetro. Lá chegando adentraram-na e o viram conversando com Elijah, Lazar e Efraim, os outros três ex-membros do Conselho da Sinagoga. Não havia mais ninguém.

Estes, ao vê-los, experimentaram uma grande surpresa. A conversação entre eles foi suspensa. Ficaram mudos e esperaram os visitantes falarem.

Tobias quebrou o silêncio dizendo:

— Olá, amigos, como vão? Estão bem? Esperamos que sim. Viemos fazer-lhes uma visita cordial. Ficamos sabendo dos fatos. Todos na cidade sabem.

Tobias percebeu o ar de desconforto que suas últimas palavras provocaram. Mais do que depressa mudou o curso da conversa.

— Mas não viemos aqui para falar disso, viemos para trazer-lhes nossa solidariedade e perguntar em que poderemos ajudá-los ou sermos úteis.

Silenciou.

Jetro olhou para o grupo de visitantes, refletiu por alguns instantes e falou:

— Os senhores acabam por nos fazer mesmo uma surpresa enorme. Jamais imaginei que aqueles contra os quais investi com palavras, pensamentos malsãos e atos indignos, fossem os que viessem até nós para oferecer auxílio. Confesso que isto me emociona mais do que a minha sensibilidade tem registrado nestes últimos tempos.

A seguir, Jetro os convidou a se acomodarem em bancos que possuía na loja, o que fizeram.

Percebendo a boa recepção com que foram agraciados, Asnar aduziu:

— Caro Jetro, em razão da abertura que nos dás ante tuas gentis palavras, queremos avançar um pouco além de nossa simples visita, se assim consentires que façamos.

Jetro, olhando para os demais e obtendo assentimento pelo olhar, respondeu:

— Pois não, podeis falar. Que outro objetivo tendes?

— Pois não, — respondeu Asnar, — vou direto ao assunto. Como bem sabes, nosso grupo se reúne inclusive nos dias da semana.

"Em nossa reunião efetuada ontem à noite, o grupo decidiu, por unanimidade, que viéssemos convidá-lo e aos seus amigos, para frequentarem nossos estudos. Sabemos que serão de grande valia e auxiliarão sobremaneira a compreendermos melhor a criação, os diversos aspectos da Lei Antiga e poderão aprender sobre os ensinamentos de Yeshua, assim fazendo o encontro das partes, que se completam. O que acham?

Novo silêncio, e agora apreensão.

Jetro respondeu:

— Caros amigos, confesso que vosso convite me é prazeroso. Após tudo o que me aconteceu, tenho pensado que mereci passar por tudo aquilo, pois hoje vejo que sempre olhei as coisas sob uma visão fechada, sem observar o espírito dos ensinamentos, e penetrei no lodoso terreno do fanatismo.

"Talvez seja isto que nos tenha levado, desde o tempo de Abraão, a saquear, a matar, a conquistar pelo simples interesse no poder, e mesmo diante de todas essas coisas nos vangloriarmos como os únicos escolhidos de Yahweh.

"Como Yahweh se comporta nisto tudo? Ora, se sabemos que Ele tudo criou, assim pregamos: Criou o mundo e fez o homem e a mulher. Hoje vejo melhor e me pergunto: Por que nos utilizamos de uma venda nos olhos e olhamos as outras raças como se elas não fossem criadas por Ele? Estamos nós próprios falseando nossos princípios. Confesso-vos que essas conjeturas se me escapavam, e só agora, diante dos últimos acontecimentos, pude notar que tinha os olhos de ver e não enxergava. Pois se Yahweh é único, única é toda a sua criação.

"Tenho experimentado – e conversava isto com meus amigos quando vós chegastes – uma mudança radical nas minhas convicções, e me inclino a aceitar, a priori, no que quero mais ainda me aprofundar, que Yeshua de Nazareth tem razão: Yahweh ama a todos os povos. Lógico, repito, Ele os criou todos.

Jetro fez uma pausa.

Tobias, Asnar e Doran, que foram ali para convidá-lo e aos outros três, em pouco tempo puderam ter uma pálida amostragem do grande conhecimento de que Jetro era portador e estavam mesmo impressionados.

Então, Jetro continuou:

– Em razão destas rápidas considerações e de tudo o mais que me ocorreu, quero dizer-vos que eu, de minha parte, vos agradeço a visita, e com muito bom grado aceito sim o convite. Nada mais me prende à Sinagoga. Falo por mim. Quanto aos companheiros aqui, não sei.

Ao dizer isto, olhou para eles, ao que estes balançaram a cabeça afirmativamente. Então Jetro arrematou:

– Todos iremos conhecer e se possível frequentar vosso Núcleo.

Asnar inteirou Jetro e os demais sobre os dias e horários das atividades do Núcleo e disse que eles seriam muito bem recebidos.

Agradeceram a atenção de Jetro e dos demais e se retiraram.

Dois dias depois, ao cair da noite, reunidos no Núcleo para o estudo, foram surpreendidos pala chegada de Jetro, Efraim, Elijah e Lazar.

Perceberam uma certa timidez nos quatro, o que era mesmo natural. Eles entraram e foram convidados a sentar. Todos foram cumprimentá-los, deixando-os à vontade.

Tobias abriu as atividades da noite e solicitou a Doran que fizesse a oração inicial, ao que este aquiesceu:

– *Sublime Yahweh, Pai Criador de tudo e de todos nós, eis aqui os Teus filhos ainda um pouco rebeldes às Tuas Leis Magnânimas e Justas. Viemos de longe, pois o Teu Excelso Mensageiro Yeshua nos comprovou a imortalidade pelas asas da ressurreição. Ele deixou para trás a indumentária física que lhe serviu e que Ele dignificou com gratidão, e hoje singra os céus na condição de Teu Dispensador Divino.*

"Nesta noite especial para todos nós, em que permites a chegada de novos trabalhadores para Tua vinha, gratificamo-nos em Ti e por eles, rogando-Te, Oh Yahweh: Abençoa-nos e fica conosco.

Jetro e os convidados estavam mesmo surpresos. O que viram e o que ouviram até ali fez muito bem aos seus corações machucados. Ouviram referências a Yahweh como nunca tinham ouvido alguém fazer.

A seguir, Tobias pediu que fosse lido o texto de Levi para a noite.

O médico Neomedes, que passara já há algum tempo a frequentar o Núcleo, abriu o pergaminho e leu ao acaso:

– *Bem-aventurados os que choram, pois serão consolados. Bem-aventurados os famintos e os sequiosos de justiça, pois serão saciados. Bem-aventurados os que sofrem perseguição pela justiça, pois que é deles o Reino dos Céus.*

Terminada a leitura, o velho asmoneu fez o comentário:

– Irmãos em Yeshua e filhos de Yahweh!

"Está na vontade de Yahweh que seus filhos sejam felizes. A dor, a tristeza e o sofrimento não são sentimentos bons. São sentimentos que provocam lágrimas e apartam a criatura d'Ele, embora passageiramente, porque como Pai, Ele sempre providenciará o socorro, apesar de nossos erros e iniquidades.

"Quanto à justiça, primeiro é preciso sabermos que significa nos conduzirmos de uma maneira correta em todos os setores de nossa vida; sermos justos para com as outras pessoas. Assim procedendo, seremos credores da verdadeira Justiça Divina e nos veremos saciados em nossas necessidades.

"Por amor à justiça verdadeira, será melhor que soframos perseguição, ataques vis, calúnia, revezes da maldade do que isto tudo fazermos em relação a outrem. Penetrar no Reino dos Céus será o galardão de todos aqueles que na vida agem com justiça e amor para com todos.

Tobias calou-se e se sentou.

No ar, parecia que se reproduzia uma suave melodia. Todos ali naquela sala refletiam no ensinamento, curto mas de uma profundidade enorme.

Jetro e os outros jamais tinham ouvido alguma coisa tão certa e tocante como aquela, e tiveram a certeza de que não se arrependeriam de integrar-se àquele Núcleo. Estavam alegres, satisfeitos.

Terminada a reunião, com uma prece feita por Dinah, todos estenderam a conversação. Jetro fez questão de cumprimentar Tobias em razão do comentário. Mais algumas conversações se deram e se retiraram da casa.

Ao saírem, se depararam com um pelotão de soldados romanos que fazia prontidão para garantir a segurança do Núcleo e de seus frequentadores. Ali, Jetro teve diante de si a materialização das falas do Procônsul.

Os soldados até ficaram surpresos com as novas companhias do Núcleo. A realidade é que começava ali, naquela noite, uma nova vida para Jetro, os três amigos e demais outros judeus que passaram, em bom número, a frequentar aquele templo de Yeshua.

XLV

A DOENÇA DE TÉRCIO E A CURA POR ABIEL

Os meses se passaram céleres. A frequência no Núcleo de Antioquia de Psídia aumentara. Jetro e seus três amigos judeus vieram fortalecer o grupo, sobremaneira.

Certa noite, após as atividades, Tobias confidenciou a Jetro que por mensageiros tinha enviado notícias a Paulo de Tarso, que deveria estar por aqueles tempos em Jerusalém, sobre a conversão dele, Jetro, e de seus companheiros, ao ideal de Yeshua.

Jetro respondeu a Tobias que fazia gosto com a notícia; que pedia nas suas orações a Yahweh e agora a Yeshua, que lhe desse a oportunidade de se entrevistar novamente com Paulo de Tarso, pois gostaria de pedir perdão por tudo o que fizera contra ele.

Assim seguiam seu curso as tarefas do Núcleo na cidade. Os judeus conservadores da Sinagoga, agora capitaneados por Ilan, estavam enfraquecidos e não representavam grande ameaça, até porque estavam em dívida moral com Jetro, e de certa forma o temiam.

***

O inverno se fizera mais rigoroso nas noites sobre Antioquia de Psídia, trazendo o frio, e com ele surgiram doenças respiratórias.

Tércio, que na sua família era quem diariamente se levantava mais cedo, certo dia não conseguiu cumprir com seu hábito, porque amanheceu ardendo em febre alta, com suores e calafrios, apresentando a voz embargada e dores na garganta e no peito.

Reyna acordou sobressaltada. Vendo a situação de Tércio, deu alarme à filha, pedindo que ela fosse com o serviçal, com urgência, até a casa do médico Neomedes e que o trouxesse rápido, em razão da saúde de Tércio estar muito abalada.

Após certa demora, o médico chegou. Conduzido rapidamente aos aposentos de Tércio, o encontrou ardendo em febre alta e em estado de prostração.

Como primeira providência, auxiliou o paciente a tomar um banho frio, o que foi feito com bacias e copos. O objetivo era imediatamente tentar baixar a febre. Preparou um chá de alecrim, que serviu ao paciente.

A febre baixou um pouco e Tércio, apesar da prostração física, sentiu leve melhora. O doutor então escutou seu peito e as costas. Ouviu fortes chiados na altura do tórax de Tércio e ao apalpar as suas costas, viu que ele acusava dores.

Com o banho e o chá, Tércio parou de suar frio, foi se acalmando e logo adormeceu. O doutor Neomedes falou para a esposa e a filha sobre o quadro da doença, que para ele era grave, porquanto a dor nas costas não era bom sinal. Disse que havia um tipo de doença que afetava a respiração e poderia causar a morte.

Pediu que observassem Tércio. Se o quadro trouxesse tosse com sangue — era o que temia — a situação seria gravíssima. Pediu acompanhamento rigoroso. Que continuassem com o chá e que mandassem chamá-lo em caso de necessidade. Agradeceu e retirou-se.

Reyna e Shaina estavam aflitas demais. O marido e pai estava muito bem até o dia anterior. Não se queixara de nada e agora surgia aquela situação difícil que as colocava desesperadas.

Tércio dormiu um bom tempo, sob a vigília das duas. Quando acordou teve uma crise de tosse. As crises se repetiram ao longo do dia. A febre alternava, e quando caiu a noite o quadro piorou. Tércio começou a ter tosses acompanhadas de sangue.

Reyna apavorou-se. O médico foi chamado diversas vezes. Dois dias se haviam passado naquela angústia e sofrimento. Tércio piorava a olhos vistos. Neomedes temeu por sua vida.

Foi então que Reyna recebeu a visita de Tobias e Asnar, que vieram ver o companheiro. Ficaram muito impressionados com o que viram e temeram mesmo pela vida de Tércio. Tobias disse a Reyna e Shaina:

– Minhas irmãs, eu recomendo que enquanto nosso Tércio possa aguentar, porque a viagem é muito longa, o levem a Trôade, a fim de que o curador de Trôade possa atendê-lo. Todos já sabem de suas proezas e que inclusive curou a cegueira da filha do Procônsul, logo, não há nada a perder. Apressem-se. Organizem uma caravana e levem Tércio para lá, urgente.

Reyna e Shaina tomaram essa resolução. Rapidamente organizaram uma pequena caravana, com três serviçais do marido, mais a presença de Asnar, que se dispôs a acompanhar o grupo, em carro puxado por cavalos. Tomaram rapidamente o caminho de Trôade.

A viagem foi acidentada e difícil. O doente tinha crises enormes. A perda de sangue pela boca o debilitava visivelmente. Muito pouco se alimentava. Reyna, a filha e Asnar, todas as noites, oravam a Yeshua e a Yahweh, pedindo que Tércio aguentasse a viagem e que fosse socorrido e curado.

Ao cabo dos quinze dias chegaram a Trôade. Era no período da tarde e por informações, souberam que o curador residia na casa de um judeu de nome Carpo e que também fazia atendimento no Núcleo dos Seguidores do Homem do Caminho, à noitinha. Porém a situação era grave e delicada. Então demandaram a casa de Carpo.

Lá chegando, bateram à porta. Foi Yoná que atendeu. Interpelada sobre o curador de Trôade, se era ali que residia, Yoná informou que sim. Pediu que entrassem. Viu o estado grave do doente que traziam, que mal abria os olhos e estava totalmente pálido e febril. Foi acomodado num leito, no cômodo de hóspedes.

Yoná pediu que aguardassem, que ela ia chamar o curador.

Em alguns instantes, um homem entrou no cômodo. Então Asnar adiantou-se e perguntou:

– É o senhor o curador de Trôade?

– Não, não sou. Sou Carpo, o proprietário da casa. O curador mora em minha casa. Poderei sim requisitar sua presença, entretanto, a quem devo anunciar?

Reyna respondeu:

– Nobre senhor, eu sou Reyna, e esta é minha filha Shaina e o doente é meu marido Tércio. O amigo que nos acompanha é Asnar. Viemos de Antioquia de Psídia. Também nos acompanham três serviçais que nos auxiliam na viagem. Aqui estamos como último recurso. Meu marido está morrendo e precisamos dos préstimos do curador, em nome de Yahweh e de Yeshua.

Carpo então disse que aguardassem, pois iria comunicar ao curador de quem se tratava e se retirou. Logo após, Carpo adentrou o quarto de Abiel, que estava, exatamente naquele momento, orando a Yeshua. Carpo esperou que ele terminasse a oração, aproximou-se e disse:

– Bondoso amigo Abiel, estão aí pessoas com um doente que está muito mal. São de Antioquia de Psídia e vieram de lá para que possas tratar o doente.

Carpo percebeu que Abiel teve um ligeiro sobressalto. Então continuou:

– Trata-se de uma mãe e filha, que trazem o marido muito doente e se fazem acompanhadas de um amigo. O nome das duas é Reyna e Shaina. O marido é Tércio e o amigo, Asnar.

Abiel estava em pé, porém, Carpo viu que ele empalideceu e pareceu cambalear. Imediatamente o auxiliou a sentar-se no leito. Abiel levou as mãos à altura do peito.

Carpo não sabia o que estava acontecendo. Abiel recobrou-se em alguns instantes e com a mão trêmula dirigiu-se a um móvel onde havia pergaminho em branco e material para escrita. Tomando de um, começou a escrever. A mão tremia um pouco. Escreveu e depois entregou a Carpo, que leu:

"Amigo Carpo, o destino me bate à porta pela segunda vez. As pessoas que aí estão requisitando-me são minha ex-esposa e minha filha, das quais fiquei apartado por quinze anos e as reencontrei em Antioquia de Psídia, e Tércio é o novo marido e pai, por assim dizer, o meu rival vitorioso. Quanto a Asnar, é conhecido do Núcleo de lá. Conversamos algumas vezes.

"Peço-lhe encarecidamente que me dê mais alguns instantes para refazer-me da surpresa. Apenas coloque o doente em separado. Quero vê-lo sozinho. Não fale a ninguém deles sobre a minha mudez e sobre quem sou. Espero que não me reconheçam. Vai agora, trate de isolar o doente e volte a me chamar, por favor.

Carpo estava impactado com os fatos, mas não questionou o amigo. Logo estava de volta ao local onde estava o doente. Lá chegando, falou:

– O curador vai atender o doente aqui mesmo, mas requisita que o deixemos aqui neste cômodo só com ele. Pede que aguardem na sala contígua.

Acomodaram Tércio melhor e saíram.

Carpo convidou-os a se assentarem.

Para se chegar ao cômodo onde estava Tércio, seria preciso passar pela sala e caminhando uns três passos por ela, dirigir-se ao outro cômodo.

Mais alguns instantes e uma figura interessante entrou pela porta da sala. Trajava uma túnica cinza, já envelhecida, a cabeleira vasta, escura, mas já demonstrando alguns fios brancos, a barba espessa e enorme, cobrindo o peito, e somente se podia ver os dois olhos grandes do curador.

Os presentes ficaram impactados com aquela imagem. Ele levantou os olhos na direção do grupo e rapidamente entrou no cômodo onde estava Tércio. Carpo pediu que aguardassem ali e seguiu ao encontro do curador.

Shaina e Asnar nada suspeitaram, apenas registraram certa curiosidade com aquela figura. Reyna ficou um pouco ensimesmada. Notou algo familiar no curador, inclusive no jeito de andar. Contudo, afastou qualquer pensamento outro. Ficaram aguardando.

Abiel entrou no outro cômodo e se aproximou do leito onde estava Tércio. Ele estava com os olhos fechados. Abiel tocou no braço de Tércio e detectou a presença de febre alta. Levantou a pálpebra do olho direito do doente e viu que o globo ocular estava amarelado. Auscultou-lhe o peito e ouviu forte chiado. Viu nos cantos da boca de Tércio, filetes pequenos de sangue.

Abiel olhou novamente para o rosto de Tércio. Um vendaval de recordações lhe tomou a mente e ele começou a refletir nos estranhos desígnios de Yahweh. Pela segunda vez, o rival que se apossara do amor de sua vida estava ali como que a depender dele. O que deveria fazer? Atender, socorrer, tentar auxiliar, ou deixar que as coisas seguissem seu rumo sem a sua intervenção?

Percebeu a extensão do mau pensamento, afastou-o de imediato e centrou-se em Yeshua, que ensinou a amar a todos, inclusive o inimigo.

Carpo aguardava alguma ordem ou pedido. Abiel instintivamente ajoelhou-se ao lado do leito de Tércio e orou mentalmente. No recôndito da sua mente, dizia:

"Oh Misericordioso Yahweh! Que estranhos caminhos se apresentam novamente para este teu humilde servidor. Que estranha magia impregna nossas vidas. Aqui está pela Tua Soberana Vontade, a alma que se apossou da alma dos meus sonhos e com certeza Tu queres que eu anule em mim a decepção e a tristeza, e que cumpra com meu dever de auxiliar esta criatura.

"Oh Yeshua! Quando requisitaste-me o insignificante concurso, já sabias quão dura é a obrigação que tenho em superar meus desejos malsãos.

"Essa alma atravessou meu caminho e alimentou minha dor, mas como ontem pude ver, a muito custo, hoje vejo novamente que ele nenhuma culpa tem pelos meus fracassos, por isto, não lhe guardo rancor.

"Desejo mesmo que possa encontrar a cura, se assim for o Teu desejo. Oh Mestre Yeshua! Peço por ele, para que tenha a saúde reconstituída a fim de continuar cuidando dos meus amores. Auxilia-me, mais uma vez, a erradicar de minha alma a angústia, e dispõe de minhas mãos, como instrumentos de Teu Amor. Que seja feita a Tua vontade e a vontade de Yahweh.

Levantou-se e impôs as mãos sobre Tércio, primeiro na região da cabeça, depois da boca e do pescoço e a seguir, sobre o peito, onde se demorou.

Carpo não podia ver, mas das extremidades dos dedos de Abiel, raios luminosos de um azul celeste desprendiam-se e penetravam no corpo de Tércio, principalmente na altura do peito e da cabeça.

Abiel via com os olhos da alma, os órgãos internos do romano sendo regenerados.

De repente, uma substância escura, com um forte odor, começou a escorrer pela boca de Tércio. A um gesto de Abiel, Carpo acorreu a limpá-lo com um pano que havia sobre o leito. Uma boa quantidade dessa substância foi eliminada. A seguir, Abiel pediu, por escrito, para Carpo providenciar para o doente, chá de alho, e que após lhe dar o chá, deixasse ele dormir. Seria melhor que os familiares dormissem ali, com o doente, até o dia seguinte, se Carpo consentisse.

Adena, que tinha saído, chegou e se inteirando dos fatos, assumiu a tarefa do chá e o atendimento a Tércio e aos familiares e amigos. Terminado o atendimento, Abiel deixou o cômodo, passou pela sala, olhou novamente para o grupo, fez gesto com a mão para que fossem para onde estava Tércio e saiu pela outra porta.

Reyna ficou novamente impactada com a figura do curador.

Adentraram o cômodo onde estava Tércio. Reyna viu que ele dormia tranquilamente. Apressou-se a colocar a mão sobre a testa do marido. Quase deu um grito, porque não havia febre. Assuntou-lhe o rosto e percebeu que não havia suor. Tércio estava corado. A palidez sumira.

Reyna e Shaina começaram a chorar e Asnar estava admirado e perguntou a Carpo, que ali se achava, enquanto Adena providenciava o chá:

– Dizei-me, caro senhor, o que o curador fez?

Carpo respondeu:

– Ajoelhou-se aos pés do leito do doente e ficou orando pelo pensamento. A seguir, levantou-se e impôs as mãos no doente. Iniciou pela cabeça, depois a boca e pescoço, depois por todo o peito dele. Ficou um bom tempo nesse procedimento, e após, o auxiliei a limpar a boca do doente, de onde escorria uma boa quantidade de um líquido escuro. Percebi que o doente, que estava agitado antes, asserenou-se e dormiu profundamente. Então ele recomendou um chá, que será ministrado por Adena, e disse que o doente deve repousar aqui esta noite e que amanhã deverá levantar-se, pronto para partir.

Asnar não conseguia acreditar no que ouvia. Reyna e Shaina continuavam muito emocionadas. Tércio dormia calmamente. Após algum tempo, Adena trouxe o chá e disse que era para dar ao doente somente quando ele acordasse.

Carpo disse às duas que poderiam dormir ao lado do doente e que arrumaria outro cômodo para Asnar.

Reyna passou a noite velando o sono do marido. Shaina dormiu. Após a virada da noite, Tércio abriu os olhos e viu Reyna. Estranhou o ambiente. Reyna lhe disse que estava tudo bem; que estavam na casa de um médico. Deu-lhe o chá. Após tomar o chá, Tércio novamente adormeceu.

Vencida pelo cansaço e pela tensão dos últimos dias, Reyna adormeceu no leito, ao lado do marido.

Abiel retornara aos seus aposentos. Estava emocionado. Já tinha se refeito da surpresa que mais uma vez o destino lhe pregara. Trazia no coração a visão, mesmo que passageira, de Reyna e Shaina. E como Reyna estava bonita! Parecia que o tempo apenas lhe fazia bem. Enlevou-se nas lembranças do passado. Ainda a amava muito e jamais a esquecera, disto tinha certeza.

E Shaina? Igual à mãe. Conservava um porte elegante e era até mais bela do que a mãe. Ah! Quanta falta sentia das duas! Mas fez o que tinha que fazer. Não desejava que elas soubessem quem era o tal curador.

Lembrava que no dia em que saíra de Antioquia de Psídia, na companhia de Paulo, Silas e Timóteo, tomara a resolução, para ele definitiva, de sepultar o passado, embora isto não o obrigasse a deixar de sentir saudades. Era o que tinha por direito, apenas sentir saudades.

Preparou-se para dormir. Deitou-se. Demorou algum tempo para conciliar o sono, porque as imagens da ex-esposa, da filha e de Tércio lhe povoavam a mente, mas acabou por adormecer.

De repente, como lhe ocorria mais vezes ultimamente, viu-se saindo do corpo e divisou o sorriso belo de Estêvão. O amigo veio em sua direção e o abraçou dizendo:

— Abiel, não podes aquilatar a alegria que tua atitude proporcionou. Venceste, hoje, novamente, os azorragues do egoísmo e do orgulho, e devolveste à Lei o equilíbrio outrora quebrado. Ao socorrer Tércio, foste vitorioso diante das Leis de Yahweh.

"Fizeste bem em não anunciar-te. O bem não precisa de alarido. Ao preservares a intimidade, demonstraste que não tens ressentimento algum e que tens consciência de que a ausência dos seres amados foi provocada por ti mesmo.

"Vim, Abiel, apenas para te abraçar e falar da minha alegria por ti.

Tocou a cabeça de Abiel, que retornou ao corpo, no prosseguimento do sono físico reparador.

Amanheceu. Reyna acordou assustada e teve uma surpresa indizível. Tércio estava sentado no leito e conversava com Shaina, em voz baixa, para não acordá-la. Não podia acreditar no que via. Então, refazendo-se da surpresa, perguntou:

– Meu bom marido, que alegria imensa em ver-te assim! Como te sentes?

Ao perguntar isto, abraçou a filha. Tércio respondeu:

– Muito, mas muito bem mesmo. Não sinto nada de ruim. Dor alguma sequer. Sinto fome. Parece mesmo que acordei de um pesadelo. Não queríamos te acordar. Nossa filha me fez um relato de tudo o que aconteceu nestes últimos dias. Mal me lembrava das coisas. Também falou-me sobre onde estamos e sobre o curador de Trôade.

Reyna se expressava num misto de riso e choro. Abraçou Tércio, beijou-o e à filha e disse:

– Precisamos falar com o senhor da casa, agradecer-lhe e em especial ao curador. Gostaria muito de falar com ele.

Leve batida na porta do cômodo, que foi aberta por Shaina. Adena entrou e cumprimentou todos. Olhando para Tércio e vendo-o bem disposto, perguntou:

– E o nosso doente, como vai?

– Nunca me senti melhor, – respondeu Tércio.

Adena sorriu e convidou-os para a refeição matinal com eles.

Reyna e Shaina ajudaram Tércio a se levantar. Ele estava mesmo bem, mas um pouco fraco, porque há dias não se alimentava. Arrumaram os pertences. Reyna perguntou a Adena sobre Asnar. Ela respondeu que ele já estava com Carpo, aguardando-os para a refeição matinal.

Carpo já tinha estado bem cedo nos aposentos de Abiel, que lhe escrevera que não desejava revelar-se aos visitantes; que não compareceria para a refeição. Pedia que justificasse sua ausência e dissesse aos visitantes que eles nada lhe deviam.

Chegaram ao local das refeições. Asnar ficou admirado demais em ver Tércio curado e bem disposto. Após as saudações, sentaram-se. Enquanto Yoná e duas serviçais serviam o repasto, Asnar perguntou:

— Senhor Carpo, nosso curador não vem para a refeição conosco?

— Ah! – respondeu Carpo - Nosso curador levantou-se muito cedo e foi atender a um chamado, porém deixou-lhes um abraço e um pedido.

— Qual o pedido? – inquiriu Asnar.

— Que procurem aprender e viver os ensinamentos de Yeshua, o Sublime Enviado por Yahweh. Além disto, disse que nada lhe devem.

— Ora, que pena, – disse Reyna. – Queríamos tanto falar com ele para agradecer o milagre que fez e retribuir de alguma forma.

Refletiu alguns instantes e a seguir perguntou a Carpo:

— Como é mesmo o nome dele?

Carpo, um pouco surpreendido, lembrou-se do pedido de Abiel e com habilidade respondeu:

— Não sabemos. Ele chegou aqui na mesma época em que Paulo de Tarso chegou. Não se sabe ao certo se veio com Paulo. O fato é que não declinou seu nome a ninguém e insistentemente diz que isto não é importante.

— Ele diz? – retrucou Reyna – Mas falam que perdeu a língua, que é mudo.

Ao dizer isto, olhou novamente com força para Carpo. Este percebeu e respondeu, tergiversando:

— São boatos. Ele não perdeu língua nenhuma. Quando quer se comunicar o faz pela escrita.

Reyna calou-se. Todos comeram. Tércio procurou alimentar-se bem. Terminada a refeição, Tércio falou:

– Senhor Carpo, eu não sei como agradecer ao senhor, a sua família e ao curador de Trôade, que sequer pude conhecer. Sinto que renasci, e lhes devo esse benefício. Temos que voltar urgente para Antioquia de Psídia, mas chegando lá providenciarei o envio de recursos que sejam suficientes para recompensar a todos pela cura que recebi, e que naturalmente encaminharei ao Núcleo de Trôade.

– Não há nada para ser pago ou recompensado, – reafirmou Carpo. – Foi Yeshua que o curou. Estimo que possam partir em paz.

XLVI

PAULO TEM NOTÍCIAS DE ABIEL E INICIA SUA TERCEIRA VIAGEM

Prenunciava-se a virada do ano 53 para 54 d.C. Paulo, quando retornou a Jerusalém, teve a feliz oportunidade de conviver mais um pouco com os apóstolos que haviam fundado a Casa do Caminho. Teve também um feliz reencontro com Barnabé, de quem nutria saudades. Os colóquios que teve no primeiro Núcleo Cristão fundado em Jerusalém foram inúmeros. Paulo fez aos irmãos relatos de sua segunda viagem missionária, no que foi auxiliado por Silas e Timóteo.

Timóteo, apresentado aos irmãos, por Paulo, encantou a todos, especialmente por sua juventude. Os discípulos de Yeshua admiravam a força da sua fé e também o vigor com que falava sobre a mensagem do Messias. Passaram a ter a certeza de que a Boa Nova encontraria terreno fértil no coração dos moços.

De quando em quando, chegavam notícias dos Núcleos à Casa do Caminho, por mensageiros, e que eram encaminhadas a Paulo. As notícias davam conta, principalmente, da atuação e da situação dos Núcleos Cristãos por ele fundados nas inúmeras cidades por onde passara, por ocasião de suas primeiras duas viagens missionárias.

Foi com alegria que certo dia chegou à Casa um grego de nome Pítias, mercador que fazia viagens de Jerusalém às Províncias Romanas da Frígia, da Galácia, da Trácia, da Macedônia e da Acaia. Pítias se convertera à Boa Nova na cidade de Trôade.

Pítias pediu uma entrevista com Paulo. Amorosamente recebido, após os cumprimentos, relatou a Paulo a situação do Núcleo dos Seguidores do Homem do Caminho fundado em Trôade, trazendo-lhe excelentes notícias de Carpo, Sedécias, Eliade e Judite. Informou que o Núcleo crescera bastante e que a frequência de interessados nas atividades beirava a trezentas pessoas, regularmente.

Paulo ficou feliz, porém estava ávido por ter notícias de Abiel.

Disse ao visitante:

— Amigo Pítias, fico muito feliz com as notícias que me trazes...

Ia continuar a falar, mas foi interrompido, pois Pítias acrescentou:

— Permita-me completar a informação. Ocorre que a frequência no Núcleo aumentou sobremaneira nestes últimos dois anos, em razão de que há na Casa um curador que tem desenvolvido um trabalho notável de curas. Ele já é famoso em toda a Frígia e na Galácia. Pessoas chegam a Trôade, de muito longe, para avistar-se com ele, a maioria cheia de problemas físicos e de doenças as mais variadas, e são atendidas e socorridas. As curas têm sido extraordinárias. O curador nada recebe pelo seu trabalho, pois atua junto ao Núcleo e transfere todos os méritos das curas que acontecem ao Núcleo e principalmente a Yeshua.

Paulo ia perguntar o nome do curador, porém Pítias complementou:

— Esse curador é uma figura muito interessante. Tem estatura mediana, uma vasta cabeleira que lhe cai sobre os ombros, a barba comprida deixando à mostra somente os olhos, e em tudo o que faz, deixa claro que o faz em nome de Yeshua.

"Quanto ao seu nome, ninguém sabe. Acho mesmo que só quem sabe o nome dele é a família do amigo Carpo e os dirigentes do Núcleo, porém, eles não falam. O que se sabe, e também por boatos, é que o tal curador é mudo. Uns dizem que teria chegado a Trôade acompanhando o nobre Paulo.

Paulo recebeu a notícia sob positivo impacto. A observação final do visitante não lhe deixou dúvidas que o referido curador era Abiel. Ficou muito contente com a informação e tinha certeza que suas orações pelo amigo haviam sido recebidas por Yeshua, pois Abiel, de algum modo, estava colaborando efetivamente para a divulgação da Boa Nova.

Pítias disse a Paulo que ali viera a pedido de Carpo e perguntou se o Cireneu tinha alguma mensagem para o Núcleo de Trôade.

Paulo pediu a Pítias que levasse aos amigos de lá a certeza de sua enorme satisfação com as notícias trazidas. Que abraçasse todos, e em especial o curador, em seu nome, pedindo para dizer a eles que pretendia para breve lá voltar, e que pedia a Yeshua, bênçãos para todos os integrantes do Núcleo.

Paulo planejou sua terceira viagem. Ele tinha o firme propósito de visitar novamente os Núcleos que fundara. Sentia necessidade de reforçar a pregação da Boa Nova e corrigir quaisquer mal-entendidos que pudessem ter ocorrido ou estar havendo. O Cristianismo – nome sugerido pelo amigo Lucas, – a esse tempo já era conhecido em todo o Império Romano.

Paulo tinha enorme zelo pela obra que o Messias havia depositado em suas mãos. Julgava necessário ir novamente às cidades onde outrora tinha feito as pregações, para fortalecer e edificar a fé junto àqueles que desde o início do seu trabalho, em Jerusalém, tinham recebido a palavra de Yeshua. Pítias agradeceu e retirou-se dizendo que esperava rever Paulo quando de seu retorno a Trôade.

Após muitos dias de preparativos, conversações, renovações de fé, com os irmãos de Jerusalém, o Cireneu, na companhia de Timóteo, viajou para Antioquia da Síria. Tinha intenção de ficar um pouco com os irmãos do segundo Núcleo da Casa do Caminho, para também fortalecê-los na fé o quanto mais. De lá, nutria o projeto de encetar nova viagem, numa rota mais direta, até chegar a Éfeso, porquanto tinha intenção de retornar sem demora a essa cidade.

Em Antioquia da Síria, que era o segundo Núcleo dos Seguidores do Homem do Caminho e onde aconteciam inúmeros fenômenos; onde os irmãos do Núcleo falavam em línguas estranhas e que era frequentado por um grande número de gentios, Paulo ficou vários dias, em estudos, debates e troca de energias e fé, renovando também suas energias para o programa que tinha em mente.

Num dia ensolarado, em que a Natureza apresentava toda a sua beleza, reverenciando Yahweh, Paulo e Timóteo deixaram Antioquia da Síria, por uma estrada que levava até Tarso, cidade natal de Paulo. Após quatro dias de viagem, o Cireneu chegou a Tarso, onde reveria as paisagens de sua infância e adolescência. Já pelo caminho, ele e Timóteo dormiram ao relento, protegidos por árvores.

Na última noite, dormiram em uma gruta ou caverna, o que era muito comum, dado que Tarso ficava em região com elevação costeira, quase no litoral.

Nessa noite, Paulo fez um relato a Timóteo sobre sua família. Falou das dificuldades havidas na última entrevista com seu pai, oportunidade em que afirmou que embora retornasse a Tarso, não tinha intenção de visitá-lo. Tinha saudades dele, como tinha de sua irmã Dalila, mas já nem mesmo se pertencia, porque sentia que pertencia por inteiro ao Messias, a quem aprendera a amar com todas as fibras de sua alma.

Tarso era a principal cidade da Província Romana da Cilícia, e era considerada a Capital da Província, sendo um centro cultural filosófico e religioso. Possuía um templo dedicado a Baal e uma Universidade tão importante quanto as de Alexandria e de Atenas, na Grécia. Ficava numa região costeira, fértil para o cultivo do linho. Havia prósperas indústrias de tecelagem e de fabricação de tendas. Sua cultura e costumes, entretanto, eram estranhos ao judaísmo. Essa foi uma das preocupações que levaram os pais de Paulo a enviá-lo para Jerusalém, onde já estava a irmã dele e onde chegou por volta dos treze a quatorze anos de idade, época em que a tradição judia determinava que o jovem judeu deveria apresentar-se no Templo.

A cidade tinha excelente porto marítimo, que permitia acesso às principais rotas comerciais terrestres, de leste a oeste. Na direção leste, levava à Síria e à Babilônia; na direção norte à Ásia Menor. No decorrer de sua famosa história, Tarso foi visitada pelo conquistador Caio Júlio César, por Marco Antônio e por Cleópatra. Teve diversos governadores romanos, dentre eles Ciro, em 51 d.C. A cidade fica no centro de uma grande planície, tendo mais ao sul a cadeia de montanhas Taurus.

Chegando a Tarso, Paulo e Timóteo se dirigiram à casa de Amós, judeu já conhecido de Paulo, que aderira aos novos ensinos e junto com alguns outros convertidos reunira um grupo de pessoas e fundara um pequeno Núcleo de divulgação da Boa Nova. A passagem de Paulo por Tarso foi rápida. Falou aos companheiros, concitando-os aos esforços pela Nova Causa. Estimulou-os a pregarem-na a todas as gentes. Ficaram ali dois dias. Depois, viajaram na direção de Derbe.

Após dois dias e meio de viagem, enfrentando o sol causticante, chuvas e frio noturno, Paulo e Timóteo chegaram a Derbe.

Derbe era uma das cidades da Licaônia. Ficava na Província Romana da Galácia, na Ásia Menor. Fora conquistada pelos romanos em 25 a.C. e acrescentada à Galácia pelo Imperador Claudius, em 41 d.C. Fazia fronteira com o território do rei vassalo, Antíoco.

Paulo estava feliz. Nutria o desejo de encontrar-se com um amigo que conhecera quando de sua primeira viagem, Gaio. Com efeito, ele o recebeu e hospedou em sua casa. Paulo alegrou-se de ver o Núcleo de Derbe em franca expansão. Conviveu com amigos por vários dias e, como ele mesmo dizia, solidificou a fé.

Resolveu continuar a sua viagem e convidou Gaio a acompanhá-lo, no que foi atendido, mais ainda alegrando o coração do Cireneu.

Logo mais, estavam os três a caminho de Listra. Agora a caravana aumentara. Quase três dias de viagem e chegaram a Listra. Paulo teve a alegria de rever Loide e Eunice. Timóteo era o mais alegre, pois estava revendo sua mãe e a sua avó. Elas compareceram a todas as atividades do Cireneu em Listra. Paulo informou a todos que não se demoraria na cidade, revelando sua intenção de ir adiante. Na última noite no Núcleo de Listra, o Cireneu reservou a sua prédica para falar sobre o mandamento de Yeshua: *"Amar a Yahweh em primeiro lugar e ao próximo como a si mesmo."*

Em seus comentários, resumidamente, disse:

— *Yahweh, o Todo Poderoso, é nosso Tudo, então, não precisamos desejar felicidade maior do que esta. Somente para quem O ama a felicidade será compreensível.*

"Aprendemos com Yeshua que nosso refúgio é Yahweh, por isto, bendito será para sempre o Seu nome, Luz Eterna. Superior a toda luz, um raio do infinito penetra o nosso coração e manifesta em nós as maravilhas da Sua Criação, cantando a glória de Amar.

"Vinde até nós, oh Sublime Ceifeiro, e socorrei-nos para que não nos seduza a vaidade. Bem-aventurado é o homem que por amar-Vos terá fervor no espírito e a consciência tranquila e serena.

"Nós estamos onde nosso pensamento está, e se nosso pensamento estiver em Vós, estaremos sob o império do amor.

"Assim como vaticinou Yeshua, esforcemo-nos por amar nosso próximo, para que glorifiquemos, por ações, o nome de Yahweh.

Os amigos de Listra, como sempre, se encantaram com a presença, o conhecimento, a erudição e o amor de que Paulo era portador. Vários dias se passaram no fortalecimento da fé. Porém, o Cireneu nutria um desejo firme de o quanto antes ir a Éfeso. Antes, no entanto, pretendia rever os Núcleos todos da Frígia e da Galácia.

Em companhia de Timóteo e Gaio, partiu, certa manhã, tomando o caminho de Icônio. Mais dois dias de viagem e lá chegaram.

Em Icônio, sua passagem também foi rápida. Entrevistaram-se com os amigos do Núcleo dos Seguidores de Yeshua e Paulo os fortaleceu na fé.

XLVII

Paulo em Antioquia de Psídia – Reencontros

Novamente dispostos aos caminhos difíceis e acidentados da Ásia Menor, viajaram rumo a Antioquia de Psídia, onde o Cireneu tinha vários grandes amigos. Como sempre, enfrentando as agruras do tempo, controlando víveres e às vezes submetendo-se à fome pelo racionamento ou falta do alimento. Após dois dias e meio os viajantes chegaram a Antioquia de Psídia.

A hospedagem novamente foi na casa de Doran e de Dinah, os quais não cabiam em si de alegria pelo retorno do amigo de Yeshua. Instalados na residência de Doran, a notícia de sua chegada espalhou-se, e logo começaram a aparecer os amigos Asnar, Tobias, o velho asmoneu, e outros.

Na noite do primeiro dia, reuniram-se todos no Núcleo. Os amigos de Paulo nada tinham dito ao Cireneu sobre os acontecimentos últimos ocorridos em Antioquia de Psídia, notadamente em relação às ações dos líderes da Sinagoga. Apenas lhe tinham enviado por mensageiro vagas notícias sobre a conversão de Jetro e dos três demais companheiros. Haviam combinado entre si que a eventual presença desses no Núcleo deveria ser notada em primeiro plano por Paulo.

Paulo, Timóteo e Gaio, na companhia de Doran e Dinah, chegaram cedo à reunião. Logo mais chegaram Asnar e familiares e Tobias. Um pouco depois, chegaram Tércio, Reyna e Shaina. Todos foram abraçar Paulo e Timóteo e também Gaio, que foi gentilmente apresentado pelo Cireneu como um irmão firme na fé. Manifestaram-se as alegrias pelo reencontro. Logo mais foram chegando mais companheiros do Núcleo. Paulo estava contente. A reunião da noite foi iniciada e curiosamente, sem a presença de Jetro, Elijah, Lazar e Efraim.

Tobias, como sempre, fazia as honras da abertura. Ia iniciar a fala quando um tropel de cavalos se fez ouvir. Olhou para Paulo e os amigos, sorriu e disse:

— Como sempre, em todas as nossas atividades, desde sua partida, bondoso amigo Paulo, Roma faz a vigilância de nossas reuniões.

Paulo reviu pelo pensamento os fatos que vivera com o Procônsul e sua esposa e também levemente sorriu. Tobias prosseguiu e fez a oração inicial:

— Amado Yeshua, para nossa alegria e júbilo, permites que o irmão querido de todos nós retorne a esta casa e a nossa presença, preenchendo nossas vidas e promovendo em todos nós a certeza inabalável na consolidação dos Teus ensinamentos nesta Terra sofrida e angustiada.

"Submetidos ao Teu amor soberano, estamos ávidos por ouvir o Teu arauto. Permite-nos que possamos absorver as orientações, nas palavras do bondoso amigo. Abençoa-nos hoje e sempre. Assim seja.

A seguir, pediu que Asnar lesse o trecho da lição da noite.

Paulo estava de costas para a porta de entrada e não poderia ver a chegada de Jetro e dos três novos amigos, que, acompanhados de seus familiares, acabavam por chegar um pouco atrasados, tomando assento.

Asnar desenrolou o pergaminho de Mateus Levi e leu:

— *Bem-aventurados os que são brandos, porque possuirão a Terra. Bem-aventurados os pacíficos, porque serão chamados filhos de Yahweh.*

A seguir sentou-se. Fez-se breve silêncio.

Paulo levantou e se virou para o público. Ia iniciar o comentário quando seus olhos se depositaram em Jetro e nos demais visitantes. Percebeu que Jetro registrou seu olhar e ficou um pouco desconcertado.

Paulo, naquele instante, pensou no que que teria acontecido de fato, vendo-os integrados ao Núcleo. Sentiu que não havia nenhuma tensão no ar. Sorriu levemente para Jetro e iniciou a fala:

— *Irmãos amados, registro em primeiro lugar o meu enorme contentamento em ver a vossa união e os progressos que este valoroso Núcleo fez.*

"Não posso deixar de registrar, neste instante, porque meu coração fala mais alto, a enorme e bela surpresa que me enleva a alma ao ver em nosso Núcleo a presença de Jetro, nosso estimado irmão em Yahweh, e dos demais irmãos que o acompanham.

"Cada dia que se passa em minha vida, mais me surpreendo com as dádivas que Yeshua tem me permitido e que são em grau infinitamente superior às contrariedades.

"As agressões morais, e físicas até, que tenho sofrido por defender a Causa do Messias, que é a mesma Causa de Yahweh, nada representam, quando vivemos um momento como este que estamos aqui vivendo esta noite, ao amparo de novos corações que se somam em nossas fileiras.

"As marcas do corpo nada representam em comparação com as energias renovadoras que sentimos neste instante.

Silenciou, sorriu e continuou:

– Os ensinamentos de Yeshua, irmãos, longe de contrariar a Lei Antiga e os Profetas, na realidade, somente fazem confirmá-los. É certo que Yahweh prometia o Reino dos Céus àquele que é justo e que observa as suas leis, porém, esta verdade foi tomada ao pé da letra, e esse Reino foi estabelecido como sendo um Paraíso exclusivo de uma raça, deixando do lado de fora aqueles que, apesar de também serem Seus filhos, são considerados estrangeiros, porque incircuncisos, e também aqueles que inadvertidamente ainda agem no equívoco de suas leis.

"Vem-nos então a pergunta: Se Elohim criou tudo; se Ele é perfeito, será possível ao homem atingir a perfeição?

"A evolução e o crescimento do homem, irmãos, mesmo que isto se possa dar pelas vias da dor e do sofrimento, atinge já um ponto em que os sofismas precisam ser postos à margem, para que ele compreenda que a mensagem da Boa Nova, imortalizada no Sermão das Bem-aventuranças, uma vez ouvida e praticada, lhe permite encontrar a serenidade da mente e do coração, eis que ela se traduz em otimismo e vida, esperança e paz, na certeza da vida futura.

"Yeshua, pela ressurreição, comprovou os ensinamentos que surgiram antes d'Ele: A presença inquestionável da imortalidade, que abrasará toda a Terra.

"Moshe entendeu com maestria que a alma, ao conformar-se e submeter-se à vontade de Yahweh, significa alcançar uma vida plena, por isto, embora fosse ele mesmo uma alma intrépida, resoluta, decidida, era manso de coração. Herdou a Canaã Prometida e nos legou como herança a Terra da Promissão.

"Yeshua, além de reprisar Moshe, acrescentou que os sofrimentos dos homens devem-se às circunstâncias de possuírem um modo de vida que colide com a verdade, o que os impede de ainda serem brandos e pacíficos. Deixou claro que a mansuetude está na atitude mental e na ação edificante do amor. É uma combinação de fé em Yahweh e cumprimento das Suas Leis, com a vontade de fazer o bem; de servir ao próximo.

"Assim, aquele que possui a base dos ensinamentos de Yeshua e a pratica, terá essa mansuetude e será considerado como brando e pacífico, tornando os seus dias serenos e com paz, mesmo os dias futuros que viverá na Terra.

"Yeshua é o nosso Guia Infalível. Pelos seus caminhos iremos até Yahweh. Os que chegarem até Ele, herdarão a Terra. A vida presente e a futura nos será legada de acordo com nossa semeadura e nunca será o paraíso da ociosidade, mas o paraíso do trabalho na vinha do Senhor, que não fica em lugar distante e inatingível, mas que se traduz no nosso mundo, aquele que nos recebe e nos oferece morada.

"De nada adianta termos tudo e não termos nada. Quando a alma entra em aflição, ela poderá até ter todo o conhecimento possível, mas se não tiver afeto e amor, vagueará na esperança de penetrar na Casa de Yahweh. O orgulho e o egoísmo a farão afastar-se da morada dos justos; da morada dos que lutam, amam e servem sem esperar retribuição alguma. Estes últimos, sem dúvida, serão os herdeiros da Terra.

Paulo calou-se e se sentou.

Tobias levantou-se, com os olhos úmidos, respirou fundamente e disse:

— Irmãos queridos, não é tradição de nosso Núcleo que se abra a palavra aos presentes, após os comentários. Porém, esta é uma noite especial. A estada entre nós, de nosso amado Paulo, além de difícil em razão de tantas tarefas que ele possui, é uma dádiva divina. Respeitando esse momento, gostaria de deixar a palavra livre para manifestações.

O pequeno silêncio foi quebrado corajosamente por Jetro, o antigo chefe da Sinagoga e antigo perseguidor do Cireneu, que, levantando-se, dirigiu-se mais à frente e postando-se próximo a Paulo, olhou-o como que a lhe pedir perdão e falou:

– Caros irmãos, acho que assim já posso chamar-vos e o faço sustentado na bondade de vossos corações.

"Sublime Embaixador de Yeshua.

"Não saberia traduzir melhor, por palavras, os sentimentos de que sou tomado nesta ocasião.

"Educado sob os rigores da Lei Antiga, vivi a minha juventude e maturidade sob o látego da severidade para comigo e para com todos. Abracei a causa de Yahweh, da qual julgo que não me apartei. Porém, sob esse impositivo, hoje vejo que fui uma presa na armadilha do fanatismo.

"Nunca tolerei o que considerava desvios em relação à Lei de Israel e suas tradições.

"Assim, de fato, me tornei uma pessoa irascível para muitos, e vi naqueles que produziam ideias contrárias aos ditames do Sanhedrin, grande ameaça à estabilidade de nosso povo e de nossa raça.

"Bem sei que os escritos sobre a religião de nosso povo sempre foram objeto de celeumas entre os próprios irmãos. Os saduceus interpretam de uma forma; os levitas de outra; os fariseus não admitem nada que possa contrariar-lhes a interpretação.

"Isto tudo sempre formou um emaranhado de posições que produzem as disputas religiosas, muitas vezes submetidas aos interesses das disputas de comando, e hoje vejo com clareza, sob sede de poder, poder esse, que agora entendo, nada mais é do que temporal.

"Esses estigmas sempre moldaram minha personalidade e me tornaram, qual aos conservadores intolerantes, inamovível na ideia fixa já adotada pelos antepassados. Nem mesmo as previsões dos profetas foram suficientes para que eu pudesse entender que o Messias haveria de vir no seio de nosso povo, não como um rei poderoso e que submetesse todas as nações ao seu jugo bélico, e sim como o Rei da Verdade.

"Apesar de toda a trajetória, formada mais pela tradição do que pela convicção pessoal, sempre me coloquei fiel ao ideal que abraçara e sob o peso desse ideal cumulei erros e agressões vis e despropositadas. Uma delas contra esse Irmão que tenho a honra de rever, e era o que mais desejava fazer nestes tempos de minha vida.

"Claro que ao chamar de irmão a quem persegui, cometo talvez uma ousadia, mas entendo que não devemos ficar atados à omissão nem à covardia.

"Os últimos acontecimentos de minha vida – e rendo por isto graças a Yahweh – me fizeram abrir os olhos e ouvidos, e pude ver e ouvir a litania dos falsos e as vozes da indiferença, atitudes essas para as quais não se deve ofertar endosso, mas que me serviram para ir ao encontro da verdade que imaginara dominar e ser possuidor, mas que me surpreendeu mergulhado na minha própria ignorância.

"Após os embates da vida, que vão amoldando tal qual a ação do fogo que funde o ferro, a têmpera do verdadeiro caráter humano, experimentei as mais vivas e duras decepções com tudo o que eu defendia como sendo a verdade absoluta, e coloquei-me em descrédito. A dor se apoderou da minha alma de forma atroz e arrebatadora. O império religioso que habitava e defendia ruiu, qual castelo construído na areia das praias, nada sobrando dentro dele.

"Com o passar dos dias, dei-me conta que aquele Yahweh que sempre defendi com unhas e dentes, não poderia ser o verdadeiro Yahweh. Nunca havia enxergado, nem que fosse por uma nesga ou fresta qualquer, que o verdadeiro Yahweh é o Amor essencialmente Original e Puro.

"Esse Yahweh, para mim fatalmente desconhecido, me foi apresentado aqui neste Núcleo, pelas anotações das palavras do Messias, quando, com claridade, nos ensina que Ele é o Amor, o Perdão e a Misericórdia, bases fundamentais da Doutrina de nosso Pai Celestial, o que nunca antes suspeitara.

"É claro que engatinho nessas novas revelações e me deslumbro, como também meus amigos, com a lógica, a simplicidade, o objetivo e o conteúdo da chamada Boa Nova. Concordamos que temos muito por aprender, porém, essas poucas leituras e audições já têm me dado uma visão de solidariedade e de fraternidade nunca antes conhecida.

Gostaria, por final, em nome do verdadeiro Yahweh, que ainda mais passarei a conhecer; de Yeshua, a quem persegui na figura do amigo Paulo de Tarso, e dele próprio, de pedir-lhes perdão pela minha ignorância e inaptidão, rogando a Yahweh que um dia possa ser chamado por vós, com o mais puro sentimento, de irmão.

Calou-se. Os seus olhos demonstravam a presença das lágrimas. Sentou-se.

Paulo levantou-se, caminhou na direção de Jetro e o abraçou. Aquele foi um abraço onde a intolerância cedia lugar ao amor fraternal, demonstrando que para Yahweh nunca houve divisões, porquanto estas sempre foram e continuam sendo provocadas pelos defeitos humanos.

Satisfeito, Paulo comentou, após abraçar os demais irmãos que estavam com Jetro:

– Quero que saibais que nada tenho e nada temos a perdoar. Nas conjecturas sobre nossas existências, verificamos que muitos erros cometemos. Eu, que fui o maior dos perseguidores da Nova Mensagem, aqui estou, lutando nas fileiras de Yeshua. Ele mesmo, muito embora meus graves defeitos, chamou-me para o Seu Ministério de Amor e com certeza chama os novos amigos para que também sejam depositários de Suas fecundas esperanças em ver o Verdadeiro Reino de Yahweh ser implantado nesta Terra de tantas amarguras e de tantas dores da alma.

"Tende pois a certeza de que podeis contar conosco, como contamos com vós todos, para a continuidade da semeadura do bem de forma irrestrita e sob o caminho traçado por Yeshua, o Sublime Messias. É em nome d'Ele que dizemos que sempre fostes e continuareis sendo, nossos irmãos.

O restante da reunião foi das mais efusivas congratulações. Logo depois, todos se retiraram para o repouso indispensável, sob a proteção e guarda, no trajeto aos seus lares, dos soldados da legião romana.

No dia seguinte, nova reunião de estudos foi realizada pelos amigos do Núcleo de Antioquia de Psídia. Desta feita, a reunião tinha curso de tempo menor e a parte final foi reservada à comemoração pelo retorno do Cireneu e, ao mesmo tempo, configurava-se em homenagem a sua próxima partida.

Foram levadas broas, doces, geleias, leite de cabra, mel e pães salgados, para serem servidos aos frequentadores, dentre eles os novos integrantes egressos da Sinagoga. Achavam-se presentes, também, Tércio, a esposa e a filha.

As conversações, após, foram animadas. Timóteo fazia referências aos Núcleos dos Seguidores do Homem do Caminho fundados pelo Cireneu. Paulo participava, aqui ou ali, reunindo-se com as pessoas, conversando, ouvindo, sugerindo. Formou-se em torno dele uma roda, da qual participaram, entre outros, Tobias, Asnar, Tércio, Reyna, Shaina e Neomedes.

A certa altura, Asnar comentou sobre o fato ocorrido com a filha do Procônsul Cneo Domicius Corbolo, que parecia ter nascido cega, e que levada até um curador que ficava em Trôade, fora curada. Que esse curador atua no Núcleo Cristão de Trôade. Tércio também usou da palavra, narrando a Paulo a própria experiência de cura que tivera pelas mãos do curador de Trôade. Reyna e Shaina participavam ativamente dos comentários.

Asnar disse a Paulo:

— Esse curador, que pude conhecer em Trôade, é uma figura enigmática. Tem o cabelo e barba grandes e dois grandes olhos que parecem mergulhar no interior da pessoa. Ninguém sabe dizer seu nome. Disse-me o cidadão que o alberga na sua casa, de nome Carpo, que o tal curador, além de ser mudo, é teu amigo. Por acaso o conheces mesmo?

A pergunta tinha interessado a todos os ouvintes.

Paulo sabia dos dramas da vida de Abiel. Sabia como ele saíra de Antioquia de Psídia, na ocasião, sem poder falar com a ex-esposa, e quanto sofrera as amarguras em relação ao novo companheiro dela e em relação à filha. Sabia que eles estavam ali, naquela roda de pessoas.

Paulo entendeu ser o momento de auxiliar na reconstrução da imagem da pessoa de Abiel, em razão da bondade imensa que sempre viu e sentiu no coração do amigo.

Olhando para todo o grupo, respondeu, calmamente:

– Sim, sim, eu o conheço e tenho por ele muita estima. Trata-se de pessoa que sofreu muito; que quase perdeu a existência, mas que recuperou-se, dando mostras da presença de Yahweh e de Yeshua em nossas vidas. Esse curador é alguém já conhecido de alguns de vós. Vem ele a ser nosso querido e estimado irmão e amigo Abiel.

Reyna, Shaina e Tércio ficaram boquiabertos. Se entreolharam. Asnar e Tobias também quedaram admirados. Asnar aduziu:

– Ora, ora, vejam só! Bem que eu sentia qualquer coisa estranha naquele homem. Pareceu-me mesmo que ele me era familiar, apesar de tê-lo visto de longe. Eu tinha certeza de já tê-lo visto em algum lugar.

Tércio e família nada falaram, apenas olharam para Paulo.

Paulo arrematou:

– Pelos caminhos de nossa existência, caros irmãos, recebemos as dádivas do amor incomparável de Yeshua e de Yahweh, que nos fornecem todos os instrumentos necessários para o desempenho de nossas responsabilidades, sendo que somos os únicos que poderemos efetivamente ofertar certeza de saber usar esses instrumentos para a quitação dos compromissos e a construção da própria felicidade futura.

"Podemos, nesse desiderato, claudicar, mas isto não anula nossos créditos e virtudes. Um coração bom pode se equivocar, ainda, mas pelo que já sabe, luta pela sua felicidade e para que não permaneça no erro. Nosso Abiel é um vencedor. Orem sempre por ele.

Reyna estava pensativa, o mesmo ocorrendo com Shaina, profundamente impactada com aquela revelação.

A reunião terminou e todos demandaram seus lares.

XLVIII
Paulo prossegue sua terceira viagem

Amanhecera na casa de Doran. Paulo, Timóteo e Gaio se juntaram aos donos da casa para a refeição matinal. No colóquio, Paulo informou que partiriam para Éfeso. Desviaria da rota de sua última viagem, porquanto nutria o desejo de chegar rapidamente àquela cidade.

Chegou o dia em que Paulo, Timóteo e Gaio deixariam a cidade, na direção de Éfeso. Reunidos, os amigos do Núcleo de Antioquia de Psídia foram despedir-se.

Os abraços, os mais efusivos. Paulo recomendava forças e coragem no leme do Núcleo. Tércio e Reyna falaram em particular com Paulo, indagando-lhe se pretendia retornar a Trôade. Ele respondeu que sim. O casal então lhe pediu que fosse portador a Abiel da gratidão que eles tinham para com ele e pediram que lhe dissesse que a filha Shaina lhe enviava caloroso abraço. Paulo emocionou-se com o pedido. As despedidas foram feitas. Paulo, Timóteo e Gaio, de Derbe, partiram rumo a Éfeso.

Após vários dias, chegaram em Éfeso. A cidade era considerada a capital da Ásia Menor. Localizava-se na região litorânea. Era um cruzamento das rotas comerciais. Em Éfeso havia um templo edificado em homenagem à deusa Diana, que era chamada pelos romanos de Artêmis. Paulo e Silas já tinham estado lá de passagem, na companhia de Áquila e Priscila.

Paulo tivera notícia que em Éfeso estivera um pregador de nome Apolo, que falava sobre Yeshua, e cuja pregação não abordava aspectos dos ensinamentos da Boa Nova, anotados por Mateus Levi e se restringia ao batismo de Yohanan[20]. Soube também que Áquila e Priscila haviam corrigido Apolo e transmitido a ele a mensagem de Yeshua. Paulo verificou que o pequeno Núcleo que ali deixara não conseguira se aprumar.

---

[20] Vide glossário

Então, falou na Sinagoga, durante três meses, mais ou menos.

Porém, os judeus se mostraram insensíveis às suas pregações. Então Paulo passou a reunir-se em separado com aqueles que haviam aceitado a mensagem de Yeshua, o que fez na escola de Tirano, um filósofo grego que ali havia se estabelecido. Foi nesse local que os habitantes da região passaram a ouvir as palavras de Paulo.

Paulo, na ocasião, ensinou a um grupo de discípulos da nova fé, a diferença entre o batismo de Yohanan, que era o que Apolo tinha pregado, e o batismo de Yeshua. Esses discípulos, em número de doze, receberam dons, pela imposição das mãos de Paulo.

Paulo ficou em Éfeso por quase três anos. A cidade se transformou no terceiro maior centro de divulgação da Boa Nova, depois de Jerusalém e de Antioquia da Síria.

Durante o tempo em que Paulo viveu na cidade, operou várias curas em nome do Messias. Este fato se deu em razão de Paulo ser praticamente desconhecido. Assim, Yahweh compareceu, através da demonstração do seu poder, para confirmar as prédicas de Paulo, pois, caso contrário, o Cireneu poderia facilmente ser confundido com os outros inúmeros pregadores da região, como filósofos ou aqueles que pregavam as inúmeras seitas que havia na cidade.

Um dos maiores resultados do ministério de Paulo, em Éfeso, foi o de desmascarar aquelas criaturas que tinham conhecimento de magia e que acabaram por se converter a Yeshua, de corpo e alma, a tal ponto que, em uma ocasião, queimaram muitos livros de magia em praça pública.

Entretanto, também na ocasião, alguns judeus tentaram utilizar o nome de Yeshua, com palavras mágicas para expulsar o que eles classificaram como demônios, porém, eles é que foram vítimas de espíritos obsessores e tiveram contra si consequências desagradáveis.

Paulo desmistificou os mágicos e ensinou que Yeshua é sagrado e não se perpetua nas adivinhações ou nos erros. O resultado foi que o povo de Éfeso respeitou ainda mais o nome de Yeshua.

Durante o tempo de sua pregação em Éfeso, todos, na província da Ásia, tiveram a oportunidade de ouvir os ensinos de Yeshua. Durante esse tempo, Yahweh e Yeshua se apresentaram produzindo, pelo seu enviado, fenômenos diversos.

Certa noite, em que já se houvera recolhido ao leito, Paulo, após orar, viu-se deixando o corpo e divisou Estêvão e Abigail, a sua doce Abigail.

Paulo então foi levado para a Cidade da Fé. Recebido pelo Governador Acádio, ouviu dele divinas orientações, para que ampliasse seu trabalho, escrevendo para todos os Núcleos que fundara.

Acádio o alertou para os embates difíceis que estavam por vir. Estêvão apresentou sua disposição de sempre auxiliar o amigo, no que lhe fosse possível, e Abigail, em particular, estimulou o amor de sua vida, dizendo-lhe carinhosamente que ele devia sempre amar, trabalhar, perdoar e esperar, porque alcançaria a vitória por Yeshua, e que ela jamais o deixaria sozinho.

Foram-lhe então revelados os desígnios futuros: as perseguições em Éfeso e em Jerusalém; a prisão; os testemunhos que teria que dar e a futura viagem para Roma. Mas que ele prosseguisse com vigor, coragem e confiança.

Após mais algum tempo de conversação, Acádio lhe disse que não se poderia ter somente dificuldades; que João, o discípulo querido do Mestre, havia se mudado para Éfeso e trouxera com ele Maria de Nazareth, e que Paulo poderia encontrar-se com ela para conversações edificantes.

Paulo retornou ao corpo e acordou tranquilo. Lembrava-se de quase tudo o que lhe fora narrado em sonho. Orou a Yahweh e a Yeshua, profundamente.

"Oh Senhor, Pai de todos nós! Oh Sublime Filho, Ungido e Amoroso! Vejo que momentos mais difíceis se aproximam da minha existência.

"Amante da verdade, me coloquei como fiel servidor, o que não me desobriga de esquecer os descalabros que cometi contra Ti e contra os que Te seguiam, oh Yeshua!

"Bem sei que o cálice amargo foi servido pelo líquido de minhas defecções espirituais e tenho que sorvê-lo, mas o que é um cálice amargo diante da amargura de toda uma vida no erro? Nada será para aquele que, acordado do pesadelo, abre os seus olhos para a luz e corrige seu caminho.

"Sublimes dispensadores da minha vida, disponde dela como melhor vos aprouver. Apenas peço que me abençoeis sempre".

As dificuldades começaram a aparecer, em Éfeso. Ocorreu que um ourives local, de nome Demétrio, que trabalhava em favor do templo e do culto da deusa romana Diana, a principal divindade adorada em Éfeso, aliado a outras pessoas que temiam perder o emprego na venda de imagens de barro da deusa, bem como os serviçais empregados no culto idólatra, reuniram pequena multidão no teatro ao ar livre e incitaram a gritar por um bom tempo: "Grande é a deusa Diana dos efésios". Diziam que os cristãos blasfemavam contra a deusa, principalmente Paulo de Tarso, que os instruía a assim proceder.

A muito custo a multidão foi controlada pelo escrivão da cidade, que os alertou para seguirem as vias do processo legal, caso tivessem alguma coisa contra Paulo e os seguidores do Homem do Caminho.

Paulo já havia conversado com Timóteo e Erasto, eis que este último já havia deixado a cidade de Corinto e havia se integrado à caravana de Paulo, para que juntos fossem para a Macedônia.

Paulo sugeriu que eles fossem na frente, porquanto ele precisava permanecer em Éfeso um pouco mais. Pretendia ficar até a festa de Pentecostes, que se daria no fim da primavera, e depois iria ao encontro dos amigos.

As notícias de problemas no Núcleo de Corinto é que apressaram Paulo a enviar seus amigos para a Macedônia.

O tumulto provocado por Demétrio, em Éfeso, acabou por modificar as circunstâncias. Ainda que houvesse sido acalmado, evidentemente as inquietações não haviam terminado.

Depois de vários dias, quando o tumulto se encerrou, Paulo convocou todos os frequentadores do Núcleo, que funcionava na escola de Tirano, bem como os judeus simpatizantes à Boa Nova, e os exortou a prosseguirem intimoratos no serviço ao Cristo Yeshua, comunicando-lhes que iria para a Macedônia ao encontro de Timóteo e Erasto. Gaio, de Derbe, iria com ele.

João, discípulo de Yeshua, de fato se houvera mudado para Éfeso e trouxera com ele Maria de Nazareth, a doce Maria, mãe do Messias. Ali, tanto ele como ela puderam conhecer mais de perto a firmeza do caráter de Paulo, sua profunda transformação, sua dedicação ímpar ao Ministério da Boa Nova e a Yeshua, o que deixou a Sublime Mãe extremamente feliz.

Paulo visitava Maria de Nazareth tão constantemente quanto podia, tendo com ela diálogos maravilhosos em torno de Yeshua. Numa noite em que fora convidado a cear na casa de João, após a refeição, os três, Paulo, João e Maria sentaram-se na varanda da pequena casa. O luar era simplesmente belo. O céu limpo, salpicado de estrelas. Então ouviram Maria falar:

– Meus queridos, tenho ultimamente refletido com mais profundidade sobre tudo o que vi e vivi ao lado do meu Amado e Inesquecível Filho. Assume lugar em meus pensamentos a certeza de que Ele me tem visitado nos meus sonhos e falado do Seu amor por mim e por toda a Humanidade.

"Ele tem dito que as fronteiras da Terra se abalarão por seus ensinamentos e que reconhece o trabalho dedicado de todos aqueles que lutam pelas verdades que Ele trouxe, afirmando que essas são as verdades do Pai, que o enviou. Tem alegria nas tarefas do irmão Paulo e rejubila-se com ele e com os demais.

"Entretanto, em algumas ocasiões, me diz sobre os sacrifícios que a implantação da sua mensagem imporá, na Terra, principalmente aos trabalhadores do que Ele chama de 'primeiro momento da nova Terra'.

"Contudo, anuncia que os que perseverarem por amor à Sua Mensagem receberão a recompensa merecida e irão ter com Ele no Reino dos Céus, no Reino de Yahweh.

"Por tudo isto, irmão Paulo, e por teu trabalho em levar a Mensagem que Meu Filho trouxe, aos pontos mais distantes, Ele está feliz com tua dedicação. Prossiga, bondoso amigo. Não esmoreça. Haveremos de um dia nos reunir todos sob o Abraço Divino d'Ele, para cantarmos juntos as glórias de Yahweh".

Paulo estava emocionado.

O recado de Maria de Nazareth fazia muito bem ao seu coração dorido e apreensivo. Parecia sentir, no interior de seu ser, que precisava correr, trabalhar mais e mais, e que os momentos dos mais dolorosos testemunhos talvez estivessem ainda por chegar, mas nada temia. A sua alma era d'Ele e Ele poderia dispor dela da forma que entendesse melhor.

Agradecido, abraçou Maria e recebeu dela uma energia tão revigorante que o colocou em estado de euforia. Despediu-se, prometendo voltar.

Paulo, na companhia de Gaio, de Derbe, decidiu ir para Jerusalém a fim de levar as oferendas que os irmãos dos Núcleos diversos da Nova Fé doavam para a Casa do Caminho. Iria pela Macedônia e pela Acaia, onde poderia arrecadar novas ofertas. Assim é que, após diversos dias de viagem, chegou a Beréia, onde foi recebido com alegria pelo amigo Sópatro, que o hospedou. Paulo viu com alegria que o Núcleo dos Seguidores de Yeshua estava firme e crescendo. Procurou, nos dias que ali ficou, solidificar o Núcleo.

Após a convivência amorosa, resolveu ir para Tessalônica, onde foi recebido por Aristarco, Jason e seu irmão Secundo. Analisou o crescimento a olhos vistos do Núcleo local. Conviveu com os irmãos da Nova Fé e os estimulou, mas parecia ter pressa.

Ficou poucos dias com os irmãos de Tessalônica e logo foi para Filipos. Em Filipos, reviu com imensa alegria o amigo Lucas, Lídia, Evódia e Aulus e demais trabalhadores do Núcleo.

Conversou com eles, sempre estimulando o crescimento e a superação de eventuais problemas. Conviveu por vários dias, renovando as energias dos companheiros e se alimentando da fé viva que via em seus rostos.

Paulo, então, deixou Filipos e foi para Corinto. Lucas foi com ele. Lá chegando, se hospedou na casa de Gaio, e reencontrou Timóteo e Erasto. Estes lhe deram conta das dificuldades enfrentadas pelo Núcleo. Ajustaram as diferenças que haviam. Paulo, durante três meses, conviveu com todos os irmãos de Corinto, fortalecendo-lhes a fé.

Paulo parecia estar inquieto. Queria seguir seu projeto de retornar a Jerusalém, o que faria de navio, via Antioquia da Síria, porém, seus amigos alertaram-no da descoberta de um plano dos judeus conservadores e inimigos da Mensagem de Yeshua que pretendiam fazer-lhe uma cilada. Então mudou seus planos e resolveu voltar pelos caminhos da Macedônia.

Os amigos de Paulo procuraram juntar-se a sua caravana. Desse modo, Sópatro, da Bereia; Aristarco e Secundo, de Tessalônica; Gaio, de Derbe; Tiquico e Trifimo, da Ásia Menor; e Timóteo, juntamente com Erasto, foram aconselhados por Paulo a irem para Trôade e lá o esperarem. Eles tomaram o navio e para lá seguiram viagem.

Paulo e Lucas então foram para Neápolis e ali fundaram um novo Núcleo, onde ficaram por vários dias. Depois, tomaram um navio e seguiram para Trôade.

XLIX

A CURA DE ABIEL

Após alguns dias de viagem, Paulo e Lucas chegaram a Trôade. Dirigiram-se à casa de Carpo, onde a alegria foi imensa, pelo reencontro com almas queridas. Quem demonstrava mais contentamento era, sem dúvidas, Abiel.

Recebidos e hospedados, o Cireneu logo mais foi visitado por Sedécias, Eliade, Judite e inúmeros outros membros do Núcleo. O reencontro com os amigos que haviam vindo à sua frente: Erasto, os dois Gaios, de Derbe e de Corinto, Timóteo, Tiquico, Trofimo, Sópatro, Secundo e Aristarco trouxe grande alegria ao Cireneu.

Após a reunião do Núcleo, na primeira noite da estada em Trôade, reuniram-se todos na casa de Carpo. As conversações foram muito animadas. As análises e comentários sobre a ação missionária de Paulo foram o alvo preferido das conversações.

Paulo estava radiante. Também foi informado – o que já sabia – do excelente trabalho que era feito por Abiel: suas proezas no campo da cura e os benefícios que ele de certa forma trazia ao Núcleo, auxiliando-o no seu crescimento. Todos se despediram de Carpo e se dirigiram para seus locais de repouso. Os diversos amigos de Paulo já estavam gentilmente hospedados nas casas de diversos irmãos do Núcleo.

Carpo hospedava Paulo, Timóteo e Lucas. Estes ficaram um pouco mais em conversação.

Abiel acompanhava a conversa com bastante atenção. Não tirava os olhos de Paulo. O Cireneu, então, dirigiu-lhe a palavra, dizendo:

– Meu amigo e irmão Abiel, quero manifestar-te, além das saudades que sentia do amigo, a enorme satisfação por teu trabalho. Já tive notícias dele há muito, por um grego comerciante de nome Pítias que me visitou em Jerusalém e agradeci a Yahweh por tua dedicação à Causa de Yeshua, que é a mesma Causa do Pai e Senhor da Vida.

"Tua fama varou as fronteiras da Frígia e da Galácia e tens sido fiel companheiro.

"Tenho, querido amigo Abiel, notícias e lembranças que te enviaram.

"Trata-se de notícias da minha estada recente em Antioquia de Psídia, onde pude rever os amigos de lá, inclusive Tércio, Reyna e Shaina, aos quais revelei que o curador de Trôade és tu. Eles ficaram surpresos, de maneira que te trago abraços fraternos e carinhosos e votos de gratidão de Tércio, Reyna e Shaina, além de Asnar, de Tobias e dos demais trabalhadores do Núcleo.

Abiel, ao ouvir a narrativa do Cireneu, ficou muito emocionado e tomando de um pergaminho, escreveu:

– Ah! Querido amigo e irmão Paulo! Primeiro, a saudade que sentia do amigo foi que me auxiliou a continuar trabalhando para Yeshua, pois nutria a certeza de revê-lo e abraçá-lo. Sinto-me feliz por este momento, que me é uma dádiva divina, em razão de tudo o que me fez de bom. Realmente, meu coração precisa aprender a ser ainda mais reconhecido a Yeshua.

Já se aproximava a virada do dia, quando todos foram para o repouso.

Paulo nem bem adormecera e viu-se saindo do seu corpo físico. O cômodo nimbava-se de luz. Então viu o Governador Acádio e Estêvão. Começaram a conversar.

Acádio disse que vinha trazer-lhe uma informação sobre a decisão do Messias, em fazer chegar a cura da afasia de Abiel, e que ele, Paulo, junto com Lucas, procurassem o curador ainda pela manhã, nos aposentos dele, e lhe impusessem as mãos, eis que a Providência Divina faria o restante. Agradecido, Paulo trocou mais algumas palavras com Acádio e Estêvão e a seguir internou-se no corpo físico novamente.

Era um daqueles dias belos que sempre se faziam em Trôade, quando Paulo, que já havia conversado com Lucas, dirigiu-se com este, bem cedo, aos aposentos de Abiel. Lá chegando, bateram levemente na porta e entraram. Encontraram o curador ainda no leito. Abiel, os vendo, fez menção de se levantar, porém Paulo pediu que não o fizesse, pois queriam orar e lhe impor as mãos, em nome de Yeshua.

Abiel obedeceu. Acercaram-se do leito, um de cada lado, e iniciaram a imposição das mãos sobre Abiel, primeiro na altura da cabeça, depois na altura da boca e do peito, ao tempo em que Paulo orou:

— *Oh Yahweh! Tu que nos enviaste o Messias para que pudéssemos conhecer-Te o Amor e a Misericórdia, Te suplicamos, apieda-Te deste querido irmão que tem dedicado a vida ao Teu Filho Yeshua e também a Ti.*

"Yeshua! Tu nos exortaste que não são os que apenas dizem: "Senhor, Senhor, que entrarão no reino dos Céus, mas sim aqueles que fazem a vontade do Pai que está nos Céus.

"Este servo, amado Yeshua, tem feito a vontade de Yahweh. Tem amado e servido em Seu Nome. Por esta razão, se quiseres, poderás ofertar a cura da afasia deste filho e irmão. Que seja sempre feita a Tua vontade. Assim Seja".

Luzes em tonalidades azul e amarela saíam das pontas dos dedos de Paulo e de Lucas. Abiel começou a sentir um fortíssimo calor e o suor inundou-o, ao tempo em que sentia como que um destrancamento da garganta, aliado a uma certa coceira interna. Mentalmente, orava também.

Terminada a imposição das mãos, Lucas orou sentidamente a Yeshua em agradecimento pela oportunidade de servir. Abiel sentiu um sono repentino e incontrolável e adormeceu. Paulo sugeriu a Lucas que eles se retirassem em silêncio e deixassem o amigo dormir. Mais tarde pediria que o chamassem para o almoço.

Já se aproximava o momento do almoço quando Abiel acordou. Percebeu que havia dormido um bom tempo. Lembrou da visita de Paulo e Lucas, das orações, da imposição das mãos e dos sintomas físicos que sentira na ocasião. Levantou, se higienizou, se arrumou e, esquecido de falar, como já estava habituado, dirigiu-se para o cômodo de onde ouvia vozes.

Lá chegando, viu Paulo, Lucas, Timóteo e Carpo, em boa conversação.

Ao verem-no, a conversação foi suspensa. Então Paulo falou muito rapidamente, não dando chance para Abiel pensar:

– Olá, irmão Abiel! Como estás? Como te sentes?

Sem se aperceber, num mecanismo automático e instantâneo, após muitos anos, Abiel articulou a fala, pois respondeu:

– Estou muito bem, graças à Yahweh.

Todos ficaram surpresos, mais ainda o próprio Abiel, que sentindo ter falado, colocou-se de joelhos. As lágrimas corriam-lhe abundantemente pela face e orou:

– *Oh Yahweh, Yahweh! Abençoadas são as mãos que me salvaram do silêncio da voz. Bem sei que pelos Teus desígnios fui protegido das ciladas e dos abismos que rondavam meu caminho.*

"As provações vêm ao homem, como as expiações também, e estas são adequadas às necessidades. Se do caminho nos desviamos, comparece a dor pisando o solo dos nossos sentimentos.

"O amor de Yeshua é o Zelo Divino, porque orienta o juízo e retifica a mente. Com Ele teremos bênção e esplendor. Que Ele me fortaleça!

Emocionados, com abraços, todos registraram aquele momento belíssimo da cura de Abiel, momento esse que era acompanhado, na Cidade da Fé, por Acádio, Estêvão, Abigail e Joel, todos alegres e sorridentes, para cantar as glórias de Yahweh.

Abiel seguia falando. Parecia querer recuperar o tempo da mudez. Foi aconselhado por Paulo a tomar cuidado; a voltar a falar aos poucos, sem forçar em demasia a fala.

Iniciava-se ali mais um novo período da vida de Abiel, o curador de Trôade.

Após a cura de Abiel, Paulo e os amigos ficaram mais alguns dias em Trôade.

Chegou o dia anterior à partida. O Núcleo estava repleto de pessoas. Paulo fazia o comentário da noite com o entusiasmo de sempre. Estavam no piso superior quando um dos frequentadores do Núcleo, o jovem de nome Eutico, acabou por cair da janela onde estava. Todos correram em seu socorro. O jovem parecia estar morto.

Paulo, Lucas e Abiel se acercaram dele e foi Paulo que lhe impôs as mãos com o auxílio da oração, no que foi secundado por

Lucas e Abiel. O jovem restabeleceu-se, ao que todos ali manifestaram ter havido um milagre, pois Eutico, quando caiu, estava morto, mas Paulo o ressuscitara. Assim entendiam.

Após o socorro, Paulo continuou sua pregação:

— *Amigos da nova fé. Talvez ainda não tenhamos condições de interpretar com justeza a importância desse acontecimento que veio para modificar toda a paisagem terrena e principalmente o panorama de nossas vidas para melhor.*

"Faz pouco tempo que, inebriados pelo fanatismo, interpretávamos a Lei Antiga sob o estigma de nos considerarmos o povo escolhido por Yahweh.

"Assim agindo, nos colocamos na posição de vestais da verdade e da fé. Asseveramos às criaturas que Elohim era o rei dos exércitos, que impunha duros castigos ao povo, caso descumprisse as suas ordens. Afirmamos que não questionávamos a fonte real, e sob essa ilusão, guerreamos, matamos o inimigo, escravizamos suas mulheres e crianças, certos de que exercíamos o papel de guardiães da verdade.

"Mas o que é a verdade? Quem a detém?

"Vem-nos à lembrança, com tristeza absoluta, que Nosso Amado Messias, quando interrogado pela autoridade romana sobre o que é a verdade, preferiu se calar. Não tinha Ele dúvidas de que o que revelasse na ocasião de nada adiantaria, eis que as mentes empedernidas pelo fascínio do poder temporal e sob as alfaias da religião imposta, patrona da fé cega, sequer teriam a consciência desperta sobre os verdadeiros atributos de Yahweh e sobre Sua verdadeira Lei.

"É por amor à verdade que nosso Libertador entronizou na Terra que faço a vontade d'Ele e de Yahweh, auxiliando para que essa verdade faça nova luz sobre este atual mundo de disparates e desencontros, onde a vida é tratada como objeto sem valor e que se pode descartar a qualquer tempo e por qualquer motivo, possibilitando assim que a Terra encontre novo e melhor rumo, onde as pessoas intentem agir sempre com fraternidade e caridade.

"Alertai-vos, irmãos da Nova Fé! Neste palco de desterros, a dor e o sofrimento são companhias constantes, mas dia virá, e não haverá de estar longe, em que a mensagem iluminadora, renovadora e reconstrutora de Yeshua resplandecerá como luz perene no seio de toda a Humanidade.

"*Ajuntemo-nos, pois, em orações e esclarecimentos, para que consigamos servir à causa do bem de maneira constante, espalhando alegria e bondade, mesmo nos momentos de nossos testemunhos mais soezes.*

"*Não devemos esquecer que Yeshua candidatou-se perante Yahweh à imolação, por amor à Verdade Divina e por conseguinte à Humanidade inteira, o que quer dizer, também em benefício dos carrascos da fé; das potestades egoístas e vãs, para que o Seu sacrifício promova o resplandecer do sol do novo tempo, um tempo de disseminação do Seu Amor e do Amor do Pai Celeste.*

"*Para singrarmos os altiplanos dos Céus, será preciso que adquiramos as asas do conhecimento e da prática do bem, indispensáveis aos voos da liberdade de nossas almas, no rumo da perfeição.*

"*Prossigamos, seja qual for o custo, sem olhar para trás, dispondo-nos a fazer parte do grande contingente das almas que se apresentarão no concerto da Boa Nova, sem nada temer, sacrificando-nos, se necessário, para que o Mundo seja vivido sob as excelências do Amor de Yeshua e de Yahweh.*

A emoção, no ambiente, era contagiante. A virada da noite se aproximava. Carpo fez a prece de encerramento e todos se retiraram para o repouso.

No dia seguinte, após os efusivos votos de continuidade de bom trabalho para o Núcleo de Trôade, Paulo se despediu dos amigos, em especial de Abiel, lhe dizendo:

– Querido irmão Abiel, preciso seguir adiante. As lutas têm sido quase intermináveis, mas sigo sempre para a frente e para onde aponta Aquele que dispõe da minha vida, Yeshua.

"Quis o destino, sob as Leis de Yahweh, que nos reencontrássemos. Estimo que prossigas servindo com afinco à Causa do Messias e que nunca esmoreças. Jamais esquecerei tua amizade, tua bondade e tua lealdade. Que Yeshua te abençoe sempre, meu grande amigo.

Abiel sentiu naquela fala do Cireneu uma espécie de despedida, porém, não quis pensar nisso. O que importava é que haviam se encontrado e ele o curara. Abraçou o Cireneu e ambos choraram lágrimas da gratidão.

No dia seguinte, os companheiros de Paulo velejaram de Trôade para Mileto. Lá se encontrariam com Paulo, que decidira ir a pé, na companhia de Lucas.

Mileto era um porto marítimo perto de Éfeso.

Paulo, após reencontrar seus amigos de Mileto, decidiu não ir para Éfeso. Pediu aos amigos que fossem àquela cidade e chamassem os dirigentes do Núcleo para que eles fossem encontrá-lo em Mileto, pois gostaria de lhes falar.

Estes atenderam ao convite do Cireneu. Paulo então afirmou ao grupo que nunca hesitou em pregar o que achava certo. Vaticinou, na ocasião, como que a prever o futuro, que eles não tornariam a vê-lo, mas que nunca deviam deixar de pregar sobre o amor de Yahweh e sobre a Boa Nova trazida por Yeshua. Pediu que eles guardassem bem o rebanho novo, porque falsos mestres, com certeza, apareceriam.

Paulo, Lucas e os demais amigos então se prepararam para ir adiante, porém, aconteceu um fato que deixou Paulo por demais emocionado.

João viera de Éfeso, juntamente com Maria de Nazareth, para se despedirem de Paulo, porquanto sabiam que ele estava indo para Jerusalém. Maria se despediu de Paulo, com um abraço de mãe; beijou-lhe a face e recomendou-o, em curta oração, ao Filho Amado Yeshua.

Paulo, com lágrimas de alegria, exultou na fé e na gratidão, agradecendo àquela que era a Mãe Perfeita e Inesquecível.

Após as despedidas, Paulo seguiu com o grupo de amigos, para Tiro.

Em Tiro, Paulo encontrou novos discípulos e conviveu com eles por sete dias. Ali, recebeu o aviso de que não deveria ir para Jerusalém. Porém, Paulo sentia e sabia que estava indo no rumo das dores, entretanto, não recalcitrou. Pelo Cristo, jamais se acovardaria e deveria seguir adiante. Foi o que fez. De Tiro, Paulo e os amigos avançaram para Ptolemaida e a seguir para Cesareia, onde ficaram hospedados na casa de Felipe. Permaneceu em Cesareia alguns dias, sempre renovando a fé em Yeshua.

L
Novos planos de Yeshua para Abiel

Desde que Paulo estivera em Trôade, Abiel se sentia muito feliz por ter readquirido o poder de falar. Então passaria muitos momentos narrando a Carpo, Adena e Yoná, os acontecimentos de sua vida e suas problemáticas, contudo, continuava dedicado à causa do Cristo. As curas aumentaram em quantidade. Abiel encontrara a finalidade de sua vida. Lembrava-se sempre de Paulo, de Silas e de Timóteo, e dedicava-se de corpo e alma em servir o próximo. Pouco ou quase nunca se lembrava de seus familiares.

A visita de Paulo, além da cura da sua afazia, trouxe-lhe a certeza de que Yeshua sempre zela e socorre as necessidades de seus trabalhadores, nos limites do merecimento de cada um, fornecendo os instrumentos necessários ao serviço da edificação do bem na Terra.

Abiel não conseguia disfarçar sua alegria. Além de falar aos quatro cantos, punha-se a cantarolar as antigas canções que aprendera na casa de seus pais. Em todos os atendimentos que continuava a fazer, estabelecia diálogo direto com os doentes e familiares destes, orientando-os quanto aos cuidados com o espírito, para que as ações do corpo físico não afetassem a cura buscada.

No Núcleo de Trôade, o curador solicitou a Carpo e Sedécias que lhe fosse permitido fazer as orações de abertura ou de encerramento das atividades, no que foi prontamente atendido. Algumas noites, após a partida de Paulo e dos amigos, Abiel foi escolhido para fazer a oração de abertura. Emocionado, com os olhos marejados pelas lágrimas, levantou-se e iniciou a orar:

— Oh Yahweh, Pai de Amor e Sabedoria! Reverenciamos o Teu poder infinito, na glória de Teu Filho Amado Yeshua. Apraz-nos agradecer ao Messias, que entre nós anunciou a certeza da Tua misericórdia, falando-nos sempre sobre Teu bondoso coração.

"Aqueles que aqui estamos, e outros que queremos ser reconhecidos como Teus discípulos, queremos dizer-Te de nossa gratidão pela oportunidade de trabalho na Tua vinha.

"É certo que às vezes ainda podemos sentir-nos sem rumo, em razão de nossas dificuldades espirituais e ante a quadra dos sofrimentos em que mergulhamos, fruto de nossa imprudência. É nesses momentos que precisamos muito, como outrora, de Teu amor e de Tua presença em nossas vidas.

"Assim, estive sem rumo, e em dado momento, a vida já nada mais representava para mim. Foi exatamente nas horas dos duros embates com minha consciência, nos quais a aluvião da expiação projetou-se em minha existência, que Tu não me abandonaste. Mesmo experimentando o licor amargo de minha desdita, providenciaste o meu encontro com o Teu Arauto e Mensageiro do Messias.

"Foi sob o impulso das orientações e dos exemplos de caridade e dedicação à causa do Cristo Yeshua que nosso amado Cireneu demonstrou que pude firmar o passo na estrada que há de me levar a Ti.

"Confiante, pude perceber que tinha muito por fazer: Lutar contra minhas próprias imperfeições. Amparado pela inspiração divina, não escolhi a parte do caminho que se mostrava macio, sob relva bela, salpicada de flores, que também leva ao Teu encontro, cuja parte da estrada somente é permissível aos que já granjearam, por esforços próprios, adquirir a túnica nupcial.

"Se não escolhemos facilidades que não merecíamos, caminhamos sob o influxo de lutas redentoras, pela parte da estrada que se nos apresentou pedregosa, esburacada e com saliências pontiagudas, representando a cumulação de nossos débitos de ontem e de hoje.

"Amado Yahweh, não nos arrependemos dessa escolha. Envidamos esforços para nos conscientizarmos que somente lograremos alcançar o Teu Reino se ofertarmos os testemunhos necessários.

"Os que caminhamos na Tua direção, nos apresentamos em diversas situações morais. Para os que caminhamos sob ao influxo dos débitos, o fardo se mostra pesado.

"Nestes momentos, mesmo trazendo as mãos e os pés feridos e os ombros calejados pela cruz das imperfeições, nunca ficamos sem o auxílio de tantos companheiros que de uma forma ou de outra doaram seu amparo nas indecisões, mostrando-nos o rumo a seguir; estimulando-nos a enfrentarmos todas as nossas dificuldades e a perseverarmos sempre na tarefa do bem comum.

"O tempo tornou claro o objetivo a seguir. Se ontem, convidados ao Teu festim, desprezamos o convite e claudicamos, hoje já nos assenhoreamos da certeza de que é sempre mais difícil recomeçar, porém, não há mais tempo para especulações, eis que o momento atual é decisivo para nossas vidas.

"Mestre Yeshua, queremos dizer-te: Eis-nos aqui, aqueles que não atendemos ao chamado transato, mas que hoje, dispostos e resolutos, não queremos abandonar outra vez os sagrados compromissos espirituais. Ajuda-nos para que possamos bem exercer o mandato que porventura depositaste em nós.

"Nesta noite, em especial, renovamos o pedido para que Teu amparo ao nosso amado Cireneu, que viaja na direção do dever, esteja sempre presente, permitindo que ele cumpra os objetivos que traçou, a fim de continuar divulgando Teus sublimes ensinamentos.

"Abençoa-nos a todos, e coloca-nos sob Tua proteção. Assim seja.

A prece de Abiel trouxe ao ambiente energias renovadoras.

Por onde o Sublime Cireneu passava, deixava um rastro de luz que iluminava a saudade daqueles que ficavam à retaguarda. Abiel sentia essa saudade, mas ao invés de causar-lhe desconforto, representava o ponto de sustentação para a continuidade do seu trabalho, que, mesmo pequeno – assim imaginava – talvez servisse à causa de Yeshua.

O tempo, inexorável, foi caminhando como um veloz carro na direção do futuro. Abiel continuava seu trabalho dedicado.

A notícia correu célere por toda a Frígia e a Galácia, principalmente nos Núcleos dos Seguidores do Homem do Caminho.

Muitas versões foram igualmente criadas sobre a grande novidade. O curador de Trôade, além de suas atividades de cura, agora também falava aos atendidos sobre as excelências da mensagem renovadora de Yeshua.

Em Antioquia de Psídia, a notícia nova chegou. Sem saber direito definir por que, Reyna alimentava no íntimo a vontade de retornar a Trôade, junto com Tércio e Shaina, para avistar-se com o curador, agradecer-lhe pessoalmente pela cura de Tércio e ter com ele uma conversa franca a fim de retirar uma espécie de nuvem que, ela sentia, tinha sido interposta entre eles.

O projeto foi discutido em família, porém, era sempre adiado, dado que era uma viagem de muitos dias.

Os anos foram se acumulando, embora o desejo de encontrar-se com Abiel sempre ocupasse a mente de Reyna. Às vezes até se questionava sobre essa necessidade, mas algo em seu coração a impelia a ir ao encontro do curador.

O ano 59 d.C. prenunciava ser um ano de novas propostas e realizações no Núcleo de Trôade. Abiel estava animado e renovado. Prosseguia com seu trabalho de atendimento e socorro aos necessitados. Granjeara para si grande estima e consideração entre todas as classes sociais de Trôade.

Certo dia, no mês de março, Abiel, ao deitar-se para dormir, orou profundamente ao Mestre Yeshua. Logo que adormeceu viu-se saindo do corpo físico e os Espíritos de Joel e Estêvão se aproximarem dele.

Saudaram-no efusivamente e disseram que tinham vindo buscá-lo para levá-lo até a Cidade da Fé, onde o Governador Acádio o esperava para uma nova entrevista.

Abiel, que agora já estava familiarizado com essa possibilidade de desdobramento, saindo temporariamente do corpo, abraçou os amigos e disse que teria prazer e alegria em acompanhá-los.

Logo chegaram os três à Cidade da Fé.

Recebidos por um grupo de três gentis trabalhadores, encaminharam-se para o prédio da Administração Central. Lá chegando, foram inicialmente recebidos por Abigail, que os aguardava. Logo após, adentraram o gabinete do Governador Acádio, que também já os esperava. De maneira solícita e sorridente, Acádio o abraçou, pedindo que se acomodasse na ampla sala com bancos confortáveis.

A seguir, Acádio iniciou a conversação:

— Amigo e irmão Abiel, sê bem-vindo sempre à nossa Cidade. Pedi para os irmãos Estêvão e Joel te buscarem porque temos necessidade de comunicar-te novos planos de nosso Sublime Governador Planetário Yeshua, em cujos projetos conta com todos nós.

Fez pausa proposital e continuou:

— Fomos comunicados e orientados por prepostos do Mestre Divino. Várias reuniões de instrução e serviço foram ministradas em Planos Superiores e também aqui em nossa cidade.

"Haverão, para breve, significativas ações por parte de Yeshua sobre a Terra, para que sua Doutrina, que é a Doutrina de Yahweh, não sofra os ataques que se planejam em regiões inferiores do orbe terrestre, onde há agrupamentos de Espíritos que, por suas escolhas, mergulharam em enormes desequilíbrios morais, dando origem, já há bastante tempo, à prática da maldade a que se dedicam, sob o estigma do egoísmo e do orgulho extremamente exacerbados, em lugares onde a vibração é altamente deletéria, com o objetivo de subjugar diversas almas, na Terra e em seu redor.

"Esses Espíritos se ajuntam em hordas terríveis e planejam ataques violentos à Mensagem do Messias e aos seus seguidores. Sob essa injunção pérfida, têm encontrado ressonância para seus projetos nefandos, nas ações de tiranos terrenos que se entregam aos desequilíbrios das orgias de toda a espécie; da luxúria; do sexo desregrado; da imposição de práticas perigosas; de crimes nefandos e de abusos de toda espécie, tanto os que dirigem Impérios quanto religiosos que se utilizam da crença para satisfação de interesses vis.

"Com o objetivo de bloquear o acesso à eventual destruição ou abafamento da Boa Nova por Ele conduzida à Terra, nosso Amado Messias decidiu arregimentar o maior número possível de novos seguidores da Sua mensagem, razão pela qual foram estabelecidos diversos planos de trabalho para esse fim.

"Além de contar com a perseverança, a dedicação e o estoicismo de quantos não se arredarão de defender a Boa Nova, também conta com inúmeros trabalhadores investidos na condição de líderes e divulgadores de seus ensinamentos.

"Nesse passo, amigo Abiel, Yeshua enviou comunicação de que está satisfeito com a tua contribuição, mas tem para ti, como para outros com os quais já conversamos e outros mais com os quais conversaremos, planos de novos trabalhos, para que se coloque anteparo intransponível a essas investidas deletérias.

"Deste modo, tenho a grata satisfação de dizer-te que por pouco tempo continuarás na Terra fisicamente. Logo mais serás convocado a deixar o campo físico para retornares a nossa cidade e te integrares ao contingente daqueles que serão arduamente treinados para as novas e nobres tarefas.

Acádio silenciou e aguardou a reação de Abiel.

Abiel refletiu por alguns instantes. Lembrou de sua trajetória e do que havia vivido e construído de bom. Lembrou-se dos equívocos; da ex-esposa e da filha; dos amigos de Trôade, e, com muito carinho e saudade, do amigo Paulo de Tarso.

Acádio leu seu pensamento e antes que Abiel falasse, continuou:

– Bondoso amigo, leio teus pensamentos e localizo certa angústia em relação à ex-esposa e à filha. Pensas que poderias ao menos ter colhido o perdão delas. Não te aborreças com isto. A oportunidade da reconciliação virá. Confia em Yeshua.

"Quanto aos amigos de Trôade, eles estão preparados para compreender os desígnios de Yahweh, e quanto ao nosso bondoso e querido Paulo de Tarso, mais ainda compreenderá. Yeshua tem, também para ele, planos e trabalhos novo, compreendes?

Abiel olhou para Estêvão, Abigail e Joel. Eles tinham os semblantes tranquilos, o que lhe ofertou confiança. Voltou as vistas para Acádio e disse:

– Nobre Governador e amigo! Compreendi sim o que me é proposto. De fato, ainda alimento uma certa angústia em relação a Reyna e principalmente a Shaina, que sempre me votou um certo desprezo, embora o Nobre Governador já me tenha dito, em ocasião transata, a razão desses fatos. Contudo, não posso disfarçar a vontade de, agora, podendo novamente falar, revê-las e conversar com elas e apresentar-lhes meu pedido de perdão, para que a minha consciência me libere do equívoco que cometi em relação a elas.

"Quanto aos amigos de Trôade, claro que deles sentirei muita falta, em me separando, mesmo que temporariamente. Mas já aprendi que temos que seguir pela estrada que é traçada para nossa vida, para o nosso espírito, sempre para a frente, procurando fazer o bem sob todos os aspectos.

"Quanto ao inesquecível amigo Paulo, espero, ao menos, nestas incursões espirituais, poder reencontrá-lo, abraçá-lo e falar da minha eterna gratidão e amizade.

"Diante do convite que me é estendido, até porque o meu trabalho é pequeno e despretensioso, evidentemente que me inundo de alegria. Saber que nosso amado e sublime Yeshua convoca-me a novas lides na Sua seara me torna extremamente feliz. Comunico-lhe, nobre amigo, que estou pronto para aceitar o convite. Que seja sempre feita a vontade de Yeshua, que é a vontade de Yahweh.

Acádio sorriu.

Abiel despertou do sono. Sentiu-se tranquilo, invadido por um sentimento de paz que lhe tomava o espírito. Não lembrou do ocorrido enquanto seu corpo dormia. Levantou-se, higienizou-se e logo mais apresentou-se para o repasto matinal, na companhia de Carpo, Adena e Yoná.

Antes da refeição, Carpo orou, totalmente intuído por Joel, que, sem ser visto, sugeriu-lhe as palavras:

"Divino Yeshua, mais uma vez nos reunimos para alimentar o corpo, diante das necessidades da sobrevivência física. Permita-nos que o alimento receba as energias sutis e reconstrutoras de nosso equilíbrio orgânico, mas que também nos faça bem ao espírito.

"Neste momento em que voltamos o pensamento a Ti, queremos reafirmar-Te nossa disposição de serviço em favor de Tua causa, onde, como e quando assim determinares. Que não nos mova nenhum desejo de perenidade nas condições em que nos encontramos, pois, se for exigido que nos apliquemos em novas tarefas, seja feita a Tua vontade.

LI

Reencontro de Abiel com a ex-esposa e a filha. O perdão

Abiel continuou a aplicar-se de corpo e alma às suas prazerosas atividades de curador.

O ano 60 d.C. marcou sua presença no calendário terreno. Em Antioquia de Psídia, a insistência de Reyna colimou na organização, por Tércio, da viagem pretendida pela esposa e pela filha adotiva.

Comentou o fato com Asnar. Ele também demonstrou interesse em acompanhá-los.

Curiosamente, o velho asmoneu Tobias dispôs-se a integrar a caravana, dizendo que apesar de seus quase setenta anos, estava bem de saúde e nutria a vontade de rever Abiel e parabenizá-lo por seu trabalho.

No final de janeiro do ano 60 d.C., a caravana partiu na direção de Trôade. Foram quase dezesseis dias de viagem. Chegaram a Trôade no entardecer e se dirigiram a uma estalagem. Lá se hospedaram e foram informados das atividades do Núcleo dos Seguidores do Homem do Caminho, que naquela noite teria atividade. Prepararam-se para lá estar.

O Núcleo estava reunido. O salão estava tomado de fiéis. Tércio, Reyna, Shaina, Asnar e Tobias entraram e se assentaram ao fundo. Abiel já se encontrava presente, nos bancos da frente.

Naquela noite, foi Sedécias que fez a saudação a todos. No momento em que dava boas-vindas, Carpo entrou no salão. Estava um pouco atrasado. Ao entrar, instintivamente olhou para os fundos e reconheceu os visitantes, exceto Tobias, que não conhecia.

Dirigiu-se aos bancos da frente, e como havia lugar ao lado de Abiel, sentou-se ali. Sedécias tinha feito breve interrupção para que Carpo se acomodasse. A seguir, continuou:

– Queridos amigos em Yeshua. Nosso Núcleo se engalana sempre com a presença de todos, e vemos que hoje temos diversos visitantes novos, aos quais saudamos e damos boas-vindas. Para iniciar nossas atividades da noite, convidamos nosso amigo curador, para nos conduzir em oração.

Abiel ia levantando quando Carpo pôs uma das mãos sobre a sua mão esquerda e apertou-a. Abiel olhou-o e Carpo sorriu como a lhe desejar forças. O curador dirigiu-se à frente e virou-se para o público. Varreu o olhar sobre a assistência e sofreu o impacto do que viu.

De maneira para ele impensada, viu ao fundo do salão a caravana de Antioquia de Psídia. Seu coração disparou. Foi acometido de ligeira confusão mental, porém imediatamente fechou os olhos e iniciou a prece.

— Amado Yeshua! É graças a Yahweh que recebemos a Tua presença entre nós, os que vivemos na Terra, caminhantes da evolução que ansiamos progredir.

"Somos os mesmos que ontem direcionamos nossas vidas para as esquinas dos equívocos, claudicamos e engrossamos o caudal de nossos débitos.

"Agora, porém, convocados por Teu Amor a servir-Te sob as leis de nosso Pai Yahweh e a expiar nossas faltas, chegou o dia em que os ventos da verdade, bafejados por Tua Misericórdia, assopraram em nossas almas a chegada da recuperação.

"Quando encontramos Teu Arauto, na poeira da Listra, inundamos nosso espírito com as lágrimas do arrependimento, o que nos fez sentir, pela orientação de nosso inesquecível Paulo de Tarso, que nunca, seja por que motivo for, estaremos sozinhos e desamparados do Teu amor.

"Constituístes para nós as possibilidades de reconciliação com nossa própria alma, e, com certeza, com as almas com as quais falhamos. Abençoa-nos os propósitos de serviço e concede-nos, oh Divino Yeshua, as forças necessárias para as lutas que chegarem, permitindo-nos recomeçar, sempre. Assim seja.

Emocionadíssimo, sentou-se.

Carpo apertou-lhe a mão novamente, incutindo-lhe energias boas. Convidada por Sedécias, Adena desenrolou os escritos de Mateus ao acaso e leu:

– Bem-aventurados os que são misericordiosos, porque obterão misericórdia.

"Se perdoardes aos homens as faltas que cometerem contra vós, também vosso Pai Celestial vos perdoará os pecados; mas, se não perdoardes aos homens quando vos tenham ofendido, vosso Pai Celestial também não vos perdoará os pecados.

"Reconciliai-vos o mais depressa possível com o vosso adversário, enquanto estais com ele a caminho, para que ele não vos entregue ao juiz, o juiz não vos entregue ao ministro da justiça e não sejais metido em prisão. Digo-vos, em verdade, que daí não saireis enquanto não houverdes pago o último ceitil.

A leitura do texto trouxe energias renovadoras ao ambiente.

Convidado por Sedécias, Carpo fez o comentário da noite:

– Amados irmãos em Yeshua. A alegria por nosso encontro na casa d'Ele e de Yahweh, é contagiante.

"Os ensinamentos de Yeshua nos levam ao entendimento de que precisamos ser misericordiosos na nossa maneira de pensar e de agir. Pensar bem sobre o nosso próximo representará para ele uma bênção espiritual e fazer-lhe o bem representará uma bênção espiritual para nós.

"Se de alguma maneira julgarmos a atitude de um nosso irmão ou irmã, sejamos misericordiosos. Assim precisamos agir, porque, na realidade, todos somos irmãos, e quanto mais nosso irmão incorrer em erro, mais urgente será a necessidade de auxiliá-lo a deixar o campo dos equívocos, em face do que está escrito na Lei.

"Quando os erros de teus semelhantes chegarem aos teus ouvidos, ou deles diretamente te ressentires, lembra-te que o amor de Yeshua também está com eles, e que poderás ajudá-los, utilizando-te da complacência, da compreensão, da indulgência e da tolerância. Desta forma iluminar-te-ás e serás misericordioso.

"Nunca condenes, e se porventura um dia já condenaste, agora chega para todos o momento da imperiosa reconciliação.

"Se buscares a reconciliação pelo perdão, libertarás os outros do peso da sua condenação e acabarás por absolver-te a ti mesmo da autocondenação, e com certeza seguirás em plenitude ao encontro do Reino dos Céus.

"Vivemos num mundo criado por Yahweh. O Céu está à nossa volta e não é um lugar distante. Está ao nosso derredor. Ainda nos falta percepção espiritual para reconhecê-lo, é certo, entretanto, perdoar os pecados contra nós é compreendermos melhor o que Yeshua nos ensinou: Que o perdão é o vestíbulo do Céu. É um dos requisitos para o ingresso pela porta estreita.

"Quem perdoa, livra-se dos ressentimentos e do remorso. É urgente a ação de reconciliação. Ela liberta e promove a alma. Não esperemos nem deixemos para depois. Quem ama, perdoa, e quem perdoa, ama.

Carpo concluiu e sentou-se.

Sedécias, então, pediu a Eliade, que conduzisse a oração final.

Após a prece, as atividades foram encerradas.

Todos se levantaram. Então, Reyna, Tércio e Shaina, juntamente com Asnar e Tobias, dirigiram-se à frente, na direção de Abiel.

Surpreendido e não sabendo de onde tirava forças naquele instante, Abiel preferiu adiantar-se a falar:

— Olá! Saúdo-vos em nome de Yeshua, amigos de Antioquia de Psídia. Que bom revê-lo, caro Tércio, como também a vocês, Reyna e Shaina. Fico satisfeito com sua visita e a de nossos amigos Asnar e Tobias. Sua presença aqui, nesta noite, me constitui uma grande surpresa, jamais esperada.

Asnar, quebrando o silêncio dos visitantes, tomou a palavra:

— Caro Abiel. Para nós todos é também uma imensa alegria retornar a Trôade, especialmente para visitar-te. Quando aqui estivemos à procura de socorro para nosso amigo Tércio, não imaginávamos sequer que o famoso curador de Trôade fosse o amigo, e quando nosso Paulo de Tarso nos fez essa revelação, confesso que ficamos por demais surpresos e também felizes, pois és pessoa de nosso conhecimento e confiança.

— Agradeço-lhes sobremaneira a manifestação de confiança e apreço — respondeu Abiel. — Se naquela ocasião furtei-me de revelar minha identidade, creiam-me, tinha justos motivos para fazê-lo, até porque relação de amizade ou outro vínculo qualquer não deve interferir no trabalho que desenvolvo. Não o faço por meu interesse e sim no interesse exclusivo de Yeshua.

Fez breve pausa.

Carpo, aproximando-se do grupo, interveio, arguindo que já se fazia tarde e que necessitava fechar as portas do Núcleo. Tércio, então disse:

— Sim, caro amigo. Em razão disto gostaria de pedir ao amigo Abiel que nos recebesse no dia de amanhã, eis que Reyna e Shaina pretendem conversar com ele, e de certa forma eu também, pois sou-lhe eterno devedor, em face do restabelecimento de minha saúde.

Antes que Abiel respondesse, o velho asmoneu Tobias, do alto da sua experiência e vivência – era mesmo um homem singular – adiantou-se e colocando a mão sobre o ombro de Abiel disse:

— Caro Tércio, pouco conheci de Abiel, mas foi o suficiente para perceber-lhe o caráter de bondade. Até pareceu, para mim, quando o vi pela primeira vez, que já o conhecia há muito tempo, embora nada disto lhe falei. Tenho certeza que amanhã o bom amigo nos receberá a todos.

Olhou para Abiel e sorriu. Abiel ficou desconcertado. Após alguns instantes de silêncio, falou:

— Meus caros Tércio, Reyna e Shaina e amigos Asnar e Tobias, poderei, sim, logo após o almoço, recebê-los na casa de Carpo. É onde resido. Isto se ele consentir.

— Sim, sim, caro amigo, – falou Carpo, – não há qualquer impedimento.

Habilmente, Tobias tratou de iniciar as despedidas, que foram feitas somente por gestos à distância. Logo após, os visitantes retornaram à estalagem. Abiel foi para casa na companhia de Carpo, Adena e Yoná. No caminho quedou-se mudo. Carpo, a mãe e a irmã conversavam animadamente e não ousaram quebrar o silêncio de Abiel. Lá chegando, Adena disse que faria um chá para beberem antes do repouso.

Acomodados, Carpo iniciou a conversação:

— Meu bom amigo e irmão Abiel. Respeito teu silêncio, contudo, acho que se falares o que te passa no íntimo será bem melhor para teu espírito. Queres conversar?

Abiel olhou para o amigo, com carinho e reconhecimento, e disse:

— Meu amigo e irmão Carpo. Estive refletindo sobre tudo o que aconteceu nos últimos anos de minha vida. Antes de qualquer coisa, quero dizer a você, a Yoná e a Adena – que já havia retornado com o chá – que vocês foram os anjos tutelares que me apareceram no momento em que eu mais precisava. O carinho, o zelo e o amor com que me receberam em sua casa, jamais poderão ser alvo de pagamento de minha parte. Encontrei verdadeiros irmãos que me estenderam a mão e me sustentaram e ainda sustentam meu espírito.

"Os serviços artesanais em couro, que faço e que são vendidos pelos irmãos, produzindo-me condição de contribuir nas despesas da casa, me aliviam o dever de contribuição material, porém, há um dever para com vocês que não tenho como pagar, que são o carinho, a atenção, o afeto familiar com que me distinguem e principalmente o aconchego de um lar. Para esses contributos, amigos, nenhuma moeda do mundo é suficiente. Aqui encontrei um verdadeiro lar, e peço todos os dias a Yeshua, que me ofereça condição de um dia poder retribuir-lhes por tanto amor.

Ao falar isto, Abiel tinha os olhos marejados de lágrimas.

— Vocês conhecem e viveram o meu drama. Nunca me cobraram qualquer satisfação de coisa alguma. Sempre estão dispostos e carinhosos comigo.

"Sofri minhas refregas e decepções, como já lhe disse, amigo Carpo. Falhei no casamento e na paternidade, e você sabe que a esposa do romano Tércio foi minha esposa e que a enteada dele, Shaina, é minha filha, contudo, tudo passou. Já se passaram mais ou menos vinte e cinco anos, e me sinto um pouco aflito com o que está acontecendo, pois não gostaria de desenterrar um passado que já imaginava morto.

"Confesso que não estou aborrecido. Apenas estou surpreendido pela visita deles. Imaginava nunca mais vê-los. Embora o esquecimento não me tenha sido completo, já tinha acomodado as coisas no meu espírito e entregue tudo a Yahweh.

"Entretanto, amigo Carpo, após o episódio desta noite, e apesar de continuar impactado, confesso que, consultando meu coração, estou bem e não cogito de qualquer tristeza ou decepção. Tudo passou, e o tempo, o viajante destemido das circunstâncias da vida, me tem sido um extraordinário companheiro.

"Vou, sim, atendê-los amanhã. Sinto ainda no ar uma leve repulsa de minha filha, que me olha com olhar frio e distante, embora com curiosidade. Mas que seja feita a vontade de Yahweh e de Yeshua.

– Meu caro Abiel – tornou Carpo. – Sinto que estás bem e em paz. Então, deixemos para amanhã o amanhã.

Depois, conclamou todos para o repouso.

Sozinho em seu quarto, Abiel preparou-se para dormir. Sentou-se sobre o leito e pôs-se a orar:

"Oh! Yeshua, rogo-Te não me deixes quebrantar pelos elos intrincados de minha existência. Antes, auxilia-me nas minhas tribulações. Oxalá amanheça o dia em que acabem as dores e sofrimentos de minha alma, que sei manchada pelos pecados e angustiada por muitos temores.

"Consola-me nas minhas desditas e mitiga minha dor. Perdoa-me os erros cometidos na vivência dos meus amores. Ajuda-me a viver sem aflição na alma e no corpo. Faz-me esquecer todas as coisas do mundo, e que nenhuma vaidade possa seduzir-me, pois já sei que é bem-aventurado todo homem que por amor a Ti abre mão de todas as outras coisas. Desejo a alegria da paz.

"Continua, oh Yeshua, a dispor de minha vida segundo Teu beneplácito. Releva os meus erros. Concede-me, oh Divino Messias, a Tua paz. Assim seja.

Acomodado, o sono veio a galope. Em pouco tempo, Abiel viu-se deixando o corpo físico. Estêvão o esperava para nova incursão na Cidade da Fé.

Já acostumado, Abiel abraçou o companheiro e em breve estavam em companhia do Governador Acádio. Este os recebeu com alegria, saudando-os efusivamente. A seguir falou:

– Meu bom amigo e irmão Abiel. Estamos acompanhando daqui a visita que te fazem na Terra.

"Pedimos tua presença para dizer-te que soa para ti o momento da reconciliação com Reyna e Shaina. Não te coloques contra a realidade das coisas. O amor, Abiel, é de essência Divina. Se é sentido pela alma, na sua pureza, tem o condão de curar feridas e rebater quaisquer pecados.

"Sabemos que amas os que foram novamente ao teu encontro. Então, já sabes o que tens que fazer. Se precisares, pede perdão. Se for necessário, perdoa. Ajusta tuas pendências enquanto estás a caminho, para breve estarmos mais juntos. Procura libertar-te das amarras. Nada temas. Yeshua o abençoa.

Terminado o recado, Acádio sinalizou para Estêvão levar Abiel de volta ao corpo físico.

Como sempre, o dia amanheceu belo, em Trôade. Pássaros em cores e espécies variadas e em inúmeros trinados embelezavam a Natureza.

Abiel acordou. Sentia-se calmo e seguro. Respirou profundamente e se espreguiçou. Levantou, fez a higiene matinal e após orar juntou-se a Carpo, Adena e Yoná para a refeição da manhã, a qual transcorreu em clima de alegria e descontração.

O dia transcorreu normalmente. Os amigos almoçaram e todos se recolheram para o repouso.

Transcorrido certo tempo, após a virada do meio-dia, os visitantes chegaram à casa de Carpo. Foram gentilmente recebidos por Adena, que os colocou na sala da casa e foi comunicar Abiel, que já esperava e com serenidade pediu para comunicar que já os receberia.

Inteirado do momento, Carpo foi até Abiel e disse que o acompanharia até os convidados, pois tinha intenção de conversar com Asnar, Tobias e Tércio em separado, em outro cômodo, dando liberdade para Abiel conversar com a ex-esposa e a filha.

Juntos chegaram à sala. As saudações foram normais. Carpo, então, disse aos visitantes:

— Amigos, gostaria de convidar Tobias, Asnar e Tércio para conversarmos no cômodo contíguo. Imagino ser de bom alvitre que nosso Abiel converse com Reyna e Shaina em particular.

Tércio, surpreendido com a iniciativa, demonstrou certo contragosto, porém, ante o olhar de Reyna, combateu o rápido desequilíbrio e consentiu.

Saíram para o outro cômodo. Abiel, então, sentou-se, e com sinal com uma das mãos, convidou-as a se sentarem também, dizendo:

— Podeis falar, Reyna e Shaina. Estou à disposição para ouvir o que tendes para me dizer.

Reyna respirou profundamente. Shaina estava como que indiferente, porém não conseguia disfarçar o nervosismo. Ambas olhavam para Abiel com certa curiosidade até. Foi Reyna que então falou:

– Abiel, muito tempo se passou desde o dia em que saíste de nossa casa em Antioquia de Psídia, bem cedo, como fazias, para caminhar, e não mais voltaste. Apesar de nos termos encontrado em várias ocasiões, depois disso, no Núcleo dos Seguidores de Yeshua, o teu ato marcou-me e a Shaina como uma verdadeira fuga.

"É certo que não viemos aqui para recriminar-te a conduta, embora tenhamos ficado um tanto quanto desconcertadas com a tua atitude.

"Albergávamos a certeza, na ocasião, de que te havíamos ofendido de alguma forma, quando foste nosso hóspede, e esse sentimento ou sensação tem-nos causado angústia por todo esse tempo.

"Todos os acontecimentos havidos em Antioquia de Psídia vieram demonstrar, a meu ver, Abiel, que nossos destinos estão cruzados, embora estejamos distantes os três. Não falo das circunstâncias atuais de nossa existência, pois se um dia fugimos de ti, não foi porque não o amávamos, mas porque, por mais que envidássemos esforços para chamar-te à realidade, tu não aceitavas, e te havias tornado intolerante a até violento. Temíamos, Abiel, àquela ocasião, até por nossas vidas.

"A vida nos lançou nas vascas do sofrimento. Sofremos muito mesmo, não somente a solidão, mas também a necessidade das lutas para a sobrevivência, mas sofremos também por nós e por ti, pois nunca duvidei que tivesses um coração bom, do que já me havias dado mostras tantas vezes.

"Foram dias e dias, noites e noites em que as lágrimas foram nossa companhia. Eu tinha que lutar para poder dar a nossa filha, criança e indefesa, o necessário para a sobrevivência dela; o afeto de que ela precisava, e ainda lutar para substituir a figura do pai, que sabia ausente em razão de minha atitude, contudo, não tive outra solução possível a tomar naquele tempo, quero que compreendas isto.

"Muitas vezes desejei voltar. Muitas vezes desejei que nos reencontrasses. Não sabia qual seria o desdobramento se isso tivesse acontecido, mas a realidade, Abiel, é que o destino nos é traçado de forma ainda abstrata, porém, sob o báratro de nossas atitudes.

"O tempo nos surpreendeu em necessidades materiais. As saudades foram como que sendo amortecidas, e quando menos esperava, tu já sabes, acabei por conhecer Tércio, quando fui prestar serviços domésticos na herdade dele. Ele havia enviuvado e sentia-se muito doente, e não foi isso que nos levou a tecer compromissos de marido e mulher, e sim o atendimento simples, gentil e bondoso dele, que despertou em mim um amor que eu nunca havia sentido. Após isto, sob o mais absoluto respeito e atenção, desposou-me e recebeu nossa filha como enteada querida e amada por ele.

Abiel a ouvia com a mais profunda atenção. Seus olhos estavam como que imóveis, suas faces serenas.

Shaina, ao lado, prestava atenção na mãe, admirando a coragem dela, e de vez em quando lançava um olhar como que piedoso, na direção do pai.

Reyna continuou:

– Não saberia dizer-te, Abiel, se o amor que sinto por Tércio é igual ao amor que um dia senti por ti, e talvez ainda sinta um pouco, entretanto, o que te posso dizer é que se trata de um amor estável, maduro e sereno e que me oferta, e a Shaina, a segurança que buscávamos. Não vim para te dizer que disputes meu amor com Tércio, nem que ele deva fazê-lo contigo, até porque não sou uma mulher perfeita e sei que ao abandonar-te, segundo os ensinamentos de Yeshua, acabei por constituir um débito que espero um dia poder pagar.

"O que vim fazer – e precisava fazer, aliás, preciso fazer – é pedir-te perdão pelo dia em que te abandonamos.

"Se durante algum tempo sentimos dor e medo, repulsa e solidão, o tempo foi acomodando as coisas e o destino nos permitiu o reencontro em Antioquia de Psídia e estranhamente aqui em Trôade, já pela segunda vez.

"Sou tua eterna devedora, primeiro pelo ato que suplantou a minha resistência como esposa; depois, pelas duas ocasiões em que salvaste a vida de Tércio, que é um bom homem e que te estima como irmão, não pelo fato de saber que foste meu primeiro marido, mas pelo fato de saber do teu caráter e da tua bondade, principalmente para com ele.

"Espero, Abiel, do fundo de meu coração, que me perdoes!

Reyna calou-se. Olhava para Abiel, que continuava impassível, mas que demonstrava paz.

Abiel ia falar, quando Shaina usou a palavra:

– Meu pai!

O chamado desmontou as estruturas íntimas de Abiel, que sentiu os olhos marejados de lágrimas. Então Shaina repetiu:

– Meu pai! Quero lhe dizer que tudo o que mamãe lhe falou é a expressão da verdade, mas quero também lhe dizer que apesar de tudo o que aconteceu, nunca o esqueci.

"Sei que quando estava hospedado conosco, fui muito dura com você. Disse à mamãe e a Tércio que você tinha abandonado nossa casa porque eu o intimei a fazê-lo. Na ocasião, foi o que me pareceu acertado fazer.

"Não me arrependo disso, mas quero que saiba que ao assim proceder eu não deixei de amá-lo à minha maneira. Não saberia dizer por que, mas sempre senti que foi você que nos abandonou e não mamãe que saiu de sua casa, pois o amor necessita ser cuidado, atendido, regado com a água limpa da atenção, do carinho, do afeto, do companheirismo, e isto mamãe já não tinha de você, hoje eu sei.

"Assim, é certo que por muito tempo cobrei de mamãe a sua presença. Chorei muitas noites; chamei-o muitas vezes, porém mamãe sempre foi honesta comigo e sempre me colocou a par de todas as circunstâncias que envolveram nossa separação. Não tenho motivo para recriminá-la. Mas, vejo também, meu pai, que a vida vai nos ensinando a contar e recontar nossos erros e vai nos descortinando oportunidades novas para recomeçar, e eu também não posso recriminá-lo de nada.

"Você teve seu desequilíbrio, mas o tempo nos vai mostrando que todos podemos tê-los. O importante é aprendermos com os erros e colimar acertos futuros, a caminho da felicidade possível, assim entendo.

"Quando você chegou novamente a nossa casa, a nossa outra casa, a surpresa e o choque foram presenças marcantes, e as circunstâncias que nos envolveram a existência dali por diante foram demonstrando que você havia mudado; que lamentava todo o ocorrido. Embora você tivesse ficado sem fala, eu sentia no seu olhar a dor e a angústia por tudo o que tinha acontecido.

"Pois bem, meu pai. Hoje estamos aqui, eu junto com mamãe a falar-lhe. Eu quero lhe dizer, como ela disse e teve a coragem de assim fazer, que eu, como sua filha – fato que nunca neguei e nunca negarei – por aquilo que porventura possa tê-lo machucado ou magoado, eu também lhe peço perdão!

Embora se julgasse forte, Abiel não mais resistiu. As lágrimas rolaram abundantes. Silenciosas, mas abundantes. Olhou para as duas mulheres de sua vida, que não soubera amar e pelas quais não soubera zelar na intensidade devida e suspirou.

Olhou para os céus, como a pedir forças. Olhou para os lados e surpreendentemente viu, com os olhos físicos, Acádio, Estêvão e Joel, que lhe sorriam.

Enxugou as lágrimas e viu que Reyna e Shaina também choravam.

De repente, sentiu uma leve tontura, mas aquietou-se, buscando controlá-la. Imaginou que a emoção o tinha surpreendido. Alguns momentos depois, no entanto, sentiu-se refeito. Olhou para as duas e disse:

– Minhas caras Reyna e Shaina. Não tenho palavras que possam traduzir o que se passa em minha alma neste instante, que para mim se afigura como intraduzível.

"Feliz é aquele a quem a própria verdade ensina. Nossos sentidos às vezes veem pouco e muitas vezes nos enganam. Já a razão, expressão de nossa consciência, não nos engana. Compreendo, hoje, que a causa de todas as tentações perigosas é a inconstância e a inexperiência humanas, atreladas à falta de confiança em Yahweh. Isto transforma a criatura em navio sem leme, joguete das ondas. Ignoramos muitas vezes o que valemos e as tentações nos fazem ver o que ainda somos.

"Através da leviandade de nosso coração e dos nossos defeitos, não percebemos os males que causamos, principalmente àqueles a quem amamos. Não foi de outra forma que acabei por feri-las e por produzir em seus corações os sentimentos da decepção, embora, no mais recôndito do meu ser, não desejasse fazê-lo.

"Perdi-me nas encruzilhadas das influências negativas e pertinazes, que acabaram por enredar minha alma nas teias dos desequilíbrios e passei a duvidar de tua fidelidade para comigo, Reyna, em razão de meu primo Leon, quando nada, absolutamente nada te colocava como devedora.

"Também não saberia dizer-te por que tive aquela atitude, no passado. Amava-as, e se me permites, com todo respeito, ainda as amo com as fibras mais sutis da minha alma, mas o que aconteceu não pode ser simplesmente apagado.

"Se o tempo apaga aos poucos de nossa memória as ocorrências, elas não deixam de ofertar marcas e pegadas pelas quais poderemos continuar caminhando, carregando o peso da desdita, ou, na direção oposta, de retificar nosso passado. O segredo do bem viver é optarmos pela segunda via.

"Foram, sim, dias, meses e anos de amargura. Eu tinha tudo e de repente não tinha mais nada. Após terem me deixado, o meu castelo de sonhos, que já tinha começado a ruir em razão de minhas atitudes impensadas, foi destruído por completo.

"Transformei-me num andarilho da dor; num pária sem motivos para viver. Desacorçoei da vida e pensava eliminá-la.

Certo dia, contudo, no mercado de Icônio, quando recolhia restos para comer, tais os baixios a que me entregara, ouvi o antigo amigo e comerciante Asher falar a outra pessoa sobre Paulo de Tarso.

"Foi a minha salvação, hoje sei. Graças a isso, e principalmente a Yahweh, de quem cheguei até a descrer, e a Yeshua, que conheci através de Paulo, hoje estamos aqui, nesta cidade e neste momento. Não quero; absolutamente não desejo, e confesso que nunca desejei recriminá-las por haverem me abandonado. Diante de tudo o que sofreram, tenho certeza que eu faria a mesma coisa.

"Mas o destino nos reservou o reencontro. Entretanto, ao fazê-lo, surpreendeu-me, ao ver-te, Reyna, em outra companhia. Doeu-me, sim, no começo, ver-te companheira de outro homem. Senti a morbidez do ciúme por ti e por Shaina e até certo desequilíbrio mental rondou-me. Contudo, apoiado pelo amigo Paulo e pelos amigos dele, e sobretudo buscando escutar minha consciência, pude controlar meu ímpeto e buscar compreender tudo o que havia ocorrido.

"Mais calmo e confiante, aceitei o que a vida me reservou. Se fui em defesa de Tércio, em Antioquia de Psídia, creiam, não foi somente por ele, e mesmo que fosse eu o faria novamente, entretanto, no íntimo, fui em defesa daquele que as defendeu, brotando em mim o sentido que às vezes é muito esquecido na Terra, o da gratidão.

"As circunstâncias nos colocaram sob o mesmo teto, e mesmo angustiado por não poder falar-lhes, em razão da afazia que me vitimara, não nutria mais ciúmes, rancor ou sentimentos quaisquer outros negativos em relação a ti, Shaina e a Tércio.

"Confesso que minha saída repentina de sua casa se deu em razão do desconforto que Shaina sentia em relação a mim por eu lá estar. Contudo, penso que ela tinha razão.

Ao falar isto, olhou para Shaina, que olhava para ele com atenção nunca vista.

— Enfim, o que fiz, na ocasião, entendo ter sido o melhor para todos. Mas o tempo passou e novamente o destino nos uniu.

"Quando vocês trouxeram Tércio adoentado; quando as revi, os sentimentos entraram em ebulição, mas o dever e a lealdade falaram-me mais alto, razão pela qual busquei ofertar a Tércio o melhor que podia.

"Tudo correu bem, graças a Yahweh e a Yeshua. Fiquei muito feliz pela recuperação dele. Tércio é um bom homem, um bom caráter, uma alma desprendida e nobre. Pedi pelo pensamento que ele se restabelecesse para cuidar dos meus amores, que eu não soube cuidar.

Calou-se por alguns instantes. Reyna tinha lágrimas nos olhos. Shaina também. Então continuou:

— Depois do atendimento a Tércio, vocês se foram, levando meu reconhecimento e meu eterno amor. Não senti repulsa ou arrependimento e muito menos dor. Sabia e sei que a vida tem que seguir seu curso. Quando entendemos as ocorrências com serenidade e compreensão, vivemos em paz. Eu estou em paz.

"Nova surpresa me surpreendeu os dias. Vocês retornaram e sob o imperativo do amor, vêm me pedir perdão. Então eu me pergunto: Perdão do que? No que me ofenderam? O que de ruim me fizeram?

"Eu mesmo respondo: Nada de ruim me fizeram. Eu é que fui o artífice da minha desdita. Em nada me ofenderam. Fui eu que as feri com o acicate da dúvida e do desprezo.

"Não, Reyna e Shaina, não há nada a perdoar!

"Se há alguém aqui nesta sala que precisa pedir perdão, este é somente uma pessoa. Por tudo isto, em nome de Yahweh e de Yeshua, eu é que peço a vocês duas: Me perdoem! Me perdoem!

Os três choravam. Abraçaram-se. Reyna então falou:

– Abiel, nada há para perdoar.

Inspirada por Acádio, enxugando as lágrimas, disse:

– A vida nos perdoou. Seguiremos nossos caminhos, mas a cada passo, em cada etapa, nossas lembranças, doravante, serão amorosas e cobrirão a montanha dos nossos erros.

Shaina estava abraçada ao pai. Reyna saiu para chamar os demais para que entrassem na sala. Abiel, abraçando novamente a filha, soltou-se dela, caminhou na direção de Tércio, e antes que ele pudesse dizer alguma coisa, adiantou-se e falou:

– Amigo Tércio, se cogitas de agradecer-me por alguma coisa, quero que saibas que não vou aceitar os agradecimentos, porque nada me deves e nada fiz que justifique eventuais agradecimentos.

"Em razão de todas as circunstâncias que nos agasalharam a existência, se há alguém aqui que deve manifestar agradecimentos, esse alguém sou eu, porque quando Reyna e Shaina mais precisavam, foste tu que lhes estendeste as mãos caridosas de apoio e de aconchego e lhes deste o teu amor. Na singeleza do teu coração, lhes ofereceste o altar de um lar digno, transformando-te na esperança e refúgio para elas.

"Tuas atitudes, bondoso amigo, sempre foram nobres. Mesmo tendo a revelação de nossa ligação do passado, nunca nos impediste de dialogarmos.

"Sim, entendo que a presença de vocês, neste momento, bem como nossas oportunidades de conversar se constituíram na bendita oportunidade de reconciliação.

"Na presença de Carpo e família, dos amigos Asnar e Tobias, e sob a inspiração de Yeshua, agradeço por terem vindo. Tenha certeza, Tércio, que todos estamos bem. Meu coração está leve e minha mente em manifestação de alegria.

"A vida tem que seguir seu curso natural e nossa estrada nesta vida terrena termina aqui, em clima de entendimento e de paz.

"Estimo que prossigas cuidando e amparando as duas. Elas te amam e és para elas o apoio e a segurança. Que Yeshua possa retribuir-te o carinho que dispensas a elas.

"Que Yeshua e Yahweh os abençoem sempre.

Abiel calou-se.

Como descrever a cena?

Tércio estava altamente sensibilizado. Chorava, também. A família de Carpo e os dois outros amigos de Antioquia de Psídia estavam emocionadíssimos.

Os abraços foram gerais. Carpo convidou todos para a refeição noturna. Todos aquiesceram e a casa de Carpo se transformou numa maravilhosa reunião de família, sob entendimento e paz.

A noite ia alta. Tobias iniciou as despedidas. Todos trocaram abraços e Abiel fez questão de abraçar Reyna e Shaina, com Tércio a seu lado.

Todos iam se retirando. Abiel desejou boa viagem de retorno, estimando que fossem sob a proteção de Yeshua.

Quando, ao saírem porta afora, Shaina se virou para Abiel e perguntou:

– Então, papai, – Ah! Como aquele 'papai' soava maravilhosamente para Abiel – quando nos veremos novamente?

Abiel, tomado de surpresa, não sabia o que responder. No seu pensamento, os ecos da conversa com Acádio, na Cidade da Fé, se faziam ressoar. Entre confuso e desejoso, respondeu:

– Ah, minha filha, quando Yeshua permitir nos veremos novamente.

Ao dizer isto, abraçou a filha mais uma vez.

LII

A DESENCARNAÇÃO DE ABIEL

Enfim os visitantes se foram. Abiel recolheu-se logo mais a seus aposentos e ficou a refletir em todos os acontecimentos. Estava feliz. Estava em paz. Preparou-se para dormir. Orou e logo adormeceu. Viu-se novamente fora do corpo físico. Estêvão o esperava. Conversaram e seguiram para a Cidade da Fé.

Lá chegando, Acádio os esperava, na companhia de Joel. Recebidos e acomodados, Acádio falou:

– Amigo Abiel. Exultamos por tudo o que vimos, ouvimos e compartilhamos. Yeshua abençoou a todos.

"Como foi boa e necessária a reconciliação que fizeste com todos! Nosso Joel, a partir de agora, acompanhará mais de perto teus dias na Terra, para auxiliar-te no projeto de retorno à pátria espiritual.

"Ele me autoriza a dizer-te que foi ele, na Assíria, que te guiou nos conhecimentos e na prática das curas. Foi ele que te inspirou e inspira nas curas que tens feito em Trôade. Ele vem a ser o antigo sacerdote Dariavus.

Abiel estava sensibilizado. Olhou para Joel e este sorriu de uma forma que aquele sorriso já lhe era conhecido do passado. Então se abraçaram.

Abiel retornou para o corpo físico.

Entre as atividades de cura e divulgação dos ensinos de Yeshua, o tempo transcorreu célere na vida de Abiel, que era um homem feliz. Trazia sempre em sua mente as ótimas lembranças da reconciliação com Reyna e Shaina.

O inverno do ano 61 d.C. chegou cedo, prenunciando rigor. Abiel levantou-se mais cedo. Era dia de atendimento no Núcleo. Higienizou-se e se dirigiu à sala de refeições da casa de Carpo, que já o esperava, juntamente com a mãe e a irmã.

Abiel deu bom-dia para todos e de repente perdeu os sentidos, caindo pesadamente no chão, desmaiado. Carpo correu, o mesmo fazendo sua mãe e sua irmã, assustadíssimos. Carpo pegou Abiel nos braços e o levou para os seus aposentos, colocando-o sobre o leito. Adena foi buscar água e Yoná passou a abaná-lo com panos.

Mais algum tempo e Abiel abriu os olhos. Recuperava lentamente os sentidos. Estava confuso. Então Carpo lhe disse:

— Meu amigo, como estás? O que estás sentindo? Caíste de repente e desmaiaste. Estamos preocupados. Por acaso não tens te alimentado direito? Andas trabalhando demais? O Núcleo sempre está cheio de pessoas para atenderes. Acho que precisas de um merecido descanso.

Abiel, recuperando o tirocínio aos poucos, falou em voz quase inaudível:

— Não sei dizer o que houve. De repente, senti uma tontura muito forte e perdi os sentidos. Acho que é mesmo cansaço pelo trabalho. Mas tenho fé que daqui a pouco estarei bem.

Adena chegou com água e chá de alecrim. Abiel bebeu o chá. Após, falou para Carpo:

— Meu amigo, se vocês não se importarem, ficarei aqui mais um pouco. Preciso descansar. Sinto um pouco de fraqueza. Assim que melhorar, levantarei e lhes comunicarei. Fiquem tranquilos.

Adena e Yoná acomodaram-no melhor. Cobriram-no e se retiraram do cômodo, junto com Carpo.

Ao saírem, Carpo disse:

— Não sei, mamãe e Yoná. Não gostei do que aconteceu com Abiel. Notaram a palidez dele? Espero que não seja nada grave. Vamos orar por ele. Deixemo-lo repousar até a hora do almoço. Depois o chamaremos.

Abiel acomodou-se sob as cobertas. Sentia muito frio. Fechou os olhos e de repente um calor sufocante invadiu-lhe a cabeça. Perdeu os sentidos. Naquele instante, uma veia importante na cabeça de Abiel se rompeu e seu cérebro se inundou de sangue. Mais alguns instantes e Abiel de Icônio, o "Curador de Trôade", deixava a vida do corpo físico na Terra.

Surpreendido e confuso, abriu os olhos e viu Acádio, Estêvão, Joel, Jamil e Abigail, para depois fechar os olhos novamente, em certa perturbação.

Aproximava-se o momento do almoço, na casa de Carpo. Então, ele disse a sua mãe:

— Mamãe, vou chamar Abiel para ver se ele poderá fazer a refeição conosco.

Carpo abriu a porta do quarto de Abiel e aproximou-se do leito onde estava o amigo. Viu que ele tinha um sorriso na face e parecia dormir tranquilamente. Então, pôs levemente as mãos no seu ombro, dizendo:

— Amigo Abiel, acorde!

Como Abiel não abria os olhos, Carpo tentou chacoalhar um pouco os ombros. Ao fazê-lo, não conteve um leve grito, pois a rigidez cadavérica já se fazia sentir. Então Carpo compreendeu que o amigo partira. Deixava a vida da Terra e ia para os Céus.

Emocionado, começou a chorar sentidamente. Ajoelhou-se ao lado do leito e orou:

— *Amado Yahweh, ceifeiro de nossas vidas, este é um momento triste e difícil para nós, os que amamos Abiel e que aqui ficamos na retaguarda.*

"Pelos Teus insondáveis desígnios, retiraste de cena este Teu trabalhador, a quem nos afeiçoamos como irmão da alma.

"Vejo que ele se foi com o coração pacificado, principalmente em face daqueles que amou nesta existência.

"Para os que ficamos, a saudade já se apresenta. Ele nos foi exemplo de renúncia e superação.

"Te pedimos, oh Yahweh, recebe-o na Tua glória. Purifica-o, coloca-o no Teu Céu de Amor, e que nosso Amado Yeshua, Teu Filho Dileto, também o receba em Seu Esplendor.

A notícia da morte do curador entristeceu Trôade e também todos os cantos da Frígia e da Galácia. As homenagens foram muitas. Em Antioquia de Psídia, Reyna, Shaina, Tércio e os demais amigos do Núcleo choraram e endereçaram preces a Yeshua, de gratidão e de intercessão por Abiel.

Avisado pelo Comandante Adriano, o Procônsul Cneo Domicius Corbolo também chorou a morte de Abiel e decretou três dias de vigília em todas as províncias da Ásia Menor, em justa homenagem ao curador de Trôade.

Tércio, embora procurasse não demonstrar, ficou muito abalado. Aprendera a gostar muito de Abiel. Considerava-o um homem bom e portador de digno caráter. Reyna abalou-se bastante, mas, por mais paradoxal que possa parecer, quem mais sentiu a morte de Abiel foi Shaina, eis que lhe trouxe profundo impacto. Ela sentiu que de fato o tinha mesmo perdoado, e mais, que o amava muito.

LIII

PAULO É PRESO E RECEBE A NOTÍCIA DA DESENCARNAÇÃO DE ABIEL

Certo dia, em Antioquia de Psídia, após retornarem do estudo no Núcleo e antes de repousarem, Tércio disse a Reyna e a Shaina que ele tinha um dever para com Abiel, e ante as notícias que chegaram de que Paulo de Tarso havia sido preso em Jerusalém e depois encaminhado preso para Roma, tencionava ir a Roma para revê-lo e dar a ele a notícia da morte de Abiel. A esposa e a filha entenderam e concordaram com Tércio, dizendo que não se opunham à pretensão e que ficariam orando para que a viagem fosse bem sucedida.

Tércio então fez os preparativos para a viagem. Shaina havia recebido, por mensageiro do Núcleo de Trôade, um belo presente que muito a emocionou. Era uma cópia do Pergaminho de Mateus Levi feita por Abiel, que continha a seguinte dedicatória:

"Deixo à minha filha Shaina, que povoou a minha existência na Terra com ternura e alegria, demarcando a presença de Yahweh e de Yeshua em minha vida, esta recordação, que vai impregnada do meu profundo amor por ela. Com certeza é um amor que transcende esta existência. Peço a ela que no exercício de sua caridade perdoe este velho pai e espírito a ela há muito tempo ligado. Rogando a Yahweh que nos oportunize o reencontro na Imortalidade, abraça-a e a beija, com desvelado carinho. Abiel"

Profundamente sensibilizada, Shaina deu a conhecer o presente a Reyna e Tércio e numa noite memorável, no Núcleo de Antioquia de Psídia, os três oraram em voz alta em favor de Abiel, no que foram secundados por Tobias, Asnar, Jetro e demais membros, pedindo a intercessão de Yeshua em favor do curador de Trôade.

Os diversos Núcleos fundados por Paulo recebiam sempre orientações escritas do Cireneu. Por mensageiros é que ficaram sabendo da prisão de Paulo de Tarso.

Diante das tramas dos judeus do Sanhedrin, ele fora preso em Jerusalém. Paulo respondeu ao processo aberto contra ele. Produziu sua própria defesa na corte do Rei Agripa, na ocasião. Ostentando a condição de cidadão romano, apelou para Roma, tendo sido enviado para a Capital do Império.

Dias após ter chegado a Roma, Paulo ficou em prisão domiciliar, numa casa que inicialmente alugara, sob a vigilância de um soldado romano. Nessa condição, podia receber visitas. Muitos judeus foram visitá-lo, ocasiões em que Paulo pregava a eles sobre Yeshua e o Reino de Yahweh. Alguns criam e se tornavam cristãos.

Paulo também pregou a Boa Nova aos diferentes soldados que fizeram a sua guarda. Pregou inclusive para vários soldados da Guarda Imperial.

Ele sabia que poderia ser absolvido ou executado, porém estava tranquilo. O que mais desejava – e isto era mesmo uma ousadia – era anunciar Yeshua até mesmo no Tribunal Romano. Ele considerava essa situação como mais uma oportunidade de anunciar a Boa Nova.

A prisão de Paulo em Roma de certa forma permitiu a comunicação livre dos ensinos de Yeshua na Capital do Mundo. Paulo se regozijava ao saber que suas mensagens, através dos escritos que enviara aos Núcleos, estavam sendo divulgadas.

Os amigos Lucas e Aristarco, bem como Timóteo, visitaram Paulo e ficaram longo tempo com ele nessa casa alugada. O aluguel era pago através de doações em dinheiro que eram enviadas pelos irmãos de diversos Núcleos que ele fundara, principalmente os irmãos de Filipos.

Foi nessa prisão domiciliar que certo dia Paulo recebeu com alegria a visita de Tércio, de Antioquia de Psídia.

Paulo ficou muito contente com a visita de Tércio, que lhe disse, após abraçá-lo:

– Trago a ti, nobre Cireneu, os abraços e as saudades de todos os membros do Núcleo de Antioquia de Psídia. Todos lá soubemos de tua prisão em Jerusalém e depois aqui em Roma. Estamos sempre orando e pedindo a Yahweh e a Yeshua pelo irmão, para que as injustiças não prevaleçam contra ti.

— Caro amigo, – respondeu Paulo, – alegro-me e manifesto minha gratidão a ti e a todos os irmãos. Preciso mesmo das orações, muito embora pressinta que o dia em que terei que devolver à Lei de Yahweh o equilíbrio que quebrei, se aproxima. Mas até lá, ainda tenho muito por fazer, por isso agradeço as orações.

Tércio, então, com voz pausada, disse a Paulo:

— Bondoso Amigo! Além das notícias que te trago de Antioquia de Psídia, também sou portador de notícias que recebemos dos irmãos do Núcleo de Trôade, aos quais comuniquei que me anteciparia em vir trazê-las, no que anuíram de bom grado.

Paulo o olhava atentamente. Após breve pausa, Tércio falou:

— Entristecido, venho comunicar-te que nosso bondoso curador de Trôade entregou sua vida para Yahweh e para Yeshua e se foi para as moradas do Céu.

Dizendo isto, emocionado, calou-se.

Paulo sentiu profundamente a notícia. Estava em pé e sentou-se. Duas lágrimas sentidas rolaram pela face vincada do Apóstolo dos Gentios. Reviu na tela do pensamento o encontro com Abiel em Listra, os diálogos travados, as manifestações de alegria trocadas, os cometimentos havidos em Antioquia de Psídia e a tarefa nobilitante do curador de Trôade.

Levantou-se, e como se estivesse fazendo uma pregação, falou:

— *Será sempre abençoado o homem que busca Yahweh de todo o coração e cuja alma não se ocupa de coisas vãs.*

"Aquele que amar Yahweh com simplicidade e se despojar de todas as aversões desordenadas, é digno do dom da elevação, eis que a glória do homem virtuoso é o testemunho da boa consciência.

"Enquanto vivermos na Terra, estaremos sujeitos às provações e às expiações, então, grande coisa é viver sob obediência a Yahweh.

"Nosso dileto e amado amigo e irmão Abiel foi um grande lutador. Obedeceu aos desígnios de Yahweh. Ele há de estar com Yeshua, pois renunciou a si mesmo, sob dedicação à Boa Nova.

"É verdadeiro sábio aquele que faz a vontade de Yahweh.

"As glórias do mundo passam depressa. Yahweh e Yeshua chamaram nosso irmão, a quem muito nos afeiçoamos, para por certo depositar em suas mãos novas tarefas em favor da nova mensagem. Por isto, ele é um bem-aventurado.

"Bem-aventurado será aquele que vive no bem. Este termina a vida com um fim abençoado.

"Bem-aventurados são os que trabalham o interior e praticam os exercícios diários da caridade. Estes já compreendem os dons celestiais.

"Abiel é um bem-aventurado. Um verdadeiro amigo de Yeshua.

"Dia há de vir, no concerto do tempo, em que haveremos novamente de nos abraçar, sob trabalho contínuo na Seara de Nosso Amado Yeshua.

A seguir, o Cireneu calou-se. Durante todo o tempo em que fez a bela manifestação, que mais parecia ser uma oração, Paulo tinha as faces marcadas pelas lágrimas. A seguir olhou para Tércio, ainda com lágrimas nos olhos, e disse:

— Amigo Tércio, agradeço tua disposição de viajar, de vir até nós para nos ofertar essa triste comunicação. Fico feliz por você, esposa e filha prosseguirem nas lides de Yeshua. Por aqui, sigo o meu fanal. Já não disponho da minha existência, eis que Yahweh e Yeshua a comandam.

Tércio agradeceu dizendo:

— Bondoso amigo, a tua vida nos é exemplo de dedicação a Yeshua. A vida de Abiel também nos marcou profundamente a existência, como bom exemplo também a seguir.

Ao se abraçarem, Tércio manifestou a Paulo que almejava que ele fosse brevemente liberado da prisão e pediu que se Yahweh permitisse e também assim consentisse Yeshua, estimariam receber a visita dele novamente em Antioquia de Psídia.

Um pouco mais refeito da notícia da morte de Abiel, o Cireneu agradeceu e respondeu que atender àquele convite dependeria de Yeshua, e não dele.

Tércio partiu, deixando impregnadas em Paulo as vibrações das saudades do amigo Abiel, cuja trajetória de superação fora um exemplo.

LIV

A SEGUNDA PRISÃO DE PAULO E SUA DESENCARNAÇÃO

Ao cabo de dois anos da prisão domiciliar em Roma, Paulo foi absolvido das acusações e libertado, o que se deu por volta do ano de 63 d.C.

Ao ser libertado, tomou o rumo da Província da Ásia, parando em Creta, onde reencontrou o antigo amigo das lides do Núcleo de Antioquia da Síria, o jovem Tito, o que muito alegrou seu coração.

Tito ficou em Creta e Paulo seguiu para Éfeso. Visitou o Núcleo e os amigos de lá.

Após, viajou para a Macedônia e visitou seus amigos do Núcleo de Filipos.

Foi até Colossos, onde reencontrou o amigo Filemon.

Em julho de 64 d.C., Roma foi tomada por terrível incêndio, sob o Império de Nero. Para se ter uma ideia da dimensão do incêndio, dos quatorze distritos que constituíam a capital romana, dez ficaram completamente arrasados.

O Imperador Nero tratou de encontrar um bode expiatório para a sociedade romana, embora a suspeita de que ele, em seus devaneios de loucura, tivesse ordenado o incêndio. Acusou os cristãos de se terem rebelado e incendiado Roma, sob a inspiração de Paulo de Tarso, que quedara-se preso lá por dois anos e que era visto constantemente se reunindo, na casa da prisão, com várias pessoas que durante esse tempo arquitetaram o plano de incendiar Roma.

Os cristãos foram então perseguidos como incendiários e também como aqueles que subvertiam a sociedade romana. Muitos foram presos.

Nesse mesmo ano, o Apóstolo Pedro foi preso e morto em Roma.

Algum tempo depois, Paulo de Tarso foi preso novamente e dessa feita condenado à morte, sem apelação.

Jogado agora em calabouço pútrido e fétido, acorrentado a ferros, o Cireneu da Gentilidade começou a provar o cálice amargo, no fim da sua existência física, mas estava em paz e sereno. Confiava, e disto tinha certeza, que tudo estava submetido à vontade de Yahweh, eis que se considerava um devedor, em razão das insanas perseguições a que deu azo contra os seguidores de Yeshua.

Caso morresse no trabalho de redenção por amor a Yeshua, nutria a certeza de que isto representaria a sua libertação espiritual.

O carro do tempo conduziu o extraordinário Cireneu e Arauto dos Gentios pelos caminhos do Senhor da Vida, nos quais ele entregou quase toda a sua existência física, com profunda dedicação espiritual, na árdua tarefa de disseminar e implantar a Doutrina de Yeshua na Terra.

Logrou êxito em fazê-lo nos mais distantes rincões de Israel; por toda a vastidão do Império Romano; pela Ásia Menor e parte da Ásia Central; por toda a Macedônia e pela Acaia.

Sustentada por esse trabalho gigantesco, a Doutrina do Messias Enviado era conhecida tanto no Oriente como em grande parte do Ocidente.

Em nenhuma época da Terra, mesmo proporcionalmente, até hoje, houve um trabalho tão portentoso na anunciação da Boa Nova.

Muitos, é claro, vieram após o Cireneu de Tarso, com seus indiscutíveis méritos; muitos continuaram a vir e outros continuarão chegando, para que o Cristianismo ascenda como Doutrina enviada por Yahweh e seja totalmente conhecido e assimilado em toda a Terra, permitindo o estabelecimento definitivo do Reino de Yahweh.

Não fosse a presença marcante, o caráter indissoluto, o alto vigor espiritual, a firmeza de postulados, a dignidade honrada, a visão futurista, a dedicação ímpar, o estoicismo elevado e a bondade, atributos marcantes do Apóstolo dos Gentios, por certo a Verdadeira Doutrina do Messias poderia até ter desaparecido da Terra.

Experimentado, calejado, sofrido, porém sempre entusiasmado pela Nova Causa, trazendo no corpo as marcas do Cristo, como ele se referia ao final de sua jornada, o fato é que a ignomínia humana resolveu calar o Gigante de Tarso, da mesma forma que agiu em relação ao sacrifício do Messias.

Assim, o poder material, bélico e temporal, na pessoa de Tigelino, que era apenas um ordenança, em 67 d.C., fez o Cireneu calar-se definitivamente no corpo físico.

Mataram o homem, no afã de matar ou sufocar as ideias que ele defendia e anunciava, o que resultou numa grande tolice humana, pois ele será reconhecido, através dos tempos, como o maior responsável pela universalização dos ensinos de Yeshua sobre a Terra.

LV

O REENCONTRO ESPIRITUAL E AS NOVAS TAREFAS EM FAVOR DA BOA NOVA

Já há algum tempo na Pátria espiritual, Paulo de Tarso, além de poder estar mais amiúde com Estêvão, que foi o seu amigo e guardião e a quem já havia pedido perdão, em razão da perseguição e da lapidação do amigo da alma, do que se julgava autor, e de quem havia recebido o perdão, o Cireneu tinha também a oportunidade de estar, sempre que possível, com sua doce e terna Abigail.

Abigail já tinha dito ao amado que ele foi um vencedor e que sob o peso de imensos sacrifícios reconstruiu a caminhada rumo à luz.

Paulo sentia uma felicidade que nunca suspeitara existir.

Depois de sua desencarnação, é claro que pôde visitar os Núcleos fundados por ele para o desenvolvimento das tarefas de disseminação e divulgação da Boa Nova. Contudo, continuava, por pedido que fez diretamente ao Mestre Yeshua, monitorando, sugerindo e intuindo espiritualmente todas as lideranças desse Núcleos, que cresciam com o auxílio de muitos trabalhadores dedicados à Nova Causa.

O tempo seguiu seu curso e o Apóstolo dos Gentios foi convidado pelo próprio Yeshua a viver em Morada Superior. Entretanto, ousou recusar o convite e pedir ao Mestre Amado que o deixasse conviver por mais tempo com os irmãos da Terra. Pretendia continuar a tarefa que, no seu íntimo, julgava incompleta. Tinha certeza que ainda seriam necessárias muitas lutas, muitos esforços e dedicação, para que a Boa Nova se solidificasse no mundo.

Paulo foi então convocado diretamente por Yeshua e designado para compor a Equipe que planejava a aplicação na Terra do Grande Projeto que o Mestre havia estabelecido, visando impedir os ataques que grande contingente de Espíritos inferiores pretendia fazer contra a Boa Nova e contra seus seguidores.

Com esse desiderato, Paulo foi à Cidade da Fé, para entrevistar-se com o irmão Acádio, a fim de estabelecer tratativas relativas aos trabalhos que deveriam ser desempenhados no Mundo Espiritual e na Terra, juntamente com os trabalhadores do Cristo, em todos os núcleos da atividade humana, principalmente nos Núcleos dos Seguidores do Homem do Caminho, eis que os seus trabalhadores, a seu passo, também estavam convocados para esse esforço comum de cuidar e proteger a manutenção e aplicação do conhecimento da Boa Nova trazida por Yeshua para a Humanidade.

Com manifestações de efusivas alegrias, Paulo foi recebido por Acádio, que lhe disse da honra em receber aquele que se doou integralmente a Yeshua, agradecendo a oportunidade de estarem juntos novamente.

— Nobre Governador e amigo, — disse Paulo, — manifesto meu reconhecimento pelo valoroso auxílio que recebi de sua pessoa e dos irmãos desta Cidade, imprescindíveis para mim.

"No que se refere às frentes de trabalho alusivas ao projeto divino, apreciaria participar das discussões sobre os planos de ajuda àqueles que irão em breve reencarnar-se, objetivando a execução das tarefas impostergáveis na seara de divulgação da mensagem de Nosso Mestre Amado e igualmente, se me for dada essa prerrogativa, engajar-me no auxílio direto àqueles que por lá continuam se dedicando a essa Sublime Causa e que também estão convocados para o trabalho.

— Meu bondoso amigo Paulo, — respondeu Acádio, emocionado, — tua presença entre nós sempre foi motivo de alegria. É lógico que poderás, sim, integrar-te às nossas atividades com esses objetivos nobres.

Após o Governador dizer isso, foram interrompidos pela presença feliz e desejada de Estêvão e Abigail, que também estavam integrados nesse trabalho.

Depois da troca de cumprimentos e abraços, Acádio convidou-os para uma caminhada pelos jardins fronteiriços à Administração Central. Caminharam, adentrando o amplo jardim por uma alameda com árvores grandes e copadas e totalmente floridas que compunham um cenário encantador.

Conversavam animadamente sobre a profundidade do programa e destacavam, dentro dele, a importância que as bem-aventuranças cantadas por Yeshua assumiam em todo o quadro de trabalho.

Paulo caminhava de mãos dadas com Abigail.

A certa distância, o grupo viu um Espírito em pé, no centro de uma roda com vários círculos de espíritos encarnados e desencarnados que se achavam sentados sobre a relva. O Espírito falava e gesticulava, no que era ouvido atentamente.

Resolveram ir até o local e sentaram-se ao fundo, atrás do último círculo. Passaram a ouvir a prédica:

— *Por isto, irmãos da Nova Fé que abalará as fronteiras da Terra, será mesmo preciso que redobremos esforços que possibilitem conscientizar a Humanidade a caminhar ao encontro da Verdade.*

"Dia chegou em que, conduzido pelo carro das experiências, experimentei encontrar o grande objetivo da vida: Crescer, amar e servir à causa de Yahweh. Essa resolução veio num instante crucial em que eu estava prestes a mergulhar nas entranhas do desequilíbrio e no despenhadeiro da dor.

"O Amor, irmãos, me salvou. Ele é a alma da vida. Conduzido pela bondade de Yeshua, pude ir ao encontro do Cireneu que me orientou o caminho a seguir, de quem nunca esqueci e nunca esquecerei.

"Nós, irmãos encarnados e desencarnados que aqui hoje estamos neste campo, fomos convocados a retornar logo mais ao palco terreno para o enfrentamento de lutas intestinas, se preciso, e mesmo sob pesadas agressões morais e físicas, continuarmos a disseminação da doce e renovadora Mensagem de Yeshua".

Paulo ouvia com atenção. Não saberia dizer por que não lograva ver bem a fisionomia do pregador.

A sua volta, os ouvintes tinham os olhos marejados pelas lágrimas de felicidade.

O pregador continuou:

— *Sempre é bom ter a certeza de que nunca estivemos nem estaremos sós e abandonados, porquanto os que perseveram nas tarefas da prática do bem, sob todos os aspectos, sempre sentirão a presença mais* próxima e o auxílio dos Amigos do Senhor da Vida, que sempre estarão conosco, nos ofertando amparo permanente e iluminação, nos momentos de paz e nos momentos mais difíceis que porventura possam surgir.

Fez uma pausa e olhou para todos os ouvintes. Seus olhos se cruzaram com os de Paulo de Tarso, sentado mais ao fundo. O Pregador ficou extremamente emocionado. Sentiu novamente aquele olhar devastador da intimidade de sua alma, que pela primeira vez vira em Listra, no passado de sua existência. Duas lágrimas escorreram silenciosamente pelo seu rosto.

Paulo, naquele instante, como que movido por novo quadro mental, reconheceu no pregador o seu bom e fiel amigo Abiel. A alegria que lhe era companhia permanente desde seu retorno ao Mundo Espiritual se fez novamente presente e lhe invadiu o ser. Também começou a chorar lágrimas de contentamento pelo reencontro com o grande amigo.

Controlando as emoções, a muito custo, Abiel prosseguiu:

— *Seja bem-vindo, amado irmão Paulo de Tarso. Já o esperávamos. Sabíamos que havias penetrado no Reino de Yahweh, que é para todos os justos e bons e também para os que ainda estão pelas encruzilhadas dos equívocos. Os que amam, acima de tudo, penetram neste Reino mais rapidamente. Imaginávamos-te distante e em Morada Superior, para nós ainda inatingível, de modo que tua presença aqui, neste instante, move nosso coração em prece de gratidão a Yeshua. Muitos de nós somos eternos devedores de tua ação para conosco, na Terra.*

"Queremos ouvir-te; ouvir tuas preciosas instruções, eis que, alistados no exército da caridade composto por Yeshua, necessitamos ouvir o Comandante da divulgação da Mensagem Libertadora da Terra, sempre instruindo nossos espíritos com os ensinamentos necessários para a boa divulgação da Boa Nova e para que possamos, por lá, quando retornarmos, dar o testemunho da tua vitória, que sempre nos haverá de servir de norte, possibilitando que nos revistamos da couraça da fé verdadeira.

"Haveremos, amado Cireneu, de sempre nos lembrarmos de ti.

"Haveremos de seguir as pegadas que deixaste, e escudados nos teus exemplos e sob o império do Amor de Yahweh e de Yeshua, prosseguiremos adiante, sempre contigo".

Abiel concluiu. Não conseguia ir mais adiante. A emoção lhe inundava o espírito. Todos os ouvintes choravam sob o impacto das vibrações de euforia e alegria do momento e diante da presença augusta do Grande Trabalhador de Yeshua.

Paulo levantou-se, abrindo caminho pelos ouvintes, e acercou-se de Abiel. Trocaram um longo abraço fraternal, amoroso e benfazejo.

Após alguns instantes, Paulo ia começar a falar, quando um grupo de diversos Espíritos, na companhia de Joel, se acercou do local.

Ao se aproximarem, Abiel, que já estava por demais emocionado com a presença de Paulo, não pôde conter a continuidade das lágrimas que lhe haviam assomado à face, agora aos cântaros, eis que chegaram no local Reyna, Shaina, Asnar, Tobias, Carpo, Adena, Yoná, Sedécias, Eliade e Judite.

Conduzidos por Joel e pedindo licença para todos os que se achavam ali sentados, os grandes amigos de Abiel e principalmente seus grandes e inesquecíveis amores foram até ele e um a um o abraçaram.

Abiel exultava. Não cabia em si de tanta emoção e gratidão a Yeshua. Sentia-se como que um rei idolatrado pelo povo. Quis falar ao distinto grupo. Tentou dizer algo, mas parecia que a afazia retornara instantaneamente. A emoção o colocava em êxtase. Estava tão feliz que não se dera conta da ausência de Tércio no grupo que chegara.

Ocorreu que Tércio houvera desencarnado há pouco tempo e se achava em tratamento espiritual ali mesmo, na Cidade da Fé, mas em departamento próprio, onde lhe eram desvelados os cuidados necessários.

Olhou para Reyna e percebeu que ela ainda continuava encarnada, o mesmo se dando em relação à filha e aos demais companheiros que ali estavam. Observou que Reyna, apesar dos anos que se sucederam, continuava mais linda ainda, agora uma verdadeira matrona. Já Shaina parecia mesmo uma deusa grega, daquelas belas e admiradas pelo povo helênico.

Todos os que ali estavam assistiam à cena daquele reencontro, inebriados, de vez que viam e sentiam no semblante de todos a alegria sincera e pura que os contagiava.

Foi Reyna que usou da palavra. Como se estivesse a pregar para todos, falou:

– Amigos da alma, aqui estamos em nome de Yeshua, nosso Orientador e Guia, para o reencontro espiritual com a alma nobre de Abiel, de quem sou devedora.

"Não trouxemos, como nos ensinou Yeshua, nem ouro e nem prata, mas trouxemos a ele, eu e nossa filha Shaina, o tesouro de nosso amor nunca esquecido.

"Desvinculei-me há pouco tempo de nobre compromisso que assumi na Terra com a alma bondosa e amiga de Tércio, que voltou a estas paragens espirituais nos braços do amor divino, eis que foi sempre um homem bom, a quem sempre dediquei o melhor da minha atenção, desvelo e carinho.

"Agora, escolhi me ligar novamente aos destinos de nosso inesquecido Abiel, o que pedi a Yeshua fosse possível, e Nosso Amado Messias consentiu.

"Também recebi a aprovação de nossa filha Shaina, e isto viemos dizer a ele pessoalmente, porém, ante este momento maravilhoso, quando o encontro sob a inspiração de serviço no bem, ouso dizer publicamente:

"Meu tempo na Terra, na atual existência, pelo que fui informada pelo nobre Governador Acádio – e ao falar isto olhou o Governador, que continuava sentado ao lado de Estêvão, Abigail e Joel – será breve, e também, segundo me revelou o amado irmão, Yeshua consente que eu possa vir para esta maravilhosa cidade, para que me some a esta imensa caravana de serviço em favor dos cuidados com a Boa Nova, o que muito desejo.

"Em breve, se assim consentir Yahweh, nutro o interesse – e para isto haverei de me dedicar com afinco – de encetar planos de retorno à Terra, novamente ao lado de Abiel, sob os vínculos de novo casamento.

Reyna terminara sua fala, também com lágrimas de alegria.

Abiel continuava mudo. Não podia crer no que ouvia. Queria falar, mas não conseguia.

Paulo, que continuava ao lado deles, em pé, pôs uma das mãos sobre o ombro de Abiel e olhando para todos disse:

— Meus queridos irmãos e amigos em Yahweh.

"Quanto mais nos recolhermos em nós mesmos e nos esforçarmos por sermos simples de coração, tanto mais coisas entenderemos da vida, porque do Alto receberemos a iluminação do nosso espírito.

"Bem-aventurado o espírito singelo, que não se distrai no meio de várias ocupações, porque tudo faz para honrar Yahweh, sem buscar coisa alguma em seu próprio interesse.

"Bem-aventurado o homem bom e piedoso, porque se dispõe primeiro sempre em favor do próximo, e em todos os momentos de sua vida pratica o bem. As boas obras nunca se perdem, porque se convertem no exercício da caridade. Sem a caridade, a obra nada vale, porquanto tudo o que advém dela produz frutos, e frutos em abundância.

"Bem-aventurado o que tem caridade, porque a ninguém inveja; não aspira proveito pessoal nem quer a felicidade somente para si, antes ama e ama desinteressadamente.

"O homem caridoso é bem-aventurado.

"Bem-aventurados os que têm os olhos fechados para as coisas exteriores e os têm abertos para as coisas do espírito.

"Bem-aventurados os que têm os ouvidos fechados aos enganos do mundo e que conseguem ouvir os ensinamentos de Yeshua.

"Bem-aventurados os que se entregam de corpo e espírito a Yahweh e se desembaraçam dos impedimentos do mundo.

"Bem-aventurados os que penetram nas coisas interiores e se empenham pelo exercício contínuo da caridade e em compreender cada vez mais os segredos celestiais.

"Regozijai-vos por serdes convocados a servir a Yeshua. Ele é a imagem de Yahweh, invisível ainda para nós; o primogênito da criação, que nos conclama a servi-Lo com coragem e afinco.

"Então, sejam quais forem os desafios da nossa existência espiritual, prossigamos todos para o alvo, para Yahweh, pelos caminhos traçados por Yeshua.

Os abraços foram efusivos. As trocas de carinho e reconhecimento, inúmeras.

Todos foram se retirando no rumo da Administração Central, capitaneados por Acádio, Estêvão, Paulo e Abigail. Estes dois novamente caminhavam de mãos dadas.

Abiel, em pleno êxtase espiritual, caminhava abraçado a Reyna de um lado e Shaina do outro.

Logo a seguir, Joel se aproximou. Vinha comunicar a necessidade do retorno das duas à Terra.

Shaina abraçou o pai e beijou-lhe as duas faces dizendo que sempre o amaria e foi se afastando na companhia de Joel. Caminharam alguma distância, aguardando e respeitando as despedidas entre Abiel e Reyna.

Abiel, abraçado à ex e futura esposa, conseguiu finalmente falar:

— *Sou imensamente agradecido a Yahweh e a Yeshua. Leva contigo, amada Reyna, o testemunho do meu amor perene, da minha gratidão eterna e o meu desejo de estar contigo para sempre!*

Abraçaram-se, se beijaram e ali ficaram unidos por mais alguns instantes.

Da Morada Celeste, Yeshua contemplava a cena, sorrindo.

Glossário

ELOHIM: Termo comum usado nas escrituras hebraicas, Elohim (em hebraico: מיהלא) é o plural da palavra *Eloah* (הולא), considerado pelos estudiosos judeus como plural majestático (*pluralis majestatis*) ou de excelência (*pluralis excellentiæ*), expressando grande dignidade, traduzindo-se por "Elevadíssimo" ou "Altíssimo".

Fonte: Wikipédia

GEROUSIA: Assentados no conselho. É a forma hebraico-aramaica da palavra grega Synedrion, traduzida por 'conselho'. Era este o nome do supremo tribunal de Jerusalém nos tempos do Novo Testamento, mas a origem do tribunal é obscura. Provavelmente pode ter alguma relação histórica com a primitiva assembleia dos anciãos no Estado israelita, formalmente interrompida, embora não o tenha sido inteiramente de fato, pelo governo pessoal dos reis. O rei Josafá parece ter-lhe dado, de algum modo, a forma de um tribunal de justiça (2 Cr. 19:8). Seja como for, a existência da assembleia de anciãos, em diferentes cidades, havia de sugerir aos judeus do cativeiro a formação, na capital, de um corpo judicial para tratar dos negócios de toda a nação. Na volta do cativeiro, era Jerusalém a reconhecida capital da nova organização nacional, tornando-se mais respeitada e influente a sua assembleia, que foi aumentando à medida que os judeus iam habitando os diversos lugares do país. Mas não há referência certa a tal assembleia até ao tempo de Antíoco, o Grande (246 a 226 a.C.), sendo então chamada Gerousia ou Senado. Diz-se que o Sinédrio compreendia 71 membros (cp. com os 70 anciãos de que se fala em Nm. 11:16, em união com Moisés), varões eminentes entre os quais estava o sumo sacerdote, pertencendo também nos anos posteriores aqueles que o tinham precedido no seu cargo e os de imediatas relações sacerdotais. Eram estes do partido dos saduceus, mas em certos períodos de tempo estavam os fariseus em maioria. Os deveres do Sinédrio eram bastante amplos, como: tomar disposições acerca da religião prática, cuidar do templo, investigar os direitos dos mestres religiosos e entrar em relação com os Estados estrangeiros. Esta última função dependia, naturalmente, da força ou fraqueza daqueles que nesse tempo eram reis ou governadores. Os romanos tiraram ao Sinédrio o poder de vida e de morte pelo ano 20 d.C. aproximadamente.

Fonte: Dicionário Bíblico digital: Elos de Jesus.

MOSHE: Moisés (em hebraico: מֹשֶׁה; *Mōšé*; em grego: Μωϋσῆς, *Mōusēs*; em árabe: یٰسوم, *Mūsa*) foi, de acordo com a bíblia hebraica, alcorão e escrituras da fé Baha'i, um líder religioso, legislador e profeta, a quem a autoria da Torá é tradicionalmente atribuída. Ele é o profeta mais importante do judaísmo, e igualmente reconhecido pelo Cristianismo e Islamismo, assim como em outras religiões. É o grande libertador dos hebreus, tido por eles como seu principal legislador e mais importante líder religioso. A Bíblia o denomina "o homem mais manso da Terra" (Números 12:3).

Fonte:Dicionário digital Wikipédia.

SANHEDRIN: O Sinédrio (do hebraico וְיִרדהנס *sanhedrîn*; συνέδριον *synedrion*, em grego, "assembleia sentada", donde "assembleia") é o nome dado à associação de 20 ou 23 juízes que a Lei Judaica ordena existir em cada cidade. O Grande Sinédrio era uma assembleia de juízes judeus que constituía a corte e legislativo supremos da antiga Israel. O Grande Sinédrio incluía um chefe ou príncipe (*Nasi*), um sumo-sacerdote (*Cohen Gadol*), um *Av Beit Din* (o segundo membro em importância) e outros 69 integrantes que se sentavam em semicírculo. Antes da destruição de Jerusalém em 70 d.C., o Grande Sinédrio reunia-se no Templo durante o dia, exceto antes dos festivais e do Sábado.

Fonte: Dicionário digital Wikipédia.

YAHWEH: Tem por formas mais comuns de pronúncias do tetragrama: Yahweh ou Javé (Yahvéh), sendo Yahweh a forma mais comum do tetragrama יהוה. Dentro do judaísmo, o nome mais importante do Criador é o que conhecemos como tetragrama, nome dado às quatro letras que formam o nome da divindade. Este nome é em hebraico יהוה (YHWH), que de acordo com a tradição judaica é a terceira pessoa do imperfeito no singular do verbo *ser*. Esta teoria é baseada no Êxodo, capítulo terceiro, versículo décimo quarto e constitui a base do monoteísmo judaico-cristão.

Fonte: Dicionário digital Wikipédia.

YESHUA: O nome hebraico Yeshua (עושי /עוּשִׁי) é uma forma alternativa de Yehoshua, Josué, e é o nome completo de Jesus (transliterado ao grego, Yeshua fica: Ιησου'α, "Iesua"/"Ieshua" [também Ιησου'ς, "Iesu"/"Ieshu"/"Iesus"]; Yehoshua [עושוהי /עֲשׂוֹהִי] fica: Γεχοσούαχ) (em árabe Yeshua fica: عوسي "Yesu' "/"Yesua"/"Yasu' "/"Yasua"/"Yashua"; Yehoshua fica: عشوي, "Yeusha" / "Y'usha" / "Yusha" / "Yush'a" / "Yushua" / "Y'ushua"). Na Bíblia hebraica a ortografia é usada uma vez em relação a Josué (Yehoshua), filho de Nun, mas é comumente utilizado em relação a Josué, o sacerdote no tempo de Esdras. O nome é também considerado por muitos como sendo o nome hebraico ou aramaico de "Jesus". Neste sentido, o nome é usado principalmente pelos cristãos em Israel, e na tradução hebraica do Novo Testamento, como uma alternativa para a ortografia *Yeshu ha Notzri* utilizada pelos rabinos. Em outros países *Yeshua* é usado principalmente pelos judeus messiânicos.

Fonte: Dicionário digital Wikipédia.

YOHANAN: João é um prenome muito comum na língua portuguesa e sua versão feminina é *Joana*. Este nome deve sua popularidade a dois personagens do Novo Testamento, ambos santos muito reverenciados. O primeiro foi João, o Batista, um eremita judeu considerado o antecessor de Jesus Cristo. O segundo foi São João Evangelista, um dos doze apóstolos do Cristo, autor do Evangelho segundo João e do livro da revelação apocalíptica. O nome *João* tem sua origem etimológica direta no latim *Ioannes* que, por sua vez, é derivado do grego Ιωάννης (Ioánnis). Todavia, a origem etimológica primitiva encontra-se na língua hebraica no nome ינחוי (*Yôḥānān*), forma reduzida de ונחוהי (*Yəhôḥānān*).

Fonte: Dicionário digital Wikipédia.